A Diferença Que Fiz

GUTTI MENDONÇA

A DIFERENÇA QUE FIZ

generale

Presidente
Henrique José Branco Brazão Farinha
Publisher
Eduardo Viegas Meirelles Villela
Editora
Cláudia Elissa Rondelli Ramos
Preparação de texto
Gabriele Fernandes
Revisão
Renata da Silva Xavier
Ariadne Martins
Projeto gráfico de miolo e editoração
Daniele Gama
Impressão
Edições Loyola

Copyright © 2016 *by* Rogério Mendonça
Todos os direitos reservados à Editora Évora.
Rua Sergipe, 401 – Cj. 1.310 – Consolação
São Paulo – SP – CEP 01243-906
Telefone: (11) 3562-7814/3562-7815
Site: http://www.editoraevora.com.br
E-mail: contato@editoraevora.com.br

DADOS INTERNACIONAIS PARA CATALOGAÇÃO NA PUBLICAÇÃO (CIP)

M495d

Mendonça, Gutti
   A diferença que fiz / Rogério Mendonça. – São Paulo :
Generale, 2015.
   488 p. ; 16 x 23 cm.

   ISBN 978-85-8461-036-5

   1. Ficção brasileira. I. Título.

             CDD- B869.3

JOSÉ CARLOS DOS SANTOS MACEDO – BIBLIOTECÁRIO – CRB7 N. 3575

Dedico este livro a dois dos meus melhores amigos, Rodrigo Zanichelli e Leonardo Zanellato. Ambos provaram o valor de suas amizades ao longo dos anos em diferentes momentos da minha vida. Os dois são chamados de "Zani".

Agradecimentos

Meu principal e mais sincero agradecimento não pode ser outro senão para os leitores que me acompanharam até aqui. Agradeço a estas pessoas que gostaram, apostaram, incentivaram e divulgaram o meu trabalho e fizeram eu dedicar com prazer meu tempo neste *hobby* que alguns chamam de trabalho. O incentivo destas pessoas é fundamental, não só para mim, mas para todos os escritores que aspiram ir além. Se o mercado literário no Brasil tem evoluído, com tantas adversidades, tenham certeza que é graças a este público maravilhoso. É por vocês que trabalhamos.

Agradeço a Editora Évora por apostar mais uma vez em mim e se empenhar ao meu lado para tornar este livro mais uma obra bem-sucedida. Minha gratidão à Cláudia Rondelli, editora do livro, por suas correções e críticas visando atingir o máximo potencial da obra. Ao Henrique Farinha, por ter comprado a ideia deste livro e ao Eduardo Vilella, por ter sido o primeiro na editora a acreditar em mim e no meu trabalho.

Queria agradecer ao grupo que chamo de "pré-leitoras" que leem o livro capítulo a capítulo antes de seu término, fazendo questionamentos e críticas a fim de aprimorá-lo ainda mais. São integrantes desse grupo:

Aline Drulis Coutinho da Silva
Ana Flávia Correia Silva de Oliveira
Ana Laura Geller Fernandes

Davi Nicolas Tavares Queiroz
Fernanda Bugnotto
Giulia Sabrina Gonçalves da Silva
Paula Soares Souza
Yasmin Santos Del Bianco

Todos são parte fundamental da realização de mais este trabalho. Muito Obrigado.

Prefácio

Por Federico Devito

Alguns de vocês devem estar se questionando porque o Gutti e eu não estamos assinando mais uma obra juntos. Simples. Nós dois entramos para o mercado literário juntos e evoluímos muito desde então, desde nossa escrita ou o processo editorial até o contato e o retorno dos leitores. Embora ainda estejamos trabalhando em uma obra juntos e acreditemos que muitas vezes duas cabeças pensam melhor do que uma, também acreditamos que pensar sozinho estimula e desenvolve nossas ideias de uma maneira. E o livro *A diferença que fiz* é a prova de que estávamos certos.

O Gutti conseguiu, nessa obra, acompanhar o crescimento do seu público. A história está mais madura, aborda um tema mais sério e adulto, ao mesmo tempo que não deixa de lado nossas origens, com diálogos leves e descontraídos, com momentos que fazem você colocar um sorriso no rosto e só perceber depois que está sorrindo.

Para mim, que publicou dois livros junto com o Gutti, foi uma experiência muito diferente. Foi estranho ler uma obra do Gutti apenas como leitor e não como um autor também, sem discutir o destino dos personagens e não ter o controle de absolutamente nada. Por mais que eu tenha uma amizade de anos com o autor, que tenhamos trabalhado juntos em outros livros e que ainda trabalhemos em uma obra inacabada, houveram momentos, muitos momentos, em que fui surpreendido e incapaz de prever o que poderia acontecer.

Ao ler esta obra, o Gutti consegue te proporcionar diversos sentimentos, todos eles de maneira muito intensa. No começo, por exemplo, tudo que você vai sentir é raiva, sério. Tipo, muito sério. Mas conforme a história evolui e as peças se encaixam, você tem uma mistura de sentimentos, de alegria, sofrimento, tristeza, euforia que, a cada momento, você não sabe a qual deles deve dar mais espaço. Apesar de a história ter se afastado um pouco do romance adolescente para dar espaço a uma temática menos leve, os momentos de descontração e risadas estão presentes em peso. Principalmente com as crianças, que tem uma participação fundamental na trama.

Lembro que quando estávamos escrevendo nosso segundo livro, o *Mais uma chance*, tivemos uma conversa sobre deixar uma mensagem, um ensinamento. Ao final deste livro, percebi que o Gutti se manteve fiel a esse propósito, trazendo não só uma ótima história para ler, mas também uma mensagem para se deixar guardada para sempre. Com o propósito da mensagem transmitida nesse livro, você acaba torcendo do início ao fim para que as coisas se ajeitem da melhor forma possível.

É completamente inevitável que você não seja cativado pelos personagens incríveis que ele conseguiu construir. Embora o enfoque do passado de cada um não seja trazido a tona de maneira explicita, Gutti teve o mérito de trazer para a história narrada a bagagem de cada um e isso moldou cada personalidade. Parece que você entende o pensamento de cada personagem, mesmo que seus pensamentos não tenham sido cravados pela escrita do autor.

Eu que acompanhei seus primeiros momentos de escritor, e desta vez não estou me referindo a suas obras publicadas comigo, e sim há muitos anos atrás quando nos conhecemos escrevendo conteúdo para sites amadores, consigo ver a expressiva evolução que ele teve. Com orgulho afirmo que esta é, sem dúvida, sua melhor obra até o momento. Que fará gargalhar os de humor mais austeros e chorar até mesmo os corações mais gelados.

Se prepare pare ser envolvido por uma história muito especial.

Nota do Autor

Para trazer ao leitor esta história, criei cidades e legislações fictícias que muito se assemelham as nossas, com o intuito de simplificar o desenvolvimento do enredo, visando atingir a mensagem principal da história. Contudo, principalmente as leis que regem as cidades e o país onde vivem os personagens podem as vezes divergir às nossas não representando totalmente a nossa legislação e a realidade em que vivemos.

Capítulo 1

Farto de você

Doutor Zanichelli carregava seu terceiro copo de uísque para todos os cantos da sala, por onde andava aflito e ansioso. Cada minuto que passava o deixava ainda mais nervoso. Estava suando frio, suas mãos estavam trêmulas. As aconchegantes luzes do ambiente não o aconchegavam mais. Olhava através da enorme janela de seu apartamento, uma das coberturas mais altas da cidade de Zankas, e se perguntava em que lugar daquela cidade enorme ele poderia estar, ao mesmo tempo que desejava que, onde quer que estivesse, estivesse a salvo. Não conseguia esvaziar a cabeça. Onde havia errado? O que o filho estaria fazendo? Estaria seguro? O que poderia fazer para corrigir as coisas? Do jeito que estava, a situação era insustentável. Já passara das quatro e meia da manhã.

O telefone toca, seu coração gela. Arthur não era de ligar, a essa altura já tinha aprendido isso. Engoliu em seco.

Hesitou por um momento, encarou o telefone à distância e finalmente acelerou o passo para que pudesse atendê-lo a tempo.

– Sim, aqui é Guilherme Zanichelli – disse em resposta.

Começou a ouvir o outro lado da linha, então desmoronou com as costas no sofá, ouvindo e ficando cada vez mais enfraquecido pelas notícias que recebia.

– Eu chego em trinta minutos – revelou após uma longa pausa, quase sem forças.

Desligou o telefone sem fio, jogou-o para o lado no sofá, inclinou o corpo para frente e levou a mão ao rosto, sem reação. Era isso. Era a última vez, estava decidido. Aos poucos transformava seu desespero, ansiedade e preocupação em ódio e raiva. Ao levantar, já estava enfurecido. Bateu o copo em cima da mesa de canto derrubando uísque pelas beiradas, pegou seu paletó posto sobre as costas de uma das poltronas no caminho da saída e chamou o elevador, cuja porta dava direto para o interior de seu apartamento.

Descia no elevador com a respiração ofegante, ao chegar na garagem e olhar para sua vaga, lembrou-se de outro detalhe, que lhe fez subir para o térreo ainda mais enfurecido. Chamou um táxi pelo celular, aguardava andando de um lado para o outro na calçada em frente ao seu prédio. Olhava o relógio a cada trinta segundos. O frio da cidade não o impedia de sentir o calor da cólera que emanava de seu corpo.

– Para a vigésima primeira delegacia, por favor – foi logo dizendo ao entrar no táxi.

No caminho, tentava formular o que diria quando chegasse lá, balançava a cabeça, irritado. Alguma coisa precisava ser feita, pensava. A situação era insustentável. O taxista parecia não chegar nunca, ele só queria pôr logo as mãos em Arthur... Ah! Quando colocasse as mãos nele!

Guilherme passou pela porta da delegacia sem sutileza, a passos firmes, chamando a atenção e os olhares de todos quando entrou no ambiente com violência.

Seu filho Arthur não se assustou, estava largado em uma das cadeiras, mascando chiclete com a boca aberta. Estava todo de preto, com uma calça jeans rasgada e rebelde, uma jaqueta de couro, camisa simples e alargador de 5 milímetros. Observou seu pai se aproximar sem ter nenhum tipo de reação, sem medo e com um olhar que chegava a ser insolente.

Ao alcançar seu filho, Guilherme o segurou com força pelas golas da jaqueta, o levantou e prensou-o na parede bradando:

– O que você está pensa da vida, seu moleque?! – Arthur parecia entediado.

Um guarda que estava em uma das mesas na parte reservada aos policiais, se levantou por cautela e foi devagar em direção a eles, enquanto Guilherme continuava a gritar com seu filho.

– Você não pensa? Seu inconsequente! Irresponsável! Não consegue ver o que você está fazendo? Se você quer arruinar a sua vida, ótimo! Mas não leve as pessoas junto com você para o seu buraco! – Disse, empurrando Arthur de maneira que ele voltasse a se sentar. Não satisfeito, Guilherme continuou gritando. – Não vê o que está fazendo? Seu imbecil! Estou cansando de ter que resolver os problemas que você causa! O que você tem na cabeça para roubar o meu carro? Você atropelou uma pessoa! Ele está internado, ele podia ter morrido... Aliás, ele ainda pode! Qual o seu problema?! – Gritava Guilherme cada vez mais alto, irritado com a total apatia de seu filho, que não mostrava se importar nem um pouco.

Arthur, ao ver que seu pai fez uma pausa, soprou uma bolha de chiclete, sob os olhares de todos que estavam na delegacia, até que ela estourasse. Guilherme contorceu o rosto de raiva.

– Escuta aqui seu delinquente... – Vociferou mais uma vez, mas foi interrompido pelo oficial que se aproximou.

– Presumo que seja o senhor Zanichelli – abordou.

– Sim, sou eu – respondeu ofegante.

– Queira me acompanhar, por gentileza – pediu o policial.

– Claro – concordou e, logo em seguida, lançou um olhar enfurecido ao filho. – Quando eu voltar, aí sim você vai tá encrencado – ameaçou.

Arthur observou seu pai acompanhar o policial até uma das salas. Ficou sentado no mesmo lugar, na sala de entrada. Olhava ao redor, havia uma senhora com expressão de desespero, que já estava lá antes de ele chegar, provavelmente para prestar alguma queixa; dois garotos que deviam ter a mesma idade que ele, ambos com uma feição de preocupação, possivelmente estavam aguardando os pais, no fundo da sala; e um policial sentado com os pés em cima de uma mesa repleta de documentos.

Embora tentasse transmitir indiferença e tranquilidade, por dentro estava preocupado. Desta vez sabia que tinha ido longe demais. Torcia para que o garoto que atropelou ficasse bem. O que o deixava um pouco mais tranquilo era saber que ainda era menor de idade e que seu pai provavelmente daria um jeito. *Isso vai aliviar a minha barra*, pensava ele.

O pai ficaria insuportável por algumas semanas, mais do que já costumava ser, mas tudo deveria acabar bem de novo. Já tinha pego o carro dele escondido tantas vezes que já perdera a conta, a culpa foi daquele cachorro que entrou no meio da rua, o obrigando a subir na calçada, ele nem tinha bebido... dessa vez.

Agora estava aflito para saber o que estava sendo conversado entre seu pai e o oficial, minutos se passaram, se passaram e nada. Dois guardas entraram com um homem algemado e ainda nada. Arthur assistia ao relógio da delegacia, pendurado na parede, acima do policial que apoiava os pés sobre a mesa. Eram quase cinco e meia da manhã quando seu pai voltou a passos lentos.

Ele não estava mais zangado, não estava mais bravo. Não possuía mais aquele olhar de raiva, mas sim um muito pior, o de desprezo. Guilherme andou calmamente até seu filho, que continuou sentado e imóvel, apenas o acompanhando com um olhar insolente. Guilherme respondia com um olhar penetrante, de desgosto e descaso. Ficaram longos segundos se entreolhando, Guilherme soltou uma breve risada de deboche e balançou a cabeça, mantendo em seu rosto um sorriso irônico e ficando mais alguns segundos em silêncio, martirizando seu filho com a repulsa em seu olhar.

– Eu ia abandonar você agora – finalmente falou Guilherme, com uma voz calma e tranquila, – mas a polícia me orientou que não, uma vez que você ainda é menor de idade e eu sou responsável pelas besteiras que você faz – dizia sereno, sem alterar a voz. – Isso é um problema, porque eu não quero mais viver no mesmo teto que você. Eu não criei um marginal. A polícia encontrou maconha com você, e é uma sorte você ter fumado bastante, pois, do contrário, eles também te enquadrariam em tráfico, mas como a quantidade que acharam era pequena, você escapou mais dessa. Você não é um rapaz de sorte? O garoto que você atropelou não morreu, só quebrou as duas pernas, a bacia e uma costela. Ele teve múltiplas hemorragias internas. Sorte, não? – ironizou. – Lesão corporal, omissão de socorro e se o garoto morrer, homicídio culposo. Minha nossa, eu não posso descrever o quão orgulhoso eu estou agora – continuou com as ironias.

Arthur não disse nada, seu coração estava acelerado, mas não expressava nenhum sentimento.

– Pra mim chega, Arthur! Eu fiz a minha parte, eu sei que fiz. Não me interessa se você é menor de idade, eu sei que você sabe muito bem o que está fazendo – continuou no mesmo tom. – Então é o seguinte: você voltará para casa apenas para fazer as malas. Amanhã aproveite seu último almoço na minha casa, que não será mais sua porque você vai para um hospital, em outra cidade, onde vai prestar trabalho voluntário, eu pagarei sua passagem com o meu dinheiro. Se vai arruinar a sua vida, pelo menos vai ver de perto o valor que algumas pessoas dão a ela. E já que você vive cabulando a escola e não gosta de estudar, isso não vai ser nenhum problema. Você vai ficar lá nos próximos seis meses, até completar dezoito anos. Vão me ligar para agendar o seu julgamento, que deve acontecer perto do seu aniversário também. Será a única vez que você vai voltar para cá, para ver um juiz. E depois que você fizer dezoito anos, Arthur...

Guilherme fez uma pausa para curvar-se e aproximar seu rosto de Arthur, diminuiu sua voz e continuou em um tom ameaçador.

– Você vai estar sozinho no mundo. Não vai ter mais pai para te encher o saco. Você vai responder pelas suas próprias besteiras, e eu espero que pague por cada cagada que você fizer! – Disse e voltou a ficar ereto. – Vamos embora! – Disse suas últimas palavras em tom ríspido, virando as costas e começando a caminhar.

Arthur esperou que Guilherme desse alguns passos para que finalmente dissesse alguma coisa.

– Por que você não me mata logo, como fez com a minha mãe? – Pestanejou ele ainda sentado, atraindo olhares com suas palavras fortes.

Por um instante, Guilherme parou e virou-se para responder, mas apenas encarou o filho e lhe lançou um triste olhar. Balançou a cabeça, suspirou, virou-se e continuou a andar. Essa atitude de apatia do pai perante essas palavras o fez arrepiar cada fio de cabelo em seu corpo. Percebeu que seu pai não estava brincando. Contrariado, levantou e começou a segui-lo. Apavorado por dentro, mas insolente e rebelde por fora.

Assustado, Arthur tentava dizer para si mesmo que, pela manhã, seu pai já teria mudado de ideia, mas ele nunca vira seu pai falar daquela maneira e nem visto aquele olhar que recebera. Geralmente seu pai dava discursos moralistas, sermões, e tudo com o temperamento à flor da pele. Nunca recebera tamanha indiferença. Preocupou-se. Talvez dessa vez fosse realmente sério.

Agora seguia o pai, em busca de um táxi, enquanto pensava no garoto atropelado. O carro de seu pai tinha sido apreendido e estava em um dos pátios da prefeitura. Alguém não ia ficar nada feliz quando visse o estado do automóvel. Entraram no táxi, não disseram uma palavra durante todo o caminho. O clima ficou ainda mais pesado quando estavam no elevador, ainda mudos.

Ao entrarem no apartamento, Guilherme fez sua última declaração do momento.

– Arrume sua mala. Você sai depois do almoço – dizia enquanto Arthur ia em direção a seu quarto. – Se chegar a hora de ir embora e não estiver com a mala pronta, você vai com a roupa do corpo.

Arthur bateu a porta e Guilherme contorceu o rosto de raiva.

Arthur olhava para seu quarto, estava apoiado com as costas na porta, pensando no que fazer. Vermelho e preto eram as cores predominantes de seu enorme quarto, grande o suficiente para ter uma escada que levava para um pequeno mezanino à direita da porta, onde ficava sua cama *king size*, criados-mudos e várias prateleiras repletas de enfeites, caixas de som, livros, aparelhos eletrônicos, abajures, caixas e uma pequena bagunça. Logo à frente da porta, havia uma gigantesca janela que ocupava praticamente a parede inteira, o pé direito alto permitia que ela tivesse mais de três metros de altura e seus quase oito metros de largura.

Caminhando entre a televisão, videogame, equipamentos de última geração e móveis modernos, que mais faziam o andar de baixo parecer uma sala de estar, caminhou devagar até a janela, contemplando a bonita e exótica vista da cobertura em que morava. Pensava que desta vez as coisas realmente tinham engrossado.

Mas o que seu pai iria fazer? Imaginava Arthur. Expulsá-lo de casa? Mandá-lo para um trabalho voluntário? O que o fez pensar que ele trabalharia? Ia obrigá-lo? Seu pai devia estar maluco.

Começava a acreditar que, desta vez, seu pai fosse prosseguir com essa ideia, mas ainda queria acreditar que não por muito tempo. O quê? Uma... duas semanas? Depois seu pai acalmaria os ânimos, e ele, Arhtur, voltaria para casa. Seu pai trocaria dois ou três telefonemas e toda essa história do atropelamento desapareceria.

Ótimo. Ele é que não iria implorar por misericórdia nem nada disso. Se seu pai queria despachá-lo pra qualquer outro lugar, tudo bem, mas se achava que ele, Arthur, iria fazer o esperado, estava muito enganado. *Eu vou pra essa cidadezinha de merda, mostrar que eu tô é feliz de ficar longe dele,* pensava Arthur.

Arthur foi até um dos armários, arreganhou as portas e pegou uma mala em uma das prateleiras mais altas. Escancarou-a no chão e começou a pegar um monte de roupas e jogar na mala, sem selecioná-las. Foi até o seu banheiro, juntou um punhado de coisas também e jogou tudo na mala. Pegou um controle remoto largado em um dos sofás, apertou um botão fazendo a cortina escura cobrir toda a janela, por onde começavam a surgir os primeiros sinais de dia. Subiu ao mezanino, se jogou em sua cama com a roupa do corpo e, sem remorso ou preocupação, adormeceu quase instantaneamente.

Guilherme, por outro lado, acordou cedo após uma noite muito mal dormida. Tomou um longo banho para tentar relaxar, mas não surtiu muito efeito. Sentou-se logo em seguida à mesa para tomar o café que as empregadas haviam preparado. Solitário, terminou sua refeição. Levantou-se, foi até seu escritório e pegou o telefone.

Ficou sentado em sua poltrona de couro, encarando o telefone. Pensava se deveria realmente fazer aquela ligação. Passou o olhar pelo escritório enquanto girava pelo eixo da cadeira. Observava pensativo o ambiente, cheio de quadros e móveis clássicos, uma das paredes tomada completamente por estantes de madeira, bonitas e entalhas, repletas de livros. Na parede oposta, algumas prateleiras abarrotadas de diplomas, prêmios e homenagens que colecionou ao longo de anos de carreira. Estava triste. Sentia-se solitário, sentia que havia falhado.

Voltou a encarar o telefone que segurava em suas mãos. Hesitou mais uma vez. Olhou o porta-retratos em cima de sua mesa. Deixou o telefone de lado para apanhar o retrato e examinar melhor a foto. *Eu falhei, Lúcia.* Pensou enquanto admirava a imagem. Nela, ele segurava sua esposa pelos ombros. Arthur tinha feito doze anos havia algumas semanas na época em que a fotografia fora tirada. E, mais baixo, estava à frente no meio dos dois, fazendo uma careta, mas deixando transparecer um sorriso. Todos estavam sorrindo.

Guilherme lembrava bem da foto, foi a última que tiraram antes de descobrir que Lúcia estava doente. Estavam em um parque, e ela havia pedido para um senhor fotografá-los. Ele disse: "Bela família", logo após tirar a foto. Agora, sua esposa estava morta, e seu filho perdido. Passou mais uma vez o olhar pela prateleira cheia de prêmios, cheia de placas contendo as mais diversas homenagens em seu nome. Lembrou-se de quantas vidas já havia salvado. Mas que não pôde salvar sua mulher, e não conseguiu educar seu filho. *Eu falhei, Lúcia,* pensou mais uma vez, devolvendo o retrato em seu lugar original, com os olhos marejados.

Depois de um longo suspiro, criou coragem para fazer a ligação. Discou um número que sabia de cor e aguardou o outro lado da linha.

– Céus, Guilherme! – Atendeu a voz aflita do outro lado da linha. – Eu já estava para te ligar – foi logo dizendo.

– Olá, Roberto, você estava, é? – Surpreendeu-se Guilherme.

– Sim, cheguei no hospital e estavam todos comentando. Acabei de ler o jornal – Guilherme suspirou.

– Droga! – Deixou escapar. – O que estão falando nos jornais? – Quis saber.

– A maioria dos jornais fala sobre o acidente, que Arthur roubou o carro e atropelou um garoto. Mas você sabe como são os jornalistas, alguns jornais já mencionaram o fato de o garoto estar internado no hospital do pai da própria pessoa que o atropelou, e especulam quanto o hospital vai ganhar com a internação desse garoto. Estão dizendo que vai sair no lucro – contou Roberto, fazendo Guilherme levar a mão à cabeça.

– Você só pode estar brincando que ele foi se internar justo no Quatro Trevos – lamentou-se Guilherme.

– O que você esperava, o garoto sofreu maus bocados, parece que a família tem dinheiro e era o hospital mais próximo da região – informou Roberto.

– Tem alguma foto do Arthur em algum jornal? – Perguntou preocupado, desviando um pouco o assunto.

– Não. Só do garoto que sofreu o acidente e do carro.

– O carro – lembrou Guilherme. – Eu tenho que ir buscá-lo – disse mais para ele do que para Roberto.

– Pois é. Mas você queria falar comigo outra coisa? – Questionou Roberto.

– Sim, sim. – recordou-se. – Lembra daquele programa de voluntários que queríamos tentar no Instituto Santa Lúcia?

– Lembro, claro que lembro.

– Pois nós vamos começá-lo hoje mesmo.

– Quê?! – Espantou-se Roberto. – Como assim?

– Você está voltando para Pinheiros do Sul hoje, não está?

– Estou! – Afirmou confuso.

– Arthur deve chegar no final da tarde.

– Arthur?! – Exclamou mais uma vez. – Você está falando sério?

– Eu falo sério, Roberto. Infelizmente – confirmou Guilherme, melancólico.

– Guilherme, você acha que essa é uma boa ideia? – Perguntou preocupado.

– Essa é minha última tentativa, Roberto. Eu não sei mais o que fazer. Ele vai ficar no Instituto nos próximos seis meses, quer ele queira ou não. É duro para um pai dizer isso, mas se no final desse período eu não acreditar que ele melhorou, do fundo do meu coração, vou deixá-lo sozinho nesse mundo. Eu sei que fiz tudo que pude, estou cansado.

Roberto ficou em silêncio do outro lado da linha. Não sabia o que dizer. Continuaram assim, por alguns instantes.

– Guilherme, pense bem. Não é uma questão apenas sobre o Arthur, pense na influência que ele pode ser para aquelas crianças, é uma situação muito delicada.

– Eu pensei sobre isso, pensei muito. Mas a Yasmin também está indo para lá, não está? – Perguntou Guilherme, com a voz ainda mais triste.

– Sim. Ela só vai amanhã – respondeu abalado.

– Tenho certeza que ela vai minimizar qualquer má influência que ele possa causar. Aliás, pelo contrário, acho que ela vai causar um efeito bastante positivo nas crianças – mais um longo instante de silêncio tomou conta da conversa.

– Pode fazer isso por mim, meu amigo? – Perguntou Guilherme com a voz trêmula.

– Claro, Guilherme. Confio no seu julgamento – concordou Roberto.

– Roberto...

– Sim.

– Mais uma coisa.

– Diga.

– Não pegue leve com ele. Não pense nele como meu filho, porque nem eu mais penso assim.

Depois das fortes palavras, Guilherme e Roberto despediram-se e desligaram. Guilherme deveria estar no hospital cedo aquele dia, mas os eventos da noite anterior alteraram os planos. Agora teria de atravessar a cidade de táxi, para apanhar seu carro no pátio da prefeitura. E assim o fez. Com o trânsito agitado do horário, como era de se esperar em Zankas, Guilherme levou quase uma hora para chegar ao local.

O estrago era até menor do que imaginara, mas a imagem era chocante. O vidro dianteiro de sua BMW série 7 estava todo trincado, e a cor branca do veículo destacava as manchas de sangue, o capô amassado. Guilherme olhou para seu carro, com uma lástima enorme. Com o vidro daquele jeito e com o carro todo ensanguentado, achou melhor que o carro fosse levado pelo guincho do seguro. Ligou.

Após a confirmação de que o seguro estava a caminho, Guilherme aguardou do lado de fora do pátio, encostado no muro. Melancólico, refletia mais uma vez sobre quais atitudes poderia ter tomado para evitar que as coisas chegassem àquele ponto. Não podia acreditar que quem havia feito aquilo era seu filho, o mesmo que alguns anos atrás era alegre e dócil. Como será que as coisas se tornaram tão negativas? Ele sabia que Arthur nunca superara muito bem a morte da mãe, mas isso seria suficiente para provocar uma mudança tão grande no futuro de seu filho?

O guincho chegou por volta de uma hora depois. Era quase a hora do almoço e Guilherme apostava que Arthur ainda estava jogado em sua cama. Depois de mostrar vários documentos e assinar uma pilha de papéis, o guincho levou o carro. Iriam devolvê-lo dentro de alguns dias, já consertado. Ele voltou para mais uma viagem de táxi. O taxista até tentou puxar algum assunto, mas Guilherme não estava muito no clima.

Depois de mais uma longa viagem, Guilherme voltou para sua cobertura. Passou pela sala de jantar, a mesa do café já havia sido retirada e o almoço estava posto. Verificou que os pratos estavam intactos e concluiu que Arthur ainda estava dormindo. Foi zangado a passos firmes até o quarto de Arthur. Abriu a porta em um rompante sem bater, entrando no breu do quarto. Então disse em voz alta para poder acordá-lo.

– Levante, Arthur! Já está na hora de ir embora.

Capítulo 2

O experimento

Arthur estava jogado por cima das cobertas, com a mesma roupa que estivera no acidente. Não acordou com o rompante do seu pai, que o chamou mais uma vez e nada de reação. Subiu o pequeno lance de escadas do mezanino. A única luz que entrava no quarto era a da porta pela qual Guilherme acabara de entrar, que mal iluminava o rosto de Arthur.

Guilherme parou, observou o filho dormindo. Um garoto já tão crescido, daquele tamanho... Como poderia dormir tão tranquilamente depois da noite anterior? As coisas fugiram do controle e a verdade é que não era de agora, já havia algum tempo. Cabulava as aulas, e quando as frequentava era suspenso. Envolvia-se com más companhias, foi à delegacia repetidas vezes por causa de brigas, se tornara uma pessoa arisca e agressiva. Guilherme era incapaz de compreender como Arthur podia ter atropelado uma pessoa, deixando-a internada em estado grave algumas horas atrás, e dormir em sono tão profundo? Chegava a ser tão sombrio que até arrepiou-se com esses pensamentos.

– Arthur! – Chamou Guilherme, quase gritando, fazendo Arthur mexer-se em um rompante. – Levanta! Chegou a hora de ir embora desta casa – falou carregando na voz um ódio que perdurava até agora.

– Ótimo! Finalmente encontrei um dia de felicidade – disse Arthur, debochado.

– Você não merece nem a comida que come, que, por sinal, está servida na mesa – comunicou Guilherme, fazendo o caminho de volta. – Se não quer morrer de fome, é melhor comer logo porque sairemos em breve – anunciou saindo do quarto e teve que conter sua raiva para fechar a porta sem violência.

Mais uma vez, Arthur se encontrou no escuro. Pegou o celular no bolso e apertou um botão para iluminar o quarto à procura do controle da cortina pelo chão, até achar. Apertou o botão e a cortina começou a se recolher lentamente, iluminando o quarto pouco a pouco. Levantou-se e foi até o seu banheiro, olhou-se no espelho e viu seu rosto amassado e suado. Viu o seu reflexo, seus cabelos pretos curtos e bagunçados, os sinais de olheira, seus olhos castanhos e tristes, seu rosto delgado parecia cada vez mais fino e magro. Decidiu tomar um banho.

Já de baixo do chuveiro, não conseguiu mais deixar a consciência tranquila. Na sua cabeça não paravam de passar flashes do atropelamento. Ele deslizando, o carro subindo na calçada, a batida, o barulho, o vidro estilhaçando. Ele lembrava-se de descer meio tonto do automóvel, olhar para o rosto de seus amigos que passavam ao lado em outros carros, olhando fixamente para um ponto, e depois acelerarem para ir embora e o deixarem ali.

Também se lembrava de, depois de ser abandonado, olhar na direção em que seus amigos olhavam e ver ali uma pessoa, inconsciente, deitada no meio de uma poça de sangue.

As imagens continuavam a atormentar seus pensamentos. Recordava-se de, desesperado, correr na direção de seus amigos, sem raciocinar. Correr atrás de pessoas que estavam de carro... Burro. Lembrava-se das sirenes da polícia ao longe, da rua deserta e de correr mais alguns passos, de procurar alguém. Lembrava-se de travar, de cair de joelhos. E de voltar o olhar para a vítima que acabara de fazer.

Estava ajoelhado no meio da rua e pessoas começavam a sair de um bar e ir em direção ao atropelado. Um rapaz gritava... "Erick!" Era isso... lembrava agora o nome dele. Formou-se rápido um grupo na calçada, alguns começavam a olhar, com raiva, para ele, ajoelhado ao longe na larga avenida. O som da sirene se tornava próximo, até que duas viaturas dobraram a esquina. As pessoas apontavam para ele, enquanto um policial olhava para vítima com olhar aflito, o outro vinha em sua direção, ordenando alguma coisa que ele nem ao menos conseguia escutar de tão atordoado que ficara.

Não sabia o que estava sentindo ao certo, se era culpa, se era preocupação, arrependimento... tudo que sabia é que aquilo estava invadindo seus pensamentos e não queria que isso acontecesse. Desligou o chuveiro e saiu. Pegou mais uma roupa escura em seu armário repleto de roupas. Jeans e camiseta preta.

Olhou ao redor e viu se não tinha mais alguma coisa que gostaria de levar. Foi até sua prateleira de videogames e pegou dois consoles portáteis. *Pode ser útil,* pensou. Pegou o notebook e também o jogou na mala e, enquanto fechava o zíper, seu pai voltou a surgir na porta, sem bater. Ficou em silêncio ao ver que seu filho terminava de fechar a mala.

– Acredite, ninguém está com mais pressa do que eu para sair desse lugar – falou Arthur com insolência, antevendo as palavras de seu pai, que apenas franziu as sobrancelhas.

Arthur carregou sua mala para fora do quarto e a largou no chão ao se aproximar da mesa onde estava servido o almoço. Seu pai foi para seu escritório, enquanto Arthur se servia e começava a comer sua refeição.

Passaram alguns minutos, as imagens se repetiam na cabeça de Arthur. Comia devagar, reflexivo.

– Tá legal, vamos embora – falou Guilherme aparecendo no ambiente.

– Eu estou comendo – anunciou Arthur indiferente.

– Não perguntei se está comendo, falei que está na hora.

– Eu estou comendo – falou no mesmo tom, enchendo a boca mais uma vez de comida.

– Se queria comer, deveria ter acordado mais cedo. Vamos embora – disse com rispidez.

– Eu estou comendo – falou com a boca cheia.

– Levante e vamos embora agora – ordenou Guilherme em tom ameaçador.

– Ótimo! – Disse Arthur, levantando em um rompante, dando um tapa com as costas da mão em seu prato, derrubando comida por toda a mesa.

– Seu moleque! – Gritou Guilherme – Você vai limpar isso! – Vociferou.

Arthur riu com desdém, olhou para seu copo de suco que ainda estava pela metade e deu um peteleco, derrubando-o também.

– Force-me – desafiou.

Guilherme estreitou o olhar e chegou a mostrar os dentes de raiva. Deu passos em direção a ele e parou em sua frente, fuzilando-o com os olhos. Precisou de muito autocontrole para não bater no filho.

– Quer saber? – perguntou segurando-o pela camisa em seu ombro esquerdo, puxando-o e empurrando-o em direção à porta com força, quase fazendo Arthur cair. – Eu só quero você longe daqui o mais rápido possível.

Arthur fez o caminho de volta, seu pai o impediu.

– Eu vou pegar a minha mala! – gritou irritado empurrando o seu pai.

– Você é um ingrato – falou, enquanto Arthur pegava suas coisas.

– Que seja – disse com a costumeira indiferença passando pelo seu pai.

Foram obrigados a, mais uma vez, pegar um táxi. Foi uma longa viagem até a rodoviária, mais pelo clima do que pela distância. O ambiente era sempre pesado quando estavam confinados em algum lugar. Enquanto Guilherme se lamentava por tudo que acontecia, Arthur pensava que seu pai devia estar louco, afinal estava o mandando para longe, com tudo pago, era como tirar umas férias. Ainda teria o privilégio de faltar no colégio com o consentimento do pai. Este nem iria saber onde ele estaria.

Sem trocarem uma palavra, chegaram ao destino. Arthur apanhou a mala e seguiu de má vontade seu pai até o guichê de passagens. Somente lá descobriu o seu destino: Pinheiros do Sul. Se não estava enganado, seu pai visitava aquela cidade ocasionalmente. Imaginava que tipo de hospital encontraria lá, com certeza era uma cidade pequena.

Ainda sem conversar, foram para a plataforma de embarque. O próximo ônibus sairia em meia hora. Esperar aqueles trinta minutos parecia uma eternidade, nunca o tempo havia passado tão devagar, mas finalmente autorizaram o embarque. Guilherme então deu suas últimas palavras.

– Doutor Roberto vai estar te esperando na rodoviária. Não faça nada estúpido, moleque. Não seja ainda mais idiota do que tem sido – falou irritado.

– É... tanto faz – falou sem dar importância subindo no ônibus sem olhar para seu pai.

Guilherme ainda ficou do lado de fora, aguardando o ônibus partir, para certificar-se de que seu filho não aprontaria nada de última hora, como fugir, talvez. O ônibus ligou o motor alguns minutos depois e finalmente partiu. Em uma mistura de alívio e preocupação, Guilherme suspirou.

Arthur sentou na janela, olhava a paisagem passar, ouvindo música em seu celular. Um senhor de idade lia um jornal ao seu lado. Quando passavam pelo acesso, não muito longe da rodoviária, que levava para a saída sul da cidade, Arthur reparou em uma pequena matéria no jornal que o senhor à sua direita lia, com uma pequena foto do carro de seu pai com os vidros quebrados e o capô sujo de sangue.

Menor rouba carro do pai e deixa jovem ferido gravemente

Arthur tentou ler alguma coisa, mas naquela distância e com o ônibus balançando, só conseguiu ler o título.

Tentava dormir no caminho, mas as imagens do acidente voltaram a lhe atormentar. As mesmas cenas passavam repetidas vezes em sua cabeça. Não parava de pensar no que poderia acontecer àquele garoto. *Maldito cachorro*, lembrava do cachorro que entrou na pista fazendo-o subir a calçada. *Antes tivesse atropelado aquele cachorro estúpido*, pensava ele.

A viagem foi maçante, não conseguiu dormir, apenas dar pequenos cochilos. Pensava no que ia encontrar pela frente, quanto tempo teria de ficar nessa espécie de exílio que seu pai impôs, quando seria o seu julgamento, que tipos de penas poderia pegar, por que seus amigos não ligaram ou mandaram nenhuma mensagem para saber como estava. E quando Arthur imaginava que não havia mais nada para pensar, começava a repassar tudo pela cabeça.

Por volta de seis horas da tarde, o ônibus chegou ao seu destino. Arthur deu um longo suspiro e resolveu descer logo. Aguardava o funcionário da companhia abrir o bagageiro do ônibus. Atrás da grade do desembarque, Arthur viu doutor Roberto. Ele já o conhecia, era um velho amigo de seu pai, embora não o visse havia alguns anos. Estivera algumas vezes em sua casa, mas nunca chegaram a trocar muitas palavras.

Assim que recebeu sua mala, foi ao encontro do doutor, que estendeu sua mão por educação para cumprimentá-lo. Por um segundo, hesitou, mas não achou inteligente e não viu um bom motivo para não retribuir o gesto, então apertou sua mão, mas sem muita firmeza.

– Olá, Arthur – disse em saudação.

– Olá – respondeu com a voz um pouco arrastada.

Arthur olhou ao redor, pelo tamanho da rodoviária, era uma cidade ainda menor do que imaginava. Tinham apenas seis plataformas. Olhando agora, ficava até surpreso que tivesse um ônibus direto de Zankas. Cinco minutos e suas expectativas diminuíram consideravelmente, não teria muito o que se fazer ali.

Seguiu doutor Roberto até seu carro, que estava estacionado ali perto. Arthur carregou o porta-malas com sua bagagem e se acomodou no banco da frente, doutor Roberto deu a partida. Depois de percorrerem alguns minutos em silêncio, doutor Roberto arriscou-se.

– Então, eu suponho que seu pai tenha contado o que tem que fazer.

– Não, senhor. Ele não comentou – demorou alguns segundos para responder, com preguiça, prevendo que uma conversa estava nascendo.

– Não? – Roberto mostrou ligeiro espanto – Sério?

– Não – disse sucinto.

– Bom, creio que devo te orientar então – disse após alguns segundos de reflexão.

– Com todo o respeito senhor, não conte comigo – disse logo de uma vez, sem ao menos olhar para Roberto, que deu uma olhada brusca para ele, continuou apenas observando a paisagem passar pela janela.

– Eu não creio que tenha essa opção – falou em um tom mais severo.

– Eu acho que tenho – desafiou ainda com indiferença. – Ou você acha que alguém vai conseguir me obrigar a limpar banheiros ou coisas do tipo?

Roberto deu uma breve risada irônica e balançou a cabeça.

– Então é isso que você acha que vai fazer? – Balançou a cabeça mais uma vez. – Embora eu ache que uma vez na vida você deveria fazer coisas desse tipo, para aprender a dar valor a essas atividades que outros sempre fazem por você...

– Ah, qual é! – Irritou-se Arthur, falando por cima de Roberto – Vim até aqui para ouvir sermão? – Perguntou olhando finalmente para Roberto, que continuou falando agora elevando a voz e muito mais ríspido.

– Embora! – Disse quase em um berro, parafraseando para continuar sua fala. – Embora eu ache que deveria realmente fazer essas coisas, não é isso que vai fazer.

– E o que é que vocês acham que eu vou fazer? – Perguntou petulante.

– Você está indo para um instituto médico de combate ao câncer infantil. Você vai ser internado fingindo ser uma delas – disse Roberto de uma vez.

– Espera, o quê?! – Exclamou inclinando-se para frente do banco.

– Seu trabalho será um experimento, um teste. Você vai fingir ser um paciente e vai fingir ser uma pessoa otimista, encorajando as demais crianças, transmitindo-as confiança e um pouco de esperança. Queremos observar como isso refletirá no tratamento das crianças.

Arthur olhou incrédulo para o Roberto por um momento, estreitou o olhar desconfiado.

– Você está brincando, certo? – Certificou-se.

– Pode ter certeza que não estou – respondeu com firmeza.

– Como assim? Eu vou ser internado com um bando de pivetes doentes? Eu vou ser babá? Cara, diz pra mim que você tá zoando! – falou, misturando irritação com incredulidade.

– Eu não estou – falou com igual firmeza. – Você não será uma babá, será um paciente. Aliás, você será tratado como um paciente. Respeitará os horários de um paciente, as normas de um paciente, dormirá junto com os pacientes, comerá com os pacientes, a mesma comida que os pacientes. Você só não receberá o mesmo tratamento médico que eles porque, se o fizesse, você morreria, do contrário receberia também – discursou com severidade.

– Isso vamos ver, quero saber quantos minutos levarão para descobrir que eu não sou um paciente de verdade – desdenhou.

Roberto freou o carro bruscamente e encostou perto da guia. As pessoas que andavam pela calçada e pelo pequeno comércio local se assustaram e olharam. Arthur olhou para ele com cara de quem não entendeu. Roberto, zangado e com uma expressão intimidadora, olhava através de seus óculos no fundo dos olhos de Arthur, que por sua vez encarava suas bochechas caídas e as rugas da idade ainda mais franzidas em seu rosto. Ele devia ter seus cinquenta anos de idade, mas tinha um rosto sofrido e cansado. Roberto apontou o dedo no rosto de Arthur e começou a falar em voz baixa e ameaçadora.

– Escuta aqui, seu moleque, vamos esclarecer as coisas. Eu não gosto da sua atitude. Eu não sou o seu pai, eu não sou seu amigo. Essa é a última chance que você tem de fazer alguma coisa certa e, se não percebeu, você está longe da sua casa, dos seus amigos delinquentes e deveria estar preso pelo crime que cometeu, isso mesmo, crime! – Exaltou-se ao dizer as últimas palavras e depois continuou no tom que começou. – Se está aqui hoje é porque o seu pai me pediu. – Arthur ouvia incomodado, mas sempre com a expressão de desafio no rosto. – Ao seu pai sim, eu devo favores, mas não me teste, moleque. Eu não vou tolerar as suas malcriações, criança atrevida que só quer chamar atenção. Se o seu pai tolerou isso esse tempo todo, deixa eu te avisar de novo, eu não sou seu pai! – Exaltou-se mais uma vez. – Eu acho bom ninguém descobrir que você não é um paciente ou eu te coloco pra fora. E aí sim você não terá mais nada nesse mundo, não tem para onde voltar, nem como voltar! Seu pai acha que você ainda tem conserto, eu não! Se não quer colaborar, apenas não atrapalhe. Fique com a sua boca fechada. Você será um paciente, entendeu?

Encararam-se por um momento. Até que Arthur respondeu, sem dar o braço a tocer.

– Descobriremos em instantes se eu entendi – continuou desafiador.

Roberto esboçou um sorriso, irônico, aparentemente maligno e continuou quase que em um sussurro.

– Você quer pagar para ver, garoto? Então pague. Só vai me custar um telefonema. Eu ligo para o seu pai, digo que estragou o experimento e você acha o quê? Que vai voltar para casa? Seu pai vai dizer que não quer mais que você responda em liberdade e você vai pra qualquer reformatório, lá a gente vê se você é mesmo esse machão que tenta mostrar que é – encerrou pensando ter deixado Arthur sem resposta e voltou a dirigir.

Arthur começou a rir, o que irritou Roberto, mas que se conteve para não dizer mais nada. Então Arthur disse em tom provocativo:

– Cara, se essa bosta desse hospital pegar fogo, saiba que fui eu. Eu estou te contando antes, porque, quando eu tocar fogo, eu vou me certificar que você esteja lá dentro, então não teria como você descobrir depois. – Arthur voltou a rir, Roberto não disse mais nada.

Continuaram pelo caminho. Arthur voltou a não olhar para Roberto, observava a janela, viu que estava cada vez mais distante do centro da cidade, não havia mais casas ou construções por onde passavam, só vegetação, largos gramados e, ao fundo, altos pinheiros. Ficou fácil descobrir por que o nome da cidade era

Pinheiros do Sul. Arthur prestava bastante atenção no caminho, já pensando em como fazê-lo de volta para a rodoviária. Quando começou a se irritar com a distância, visualizou um prédio de quatro andares que só poderia ser o hospital.

O prédio era moderno e não condizia com o resto da cidade, a qual parecia ter parado no tempo. Assim que entraram na propriedade do hospital, Arthur reparou em um grande casarão ao fundo.

Não havia asfalto ligando a estreita estrada ao hospital. Era um pequeno caminho de terra batida, o redor do prédio era tomado por um gramado extenso e sem fim. E algumas árvores aleatórias, duas das mais próximas, tinham balanços pendurados em seus galhos. Um pouco distante, mais uma vez surgia a orla de uma floresta de pinheiros.

Roberto estacionou o carro no próprio gramado, próximo à entrada. Arthur desceu do carro e foi até o porta-malas, onde pegou sua bagagem. No casarão ao fundo, viu algumas crianças aparecerem na janela, todas carecas. Arthur teve um sentimento ruim.

– Venha! Vou te apresentar e mostrar onde vai ficar hospedado – chamou Roberto, de má vontade.

Arthur largou sua mala no chão, bufou, pegou um maço de cigarro no bolso interno de sua jaqueta de couro.

– O que você está fazendo?! – Perguntou Roberto, que assistia inconformado.

Sem se incomodar, Arthur buscou seu isqueiro Zippo no bolso de sua calça, levou um cigarro à boca e acendeu, enquanto Roberto o fuzilava com o olhar.

– O que parece que eu estou fazendo? – Perguntou desaforado enquanto Roberto passava de inconformado para enraivecido, transformando a expressão em seu rosto.

Com três passos lentos, Roberto se aproximou de Arthur, sem desviar o olhar. Encarou-o por um momento. Arthur não se intimidou, pelo contrário, deu uma longa tragada e baforou a fumaça em Roberto.

– Você está em um hospital. Apague esse cigarro.

– Eu vou – disse dando mais uma tragada – quando eu terminar.

– Apague isso! – Disse quase se descontrolando.

– Faça-me apagar – continuou com insolência.

Encararam-se por mais alguns instantes. Roberto suspirou, olhou para baixo, esfregou a mão em sua testa e depois voltou a olhar para Arthur.

– Quer saber? Aproveite os seus últimos cigarros, porque por aqui você não vai conseguir mais nenhum. Eu não vou descer ao seu nível.

– É, não desça – respondeu Arthur com uma insuportável tranquilidade na voz, dando mais uma tragada. – Você é melhor que eu. Todo mundo aqui é melhor que eu, não é? – Perguntou, começando a girar para referir-se às pessoas do hospital pendurando o cigarro na boca e estendendo os dois braços. – Vocês todos são médicos e enfermeir... – Parou imediatamente e abaixou os braços a se deparar com o letreiro do hospital.

– Você é um caso perdido, garoto. Tenho pena do seu pai – disse, sem dar importância à abrupta interrupção de Arthur, que continuava a olhar o nome do hospital.

Roberto começou a caminhar.

– Anda logo, eu não tenho o dia inteiro – chamou.

Arthur deu uma última olhada no nome "Instituto Médico Santa Lúcia" e se perguntou se o nome de sua mãe estar ali era mera coincidência. Abaixo, em letras menores, tinham as palavras "Combatendo o Câncer Infantil". Arthur resolveu deixar seus pensamentos de lado e decidiu seguir Roberto. Voltou a apanhar sua mala e o seguiu por todo o gramado que contornava o hospital, indo para o casarão do fundo. Várias crianças se aproximaram da porta e das janelas, assistiam-no chegar.

Gutti Mendonça

Perto da escada de três degraus que dava para uma larga porta dupla de entrada, havia uma placa fincada no chão com os dizeres: "Bem-vindo à casa Claridade". Arthur se perguntou se "Claridade" era algum tipo de referência à luz, esperança ou algum tipo de consolo para aquelas crianças ou se fazia referência a um dos maiores grupos de empresas de Zankas e do mundo. Mas sua dúvida rapidamente se esclareceu, ao terminar de se aproximar e ver no canto inferior uma pequena logomarca do grupo.

– Olá, crianças – cumprimentou Roberto enquanto entrava na casa acompanhado de Arthur em seus calcanhares, que jogou a bituca de cigarro no gramado antes de o seguir.

Pararam no saguão de entrada. Arthur sentia calafrios de ficar naquele lugar, cheio de crianças carecas e olhando para ele. Olhou em volta para conhecer o ambiente, que tinha cores alegres, quadros com desenhos coloridos, ao fundo uma lareira em frente a um sofá de três lugares e duas poltronas, uma em cada lado. Um grande, largo e felpudo tapete estava no meio da sala, onde Arthur imaginou que os jovens pacientes ficassem deitados fazendo qualquer coisa de criança. Uma escada à direita devia provavelmente levar para os quartos. Enquanto Arthur ainda observava o cômodo, Roberto começou a falar.

– Crianças, crianças... – chamava Roberto, com um sorriso no rosto tentando ganhar um pouco de atenção. – Bom, alguns de vocês já me conhecem e... – Eu! – Falou animada uma das crianças, interrompendo Roberto.

– Isso mesmo, Luca – concordou o médico sorrindo e retomou. – Eu sou o doutor Carvalho e serei, a partir de hoje, o novo diretor do hospital...

– A partir de hoje?! – Exclamou Arthur

– Correto – falou não gostando de ser interrompido novamente.

– Droga, cara, como eu tenho azar, chego justo hoje – comentou com petulância.

– Crianças, eu só quero que saibam que qualquer coisa que precisarem, podem conversar comigo. Eu sou amigo de vocês, não hesitem em me procurar, ok?

Algumas crianças concordaram em coro, as mais tímidas apenas com a cabeça. Uma senhora, mulata, gordinha, com seus quase sessenta anos, saiu de uma das portas da sala com mais duas crianças. Pelo o avental que usava, Arthur imaginou que estivesse saindo da cozinha. Ela sorriu ao ver Roberto.

– Olá, Cecília – cumprimentou ao vê-la.

– Olá, doutor Carvalho – retribuiu.

– Você é o novo paciente? – Perguntou a mesma criança dando um pulinho e levantando a mão para chamar atenção.

Arthur largou a mala no chão. Olhou para a criança que o questionara, e percebeu que voltou a ser o centro dos olhares, principalmente de Roberto, que o olhava fixamente, aguardando sua resposta. Ele e o médico trocaram olhares por alguns segundos. Arthur com uma expressão de deboche, esboçou um sorriso irônico e respondeu finalmente:

– Acho que eu sou, acho que sou.

– Como você chama? – Perguntou a mesma criança inquieta.

– Arthur. Arthur Zanichelli. Mas não conversa comigo não, tá, pivete? – Falou intimidando algumas crianças que arregalaram os olhos.

– Valha-me nossa senhora, Ave Maria – disse Cecília, como que em um reflexo, levando as duas mãos à boca.

– Moleque atrevido – reclamou Roberto. – Vamos subir logo! – Disse com rispidez – Vou mostrar o seu quarto.

– Eu sou o Luca! – Disse feliz, inabalado, sorrindo, deixando suas generosas bochechas ainda mais redondas.

– Eu não perguntei – retrucou Arthur, apanhando a mala e virando as costas, dessa vez sim fez o garoto armar uma expressão de choro. Cecília correu para apanhá-lo no colo. Ele segurou o choro.

Gutti Mendonça

Enquanto Arthur subia as escadas, atrás de Roberto, ouviu Luca resmungar ao fundo.

– Ninguém gosta de mim. Eu quero brincar com o Tiago, posso ver o Tiago? – Disse com a voz chorosa, fazendo Arthur virar os olhos.

– Meu amor, você sabe que o Tiago está em observação hoje, ele não vem aqui pra Claridade. – explicou com voz suave Cecília.

Arthur não conseguiu mais ouvir o que falavam no andar de baixo, chegou exatamente na metade do corredor, onde ficava a escada que o dividia ao meio. Se olhasse para a direita, poderia ver quatro portas, olhando para o outro lado, poderia se ver outras quatro portas à esquerda, e, em frente à escada e às portas, ocupando toda a extensão do corredor, uma janela que ia mais ou menos da altura do seu joelho até o teto. A vista dava para o hospital, e para mais uma floresta de pinheiros na frente do hospital que começava após um comprido gramado do outro lado da rua.

Roberto virou para a direita, Arthur fez uma matemática rápida e não gostou do número das portas, ficou com um receio, que se confirmou assim que Roberto abriu a porta mais próxima da escada e ele viu um quarto com seis camas.

– Ah não, qual é! – Resmungou.

– O que é agora?

– Você está de brincadeira! Eu vou ficar no mesmo quarto que um bando de pivetes doentes – dizia inconformado.

– Abaixe o seu tom de voz, moleque. Eu não quero ouvir você falando assim das minhas crianças. Meu Deus! Estou com você há meia hora e não te suporto mais, como o seu pai aguentou tanto tempo? – Roberto diminuiu a voz e continuou. – Eu falei para você que seria tratado igual a um paciente, e é assim que será.

– Isso é tudo que a Claridade conseguiu pagar? Uma empresa que fatura bilhões de palmos e não conseguiu construir uma casa de um quarto para cada um? O quê? Eles tão fazendo caridade ou só querem mesmo a propaganda? Dão uma espelunca dessa e dizem que ajudam as pobres criancinhas com câncer? – Disparava Arthur irritado.

– Você é inacreditável. Um garoto que tem tudo, podia ter o futuro que quisesse e... – observava.

– Eu sei, eu sei, eu sei... Garoto inteligente, de família boa, futuro brilhante... Ouvi muitas vezes – interrompeu irritado.

– Você não quer estar aqui, moleque, nem eu quero que esteja. Eu já falei que estou fazendo isso pelo seu pai, senão...

– Senão foda-se! – Interrompeu novamente, aumentando ainda mais a voz que agora possivelmente poderia ser ouvida do andar de baixo. – Foda-se meu pai, foda-se você, foda-se essa porra toda dessa merda de hospital. Apenas fale logo qual é o caralho da minha cama, para que eu possa deitar, esperar e torcer pra que eu morra antes dessas crianças – gritou sem medir uma palavra.

Pela primeira vez, doutor Carvalho ficou sem reação. Estava pálido e boquiaberto. O silêncio era tão grande que dava para escutar o estalar da madeira dos degraus da escada, certamente todos tinham escutado no andar de baixo e agora estavam sem palavras. Roberto continuou a olhar Arthur, sem crer no monstro que estava diante dele. Ouviu muitas histórias e muitos desabafos sobre o rapaz, achou que com rédea dura, que julgava que seu amigo Guilherme não teve, obteria algum resultado, mas se deparar com o problema de frente, era muito diferente. Não estava preparado.

– Anda, velho gagá, não fica parado aí na porta feito trouxa. Diz qual é a minha cama.

Roberto ainda demorou alguns segundos para voltar à realidade, só conseguiu apontar a cama de Arthur, que era uma encostada no canto, próxima da janela e de um armário maior. Arthur passou por ele dando um esbarrão com violência no ombro, fazendo-o cambalear, bateu a porta nas suas costas, jogou a mala perto de sua cama e se jogou nela. Acendeu um cigarro e ficou refletindo.

Sua cabeça estava cada vez mais cheia de coisas, eram cada vez mais pensamentos, mais problemas. Viu o quarto ficando escuro lentamente, ninguém foi durante horas para lá, Arthur não sabia se isso era normal ou se ele tinha intimidado as crianças. Após algumas horas, já havia fumado três cigarros, ouviu um barulho na maçaneta e viu a porta abrir uma fresta.

Reconheceu o rosto de Luca, que colocou só um olho na pequena abertura da fresta. Arthur ignorou, mas quando viu que o garoto estava ali já fazia alguns minutos e não se mexia, começou a ficar incomodado.

– O que é garoto? – Perguntou Arthur, encarando a porta finalmente.

Luca, assustado, bateu a porta num rompante. Arthur suspirou, encarou o teto, mas, instantes depois, a fresta voltou a abrir com os olhos de Luca, que eram quase da altura da fechadura.

– Ou entra ou sai, garoto, você está começando a me irritar – falou Arthur sem encarar a porta.

Luca entrou, foi até a cama mais próxima de Arthur e ficou o observando. Arthur suspirou mais uma vez e se sentou na cama, para olhar o garoto que o observava.

– O que é, garoto?

– Eu já te entendi – falou Luca, deixando Arthur verdadeiramente surpreso com a declaração.

– Me entendeu? – Perguntou sem entender.

– Sim.

– Como já me entendeu? – Perguntou curioso.

– Você está zangado porque acha que vai morrer, algumas pessoas chegam aqui assim também – falou Luca deixando Arthur ligeiramente perplexo. Admirou-se por um garoto daquela idade falar de morte com tanta naturalidade.

– Quantos anos você tem, garoto? – Perguntou intrigado.

– Seis, mas eu vou viver mais. Eu vou ficar bom – falou sorrindo.

Arthur não teve certeza do que falar, então apenas ficou quieto. Quem continuou falando foi Luca.

– Você também vai ficar bom – disse dando um pulinho da cama para se levantar, levou sua mão até o joelho de Arthur em um gesto de compaixão e continuou. – Você não pode ficar zangado, eles falam que zangado é ruim pra se tratar.

Arthur olhou nos olhos de Luca, então suspirou. Achou-se burro, acreditava ter entendido só agora o plano de seu pai, de colocá-lo em contato com crianças doentes e moribundas e se sensibilizar. Era desse jeito que seu pai achava que iria mudá-lo? Até parece, pensou. Ficou com uma preguiça da situação.

– Que seja garoto, que seja – falou Arthur se jogando na cama e voltando a se deitar.

Luca voltou para seu lugar e continuou olhando para Arthur, ficou assim alguns minutos. Arthur tentava ignorar, enquanto encarava o teto, mas Luca não parecia cansar.

– O que foi?! – Perguntou irritado. – Vai ficar aí na sua cama me encarando? – Complementou.

– Essa não é minha cama. É do Tiago.

– Legal – falou apático.

– Mas é minha quando ele não está aqui. Às vezes ele fica em observação no hospital e não pode vir dormir aqui com a gente.

– Emocionante – falou com a mesma apatia.

– O que você está fazendo? – Questionou curioso.

Arthur se esforçou para continuar calmo, fechou os olhos antes de responder.

– O que parece que eu estou fazendo? – Devolveu.

– Nada! – Disse inconformado.

– Pois é exatamente o que eu estou fazendo.

– Ah tá. Você vai ficar fazendo isso muito tempo? – Questionava Luca sempre muito curioso.

– Sim. Espero que sim.

Gutti Mendonça

– Eu vou brincar de alguma coisa. Quer ir? – Convidou alegre.

– Não, obrigado – respondia indiferente.

– Você acha fazer nada mais divertido do que brincar?

– Hoje sim, garoto, hoje eu só quero não fazer nada.

– Entendi. Eu vou brincar, se você for fazer alguma coisa diferente, você me chama pra ver?

– Com certeza – concordou só para que ele fosse embora.

A noite já havia se instalado completamente, ninguém mais veio incomodá-lo até a hora do jantar, quando Cecília tentou convencê-lo a descer para se alimentar. Recusou repetidas vezes, até ser estúpido com mais uma pessoa no hospital. Só queria ficar em paz. Com o tempo, as crianças começaram a subir e se aprontar para dormir, com a ajuda de Cecília, a de uma moça e a de um rapaz que ainda não havia conhecido – eles ajudavam os menores. Os grandes, de uns treze ou quatorze anos, já se viravam sozinhos. Quatorze anos deveria ter o mais velho além dele, pelo que pôde perceber.

Arthur continuou com os olhos abertos, até que, aparentemente, todos finalmente dormiram. *Até que enfim,* comemorou Arthur em pensamento. Levantou-se e cochichou para si:

– Hora de ir embora.

Capítulo 3

A nova interna

Arthur caminhou em silêncio até a porta do quarto, não queria acordar ninguém. Não por solidariedade ou educação, mas para não ser abordado. Fez uma careta ao pisar em um degrau que estalou, mas continuou descendo até o saguão de entrada. Ao chegar nele, primeiro reparou na lareira, que estava acesa e iluminava o ambiente, depois, tomou um leve susto ao ver uma garota no sofá.

Ela estava sozinha e parecia assustada, devia ter pouco mais de dez anos e arregalava seus grandes olhos verdes, que amedrontados encaravam Arthur. Ele também travou, retribuiu o olhar por alguns instantes. Ela estava de pijamas e abraçava seus joelhos. Arthur suspirou.

– Oi – disse, sem saber como começar.

– Oi – respondeu direta com a voz fraca, observando Arthur ainda com os olhos arregalados.

– Escuta, você é a... ? – Perguntou.

– Sara.

– Sara! Olha Sara, eu vou dar uma volta e ficaria muito feliz se você não chamasse ou contasse para ninguém. Vai ser melhor para nós dois – disse Arthur com voz amável, mas deixando uma ameaça nas entrelinhas. – Tudo bem? – Sara concordou com a cabeça, tímida. – Posso confiar em você? – Quis certificar-se, Sara concordou mais uma vez com a cabeça. – Ótimo – disse ele virando as costas e indo em direção à porta.

– Aonde você vai? – Disparou Sara de repente. Arthur parou no lugar, e virou os olhos impaciente, antes de se voltar para Sara.

– Vou sair por aí, andar – falou sem muita paciência.

– Posso ir com você?

– Ah não, não, não. Nem pensar – falou abanando as duas mãos e balançando a cabeça em um gesto negativo.

– Por que não? – Questionou Sara.

– Escuta, menina, você não deveria estar na cama? – Perguntou começando a se irritar.

– Eu não consigo dormir – respondeu deixando a expressão amedrontada tomar seu rosto mais uma vez.

– Pois tente de novo. Dessa vez você vai conseguir – instruiu.

– Não consigo, dói demais – falou.

– O que dói demais?

– Minha cabeça, dói muito – falou de uma maneira que quase se podia sentir a dor em sua voz.

– Bom, pois sair por aí não vai melhorar sua dor de cabeça, você deveria tentar dormir de novo. Você fica nessa iluminação ruim, isso é que dá dor de cabeça.

– Eu tenho câncer no cérebro. Minha cabeça dói até quando estou dormindo. Às vezes eu acordo com a dor, como agora – explicou Sara, com naturalidade.

Arthur engoliu em seco e absorveu o impacto daquelas palavras. Não soube o que falar, apenas ficou ali parado, olhando para o rosto da garota, arrepiou-se. Sara continuou.

– Amanhã à tarde vão me operar, eu não queria, queria fugir. Você vai fugir não vai? – Pressentiu Sara.

– Você não pode fugir. Você tem que fazer sua cirurgia, você tem que ficar boa – brigou.

– Eu tenho medo – confessou com sua voz delicada quase em um sussurro, escondendo metade do rosto em seus joelhos.

– Não fique então. Não seja idiota, não pense em fugir – falou Arthur com rispidez, sem ter muito tato, mas dessa vez bem-intencionado. – Você não quer ficar boa logo e voltar para sua casa e para sua família?

Sara deu um breve sorriso inocente.

– Qual casa? – Perguntou franzindo levemente as sobrancelhas.

– Qual casa? Como assim que casa? A sua casa! – Falou Arthur irritado, sem entender.

– Eu não tenho casa. Esse instituto é para crianças carentes, quase todas aqui não têm pais ou casa, moram em abrigos ou orfanatos – revelou. – Você tem casa?! – Exclamou de repente ao se dar conta.

Arthur ficou um pouco desnorteado e demorou para responder.

– Eu tenho... – Respondeu abalado em voz baixa quase inaudível – ou tinha pelo menos... – Complementou pensativo.

– E você também tem pais? – Sara sorriu pela primeira vez, revelando seus dentes ligeiramente tortos, típicos de sua idade, mas também um sorriso bonito.

– Minha mãe morreu – respondeu com a voz fraca. – Olha, Samara...

– Sara – corrigiu ela.

– Sara... Eu tenho que ir logo. E você devia voltar a dormir – mudou o assunto.

– Se eu não posso ir com você agora, posso ir da próxima vez? – Disparou mais uma vez.

– Não. Isso não é uma boa ideia – rejeitou imediatamente.

– Ótimo! – Exclamou zangada, dando as costas para ele e cruzando os braços. – Eu vou fugir sozinha qualquer hora – emburrou-se como uma típica adolescente.

Arthur deu seu tradicional e longo suspiro.

– Vamos fazer assim. Você promete que vai parar com essa ideia de fugir, e de não querer operar e da próxima vez que eu for dar uma volta, eu levo você, beleza? – Ofereceu Arthur.

– Sério?! – Perguntou Sara animada, virando-se para Arthur mais uma vez, debruçando-se nas costas do sofá. – Promete?

Contrariado, Arthur coçou a cabeça preocupado e concordou com um aceno. Sara não ligou para o evidente descontentamento em seu rosto, e sorriu animada.

– Agora tente dormir – brigou Arthur de novo e encaminhou-se mais uma vez para a porta.

– Arthur! – Chamou antes que fosse.

– O que é Sara?! – Resmungou virando-se novamente e contendo um grito em voz baixa para não acordar as pessoas.

– É Arthur seu nome, não é? – Quis certificar-se.

–É. Mas gosto que me chamam de Zani – falava sempre em tom não receptivo.

– Zani?

– Sim. É de Zanichelli.

– Entendi. Zani, por favor, não fale para dona Cecília ou para os médicos e enfermeiros que eu fiquei aqui até a essa hora, não pode – pediu com expressão de preocupação em seus olhos.

– Tá, tá – concordou impaciente e finalmente atravessou a porta.

Depois de sair do aconchego da lareira, percebeu o quanto havia esfriado. Se a temperatura caísse mais um pouco, sua jaqueta de couro não seria o suficiente. Começou a caminhar pelo gramado, indo em direção à estradinha, mas caminhando longe do hospital, para evitar ser visto, pois o prédio ainda estava todo iluminado.

Agora a menina Sara, com câncer no cérebro, era mais um pensamento ruim para ocupar a sua cabeça. Levá-la com ele na próxima vez... *Ainda bem que não ia ter próxima vez*, pensou. Chegou à estradinha e olhou para a direção de onde viera cedo, longe podia-se ver algumas luzes do centro da cidade, seriam alguns longos minutos de caminhada. Não sabia por que o hospital precisava ser tão isolado da cidade.

Desdobrou a gola de sua jaqueta, para proteger o pescoço do frio, encolheu os ombros e colocou as mãos nos bolsos para continuar a caminhada. Seguia pelo acostamento da estrada de apenas uma pista e mão dupla. Olhou no relógio, eram quinze para meia-noite. *Que tipo de pessoas vai dormir dez horas da noite?* Questionou-se Arthur.

Caminhou cerca de vinte minutos até chegar a um perímetro urbano, passou em frente a um *snooker bar* que estava com as luzes acesas e decidiu entrar. Era um típico *snooker bar*, com a luz ambiente baixa e três luzes de foco mais forte em cada mesa. Havia à esquerda quatro mesas para jogo, das quais, duas estavam ocupadas, e à direita havia mesas comuns, onde algumas pessoas bebiam, comiam e conversavam. Foi até o balcão, que ficava ao fundo, e perguntou ao atendente:

– Licença, estou longe da rodoviária? – Perguntou fazendo o balconista encarar o teto pensativo, provavelmente traçando um mapa em sua cabeça.

– Está a pelo menos uns quinze minutos.

– Quinze minutos?! – Exclamou cansado.

Arthur suspirou e sentou-se desanimado no banco vago que estava a seu lado.

– Uma cerveja, por favor – pediu Arthur de cabeça baixa.

Após uns instantes de cabeça baixa, Arthur percebeu que o balconista não se mexeu, e ergueu o olhar para entender por que.

– Você é maior de idade, garoto? – Perguntou desconfiado.

– Todo lugar a mesma coisa, claro que eu sou – encenou como corriqueiramente estava acostumado a encenar.

O atendente o observou por mais alguns segundos e cedeu. Trouxe-lhe uma garrafa de 350 ml e um copo.

– O que vocês têm para comer? – Perguntou faminto, uma vez que almoçara ainda em Zankas e havia se recusado a comer na Casa Claridade.

– Quer um cardápio?

– Não precisa, qual é o mais pedido daqui?

– Sanduíche de mignon e a calabresa apimentada.

– Traga um mignon para mim que está bom – pediu Arthur, dando um gole em sua cerveja gelada e cruzando os braços sobre o balcão. Depois, ao ouvir o som de uma tacada, virou-se no banco giratório, segurando a garrava de cerveja em uma mão e o copo na outra, apoiou os cotovelos em cima do balcão, encostou suas costas e começou a assistir ao jogo.

Um dos jogadores fez uma nova jogada, errou uma das caçapas, Arthur riu e balançou a cabeça. Os quatro jogadores da mesa olharam torto para ele, mas não disseram nada. Continuaram a jogar sobre os olhares de Arthur, que tomava a sua cerveja e debochava a cada vez que alguém errava uma tacada. Evitando confusão, os jogadores ignoravam Arthur, mas estavam visivelmente irritados.

Depois de alguns minutos, o balconista trouxe o sanduíche de mignon e, ao servi-lo, deu um alerta a Arthur:

– Ei, garoto, pare de provocar os clientes da casa.

– Ah, qual é? Esses caras são muito ruins – disse, e seu tom era suficientemente audível para que os jogadores ouvissem e ficassem ainda mais incomodados.

– Eu não pedi a sua opinião – falou o balconista zangado. Arthur levantou as mãos e deixou um sorriso abusado no rosto.

– Ok, ok. Traga mais uma cerveja, por favor – pediu Arthur, que devorava faminto o seu sanduíche.

O sanduíche era bem farto e, apesar da pressa e da velocidade com que Arthur comia seu lanche, levou alguns minutos para terminar. Tomou mais duas cervejas e resolveu retomar sua caminhada até a rodoviária.

– Onde eu pago? – Perguntou ao balconista, que ainda o olhava com expressão não amistosa.

Sem dizer uma palavra, o atendente colocou uma comanda à frente de Arthur e apontou um canto com um caixa, para onde ele se direcionou. Chegou lá e pegou um maço de cigarro que estava exposto com balas e guloseimas – essas coisas que sempre ficam à mostra no caixa.

– Vou levar um maço também – anunciou Arthur.

– São trinta e quatro palmos e quarenta centavos.

Arthur sacou o cartão da carteira e inseriu na leitora. Digitou a senha e aguardou.

– Deu não autorizada – avisou o funcionário.

– O quê?! – Estranhou Arthur, ligeiramente espantado. – Tente de novo – pediu.

Digitou mais uma vez a senha e aguardou apreensivo.

– Mais uma vez – avisou o caixa

– Filho da puta, você não fez isso – comentou para si mesmo.

Nervoso e preocupado, Arthur pegou a carteira e·sacou mais um cartão.

– Tente este – disse entregando outro cartão e fazendo o mesmo procedimento.

– Não autorizada – avisou.

– Filho da puta! – Dessa vez gritou em voz alta, chamando atenção das pessoas que estavam ao redor.

Apanhou mais um cartão na carteira, era sua última esperança, e o entregou. Repetiu o procedimento, digitou a senha e aguardou. O funcionário esperou a resposta da máquina e então olhou para Arthur e balançou a cabeça negativamente.

– Eu não acredito! – Resmungou chutando o balcão irritado.

– Ei, o que está acontecendo? – Perguntou o atendente, distante.

– Nada! Fica na sua aí – falou com arrogância, o jovem funcionário do caixa observava aflito.

Arthur voltou a abrir a carteira, começou a contar seus trocados, tinha exatos vinte e oito palmos.

– Quanto você disse que deu? – Voltou a perguntar.

– Trinta e quatro palmos e quarenta centavos.

– Droga – disse para si mesmo olhando os trocados em sua mão.

– Quanto fica sem o maço?

– Vinte e oito palmos e quarenta centavos – informou.

– Olha, eu só tenho vinte e oito palmos, posso ficar te devendo quarenta centavos?

– Eles vão descontar do meu salá...

– São quarenta centavos! – Interrompeu Arthur com agressividade. – Não pode fazer a caridade do dia?

– O.k.! – Intimidado, o jovem e magricelo que deveria ter a mesma idade que ele, concordou.

– Obrigado – disse Arthur contrariado, dando um tapa no balcão deixando o dinheiro.

No caminho da saída, ainda aproveitou para fazer uma última provocação.

– Eu apostaria que o time das meninas ganharia, mas olhando para esse jogo, eu não sei qual das duplas é a feminina – disse aos quatro rapazes que olharam enfezados para ele, mas mais uma vez se contiveram.

Ao sair, Arthur ficou andando de um lado para o outro na frente do *snooker bar*, estava ofegante, irritado, furioso. Se visse seu pai naquele momento, o xingaria de tudo que pudesse e ainda não acharia o suficiente, afinal ele havia cortado seus cartões de crédito. Como iria pagar agora uma passagem de volta para Zankas? Até seus trocados foram todos gastos. Pegou seu maço de cigarro, havia apenas mais duas unidades, acendeu um deles.

Tentava esvaziar a cabeça e pensar em outro plano. Pensou em um, pegou seu celular e começou a ligar. A ligação chamou três vezes antes que atendessem.

– Zani?! – Atendeu o outro lado.

– Primeiro de tudo: vocês são um bando de filhos da puta, otários. Como puderam me largar lá, vocês são uns palhaços! Tá ligado? Uns palhaços, vocês não são meus amigos, vocês não mandaram mensagem, não me ligaram, não quiseram saber como eu estou, vocês são uns idiotas! Bando de filhos da puta! – Vociferou Arthur ao telefone.

– Ei, Zani, relaxa, relaxa... – falou a voz do outro lado da linha – a gente pensou que você tivesse com a polícia, não queríamos mandar nenhuma mensagem ou ligar, a gente ia lá saber se eles estavam com seu celular ou alguma coisa. Poderia ser ruim para você e para qualquer um que ligasse, não paramos de falar nesse assunto até agora. Ninguém teve notícias suas.

– Não vem com essa, Tropeço! Teu cú. Por que não pararam pra me ajudar? – Perguntou inconformado

– Isso foi vacilo mesmo, cara, mas nós nos assustamos, nos apavoramos e vazamos na hora. Depois a gente até deu uma passada por perto para ir atrás de você, mas a polícia já estava lá, não sabíamos o que fazer. A gen...

– Foda-se, tá legal – interrompeu Arthur irritado. – Escuta, vocês precisam se redimir e eu preciso de um favor.

– Lógico, Zani, qualquer coisa. Manda aí!

– Meu velho me mandou pra um exílio, cortou os meus cartões, estou aqui em Pinheiros do Sul. Eu preciso que venham me buscar agora.

– Agora?! – Exclamou Tropeço.

– É, agora, caralho! Venham logo, não aguento mais esse lugar. Estou internado em um hospital cheio de pirralhos.

– Mas, Zani, é terça-feira, amanhã eu trabalho, não tenho como ir agora.

– Então arranje alguém que venha! – Ordenou.

– Calma, Zani, vamos te buscar, mas você está ligando de madrugada e amanhã todo mundo trabalha. O único que não trabalha é você, não temos como ir agora, são algumas horas de viagem.

– Porra, Tropeço! Vocês me devem isso! Quantas vezes eu já não limpei a barra de vocês? Paguei os drinques, paguei as fianças! Eu quero alguém aqui agora! – Gritava Arthur inconformado.

– Zani, eu entendo como você está se sentindo e, relaxa, vamos te tirar dessa, mas você sabe que não tem como irmos agora, eu entro no trabalho daqui a mais ou menos seis horas. São umas quatro até aí. Vamos fazer o seguinte, amanhã cedo eu vejo com a galera pra quem é mais fácil ir te buscar e aí eu te ligo e combinamos tudo direito.

– Eu não quero ficar aqui até amanhã, eu já fugi do hospital, eu não vou voltar para aquele lugar!

– Eu sei, Zani, mas se você conseguiu fugir uma vez, consegue duas. Além do mais, se eu saísse daqui agora, só chegaria pela manhã. É melhor você dormir e amanhã combinamos direito e marcamos um horário – tentava Tropeço convencer o amigo.

Arthur ficou mudo. Processava as informações. Continuava andando de um lado para o outro na calçada, deu mais uma tragada no cigarro. Parou no lugar.

– O que me diz? Melhor, não é? – Perguntou Tropeço em tom amigável, tentando acalmar o amigo.

Arthur respirou fundo antes de responder.

– Tá bom, tá bom. Mas não pode passar de amanhã.

– Eu vou falar com o pessoal logo pela manhã e logo mais você vai estar com a gente de novo – disse em tom de pequena comemoração.

– É, é. Faz a sua parte e me liga amanhã, corno, filho da puta. – falou com arrogância desligando o telefone na cara do amigo sem esperar que se despedisse.

Gutti Mendonça

Lembrou que tinha que voltar para o hospital e voltou a se irritar. Viu uma lata de lixo na calçada e não pensou duas vezes, começou a chutá-la para descontar a sua raiva, ao mesmo tempo que os quatro amigos que ele caçoara saíam do *snooker bar*. Ao perceber a presença deles, Zani interrompeu os chutes e encarou a expressão de desprezo que eles despejavam sobre ele.

– O quê? Vão andando, vão andando – ordenou, sem se importar que um deles devia ser duas vezes mais largo do que ele.

– Escuta aqui, seu otário, você abusa muito da sorte! – Finalmente respondeu um deles, indo em direção a Arthur, mas um de seus amigos o segurou.

– Sorte? Que sorte eu posso ter, encontrando não uma, mas quatro moças que nem vocês no meu caminho? – Continuava Arthur nunca intimidado.

Dessa vez foi outro, que não estava sendo contido pelos amigos, que partiu para cima de Arthur que, acostumado com esse tipo de situação, já esperava o ataque, desviou do primeiro chute e acertou em cheio um soco no rosto do garoto, que cambaleou. Mais um veio para desferir um golpe, Arthur desviou ainda com mais facilidade, os moleques claramente não eram de brigar, e acertou um gancho no queixo do rapaz. Mas quando o maior deles partiu para cima, Zani desviou uma, duas, mas na terceira foi pego.

O maior deles o segurava pelas golas de sua jaqueta com as duas mãos, quando Zani conseguiu se desvencilhar dele com uma joelhada no estômago, era tarde, os outros três já estavam em cima dele, e agora o golpeavam com chutes e socos por todo o corpo. Zani protegia o rosto, quando tentou enxergar alguma coisa erguendo um pouco a cabeça, tomou um soco caprichado no olho dado pelo maior dos rapazes, que o fez dar dois passos para trás e cair. Um deles gritou:

– Chega, chega! – Pediu com uma expressão assustada.

Os garotos se contiveram, o mais irritado ainda deu mais um chute nas costas de Arthur, que estava caído.

– Valeu, tava coçando bem aí – provocou mais uma vez.

O garoto partiu para mais um chute, mas foi impedido pelos amigos.

– Deixa! – conteve. – Vamos acabar arrumando problema para a nossa cabeça – os garotos deram as costas e largaram Arthur no chão.

Com esforço, Zani começava a se levantar, depois de sentir algumas dores. Após se erguer, levou a mão a seu olho direito e, apenas de encostar, sentiu uma dor exorbitante. Ereto, ainda arranjou forças para dar um último chute na lixeira, que já estava amaçada. Então começou o caminho de volta para o hospital.

Caminhando com dores, cansado, com raiva, com sono e com dificuldade para se locomover, demorou quase o dobro do tempo para voltar à Casa Claridade. Ele nunca pensou que fosse sentir tanto alívio ao finalmente chegar ali. Eram mais de duas horas da manhã, abriu a porta de entrada, que achava engraçado não trancarem, pois qualquer criança poderia fugir quando bem entendesse.

Entrou devagar, a lareira tinha apenas uma pequena brasa que permanecia viva, foi andando em direção à escada e viu Sara dormindo no sofá. Suspirou, hesitou por um momento, mas deu as costas e ignorou, dois passos depois, parou mais uma vez. Voltou-se mais uma vez para Sara. Olhou para ela e a imaginou tomando bronca daqueles velhos chatos quando a vissem no sofá, e no quão desconfortável ela deveria estar ali. Depois olhou para a escada e pensou, *não é problema meu*.

Subiu os degraus com muita dificuldade e chegou até seu quarto, largou-se em sua cama. Fez um barulho de molas, mas não chegou a acordar ninguém. Estava frio, começou a pensar que a lareira do saguão já estava quase sem calor e que a janela estava aberta. *Não é problema meu*, pensou mais uma vez e virou-se para o lado.

Passaram-se alguns minutos, e ele virava-se de um lado para o outro. De repente, levantou-se emburrado.

– Garota estúpida, por que não foi dormir quando deveria? – Resmungou aos sussurros.

Caminhou dolorido pelo trajeto de volta, desceu as escadas, pulou o degrau que já sabia que sempre estalava. Chegou perto do sofá. Sara estava toda encolhida. Lembrou-se de que ela tinha dificuldade de dormir e pensou que, talvez, se a acordasse, seria pior. Ficou ali de pé, parado ao lado dela, observando-a, exercitando sua mente para pensar na melhor solução. Depois de filosofar bastante, Arthur tirou sua jaqueta de couro e começou a xingar, mudo, movimentando apenas os lábios.

Estendeu gentilmente sua jaqueta sobre Sara, que acordou assustada arregalando os olhos, reconheceu Arthur, e então se sentou imediatamente no sofá em um rompante.

– Você não deveria estar dormindo? – Brigou Arthur.

– O que foi isso no seu olho? – Perguntou Sara, desanimando Arthur, que se deu conta de que pela manhã o olho estaria roxo e inchado.

– Nada demais! – Despistou irritado vestindo de volta a sua jaqueta. – Agora anda, vá para a sua cama que eu não vou descer aqui de novo – disse dando as costas à Sara.

Sara bocejou, levantou e o seguiu pela escada. Ao chegarem no andar de cima, cada um virou para um lado, Sara cochichou:

– Boa noite! – Arthur ignorou e continuou o seu caminho.

Quando já estava em frente a porta, Sara chamou um pouco mais alto, pensando que Arthur não a teria ouvido.

– Zani!

– O que?! – Cochichou também parado em frente à porta.

– Boa noite! – Disse pausadamente.

– Boa noite, boa noite! Vá dormir! – Disse em tom rabugento entrando no quarto de uma vez, não dando brecha para Sara lhe prender novamente.

Jogou-se mais uma vez em sua cama, com suas roupas da rua e sua inseparável jaqueta de couro. Os flashes do atropelamento voltaram a passear pela sua cabeça, os rostos de Luca, de Sara... e, enfim, adormeceu.

Não muito tempo depois, Arthur sentiu o sol bater em seu rosto e viu uma mulher abrindo as cortinas. Além disso, já estava o maior falatório no quarto. Enfiou a cabeça debaixo do travesseiro para proteger-se da luz e do barulho.

Sentiu alguém cutucar suas pernas, levantou o travesseiro para ver quem o incomodava. A mesma mulher que abria as cortinas agora o importunava. Ela vestia um uniforme azul-marinho do hospital, que continha o símbolo do local do lado esquerdo do peito.

– Hora de levantar, novat... Meu Deus, o que foi isso no seu olho? – Perguntou alarmada ao ver o rosto de Arthur.

– Que horas são? – Perguntou Arthur em tom de resmungo.

– Sete horas – respondeu, fazendo Arthur dar uma gostosa gargalhada.

– Falou, que eu vou levantar sete horas da manhã – disse virando-se para o outro lado.

– Olha ele lá! – Disse uma voz animada que Arthur percebeu vir do corredor em sua direção.

– Nossa! Ele é tipo um motoqueiro! – Falou uma segunda voz de criança que se aproximava dele, a qual ainda não conhecia.

– Nicolas, Felipe! Eu não vou chamar de novo! – Gritou a mulher ao lado de Arthur deixando-o com vontade de socá-la. – É Arthur o seu nome, não é? É bom você também levantar. – Arthur continuou ignorando.

– Olha, olha! – Chamou atenção com empolgação a voz desconhecida que Arthur percebeu estar bem ao lado de sua cama agora.

– O quê? – Perguntou Luca.

– Ele dormiu de sapatos! – O outro garoto fez a brilhante constatação.

– É mesmo! – Concluiu Luca com admiração em sua voz – Dona Maria, por que a gente não pode dormir de sapatos e ele pode?

– Ele também não pode.

– Então por que ele está? – Perguntou teimoso.

Arthur percebeu que seria inútil tentar dormir, e virou-se para os garotos, que arregalaram os olhos e o encararam. Viu o rosto do dono da voz desconhecida. Era poucos centímetros mais alto que Luca, deviam ter a mesma idade, possuía a mesma cor de olhos azuis, mas não as mesmas bochechas redondas. Tinha um rosto muito mais fino e, apesar da energia que mostrava, fisicamente parecia muito abatido.

– O que é isso, vocês se multiplicam ou coisa do tipo? – Perguntou Arthur, resmungando para variar, reparando na semelhança entre os dois. Sua cabeça latejava de dor, dormira mal e apanhara, seu corpo estava dolorido.

– Você é motoqueiro? – Perguntou o garoto observando suas roupas pretas.

– Não – respondeu sem paciência.

– O que é isso na sua orelha? – Questionou mais uma vez.

– É um alargador – disse em mesmo tom.

– Pra que serve um alargador? – Perguntou Luca participando da conversa.

– Para alargar a orelha.

Os dois garotos se entreolharam, com cara de interrogação.

– Para que serve alargar a orelha? – Perguntou Luca após um momento de reflexão.

– Para nada! – Disse elevando a voz e se sentando em sua cama.

– O que você fez no seu olho? – Continuou perguntando sem cerimônias.

– Levei um soco! – Respondeu fazendo os meninos arregalarem os olhos. Dona Maria lançou-lhe um olhar abrupto de reprovação. – E você sabe por que eu levei um soco? – Instigou Arthur.

– Por quê? – Perguntaram os meninos em coro.

– Por que eu fui bater em meninos que perguntavam demais – disse em tom intimidador.

Dona Maria olhava repreensiva. Os garotos ficaram pensativos, com um olhar distante pelo ambiente, visivelmente filosofando.

– Mas se você tomou o soco, não foram eles que foram bater em você? – Questionou ele, fazendo Arthur respirar fundo, constatando o insucesso de sua intimidação.

– Qual o seu nome garoto? – Perguntou Arthur desanimado.

– Tiago. Mas pode me chamar de Peter Parker – apresentou-se ele, que de pé ainda era menor que Arthur sentado.

– Peter Parker, o quê? Você acha que é o Homem-Aranha?

– É! Todo mundo fala que eu sou muito igual a ele! – Contou animado.

– Igual ao Homem-Aranha, é? Por quê? – Perguntou, mas sem estar muito interessado na realidade.

– Quando eu vou para a minha quimioterapia, eu visto o meu traje e aguento firme! – Disse puxando a manga do pijama, fazendo um muque e revelando um braço cheio de picadas de agulhas. Arthur mais uma vez não esperava por uma daquelas e ficou sem reação.

– É verdade! – Comprovou Luca – E ele sobe em árvores – disse dando um pulinho e estendendo os dois braços para o alto.

– E você? Qual o seu câncer? – Perguntou Tiago descontraidamente enquanto Arthur ainda tentava voltar a si.

– O meu é no sangue – contou Luca.

– E o meu é nos ossos – afirmou Tiago com naturalidade. – Qual é o seu? É Arthur o seu nome, né?

– Ah... é Arthur mesmo... não sei o que tenho ainda – gaguejou.

– Quando você descobrir, conta para gente? – Pediu Luca.

– Conto – respondeu em um reflexo.

– Nicolas! Anda, só falta você. Todo dia a mesma coisa, levanta logo – gritou mais uma vez Dona Maria, que arrumava uma das camas.

– Você sabia que o Arthur prefere fazer nada que brincar? – Falou Luca em tom de fofoca.

– Sério? – Disse Tiago admirado.

– Sério! – Disse Luca com ênfase, como se dedurasse um grande pecado.

Tiago ficou pensativo, olhava para cima, então de repente revelou o que estava pensando.

– Se você gosta de fazer nada, você deve adorar ficar de castigo – concluiu Tiago.

Então, pela primeira vez desde que chegara ali, Arthur riu. Desta vez, não com ironia ou por deboche, mas verdadeiramente levado pela inocência das crianças.

– Isso explicaria muita coisa – comentou Arthur ainda com vestígios de um sorriso no rosto, quase esquecendo do mau humor matutino.

– Anda meninada, anda. Desçam logo – ordenou mais uma vez dona Maria. – Não vão ficar aqui o di...

– Ah cale a boca, pessoa insuportável! Chata! – Irrompeu Arthur em um grito inesperado, lembrando rapidamente do seu humor tradicional.

– O que é isso? – Respondeu dona Maria, que se assustou, mas não amoleceu. – Quem você tá pensando que é? – Enfrentou.

– Quem *você* tá pensando que é? – Perguntou enfatizando a palavra "você" e levantando-se para encará-la, deixando seu rosto a três centímetros de distância. – Qual é o seu trabalho? Arrumar camas ou encher o saco? Arrume minha cama e fique de boa.

Luca e Tiago encolheram os ombros e os braços assustados e amedrontados. Olhavam para Arthur com medo.

– Luca, Tiago, venham para cá – chamou quem devia ser Felipe, em uma cama distante, aparentando ser o mais velho com exceção de Arthur. Os dois correram para lá e se jogaram na cama com ele.

Após hesitar por um momento, dona Maria tentou uma nova abordagem.

– Querido, eu sei que acabou de chegar e é difícil acostumar-se com tudo isso, sei que está em uma luta pela vida, mas...

– Ah, só cale a boca. Sua voz é irritante – interrompeu e começou sua caminhada para a porta, mancando, ainda dolorido da surra do dia anterior. Deixou o ambiente, que ficou completamente mudo. Desceu as escadas, não tinha ninguém no saguão de entrada, seguiu o burburinho que vinha da direita, até que chegou em uma comprida mesa, à qual algumas crianças já estavam sentadas, todos ficaram em silêncio ao vê-lo.

Achou um espaço vazio à mesa e se sentou. A garota que estava ao lado dele chegou a prender a respiração de medo e afastar-se um pouco para o lado, no largo banco que ia de uma ponta à outra da mesa. Arthur olhou para um lado, depois para o outro, então revelou seus pensamentos.

– Eu não sabia que tinham tanto medo de mim assim para não deixarem nenhuma faca na mesa – comentou em voz alta.

– Ninguém tem medo de você – disse uma voz às costas de Arthur, fazendo-o se virar. Vestida com o uniforme do hospital, segurando duas garotinhas de no máximo quatro anos entrando no ambiente com elas. A dona da voz continuou a falar. – As facas não são postas porque há crianças à mesa – continuou falando enquanto uma das garotinhas soltou-se e veio em direção a Arthur. Olhou-o com um olhar zangado. Arthur correspondeu o olhar sem compreender, com uma expressão séria. Esperou alguns segundos para que ela falasse.

– Você está no meu lugar – disse ela zangada, cruzando seus pequenos braços.

Arthur riu debochadamente. Virou-se para frente e balançou a cabeça em desaprovação com um sorriso de lado no rosto. Pegou um dos pães de queijo da mesa e colocou inteiro na boca, mastigou algumas vezes e virou-se para encarar a garotinha e seus olhos verdes mais uma vez.

– Qual o seu nome, garotinha? – Perguntou ainda de boca cheia e curvando-se um pouco.

– Laura – respondeu ainda com a expressão não amigável.

– Lamento, seu nome não está aqui, portanto o lugar não é seu – falou, virando-se mais uma vez para frente.

Quase que imediatamente, começou a ouvir um alto e estridente grito de choro. Arthur ouviu os passos apressados da mulher de uniforme em direção à garota, que foi apanhada no colo.

– Ela está acostumada a sentar aí, Bianca a ajuda com as refeições – disse ela em tom de pedido.

– Eu não sei quem é Bianca – disse indiferente, passando manteiga em um pão.

– É a garota ao seu lado! – Exclamou quase chegando a um tom de súplica, enquanto Laura continuava a chorar.

Devagar Arthur olhou para a direita, onde viu a garota de olhos arregalados.

– Legal. Bianca... vá sentar-se em outro lugar – disse ainda ocupado com sua fatia de pão, enquanto todos observavam alarmados sob o choro de Laura.

Bianca levantou-se em um rompante, mas foi interrompida pela mulher de uniforme.

– Não! Bianca, sente – ordenou, fazendo-a se sentar assustada. – Rapaz, você não pode ser cavalheiro e ceder o lugar? Ela está acostumada a sentar aí.

– Cale a boca – disse antes de morder sua fatia de pão, fazendo-a escancarar a boca em sinal de espanto.

– Garoto – começou fazendo uma pausa para continuar –, eu sei que você acabou de chegar aqui, e que vai passar por uns tempos difíceis, mas descontar a sua raiva nas outras pessoas não vai fazer co...

– Cale a boca! – Gritou interrompendo-a. – Já não é demais essa pirralha aos prantos? Porra! A mulher lá em cima acabou de dizer a mesma coisa. Vocês o quê? Recebem treinamento para dizer as mesmas coisas? Apenas feche essa boca e me deixe comer.

Criou-se um silêncio absoluto, exceto pelo choro de Laura. Chocada por aquelas palavras, a mulher não soube como reagir imediatamente e ficou parada, balançando a garota em seu colo, tentando acalmá-la e pensando no que dizer a seguir. O choro intensificou-se e ficou ainda mais alto. A dor de cabeça de Arthur aumentava a cada berro, ele irritou-se. Levantou dando um soco na mesa, fazendo os copos e pratos dançarem sobre ela.

– Se eu mudar de lugar, essa pirralha careca vai calar a boca? – Disse em alto tom, deixando o lugar vago, fazendo a garota ocupar o seu lugar enquanto ele andava para a outra ponta da mesa. A menina diminuía gradualmente o choro.

Depois de terminar de acomodar Laura em seu lugar, a pequena garotinha apoiou a cabeça nos braços de Bianca, que a envolveu e fez um afago. Arthur acomodou-se em um lugar que tinha espaço vago em ambos os lados. Em tom sereno, tentando evitar a agressividade de Arthur, a mulher recomeçou.

– Você não deveria falar desse jeito. E, infelizmente, você também ficará careca como o resto das crianças, faz parte do tratamento – disse calmamente, provocando mais um riso de deboche em Arthur.

Dona Maria entrou no ambiente, acompanhada dos garotos que ainda estavam lá em cima. Luca e Tiago correram um para cada lado de Arthur e se acomodaram. Luca estava de joelhos sobre o banco, de forma que conseguia se debruçar sobre a mesa com facilidade.

– Você estava chorando, meu coração? – Perguntou Maria ao ver as lágrimas no rosto da pequena garotinha. – O que aconteceu?

Arthur não reparou na cena, preparava agora um leite com chocolate.

– O que você fez agora, rapaz? – Perguntou em tom ríspido dona Maria, fazendo-o levantar a cabeça e ver que Laura apontava para ele, com o mesmo rosto zangado de antes. Arthur bufou e a ignorou.

– Não foi nada – minimizou a outra mulher – ele havia sentado no lugar dela e ela estava chorando.

O olhar zangado de dona Maria também passou despercebido por Arthur, que entretia-se com a comida. As duas mulheres uniformizadas saíram por uma porta do lado oposto àquela por onde haviam entrado, e Arthur acreditou que se dirigiam à cozinha.

– Posso te chamar de motoqueiro? – Começou Tiago.

– Não – respondeu indiferente, sem olhar para os garotos.

– E eu? Posso te chamar de motoqueiro? – Perguntou Luca também.

– Não – respondeu em mesmo Tom.

– Se um dia você deixá-lo te chamar de motoqueiro, posso te chamar de motoqueiro também? – Quis saber Luca.

– Eu nunca vou deixar vocês me chamarem de motoqueiro.

– Por quê? – Queria saber Luca, com a viva curiosidade de uma criança.

– Por que eu não sou e nunca vou ser um motoqueiro.

– Motoqueiros usam essas jaquetas – argumentou Tiago, astuto. Todos ainda estavam de pijamas.

– Motoqueiros usam essas jaquetas porque eles querem parecer maus – explicava Arthur, mas não apenas Tiago e Luca ouviam, como toda a mesa.

– E por que você quer parecer mau? – Perguntou Luca cada vez mais instigado.

– Eu sou mau! – Disse olhando para Luca pela primeira vez. Luca primeiro sorriu, depois soltou uma risada de não mais de dois segundos.

– Você não é mau – disse Luca sorrindo e olhando nos olhos de Arthur, sem ser intimidado.

– É! Você não é mau – concordou Tiago.

– E por que vocês têm certeza disso? – Perguntou em tom de desafio.

– Quando eu soube que estava doente, um médico me trouxe para cá, eu perguntei para ele se eu estava muito doente. Ele falou que sim, mas que iam cuidar de mim. Eu falei pra ele que eu ouvi a diretora do meu orfanato falando que eu tinha uma doença maldita e perguntei se eu a tinha porque fui mau, se era algum castigo de Deus. Ele falou que não existem pessoas ruins que venham para a Casa Claridade, por isso que se chama Claridade. Porque clara é a luz, e a luz é um símbolo de bondade. Se você está aqui, é porque você é bom – contou Tiago.

– Tiago, não é?

– É!

–Tiago, você gosta mais da verdade ou dos contos de fadas? – Perguntou Arthur, olhando em seus olhos.

– Da verdade – respondeu após hesitar um bocado.

– Se você pudesse escolher viver em um conto de fadas ou em um mundo de verdade, qual você escolheria?

– Conto de fadas! Conto de fadas! – Respondeu animado dessa vez, sem titubear. – Lá ia ter dragões! – Falou sorrindo e provocando um singelo sorriso em Arthur também.

– Então quando quiser um mundo de verdade, me pergunte a verdade sobre a Casa Claridade e o porquê de ela se chamar assim, e eu te direi – falou Arthur voltando-se para seu prato.

– Qual a verdade sobre a Casa Claridade? – Perguntou Luca debruçando-se sobre a mesa para ver o rosto de Arthur.

– Hoje não vão descobrir – voltou ao mesmo tom de indiferença do começo.

– Amanhã? – Insistiu Luca.

– Um dia – respondeu Arthur prevendo aonde aquilo iria chegar.

Cecília saiu da cozinha com um avental e às suas costas vinha dona Maria, a mulher que trouxera Laura, e mais outras duas mulheres uniformizadas. A primeira estava com uma colher de pau, apontando para Arthur.

Gutti Mendonça

– Escuta aqui, mocinho. Acabei de ouvir as barbaridades que andou fazendo por aí. Aqui estamos todos no mesmo barco. Sabemos que está passando por um momento difícil. – Arthur que nem se importara em levantar a cabeça, suspirou, ao prever o mesmo discurso mais uma vez. – Mas todas essas crianças estão passando pela mesma dificuldade que você. E estas mulheres aqui e eu, não merecemos o tratamento que estamos recebendo, estamos aqui para ajudá-lo!

– Você quer me ajudar? – Perguntou Arthur, aguardou alguns segundos, e ao ver que ela não respondera, continuou. – Cale a boca.

– Ora seu moleque! Mas você é muito abusado – dizia chacoalhando a colher de pau – pode ter certeza que o doutor Carvalho vai saber disso!

– O que eu vou saber? – Perguntou doutor Roberto aparecendo na porta com um jaleco laranja.

– Esse moleque, doutor! – Dizia apontando a colher para ele – Vem maltratando a todos nós e causando terror nas crianças! – Acusou.

– Ah, sim... – respirou fundo doutor Roberto – teremos que conversar sobre ele depois mesmo, ele vai ter que obedecer algumas regras, se quiser continuar comendo – comentou fazendo Arthur, que ainda não levantara a cabeça, dar mais uma de suas risadas de deboche e, ao ouvir tais palavras, enfiou quase um pão inteiro na boca e sorriu para o médico – Mas vim aqui por outros motivos – continuou doutor Roberto. – Vim apresentar a nova hóspede da Casa Claridade – disse chamando a atenção de todos, inclusive de Arthur.

Foi até a porta e fez um sinal, fazendo com que uma linda garota de cabelos brilhantes e castanhos entrasse no cômodo. Seus cabelos eram lisos e sedosos, pareciam ainda mais bonitos em um lugar como aquele. Ela sorriu, revelando um belo sorriso. Parecia um pouco pálida, mas isso não tirava sua notável beleza, seus lábios ainda estavam rosados e seus olhos cor de mel pareciam ser um enfeite em seu rosto. Devia ter a idade de Arthur.

Seus olhos e seu sorriso foram as primeiras coisas que todos reparam, exceto Arthur que, cinco segundos depois de vê-la, pensou imediatamente: *Caralho, que gostosa. Uma pena eu não ficar aqui tempo suficiente para poder comê-la.*

– Essa é a Yasmin – apresentou doutor Roberto.

Yasmin acenou timidamente.

– Por favor, cuidem de acomodá-la, meninas – pediu ele e continuou. – Hoje o dia será cheio no hospital e eu tenho que voltar para lá.

– Claro! – Disse Cecília solícita indo até ela.

– Depois discutimos esse problema – falou com o olhar sobre Arthur – O que você fez no seu olho, rapaz? – Perguntou já irritado.

– Parece que as pessoas dessa cidade não gostam muito de mim – respondeu Arthur. Roberto teve vontade de dizer que realmente ninguém gostava, mas se conteve.

– Na cidade?! Você já fugiu, seu moleque! Eu vou cuidar pra que você não fuja de novo, garoto insolente!

– Não se preocupe. Eu não vou fugir de novo por um bom tempo, eles estão me procurando, não tenho vontade de encontrá-los – despistou Arthur, tudo que ele menos queria era que Roberto dificultasse sua fuga logo hoje.

– Você é muito atrevido – disse com ar de desprezo.

Com um olhar intrigado, Yasmin observou a conversa dos dois. Não pôde deixar de reparar que ele estava com o olho roxo e era o único a não usar os pijamas azul-celeste do hospital, muito diferente disso, ele usava roupas escuras e uma jaqueta de couro.

– Bom dia, doutor Roberto! Não sabia que estava aqui – disse um rapaz negro, no mesmo uniforme das mulheres que estavam nos quartos, quando cruzou com o médico enquanto entrava pela porta.

– Bom dia, Alex! – Cumprimentou Roberto em tom de despedida, continuando seu caminho.

– O.k., garotos, hora do banho! Quem já acabou, vamos subindo! – Chamou Alex que acabara de entrar. Arthur riu mais uma vez.

– Legal. Nós temos babás homens também – disse carregado de cinismo.

Alex olhou-o incomodado. Cecília, ainda com a colher de pau apontada para ele, o alertou.

– Eu já te avisei moleque, olha a tua língua.

– O que vai fazer com essa colher de pau? – Perguntou Arthur com indiferença levantando-se. – Vá usar ela para fazer minha comida, antes que eu sugira que a coloque em outro lugar – disse indo em direção à porta.

– O quê?! – Perguntou Alex alarmado, novo ao cenário de agressividade.

– O que o quê? – Resmungou Arthur alto. Yasmin não escondia a expressão de choque em seu rosto.

Ignorando todos, cruzou a porta, ao mesmo tempo em que ouviu Luca começar a fazer perguntas à Yasmin. Subiu as escadas, abriu finalmente sua mala e separou algumas roupas. Todas as camas estavam arrumadas, com exceção da sua. Em todas também havia uma toalha limpa, exceto na sua. Arthur riu da ingenuidade de Maria, pegou uma toalha na cama ao lado e seguiu para o banheiro, onde tomou um banho, ainda sentindo várias dores.

O banheiro possuía cinco boxes de chuveiro, ao sair do banho, já estava vestido, viu Alex entrar com talvez a menor criança da casa. Trocaram olhares, Alex olhava desconfiado e Arthur retribuiu com um olhar abusado que vinha acompanhado de um sorriso malicioso.

Arthur voltou para o quarto, com a tolha pendurada nos ombros, bem no momento que Maria entregava uma nova toalha para Luca. Ela lhe lançou um olhar zangado, ele retribuiu com uma piscadela atrevida e uma breve risada. Jogou a toalha no chão em frente à Maria, assim que passou por ela. Pegou o celular em sua mala, e voltou a sair do quarto. Desceu até o saguão e, finalmente, foi para fora, ficando em frente à casa. Não queria que ninguém o ouvisse falando com Tropeço.

A essa hora Tropeço já estava trabalhando havia algum tempo, ele provavelmente teria alguma novidade. Sorriu de felicidade ao lembrar que ia sair daquele lugar. Chamou o contato de Tropeço em sua agenda e colocou o celular na orelha animado. O telefonema caiu direto em uma mensagem eletrônica:

A linha para este número foi cancelada. Para reativar esta linha compareça com a documentação necessária a uma de nossas lojas.

– Não, não, não! – Disse apavorado, quase tremendo. Encarava o telefone como se fosse adiantar alguma coisa.

Tentou de novo:

A linha para este número foi cancelada. Para reativar esta li...

– Não, não! – Desesperou-se.– Não, não, não, não!

Mais uma vez:

A linha para este número foi cancelada. Para re...

– Filho da puta! – Esbravejou em frente à Casa Claridade.

Capítulo 4

Qual a senha do Wi-Fi?

Enraivecido, Arthur andava de um lado para o outro, em zigue-zague, pensando como faria para combinar o "resgate" com o seu amigo. Pegou o celular mais uma vez, tentou acessar a internet, nada. Tentou mandar uma mensagem, mas dava erro. Xingou mentalmente seu pai mais inúmeras vezes. Parou no lugar, olhou para o céu e levou as mãos à cabeça, desesperado. Precisava pensar em alguma solução. De repente, Roberto saiu da casa e o chamou.

— Arthur, venha comigo – disse em tom seco, continuando seu caminhar em direção ao hospital.

O chamado foi respondido com um olhar apático de Arthur, que fez Roberto parar alguns metros depois e olhar para trás.

– Arthur! – Disse com rispidez.

– Tá, tá... – retribuiu Arthur alguns segundos depois, começando a seguir Roberto.

Os dois caminharam pela lateral do hospital, até darem a volta e chegarem à entrada. Passaram pela porta dupla de vidro, que abriu sozinha ao se aproximarem. Também passaram pela recepção do hospital, que era típica de qualquer outro hospital: havia um largo balcão e duas recepcionistas com o uniforme azul que Arthur já conhecia.

– Bom dia, Mayara e Isabela – cumprimentou Roberto.

– Bom dia – responderam as duas em coro, observando Arthur com o canto do olho.

Seguiram pelo corredor. Passaram por várias portas, algumas salas tinham grandes janelas de vidro, mas Arthur nem se interessou em olhar o interior dos ambientes, seguia olhando para o chão, com a cabeça em outro lugar.

Quando chegaram ao meio do corredor, Roberto seguiu para o elevador, que já estava parado no andar. Apertou o três e, enquanto subiam, o médico limpava os óculos em seu jaleco laranja. O elevador era gigantesco, Arthur estava acostumado com esses elevadores de hospital, enormes para poder transportar pacientes em uma maca.

O elevador tocou uma campainha e abriu as portas. Roberto continuou sem dizer uma palavra, Arthur seguia sem questionar. Até que, enfim, o primeiro parou em frente a uma porta e entrou, convidando Arthur a fazer o mesmo. Arthur entrou bufando, assim que passou por Roberto, este fechou a porta, buscou uma chave no bolso de seu jaleco e a trancou. Arthur observou desconfiado. Roberto passou por ele e foi se sentar atrás de uma mesa, onde se podia notar uma placa com os dizeres: "Doutor Roberto Carvalho".

– O quê? – Perguntou Arthur ao observá-lo sentado ligando o computador e começando a mexer em uma papelada. – Veio aqui para me dar um sermão? Trancou a porta para eu não sair andando enquanto você fala?

– Não, você é um caso perdido. Não adianta falar com você – anunciou com os olhos presos nos papéis em suas mãos.

– Bom, muito bom. Fico feliz que tenha percebido – anunciou Arthur.

– E sim. Tranquei a porta para você não fugir. Nós estamos aqui porque você teoricamente está fazendo exames e o seu tratamento. Se vamos fingir que você é um paciente, não podemos deixar você solto por aí, as crianças vão desconfiar. Já vão desconfiar de você não fazer a quimioterapia e a radioterapia junto com eles, então temos que tomar cuidado – explicou Roberto.

– Até que horas eu tenho que ficar aqui? – Perguntou desconfiado.

– Até o horário do almoço. Uma da tarde – disse com serenidade, percorrendo os olhos sobre seu papel.

– Você tá me zoando?! – Elevou o tom irritado.

– Não, não estou – disse calmo.

– Não são nem nove da manhã! O que eu vou ficar fazendo trancado aqui esse tempo todo?

– Você pode me fazer perguntas, ou traga um livro da próxima vez – respondeu ainda sem direcionar o olhar à Arthur.

– Isso é palhaçada! Esse é o grande plano seu e do meu pai? Fazer com que eu me torne uma pessoa melhor me irritando?

– Ah, eu não acho que você possa melhorar em nada – disse em tom seco, procurando outro papel em cima da mesa.

– Me dê essas chaves! – Ordenou.

– Garoto, eu estou torcendo para que tente pegar essas chaves de mim à força e que me bata e me agrida, para eu ligar para o seu pai e para a polícia e ver você longe do meu hospital. Você quer sair daqui, eu também quero que saia. Assim como você, estou esperando a minha chance – falou sem lhe direcionar o olhar, com indiferença, vasculhando uma de suas gavetas.

Arthur ficou parado, raciocinando por um momento o que poderia fazer. Enquanto estava ali parado, encarando doutor Roberto enraivecido, o médico ainda complementou:

– Além do mais, o que tem para fazer fora dessa sala, que não pode ser feito aqui? – Continuou com a indiferença.

Com raiva, Arthur pegou uma das duas cadeiras, do lado oposto da mesa em que doutor Roberto estava, e a empurrou com violência contra a parede, deu mais um chute na cadeira para endireitá-la, sentou-se e cruzou os braços. Suspirou profundamente. Depois de dois minutos que pareceram vinte, Arthur quebrou o silêncio.

– Você disse que eu podia fazer perguntas.

– Eu disse – concordou com a mesma indiferença.

– Seu jaleco laranja é ridículo – disse com petulância.

– Isso não é uma pergunta – respondeu seu alterar o tom.

– Desculpe – disse debochado –, deixa eu corrigir. Por que você usa um jaleco ridículo laranja em vez dos tradicionais jalecos brancos? – Continuou com o deboche.

– Nenhum médico, enfermeiro ou funcionário usa a cor branca nesse hospital. Foram feitas pesquisas e crianças tendem a ter certo trauma e medo de pessoas de branco ao passarem pela experiência de ser internadas. Até mesmo a mãe de uma antiga paciente minha contou que sua filhinha chorou e correu para ela ao ver uma pessoa vestida de branco em um shopping center – respondeu serenamente.

– Ótimo. Então, no lugar de traumatizar a criança com uma cor, vocês a traumatizam com várias. Inteligente – ironizou.

– Não. Usamos cores mistas e as crianças acabam não assimilando a experiência à cor nenhuma – Roberto agora escrevia alguma coisa.

Parecendo contrariado por não ter mais nenhuma resposta atravessada para dar, Arthur voltou a se calar, bufando novamente. Mais alguns longos minutos se passaram. Arthur sentia-se torturado.

– Eu tenho outra pergunta – anunciou Arthur.

–Vai falar do meu corte de cabelo? Ou dos meus sapatos? Do meu ócu...

– Sobre a Sara! – Interrompeu Arthur irritado.

Roberto congelou seus movimentos, com a caneta estática sobre o papel que escrevia e, pela primeira vez, lançou um olhar a Arthur. Encarou-o por alguns segundos, com a cabeça baixa e um olhar por cima das lentes de seus óculos, que apoiavam-se quase na ponta de seu nariz.

– De novo... Isso não é uma pergunta – disse Roberto ainda estático, esperando a continuação de Arthur, que também hesitou.

– Ela não estava no café da manhã – fez uma pausa e continuou. – Ela estava na cirurgia? Como foi a cirurgia?

– Como você sabe da cirurgia dela? – Perguntou ainda congelado.

– Eu achei que eu fazia as perguntas – disse Arthur atrevido.

– Ela saiu para o pré-operatório cedo. Fez alguns exames – respondeu e voltou sua atenção para os papéis e voltou a escrever – Ainda está no pré. A cirurgia dela começa daqui a pouco – complementou.

– O caso dela é grave? – Perguntou, fazendo Roberto congelar por mais um breve instante. Lançando-lhe um olhar analítico, respirou, voltou para sua papelada e respondeu.

– Sim. É um dos mais graves desse hospital – respondeu, fazendo Arthur suspirar fundo.

– Ela ainda pode se curar? Quanto tempo ela tem?

– Tudo depende do resultado da cirurgia.

O silêncio da sala mudou de incômodo para pesado. Depois de alguns instantes, Arthur voltou a questionar.

– Quando souber o resultado da cirurgia, pode me falar? – Perguntou em tom de pedido.

– Depende – disse voltando a lhe lançar aquele olhar por cima das lentes de seus óculos. – Diga-me por que quer saber. Se eu achar um bom motivo, eu lhe digo, com a condição de você não contar a ela se o resultado não for positivo.

– Eu não sei por que eu quero saber. Eu só quero saber... porque eu quero saber! – Disse confuso.

– Não me parece um bom motivo – falou indiferente.

– Quero saber... porque... ela é legal – falou titubeante.

– Por que você se importa com ela? É isso? – Ajudou Roberto.

– Não! – rechaçou fazendo uma careta. – Eu não me importo com ela.

– Parece que sim – concluiu doutor Roberto.

– Foda-se – disse desbocado. – Eu nem queria saber mesmo.

Voltaram a ficar em silêncio. Nem meia hora havia se passado, e Arthur já sentia como se fosse morrer de tédio. Olhava para o teto, para as paredes, para os quadros. O que restava era reparar no ambiente. Olhava a bonita mesa de madeira entalhada de Roberto, o brilhante piso de mármore, o tapete persa embaixo da mesa. Os arquivos e estantes de madeira, combinando com ela. Não era uma sala de consulta, Arthur pôde constatar, embora tivesse aquele negócio de luz, para ver tomografias e radiografias que Arthur não sabia o nome. Era de se esperar que a sala fosse daquele jeito, afinal Roberto era o diretor do hospital.

Arthur pegou seu celular, servia pelo menos para ouvir música. Estava sem fone, mas não se importou. Aumentou até o último volume e ligou a música. Um rock pesado. Roberto tentou ignorar, resistiu por um, dois, três minutos... Mas não conseguia se concentrar.

– Arthur, eu estou trabalhando – falou Roberto, elevando o tom para ser ouvido.

– Eu estou ouvindo música – respondeu com um sorriso de satisfação ao ver que irritara Roberto.

– Eu estou vendo coisas relacionadas a Sara – disse ele.

– E daí? – Perguntou com indolência.

– E daí que se você se importa com ela, não vai querer atrapalhar o meu trabalho, não agora – falava em alto tom.

– Eu não me importo – falou dando de ombros.

Doutor Roberto apoiou os cotovelos sobre a mesa e levou as mãos à testa. Arthur observava com o canto do olho, via a expressão de preocupação de Roberto, então sentiu um pequeno peso de culpa. Suspirou, ainda demorou alguns instantes de resistência e desligou o som.

– Obrigado – agradeceu Roberto.

– Tá... tá – disse Arthur impaciente.

Voltando a se concentrar em seus papéis, dessa vez foi doutor Roberto que espiava Arthur de canto de olho, emburrado e de braços cruzados, encarando o chão.

– Quando souber o resultado da cirurgia, eu te conto – informou.

– Eu não quero mais saber – Falou emburrado, sem dar o braço a torcer.

– O.k.. Se quiser saber, me pergunte – falou com seu tom de serenidade.

O tempo voltou a torturar Arthur, o tédio o consumia, até que lembrou de seu celular mais uma vez e de mais uma pergunta.

– Tenho mais uma pergunta! – Falou dessa vez com certo ânimo.

– Espero que seja uma pergunta mesmo desta vez.

– Qual é a senha do Wi-Fi?

Roberto riu.

– Qual é? – Perguntou já apanhando o celular do bolso.

Roberto riu ainda mais forte.

– Que foi? É sério – disse irritado.

– Eu não vou te dar a senha, garoto. Desista.

– Por que não? – perguntou inconformado.

– Porque você não merece – falou olhando-o nos olhos. O que tinha sido raro até então.

– Você prefere que eu fique aqui ouvindo música e te importunando? Passe a senha do Wi-Fi! – Insistiu Arthur.

– Desista – falou Roberto rindo.

– Cara, você é chato igual ao meu pai – resmungou. – Me dê a senha e a gente evita encheção de saco de ambas as partes – argumentou.

Roberto colocou o papel da vez de lado, entrelaçou os dedos das mãos apoiando-as sobre a mesa e lhe lançou um olhar analítico, que perdurou alguns segundos. Arthur retribuiu o olhar, desconfiado.

– Vamos fazer o seguinte então. Você vai se comportar e vai ser educado com os funcionários do hospital, quando eu parar de ouvir reclamações deles sobre você e pelo menos um deles fizer algum elogio, eu te dou a senha do Wi-Fi – sugeriu.

– Isso nunca vai acontecer – falou rindo e balançando a cabeça.

– Então nunca terá acesso à internet – concluiu voltando para seus afazeres.

– Me dê a senha que eu faço o que tá pedindo – disse Arthur, fazendo Roberto rir dessa vez.

– Meu hospital, minhas regras – limitou-se a dizer.

– Como eu posso confiar em você? E se eu fizer isso e nunca me passar a senha?

– E que motivos *eu* teria para confiar em você? E eu acho que eu não sou o motivo de desconfiança por aqui. Não fui eu quem tentou fugir logo no primeiro dia e voltei com o olho roxo. E enfim, é sua única chance por aqui de acessar a internet. Eu ganho mais paz e tranquilidade com os meus funcionários e crianças e você ganha acesso à internet, me parece uma troca justa. Se eu te der a senha e você voltar a desrespeitá-los, eu mando trocar a senha. Simples assim. Será um acordo agradável para nós dois. Você pode ser muitos coisas ruins, moleque, mas não é estupido

– argumentou e alfinetou doutor Roberto, dizendo suas últimas palavras em tom conclusivo, deixando Arthur pensativo.

Só para pararem de reclamar de Arthur levaria dias ou, mais provavelmente, semanas. Imagine para ganhar um elogio... Arthur estava enfurecido, mas não conseguia pensar em outra maneira de conseguir negociar a senha. O máximo que poderia fazer era tentar seduzir as meninas da recepção, como já havia feito com as meninas da recepção do hospital de seu pai, e pedir a senha para elas. Se isso não desse certo, não teria outra alternativa senão ceder às condições do doutor Carvalho. Era melhor ficar preso ali semanas, do que meses. Precisava se comunicar com as pessoas a qualquer custo. Arthur estava sedento por um cigarro naquele momento.

Arthur encostou a cabeça na parede e cochilou várias vezes. Acordava em alguns momentos pelo mal jeito, em outros pelo telefone do doutor Carvalho que tocava. O tempo passava devagar. O relógio pendurado na parede da sala parecia não se mexer. Como se não bastasse a dor que já sentia em seu corpo pela surra que havia levado, agora sentia a dor por não se acomodar direito ao tentar dormir. Quando faltava ainda quase meia hora para o horário que Roberto havia falado que o liberaria, o médico levantou e chamou com a voz firme, para terminar de acordar Arthur.

– Vamos, levanta – disse fazendo uma pausa. – Vou te mostrar o hospital – anunciou checando os bolsos, verificando se carregava tudo que precisava.

– Sério? – Perguntou desanimado.

– Vamos – continuou com firmeza.

Sem empolgação, Arthur levantou e atravessou a porta junto com o doutor. Seguiram para o lado oposto de onde vieram, mas pelo mesmo corredor. Roberto começou a falar como se fosse um guia turístico.

– O terceiro andar é mais voltado para a administração do hospital e para os funcionários. Aqui tem o meu escritório, do diretor, de onde você acabou de sair. Ali é a sala do financeiro –

disse apontando uma porta ao passar por ela –, esta é a do serviço social – apontou outra porta.

– Serviço social? – Deixou escapar intrigado.

– Sim – respondeu Roberto olhando para Arthur e fazendo uma pausa. – Esse é um hospital para crianças carentes, não sabia? – Roberto não deu tempo para Arthur responder e continuou. – Recebemos o diagnóstico de várias crianças vindas de orfanatos, instituições, raramente aparece algumas trazida pelos pais. É um tratamento caro, e este hospital cuida de crianças que não podem pagar por ele. O trabalho do serviço social é analisar três pesos: possibilidade de cura, gravidade, e os mais carentes financeiramente.

– Basicamente, escolher quem morre e quem talvez não – cortou Arthur em tom seco, fazendo Roberto parar de caminhar e, consequentemente, Arthur também.

– Basicamente, sim – concordou Roberto dando um suspiro. – Este hospital tem apenas quatro anos, todo o investimento é particular, de colaboradores privados e doações. É muito provável que esse ano finalmente consigamos algum apoio do governo. Mas, por enquanto, não podemos tratar todas as crianças que gostaríamos – anunciou Roberto em tom de pesar, voltando a caminhar depois de terminar de falar.

Passaram por mais uma porta e o médico voltou a discursar:

– Aqui é a sala da nutricionista. Ela faz as receitas para os internados. Às vezes ela tem que fazer um cardápio específico para cada interno. Eles têm que se alimentar corretamente e da melhor maneira possível. Ela encaminha as receitas para a cozinha da Casa Claridade, ou aqui do hospital, dependendo da complexidade. Vamos passar pela cozinha logo mais – disse virando à esquerda. – Aqui é uma sala de reunião. E este é um auditório para apresentações. Esta é uma sala de equipe, com algumas televisões, sofás e DVDs. Essas quatro portas seguintes, duas à direita, e duas à esquerda, são salas de aula. Para darmos aula a nossos pacientes, mas não vêm sendo utilizadas, ainda temos poucas crianças e elas são praticamente todas de idades diferentes, então os professores dão aulas particulares – dizia Roberto apenas apontando as portas pelas quais iam passando. E viraram novamente à esquerda. Neste corredor comprido, você vai encontrar salas de tratamentos como de dentistas, psicólogos e coisas que não têm a ver diretamente com o tratamento do câncer das crianças, mas a filosofia daqui é dar um apoio e amparo total a elas. Elas chegam aqui em condições precárias. Esses são os tipos de crianças que tomamos conta – dizia com pesar, percorrendo um longo corredor e atravessando diversas portas. Durante todo o percurso, Arthur cruzava com pessoas de jalecos coloridos, ou com o tradicional uniforme azul. Aquilo não se parecia de jeito nenhum com um hospital. – Várias destas portas são laboratórios onde os exames são concluídos. – Roberto parou em frente à única porta branca, no meio do corredor, diferente do azul-turquesa de todas as outras portas. Era uma porta alta e larga, diferente de todas as outras também porque elas continham algum desenho bobo na porta, temático com o propósito da sala – Bom, esse é o quarto branco. Acho que não preciso te falar sobre ele – disse continuando o caminho, deixando Arthur intrigado, mas que não quis dar o braço a torcer e correr o risco de parecer interessado. Caminharam até o final do corredor. – E aqui você tem mais laboratórios e... – Esticou a última sílaba para dar tempo de virar novamente à esquerda – à direita há a cozinha do hospital, à esquerda o depósito de mantimentos, comidas, medicamentos, toalhas, roupas de cama, uniformes, aventais, enfim, tudo que um hospital precisa. Mais à frente temos a lavanderia e o refeitório dos funcionários. Foi o único corredor que Arthur conseguiu escutar algum barulho ou sinal de vida. Os demais pareciam estar desertos em um silêncio completo – viraram mais uma vez a esquerda e Arthur percebeu que eles haviam dado a volta. Adiante, Arthur viu os elevadores. – E aqui, como você já viu, estão algumas salas administrativas.

Foram até o elevador, Arthur estava com fome. Queria ter parado na cozinha. Aguardaram o elevador e desceram no segundo andar.

– Bom, acredito que eu não precise dar uma volta com você neste andar. Aqui é onde o hospital acontece, onde estão as salas de quimioterapia, radioterapia, salas de cirurgia... Nem todas essas salas de cirurgia estão devidamente equipadas ainda, falta demanda e dinheiro, mas as que temos atendem perfeitamente o que precisamos – fez uma pausa e respirou fundo. – Sara saiu de uma delas agora há pouco – contou, causando um frio de medo em Arthur. – Aqui também temos salas de raio X, tomografia, enfim... Tudo que precisamos. Os equipamentos não são tão modernos, mas possuem qualidade. E embora tenhamos só quatro anos, passamos a ser um hospital de referência desde o ano passado. O que queremos agora é expandir, para atender e salvar cada vez mais crianças – falou Roberto não escondendo o sorriso. – Bom, vamos descer – convidou-o de volta para o elevador.

Desceram até o primeiro andar.

– Creio que não precisemos dar mais uma volta por aqui também. Este é o andar de internações. São vários quartos para internar as crianças, mas mais uma vez, precisaríamos ter muito mais dinheiro para usar toda a capacidade deste hospital. Há também as acomodações de enfermeiros, voluntários e plantonistas. Algumas crianças ficam em observação aqui. O pequeno Martin foi o último a chegar ao hospital antes de você, ele veio direto para internação, você ainda não teve a oportunidade de conhecê-lo, talvez nesta noite dê certo, porque, até onde eu sei, a partir de hoje ele vai poder ficar na Casa Claridade com as demais crianças. E Sara deve ficar em observação após a cirurgia – contava Roberto como se estivesse falando sozinho, Arthur prestava atenção, mas se esforçava para fingir que não se importava. – Vamos para o térreo, de lá, você já pode voltar para Casa Claridade e almoçar com as crianças – anunciou Roberto.

Desceram o último andar pela escada, ficaram com preguiça de esperar o elevador que estava no terceiro andar. Caminharam um pouco.

Gutti Mendonça

– Essa é a brinquedoteca – informou Roberto, ao ver que, pela primeira vez, Arthur olhava interessado para algum lugar.

Era uma grande sala, tinha largas e altas janelas que davam para o interior de uma enorme sala, muito colorida e cheia de brinquedos. As exageradas janelas faziam a sala parecer um aquário. Arthur nem precisaria de explicação para entender que ali as crianças brincavam. E pode imaginar Luca e Tiago brincando alegres no interior da sala.

– Por que tão grande? – Perguntou em ar de reprovação.

– Bom, na verdade, a ideia é ampliá-la. Nós gostaríamos de primeiro equipar todas as salas e poder abrigar e tratar mais crianças, mas montar e cuidar dessa sala é infinitamente mais barato que uma máquina de radioterapia, por exemplo, então preferimos equipá-la primeiro. Para fazer bom proveito da brinquedoteca, uma vez por semana recebemos visitas das crianças do orfanato daqui de Pinheiros do Sul – contou Roberto. – Aqui no térreo, além da brinquedoteca, temos os consultórios de alguns médicos, algumas salas para emergência e... acho que é isso. Você pode ir almoçar – disse em tom conclusivo.

Arthur não se mexeu. Roberto o olhou intrigado depois de alguns segundos e Arthur finalmente disse o que tinha em mente.

– Qual o meu câncer?

– Como? – Perguntou doutor Carvalho sem entender.

– O meu câncer... Se eu vou mentir que sou um internado, preciso saber qual é o meu câncer – explicou Arthur nervoso.

– Ah sim! – Exclamou Roberto ao compreender – Bom, vejamos. Podemos falar que você tem uma leucemia, acredito – disse Roberto franzindo as sobrancelhas, pensativo. – Há uma boa perspectiva de cura e, afinal, você vai dar o fora daqui algum dia. É, podemos falar que é leucemia – afirmou Roberto.

– É o mesmo caso do Luca, não é? – Certificou-se.

– É sim – confirmou Roberto, surpreso por Arthur saber.

– Você disse que tem uma boa perspectiva de cura? – Perguntou Arthur preso à afirmação de doutor Carvalho.

– Tem sim. Na maioria dos casos.

– Então Luca vai se salvar? – Questionou.

Doutor Roberto demorou para responder, lançou um olhar analítico a Arthur, que levou alguns segundos, tentava interpretar as intenções de Arthur com aquela pergunta, que respondia seu olhar penetrantemente.

– Ele já está conosco alguns meses, apresentou muita melhora. Não temos motivos para crer que ele não vá conseguir sair dessa.

Trocaram olhares profundos por mais alguns segundos.

– Bom – disse apenas. Então se virou e seguiu em direção à porta de entrada do hospital, levou as mãos ao bolso e continuou sobre os olhares de Roberto, até virar e desaparecer de vista.

Aborrecido e preocupado em ter que ficar preso naquele hospital, Arthur voltava para a Casa Claridade pelo gramado, contrariado. Pensava como seria capaz de falar com Tropeço para dar o fora dali, tudo parecia um pesadelo do qual não acordava nunca.

Entrou no saguão de entrada, viu algumas crianças brincando. Elas ainda pareciam intimidadas com sua presença. Mal-humorado, passou pelo ambiente, foi direto para a mesa, que estava posta, mas ainda não estava servida. Somente Yasmin e Felipe estavam sentados, um de frente para o outro. Eles pareciam estar conversando, mas se calaram ao ver Arthur chegar. Mais por uma atitude de Felipe do que de Yasmin, que olhou confusa para Felipe quando este parou de falar abruptamente e percebeu a presença de Arthur, que se sentou no meio da mesa, no lado de Felipe, mas ainda distante dos dois, que estavam na ponta mais próxima da porta da cozinha.

– Oi – cumprimentou Yasmin depois que ele se acomodou na mesa.

– Oi – retribuiu Arthur alguns segundos depois, sem o mesmo tom de animação.

– Você também é novo, não é? – Perguntou Yasmin, tentando começar uma conversa.

– Sou – falou seco, dessa vez não de propósito, apenas sem cabeça para conversar.

– Percebi. Ainda tem cabelos – brincou com um sorriso.

– É – concordou forçando um sorriso sem muito sucesso.

– Quanto tempo está aqui? – Continuou Yasmin, insistindo em um diálogo.

– Hoje é meu segundo dia de tortura – falou aborrecido, com um suspiro, finalmente encarando os olhos cor de mel de Yasmin, que riu.

– Não é tão ruim assim, vai – consolou Yasmin.

– Não é? Como pode ser pior? – Argumentou Arthur.

– Na verdade, eu imaginava muito pior – contou Yasmin.

– Eu fico até com medo de perguntar, mas qual seria a versão pior disso? – Perguntou fazendo Yasmin soltar um breve riso mais uma vez.

– Bom... eu me imaginei trancada em um quarto o dia inteiro, sem companhia, sem diversão...

– Diversão? – Interrompeu Arthur espantado. – Nós devemos ter uma visão muito diferente do conceito de diversão.

– Ah... – Yasmin riu mais uma vez, enquanto Felipe apenas escutava a conversa, tímido. – Não é um parque de diversões, mas pelo menos você tem um horário para você mesmo, pode ler um livro, tem gente para conversar, televisão, pode ver um filme. Não é o meu conceito favorito de diversão, mas eu esperava algo pior.

– Pois é. O meu conceito de diversão não inclui ficar lendo livros na companhia de um bando de doentes – disse, fazendo a primeira grosseria.

Yasmin estreitou o olhar e encarou Zani, tentando analisá-lo.

– Você é um palhaço! – Disparou Felipe fazendo ser notado.

– Olha o que temos aqui – falou Arthur debochado, olhando para o garoto. – Um garoto corajoso, uma raridade por essas bandas – desdenhou do garoto que o olhava enraivecido.

– Você é um do bando de doentes – lembrou Yasmin com a voz suave e serena.

– É... é... Eu me esqueço às vezes. – Fez uma piada para si mesmo.

Dona Cecília rompeu o clima tenso quando saiu abruptamente da porta da cozinha carregando dois jarros de suco e os colocando sobre a mesa. Depois voltou para dentro e, em seguida, chegou com mais dois jarros.

– Todo dia eu tenho que ficar chamando essas crianças! – Resmungava para si mesma enquanto voltava para a cozinha.

Zani pegou um copo e se serviu.

– Então você é dos rebeldes? – Perguntou Yasmin.

– Se você está dizendo...

– Seu olho roxo e suas atitudes me induzem a dizer que é – concluiu ela.

Arthur deu de ombros enquanto bebia um gole de suco. Ficaram em silêncio alguns instantes.

– Qual é a história por trás desse olho roxo? – Questionou Yasmin curiosa, fazendo Zani voltar a encará-la.

– Eu apanhei de quatro garotos.

– Por quê? Onde? – Quis saber, sem entender.

– Porque esse lugar é chato, então ontem à noite eu sai, achei um *snooker bar* e arrumei briga com quatro idiotas – falou com naturalidade.

– Ah, sim. Claro, bem básico. Normal – falou Yasmin com ironia, contendo seu espanto.

– É, normal – concordou sem perceber a ironia – É que agora eu não tenho mais dinheiro, senão eu te levava lá.

– Você não pode sair daqui! É proibido! – Atravessou a conversa Felipe.

– Não se preocupe, garotinho, ninguém convidou você – retrucou em tom irritante.

– Eu não sou um garotinho. E se você for, eu vou falar para a dona Cecília – ameaçou ele, fazendo Arthur rir.

– Escuta, garotinho, o que te faz pensar que eu tenho medo daquela velha? Você pode contar pra ela que nada vai acontecer, mas pela tentativa de me sabotar e me prejudicar, se fizer isso, vai ganhar um olho roxo igual ao meu – falou com um falso sorriso e tom de amizade, Felipe ficou quieto, encarando-o assustado.

– Não seja estúpido! – Repreendeu Yasmin – E o Felipe está certo, não podemos ir. Mas mesmo que pudéssemos, o que te faz pensar que eu iria com você? – Falou ligeiramente irritada.

– Eu não sei... por que isso realmente seria divertido? Pode ser que a gente saia dessa droga de hospital, pode ser que não. Só estou dizendo que quero aproveitar a vida enquanto tenho tempo – falou Arthur, sonso, deixando um clima mórbido no ar.

Ficaram em silêncio mais alguns instantes, até que dona Cecília saiu da cozinha dessa vez acompanhada por suas ajudantes, carregando travessas que colocaram sobre a mesa. Arthur e ela trocaram um olhar farpado, mas não disseram nada um ao outro. As ajudantes voltaram para a cozinha no mesmo momento que Tiago chegou animado.

– Ahá! Achei você! – Disse chamando a atenção de Arthur para ele.

Tiago correu em direção ao espaço vazio ao lado de Arthur, sentou-se e depois o abraçou. Arthur desvencilhou-se imediatamente.

– O que você está fazendo, cara? – Perguntou alarmado.

– Nada, só fiquei feliz de te achar – falou com os olhos arregalados, pensativo, mas não assustado, hesitou para continuar a falar, como uma criança tradicionalmente faz. – Eu estava te procurando.

– Legal, mas não me abrace, beleza? – Repreendeu Zani, fazendo Tiago concordar com a cabeça, confuso e com os olhos ainda arregalados.

Yasmin observou que Tiago ficou pensativo. Arthur não reparou, estava muito entretido com o fundo de seu copo. Após alguns segundos de filosofia, Tiago disparou:

– Você não gosta de abraços? – Perguntou com um tom de voz e uma expressão de "não havia o menor sentido em sequer fazer aquela pergunta".

– Não – respondeu sem olhar para ele.

– Ele gosta de soco, basta olhar para o olho roxo dele – intrometeu-se Yasmin, ganhando a atenção de Tiago.

Voltando a ficar pensativo, Tiago olhava para cima, para observar Arthur, olhou para Yasmin, e voltou a olhar Zani mais uma vez, que apoiara o cotovelo na mesa para escorar a cabeça com a mão, entediado, e não reparava que estava sendo observado. Então, de repente, Tiago deu um soco no braço de Arthur, com toda a força que tinha, que não era muita.

Arthur derrubou a cabeça que estava apoiada com o impacto do soco e olhou para Tiago inconformado. Yasmin soltou uma gargalhada. Ao receber o olhar de Zani, Tiago sorriu.

– O quê? Tá maluco? – Questionou Arthur alarmado enquanto Yasmin ainda ria.

– Ela falou que você gostava! – Explicou Tiago estendendo a palma das mãos como se fosse óbvio.

– Ela estava sendo irônica! – Brigou Arthur, deixando Tiago pensativo mais uma vez enquanto Yasmin ainda ria e Felipe observava calado. – E você? Nem foi engraçado – resmungou Arthur para Yasmin.

– Agora eu concordo com você – disse Yasmin parando para rir mais um pouco. – Temos conceitos de diversão diferentes. Isso é diversão para mim – falou rindo mais um pouco.

– O que é irônica? – Perguntou Tiago que ainda estava pensativo.

– É quando você diz uma coisa, mas quer dizer o contrário – explicou Arthur sem muita paciência.

Tiago fez um longo murmuro com a boca em sinal de que havia entendido.

– Zani! – Exclamou Luca que veio correndo ao encontro dele e do amigo e sentou no último espaço vago ao seu lado. – Eu e o Tiago vamos brincar de heróis no horário livre de hoje, você vai ser o Motoqueiro Fantasma! – Chegou ele avisando.

– Olha só, o menino rebelde tem fãs – brincou Yasmin, sorrindo.

– Põe suco pra mim? – Pediu Luca pegando um copo e estendendo a Arthur, que fez uma cara de inconformado, mas achou melhor servir do que argumentar.

– Você quer brincar também? – Perguntou Tiago para Yasmin.

– Eu? – Perguntou ela pega de surpresa.

– É! Você pode ser a Viúva Negra! – Sugeriu Tiago

– Ou a Mulher Gato! – Animou-se Luca.

– Ou a Tempestade!

– É! A Tempestade tem raios! – Concordou Luca fazendo um gesto com a mão, Yasmin ria.

– Eu também quero suco – falou Tiago, estendendo seu copo – Arthur apanhou o copo de má vontade enquanto os dois falavam sobre, raios e poderes para Yasmin, que sorria.

Dona Cecília entrou de novo no ambiente e foi em direção à porta que dava para o saguão.

– Tiago! Já falei para não se debruçar em cima da mesa – repreendeu enquanto cruzava o ambiente.

Chegando à porta, começou a gritar e chamar as crianças para almoçar. Aos poucos o ambiente foi se enchendo, enquanto as ajudantes saíam da cozinha trazendo mais vasilhas de comida e colocavam à mesa. E teve início um falatório generalizado.

– Arthur, não é? – chamou Yasmin, quando os garotos já não davam mais atenção a ela.

– Zani, eu prefiro – corrigiu.

– Ok, Zani, vamos ver essa noite o seu conceito de diversão. Eu também quero viver um pouco – disse ela chamando o olhar penetrante de Arthur, que a encarou por alguns segundos.

– Sério? – perguntou após uma longa pausa.

– Sim.

– Mas eu não tenho mais dinheiro – falou ele em tom de corte, conversando no meio da bagunça.

– Eu tenho – tranquilizou ela falando baixinho, no burburinho sem ser escutada.

Arthur não conseguiu conter seu sorriso malicioso.

Capítulo 5

De volta a Zankas

Arthur suportou desaforos durante o almoço. Tentou apenas ficar na dele, apesar de Tiago e Luca ficarem fazendo perguntas o tempo todo. O almoço era uma bagunça, o que serviu para Arthur reparar algo. Eles todos pareciam felizes. Como poderiam? Boa parte das crianças estava sentenciada à morte, não tinha família, não tinha nada. Arthur não entendia, mas parou de pensar a respeito, não fazia questão de entender. Talvez fosse esperança. Esperança de uma vida melhor.

Tentando sair sem ser notado, Arthur levantou em silêncio. Mas foi logo seguido pelas suas duas sombras.

– Aonde você está indo? – Perguntou Tiago, levantando em um rompante para segui-lo e foi logo acompanhando por Luca e um terceiro elemento que Arthur ainda não conhecia, mas já que estava familiarizado com o rosto.

– Pra cama – falou Zani, continuando seu caminho.

– Você vai dormir? – Perguntou Luca.

– Não, vou brincar de avião – falou com ironia.

– Sério?! – Perguntou Luca animado.

– Não, eu estava sendo irônico – corrigiu, antes que quisessem "brincar" com ele.

– Então você vai brincar de submarino! – Constatou Tiago, levantando o indicador enquanto seguia Zani pelos degraus da escada.

– Submarino? – Não entendeu Arthur.

– Você disse que "irônica" é quando você quer falar o contrário. O contrário de avião é um submarino! – Fez entender-se Tiago.

– O que é "irônica"? – Perguntou o terceiro menino revelando sua voz.

– É quando você fala uma coisa, mas quer dizer o contrário – explicou Tiago, mostrando-se entendido.

– Tipo quando eu quebrar uma coisa e me perguntarem se fui eu, eu falar que não? – Quis entender o garoto.

– Não, Caio, isso é mentira! – Explicou chegando ao corredor.

– Mas é a mesma coisa, qual a diferença? – Argumentou o garoto confuso.

– Não sei. Qual a diferença, Zani? – Questionou Tiago.

– Mentira é quando você quer enganar alguém. Ironia é quando você diz o contrário do que pensa, imaginando que vão entender o que você realmente queria dizer, você faz isso para debochar ou criticar o que estão falando ou perguntando – explicou Arthur apático, chegando ao quarto. Os garotos fizeram um sonoro murmuro sinalizando seus entendimentos.

– Mas você não vai mesmo brincar de heróis com a gente? – Perguntou Luca, chateado.

Gutti Mendonça

– Hoje não.

– Amanhã? – Insistiu Luca.

– Também não.

– Depois de amanhã? – Continuou ele.

– Não – respondeu se jogando na cama controlando sua impaciência.

– Depois de depois de amanhã? – Perseverou ele.

– Luca, sabe a Yasmin, aquela garota nova, que ainda tem cabelos? – Mudou de assunto.

– Sei.

– Ela falou que ia brincar com vocês hoje, falou que tinha uma brincadeira muito divertida e que vocês iam adorar. Por que não vão brincar com ela?

– Que brincadeira? – Perguntou Caio.

– Ah... – gaguejou Arthur. – Eu não lembro o nome. Por que não perguntam para ela?

– Eu quero saber o nome da brincadeira – insistiu Tiago – Não quero brincar daquelas brincadeiras chatas da Pamela e da Sabrina – resmungou ele.

– Pelo menos fala como chama essa brincadeira – pediu Luca.

– Ah... chama... esdrófilo – contou inventando uma palavra na hora.

– Esdrófilo? – Estranhou Caio.

– É! É uma brincadeira muito legal, vão lá brincar com ela – disse em tom de despacho.

– Tá bom, mas e depois de depois de amanhã? Você brinca com a gente? – Continuou Luca.

– Tá, tá. Brinco – disse rendido.

– Eba! – Comemorou com Tiago erguendo as duas mãos para o alto. – Vamos brincar de *estóbilo*! – Disse correndo para a saída do quarto com seus amigos.

Exausto, Arthur virou para o lado e adormeceu em instantes. Com a sensação de ter dormido apenas alguns segundos, acordou com os chacoalhões de dona Maria. Confuso, Arthur disparou em tom de resmungo.

– O que agora?

– São quase quatro horas da tarde, vai atrasar para a sua aula – avisou não muito carinhosa.

– Minha o quê? – Perguntou Zani mais uma vez, tinha escutado, mas queria se certificar.

– Aula! – Falou pausadamente sem paciência.

– Vocês são todos malucos – resmungou para si mesmo e virou-se de novo para o seu canto.

– Anda logo, garoto! – Puxou-o pelo ombro.

– Escuta aqui... – Começou a gritar Arthur, sentando-se na cama, mas parou abruptamente.

Dona Maria já o olhava atravessado, esperando as palavras rudes de Arthur, mas ele apenas suspirou e ficou calado.

– Que seja – disse em tom de lamentação, fazendo uma pausa. – Aonde eu tenho que ir?

– Desça as escadas, siga para o corredor do outro lado do saguão. Penúltima porta – orientou Maria em tom frio.

Arthur saiu bocejando, estava sozinho no andar de cima, desceu as escadas. Duas garotinhas ainda brincavam de boneca no saguão quando ele chegou, ao mesmo tempo que o mesmo funcionário negro de antes chegava para chamá-las.

–Pamela e Sabrina, vou ter que chamar vocês de novo? – Falou Alex em tom de repreensão.

– Posso levar a Alice? – Falou uma delas se levantando com a boneca.

– Quem é Alice, Sabrina?

– Minha boneca – explicou correndo em direção a Alex com sua amiga.

– Eu pensei que ela chamasse Renata – conversou Alex.

– É, mas eu mudei o nome dela.

Arthur os seguia pelo corredor, eles entraram em uma porta diferente da que Maria havia o mandado entrar, então ele continuou pelo corredor. No fundo dele, havia uma daquelas janelas grandes, construídas de forma oval, como se estivessem para fora da parede e com um parapeito generoso onde se pode confortavelmente sentar. Antes de chegar a essa janela, Arthur entrou pela penúltima porta.

Ele não pôde deixar de olhar em volta. Passou os olhos rapidamente pelo ambiente. Havia várias estantes com livros coloridos e infantis. Todo o espaço era infantil. Até a mesa e as cadeiras no centro da sala eram pequenas, feitas para crianças. Havia um quadro de desenhos, cheio de desenhos bobos. À mesa estava Yasmin e um homem negro de cabelos grisalhos, provavelmente com mais de quarenta anos e com seus óculos caídos na ponta do nariz. Os dois o olharam quando ele entrou.

– Ótimo! – Falou Arthur ainda olhando o ambiente. – Vamos aprender a colorir – satirizou, arrancando um breve riso de Yasmin.

– Você deve ser o Arthur – falou ele animado enquanto Arthur se sentava a uma cadeira de distância de Yasmin.

– Zani, por favor – corrigiu.

– Bom, eu estava aqui justamente iniciando com a Yasmin o tema da...

– Desculpe, senhor – interrompeu Arthur. – Eu só estou aqui porque eu sou obrigado a estar. Então eu não quero ser desrespeitoso com o senhor, mas eu vou ficar aqui nesse canto, vou debruçar sobre a mesa, ficar na minha, na boa. O senhor pode fazer a sua mágica, mas eu vou ficar aqui, na minha, tranquilo, na boa. Beleza? – Falou Arthur com serenidade, quase irreconhecível.

– Meu nome é Alberto – informou.

– Alberto. Muito prazer, Alberto. Então, eu vou ficar aqui na minha – disse cruzando os braços sobre a mesa e apoiando a cabeça sobre eles.

– Bom, isso é uma pena. Eu estava animado que finalmente eu teria dois alunos de colegial que eu pudesse falar de geografia e de história. – Alberto tentou uma chantagem emocional, mas mal sabia que essa seria a última coisa que funcionaria com Arthur. – Acho que seremos só eu e Yasmin aqui.

– Na verdade, senhor... – Interrompeu Yasmin sem graça. Colocando os olhos de Alberto sobre ela. – Eu não sei como falar isso... – Falou Yasmin com uma voz quase inaudível.

– O que foi, querida? – Não entendeu Alberto.

– É que... – interrompeu mais uma vez.

– Você pode falar. Não tenha medo. Veja o seu colega que entrou em sala anunciando que não vai fazer nada além de dormir. – encorajou ele.

– Eu tenho câncer – falou depressa, como se estivesse se livrando daquelas palavras. Alberto ficou quieto, observando, esperando a conclusão, que veio após uma longa pausa. – E eu não me sinto motivada para gastar meu tempo estudando agora – falou provocando silêncio.

Arthur, que ainda estava debruçado sobre a mesa, sentiu o impacto daquelas palavras, mas ficou imóvel.

– Oh... Entendo – falou Alberto, lentamente tirando seus óculos, colocando-os sobre a mesa e esfregando o rosto. – Querida, você não pode pensar dessa forma. O primeiro passo para você responder bem ao tratamento é acreditar nele, e logo você vai ficar boa e não vai querer ter perdido tempo de estudo. É importante continuar com as atividades normais. – Yasmin suspirou ao final dessas palavras.

– Eu sei. Mas ainda sim, eu preferia gastar esse tempo fazendo outras coisas. Ou estar em outro lugar. Depois que eu me curar, eu vou com certeza ficar muito feliz de correr atrás do tempo perdido, que na verdade não vai ser tempo perdido, senhor Alberto, vai ser um tempo ganho. Mas se caso eu não me curar, eu sei, eu sei... – Apressou-se a dizer ao ver Alberto abrir a boca para falar alguma coisa – eu sei que não devo pensar assim, mas *caso* eu não me cure, esse tempo, senhor Alberto, esse tempo nunca vai voltar. Eu quero viver um pouco – concluiu deixando Alberto com um nó na garganta.

Lentamente, Arthur levantou-se para olhar Yasmin. Ela o olhou por um breve instante, e depois abaixou a cabeça, envergonhada, melancólica. Arthur a observava, seus cabelos brilhantes refletiam a luz do sol de fim da tarde, ofuscando sua vista de tão radiantes. Ela era linda. Então pensou que ela em breve estaria careca, magra, fraca, debilitada, como a maioria de todas aquelas crianças. E ficou triste também.

– É assim que se sente também, Arthur? Por isso que não quer estudar? – Questionou Alberto. Arthur ficou quieto, continuou em silêncio atento a Yasmin, até que Alberto o chamou novamente. – Arthur?

– Sim, sim. Quer dizer. Quero aproveitar o que der. Tenho que ser realista, amanhã posso não estar aqui, posso morrer daqui a pouco. – Yasmin olhou para ele aflita. Ele percebeu de repente o que havia falado e tentou corrigir. – Quer dizer... Sei disso, mas estou otimista que não vai acontecer nada comigo. Digo, com nós dois. Não vai acontecer nada com nós dois! Nós provavelmente vamos ainda ter netos e tudo mais, mas por enquanto eu só quero curtir o agora, sabe? – Disse Arthur titubeante.

Alberto parecia reflexivo.

– Além do mais, a gente já sabe tudo isso aí que o senhor quer ensinar a gente – tentou convencê-lo.

– Isso eu duvido – comentou para si Alberto em tom de lamentação. – Eu tinha toda uma aula sobre "o incorruptível" para vocês.

– Robespierre. Revolução Francesa. Morreu aos 36 anos em 1794 – disparou Arthur fazendo Alberto arregalar os olhos. – Sei tudo sobre Danton e Marat também, caricaturas da revolução, o que você quer saber?

– Talvez pudéssemos avançar um pouco então, falar do francês Napoleão – sugeriu Alberto.

– Boa tentativa. Napoleão não era francês – falou Arthur de imediato.

– Ele nasceu em Córsega, na Itália – falou Yasmin arrancando um sorriso de Alberto.

– Talvez se mudássemos de época, e de continente... Mesopotâmia, talvez?

– Qual cidade? Ur, Uruk, Nippur, Kish, Lagash, Eridu, Babilônia? – Devolveu Arthur.

– Fale-me sobre Thea Filopator – pediu Alberto, fazendo Arthur rir e balançar a cabeça.

– Eu falaria, se fôssemos falar sobre o Egito, achei que falaríamos sobre a Mesopotâmia.

– A Cleópatra Thea foi a última rainha da dinastia de Ptolomeu – complementou Yasmin. Alberto soltou uma breve gargalhada.

O professor pegou seus óculos de volta e olhou seus cadernos em cima da mesa, revirou algumas páginas, olhou algumas folhas com as sobrancelhas franzidas. Depois lançou a Arthur um olhar penetrante.

– Pode me explicar como você tirou zero em história e geografia na escola? – Perguntou intrigado.

– Bom, em uma prova só de alternativas, a única maneira de você saber todas as respostas erradas é sabendo todas as certas.

– Você está me dizendo que zerava as suas provas de propósito? Por quê? – Perguntou sem entender.

– Eu tive meus motivos, mas sério... Estamos liberados ou não? – Perguntou Arthur fazendo-o suspirar.

– Certo... – Começou fazendo uma longa pausa. – Eu vou fazer o seguinte. Vou liberar vocês por hoje, vou conversar com o doutor Carvalho a respeito da aula de vocês, mas eu não vou liberá-los dos estudos. Vou pedir para ter o horário de vocês das outras matérias também e pretendo fazer algo diferente em nossos encontros – terminou Alberto.

– Diferente? – questionou Yasmin. – Diferente como?

– Bom, se o doutor Carvalho concordar, amanhã saberão – falou misterioso. – Agora vão viver um pouco – disse com um sorriso sincero no rosto.

– Sério? – Perguntou Arthur desconfiado.

– Sim – respondeu Alberto enquanto recolhia e dobrava os mapas que tinha posto sobre a mesa.

– Podemos então, tipo, ... levantar e ir? – Certificou-se ainda desconfiado.

– Sim. Digo, eu adoraria ensiná-los um pouco de história. Principalmente depois de ver que vocês têm uma base muito boa, poderíamos discutir teorias e curiosidades, mas tudo bem – disse claramente chateado, guardando seus materiais. – Eu que estou aqui por vocês, não o contrário – falou forçando mais um sorriso.

– Certo. Então, a gente vai – anunciou Arthur levantando devagar, esperando que Alberto mudasse de ideia a qualquer momento.

– Muito obrigado, senhor Alberto – falou Yasmin se levantando também.

– Só Alberto, querida, por favor – cortou formalidades.

– Tchau – despediu-se ela, indo em direção à porta com Arthur.

– Zani – chamou Alberto, fazendo-o se virar e continuou após a pausa – Ponha gelo nesse olho, você está horrível – pediu Alberto sorrindo.

– Certo.

– Até amanhã – falou Alberto assim que alcançaram a porta – No mesmo horário – lembrou.

– O.k. – concordou Arthur saindo da sala ao lado de Yasmin e fechando a porta a suas costas. – Dá pra acreditar? – Perguntou Arthur a Yasmin, parados no corredor.

– Eu sei. Ele é tão legal – falou Yasmin com sua voz naturalmente baixa.

– É. Ele meio que é... – Concordou Arthur um pouco resistente.

– Eu me sinto um pouco estúpida – desabafou Yasmin começando a andar pelo caminho de volta no corredor.

– Por quê? – Não entendeu Arthur.

– Eu disse para ele que eu queria mais tempo para fazer outras coisas, mas a realidade é que eu não sei o que eu poderia estar fazendo agora. Não tem muitas coisas para se fazer aqui.

– É, eu sei. Dormir um pouco talvez – sugeriu Arthur.

– Não! – Exclamou Yasmin de imediato. – Não quero perder tempo dormindo. Não saí da aula para me jogar em uma cama – rechaçou a ideia.

– O.k., foi só uma ideia – recuou Arthur.

– Na verdade, acho que já sei o que vou fazer. Vou até o hospital falar com o doutor Roberto. Preciso falar com ele.

– Sério? Isso sim é um desperdício do seu tempo. Aquele velho é insuportável – falou, fazendo uma careta.

– Ele não é velho e também não é insuportável! – Rebateu zangada. – Ele é uma boa pessoa – defendeu.

– O.k., desculpa. Não sabia que você estava apaixonada por ele – provocou Arthur.

– É só que ele é uma boa pessoa, apenas isso – falou Yasmin irritada.

– O.k., o.k. – cedeu Arthur. – Bom, eu vou dormir. Ainda não recuperei o meu sono por ter saído de madrugada – anunciou.

– Durma bem – falou Yasmin ainda aborrecida, indo em direção à porta de saída.

Por que garotas são tão sentimentais? Se perguntou Arthur ao ir em direção às escadas. Ao chegar no quarto, encontrou-se mais uma vez com Maria, que o limpava.

– O que você está fazendo aqui?

– Vou dormir – respondeu indiferente.

– Você deveria estar na aula.

– Não, deveria estar dormindo – rebateu com a mesma indiferença.

– Você está em horário de aula – brigou Maria.

– Eu fui dispensado – disse, atirando-se em sua cama.

– Você xingou e brigou com o professor, não foi, seu moleque? – Deduziu Maria.

– Não. Na verdade eu já sabia a matéria e o professor me dispensou – contou Arthur, fazendo Maria rir.

– Você quer que eu acredite em você, moleque? – Atacou Maria com rispidez.

– Você acredita no que você quiser – falou com a voz quase abafada pelo travesseiro.

– Ótimo! Se não quer ser ajudado, ninguém poderá ajudar você – resmungou Maria.

Arthur enfiou a cabeça debaixo do travesseiro, para evitar ouvir os barulhos de Maria faxinando – ela não fazia questão de manter silêncio. Arthur dormiu algumas horas.

Pela primeira vez desde que chegara ali, Zani abriu os olhos sem ser acordado por alguém. Levantou devagar. Reconheceu um médico pelo seu avental verde, colorido e extravagante. Estava de cócoras, conversando com um garoto que estava a sua frente sentado na cama, uma enfermeira e Maria estavam de pé, atrás dele, com uma expressão aflita.

– Eu acho que seria legal você passar a noite no hospital, Otto. O que acha? – Perguntou o médico em tom amigo, ele continuou quieto com a cabeça baixa. – Vai ser legal, nós colocamos um filme para você assistir – insistiu o médico. Otto acenou que sim com a cabeça.

Arthur levantou, resolveu descer. No caminho para a porta, passou pela cama de Otto e notou um papel no criado-mudo, havia catarro e sangue. Arthur suspirou. Odiava um drama.

A DIFERENÇA QUE FIZ

Assim que foi visto descendo as escadas, viu um punhado de crianças brincando no saguão. Yasmin estava entre elas. A pequena Laura, que chorou quando ele sentou em seu lugar, foi a primeira a avistá-lo. Foi esconder-se atrás de Bianca antes que ele vencesse todos os degraus. A reação da menininha fez com que as crianças voltassem a atenção para a escada.

– Zani! – veio Luca correndo. – Quer brincar com a gente agora?

– Eu não gosto de brincar Luca. Eu acho chato – explicou Arthur impaciente.

– Como brincar pode ser chato? – Perguntou uma garotinha confusa – Ele é doidinho – comentou ela para a amiga ao seu lado, como se Arthur não pudesse ouvi-la, fazendo Yasmin rir.

– Pois é, Sabrina, ele deve ser bem doidinho mesmo – concordou Yasmin enquanto Arthur se aproximava para ver o que estavam fazendo sentados no chão. Viu que era o tabuleiro de algum jogo.

– Ele não é! – Impôs-se Tiago.

– É sim! – Brigou Sabrina.

– Não é não! – Defendeu Tiago irritado.

– É sim! – Continuou.

– Quietos! – Brigou Arthur elevando o tom. – Eu não tenho paciência para isso! – Falou virando-se para ir embora.

– Não! Pera! – Pediu Tiago segurando-o pela roupa. – As mulherzinhas tão ganhando, você tem que ajudar a gente! – Suplicou.

– Ajudar no quê? – Quis saber Arthur.

– Nesse jogo de mímica.

– Esqueça – falou, virando-se mais uma vez.

– Não seja chato – disparou Yasmin, fazendo-o parar e olhar para ela.

– Mímica não está no topo da minha lista de entretenimento.

– É. E resmungar e choramingar está. Bom, vai lá. Boa sorte – retrucou Yasmin.

– Mais tarde – disse enfático – se é que você me entende, você vai ver o que é se divertir de verdade – defendeu-se Arthur referindo-se a possível escapada que dariam à noite.

– Não tem essa de "mais tarde". Eu não vou a lugar nenhum com você. Você é chato – disparou contra Arthur, deixando-o surpreso.

Estático, Zani ficou olhando Yasmin, que não dava atenção a ele. Mexia e embaralhava distraidamente as cartas do jogo sem reparar muito bem no que estava fazendo. Atordoado por aquelas palavras, Arthur continuou parado.

– Por favor! – Pediu Luca. – Elas estão em cinco, eu e o Tiago só temos o Caio.

Arthur continuou pensativo uns instantes antes de voltar para a conversa.

– Cinco? Laura conta também? Ela tem o quê? Três anos?

– Quatro – informou Bianca.

– É claro que ela conta! – Falou Tiago incrédulo. – Ela é a maior *adivinhatora* de animais de todo hospital – contou ele.

– Adivinhadora – corrigiu Arthur.

– Isso – concordou ele.

Arthur pensou por um momento quais seriam suas opções. Nenhuma era muito melhor do que a atual.

– Tá – cedeu com um suspiro, buscando um lugar para sentar.

Os meninos comemoraram.

– Mas eu não vou fazer nenhuma mímica, só adivinhar – acrescentou.

– Chato – comentou Yasmin para si mesma, mas suficientemente alto para que Zani ouvisse, como era sua intenção.

– Quer saber? Eu não quero fazer isso – falou levantando-se irritado. – Vocês se divirtam com esse jogo estúpido – disse indo em direção ao refeitório.

Ao chegar, deparou-se com Felipe, que estava sentado no mesmo lugar. Mais uma vez a mesa estava arrumada, mas não estava servida. Arthur ocupou um lugar e bufou.

– Então qual é a sua? – Disparou Arthur irritado em tom agressivo. – Por que está sempre isolado? Não tem amigos ou nada do tipo? – Atacou com raiva.

– Não. Não tenho – respondeu com honestidade para a surpresa de Arthur.

Zani, pego de surpresa, abaixou o tom. Tentou não ter pena do garoto, mas teve.

– Por que você não tem amigos? – Perguntou fazendo o garoto responder com os ombros, em um gesto de que não sabia. – Eu vi você falando com a Yasmin hoje no almoço.

– Ela que falou comigo – falava tímido.

– Não seja tímido. Você falou no almoço que eu era um palhaço, isso não é coisa de gente tímida.

– Desculpa – falou Felipe embaraçado.

– Não peça desculpa! – Brigou Arthur com uma expressão de inconformismo.

Felipe ficou calado e o clima ficou pesado. Arthur odiava esse sentimento que sentia agora. Esse sentimento que sentia tantas vezes desde que chegara ali. O sentimento de pena. Pensava como poderia evitar senti-lo. Como poderia se livrar disso.

– Eles tão jogando um jogo de mímica no saguão, por que você não foi jogar com eles? – Perguntou Arthur com uma voz muito mais amena, mas ainda sim, um pouco agressiva.

– Ninguém me chamou.

– Você é idiota? É estupido ou algo do tipo? Vai lá e fala que você quer jogar – voltou ao tom agressivo sem perceber.

– Mas eles não me chamaram – insistiu.

– Ah, qual é? Para de ser marica. Levanta daí e vai jogar com eles – brigou apontando a direção da porta. – Felipe não se mexeu, arregalou os olhos e encarou Arthur assustado. – Sério? – continuou Arthur ao vê-lo imóvel.

Em um rompante, Arthur levantou e começou a caminhar para o saguão.

– Anda, venha – chamou parando na porta. – Venha! – Chamou de novo observando Felipe de olhos arregalados estático em sua cadeira. – Se eu tiver que ir aí fazer você levantar, vai ser pior – ameaçou Arthur, fazendo Felipe se levantar segundos depois.

Os dois entraram no saguão e foram em direção à roda.

– Luca, Tiago. O Felipe vai jogar no meu lugar – anunciou ele. Felipe olhou assustado.

– Sério? Legal! – Comemorou Luca.

– Oi, Felipe – cumprimentou Yasmin.

– E você? – Insistiu Luca.

– Não. Eu não – falou Arthur.

Felipe foi se sentar com os meninos, enquanto Arthur voltou para o refeitório sob os olhares de Yasmin.

– Tem mais alguém lá dentro? – Perguntou Yasmin observando a porta por onde Arthur acabara de entrar.

– Não – respondeu Felipe simplesmente.

Yasmin fez uma expressão de arrependimento.

À mesa, Arthur ficava na companhia apenas de seus pensamentos. Pegou seu celular, tentou mais uma vez mandar uma mensagem ou acessar a internet. Tentava apenas por tentar, não tinha mais esperanças. Falhou mais uma vez. Era isso, não teria como se comunicar com o mundo a não ser que conseguisse a senha do Wi-Fi. Estava condenado.

Arthur estava vivendo em uma bolha. Era como se o mundo lá fora não existisse. Toda a sua rotina, seus amigos, suas coisas não existiam mais. Mas era uma falsa impressão. Três dias atrás ele havia atropelado uma pessoa, que não sabia se estava viva ou morta. Ficar ali não ia mudar nada. Toda vez que ficava sozinho com seus pensamentos, as imagens do acidente apareciam novamente. Arthur começou a se preocupar se elas iriam durar para sempre. O barulho do vidro estilhaçando, os respingos de sangue se esparramando.

– Arthur – chamou a voz de Yasmin à porta trazendo-o de volta de maneira brusca.

– Zani – corrigiu.

– Zani, eu... – Yasmin fez uma pausa. – Desculpe por implicar com você. Eu ainda estava zangada sobre o que falou do doutor Roberto. Eu gosto dele.

A DIFERENÇA QUE FIZ

– O.k. – disse indiferente.

– Sobre fugir hoje à noite – falou ela cochichando para não ser ouvida e ganhando o olhar de Arthur – Você ainda quer ir?

– Ora, ora – falou Arthur com um olhar profundo. – A garota mais certinha querendo quebrar as regras.

– Eu não quero quebrar as regras – disse em tom de desabafo. – Eu só... Não sei. Quero fazer alguma coisa! Qualquer coisa. Viver um pouco. Viver de verdade. Não quero cair naquela vida sistemática. Vá para escola, vá para faculdade, arranje um emprego, pague suas contas. Talvez eu não tenha tempo para fazer tudo isso – disse em tom de desabafo.

– Quanto dinheiro você tem? – Quis saber Arthur depois de uma pausa dramática.

– Acho que o suficiente para nos divertirmos essa noite – dizia enquanto se acomodava no acento de frente a Arthur.

– Tá certo, saímos à noite então – concordou Arthur.

– Como vamos fazer? – Perguntou Yasmin parecendo preocupada.

– Não fica ninguém de noite aqui. Depois que todo mundo dormir, nos encontramos no saguão, e vamos.

– Certo – falou nervosa.

– Você nunca quebrou nenhuma regra na sua vida, não é? – Questionou Arthur analítico. Yasmin ficou quieta e Arthur começou a rir.

Cecília entrou no ambiente, o cheiro de comida a acompanhou, aumentando a fome de Arthur. O pessoal uniformizado veio logo a seguir, foram chamar e buscar o pessoal para jantar. Começavam a servir a mesa à medida que as crianças chegavam.

– Ei, pessoal, olha quem voltou da observação. – Arthur levantou a cabeça rápido para olhar, pensando ser Sara. Mas a moça uniformizada estava de mãos dadas com um menino ainda mais novo que Luca e Tiago, bochechudo e negro, com seu cabelo rebelde.

Gutti Mendonça

– Martin! – Comemoraram Luca e Tiago, que eram sempre os mais animados.

A moça uniformizada se sentou com Martin para ajudá-lo a comer. Ele era pequeno demais para se virar sozinho. Mas olhando com atenção, Tiago, Luca, Sabrina, Pamela e Laura, também eram consideravelmente novos para serem deixados sem assistência à mesa. Se bem que as crianças maiores sempre ajudavam as menores. Bianca era praticamente uma mãe para Laura, e ela tinha o quê? Dez? Onze? Doze anos no máximo. De uma forma geral, todos pareciam bem crescidos e maduros para sua própria idade. Não conseguia imaginar as experiências de vida de cada um para terem chego até ali.

Zani repousou o olhar sobre Yasmin, que conversava com uma garota chamada Olivia. Ela devia ser a garota mais velha depois de Yasmin e ser da idade de Felipe. Ele pensava qual seria a história de Yasmin. Se ali era uma instituição para crianças carentes, de onde ela arranjou o dinheiro que dizia ter? Como ela fora parar em um orfanato ou uma instituição de caridade? Qual a história familiar dela? Ela parecia ter tido um ensino de qualidade pelos breves segundos que demonstrou na aula com Alberto. Qual a história de Luca? Qual a história de Sara? Qual a história de Tiago? Arthur se perguntava quieto. Pensava ser o único calado na mesa, até que notou Felipe. Qual a história dele também?

O jantar era servido cedo, às sete horas. Depois eles tinham até às dez e meia para tomar banho e de horário livre antes de dormir. Finalmente os mais novos começaram a ser postos na cama, e os mais velhos, relutantes, também começaram a ser convocados. Luca e Tiago ficavam conversando, inventando histórias mirabolantes sobre monstros e foram os últimos a dormirem. Arthur não podia descer e revelar que estava acordado senão eles iam querer descer com ele.

– Por que demorou tanto? – Cochichou Yasmin. – Eu já estava achando que tinha desistido.

– Luca e Tiago demoraram a dormir. E você não precisa falar assim – disse em tonalidade normal.

– Por que você está de óculos escuros? Está o maior breu lá fora – perguntou Yasmin estranhando.

– Para ninguém ver o meu olho roxo. Acho que iam me olhar atravessado – explicou guardando os óculos no bolso de dentro de sua jaqueta marrom.

– Então? Vamos? – Perguntou Yasmin empolgada.

– Vamos – disse indo em direção à porta.

Caminharam por todo o gramado, andando bem longe do hospital para evitar serem vistos por algum funcionário, já que o hospital ainda funcionava. Fizerem o percurso em silêncio até chegarem à estrada. Então Yasmin puxou o diálogo.

– Isso é tão legal! – Falou dando um pulinho. – Eu me sinto como se fosse uma foragida – disse com um sorriso de orelha a orelha. Arthur riu.

– Animada? – Questionou e olhou para trás para observar o hospital.

– Muito! – Respondeu ainda sorridente. – Mas então, o que a gente vai fazer?

– Eu não sei, jogar um pouco de sinuca. Comer porcaria, achar uma balada meia-boca.

– Meia-boca? – Surpreendeu-se.

– Sim! São as melhores.

– Sério? Você acha? – Perguntou curiosa. – Ou é só porque com o dinheiro que temos não podemos entrar em uma? – Riu Yasmin.

– Não, eu já frequentei algumas das baladas mais caras do país e digo: as meia-boca são as melhores – afirmou olhando mais uma vez para trás.

– Já foi nas baladas mais caras, é? – Desconfiou Yasmin – Como?

– Bom... digamos que houve uma época que eu tinha alguns amigos ricos e influentes – mentiu.

– E o que aconteceu com eles?

– Ah, você sabe. Brigamos. Mulher envolvida, essas coisas de moleque – mentiu mais uma vez.

– E por que as baladas meia-boca são as melhores? – Perguntou curiosa.

– Eu não sei. Elas são mais divertidas, as pessoas são menos inibidas. Vão mais pela diversão do que pela ostentação. Eu acho que é isso – explicou.

– Eu quero ir em uma balada meia-boca então – falou com empolgação.

– Você não tem cara de quem gosta de uma balada – disse olhando para trás mais uma vez. Yasmin olhou também para ver o que ele tanto olhava, mas não viu nada.

– Eu nunca fui.

– Você nunca foi a uma balada?! – Espantou-se Arthur.

– Não, nunca – falou entristecida – Mas podemos ir hoje! – Disse animando-se rapidamente.

– Talvez – falou virado para trás.

– O que você tanto olha para trás? – Perguntou ela sem entender. Arthur parou no lugar.

– O.k. Você não esqueceu o dinheiro, né?

– Não, tá aqui comigo – afirmou estranhando.

– Quanto você trouxe?

– Bastante.

– Bastante quanto? – Insistiu Arthur.

– Eu não sei, preciso contar. Não peguei tudo – falou desconfiada.

– Então conte.

– Por quê? – Perguntava sem entender.

– Para nos programarmos, Yasmin. Para saber aonde podemos ir! – Falou controlando sua irritação.

Yasmin o encarou por um momento. Hesitou por alguns segundos, então finalmente levou a mão ao bolso e pegou um pequeno maço de dinheiro e começou a contar. Enquanto estava distraída em um golpe rápido e brusco, Arthur deu um tapa na mão de Yasmin e apanhou o dinheiro.

– O que você está fazendo? – Perguntou dando um passo para trás assustada.

– Desculpe, Yasmin – disse contando o dinheiro. – Mas eu tenho que fazer isso – disse ele, com uma sincera expressão de chateação no rosto.

– Eu não acredito que você está me roubando! – Falou inconformada.

– Eu pegaria emprestado se eu fosse voltar, mas eu não vou. – disse estendendo o maço de dinheiro a Yasmin – Toma. Eu só preciso de cinquenta palmos – falou com a mão estendida devolvendo o resto do dinheiro a Yasmin.

Yasmin estava imóvel, não se mexia. Arthur continuou com o braço estendido.

– Eu não acredito que você está fazendo isso! Você é um bandido! – Disparou ela fazendo Arthur suspirar e baixar o braço.

– Eu tenho que voltar para a minha cidade, tá legal? Eu estou preso aqui! – Brigou.

– Você não pode abandonar o tratamento, você vai morrer! – Gritou Yasmin de volta.

Arthur suspirou mais uma vez e fez uma pausa.

– Olha. Você é realmente uma garota muito legal e bonita. Eu odeio ter que fazer isso, mas eu não vejo outra forma de sair daqui – falou em tom ameno e estendeu o dinheiro de volta.

– Você é um babaca! – Yasmin ficou com os olhos marejados, deu um tapa na mão de Arthur e fez o dinheiro voar pela estrada.

Arthur começou a correr atrás do dinheiro, apanhando as notas. Estava ventando.

– Qual é Yasmin? – Resmungou Arthur, correndo de um lado para o outro.

– Eu confiei em você! Achei que você era um cara legal! Bem que me falaram que você era um caso perdido mesmo! – Disparou.

– Eu sou – falou Arthur chateado depois de apanhar todas as notas. – Infelizmente eu sou – concordou estendendo mais uma vez o dinheiro.

Trocaram olhares, durante um longo período. Yasmin deixou cair uma lágrima. Arthur se sentia o pior tipo de ser humano do mundo. Mas procurava manter em sua cabeça: *esse é o único jeito, essa é minha única chance*. Continuaram se olhando. Arthur sentia-se culpado. A expressão de tristeza no rosto de Yasmin foi aos poucos se transformando em uma expressão de desprezo, até ela balançar a cabeça e lançar um olhar tão forte, que fez com que a alma de Arthur, que já quase não sentia nada, se machucasse.

Yasmin pegou o dinheiro com violência e ele a observou andar de volta pelo curto caminho que haviam percorrido. Ela não olhou para trás em nenhum momento. Estava com os braços cruzados e andava olhando para o chão. Seus cabelos castanhos, cumpridos e belos, dançavam ao vento. Ela era bonita até de costas. Quando ela já estava dentro do terreno do hospital, Arthur começou sua longa caminhada.

Andou a passos largos durante quase uma hora. Com sua cabeça cada vez mais cheia de pensamentos ruins – como se já não fosse suficiente só o acidente, agora em sua cabeça havia Yasmin, Luca, Tiago, Sara, Felipe, aquelas crianças todas. Era um pesadelo. Andar tanto tempo só ele e sua cabeça, era uma tortura mental.

Chegou à rodoviária. Deu a sorte de chegar cinco minutos antes do último ônibus do dia sair. Apressou-se. Comprou a passagem por quarenta e quatro palmos, sentou-se em uma poltrona e quando o ônibus ligou o motor, quase não acreditou que estava voltando. Sorriu.

Capítulo 6

Viver um pouco

Arthur tentou dormir a maior parte do tempo, mas não teve muito sucesso por dois motivos principais: cabeça cheia e desconforto. Quando percebeu que já estava no subúrbio de Zankas, desistiu de tentar dormir e ficou apenas sendo assombrado pelos pensamentos sombrios enquanto observava a paisagem. Já estavam quase no coração da cidade, passavam agora pelo bairro de Pampas, o mais nobre de Zankas. Sua casa ficava a quatro quarteirões e, assim que o farol abrisse, entrariam na avenida do hospital de seu pai, o Quatro Trevos.

Eram quatro e quinze da manhã. O farol abriu, o ônibus dobrou a esquina. Arthur viu o imponente hospital de seu pai ao fundo, todo iluminado, ocupando um quarteirão inteiro. O ônibus estava prestes a passar por ele quando Arthur decidiu algo de última hora e levantou exaltado, movido por um impulso que lhe surgira do nada, e foi até o motorista. O que estava prestes a fazer era algo completamente fora do que havia planejado.

– Eu vou descer aqui – falou.

– Como descer aqui? E a sua bagagem? – Argumentou o motorista.

– Eu não tenho bagagem.

– Mas eu não posso deixar você aqui.

– Por favor! Se eu for até a rodoviária eu vou demorar mais um tempão. Não tem nenhuma fiscalização a essa hora – apelou ele.

O motorista hesitou, mas cedeu. Encostou o ônibus para Arthur descer. Zani colocou seus óculos escuros e caminhou para a entrada do hospital. Passou pelas portas de vidros. A grande recepção estava vazia. Havia apenas três garotas na recepção e Arthur ficou aliviado ao ver Patrícia. Foi direto falar com ela.

– Oi, Patrícia – falou cochichando.

– Zani! – Exclamou.

– Fale baixo, Patrícia – brigou aos sussurros.

– Como você está? Não se fala em outra coisa nesse hospital a não ser sobre você. Não machucou esse seu corpinho, né? – falou com um sorriso maroto.

– Não, Patrícia. Não machuquei. Eu preciso de um favor seu.

– Você sabe que pode ter o que quiser de mim, Zani – Falou ela com malícia.

– Eu preciso de um avental e preciso saber o quarto que o Erick está – pediu ainda aos sussurros.

– Erick? O menino do seu acidente? O que você vai fazer? – Perguntou Patrícia intrigada.

– Não importa, Patrícia. Só faz o que eu tô pedindo – disse irritado contendo sua vontade de gritar com a garota.

– Se eu fizer o que tá me pedindo, você me leva pra sair? – disse sedutora mordendo os lábios.

– Levo, Patrícia, assim que eu puder – falou sem paciência.

– E vai fazer direitinho que nem da última vez? – Dizia em tom provocante.

– Patrícia, vai arranjar o que te pedi – disse deixando o sussurro de lado e chamando os olhares das outras recepcionistas que conversavam próximo à máquina de café, do outro lado do balcão.

– Tá bom, tá bom – disse ela entrando em um corredor do lado de dentro do balcão.

Arthur aguardou. Patrícia voltou com um avental dobrado e cheirando a limpo, que colocou em cima do balcão. Em seguida olhou para o monitor, escondido atrás do balcão, teclou algumas coisas e anunciou.

– Erick Weber. Bloco C, oitavo andar, oitocentos e dez.

Arthur apanhou o avental e saiu imediatamente em direção ao corredor ao lado do balcão da recepção. Vestiu o avental enquanto caminhava em direção aos elevadores. Parou em um dos terminais do corredor, apanhou uma prancheta e uma caneta e seguiu seu caminho. Andou até o bloco C, sem problemas. Apanhou o elevador e desceu no oitavo andar.

Caminhou até a ala de internações. Viu o segurança de plantão, que assistia uma televisão, com o volume bastante baixo, quase mudo. Pegou a prancheta e começou a folhear os papéis dela. Passou pelo segurança com um aceno de mão, que retribuiu sem olhar para ele e ainda disse:

– Noite, *doutô*.

Agora era só encontrar o 810. Caminhou pelos corredores e achou o número com facilidade. Olhou pelo vidro da porta, a televisão estava ligada. Talvez ele estivesse acordado. Olhou com cuidado para ver se havia alguém com ele. Não aparentava ter. Saiu do alcance da janela da porta, encostou as costas na parede e pensou em alguma história em sua cabeça. Alguma coisa que pudesse inventar para ter o pretexto de conversar com o garoto. Pensou rápido, suspirou e então entrou no quarto de uma vez.

Entrou sem bater. A luz estava apagada, o que era bom, assim Erick não poderia ver seu hematoma no olho. O garoto olhou para ele.

– Ei – disse Arthur. O garoto não disse nada e continuou a observar. Como se esperasse uma explicação.

O garoto estava todo enfaixado, parecia uma daquelas cenas de desenho animado. Suas duas pernas estavam enfaixadas, seu braço esquerdo, o seu quadril e ainda tinha ferimentos leves no rosto. Aparelhos ao redor da cama, e soros pendurados.

– Você é o Erick Weber, certo? – Perguntou se fazendo de desentendido.

– Sou – respondeu o garoto com uma voz rouca e sofrida.

– Desculpe entrar a essa hora, mas eu vi que a televisão estava ligada. Queria ver se está tudo bem, se quer que eu desligue a tevê ou algo do tipo.

– Eu estou assistindo. Não consigo dormir, estou com dores. – falou ele parecendo fazer um ligeiro esforço para falar.

– Você quer que eu chame algum médico para você? – Disfarçava Arthur.

– Não, na medida do possível, estou bem. Você não é um médico? – Questionou.

– Não, não. Eu... Eu... sou um voluntário – inventou na hora.

– Voluntário? Essa hora?

– Sim. Precisam de gente toda hora, né?

– Entendi. Bom, eu estou bem – falou em tom de despedida.

– O.k.! – Falou Arthur se virando para abrir a porta, mas parou com a mão na maçaneta e hesitou por alguns instantes, antes de se virar mais uma vez. – Eu estudei com ele, sabe? O garoto que te atropelou.

Erick olhou para Arthur mais uma vez e ficou em silêncio, esperando para ver o que vinha a seguir.

– Ele era um idiota – falou Arthur, achando um bom comentário para começar uma conversa.

– Aposto que ele ainda é – retrucou.

– É, você tem razão. Aposto que ele ainda é.

– Algumas pessoas simplesmente não mudam. Aposto que ele vai continuar sendo um babaca a vida inteira – falou causando uma pequena irritação em Arthur.

– É. Ele é um caso perdido. É o que todos dizem – falou Arthur engolindo a raiva. – Você vai melhorar logo – encorajou Arthur tentando mudar o assunto.

– Espero que sim. Os médicos disseram que eu tive sorte. – falou ele com uma foz fraca, rindo ao final. – Como um tenista pode ter sorte de ter as duas pernas quebradas? – Falou rindo ironicamente. – Arthur engoliu em seco.

– Então você é um tenista? – Perguntou.

– Sou... Ou pelo menos era. Não sei mais.

– Aposto que vai voltar a jogar um dia.

– Um dia? – Disparou em seguida com ligeiro inconformismo – Bem na noite que eu estava comemorando minha classificação para as nacionais eu fui atropelado, quebrei a bacia, uma costela e as duas pernas. Minha carreira provavelmente acabou.

– Quantos anos você tem?

– Fiz dezessete ainda esse mês.

– Você é novo. Vai ter outras oportunidades – insistiu.

– Sei lá. Talvez eu tenha tido sorte mesmo – disse em tom de desabafo. – Eu estava com uns amigos comemorando a minha classificação para as nacionais, saí do barzinho para atender o telefone, estava muito barulho lá dentro. Eu ouvi um barulho de pneu cantando, quando eu virei para olhar já tinham dois faróis em... Desculpa, você não deve estar interessado nisso, os pacientes devem choramingar o tempo todo – Erick interrompeu a si próprio.

– Não, cara. Pode falar, quero ouvir. De boa.

– Sério?

– Sim. Pode, tranquilo.

– Bom... mas era isso na verdade. Quando eu vi, já tinham dois faróis em cima de mim e eu não tive tempo de fazer nada. O carro bateu em mim, não deu tempo nem de sentir dor na hora. Eu saí voando, não sei quantos metros eu voei, mas eu voei e muito. Quando eu caí no chão, tenho certeza que foi ali que eu quebrei a minha bacia, senti uma dor muito forte, fiquei sem ar, não conseguia gritar de dor, minha vista foi escurecendo, escurecendo. Eu tinha certeza que eu estava morrendo, mas aí eu acordei aqui. Por isso eu acho que talvez eu tenha sorte. Eu acordei – desabafou.

– Deve ter sido um baita susto – comentou atônito.

– Não foi. Não deu tempo. Pulei essa parte. Quando eu acordei, já estava aqui – contou em tom de lamentação.

Ficou um silêncio no ar. Arthur não sabia o que dizer em seguida. Carregava com ele aquele sentimento de culpa. Olhava para Erick, todo debilitado e pensava: *eu fiz isso*. Ele mesmo tentava se consolar, dizendo para si mesmo: *não foi de propósito*. Mas isso não lhe impedia de pensar que a culpa era toda dele. Então falou em voz alta.

– O que você faria se encontrasse com ele?

Erick não respondeu imediatamente. Arthur mal via seu rosto que se iluminava mais ou menos de acordo com as imagens da televisão. E percebeu que ele refletiu para responder.

– Desde que eu cheguei aqui, eu só tenho pensado isso. Fico pensando qual seria a melhor forma de me vingar.

– E chegou a uma conclusão? – Perguntou Arthur apreensivo.

– Cheguei. Cheguei em muitas na verdade, fico alternando entre as possibilidades. Às vezes quero que ele morra, mas aí penso que seria muito fácil para ele. Às vezes queria que ele apodrecesse na prisão, mas ele é menor de idade, é provável que nem preso seja. Às vezes eu penso em espancá-lo. E a minha favorita: arruinar a vida dele... Dar um jeito para que ele não consiga estudar, não consiga um emprego, não consiga uma família, que ele perca a que ele ainda tem, dar um jeito para que ninguém goste dele. Mas... aparentemente, ele já faz isso por si só. Minha melhor vingança é torcer para que ele continue sendo quem ele é. Que não mude – terminou Erick que, conforme foi soltando as palavras, foi visivelmente ficando com mais raiva.

As palavras de Erick atingiram Arthur como se fosse um golpe. Ele sentiu como se um balde de água fria tivesse caído em sua cabeça. Ficou parado sem dizer nada por muito tempo, observando o resultado de suas atitudes e tentando digerir aquelas palavras indigestas. Após a longa pausa, retomou a conversa.

– Por que você acha que ele é tão ruim? – Perguntou com a voz quase presa.

– Ah, você é voluntário, deve ouvir as histórias por aí. Ontem à tarde eu estava sobre efeito de sedativos, não sei se eram médicos ou enfermeiras que estavam aqui, mas eu tinha acabado de acordar, eu ainda estava meio zonzo, mas eu conseguia ouvir a conversa deles. Entre coisas do tipo "eu sabia que ele ia fazer algo desse um dia", se referindo a ele, é claro, eles falavam de coisas que ele fazia que eram inacreditáveis. Ele é um folgado arrogante. Você mesmo disse que o conhece.

– É. Eu conheço – disse Arthur sem ter muito o que falar.

– Eu estava com raiva do pai dele também. Você sabe que ele é dono desse hospital, né? – Arthur concordou com a cabeça. – Mas quando o pai dele veio me visitar hoje de tarde, eu fiquei com pena dele.

– Pena? – Perguntou estranhando.

– Sim. Você precisava ver a expressão dele, cara. Ele e o meu pai conversaram bastante, teve uma hora que ele disse para o meu pai: "Eu queria que ele não fosse meu filho". E ele falou sério. Dava pra perceber isso só de olhar para o rosto dele. Ele estava tão triste e aborrecido. Falou que ia fazer o possível e o impossível para eu ficar bom logo. Pediu desculpas mais de vinte vezes. Falou das coisas que tinha feito para o filho e que não entendia o comportamento dele.

A DIFERENÇA QUE FIZ

Foi como você falou, ele disse que o moleque é um caso perdido. – Arthur ficou em silêncio, ouvindo. Incomodado, mas mostrando indiferença, como era ótimo em atuar. Após a pausa, Erick continuou – O moleque já está destruindo a própria vida sem ajuda de ninguém.

– Então você acha que a melhor vingança é não fazer nada? – Concluiu Arthur.

– Às vezes o pior dano que você pode causar a uma pessoa, é deixá-la seguir o próprio caminho.

Arthur repetiu essa frase na cabeça algumas vezes. Não conseguiu digerir tudo aquilo que ouvira. Ficou pensativo e até esqueceu de onde estava. Se desligou tanto tempo da realidade que Erick teve que trazê-lo de volta.

– Acho que é isso – falou Erick.

– Sim, claro – falou Arthur voltando a si bruscamente. – Bom, vou indo então. Qualquer coisa, fale. – Arthur se virou para ir embora e abriu a porta.

– Ei – chamou antes que Arthur saísse – Qual o seu nome? – Perguntou quando Arthur parou à porta.

– Luca – disse com o primeiro nome que veio à cabeça.

– Passe por aqui amanhã, Luca. Às vezes é bom ter alguém pra conversar de madrugada.

– Ah... Bem, é que não é todos os dias que eu tenho turno à noite, mas eu passo aqui sim quando for o meu turno.

– Entendi. O.k. então. Ei, Luca! – O chamou de novo quando Arthur ia saindo mais uma vez. – Se você fosse eu, o que faria?

– Eu ia socá-lo até a minha mão cair – falou sem hesitar.

Erick riu, mas rapidamente parou ao sentir dores.

– Boa noite – despediu-se Erick, e Arthur finalmente atravessou a porta.

Do lado de fora, Arthur encostou as costas na parede, suspirou profundamente e aliviado pensou: "Ele vai ficar". Ficou parado ali no corredor deserto, levou o seu tempo. Estava tudo em absoluto silêncio, a não ser pelas tosses que vinham de um quarto.

Sem ter muita certeza do que extrair daquela conversa, Arthur resolveu ir embora.

Na recepção largou o avental e a prancheta para Patrícia, que tentou falar com ele, mas Arthur não se deu o trabalho de responder e foi embora.

Eram quase cinco horas da manhã, o céu ainda estava muito escuro. Arthur começou a andar sem rumo, repassando em sua cabeça as frases que ouvira. *"Quando eu vi já tinham dois faróis em cima de mim e eu não tive tempo de fazer nada"*, *"Às vezes o pior dano que você pode causar a uma pessoa é deixá-la seguir o próprio caminho"*, *"Eu queria que ele não fosse meu filho"*, *"O moleque já está destruindo a vida dele sem ajuda de ninguém"*. Frases como essa, sozinhas, não surtiriam efeito nenhum. Mas juntas, eram capazes de abalar, até mesmo, o inabalável Zani.

Estava olhando para baixo, sem saber aonde ia e, de repente, após um estalo em sua cabeça, parou. Olhou para frente, girou em torno de si mesmo, olhou ao redor. *Onde é que eu estou?* Se perguntou. Não geograficamente, pois ele conhecia aquelas ruas como a palma de suas mãos. Conhecia até Arnon, o mendigo que morava no beco ali do lado, mas... *Onde estou? Em que ponto da minha vida, exatamente, eu estou? Que momento da minha vida, eu estou vivendo agora?* Se questionava Arthur, parado, sozinho. Então chegou a pergunta-chave: *Como é possível saber exatamente onde está, e estar completamente perdido?*

Com as duas mãos guardadas no bolso da jaqueta, Arthur decidiu se sentar na sarjeta. Assim o fez. Suspirou e continuou pensativo. Tentou organizar seus pensamentos. *Certo, qual é o plano?* Fez-se a primeira pergunta. Então começou a pensar com calma. Não podia voltar para casa, nem para buscar as suas coisas e estava com a roupa do corpo. Poderia ir até a casa de Tropeço, era longe, do outro lado da cidade, mas usaria o troco da passagem para a condução. Ficaria sem dinheiro para comer, mas Tropeço provavelmente arranjaria alguma coisa para ele. Mas, e nos dias seguintes?

Moraria com o amigo que morava de favor em uma edícula? E seus outros amigos? Pensão, familiares, república. Onde passaria? Teria que arranjar um emprego? Com o que teria que trabalhar? Que tipo de emprego arranjaria? E a sua audiência para pena corretiva? Não iria aparecer? Que consequências isso poderia trazer? Sara se recuperou da cirurgia? Não... Essa não era hora de pensar em Sara. Isso não importava mais. E se conseguisse se virar pelas próximas semanas? Pelos próximos meses? É essa a vida que queria? E se Erick estivesse certo? E se fosse uma bomba-relógio, se tivesse cavando sua própria cova? *"O que você pensa da vida, seu moleque?"* Foram as palavras de seu pai quando foi lhe buscar na delegacia. O que ele pensava da vida? Ele não tinha certeza. Tudo que tinha era uma raiva muito grande, raiva de tudo, raiva de todos. Raiva de estar vivo, talvez. Festas *undergrounds*? Era isso que ele queria? Não... Ele também já estava sem paciência para essas coisas. O que queria? Não era uma pergunta fácil, mas achava que tinha encontrado a resposta certa. Queria sossego. Queria que o deixassem em paz. Será que se sua mãe estivesse viva, ele ainda teria um bom relacionamento com ela? Será que ela ajudaria com essas questões? Seu pai não ajudava em nada. Seu pai não servia para nada. Só servia para cometer um erro na cirurgia de sua mãe e matá-la. Desejava que ele tivesse morrido no lugar dela. Tudo que estava acontecendo era culpa dele... Não, pera. Era tudo culpa dele? Ele finalmente conseguiu, estava livre do seu pai, tinha se libertado, e agora? Sua vida iria melhorar? Não. Pelo contrário, estava apavorado que a profecia de Erick viesse a se cumprir e ele apenas terminasse de arruinar a sua vida. Qual seria a próxima besteira que faria? Dentro de alguns meses não seria mais menor de idade. E aí? Ninguém para aliviar a barra. Cadeia? Existia essa possibilidade para ele?

Os pensamentos de Arthur se calaram. Sua mente ficou vazia por um breve momento, em que ele conseguiu ouvir os passarinhos que começavam a anunciar a chegada do dia. Conseguiu distrair sua mente o suficiente para pensar: *No meio de tantos prédios e arranha-céus, onde esses pássaros arrumam um lugar para ficar?* Mas logo sua mente voltou a se ocupar das mesmas perguntas, repetidas e repetidas vezes, misturadas as cenas do acidente, as lembranças de seu pai, os rostos das crianças, a expressão de choro de Yasmin na última vez que a viu. Arthur não percebeu a noite virar dia. Estava ali talvez por horas. E depois de chegar ao final de seus pensamentos e decidir o que ia fazer, disse para si mesmo.

– Você é uma pessoa muito estúpida, Arthur.

Levantou-se. Algumas pessoas já caminhavam para ir ao trabalho. Os carros e ônibus ocupavam cada vez mais espaço nas ruas. Seu último pensamento antes de começar a caminhar foi qual seria o melhor caminho. Começou a andar pelas populosas ruas de Zankas, ia em direção ao centro da cidade. Caminhou por cerca de quarenta minutos até chegar à rua que queria, um comércio de eletrônicos.

A loja ainda estava fechada, esperou na porta mais cerca de vinte minutos, até que alguém abrisse.

– Olá – cumprimentou ao entrar na loja.

– Olá! – disse o vendedor animado.

– Eu quero vender o meu celular – anunciou sacando o celular do bolso.

O atendente pegou o aparelho, começou a examiná-lo.

– Você trouxe os cabos? – Perguntou ainda examinando.

– Não.

– Carregador?

– Não. Eu perdi.

Passou mais alguns segundos examinando o aparelho. E então deu o veredito.

– Eu dou quinhentos palmos.

– O quê?! – Exclamou Arthur revoltado. – Esse celular custa dois mil palmos!

– Mas você não tem a caixa, não tem os cabos, não tem o carregador e está usado.

– Está quase novo! Eu quero pelo menos mil palmos.

– De jeito nenhum garoto, desculpe – recusou o atendente.

– Oitocentos palmos – pechinchou Arthur.

– O máximo que eu posso te dar é seiscentos palmos.

– Seiscentos e cinquenta – continuou negociando.

– Sem condições, garoto. Seiscentos.

– Nem nos seus sonhos você vai conseguir outro aparelho desse modelo por seiscentos e cinquenta – disse Arthur agressivo. – Então aceite logo porque eu estou com pressa e precisando desse dinheiro – disse com voracidade.

O vendedor arregalou os olhos, hesitou por um instante, mas suspirou e cedeu.

Seiscentos e cinquenta palmos mais rico, Arthur voltou a caminhar rumo ao seu novo destino. Suas pernas doíam, mas não desanimou. *Por que é tudo longe nessa cidade?* Resmungou para si mesmo.

Arthur quis gastar um tempo em seus lugares favoritos, passou o dia andando pela cidade. Almoçou em sua lanchonete favorita. A tarde gastou horas no Parque do Planalto, o maior parque de Zankas. Depois passou pelas avenidas movimentadas, cheias de prédios imponentes e corporativos. Sentou-se especialmente em um banco no pátio em frente ao enorme prédio do grupo Claridade. Andou pelo shopping Villa Guston, um dos mais tradicionais da cidade. E depois partiu para seu destino final.

Após mais uma relativamente longa caminhada, lá estava ele no guichê.

– Uma passagem para a próxima saída para Pinheiros do Sul – pediu ele.

Quarenta e quatro palmos mais pobre, Arthur embarcou já à noite, de volta para a cidade que acabara de deixar. Imaginou como teria sido o dia sem ele, e qual teria sido a reação do doutor Roberto. Exausto por uma noite virada, desta vez, mesmo o desconforto não foi suficiente para impedir que Arthur adormecesse

Gutti Mendonça

quase a viagem inteira e teve que ser acordado pelo motorista dizendo que já haviam chegado.

Assim que desceu do ônibus, bateu um desânimo por lembrar que ainda tinha uma caminhada de quase uma hora pela frente. A qual foi obrigado a fazer. Sem celular, não fazia mais a menor ideia de que horas eram, mas a julgar pelo horário de saída e estimativa de chegada, deviam ser umas duas e meia da manhã, três e meia quando chegasse.

Quando fez a última curva que já conhecia, e os pinheiros saíram da frente para dar a vista ao hospital que estava cada vez mais perto, Arthur sentiu um alívio. Caminhou até a entrada do hospital. As luzes da entrada estavam acesas como sempre. Continuou seu caminho em direção à Casa Claridade, mas parou. Olhou para a entrada do hospital e decidiu mudar seu rumo.

Pensava em alguma coisa para dizer a garota da recepção, mas acabou não sendo preciso, ao cruzar a porta de entrada, se deparou com a recepcionista dormindo sobre o balcão, passou reto e foi direto para os elevadores. *Esse hospital é nota zero em segurança*, pensou Arthur ao perceber que a única segurança com a qual o hospital contava eram algumas câmeras de filmagem.

Arthur desceu no primeiro andar, o destinado a internações. Ele não fazia ideia de qual quarto procurar, começou a andar, pelo corredor, passando por várias portas. Então parou para aguçar sua audição, ouviu um barulho de televisão, de desenho animado se não estava enganado. Voltou a caminhar devagar, tentando seguir o som, acreditou ter achado e então abriu a porta. Tiago desligou a televisão com o controle remoto em um rompante e virou-se para o lado fingindo dormir.

– Tiago? – Estranhou Arthur. Tiago não se mexeu. – Anda Tiago, eu acabei de ver você quase caindo da cama, eu sei que não está dormindo.

– Por favor, não fala pra ninguém! Vão brigar comigo – disse Tiago virando-se, enquanto Arthur terminava de entrar no quarto e fechava a porta a suas costas.

– Falar o quê? Do que você está falando? E por que você está aqui e não está no dormitório? – Lançou Arthur um monte de perguntas para o garoto.

– Eu tinha que estar dormindo, mas eu tava assistindo tevê – confessou ele sussurrando, como se tivesse mais alguém ali que pudesse lhe ouvir.

– E o que tá fazendo aqui?

– Eu voltei para a observação – falou desanimado. – Eu odeio ficar aqui – disse triste.

Arthur acendeu a luz, viu o garoto com suas agulhas espetadas e seu rosto mais pálido do que da última vez que o vira.

– Falaram que você tinha ido para outro hospital – contou Tiago.

– É... Sim – preferiu não desmentir.

– Que bom que você voltou! – Falou sorrindo.

– E quando você volta para Casa Claridade?

– Espero que logo. E você? Que você veio fazer aqui?

– Hum, eu estava procurando a Sara. Você sabe dela? Ela já voltou para o dormitório? – Quis saber.

– Ela tá na porta da frente – contou Tiago. – O que você quer com a Sara? Você vai brincar com ela? – Perguntou em tom de bronca.

– Não, não vou. Só quero ver como ela está – contou Arthur.

– Ah bom! Tem que brincar comigo antes – bronqueou Tiago, fazendo Arthur rir.

– Mas agora não é hora de brincar. Você tem que dormir – brigou Arthur.

– Eu vou!

– É pra ir mesmo! Se não vou contar para os médicos que você tava vendo tevê – ameaçou.

– Eu vou, eu vou – disse assustado.

– Então tá bom, eu vou dar uma olhada na Sara e também já vou dormir. O.k.?

– Ok! – Concordou Tiago obediente.

Arthur se encaminhou para a porta e desligou a luz.

– Zani! – Chamou Tiago antes que ele saísse.

– Eu.

– Cadê sua jaqueta de motoqueiro? Por que você tá com essa jaqueta marrom? – Estranhou.

– Não gosta dessa jaqueta marrom?

– Gosto. Mas não parece mais um motoqueiro – explicou.

– Qual você prefere?

– Motoqueiro! – Falou como se comemorasse um gol levantando os braços que estavam todos espetados. Arthur riu.

– Agora durma! – Cochichou do corredor e fechou a porta.

Arthur virou-se e encarou a porta do quarto de Sara. Deu alguns passos em direção a ela e parou. Sentiu um frio na barriga, com medo do que ia encontrar, respirou fundo e abriu a porta devagar para evitar acordar Sara.

Lá estava ela. Arthur olhava para o peito dela, para certificar-se de que subia e descia com a respiração. Estava dormindo, mas só de observá-la dava para perceber que estava fraca e debilitada. Arthur se aproximou para vê-la melhor. Tinha um longo corte em sua cabeça careca, indicando onde acontecera a cirurgia. Olhou para todos aqueles aparelhos eletrônicos, cheios de gráficos e números. Não entendia nada, mas quis ter certeza de que tudo parecia bem.

Na hora de se afastar, bateu o pé no apoio dos aparelhos, causando o maior barulho. Olhou rápido para Sara e a viu abrir os olhos devagar. A garota olhou para Arthur em um movimento lento.

– Ei – falou ela com a voz arrastada.

– Oi – disse Arthur constrangido por tê-la acordado.

– Eu sabia que você ia vir me visitar – dizia com a voz mole.

– É. Eu tava passando por aqui e resolvi entrar – disse sem dar o braço a torcer. Sara sorriu. Depois do breve silêncio Zani continuou – Então... Como foi a cirurgia?

– Eles abriram a minha cabeça – falou Sara impressionada. – Eu não sabia que as pessoas podiam fazer isso e continuar vivas – contou enquanto sentava-se na cama para conversar melhor.

– Não, não. Você não devia sentar – alertou Arthur.

– Tudo bem. Eu já estou quase boa. Doutor Roberto veio conversar comigo hoje, ele falou que eu estou me recuperando bem e que daqui a pouco eu já posso ir para Casa Claridade com vocês – tranquilizou Sara.

– Legal – falou Arthur sem saber o que mais poderia falar.

– Eu fiquei assustada hoje. Eu pensei que você tivesse morrido – falou Sara assustada.

– Morrido? Por que você achou isso? – Perguntou intrigado.

– Doutor Roberto falou que você tinha sido transferido para outro hospital. Mas eu não sou boba, eu sei que a maioria das vezes que eles falam que alguém foi transferido é porque morreu – falou Sara com ar de astúcia.

Arthur olhou profundamente nos olhos verdes de Sara. Queria ter alguma coisa para dizer que apagasse essa informação da cabeça dela, mas não tinha. Depois da pausa, foi a vez de Arthur tranquilizá-la.

– Bom, eu não morri – disse ele.

– É. Eu estou vendo – cortou ela, fazendo Arthur soltar uma breve risada.

– E é melhor você dormir, eu estou cansado também – disse Arthur.

– Por que você está vestido assim no meio da noite? Você vai fugir de novo? – Perguntou Sara ignorando completamente o que Arthur dissera.

– Não. Não vou – respondeu.

Gutti Mendonça

– Você lembra que prometeu que me levaria junto se fugisse mais uma vez, né? – Cobrou.

– Eu lembro – disse ele.

– Você ainda vai me levar né? – Continuou com a cobrança.

– Vou – respondeu ele após hesitar bastante, provocando um sorriso em Sara.

– Legal! – Comemorou. – Posso levar alguém com a gente? A Olivia ou a Bianca!

– Não, não, não – recusou imediatamente.

– Elas são legais.

– Não! – Rebateu firme. – Primeiro que eu nem sei quando vamos poder ir. Segundo que não é uma excursão. Terceiro que, se você falar para alguém isso, nós não vamos – brigou em tom severo.

– Tá bom – concordou Sara acuada.

Ficaram em silêncio. Arthur a examinava. Estava tentando se livrar do sentimento de pena que tinha pela garota. Odiava aquele sentimento. Odiava sentir pena de alguém ou que alguém sentisse por ele. Ficava pensando no passado, não só no de Sara, mas de todas as crianças e não resistiu a pergunta.

– Onde você estava antes de vir para cá, Sara? – Questionou Arthur.

– Como assim? – Não entendeu a pergunta.

– Antes de vir aqui para o hospital, de receber o tratamento, onde você estava?

– No orfanato municipal de Brumas.

– Brumas? É uma cidade grande, você é de lá?

– Sou.

– E a sua família é de lá também? – sondou Arthur.

– Eram.

– Eram? O que aconteceu com eles?

– Eles morreram.

– Lamento.

– Tudo bem – disse com indiferença.

– E faz tempo que eles morreram?

– Não, faz pouco tempo, agora no começo do ano. Quando eles descobriram que eu tinha câncer – contou fazendo Arthur franzir as sobrancelhas.

– Como assim? – Perguntou confuso.

– Quando meus pais descobriram que eu tinha câncer eles começaram a brigar, meu pai falava que era culpa da minha mãe que não cuidava de mim direito. Meu pai tinha bebido, ele pegou a arma dele e atirou quatro vezes na minha mãe. Depois ele apontou a arma para mim, ficou apontando um tempão, achei que ele ia me matar também. Ele ficou tremendo com a arma apontada para mim. Começou a chorar. Acho que ele queria atirar, mas não conseguiu atirar em mim. Aí ele desistiu, foi para a cozinha e eu escutei ele atirar. Acho que ele não quis se matar na minha frente. Mas eu depois corri para a cozinha e vi tudo.

Arthur ficou tão chocado que chegou a ficar ofegante. Foi como se alguém tirasse o chão dele. Sara continuou.

– Depois que minha vó não quis ficar comigo eu fui para o orfanato. E em menos de uma semana, eu vim para cá.

– Sua vó não quis ficar com você? – Perguntou Arthur em exclamação.

– Não. Ela falou que a culpa dos meus pais terem morrido era minha e que eu devia arcar com as consequências. Eu nem sei o que "arcar" significa. Ela se recusou a pagar o meu tratamento também.

– Sério? – Perguntou indignado.

– Sim, mas tudo bem. Eu preferia estar aqui do que com ela. Ela era ruim para mim – Sara confortou Arthur.

– Ruim? O que ela fazia?

– Ela me batia. Quando meus pais me deixavam com ela, jogava comida para os cachorros e falava que eles mereciam comer mais do que eu e que, se eu quisesse comer, deveria pegar a ração deles. Ela não deixava eu assistir tevê ou ficar no computador ou qualquer coisa. Ela fazia eu limpar as coisas e brigava comigo. – Arthur foi consumido pela raiva e sem perceber contraiu os punhos com força.

– Sua avó é de Brumas também?

– Sim.

– Você sabe o endereço dela?

– Sei. Por quê?

– Depois eu quero que você me passe, tá legal?

– Eu não quero voltar lá – disse Sara em tom de apelo.

– Você não vai – tranquilizou. – Nunca – disse deixando transparecer um pouco de revolta.

Sara olhou preocupada para Arthur.

– Agora é melhor você dormir. As coisas vão ficar boas logo – falou ele.

– O.k. – concordou Sara comportada voltando a se deitar. – Boa noite – disse com um sorriso.

– Boa noite – desejou Arthur ao deixar o quarto.

Arthur saiu bufando do quarto. Desejando pôr as mãos na avó de Sara. Ela ia se arrepender de ter nascido. O elevador estava parado no andar, mas desceu pelas escadas, sem paciência. Passou pela recepção. A recepcionista tinha acordado. Olhou Arthur assustada, levantou e ficou parada no lugar, sem saber o que fazer enquanto ele caminhava para fora.

– Ei. Boa noite – disse Arthur provocativo ao passar pela porta e seguir o seu caminho.

A garota não tomou nenhuma atitude, apenas observou, sem entender o que acontecia.

Arthur chegou à Casa Claridade, a porta estava aberta para variar. Ainda tinha uma coisa para fazer antes de ir dormir. Foi até o seu quarto e achou Luca, dormindo.

– Ei! Luca – cochichou chacoalhando o garoto tentando acordá-lo. – Luca! – O garoto acordou se virando.

– Ei eu sabia qu...

– Shhh! – Interrompeu Arthur.

– Eu sabia que você não tinha sido transferido – continuou Luca aos sussurros, sentando em sua cama espantado.

– É. Eu voltei. Escute Luca, eu tenho uma missão para você – cochichou Arthur.

– Uma missão? – Perguntou admirado.

– Sim. Você consegue?

– Consigo! – Disse sem ao menos esperar para ouvir o que teria que fazer.

– O.k. Eu preciso que você vá no quarto da Yasmin, sabe a Yasmin?

– Sei!

– Então, vá lá, e chame ela para ir para o saguão. Diga a ela que é importante. Mas não fale que sou eu que estou chamando.

– Por que você não vai? – Estranhou Luca.

– Porque a Yasmin tá brava comigo, e se ela me vir no quarto, vamos começar a discutir e acordar todo mundo – estava escuro, mas Arthur conseguiu ver Luca estreitando os olhos e o olhando desconfiado.

– Isso não é uma missão. É um favor! – Disse astucioso se desanimando.

– Pode chamar de favor também. Mas chamar de missão é melhor, porque é uma coisa muito importante. Missões são sempre coisas muito importantes.

– Tá legal! – Comemorou Luca animando-se de novo, não reparando o volume do seu tom de voz. Arthur fez um sinal com a mão para que ele diminuísse o tom.

– O.k. Vou esperar no saguão, tá legal? – Luca concordou com a cabeça.

Os dois saíram pelo corredor, Arthur virou na escada e Luca continuou reto, em direção a um dos quartos. Arthur sentou-se à frente da lareira, que estava apagada, e esperou. Demorou alguns minutos até que Arthur ouvisse alguns passos no andar de cima.

Levantou-se e ficou de frente para a escada. Luca veio correndo na frente. A começar pelos pés, Yasmin foi se revelando aos poucos de pijama, até que pôde ver Arthur e parou ainda na escada. Luca se jogou no sofá e começou a assistir a cena.

– O que você está fazendo aqui? – Perguntou Yasmin com rispidez.

– Eu voltei – disse ele simplesmente.

– Que pena – disse ela irritada.

– Que pena não! – Defendeu Luca.

– Pode descer aqui? Eu queria falar com você – pediu Arthur.

– Não tenho nada para falar com você – cortou e se virou para subir.

– Ah, qual é Yasmin? – Resmungou Arthur.

– Qual é?! – Virou-se mais uma vez com indignação. – Qual é?? Você faz o que faz e ainda acha que pode vir aqui e falar "Qual é Yasmin"? – Brigava enquanto contornava a escada e vinha em direção a Arthur. – Você é um egoísta que só pensa em si mesmo, e acha que a sua dor é maior que a dor dos outros! Não liga de magoar as pessoas contanto que faça o que bem entender. Seu egoísta! – Disparou e ao final já estava próxima a Arthur lhe apontando o indicador.

– Vocês vão brigar? – Perguntou Luca assistindo tudo de camarote.

– Não, Luca – falou Yasmin respirando fundo e se acalmando. – Estamos só conversando.

– Mas parece que vocês vão brigar.

– Luca, já pode voltar para o quarto agora – orientou Arthur.

– De jeito nenhum. Eu quero ver vocês brigarem! – Falou quase em tom de empolgação.

– Nós não vamos brigar, Luca. Volte para o quarto.

– Você não manda em mim. – Luca fez birra.

– Se você não voltar, eu vou ter que falar para a Cecília – ameaçou Arthur. Luca olhou zangado.

– Não é justo! – Saiu batendo o pé e subindo os degraus.

Arthur e Yasmin olharam Luca subir, mas os passos pararam antes do que deveriam. Luca se escondeu na beirada da escada e ficou ali parado. Yasmin e Arthur esperaram um momento para ver se ele ainda faria alguma coisa.

– A gente pode te ver escondido daqui, Luca – falou Arthur.

– Tá bom, tá bom! – Resmungou Luca batendo os pés na continuação do caminho para o quarto.

Arthur e Yasmin se entreolharam. Yasmin cruzou os braços e olhou para Arthur levantando as sobrancelhas. Arthur levou a mão ao bolso e tirou um pequeno maço de dinheiro. Tirou cem palmos e estendeu a Yasmin.

– O que é isso? – Perguntou Yasmin olhando com desprezo.

– Estou te pagando, com juros – disse ele.

– Você é inacreditável! – Disparou.

– Eu quero te pagar, tá legal? Eu não devia ter feito o que eu fiz. Eu queria tanto sair daqui que eu agi sem pensar – argumentou Arthur incomodado. Abriu a boca para falar mais alguma coisa, mas sentiu-se travado. Yasmin olhava atenta para ele, então se livrou de uma vez da palavra que tinha presa na garganta. – Desculpa, tá bom?

– Não tá bom! – Rebateu – Você se aproveitou de mim, me roubou, me deixou sozinha no meio da rua e me magoou. Não está nada bom.

– Eu já pedi desculpas! – Rebateu Arthur irritado.

– Ah, você já pediu desculpas? – Falou quase gritando. – Que ótimo! Pode fazer qualquer coisa contanto que se peça desculpas depois? E que tom de voz é esse que você está usando? É impressão minha ou você está bravo? Você não tem motivo nenhum para ficar bravo! – Brigou quase avançando em Arthur.

Zani suspirou.

– O.k., o.k. – Continuou Arthur em tom sereno. – Você tem razão. Eu sei que eu estou errado. – Arthur voltou a estender o dinheiro a Yasmin. – Mas queria que me perdoasse dessa vez e que, por favor, aceitasse o dinheiro de volta, ia ajudar a me sentir melhor.

Yasmin riu ironicamente e balançou a cabeça. Olhou para o lado, incrédula, então olhou novamente para Arthur, com um olhar penetrante e de desprezo.

– Esse é o ponto. Tudo que você faz é para se sentir melhor. Isso não é motivo para se perdoar ninguém – Yasmin lançou um último olhar de repulsa e foi em direção às escadas.

– E se eu fosse você, não continuaria aqui. Doutor Roberto vai te enforcar quando souber que voltou – falou ela subindo as escadas. – Vá viver um pouco – disse carregada de ironia.

Capítulo 7

O contador de histórias

Com a cabeça cheia de pensamentos, como já havia se tornado rotina, Arthur subiu. Antes de ir para o quarto, foi ao banheiro. Estava cansado, lavou o rosto. Seu olho ainda doía, mas estava menos inchado e com os hematomas mais discretos. Dali para frente tudo seria incerto. Foi para o quarto, tentou não fazer barulho. Mas Luca ainda não estava dormindo e foi implacável.

– Zani – chamou o garoto cochichando.

– O que é, Luca? – Perguntou em voz baixa apalpando sua mala no escuro à procura de alguma roupa.

– Eu não estou com sono – disse em tom de desabafo.

– Mas tente dormir – falou cansado.

– Você tá com sono?

– Eu estou, Luca.

– Muito cansado?

– Bastante.

– Bastante quanto?

– Por que você está perguntando, Luca, o que você queria? – Disse vestindo uma roupa velha para dormir.

– Brincar! – Falou animando-se.

– Não é hora de brincar, Luca. Você tinha que estar dormindo.

– Eu estava, mas você me acordou. Agora eu não consigo dormir – retrucou o garoto.

– Pois é, mas agora você tem que tentar dormir de novo – falou aconchegando-se em sua cama.

Arthur achou ter vencido Luca, que ficou silêncio por alguns segundos, mas ele voltou a atacar.

– Pode pelo menos contar uma história? – Pediu ele com uma voz desamparada.

– História, Luca? Não! Estamos no meio da madrugada. Conte carneirinhos que você pega no sono rápido.

– Contar carneirinhos? – Perguntou Luca espantado elevando o tom de voz.

– Silêncio! Vai acordar todo mundo. Sim, carneirinhos – respondeu já acomodado para dormir.

– Onde têm carneirinhos? – Não entendeu.

– Você tem que imaginar, Luca. Imagine os carneiros pulando a cerca, que uma hora você fica com sono. Sua mãe nunca te ensinou isso? – lançou Arthur sem pensar.

– Eu não conheci a minha mãe – disse com naturalidade, fazendo Arthur querer ter engolido suas palavras.

Zani até abriu a boca para fazer algumas condolências, mas não estava muito habituado a isso.

– Mas o meu pai nunca me ensinou também – continuou Luca.

– Então você conheceu o seu pai? – Perguntou Arthur um pouco mais aliviado.

– Conheci, mas ele nunca falou nada sobre carneirinhos.

– E o onde está o seu pai agora? – Perguntou Zani receoso.

– Eu não sei. Faz tempo que eu não o vejo – disse ele.

– Você tem saudade dele? – Averiguava Arthur com cautela.

– Não – Arthur percebeu uma voz amedrontada e ressentida na resposta.

– Você disse que faz tempo que não vê o seu pai. Por quê?

– Uma vez ele me trancou em casa e saiu por muito tempo, acho que fiquei uns três dias sozinho. Veio um cara e uma mulher de terno e me levaram para um lugar com um monte de crianças. Você já viu uma mulher usar terno? – Terminou ele com uma pergunta admirado.

– Eu já vi – respondeu ele sem dar muita importância e focou no tema principal. – O que a mulher de terno disse quando foi te buscar?

– Ela falou que o meu pai se perdeu do guarda e que agora iam ter que encontrar outros pais para mim – explicou Luca como se entendesse do assunto.

Arthur demorou alguns segundos para processar o que significava "se perder do guarda" e deu uma breve risada quando entendeu.

– Você quis dizer "perdeu a guarda" – corrigiu.

– Isso – falou Luca sem dar muita atenção.

– Você sabe o que isso significa, Luca? – Perguntou preocupado.

– Acho que sim. O que? – Perguntou ele.

Zani sentou-se na cama. Olhou para o vulto de Luca, que mal dava para enxergar por causa da luz escura da noite que entrava pela janela entre as camas. Ele pensava se deveria contar a verdade para Luca, uma criança de apenas seis anos. Depois de hesitar por um momento, ele continuou.

– Isso significa que o seu pai não pode mais cuidar de você – falou em tom seco.

– Era isso que eu pensava. Legal – disse Luca descontraído, deixando Arthur de boca aberta, que lentamente se deitou.

– Você não gosta do seu pai?

– Não – disse triste. – Ele é mau. – Falou com uma voz quase chorosa.

Arthur até pensou em perguntar por que, mas não tinha certeza se queria mesmo saber. Sua raiva no momento estava concentrada na avó de Sara. Arthur ficou pensativo em sua cama, encarando o teto. Suspirou com dó do garoto, que ficou quieto.

– Luca? – Arthur cochichou para checar se o menino já havia dormido.

– O quê?

– Já está com sono?

– Não – disse Luca e Arthur riu.

– O.k. – disse emendando um suspiro. – Que tipo de histórias você gosta?

– Você vai contar uma história?! – Perguntou Luca sentando--se na cama em menos de meio segundo.

– Shhh! – Pediu Arthur imediatamente

– Você vai contar uma história? – Repetiu em um sussurro quase inaudível.

– Eu vou tentar. Eu não sei fazer essas coisas – falou com sinceridade.

– Aventura. Conta uma história de aventura – pediu Luca ainda sentado na cama.

– Só conto se você estiver deitado – falou fazendo Luca se deitar na mesma hora, emitindo um alto rangido de molas que fez Arthur soltar uma careta de dor achando que mais alguém acordaria. – Que tipo de aventura?

– Não sei. Na cidade! Uma aventura na cidade! – Pediu Luca animado.

– Uma aventura na cidade? O.k. – *Acho que essa não pode ser tão difícil,* pensou Arthur. – Então vamos lá.

Arthur tentou resgatar na lembrança uma de suas experiências, quando achou uma começou.

– Tinha um cara, ele tinha uma festa para ir. Mas essa festa...

– Já começou? – Interrompeu Luca. – Não começa com "era uma vez"?

– Não – rebateu Arthur. – Contos de fadas começam com "era uma vez", contos de fadas são histórias de garota – argumentou.

– Ah tá! – Disse Luca facilmente convencido.

– Então... Tinha esse cara, ele tin...

– Qual era o nome dele? – Curioso.

– O nome dele? – Pensou rápido – Erick. O nome dele era Erick – disse o primeiro nome em sua cabeça.

– E o Erick estava indo para onde? – Luca continuou a questionar.

– Para uma festa. Erick estava indo para uma festa – respondeu e continuou. – Alguns amigos o chamaram para ir a essa festa, mas ele não tinha sido convidado.

– Ele não tinha?! – Exclamou Luca.

– Não. Mas ele estava indo do mesmo jeito.

– Coitado do Erick – disse Luca com ternura.

– E ele foi. A festa eram de três irmãs, bastante ricas e famosas na cidade. Um monte de gente estava sabendo da festa e todos queriam ir. O pai ia viajar para fora do país a trabalho e a mulher ia acompanhá-lo. As três irmãs iam ficar sozinhas e deram essa festa.

– Os pais delas vão ficar muito bravos quando voltarem – comentou Luca.

– Então Erick foi à festa com os amigos, mesmo sem ter sido chamado. Era em um condomínio fechado, em um bairro nobre da cidade.

– O que é nobre? – Quis saber Luca.

– É algo de pessoas ricas. Nobre é uma classe elevada da sociedade.

– O que é sociedade? – Questionou Luca mais uma vez.

– Quando muitas pessoas vivem juntas, em harmonia, elas são consideradas uma sociedade.

– Quantas pessoas precisam para fazer uma sociedade? – Indagou Luca curioso.

– Eu não sei, muitas – respondeu Luca começando a perder a pouca paciência que tinha.

– Nós do hospital, somos uma sociedade? – Perguntava incessante.

Arthur suspirou fundo e fez uma pausa.

– Luca, eu não estou lembrando direito o final dessa história. O que você acha de nós tentarmos dormir e amanhã à noite eu conto uma história de super-heróis? – Sugeriu Arthur.

– Heróis?! – Animou-se Luca. – Por que você não conta agora?

– Não, agora não. Só amanhã.

– Você promete? – Perguntou empolgado.

– Tá, tá... Prometo. – Respondeu em tom ranzinza

– Legal! – Comemorou. Arthur se ajeitou na cama e preparou-se para dormir. Luca ficou em silêncio por um momento e então completou – Espero que o Tiago já tenha voltado para cá amanhã, para ouvir com a gente.

Arthur suspirou mais uma vez e então, exausto, adormeceu. Mas não demorou muito tempo para receber um cutucão.

– Então o turista voltou? – Falou Maria em tom amargo quando Arthur abriu os olhos depois dos cutucões.

– Não, não. Eu estou na China, não está vendo? – Disse irônico.

Maria saiu apressada, os meninos começavam a acordar. Luca já pulara da cama e estava de pé, ao lado de Arthur deitado.

– Sobre qual super-herói é a história de hoje? – Começou Luca.

– Luca, eu estou dormindo. Eu converso com você depois – Luca fez uma cara confusa.

– Mas você está falando, você não está dormindo – argumentou.

– Não, eu estou dormindo – insistiu Arthur virando-se para o lado.

– Não está não – disse Luca desconfiado.

Maria voltou ao quarto com Cecília e pararam na porta, Cecília olhou para Arthur deitado de costas para a porta, tentando dormir. Suspirou, tomou forças e finalmente entrou no quarto dizendo com a voz alta e firme.

– Ande, Arthur. Você vai ver o doutor Roberto agora.

– Ah, qual é! É sábado! Deixa eu dormir – resmungou enfiando a cara no travesseiro.

– Garoto. – falou Cecília seca e em imponente tom. – Levante, se troque e vamos para o doutor Roberto – disse segurando o braço de Arthur. – Agora! – Complementou em mesmo tom firme.

Arthur olhou para ela por alguns segundos, e começou a rir.

– Ou o quê? Vai me bater? – Voltou a rir fazendo Cecília largar o braço de Arthur e olhar para Maria apreensiva. – Eu conheço moleques de dez anos mais ameaçadores do que você. Você acha que eu tenho medo de você? – Arthur voltou a rir mais uma vez, vendo graça de verdade.

– Eu tenho medo da Cecília algumas vezes – revelou Luca que prestava atenção em tudo.

– Pensando bem, Luca, você tem razão. Eu ficaria com medo se tivesse que olhar para ela todos os dias. – Arthur fez sua grosseria para não perder o costume.

– Eu vou chamar o doutor Roberto aqui! – Ameaçou Cecília.

– Isso – concordou Arthur. – Eu nunca achei que fosse dizer isso, mas essa cama está boa demais para eu deixá-la agora – falou desaforado.

– Arthur Zanichelli! – Disse a voz de Yasmin – Levante e vá ver o doutor Roberto – continuou ela em um tom ríspido e nada amigável que fez Arthur se sentar na cama e reparar em Yasmin de pijamas, parada de braços cruzados à porta.

Zani tentou pensar rápido em como responder Yasmin, sem ser rude, pois sabia que ainda estava em débito com a garota por tudo que tinha feito. Também não queria ceder e dar a ela algum motivo para acreditar que tinha qualquer tipo de controle sobre ele. Mas Yasmin não deu a ele muito tempo para pensar.

– Você é surdo? Agora – falou de uma maneira ainda mais severa, fazendo Arthur levantar as sobrancelhas.

– O.k. – falou Arthur com simplicidade. – Não posso recusar um pedido feito com tanto calor – devolveu com ar de ironia para não sair tão por baixo.

– Então por que ainda está sentado? – Perguntou Yasmin lançando a ele um olhar frio.

Arthur se levantou e fez um gesto lento e desaforado estendendo os braços, como quem diz: "Satisfeita?" Yasmin estreitou ainda mais o olhar, balançou a cabeça e foi embora. Maria e Cecília entreolhavam-se com cara de interrogação, tentando ter alguma pista do que havia acontecido ali, no momento em que Alex, com seu cabelo *black power*, entrou no quarto.

– Ei, Alex! – Comemorou Luca indo de encontro a ele.

– Ei, grandão! – Comemorou pegando-o no colo. – Você está ficando forte, rapaz, cada dia mais pesado – comentou ele.

Enquanto Luca se entretia com Alex, Arthur percebeu o olhar bravo que Maria e Cecilia o lançavam.

– Estou indo! Estou indo! – Disse agressivo abrindo a sua mala.

Arthur tomou seu banho, ainda se sentia imundo pelo dia anterior. Depois de pronto, desceu para o café, mas Cecília não o deixou ficar, disse que ele comeria só depois que falasse com o doutor Roberto. Após ser enxotado e distribuir algumas grosserias, ele foi até o hospital e subiu até a sala do médico. Bateu três vezes na porta, mas ninguém abriu, quando aguardava o elevador no caminho de volta, deu de cara com doutor Roberto saindo do elevador.

Doutor Roberto saiu, ficaram frente a frente. O doutor levou alguns segundos despejando o seu olhar de desprezo sobre Arthur, que ignorava completamente. Depois de balançar a cabeça ordenou.

– Venha comigo.

Caminharam até o escritório do doutor, onde entraram. Arthur não esperou convite para se sentar. Roberto sentou-se atrás de sua mesa e iniciou a conversa.

– Você acha que isso aqui é um hotel, moleque? – Perguntou sem conseguir conter a raiva.

– Ah merda. Começou o sermão.

– Este não é um lugar que você pode ir e vir na hora que bem entender! – Brigou Roberto elevando o tom.

– O.k. – falou Arthur indiferente.

– A próxima vez que você fugir vai ser a última, você entendeu?

– Entendi – disse em mesmo tom.

– Você tem sorte de eu ainda não ter contado para o seu pai. Eu ia fazer isso agora.

– Você acabou? – Perguntou com a mesma indiferença, irritando doutor Roberto a cada palavra.

– Eu tenho tanta pena do Guilherme, ele não merecia um filho assim – disse em tom de desabafo e tentou se concentrar no que havia em sua mesa.

Arthur se esparramou na cadeira.

– Eu tenho que fingir que estou em um tratamento agora? – Perguntou Arthur entediado.

– Sim – devolveu Roberto seco.

– Ah, não... Não posso pelo menos comer antes?

– Não.

A DIFERENÇA QUE FIZ

– Ótimo! – retrucou ele perdendo a indiferença e adotando um nítido tom de revolta.

Cruzou os braços, jogou a cabeça para trás e ficou ali largado. Muitas coisas invadiam a mente de Arthur nos lentos minutos que se passavam, até que ele voltou a conversar.

– A segurança desse hospital é um lixo, sabia? – Disparou Arthur, de repente ganhando um olhar de Roberto por cima dos óculos. Já que ele não disse nada, Zani continuou. – Eu posso entrar e sair a hora que eu quiser, as portas não ficam sequer trancadas, eu não vi câmeras de segurança, eu cheguei de madrugada e a recepcionista estava dormindo, eu entrei no hospital que tem uma porta de vidro automática, andei pelo hospital numa boa, estava completamente deserto, qualquer um poderia entrar e levar o que quisesse. E as crianças? Elas poderiam simplesmente levantar e sair andando – comentou Arthur.

– Você tem razão. Não é o ideal – concordou doutor Roberto prestando atenção em Arthur.

– "Não é o ideal"? Isso é tudo que você tem a dizer? Você é o diretor desse hospital. Faça ser ideal. E se as crianças ficarem sozinhas? E se elas passarem mal, tiverem um ataque ou sei lá o que pode acontecer. Quem está olhando? Eles vêm para cá para ficarem em observação, então quem está observando? – Perguntou com certa revolta.

– Os médicos fazem um turno, visitam periodicamente os internos e eles estão sendo monitorados por equipamentos, temos uma sala de monitoramento.

– E se a criança passar mal cinco minutos depois que ele recebeu a visita dessa ronda noturna? Ele tem que torcer para continuar vivo até a próxima? Isso não faz sentido.

– E o que você faria? – Perguntou Roberto com tranquilidade.

– Contrataria alguns seguranças, alguns vigias, colocaria algumas câmeras de segurança. As crianças na Casa Claridade ficam completamente isoladas, tem uma ronda lá também? Por que outro dia eu encontrei com a Sara três horas da manhã na lareira, não pareceu ter ninguém olhando elas por lá. E no hospital, não deixe as crianças sozinhas no quarto, se elas estão internadas, deixe pelo menos uma com a outra, pelo menos podem conversar e se um passar mal, uma das crianças pode gritar ou se desesperar, é melhor do que nada – argumentou Arthur.

– Arthur, você sabe quanto custa uma máquina de radioterapia? – Perguntou Roberto sereno.

– Não. Sei lá... cem mil, duzentos mil – chutou alto.

– Cerca de seis milhões – revelou fazendo Arthur espantar-se, mas controlando-se para não demonstrar. Roberto continuou. – A maioria das pessoas que trabalham aqui são voluntárias, temos que pagar por comida, medicamento, tratamento e infinitas coisas mais, coisas que nem mesmo você, filho do dono de um dos maiores e mais bem conceituados hospitais do país, deve saber. O orçamento que temos não possibilita expansão ainda. Com sorte, mais para frente, conseguiremos subsídio do governo, como já havia comentado com você naquela nossa outra conversa. Por enquanto vivemos de doações de empresas privadas e de pessoas comuns.

– A maioria é voluntário? – Questionou Arthur.

– Sim. Cecília, Maria, o seu professor Alberto, quase todo mundo. Só não são voluntários os responsáveis diretos pelo tratamento e recuperação das crianças. Médicos, nutricionistas, enfermeiros. Esses profissionais têm que estar focados e dedicados, não podemos correr o risco de eles abandonarem o serviço a qualquer momento – explicava doutor Carvalho. – E você sabe, médicos não são profissionais baratos.

Arthur ficou em silêncio. Absorvia as informações.

– Mas a ideia de deixar as crianças em tratamento no mesmo quarto não é ruim – continuou Roberto de repente. – Vou pensar a respeito. Tenho que ver se podemos transferir os equipamentos de uma sala para outra e se eles caberão no novo lugar – disse voltando para seus papéis, mas lançando uma pergunta no ar.

– O que você veio fazer no hospital no meio da madrugada?

– Fui dar uma volta – disse fazendo pouco caso, provocando um suspiro de lamentação no doutor Carvalho. – E ver como Sara estava depois da cirurgia – confessou ao mudar rapidamente de ideia. – Como foi a cirurgia?

– Foi boa. – Roberto fez uma pausa. – Ainda temos que observar, mas não vou mentir para você. Talvez ela precise de outra cirurgia. Ela ainda está longe de estar boa, mas, por enquanto, está sob controle.

– Legal – comentou Arthur simplesmente, com apatia.

Depois de mais alguns longos minutos Roberto lançou mais uma pergunta.

– Eu sei que você provavelmente não vai me responder, mas... Aonde você foi?

– Eu tinha algumas coisas para resolver antes de me internar nessa droga. Se você queria saber especificamente onde, tem razão, eu não vou te contar.

– E você resolveu o que tinha para resolver? – Perguntou interessado, com um olhar penetrante.

– Sempre resolvo.

Doutor Roberto foi liberar Arthur pouco antes do horário de almoço, Zani estava faminto. Não via a hora de ver um prato de comida. No refeitório, aguardou ansioso a chegada da comida. Ficou isolado, Yasmin não foi sentar próximo a ele e, pela primeira vez, Luca não foi lhe fazer companhia, estava próximo de Caio e brincavam com uns bonecos.

Teria finalmente uma tarde inteira livre, pois, como era sábado, não tinham aula à tarde e o horário livre se estenderia até a noite. Arthur já tinha seus planos, assim que terminou sua refeição, deixou a mesa sem dizer uma só palavra, e subiu para o quarto, onde foi dormir.

Arthur não sabia muito bem quanto tempo havia dormido, mas dormira o suficiente. Levantou-se sem saber para onde ia, desceu as escadas e saiu da Casa Claridade, começou a andar pelo gramado, escolheu ao longe uma árvore solitária, a última antes de um vasto gramado que ligava o começo da orla de uma densa floresta de pinheiros.

O sol começava a se pôr, Arthur sentou-se embaixo da árvore. Olhava ora para algumas crianças que brincavam com bola, ora para um rumo incerto, em que não havia nada. Começou a se sentir solitário, não achou isso exatamente ruim, mas se sentiu solitário. Seu futuro era também tão incerto. Pela primeira vez, começou a se imaginar em um futuro distante. Era tudo muito obscuro. Sentia-se triste.

Quando foi reparar mais uma vez nas crianças, notou Yasmin descendo os breves degraus da entrada da casa e indo em direção à garotada. Ela demorou algum tempo para percebê-lo àquela distância. Quando o viu, ficou paralisada trocando um olhar que mal dava para se interpretar daquele afastamento. Ela protegeu os olhos do sol que estava em sua frente e continuou olhando-o. Depois, ao notar o peito de Yasmin inchar e desinchar rapidamente, percebeu que ela havia suspirado.

Yasmin cruzou os braços e olhou para o chão pensativa, como quem estava decidindo o que iria fazer a seguir. Arthur só a observava. Seus cabelos irradiavam uma luz forte, refletida do sol que a acertava em cheio. Então ela começou a caminhar em direção a ele. Caminhava sem descruzar os braços, olhando para o chão. Seus cabelos cobriam e descobriam o seu rosto com a brisa leve que soprava contra. Zani reparava em seu caminhar. Ela era bonita, muito bonita.

Até que Yasmin terminou de se aproximar e parou de pé, próximo a Arthur, ainda de braços cruzados. Trocaram um olhar, que não sabiam bem o que significava, até que Arthur desviou o seu para o horizonte. Yasmin ainda ficou um tempo imóvel e depois, finalmente, quebrou o silêncio.

– Posso sentar? – Perguntou em tom sereno.

– Você não precisa da minha autorização, mas pode – disse indiferente ainda olhando para o horizonte. Yasmin se sentou.

– Então, Zani – disse dando ênfase a seu nome – Como gosta de ser chamado. Qual é a sua história? – Perguntou fazendo-o encará-la.

– Minha história?

– Sim. Sua história. Como veio parar aqui – explicou.

– Eu fiquei doente – mentiu Zani em tom indiferente.

– Disso eu sei – falou Yasmin ignorando a grosseria e mantendo a calma. – Mas esse hospital é para gente carente, qual a sua história? Pais pobres? Não conheceu os pais? Vive em um orfanato? – Yasmin disse dando a ele a linha de raciocínio.

Arthur ficou reflexivo e voltou a olhar para o infinito. Ficou calado por um momento antes de responder.

– Eu não sei. Eu só tenho raiva o tempo todo. Essa é minha história – falou ele.

– Você está com raiva agora?

– Estou. Estou sempre com raiva – frisou.

– E do que você está com raiva agora?

– Eu não sei – disse ele sendo sincero consigo mesmo, deixando Yasmin com uma expressão triste. – Por que você quer saber?

– Queria tentar entender por que você fez aquilo – falou ela sempre calma.

– E qual é a *sua* história? – Inverteu Arthur querendo fugir do assunto.

– Você não ia querer saber – despistou Yasmin.

– Vamos lá, não pode ser pior do que a da Sara – disparou.

– Qual é a história da Sara? – Interessou-se subitamente Yasmin.

– O pai pegou uma arma, matou a mãe na frente dela, apontou a arma para matar a Sara, desistiu e então se matou. Depois ela foi viver com uma avó que dava ração aos cachorros e dizia que ela deveria comer com eles se quisesse se alimentar. – Yasmin arregalou os olhos e ficou boquiaberta – Pois é – complementou Arthur ao ver a reação de Yasmin.

– Pobre garota – comentou chocada. – E ela ainda está com câncer. Meu Deus, que vida tem essa garotinha.

– Deus deve ter humor negro – comentou Arthur.

– Não culpe Deus – interviu Yasmin.

– Temos uma religiosa aqui, o.k. então – disse Arthur se calando.

Ficaram em silêncio alguns minutos com seus pensamentos. Foi novamente Yasmin quem o quebrou.

– Como foi sua primeira vez na quimioterapia? – Perguntou desanimada.

– Ah... não sei – respondeu sem saber como sair daquela. – Foi ruim. Como foi a sua?

– Foi hoje de manhã – respondeu com a voz baixa.

– E como você se sentiu?

Yasmin respirou fundo para responder, mas não disse nada. Quando ela olhou para cima, Arthur percebeu que seus olhos estavam brilhando, pois estavam marejados de lágrimas. Yasmin segurava o choro. Zani não soube como agir, apenas olhava para ela, que depois de reunir força conseguiu falar duas palavras com muito esforço.

– Foi horrível – disse simplesmente.

– Eu sei – fingiu Arthur.

– Dói. E você sente aquele líquido percorrendo seu corpo como se estivessem rasgando as suas veias – disse derrubando uma lágrima.

– Você tem que ser forte – disse sem saber o que mais poderia falar.

– Eu não quero ser forte! – Resmungou ela contendo o choro – Isso é o que todo mundo fala, "você tem que ser forte". Eu não estou pronta para isso! – Disse em tom de desabafo.

– Acho que existem certas coisas que não esperam nós ficarmos prontos – tentava acalmá-la sem a menor habilidade.

– Como você pode ser parecer tão tranquilo? – Perguntou inconformada. – Digo... Você é todo impaciente e irritado, mas não parece nem um pouco preocupado em saber que tem uma doença que pode te matar. Como? Você não tem medo?

– Eu não sei – disse fazendo uma pausa. – Acho que não tenho muita expectativa pelo que me aguarda nessa vida. Tanto faz para mim – disse deixando Yasmin alarmada.

– O que fizeram com você para ficar desse jeito? – Perguntou Yasmin com uma expressão de extrema compaixão estampada em seu rosto.

– Ninguém fez. Eu mesmo fiz – falou com frieza.

– E como pode se vangloriar disso? – Estranhou Yasmin.

– Não estou me vangloriando.

– Pois do jeito que está falando, parece que está.

– Bom, pois não estou – retrucou mal-humorado em tom grosseiro.

– Você precisa ser forte também, sabe? – Falou em um tom calmo e sereno que desarmou Arthur. – Não só contra o câncer. O que quer que seja que te faz não ter vontade de lutar para viver, você precisa se livrar disso – orientou em tom tranquilo.

– Eu não disse que não tenho vontade de viver... – Arthur fez uma pausa – Eu só não consigo encontrar graça.

Yasmin não conseguia esconder o olhar de tristeza e compaixão.– Essa doença estúpida é o menor dos problemas que eu tenho que lidar – resmungou.

– E o que você faz a respeito desses problemas?

– A última coisa que eu tive que fazer a respeito de um deles, foi enganar uma garota, levá-la até uma estrada, roubar o seu dinheiro e fugir da cidade – disse ele sombrio, lançando um olhar desaforado a Yasmin, fazendo-a ficar calada por alguns instantes.

– Você se meteu em encrenca? – Perguntou Yasmin com um olhar desconfiado.

– Sim, mas este não é o problema. Não estou tentando fugir da responsabilidade, estou tentando fugir da culpa.

– O que você fez? – Perguntou Yasmin aflita.

– Eu não quero falar sobre isso.

– E como vai o processo de evitar pensar nessas coisas que você não quer falar? – Questionou Yasmin ainda intrigada.

– Toda noite é a mesma coisa. Você fica com medo de dormir e sonhar com tudo aquilo que passa o dia tentando não pensar, então você fica horas acordado sem conseguir evitar esses pensamentos – falou Arthur em tom de lamentação.

– Não posso te ajudar se não me disser o que é – insistiu Yasmin.

– Eu não disse que queria ajuda – cortou.

Yasmin se levantou e deu uns tapas nela mesma para limpar as folhas que grudaram em sua roupa ao sentar-se no gramado. O sol já se punha entre os pinheiros distantes.

– Eu já vou voltar. Você não deveria demorar muito também – aconselhou Yasmin ainda serena apesar da última fala cortante de Arthur.

– Vou logo mais.

– Espero que se livre destes seus problemas – desejou Yasmin com um sorriso, virando-se e indo em direção à Casa Claridade.

As crianças já haviam entrado havia algum tempo. Da mesma forma como Arthur observara vir, ele a observou voltar. Ela era mesmo graciosa. Quando ela já estava perto da casa, Arthur decidiu não ficar mais tempo por ali.

Ele tomou seu banho, e depois finalmente decidiu explorar a casa. Abriu as portas daquele longo corredor por onde caminhara para ir até a aula de Alberto e descobrira uma pequena biblioteca, uma capela, uma sala de brinquedos, uma sala de televisão, uma sala de jogos eletrônicos, duas salas de aula e, finalmente, a sala de aula infantil, na qual ele tinha a aula de Alberto. Depois de ver que a sala de televisão e a sala de jogos eletrônicos eram as mais concorridas e não ter interesse nenhum pela sala de brinquedos, Arthur foi até a biblioteca, onde achou paz.

O lugar estava empoeirado, o que mostrava com que frequência aquele lugar era usado. Havia muitos livros. *Doações,* concluiu de imediato. Havia muitos volumes antigos. Achou um livro surrado que pareceu interessante, adotou-o. Sentou-se no largo parapeito da janela, onde leu até ouvir a gritaria que convocava para o jantar.

Yasmin, mais uma vez, não lhe fez companhia na refeição mas ele compreendeu o porquê. Ela estava sentada na companhia das garotas que chegavam mais perto de sua idade. Luca bem que tentou sentar-se perto de Zani, e brigou com Heitor que, segundo ele, estava em seu lugar, mas acabou desistindo da briga quando Caio e Luan o chamaram para perto.

O jantar corria normalmente, até a súbita entrada de doutor Roberto, que estava acompanhado de dois ilustres conhecidos: Sara e Tiago. Luca era sempre o primeiro a comemorar.

– Luca, o Tiago voltou, mas não é para vocês ficarem fazendo bagunça à noite – repreendeu doutor Roberto.

– Doutor Roberto, a Bianca não vai voltar hoje? – Perguntou uma menina em tom cabisbaixo.

– Não, querida. Infelizmente a Bianca vai passar esta noite no hospital – disse ele em lamentação.

No final da refeição e também da noite, todos foram para seus aposentos. Arthur guardou o seu livro e acompanhou o pessoal para o dormitório também. Os voluntários do hospital preparavam, como de costume, as crianças mais novas para dormir, e faziam um trabalho ardoroso, pois algumas crianças davam trabalho. Quando todos pareciam ter sido domados, a última voluntária deixou o quarto. Bastou cinco segundos para Luca pular da cama.

– Zani! Já pode contar a história do herói! – Disse fazendo Arthur respirar fundo. Por um segundo ele acreditou que Luca havia esquecido.

– É! Pode contar! O Luca disse que você prometeu – falou Tiago que já levantara da cama e fora pular na cama de Luca.

– Tiago, vai para a sua cama.

– Mas você prometeu a história! – Argumentou chateado.

– Isso não tem nada a ver com você sair da sua cama!

– Mas é que aqui ele escuta melhor – Luca defendeu seu amigo.

– Já pode começar – autorizou Tiago.

– Vocês têm certeza? Eu estou cansado – choramingou Zani.

– Você prometeu! – Disseram os dois em coro.

– Tá bom, tá bom – concordou Zani. – Eu vou contar.

– Eu posso ouvir também? – Disse uma voz do outro lado do quarto.

– Pode! Vem aqui Otto! – Convidou Tiago animado. – Isso é tão legal! – Comemorou Tiago dando uma gostosa risada

– Eu também vou! – Falou Nicolas se levantando e pulando na cama de Luca.

Os quatro se acomodavam na cama de Luca e se empurravam e riam e faziam a maior bagunça.

– Sem bagunça! – Brigou Zani irritado. – Senão não tem história, vocês tão fazendo o maior barulho – as crianças se endireitaram e ficaram quietas.

Zani percebeu que só faltava uma pessoa do quarto para se juntar ao grupo.

– Felipe, você quer vir aqui também? – Perguntou Zani contrariado.

– Não. Eu posso ouvir daqui – respondeu Felipe.

– Tem certeza?

– Tenho.

– O.k. Então...

– Como chama o personagem? – Perguntou Tiago.

– Chama Erick – respondeu.

– Mas Erick não era o de ontem? – Inconformou-se Luca. – Você falou que a história de hoje era de herói! – Resmungou ele zangado.

– Mas é! É que esse era o príncipe Erick – falou inventando a primeira abobrinha que veio na cabeça.

– Qual era o super poder dele? – Quis saber Otto.

– Ele era super forte – contava Arthur com indiferença.

– Super forte? Só isso? – Perguntou Tiago, decepcionado.

– Não... ele também... podia... falar com animais! – As crianças se entreolharam desconfiadas. Percebendo, Arthur continuou – e além de tudo isso, ele podia pôr fogo nas coisas que ele tocava – as crianças não se animaram e Zani continuava tentando. – Por isso que ele era conhecido como o "Espada de Fogo" porque ele tinha uma espada de fogo! – Finalmente as crianças se exaltaram.

– Eu sou o Espada de Fogo! – Falou Luca em um rompante levantando a mão.

– Não, eu que sou! – Falou Tiago.

– Não, eu falei primeiro, não é, Zani? – Disse Luca procurando respaldo.

– E vocês sabem qual era a missão do Espada de Fogo? – Perguntou Zani tentando desviar a atenção das crianças da discussão.

– O que era a missão? – Perguntou Otto interessado, fazendo Arthur perceber que não fazia ideia de qual era a missão do Espada de Fogo.

– O que vocês estão fazendo? – Perguntou a voz de Sara na porta. – Eu estava descendo e ouvi barulho.

– O Zani tá contando uma história! – Falou Tiago animado.

– História? – Quis saber Sara.

– É! A história do Espada de Fogo! Ele é um super-herói que pode tacar fogo na espada e fala com os animais! – Falou Luca admirado.

144

– Posso ouvir o resto dessa história? – Perguntou Sara.

– Pode – convidou Zani com indiferença.

– Ele ia falar qual era a missão do Espada de Fogo bem agora – revelou Otto.

– E qual era a missão? – Perguntou Sara sentando-se no pé da cama de Arthur, obrigando-o a se sentar.

– Ele tinha que buscar não sei o quê, em não sei onde – disse Arthur instalando uma cara de interrogação na cara de todas as crianças.

– Como assim? – Perguntou Nicolas que até então estava calado.

– É! Como assim?! – Não entendeu também Tiago.

– O rei do Espada de Fogo, deu para ele essa missão, era esse o desafio dele. Ele partiu em uma jornada que não sabia muito bem o que tinha que fazer, nem aonde ir. Por isso, ele... saiu... em... busca de um profeta! – Contava Arthur mal-humorado inventando as coisas na hora.

– O que é um profeta? – Quis saber Luca.

– É uma pessoa que sabe muito e que pode até ver o futuro. – respondeu Arthur.

– Eu sou o profeta então! – Falou Tiago repentinamente. – Você é o Espada de Fogo e eu sou o profeta! – Resolveu Tiago virando-se para Luca.

– Então ele saiu! Em busca do profeta da colina, foi pela floresta negra, cheia de animais selvagens e monstros – contava Arthur incomodado, falando as primeiras baboseiras que o iluminavam. As crianças pareciam gostar.

Quando Arthur tinha terminado de narrar todos os combates e lutas que o Espada de Fogo tinha travado em seu caminho até o pico da colina, falando sobre os detalhes de como ele arrancou cabeças e como queimou o crânio de seus inimigos, Yasmin apareceu à porta.

A DIFERENÇA QUE FIZ

– O que está acontecendo aqui? – perguntou desconfiada. – Está tudo bem, Sara? Vi você sair e estava demorando para voltar.

– Tudo bem. O Zani está contando uma história – informou Sara.

– O Zani? Contador de histórias? – Disse em um divertido tom de deboche.

Capítulo 8

A primeira morte

Arthur ficou sem graça ao ouvir o comentário de Yasmin, que riu.

— Você pode continuar se você quiser – falou Arthur com arrogância.

— Não, não – não quero interromper, respondeu Yasmin parecendo se divertir.

— Você quer ouvir também? – Convidou Tiago.

— Não, ela não quer – respondeu Arthur por ela.

— Eu adoraria – disse Yasmin ignorando Arthur, saindo da porta e entrando no quarto.

Arthur bufou.

— Vai, continue! – Pediu Luca empolgado.

– Já está tarde, é melhor dormirem – resmungou.

Os garotos começaram a reclamar todos ao mesmo tempo, menos Felipe, que só ouvia tudo à distância em sua cama.

– Tá bom, tá bom – cedeu Arthur com mau humor.

– E aí? Ele encontrou o *potreca*? – Perguntou Tiago, fazendo Yasmin soltar uma gargalhada.

– É profeta!

– Ele encontrou o profeta?! – Corrigiu-se Tiago.

Arthur conduziu a história da forma que podia. As crianças, especialmente as mais jovens, queriam opinar e sugerir os rumos da trama, o que ajudou Zani de certa forma. O Espada de Fogo já havia lutado com mais meia dúzia de inimigos, escalado a colina, conversado com o profeta e descoberto que deveria buscar um anel de noivado para a filha de seu rei (Arthur teve que inventar alguma coisa de menina, depois que Sara reclamou que a história era muito masculina, cheia de lutas e sangue). Arthur encerrou a noite. Disse que continuaria a história outro dia, mas não disse qual. As crianças ficaram chateadas, mas, com o apoio de Yasmin, dizendo que estava realmente tarde, elas obedeceram – com relutância, mas obedeceram.

Arthur teve que aceitar sua realidade: não tinha para onde fugir. Estava confinado. O domingo passou em um estalo. Arthur terminara de ler o primeiro livro que pegara e já adotara um novo. Insatisfeito com o mundo real que vivia, buscava nos livros um novo mundo. E, subitamente, percebeu que podia fugir dali. Não fisicamente, mas, pelo menos sua mente, ele libertara.

Fugindo das crianças, Zani buscava os lugares mais improváveis para ler. Teve coragem até de ir para a floresta de pinheiros, onde alguns esquilos, depois de horas olhando Arthur de longe, até pularam por cima dele em uma hora de mais audácia. Evitava tudo e a todos, estava dando a ele uma trégua. Nas refeições, também pouco socializava. Mas isso não o impediu de notar que Yasmin estava um pouco mais triste e aérea.

A segunda chegou, e Arthur foi para o seu confinamento com o doutor Roberto. Mas dessa vez foi munido, ou seja, levou um livro. Doutor Roberto zombou.

– Então você lê? – Perguntou doutor Carvalho, e Zani não tirou os olhos do livro. – Que livro é esse que você está lendo?

– *Amor não tem idade* – respondeu com frieza.

– *Amor não tem idade* – repetiu ele arregalando as sobrancelhas.

– Difícil acreditar que está lendo um livro de amor – sorriu Roberto continuando a zombaria.

– E é difícil imaginar que na biblioteca de um abrigo para crianças carentes e com câncer, você pode encontrar um dos livros mais polêmicos de toda história. Em que o protagonista, um professor de poesia de 40 anos, se apaixona pela sua enteada de 12 e começa a ter relações com ela – disse expulsando o sorriso de doutor Roberto em menos de meio segundo. – Você não devia se considerar um homem culto se não conhecia a história de Lolita. – Complementou Arthur provocando uma expressão de repudio em doutor Roberto.

Ambos não trocaram mais palavras e Arthur esperou por sua libertação. Zani continuava a tentar se isolar das pessoas e, até então, tinha conseguido certo mérito. À tarde fora convocado mais uma vez para a aula. Irritado, como costumava estar na maioria do tempo, ele foi para a sala de aula, na mesma sala de educação infantil, e já chegou resmungando.

– Por que nós é que temos que ficar nessa sala? Tem salas normais para nós e um monte de criança para ficar nas outras. – reclamou.

– Olha só! – Exclamou Alberto. – Ele está de volta – comentou com um sorriso.

– É, é. Eu tô – falou zangado.

– As outras salas são maiores, e tem mais crianças – respondeu Alberto dando o raciocínio lógico da questão.

– Que seja – falou sentando-se emburrado na cadeira infantil.

– Estou feliz que estejam aqui – disse Alberto olhando para Arthur e Yasmin.

– Sim, mas nós já dissemos que não queríamos estar aqui. Você não pode liberar a gente? – Pediu Arthur.

– Não, eu não posso. Mas eu preparei algo diferente para vocês.

– O quê? – Perguntou ele combalido.

– Vocês disseram que não estão a fim de estudar, certo? – Perguntou Alberto. Ao ver que nenhum dos dois respondeu, continuou. – Disseram que andavam desanimados, prostrados. Eu pensei em animá-los um pouquinho! – Falou com um largo sorriso no rosto.

– E como vai fazer isso? – Perguntou Arthur desconfiado.

– Poesia! – Falou ele como se fosse obvio.

– Poesia? – Perguntou Arthur inclinando a cabeça como se certificasse de que ouvira corretamente.

– Sim! Poesia! – Falou sorridente. – Vamos ler e discutir poesias.

– O quê? Vai querer falar de Allan Poe, Drummond de Andrade, Shakespeare e Eliot? – Rebateu Arthur em tom de menosprezo.

– Grandes poetas, Arthur. Mas não. Que tal... – Alberto parou por uns segundos, tomou fôlego, e continuou em outro tom completamente diferente, recitando um poema – "Há um restolhal, onde cai uma chuva negra./ Há uma árvore marrom, ali solitária./ Há um vento sibilante, que rodeia cabanas vazias./ Como é triste o entardecer!" – recitou Alberto sorridente, provocando ao fim um silêncio e uma expressão de repulsa e espanto em Arthur. Yasmin também franziu as sobrancelhas.

– O quê? – perguntou Arthur após a longa pausa. – Isso é um poema? Você que inventou ele? É horrível! – Exclamou Arthur – Nem rimas tem! – Rebateu Arthur inconformado, fazendo Alberto soltar uma risada breve e rouca, levantou-se depois e começou a andar de um lado para o outro.

– Não tem rimas porque é um poema de Georg Trakl, um poeta austríaco, e na tradução fica difícil encaixar as rimas.

– Um poeta austríaco? Por que você quer nos mostrar trabalhos de um poeta austríaco? – Não entendeu Arthur.

– Porque tem uma boa mensagem – respondeu ainda andando de um lado pra o outro. – Vamos estudar mensagens de diferentes poetas e de diferentes fases de suas vidas – explicou.

– Por favor, fale que você está brincando – disse Arthur em tom de lamentação.

– Qual o seu poeta favorito, Arthur? – Perguntou Alberto ignorando o comentário.

– Aquele que morreu – rebateu rabugento, Alberto deu mais uma breve risada.

– Qual o seu poema favorito? – Contornou a situação Alberto.

– Eu não tenho um favorito.

– E quanto à senhorita? – Perguntou Alberto voltando-se para Yasmin, sem insistir em confrontar Arthur.

– Eu também acho que não tenho um – comentou Yasmin com a voz mais acuada e tímida do que a de Arthur.

– Muito bem! – Exclamou Alberto conformado. – Pois ao final de minhas aulas, espero que encontrem alguns. Eu entendo como se sentem, uma situação como a de vocês é difícil para adultos, imaginem para jovens como vocês. Por isso tenho um poema conhecido, de um autor conhecido, um dos meus favoritos por sinal, talvez saibam quem é. Meu ponto é... Não importa o que estejam sentindo, saibam que alguém também já se sentiu assim. O que é uma poesia, Yasmin? – Questionou Alberto subitamente.

– Um conjunto de versos, escritos em uma determinada métri...

– Não! – Alberto interrompeu de repente a resposta quase que técnica de Yasmin. – Arthur, arrisca-se?

– É um tipo de obra literá...

– Não! – Interrompeu Alberto da mesma maneira.

A DIFERENÇA QUE FIZ

Os dois olharam em silêncio e desconfiados para o professor.

– A poesia é um sentimento. Um sentimento que alguém foi suficientemente hábil para capturar e colocar nesse pequeno "frasquinho" – dizia Alberto sorridente, gesticulando e andando pelo ambiente empolgado. – Esse frasquinho, com esse sentimento é a poesia. E cada vez que alguém abre esse frasquinho, sente e liberta esse sentimento – contava Alberto, cheio das metáforas.

Arthur bocejou, entediado.

– Agora eu vou abrir o frasquinho deste poeta que trouxe para vocês hoje. Eu trouxe esse sentimento comigo, pois eu acredito que é assim que vocês deveriam estar se sentindo.

Alberto parou de andar, fixou-se em um ponto, estufou o peito e começou a recitar mais uma vez:

Sorria, embora seu coração esteja doendo.
Sorria, mesmo que ele esteja partido
Quando há nuvens no céu
Você sobreviverá...

Se você apenas sorrir
Com seu medo e tristeza
Sorria e talvez amanhã
Você descobrirá que a vida ainda vale a pena se você apenas...

Ilumine seu rosto com alegria
Esconda todo rastro de tristeza
Embora uma lágrima possa estar tão próxima
Este é o momento que você tem que continuar tentando
Sorria, qual é o uso do choro?

Ao final, Yasmin estava com os olhos marejados. Já Arthur, não se abalara.

– Então, conhecem? – Perguntou com o mesmo sorriso estampado no rosto.

– Esta é a melhor música do Michael Jackson.

– Sim, sim. Ele gravou a música, mas esta é uma letra de Charles Chaplin – informou Alberto.

– E você quer o quê? Que saiamos sorrindo por aí? – Perguntou Arthur ainda irritado por estar ali.

– O que você quer, Arthur? – Inverteu Alberto.

– Uma arma. Ia ser útil agora – comentou em tom sarcástico.

Alberto riu mais uma vez, isso começou a incomodar Arthur. Alberto parecia ter um humor inabalável, sempre sorrindo, não se incomodava com nada, parecia ser maleável a qualquer tipo de situação. Como conseguiria irritá-lo e importuná-lo a ponto de ele não querer vê-lo mais em sua frente? Será que não conseguiria se ver livre mesmo de Alberto?

Yasmin só observava tudo, ela parecia se afetar pela letra da música.

– Existem tempos difíceis na vida e pensamos que acabou para nós – continuou Alberto com suas lições, mas pela primeira vez sem um sorriso estampado no rosto. – Há momentos que a vida nos derruba e nós ficamos no chão. Ficamos algum tempo, até percebermos que a vida continua adiante e nós ainda estamos ali, e quando nos damos conta de que só cabe a nós o poder de se levantar, encontramos forças que ainda não sabíamos ter – refletiu Alberto em voz alta. – Assim que Chaplin se sentiu quando ele perdeu a guarda de seu filho. Triste história. Esse era o sentimento que o autor colocou no frasquinho quando, após perder a guarda de seu filho, ele percebeu que lamentar-se de nada adiantaria. Essa é a lição que fica hoje, quero que gravem essa frase: "Sorria, qual é o uso do choro?" – Concluiu pausadamente.

Zani respirou fundo, entediado.

– Ah, misericórdia! – Exclamou Zani aborrecido. – Eu pensei que o senhor era a única pessoa legal deste lugar. Por favor, não venha com esses papos de livro de autoajuda – complementou Zani completamente enfadado pelo discurso.

– Eu gostei – contrariou Yasmin de imediato, contundente – Se aulas seguirem dessa forma, com poemas e mensagens, eu gostaria de assisti-las – enfatizou para Arthur, que lançou-lhe um olhar assim que ela começara a falar.

– Sério? – Perguntou desconfiado e surpreso.

– Sim – respondeu firme.

Arthur ficou calado, olhou de Yasmin para Alberto, e repousou mais uma vez o olhar sobre Yasmin. Olhou para baixo, coçou a cabeça e, após longa pausa, continuou.

– Tá certo. Que assim sejam as aulas então – cedeu Arthur. Ainda embaraçado pelo que ele havia feito com Yasmin, não queria contrariá-la em nada. Pelo contrário, ele não era de se esforçar-se para agradar ninguém, mas não quis desperdiçar a oportunidade de agradá-la quando ela veio até ele.

Satisfeito, Alberto voltou a exibir seu largo sorriso e ainda completou.

– Eu vou me esforçar para trazer alguns poemas e temas do seu agrado, Arthur.

– Que seja – falou em tom seco, mas sentindo uma pontada de remorso. Zani realmente fora sincero quando dissera que achava Alberto a única pessoa legal daquele lugar. Alberto estava sempre sorrindo, alegre e simpático. Nunca confrontava ele ou ninguém, aceitava todos os comentários, até os rudes e malcriados. Era difícil ser grosseiro com uma pessoa assim, mas Zani tinha desaprendido a ser de outra maneira.

E assim Alberto continuou com os poemas e as mensagens, não apenas até o final daquele dia, mas no final daquela semana. Arthur tinha que admitir, Alberto sabia como dar aulas. Com o tempo, Zani parou de implicar tanto e deixou que as aulas fluíssem de uma forma mais amena. Alberto era um "buraco negro" de conhecimento de literatura e poesia. Ele trazia poemas de suecos, russos, belgas, mexicanos, brasileiros e de todos os cantos do mundo. Sabia as histórias de cada autor e, o mais interessante, a história de cada poema. Cada informação que ele trazia sobre o que o autor estava vivendo, ou sentindo, ou pensando no momento em que escrevia suas letras, tornava potencialmente interessante qualquer coisa.

Assim a semana seguiu. Arthur conformou-se em continuar na Casa Claridade, já não era mais tão relutante para seguir os horários e a programação, mas isso não significava que ele havia parado de reclamar. Todo dia era abordado para contar histórias, mas ele teve mérito em fugir dessas situações, embora sentisse que estava ficando sem desculpas e cedo ou tarde teria que continuar a história maluca do Espada de Fogo que começara a inventar.

Todo dia de manhã, ficava em companhia do doutor Carvalho, confinado com ele em sua sala. Algumas vezes Roberto até saía da sala e passava um bom tempo fora antes de voltar, Arthur acreditou que ele perdera o medo de que ele pudesse incendiar a sua sala. Não conversavam muito. Meados da semana, Roberto avisou que seu pai havia ligado, informando que o Oficial de Justiça havia o visitado, intimando seu filho, ainda menor de idade, a comparecer na *audiência de correção para menor infrator*. Como Guilherme havia previsto, a data era próxima do aniversário de Arthur.

Naquela semana Arthur aprendeu que era comum as crianças passarem algumas noites em observação. Pelas refeições, Zani percebia que a casa ora estava mais cheia, ora mais vazia. Quanto mais pessoas estavam em observação, mais triste parecia a casa. Dos meninos, Otto, Felipe, Martin e Fernando estavam na observação. Já das garotas, apenas Bianca encontrava-se assim, mas ela era a recordista, já não era vista havia mais de quatro dias na Casa Claridade. A pequena Laura, a menininha que Arthur levara aos prantos logo em que chegou no pedaço, parecia desamparada sem Bianca por perto, e quem acabou tornando-se a nova babá foi Olívia, a menina mais velha depois de Yasmin, com 14 anos de idade.

Yasmin se enturmou rápido, todos pareciam gostar dela. O que não era difícil, ela era muito carismática e amigável. Ao mesmo tempo que Arthur deixava de ser o centro das atenções, principalmente depois de abandonar a jaqueta de couro, mas sem desistir de suas jeans surradas e camisetas escuras. Luca e Tiago eram os únicos que pareciam não ter perdido o encanto em Arthur e sempre o buscavam quando podiam.

Zani preferia ficar sozinho, em cinco dias conseguiu ler quatro livros, o que não era difícil, já que evitava todos e as histórias eram sua fuga da realidade. Seu tempo livre inteiro ele passava ou dormindo ou lendo. A interação de Arthur com as pessoas era cada vez menor. Até mesmo na refeição, ele aprendera a escolher sempre um dos lugares do canto para ter menos pessoas ao seu redor. As maiores interações sociais que ele tinha eram, por incrível que possa parecer, na aula de Alberto.

Yasmin também parecia precisar dos seus momentos de solidão, Zani podia se isolar dos outros, mas ele continuava observando os arredores. Percebeu que Yasmin também costumava desaparecer algumas vezes.

No sábado, os tratamentos prosseguiram pela manhã como qualquer dia comum. Arthur notou a falta de Yasmin durante o almoço, ele também não a vira em nenhum momento pela tarde.

Antes do jantar, Arthur já tinha descoberto um lugar perfeito para ler seus livros, que era nos degraus da escada que davam acesso à porta de entrada da Casa Claridade. Naquele horário todos já estavam no interior da casa, portanto ninguém o importunara ali, ele podia aproveitar a luz externa da casa para iluminar as páginas enquanto a noite nascia e, quando gritassem chamando para o jantar, ele era capaz de ouvir.

Acomodado em um de seus lugares favoritos para leitura, foi surpreendido por Yasmin quando ela voltava para os aposentos. A princípio ele não percebera que era Yasmin, pois estava entretido em sua leitura e só levantou a cabeça depois de ver uma sombra parar à sua frente. A surpresa foi tão grande e tão inesperada, que de forma muito espontânea Zani arregalou os olhos e deixou escapar um gemido de exclamação.

Yasmin baixou a cabeça e fez uma expressão de quem segura o choro, embora seus olhos vermelhos já denunciassem o quanto ela já havia chorado. Yasmin estava careca. Após o gemido de exclamação de Arthur, ele soltou um sonoro suspiro. Comovido com a cena à sua frente, deparou-se com mais uma daquelas situações em que não tinha o menor tato para agir. Arthur voltou a ser o único interno com cabelos.

– Eu estou horrível – falou Yasmin com uma voz arrastada e fraca.

– Não está não. Você só está careca – disse Arthur em tom indiferente, tentando minimizar a importância daquele evento. Uma lágrima escorreu dos olhos de Yasmin.

– Eu estou horrível – insistiu ela mais uma vez.

– Eu não acho que você está – falou ele mais uma vez com entonação de quem não se importava e voltou a encarar as páginas do livro em suas mãos.

– Eu não quero ir lá para dentro – confessou Yasmin.

– Por que não? – Perguntou Arthur com a pose de quem fazia uma leitura, mas apenas encarando o livro em suas mãos sem conseguir se concentrar em uma só letra.

– Eu não quero que os outros me vejam assim – confessou ela mais uma vez.

– Mas todo mundo está como você – continuou ele com a pose.

– Por que você não está? – Perguntou Yasmin fazendo com que ele deixasse o livro de lado mais uma vez.

– Ah... É que... Meu cabelo está caindo aos poucos, e eu ainda não quis raspar pra aproveitar mais algum tempo com ele – gaguejou um pouco, mas respondeu pensando rápido.

A DIFERENÇA QUE FIZ

– Parece normal pra mim – disse Yasmin reparando no cabelo do garoto.

– É porque você não viu como era antes – esquivou-se com astúcia.

– Hum – murmurou Yasmin cabisbaixa.

– Por que você decidiu raspar? – Questionou Arthur para preencher o silêncio incomodo.

– Meu cabelo estava caindo muito, estava feio. Eu quase já não tenho mais sobrancelha – falou tristonha.

Arthur reparou nas sobrancelhas da garota, que realmente estavam falhas, ela estava arrasada. Olhava para os pés e Zani não conseguia sequer imaginar o que passava pela cabeça da garota, colocou o livro de lado na escada e pensava em alguma coisa que pudesse dizer.

– Quer ir para a cidade comigo hoje à noite? – Disparou ele de repente, como se não tivesse sido ele quem selecionara as palavras. Yasmin olhou para o garoto, ficaram em silêncio. – Sem surpresas dessa vez. Acho que faria bem a você – completou Arthur ao ver o olhar da garota.

– Não! – Disse Yasmin simplesmente e balançou a cabeça negativamente em um movimento singelo e depois completou. – Não quero que ninguém me veja assim – disse com a voz fraca e baixa.

– Eu tenho uma boina que vai ficar bem em você. Ninguém vai reparar. Além do mais, está na moda cortes curtos para garotas – tentou Arthur.

– Cortes curtos, não gente careca – rebateu Yasmin chateada.

– Ninguém vai perceber, você precisa desencanar um pouco.

– Ninguém vai perceber o quê? O quanto eu estou medonha?

Arthur bufou e, sem paciência, recuperou o seu tom de voz agressivo e grosseiro.

– Olha... Acho que você já teve tempo suficiente para perceber que eu não sou exatamente o tipo de pessoa de quem vai se ouvir um elogio, mas se é isso que você quer, saiba que não está horrível, você é bonita, muito bonita. E quando se é bonita, não é ter ou não ter cabelo que muda isso – disse impaciente voltando a pegar o livro, mas abrindo-o em uma página aleatória, só para ter alguma coisa para olhar e não ter que encarar Yasmin.

Ela ficou calada por alguns instantes até que perguntou.

– Sério?

– Sério! – Rebateu Zani de imediato de forma seca ainda olhando para o livro.

– Você não está dizendo isso só para me animar? – Perguntou Yasmin, cuja a autoestima não podia estar mais baixa.

– De novo... Acho que você já teve tempo suficiente para perceber que eu não sou o tipo de pessoa que elogia alguém para agradá-la. Sou? – Questionou Arthur sem trocar olhares com Yasmin.

– Não – respondeu Yasmin com sinceridade.

– Pois é! – disse ele indiferente mirando sua página randômica.

– Olhe para mim! – Exclamou Yasmin em tom sofrido, impondo o volume de voz pela a primeira vez e atraindo o olhar de Arthur imediatamente. – Você não está mentindo para mim de novo? Você não está falando essas coisas em uma espécie de humor negro seu, e por dentro está rindo de mim, não está dizendo essas coisas em mais uma de suas maneiras de deboche? Está caçoando de mim? Está se divertindo com isso? – Perguntou com a voz trêmula de choro.

A expressão de Arthur se transformou, seu olhar trazia um sentimento inescrutável, algo se passava em sua cabeça, alguma lembrança. Olhou nos olhos de Yasmin e se levantou, começou a andar em sua direção, deu alguns passos obrigando-a a andar um pouco para trás. Ela ficou assustada com a reação e o olhar de Zani, que agora estava a quase um palmo de distância.

– Eu sei que eu sou uma péssima pessoa – começou com uma voz baixa e quase em um sussurro. – Eu sei que eu faço coisas ruins, que eu posso magoar algumas pessoas... Mas você nunca vai me ver me divertindo com o sofrimento dos outros. Eu sei que eu posso causar sofrimento a algumas pessoas e isso responde a sua pergunta de antes. Por que eu estou sempre com raiva? – Refez a pergunta que veio acompanhada de um intervalo, deixando Yasmin ainda mais tensa. – Eu tenho raiva de mim, e tenho que conviver comigo todos os dias. – Disse pausadamente, Yasmin estava assustada e ofegante com a investida de Arthur tão repentinamente. – Eu posso ser uma merda de ser humano, mas eu não sou cruel – finalizou com tanta serenidade, que vindo de uma pessoa tão arisca, tornava-se aterrorizante.

Zani não recuou, ficou ali, a meio palmo de Yasmin. Sem piscar, olhando diretamente os olhos da garota, que não disse nada. Após alguns segundos que pareceram horas, Arthur finalmente deu um passo para trás, e virou-se para entrar. Saía lentamente, quando subia os degraus da entrada, Yasmin recuperou a voz.

– Desculpa, eu não quis ofender – falou depressa antes que ele se distanciasse demais.

– Tudo bem – devolveu Arthur, seco e sucinto, sem olhar, continuando seu caminho para a Casa Claridade.

– Eu quero ir! – Falou Yasmin quase atropelando as palavras antes que ele entrasse.

Arthur parou no último degrau, ficou parado, de costas.

– Para a cidade. Eu quero ir – seguiu Yasmin, Arthur continuou parado, de costas e sem reação, então a garota continuou. – Eu quero sair daqui um pouco – a voz dela ficava mais fraca a cada palavra. – Me leve pra qualquer lugar, por favor, me tire daqui! – Falou com a voz falha.

O som do choro de Yasmin se tornou suficiente para ser percebido por Arthur, que continuou de costas. Yasmin o observava sem entender, Zani esperou mais alguns instantes antes de quebrar o silêncio.

– Eu te encontro na lareira hoje à noite, depois que todo mundo for dormir – falou ele por cima do ombro e entrou.

O jantar estava servido. Sem ser novidade para ninguém, Arthur se isolou em seu canto. Yasmin o observava de canto de olho em alguns momentos, mas ele não olhava para lugar algum, senão o seu prato. Ninguém deu muita importância para o novo visual de Yasmin, foram poucos comentários e nada demais.

Sara tinha voltado da cirurgia, ela estava quieta e debilitada, mas aos poucos ia se soltando novamente e já conversava com o pessoal. Tiago e Luca eram os mais sem noção. Eles pediam para ver o corte na cabeça de Sara e perguntavam coisas do tipo: "Quando abriram a sua cabeça, você conseguiu ver alguma coisa que tinha dentro?"

A noite passou, Arthur quase não conseguiu se esquivar mais uma vez de ter que contar a continuação da história do super-herói, conseguiu apenas após fazer a promessa de que contaria no dia seguinte. Quando todos os garotos já estavam dormindo, Zani apanhou a boina que prometera à Yasmin e desceu para encontrá-la.

Ele foi o primeiro a chegar, sentou-se em frente à lareira, o fogo já havia apagado, só restava uma leve brasa dourada que estalava com um intervalo irregular de tempo. Quase que inconscientemente, Zani girava a boina no dedo indicador, esperando o tempo passar. Arthur esperou bastante, quando pensou em subir por achar que Yasmin tinha pegado no sono e não desceria, ela apareceu.

– Desculpe, quando eu ia descer, Laura acordou e não conseguia fazê-la dormir. A pobrezinha sente muita falta da Bianca à noite – revelou.

– Ela ainda está em observação? – Questionou Arthur, ainda sentado no sofá.

– Sim – respondeu cabisbaixa.

Zani se levantou, deu uma ajeitada em sua boina preta, dois tapas e se aproximou de Yasmin. Colocou-a gentilmente sobre a cabeça da garota, ligeiramente enviesada, para dar um charme. Com ar de receio, ela questionou.

– Como eu estou?

– Você gosta de elogios, não gosta? – Esquivou-se Arthur.

– Eu só quero saber – falou parecendo tímida.

– Com esse sobretudo e essa boina, parece aquelas socialites metidas a besta. Vão achar que o seu corte de cabelo foi proposital – disse ele provocando um muito breve sorriso em Yasmin.

– Vamos então? – Perguntou ela animada.

– Vamos – disse Zani, não tanto animado assim.

Foram até a porta, Yasmin torceu a maçaneta então reparou que ela estava trancada.

– Está trancada! – Exclamou ela.

Zani não se abalou, andou até a janela a três passos de distância, girou a tranca e escancarou a janela.

– Então vamos pela janela – falou ele tomando a dianteira.

A janela era um pouco alta, uma vez que a fundação da casa não era rente ao chão, mas nada que os impedisse de dar um pulinho. Já do lado de fora, Arthur encorajou Yasmin com um gesto de mão, e a garota o seguiu. Arthur, não se prontificou para ajudá--la. Acreditou que ela conseguiria sozinha, como de fato conseguiu, mas soltou um gritinho bem feminino ao atingir o chão, fazendo Zani balançar a cabeça e olhar ao redor apreensivo pelo barulho que ela havia proporcionado. A barra estava limpa, então continuaram o caminho em direção à estrada. Como da última vez, andaram pela grama, distante do hospital, para evitar as luzes.

Fizeram esse percurso todo em silêncio, até chegarem a estrada. O silêncio incomodava Yasmin, então ela quis rompê-lo.

– O que a gente vai fazer na cidade?

– Dar uma volta, ver o que tem por aí aberto. Ir no *snooker bar*, talvez.

– Eu sou horrível em sinuca – revelou Yasmin.

Arthur ouvia calado, não sabia como ser sociável.

– Tudo que exige coordenação motora na verdade – continuou Yasmin já que Zani não dizia nada. – Eu sou horrível em esportes, qualquer esporte.

Deram mais alguns passos mudos. Arthur com as mãos no bolso da jaqueta, caminhando com a cabeça baixa reparando nos detalhes do asfalto.

– Meu pai tentou me ensinar vários esportes, eu era terrível em todos. Até que um dia ele me levou para jogar boliche, acho que ele deve ter pensado que só arremessar uma bola devia ser mais fácil que os outros esportes. Mas no final eu não estava nem comemorando em acertar os pinos, estava comemorando em acertar a pista – riu Yasmin da própria história. – Eu acertei as pistas vizinhas várias vezes. Eu não sei como eu conseguia jogar a bola tão torta a ponto de pular a canaleta e ir parar do outro lado. – riu Yasmin mais uma vez, enquanto Arthur continuava calado. – Você pratica algum esporte? – Perguntou Yasmin para ver se ele compartilhava alguma coisa.

– Sim, muitos desde quando eu era pequeno. Basquete, natação, futebol, tênis... – Calou-se Arthur de repente lembrando-se de Erick.

– E por que parou?

– Eu não sei. Depois que minha mãe morreu eu parei de fazer muitas coisas – comentou ele.

– Hum – murmurou Yasmin.

Continuaram caminhando alguns minutos em silêncio, ouvindo os grilos, cigarras e seus próprios passos. Yasmin estava se esforçando muito para que se divertissem um pouco juntos. Para isso, ela acreditava que tinha que infiltrar aquela "casca" de Arthur, mas estava encontrando muita dificuldade. Yasmin não estava gostando, parecia que ele estava fazendo aquilo por caridade, com dó dela. Ela não queria que fosse assim. Gostaria que fosse divertido para ele também, afinal, Yasmin acreditava que Arthur estava passando pela mesma situação, doente, descrente, desanimado. Ele merecia se descontrair um pouco. Não conhecia sua história para saber o porquê de tanta amargura, mas queria ajudar a afastá-la.

A DIFERENÇA QUE FIZ

Arthur queria que a garota tivesse realmente um momento de diversão, mas por tudo que acontecera da última vez que saíram, Zani sentia-se um pouco constrangido, não se sentia confortável com a situação. Ele já não era muito de conversar, ainda somando este pequeno fato, piorara ainda mais o cenário.

Enquanto Zani andava com a cabeça baixa, olhando as rachaduras e irregularidades do asfalto, Yasmin andava com a cabeça erguida, olhando o céu e as estrelas. Estavam em completa dessintonia. Arthur pensava se deveria interagir com a garota. Yasmin pensava no porquê de ele ser tão arisco e incomunicável.

– Está uma noite bonita – tentou Yasmin mais uma vez, mirando as estrelas.

– Só porque tem meia dúzia de estrelas no céu? – Respondeu Arthur ranzinza, de forma automática. Arrependendo-se meio segundo depois por não ter sido mais receptivo ao comentário.

Yasmin suspirou após o comentário. Voltaram a caminhar em silêncio enquanto Arthur pensava em alguma coisa para dizer para consertar sua falta de delicadeza.

– Você sabia que existem estrelas aproximadamente duas mil vezes maior do que o sol? – Informou Arthur aproveitando o tema estrelas.

– Não. – Mentiu Yasmin, que já tinha lido a respeito, mas preferiu se fazer de desentendida para ver se Arthur falava mais alguma coisa. – É mesmo? – Atuou.

– Sim. Se fôssemos fazer uma comparação, é como se as outras estrelas fossem melancias, e o sol apenas um grão de areia. – informou Arthur sentindo-se um pouco idiota por essa ter sido a melhor maneira que encontrou de dizer alguma coisa. Mentalizou que era melhor ele ficar quieto mesmo.

– Nós somos tão insignificantes – comentou Yasmin como se falasse com ela mesma. Arthur a observou enquanto ela continuava a caminhar olhando para o céu estrelado, então ela repetiu, desta vez direcionando a frase para Arthur. – Quando você para pra pensar, nós somos tão insignificantes, você não acha? – Perguntou ela em tom melancólico.

– Eu tenho certeza – finalmente concordou Arthur, então o assunto acabou mais uma vez.

Continuaram a caminhar por alguns minutos em silêncio até começarem a ver as luzes da cidade após a leve curva na estrada em torno do bosque de pinheiros. Agora era Yasmin que andava encarando o chão. Zani a observava discretamente. Seria impressão dele, ou Yasmin estaria ainda mais bonita com aquela boina preta do que se estivesse com seus cabelos soltos? Talvez não... ou talvez sim! Era difícil de dizer. Seu rosto parecia o de uma boneca, delineado e delicado. Arthur queria ter algo à dizer.

– Tem alguma coisa que você queria fazer em especial?

Yasmin pensou por um instante, então deu de ombros.

– Na verdade eu nem estava muito a fim de fazer nada, eu só queria sair daquele lugar. Parece que quando a gente está lá, tem um cronômetro em cima da sua cabeça, contando cada segundo que você tem – explicou Yasmin descontraída. – Qualquer coisa que fizermos, para mim está bom.

– Quer um sorvete? – tentou Arthur.

– Pode ser, mas será que encontramos algum nesse frio?

– É verdade – concordou Arthur.

– Tem uma praça perto do ginásio municipal, eu sei que ficam uns carrinhos de pipoca e algodão-doce por ali por causa dos barzinhos que tem em volta – comunicou Yasmin.

– Você conhece essa cidade? – Surpreendeu-se Arthur.

– Não muito. Vinha aqui para as regionais de patinação. As do sul acontecem aqui – informou ela.

– Patinação? Você competia?

– Não, não – mentiu ela depressa. – Eu vinha só assistir.

– Assistir? – Desconfiou Arthur.

Arthur não quis falar nada, mas assistir um campeonato de patinação em outro estado não parece ser programa de um adolescente internado em um instituto para crianças carentes. Olhou-a com um olhar estreito, estudando-a em silêncio, mas ela não percebeu. Parando para reparar, seu sobretudo era de uma grife cara, famosa de Zankas. Pelas aulas com Alberto, ela parecia ter tido um ensino de bastante qualidade também.

– Onde você mora? – Questionou Arthur depois de sua análise mental.

– Você quer dizer antes de vir parar aqui? – Sorriu Yasmin fazendo uma piada incomoda com uma pergunta retorica. – Em Zankas.

– Sério? Eu também. Qual bairro de Zankas? – Perguntou Zani animando-se levemente.

– Baixa Nevada – mentiu Yasmin, buscando rapidamente em sua memória um dos bairros carentes da cidade. – E você?

– Coralícias – mentiu também Arthur rapidamente, já esperando a pergunta, trazendo o pior bairro que se pode imaginar em Zankas, com uma alta taxa de criminalidade.

– Você parece muito esperto para um garoto de Coralícias. – comentou Yasmin finalmente o encarando. Foi sua vez de lhe lançar um olhar analítico.

– Engraçado você dizer isso. Achei que esse era um quesito obrigatório em Coralícias para você sobreviver – respondeu causando silêncio. Yasmin voltou a olhar para frente e permaneceu quieta por um momento.

– É verdade – concordou Yasmin após refletir por um momento – acho que isso explica parte desse seu jeito agressivo de ser – completou ela.

Arthur soltou uma leve risada ao ouvir o comentário que só ele entendeu.

– Lá não é fácil – sustentou a mentira e mudou de assunto. – Quer dizer que você cruzou alguns estados para vir até quase o extremo sul assistir um campeonato de patinação? Você deve gostar muito disso – disse em tom analítico querendo entender melhor aquela história.

Gutti Mendonça

– Amo patinação! – Exclamou Yasmin mostrando seu lindo e largo sorriso pela primeira vez de forma que Zani pudesse observar direito desde que ela chegara ao hospital.

– Não sabe patinar?

– Sei um pouquinho – disse mais mentindo do que sendo modesta.

– Eu pensei que você era terrível para esportes – falou bastante desconfiado.

– Ah sim, mas patinação e dança não estão inclusos na minha falta de coordenação – riu ela encontrando alegria em algum lugar de suas memórias, com um olhar distante como se passassem imagens pela sua cabeça.

– Entendi – Zani não quis parecer chato, mas não tinha engolido aquela história. Depois de conviver com tanto malandro, sabia quando alguém estava escondendo alguma coisa.

– Acho que não devemos estar longe agora – disse Yasmin de repente quando já começavam a perceber um perímetro urbano.

O silêncio encontrava os dois em alguns momentos, enquanto caminhavam pela cidade seguindo o fluxo do carro que, em uma cidade pequena, deveriam estar indo quase todos para o mesmo lugar numa noitada de sábado.

– Aquela é a praça? – Perguntou Arthur após dobrarem mais uma esquina.

– É sim! – Sorriu Yasmin ao ver o começo da praça no fim da rua.

Seguiram a direção. Havia vários barzinhos, a maioria deles com algumas mesas espalhadas pela calçada. Tinha para todos os gostos e públicos, alguns eram mais simples, com umas mesas de plástico e com um pessoal mais animado que ficava mais em pé do que sentado, eram os bares mais lotados. Mas, em maior número, se percebia os mais sofisticados, com algumas mesinhas de madeira, canteiros e luminárias, dando um charme. Havia pubs também e restaurantes. Era uma enorme praça, no centro com algumas barracas de cachorro-quente, espetinhos, doces, pipoca, venda de bugigangas, entre outros. Ao fundo e no final da praça, um enorme ginásio com letras garrafais "Ginásio Municipal de Pinheiros do Sul". Arthur ficou bastante surpreso, pois, na realidade, achou que o máximo que encontraria seria lugares como a casa de snooker do subúrbio da cidade, nunca imaginou que fosse encontrar tamanha vida noturna. A praça estava lotada.

Yasmin notou que Arthur olhava a sua volta, observando os lugares e as pessoas.

– Você precisa vir aqui na época das regionais. É sensacional. – comentou Yasmin, ganhando a atenção de Arthur novamente, que por um segundo havia esquecido que ela estava ali.

– Ah é? – Zani tentou mostrar interesse.

– Sim. Eles decoram a praça inteira. É tudo temático, fica muito bonito. É o maior evento da cidade. Eles têm um festival de dança também. Mas não chega a ser igual – informou Yasmin.

– Então! – Exclamou Zani de repente, quando já estavam quase no centro da praça. – Aonde quer ir, o que quer fazer?

– Você me tirou da cama, você quem manda – submeteu-se Yasmin.

– O.k.... – Disse Arthur começando a olhar ao redor mais uma vez para ver se tinha alguma ideia. – Pipoca, quer? – Yasmin aceitou com a cabeça – Doce ou salgada?

– Doce – pediu.

Os dois caminharam em direção a barraca de pipoca.

– Onde você conseguiu esse dinheiro? – Perguntou Yasmin receosa.

– Eu vendi o meu celular – respondeu Arthur com a verdade e de forma direta.

Yasmin lançou um olhar desconfiado, ao perceber, Arthur complementou.

– Eu não roubei o celular, era meu. Pode ficar tranquila.

– Eu não disse que você roubou! – Disse ofendida.

– Disse com o seu olhar – argumentou Arthur, mas sem dar muita importância ou sentindo-se insultado. – Grande, média ou pequena? – Voltou a pipoca minimizando a discussão.

– Pequena.

– Sério?

– Sim.

– Eu vou querer uma grande e não vou dividir. Tem certeza que quer uma pequena? – Falou com rispidez fazendo Yasmin rir.

– Sim.

– Depois não diga que eu não avisei.

Esperaram ser atendidos e, assim que pegaram suas pipocas, voltaram a caminhar sem rumo andando pela praça.

– Agora vamos pra onde? – Perguntou Yasmin.

– Vamos ver – Zani parou no lugar e começou a girar.

– Não iremos ser atendidos em nenhum desses bares – comentou Yasmin acompanhando o olhar de Arthur.

Zani suspirou, continuou olhando ao redor. Yasmin tinha razão. Ele com a barba por fazer, até passava por maior de idade, mas Yasmin, mesmo com o corpo de mulher que tinha, possuía um rosto delicado e meigo como de uma criança, com certeza iriam pedir algum documento de identidade. Arthur então viu ao longe, atrás do ginásio, uma alta caixa d'água. *Por que não?*

– Vem comigo – chamou ele partindo decidido.

– Aonde a gente vai? – Perguntou Yasmin curiosa.

– Você vai ver – disse ele misterioso.

Por um momento, Yasmin achou que Arthur estava levando-a para o ginásio, mas quando ele passou a entrada e continuou, ela começou a ficar preocupada e com medo, não tinha mais ninguém ali. Andavam por um calçadão grande e largo, atrás do ginásio.

– Aonde você está indo?! Vamos voltar, Arthur, não estou achando graça! – Disse ela em tom aflito, até que chegaram em um lugar escuro.

– Estou vindo aqui – falou Arthur de repente, parando no lugar e se virando para Yasmin.

Sem entender, Yasmin parecia confusa e com medo. Arthur jogou uma pipoca para cima e a apanhou com a boca, mas continuou olhando para o alto, Yasmin demorou alguns segundos, até acompanhar o seu olhar e então entendeu.

– Ah não! De jeito nenhum – resistiu ela percebendo que estavam nos pés da caixa d'água.

– Ah, qual é! Vamos lá! Você disse que eu decidia o que íamos fazer – discutiu Arthur.

– É. Mas só porque eu não pensei que isso iria incluir subir em uma caixa d'água! – Argumentou ela.

– Ah, para com isso. Vamos viver um pouco – não deu importância aos comentários. – Vai na frente, qualquer coisa estou logo atrás, incentivou ele.

Apreensiva, Yasmin olhava para Zani. Indecisa.

– Vamos – insistiu, arrancando um suspiro de Yasmin.

Ela hesitou mais um momento, mas cedeu. E começou a subir a vertical escada de barras de ferro. Arthur foi logo atrás. Subiram aproximadamente uns quarenta metros até chegarem a uma plataforma que rodeava toda a caixa d'água. Arthur tomou a iniciativa e se sentou na beirada, colocando cada perna em um espaço da grade de segurança que rodeava toda a plataforma. Yasmin, depois de observá-lo, se sentou ao lado dele em silêncio.

– Perdi quase metade das minhas pipocas na subida – lamentou-se Arthur, fazendo brotar em Yasmin um singelo sorriso.

Observaram o agito da cidade, os carros passando com o som alto, as risadas escandalosas, os grupos de amigos, as mesinhas na calçada. Observavam quietos todo o movimento, enquanto Arthur terminava de comer sua pipoca.

– Olha! O hospital! – Exclamou Yasmin reparando um tanto quanto longe.

Arthur olhou para a direção que Yasmin apontou e notou o hospital, bem iluminado. Mas não fez nenhum comentário ou deu muita importância, observar a cidade estava muito mais divertido.

Por fim, Arthur virou a sua caixinha de pipoca na boca, como quem toma o último gole de um refresco no verão. Olhou para o fundo da caixinha com um ar de frustração, então a colocou de lado e dedicou o resto de sua atenção à bonita paisagem a seus pés.

Era um cenário dinâmico e divertido e, sem que percebessem, alguns minutos passaram rápido, mesmo que estivessem mudos, apenas admirando das alturas cada detalhe abaixo. Depois de um intervalo grande, Yasmin rompeu o silêncio.

– Por que fez isso por mim? – Perguntou ela "aterrissando" Arthur, que, pelo olhar que deu a Yasmin, quando ouviu sua voz, estava voando em seus pensamentos.

– Como assim? Isso o quê? – Perguntou confuso.

– Por que me levou para sair, por que está fazendo isso por mim? – Perguntou misteriosa.

– Sei lá – disse Arthur sem dar importância, desviando o olhar mais uma vez para baixo.

Yasmin continuou a observá-lo. Ele era uma incógnita tão grande. Em uma situação normal, ela acharia que ele estava a fim dela, afinal ela estava acostumada a ser cortejada por rapazes, mas essa não parecia nem um pouco sua intenção. Ele não aparentava ser do tipo que faz caridade, ou favor aos outros, então por qual motivo ele a traria ali? Se ele não queria agradá-la, paquerá-la, impressioná-la ou mesmo ser solidário, que razão ele teria de se arriscar fugindo do hospital para lhe proporcionar um momento divertido como aquele, por mais que eles não estivessem fazendo nada demais, apenas comendo pipoca em cima de uma velha caixa d'água da cidade.

– Eu não consigo entender você – comentou Yasmin em voz alta, chamando o olhar do Arthur.

– Você não é a única – disse Arthur com seu tradicional tom de indiferença, mas dessa vez continuou a observá-la sem desviar o olhar, para ver se iria começar um possível diálogo.

Yasmin lançou um olhar que tentou ler a alma de Zani, mas ela era tão nublada.

– Tente responder a minha pergunta. Por que você fez isso por mim? – insistiu Yasmin em um tom curioso e incisivo.

Arthur deu de ombros, mas fez expressão de quem parou para pensar.

– Não sei – disse tentando expressar o máximo de sinceridade em sua voz. - Acho que porque me pareceu o certo a fazer.

– O certo? – Perguntou Yasmin agora ainda mais curiosa.

– Sim.

– Como assim? – Conversava ela com uma cara de interrogação.

– Eu não acho que você deva ficar presa naquele lugar. Acho que se você quer sair para curtir, relaxar, você tem que fazer isso quando bem entender. Por que as pessoas tem que ficar confinadas com os seus problemas sendo que não cabe a elas resolver? Eu acho que isso não é justo – raciocinou ele rapidamente.

– Você quis me trazer aqui porque achou que estaria fazendo justiça? – Concluiu Yasmin depois de uma pausa para reflexão.

– Se quiser colocar nessas palavras...

– Você está sempre falando em problemas, falou até que essa doença não é o maior deles, eu não consigo imaginar o que seja... – Confessou Yasmin.

– Nem queira.

– Mas eu quero... Quer dizer, se você quiser falar.

– Eu não quero – cortou Arthur sem delicadeza.

Yasmin voltou a ficar calada, depois do corte. Arthur suspirou.

– Eu não tenho motivos para confiar em você – tentou justificar Arthur.

– Você não tem motivos para não confiar também – argumentou ela.

– Certo... falou Arthur em tom de quem estava prestes a ceder. – Vou compartilhar apenas uma coisa, e você tire suas conclusões sobre mim a partir disso.

– O.k. – concordou Yasmin apreensiva com o que estava prestes a ouvir.

– O dia que eu fugi do hospital com o seu dinheiro, eu ia fugir de vez, não ia voltar. Mas no caminho eu parei em um hospital onde está um menino que eu atropelei – disse Arthur fazendo uma pausa. Yasmin engoliu em seco. – Com um carro que eu roubei – completou fazendo Yasmin empalidecer ainda mais.

O silêncio voltou a acompanhar os dois, Yasmin não sabia o que dizer a seguir, então disse seus pensamentos em voz alta.

– Você é algum tipo de bandido então? – Perguntou lamentando-se imediatamente com medo da reação de Arthur, mas ele deu uma breve risada ao ouvir a pergunta.

– Talvez. Se você está pensando em bandidos como Scarface, mafiosos ou traficantes, não, eu não sou. Mas se diz bandidos, como aqueles que fazem uma ou duas coisas fora da lei, eu acho que eu devo ser sim – revelou Arthur.

– Você atropelou o menino e fugiu? – Perguntou Yasmin curiosa.

– Não. Na verdade eu entrei em pânico, eu fiquei de um lado para o outro, e acabei nem fugindo nem prestando socorro.

– Você foi pego? – Perguntou alarmada.

– Sim.

– E por que não está preso? – Questionou intrigada.

– Por causa do meu tratamento – Pensou rápido Arthur em alguma mentira.

– E quando você sair daqui você vai?

– Não sei, vai ter uma audiência ainda. Eu sou menor de idade, não sei o que vai acontecer.

– Você... você não... Você não atropelou a pessoa de propósito, né? – Perguntou preocupada.

– Claro que não.

– Por isso que você queria fugir aquele dia – concluiu ela.

– Sim – concordou ele por comodidade.

– E por isso que você não quer lutar contra essa doença! – Exclamou Yasmin como se tivesse descoberto a roda. – Porque você tem medo que tenha que ir preso quando terminar o tratamento!

Não era nada disso, mas Arthur resolveu concordar mais uma vez por comodidade.

– Sim.

– Mas você não pode! Eu imagino o quanto a sua vida deve ter sido difícil, o quanto você deve ter tido que lutar para se virar sozinho vivendo por aqueles lados de Coralícias, mas você pode virar o jogo. Eu vejo o quanto você é esperto e inteligente pelas aulas do Alberto, o quanto você lê. Você pode mudar de vida, é só uma questão de vontade! – Incentivou Yasmin.

Arthur já desconfiava de uma coisa, que agora parecia ser a verdade. Ela não tinha um padrão igual ao das outras crianças carentes, usava roupas de marca, era bem escolada, tinha bons conhecimentos, viajava bastante, como já pôde perceber, e agora com aquele papo motivacional de que ele não podia desistir de lutar, exatamente como haviam lhe dito que esse era o seu objetivo em sua permanência no hospital. Yasmin não estava doente, ela era mais um experimento. Mas e o cabelo? E as descrições da quimioterapia? E sua aparência abatida? Tudo teatro. Não tinha certeza, mas que tudo era muito estranho, era.

– Eu sei, eu sei – disse Zani com preguiça. – Eu vou melhorar – disse ele para evitar que o discurso se prolongue e de ser grosseiro.

– Acho melhor voltarmos, vai ficar muito tarde – disse Yasmin ao perceber que o movimento na praça já estava quase esgotado.

Arthur concordou e desceram da caixa d'água. Yasmin estava desanimada para a volta, e já que viram alguns táxis ali pela praça, Zani decidiu poupar a viagem de volta. O taxista tentou puxar um papo, perguntou por que estavam indo para o hospital em um horário daquele. Zani esquivou-se das perguntas antes que Yasmin respondesse e comprometesse alguma coisa. Arthur pediu para deixá-los um pouco longe da entrada, e assim ele fez. A viagem de táxi foi muito mais rápida, mas o dia já mostrava sinais de que ia nascer, embora o sol ainda não tivesse dado as caras. Caminharam juntos para a mesma janela de onde escaparam. Zani ajudou Yasmin a subir.

Assim que entraram, perceberam uma conversa vinda da cozinha. Cecília e Maria conversavam. Na ponta dos pés, se aproximavam para ir em direção à escada e, de repente, a conversa se tornou nítida.

– Pobre menina, esse é um daqueles momentos que eu quero largar esse emprego, eu não aguento – disse a voz de Maria enquanto eles continuavam o percurso vagarosamente para não fazer barulho.

– Pois é, eu nunca vou conseguir lidar com as perdas. Já estou aqui há um bom tempo e sempre que morre alguém, eu chego quase a ficar em depressão – a voz e a fala de Cecília fizeram Zani e Yasmin pararem no lugar e se entreolharem de olhos escancarados.

– Coitadinha da Laura. Como falar para uma menininha como ela, que nunca mais vai ver a amiguinha Bianca? – Continuou Maria em meio a barulhos de louça.

Yasmin levou subitamente as mãos à boca e seus olhos começaram a encher de lágrimas instantaneamente.

Capítulo 9

O novo garoto

A cabeça de Arthur parecia não ter espaço para tantos pensamentos. Passou o resto da noite virando-se de um lado para o outro. Reprisava em sua cabeça repetidas e repetidas vezes como havia conhecido Bianca no dia em que discutira com Laura, uma garotinha de quatro anos por um lugar na mesa, e de como havia sido rude e grosseiro com Bianca. Aquilo foi necessário? Lamentava-se Arthur.

Quando esse pensamento fugia por alguns segundos de sua mente, era invadido por Yasmin. *Ela está ou não está doente?* E então entrava Sara com sua cirurgia na cabeça, e Tiago indo constantemente para observação e Erick, e o acidente, e o seu pai, e a audiência... Como conseguiria dormir desta maneira? A luz do dia já batia na janela.

Arthur estava exausto, na hora de levantar mal tinha conseguido dar alguns cochilos, mas mesmo assim se levantou com os outros, não conseguiria dormir de qualquer forma. No refeitório encontrou Yasmin, com os olhos inchados, que lhe lançou um olhar de cumplicidade quando Zani foi se sentar de frente para ela. O silêncio de ambos dizia tudo por eles.

– Oi, Zani! – Chegou Tiago animado com o inseparável Luca.

– É hoje que você vai contar a história, não é? – Começou Luca com a habitual empolgação.

– Eu não estou muito no clima par...

– Mas você prometeu! – Disseram Tiago e Luca ao mesmo tempo.

– O.k., o.k. – cedeu Zani, sem muito animo para apresentar resistência.

Luca e Tiago se afastaram comemorando e foram contar a novidade para os colegas que estavam do outro lado da mesa, no mesmo momento que Sara vinha para sentar-se ao lado de Yasmin.

– Bom dia! – Sara cumprimentou os dois.

– Bom dia, flor! – Respondeu Yasmin com a voz cabisbaixa.

Sara aguardou a resposta de Zani, mas quando percebeu que ela não vinha continuou.

– Ainda tenho esperança que vai retribuir um bom dia meu, Arthur.

– Vou retribuir quando de fato for um bom dia, Sara – devolveu em mesmo tom de melancolia.

Sara ergueu as sobrancelhas e a palma das mãos em um gesto irônico de cautela. Zani suspirou ao ver a pequena Laura entrar acompanhada por Alex, que acomodou a menina ao lado de Olívia e voltou a subir, provavelmente para cuidar de mais alguns pequenos. Yasmin e Zani trocaram olhares, ambos pensavam a mesma coisa com a chegada de Laura.

– E você, Sara? Já está se sentindo completamente recuperada da cirurgia? – Puxou assunto Yasmin para tentar aliviar um pouco o clima.

– Eu me sinto bem melhor – disse ela com uma expressão de surpresa. – Mas essa cicatriz na cabeça acho que nunca vou me acostumar. Se bem que não tem tanto problema, não vai aparecer quando meu cabelo voltar ao normal – completou ela.

– Não vai mesmo – concordou Yasmin encorajando-a.

– E falar em cabelo. Por que o seu cabelo ainda está todo aí? – Perguntou Sara curiosa para Arthur. – Você não está fazendo quimio?

– Ah, ele está caindo – disse ele meio sem jeito. – Eu já deveria ter raspado, porque ele está com algumas falhas, mas eu estou tentando manter.

– Falhas? – Disse Sara estreitando o olhar sobre o cabelo de Arthur. Zani percebeu que Yasmin também olhava agora atentamente – Eu não vejo nenhuma falha.

– Pois está cheio – disse ele bagunçando o cabelo com as mãos e inclinando um pouco as costas para trás, para se afastar das garotas que estavam de frente para ele.

– De qualquer jeito... É melhor você raspar de uma vez, é muito mais frustrante quando começam a sair mexas inteiras no seu travesseiro ou no banho. Acredite – aconselhou Sara.

– Eu vou raspar hoje – disse Arthur sem pensar. – Talvez – acrescentou pensando melhor.

Cecília e suas ajudantes apareceram pela porta da cozinha e começaram a servir a mesa. Arthur atacou direto o suco, estava com a garganta seca e morrendo de sede.

– Eu quero ver a Bianca – ouviu-se a fina voz de Laura um pouco distante deles.

Maria entrou no ambiente também. Cecília ouviu o comentário de Laura, trocou olhares com Maria, mas fingiram não escutar.

– Bianca está no hospital, Laura – falou Olívia. – Hoje quando formos para o tratamento passamos lá para vê-la, o.k.? – Continuou ela tentando tranquilizar a garotinha.

Zani e Yasmin observavam a reação de Maria e Cecília. Cecília então suspirou, como quem tomava coragem. Foi perto de Laura e se agachou perto dela.

– Laura, querida. A Bianca foi transferida para outro hospital esta noite – informou causando um súbito silêncio no ambiente.

Sara virou a cabeça tão rápido que sua cabeça quase saiu do pescoço.

– Transferiu? – Repetiu a pequena.

– Isso.

– Como assim? – Quis entender a garotinha, sobre o olhar de todos ali presentes.

– Ela vai se tratar em um outro hospital agora, que é melhor para ela.

Sara lançou um olhar para Zani, que o compreendeu. Ela fora a primeira que lhe dissera que quando um paciente morre, eles eram informados que ele tinha sido transferido.

– Por que ela não falou "tchau"? – Perguntou Laura fazendo bico.

– Porque ela não quis lhe acordar, querida.

Como se existisse um botão de ligar e desligar, Laura começou a chorar imediatamente. Maria e Cecília voltaram a se olhar, trocando um olhar que misturava dor, sofrimento e compaixão. Arthur percebeu que os mais velhos ficaram com uma expressão muito mais séria e sentiram muito mais a notícia do que os pequenos. Provavelmente porque eles tinham realmente entendido o recado. Luca, inocente, mas não bobo, deixou seu comentário:

– Ela nunca mais vai voltar, não é? – Perguntou em tom melancólico.

– Eu acredito que não, meu amor – disse Cecília com uma expressão de dar dó.

Arthur percebeu os olhos de Yasmin marejarem mais uma vez enquanto Maria e Cecília voltavam para a cozinha deixando o clima pesado, e assim seguiu pelo resto da refeição. O choro de

Laura ecoava pela cabeça de Zani como se martelassem sua cabeça por dentro. Ele terminou seu suco de uma vez só, desistiu da refeição e se levantou. Yasmin e Sara o observaram.

Zani ficou no quarto, era uma manhã de domingo, logo teria que se encontrar com o doutor Carvalho mais uma vez. *Que tipo de médico trabalha até domingo?* Pensou ele. Arthur queria sair daquele lugar. Pensou mais uma vez em fugir, mas varreu brevemente essas ideias da cabeça, pelos mesmos motivos que já havia desistido antes. Quantas pessoas iriam morrer até que ele fosse embora daquele lugar? Arthur se considerava uma pessoa durona, mas lidar com a morte com frequência era demais, demais até para ele. Até hoje não conseguia lidar com a morte de sua mãe direito. O mundo era um lugar de muita injustiça.

Não importa o quanto tentemos fazer as coisas certas e justas, não importa quantas leis sejam feitas para reger a convivência entre diferentes grupos de pessoas, a vida sempre tem as suas artimanhas e truques para fazer o que bem entende, não importa o quanto nos esforcemos para evitar as surpresas e injustiças. A verdade é que nunca estamos imunes a ela.

Por que algumas pessoas nascem em famílias ricas, de primeiro mundo? Por que outras nascem na miséria da África? Por que algumas pessoas passam dos cem anos e outras já nascem com doenças que não têm cura? Por que tudo é tão desigual?

Enquanto Zani se revoltava com a vida em suas filosofias profundas, Luca apareceu na porta de maneira tímida.

– O que foi, Luca? – Perguntou Arthur ao ver o garoto atrás do batente da porta, não sabendo se entrava ou se escondia-se.

Ao ser flagrado, Luca deu um sorriso embaraçado e entrou no quarto dando um esforçado pulo e erguendo um dos braços onde na ponta segurava um pão.

– Eu trouxe pão – falou ele alegre terminando o percurso até a cama de Zani com o pedaço de pão estendido.

Arthur olhou o pão, que estava todo despedaçado, quem quer que tenha passado geleia naquele pão não tinha muita habilidade. Zani riu.

– Obrigado – agradeceu segurando o pão. – Você que fez?

– Não. O Tiago – revelou ele observando Zani, ao que tudo indicava, aguardando a reação de Arthur assim que ele comesse.

– O Tiago? – Surpreendeu-se ligeiramente. – E por que ele não veio com você?

– Ele pediu para eu trazer, ele está animando a Laurinha – disse com simplicidade.

Luca estava bem em frente à janela, por onde passava um jato de luz que acertava Luca em cheio, fazendo-o franzir seu olho direito, que era o lado que estava virado para o sol. O raio de luz fez Arthur perceber algo e ele repentinamente chamou Luca jogando o pão de lado na cama.

– Ei, vem aqui – chamou Zani com uma expressão intrigada.

– O que foi? – Perguntou Luca assustado.

– Vem aqui! – Chamou Zani mais uma vez.

Luca o obedeceu, e assim que se aproximou, sem muita delicadeza, Arthur pois a mão na cabeça de Luca fazendo força para que ele abaixasse a cabeça. Então Zani constatou com certeza.

– Você já viu a sua cabeça? – Perguntou Arthur como se fosse um comentário.

– O que tem na minha cabeça? – Alarmou-se Luca levando as duas mãos a sua careca.

– Cabelo.

– Cabelo?

– Sim. Tem uns cabelos aí querendo aparecer.

– Ah tá. O doutor Roberto falou que ia começar a aparecer agora que eu não faço mais quimio – informou Luca.

– Você não faz mais quimio? – Foi a vez de Arthur se alarmar.

– Não.

– Por que não? – Questionou preocupado.

– O doutor Roberto falou que eu não preciso mais, que logo eu vou estar bom.

Involuntariamente, Arthur abriu um largo sorriso.

– Ele disse isso, é?

– Falou. Mas eu não vou deixar o meu cabelo crescer agora – Luca cedeu mais uma informação.

– Não vai, é?

– Não – falou Luca. Olhou para os lados e então começou a cochichar, como quem compartilha um segredo. – Tem gente que gosta muito dos cabelos, principalmente as menininhas – disse "menininhas" em tom de deboche. – Então acho que não ia ser legal eu aparecer por aí com cabelo – terminou ele.

– Entendi – falou Arthur contendo o riso. – Acho que você está certo.

– Então por que você não raspa o seu cabelo também? – Perguntou curioso, apontando para o cabelo de Arthur, num típico gesto de criança, como se apenas falar não fosse o bastante.

Arthur ficou em silêncio, refletindo por um momento.

– Quer saber, acho que eu devia raspar, não acha? – Perguntou depois de uma considerável pausa.

– Sim! – Luca ergueu mais uma vez as mãos para o alto, desta vez como um gesto de comemoração. – Posso raspar?

– Você? – Perguntou surpreso.

– É! Por favor, por favor! – Disse juntando suas mãos como quem faz uma oração.

– E como você vai cortar?

– Tem uma maquininha no armário do banheiro, mas eu não alcanço – trouxe uma nova informação.

Arthur refletiu por mais um momento, ficou calado refletindo e então levantou subitamente dizendo:

– O.k., vamos lá! – Dsisse fazendo um gesto para Luca segui-lo.

– Legal! – Exclamou ele enquanto seguia saltitante Arthur até o banheiro.

Ao chegarem, Luca apontou o armário, um armário alto, preso a parede em cima da porta, e quase que Arthur também não alcançou. Ele viu a caixa da maquininha assim que abriu a porta do armário e ficou na ponta do pé para alcançá-lo.

Depois de orientar diversas vezes Luca para ter cuidado e de preparar e ligar a maquininha, Zani finalmente fez um voto de fé e entregou a máquina ao garoto, que estava ansioso. Arthur sentou no chão mesmo e ficou de costas para Luca, que de pé, era pouco maior que Arthur sentado.

Na primeira passada de máquina, Luca soltou uma gargalhada de alegria. Zani fazia caretas a cada novo movimento de Luca, que visivelmente se divertia bastante. O cabelo de Arthur ia caindo e, sentado no chão, Zani não conseguia se olhar no espelho. O jeito foi esperar. Depois de alguns minutos, a ansiedade de Arthur falou mais alto.

– Tá, deixa eu ver isso – falou se levantando e indo em direção ao espelho.

Arthur chegou com medo próximo ao espelho, mas sua reação foi soltar uma breve risada ao ver tamanhas falhas em sua cabeça.

– Me dê a máquina, Luca – pediu ele para fazer os reparos.

– Não! Deixa eu terminar!

– Não, agora já chega! – Repreendeu Zani com firmeza.

Luca entregou a máquina ainda ligada, contrariado. Zani começou a corrigir os erros que conseguia ver, sobre os olhares de Luca. Passava a mão atrás da cabeça para sentir mais alguma falha e as reparava do jeito que podia, até que finalmente terminou. Desligou a máquina e deu uma última encarada em si mesmo.

Se com um corte de cabelo da moda ele já não tinha uma aparência amigável, de cabeça raspada tinha menos ainda. Franziu as sobrancelhas, produziu um olhar sério. Observou o seu rosto zangado, seu olhar frio, seus alargadores, suas sobrancelhas escuras e sua expressão intimidadora. Se não fosse ele mesmo, Zani teria medo daquela pessoa.

– Eu gostei – comentou Arthur para Luca com um sorriso maroto.

Luca então traduziu os pensamentos de Arthur.

– Você parece tão mau! – Exclamou excitado como se fosse uma coisa boa.

Zani rebateu os cabelos que ainda restavam em sua roupa e nos ombros, e saiu do banheiro, deixando toda a sujeira ali mesmo. Voltou para o quarto, apanhou o pão com geleia que ainda estava sobre a sua cama e o comeu com três largas mordidas. Luca ainda o seguia. Arthur olhou para o dia pela janela, era um dia ensolarado, em uma terra um tanto quanto fria.

Arthur parou para prestar atenção se Laura ainda chorava – e ela não chorava. Então decidiu descer e ver se conseguia comer pelo menos mais alguma coisa. Estava com fome.

– Você comeu, Luca? – Luca respondeu com um aceno negativo de cabeça. – Então vamos comer alguma coisa.

Os dois desceram. Luca correu na frente para se juntar a Tiago. Quando Arthur voltou para o refeitório, causou um novo silêncio, todos tentaram esconder sua expressão de espanto, exceto Yasmin e Sara, que arregalaram os olhos e ficaram encarando-o boquiabertas e alarmadas. Já Tiago teve uma reação diferente, ao gritar animado:

– Que legal!

Arthur não deu importância e voltou a se sentar em frente a Yasmin.

– Você cortou o seu cabelo?

– Eu que cortei! – Exclamou Luca da outra ponta da mesa, após ouvir a pergunta, ganhando o olhar de Yasmin.

– Mentira! Nem foi você! – Contrariou Tiago.

– Foi eu sim! – Rebateu Luca.

– Não foi não! – Devolveu Tiago e os meninos então iniciaram uma discussão em outra área da mesa.

– É. O Luca cortou – afirmou Zani baixo para Yasmin e Sara ouvirem.

– Você parece mais perverso que o Walter White – comentou Sara.

– Você não acha que é nova demais para assistir séries como *Breaking bad*? – Rebateu Zani sem dar muita importância.

– Que seja – respondeu Sara em um típico tom de rebeldia adolescente.

– Uau. Eu não estava esperando por essa – comentou também Yasmin enquanto Zani se servia.

Arthur chegou instantes antes de a mesa ser retirada, não muito tempo depois dali, lá estava ele trancado com doutor Roberto em sua sala, que também não escondeu o espanto ao ver o cabeça de Arthur, mas não fez nenhum comentário. Arthur estava começando um livro novo, mas não conseguia se concentrar na leitura. Depois de alguns minutos patinando na mesma página, Arthur fechou o livro e lançou o comentário.

– Então Bianca morreu? – Disse pegando doutor Carvalho de surpresa.

– Ela foi transferida – respondeu após uma pausa.

– Então é essa a resposta que vocês dão quando alguém morre? – Provocou Arthur.

Doutor Roberto fez uma pausa maior, largou a caneta em cima da mesa, entrelaçou os dedos colocando as mãos sobre a barriga, jogou seu peso para trás apoiando-se no acento reclinável da cadeira e olhou Arthur por cima dos óculos.

– Sim, Arthur. É o que dizemos quando, infelizmente, um de nossos pacientes não resiste – falou o doutor, achando melhor ser honesto. – Não achamos que é bom para eles. Ao darmos uma notícia como essa, corremos o risco de que eles desanimem ou percam a esperança – justificou.

– Entendi, entendi. Vocês não acham que é bom para eles, vocês só acham que eles são otários. Antes de Bianca, eu já tinha recebido a informação por uma garota de treze anos de que quando alguém morria, vocês diziam que ela tinha sido transferida – disse Arthur mais uma vez em tom de ataque.

– Sara? – Cogitou Roberto.

– Sim.

– Então vamos lá, Arthur: você acha que é melhor chegar para uma criança de quatro anos de idade, sem pai, sem mãe, que o mais próximo que teve de uma família foi uma garota que conheceu em um instituto de tratamento de câncer para crianças carentes, e falar para essa garota que a única pessoa que ela já teve na vida morreu? Essa é a sua grande ideia? Você acha que a melhor coisa a se fazer é contar para crianças que não têm ninguém para apoiá-las que a luta que elas travam todos os dias contra a doença que possuem, fez mais uma vítima? Uma vítima próxima a elas? Você acha que elas têm estrutura emocional para receber uma notícia dessa? Você tem uma ideia melhor para resolver esse dilema, Arthur? Porque se tiver, eu gostaria de ouvi-la – devolveu doutor Roberto contendo sua voz, mas visivelmente abalado também com a história de Bianca.

Zani não soube o que responder, ficou enfezado por não ter uma boa resposta, então virou a cara irritado e cruzou os braços. Doutor Roberto deixou de dar atenção a Arthur e voltou a encarar os seus papéis, que pareciam diferentes daqueles dos demais dias. Além disso, ele os folheava com mais rapidez. Arthur não sabia dizer o que, mas algo estava o irritando demais ao ver doutor Carvalho mexer naqueles documentos.

– O que você está fazendo? – Disparou ele de uma vez.

– Estou trabalhando – respondeu de forma sucinta sem ao menos olhar para Arthur.

– Ah, sim. Que resposta brilhante – ironizou Arthur.

Doutor Roberto suspirou fundo e fez mais uma pausa.

– Estou analisando o quadro médico de alguns candidatos à nova vaga do hospital que tenham boas chances de cura, para enviar suas fichas ao departamento de assistência social, para que eles possam achar o melhor candidato.

– Espera, espera – falou Arthur alarmado, mudando sua expressão em um segundo. – Nova vaga? Você diz a vaga de Bianca?

– Sim – respondeu simplesmente.

– Ela morreu há algumas horas atrás e já estão buscando alguém para pôr no lugar dela? – Disse Arthur com ar de repúdio.

– Claro, Arthur, um dia pode fazer diferença no tratamento.

– Boas chances de cura? – Continuou contestando. – Quer dizer que se um dos candidatos à vaga tiver um quadro um pouco mais complicado, ele simplesmente é descartado?

– Não é bem assim que funciona, Arthur, mas você tem que ter em mente que isto é um hospital e buscamos ajudar e tratar o maior número de pessoas possíveis. Eu sei que o lado humano pesa, mas tem horas que devemos ser racionais e executar o nosso trabalho da melhor maneira.

– Dane-se, vocês que façam o que quiserem, eu estou pouco me lixando mesmo – resmungou Zani contrariado.

– Sabemos que não é o ideal, mas estamos lutando para poder atender cada vez mais pessoas. Lembre-se que não temos nenhum tipo de ajuda do governo, nossa renda vem de doações e elas não são tantas assim, é um programa de doações que ainda não está muito bem difundido.

– Eu já falei, eu estou pouco me lixando – continuou contrariado.

Doutor Roberto o olhou de canto de olho e resolveu deixá-lo em paz e voltar para seus papéis. Mas percebeu o quanto Arthur estava incomodado aquele dia. Ele sempre era um menino arisco, mas especialmente naquele dia, parecia transtornado, mal conseguia se concentrar em sua leitura, bufava repetidas e repetidas vezes, virava as páginas do livro em um tapa violento. Arthur estava exalando raiva.

Quando chegou o horário de sair dali, Arthur simplesmente levantou e saiu, sem se despedir ou ao menos olhar para o doutor

Carvalho. Roberto foi para a janela observar a trajetória de Arthur até a Casa Claridade, demorou alguns segundos até que Zani aparecesse no enquadramento de sua janela. Pelo caminhar de Arthur, já era possível notar sua aura de fúria, mas ela ficou muito mais evidente quando ele chutou com violência um graveto que estava no caminho. Roberto concluiu com facilidade que Arthur estava furioso, só não era claro com o quê.

A tarde de domingo era livre, não tinha aulas com o Alberto, Zani até desejou que tivesse, porque assim poderia distrair um pouco a sua cabeça, uma vez que os livros já não estavam dando tanto resultado. De volta ao refeitório para o almoço, Arthur voltou a se sentar próximo a Yasmin, que o recebeu com um sorriso.

– Melhor? – Perguntou ele como um cumprimento.

– Longe do ideal, mas acho que sim – respondeu ainda com um ar triste.

– Eu odeio esse lugar – desabafou Arthur.

– Não é o lugar mais feliz do mundo – concordou Yasmin.

– E como foi o seu tratamento hoje?

– Horrível como todos os dias e talvez eu ainda tenha que fazer alguns exames à tarde – contou ela desanimada. – E o seu?

– Cada vez pior – enrolou Arthur.

Depois da noite da cidade, embora não tivessem conversado muito, Arthur estabeleceu um grau de amizade com Yasmin, ou talvez cumplicidade fosse a palavra certa.

– Qual os seus planos para a tarde livre hoje? – Abordou Yasmin.

– Talvez morrer, por quê? – Falou sarcástico.

– Arthur! – Repreendeu Yasmin imediatamente. – Não fale essas coisas nem brincando!

– O que foi? – Riu Zani.

– Pare de rir! Não tem graça! – Brigou ela com uma expressão séria. Arthur achou melhor não contrariar.

– Tá bom, tá bom. Você é sensível demais – criticou ao ver a expressão sofrida no rosto de Yasmin.

– Você é insensível demais! – rebateu ela imediatamente.

– Talvez eu seja mesmo – resmungou Arthur desaforado.

Ficaram em silêncio um momento. As voluntárias traziam as bebidas primeiro, como de costume. Maria e Cecília não estavam, talvez domingo fosse a folga delas. Depois que ambos se serviram de suco, Yasmin retomou a conversa.

– Hoje tem visita de um colégio ao hospital, vem algumas crianças ficar na brinquedoteca, a gente poderia ir lá – sugeriu Yasmin em um tom que mostrava ainda estar um pouco zangada.

– Ah não, essa é a sua grande ideia de programa para a tarde? Ficar olhando um bando de crianças? Eu passo – menosprezou.

– Não é para ficar olhando, é para brincar com as crianças – falou Yasmin como se fosse óbvio, fazendo Arthur soltar uma risada de deboche e balançar a cabeça.

– Não, obrigado – dispensou mais uma vez no mesmo tom de deboche.

– Pois eu e a Sara vamos – falou assim que Sara sentou-se à mesa ao seu lado.

– Vamos aonde? – Perguntou querendo se situar.

– Na brinquedoteca hoje à tarde – informou Yasmin.

– É verdade, hoje é dia de visita. Vamos? – Convidou Sara também.

– Não – disse seco. – Você vai nesse treco? – Perguntou mostrando-se surpreso.

– Vou, ué! O que mais eu poderia ficar fazendo aqui? – Disse Sara.

Mais uma refeição se passou, enquanto as crianças comemoravam seu horário livre, Arthur buscava um canto isolado para continuar a ler o seu livro. Já quase fiel a uma mesma árvore no descampado do terreno do hospital, Arthur sentou à sua sombra, longe o suficiente para abafar os barulhos que eventualmente faziam, mas perto o suficiente para observar o movimento se quisesse.

190

O dia não estava muito para leitura, Arthur não conseguira ler nem ao menos vinte páginas o dia todo, embora ele considerasse o livro muito bom. Ele parecia não se concentrar e acabava tendo que ler a mesma coisa repetidas vezes. Foi o que aconteceu quando Zani viu dois ônibus escolares chegarem ao hospital. Estacionaram ao lado dele e começaram a descer dúzias de crianças.

Elas foram entrando até que não sobrou ninguém do lado de fora. Zani tentou voltar para a leitura e alguns minutos mais tarde viu Sara e Yasmin atravessarem o terreno indo em direção ao hospital. De repente o lado de fora ficou quieto demais, sempre havia pelo menos algumas crianças do lado de fora, brincando, correndo e fazendo algum estardalhaço. Zani resistiu mais alguns minutos antes de resolver entrar também.

Chegou ao hospital com aquele ar contrariado, a brinquedoteca parecia um aquário com enormes janelas de vidro que davam para o corredor. A brinquedoteca era enorme, havia tantas crianças lá dentro que o som chegava a vazar. Quando Zani abriu a porta, fez uma careta de tanto barulho e gritaria que ouviu. Yasmin sorriu com uma expressão de "sabia que você vinha" ao vê-lo chegar. Ele respondeu dando com os ombros como quem dizia: "Fazer o quê?"

Não foi até Yasmin, buscou um canto perto de uma das estantes de brinquedos e se sentou no chão mesmo. Voltou a tentar ler. Por incrível que pudesse parecer, com aquela barulheira, era mais fácil de se concentrar na leitura, que dessa vez fluiu naturalmente. Só foi se distrair novamente quando foi abordado de surpresa por Tiago.

– Você consegue consertar? – Perguntou Tiago sem cerimônias estendendo em sua mão direita o tronco do Homem-Aranha e em sua outra mão as pernas.

Sem dizer nada, Arthur pegou as duas partes e começou a analisar. Viu que tinha um elástico arrebentado na parte de dentro, que prendia a parte de baixo à parte de cima e dava mobilidade à cintura do boneco. Talvez se trocasse o elástico, ou mesmo se amarrasse as duas pontas, poderia o prender de novo ao gancho da outra parte.

– Você que quebrou? – Perguntou Arthur descontraído enquanto ainda examinava o brinquedo.

– Não. Alguém quebrou – disse ele com ar de tristeza. – Esse é meu boneco favorito.

– Sério? – Perguntou Arthur surpreso lançando dessa vez um olhar diferente ao brinquedo, analítico. Era um brinquedo de baixa qualidade, vagabundo.

– Sim! É o Homem-Aranha! – Falou fazendo Arthur soltar uma breve risada.

– Você gosta dele, não gosta?

– Gosto! – Respondeu animado.

– O.k., deixa eu ver se dou um jeito nisso aqui – falou Zani começando a mexer no brinquedo.

Tiago observava atento, com os olhos arregalados. Zani estava tendo dificuldade para tirar o elástico de dentro do boneco, mas depois de alguma persistência conseguiu. Deu um nó duplo e começou a prendê-lo de volta. O primeiro gancho foi fácil, o segundo era difícil de ver, já que uma ponta estava presa e não conseguia enxergar a outra com tanta clareza. Enfim, Arthur conseguiu e entregou o brinquedo com um sorriso de vitória para Tiago.

O garoto foi até uma mesa próxima para brincar com o boneco, Arthur ficou observando por um momento. Quando finalmente ia voltar à leitura, um menino maior que Tiago chegou para atormentá-lo.

– Eu estava brincando com esse brinquedo – falou o garoto que devia ter uns quatro anos a mais que Tiago.

– Não estava não – impôs-se Tiago.

– Eu tava sim! – Resmungou ele tentando arrancar o brinquedo a força de Tiago.

Zani observou por mais três segundos.

– Ei! – Falou Arthur em voz alta.

Gutti Mendonça

Tiago soltou o brinquedo e o menino saiu com ele. Arthur fez menção de que ia se levantar mas Tiago impediu.

– Tudo bem, se eu puxar ele vai quebrar – disse preocupado – Quando ele largar, eu pego.

Zani fez cara de quem não gostou, mas voltou a se sentar. Olhou invocado para o garoto, que agora brincava com o Homem-Aranha e nem havia reparado em Arthur. Depois de encará-lo por algum tempo, e ver que Tiago estava tranquilo agora brincando com Martin, Caio e Luca, tentou voltar para a leitura.

Passados alguns minutos, o garoto voltou a largar o brinquedo. Assim que reparou no brinquedo largado no chão, Tiago correu para buscá-lo. Nem Arthur nem o outro garoto haviam reparado que Tiago havia recuperado o brinquedo. Arthur só foi reparar quando ouviu o choramingo do grandalhão.

– Ei! Você pegou o meu brinquedo de novo – essas palavras fizeram Arthur levantar o olhar sobre o livro e observar a cena.

– Não é seu e você não estava brincando! – Defendeu-se Tiago.

– Me devolva ele! – Ordenou o grandalhão.

– Não! – Disse Tiago se virando para proteger o brinquedo.

– Me dê! – Reclamou o garoto mais velho que foi para cima de Tiago.

Não adiantou muito a proteção de Tiago, o garoto mais velho era maior e conseguiu alcançar e agarrar o brinquedo, e começou a puxá-lo. Zani viu a cena se repetir, quando o garoto começou a puxar o boneco. Tiago ficou com medo de que ele se partisse e soltou, expressando um olhar triste para o brinquedo. O garoto mais velho ao perceber, chacoalhou o boneco na frente de Tiago, gabando-se. Luca surgiu em defesa do amigo.

– Devolve o boneco do meu amigo! – Bradou ele corajoso, ainda menor que Tiago.

O grandalhão empurrou Luca que caiu sentado. Uma espécie de fogo queimou no interior de Arthur.

– Você quer? Então toma! – O garoto jogou com violência o brinquedo em Tiago, que se não se protegesse com o braço em um rápido reflexo, teria o rosto atingido. O boneco ricocheteou nos braços de Tiago e partiu-se ao atingir a parede ao fundo.

Arthur levantou-se possuído. Jogando o livro para o canto e gritando como se tivesse em um estádio de futebol.

– Ei, seu pedaço de bosta! – Bradou ele caminhando em direção ao moleque, que petrificou-se. – Você acha que você é muita merda? – Continuou ele em mesmo tom, chamando atenção de todos que estavam ali na brinquedoteca. – Você não é bosta nenhuma! – Falou ele alcançando o garoto.

Zani pegou o garoto pela gola da camisa, o menino estava pálido.

– Você se acha grandão, não é? Se acha valentão, não é? Vamos fazer um acordo. Você me dá vinte ou trinta socos e eu te dou um só nessa sua cara feia e inchada! Te arrebento, seu moleque otário – disparava Arthur transtornado.

Uma das professoras dos alunos que estava ali, correu em socorro de seu aluno, um tanto quanto assustada, enquanto Arthur ainda aterrorizava o garoto.

– Se você mexer com esses garotos de novo eu vou enfiar tanta porrada nessas suas costelas gordas, que você vai passar o resto da sua vida em uma cama de hospital – continuava apertando cada vez mais o garoto pela gola.

– Ei, menino! Pare com isso já! – Disse a professora que alcançara Arthur e tentou puxá-lo pelo ombro.

Arthur soltou a criança e virou-se para a professora.

– E você onde estava pra impedir que esse pedaço de bosta atormentasse as crianças menores? – Atacou ele também a professora que se assustou não imaginando que ele começaria a disparar contra ela.

A criança começou a chorar e Arthur aproveitou para continuar com a gritaria.

Gutti Mendonça

– É melhor você aproveitar para chorar agora enquanto tem língua, porque da próxima vez eu vou arrancá-la e enfiá-la pela sua orelha até sair do outro lado.

– Já chega! – Falou a professora tentando se impor, mas tremendo dos pés à cabeça sem saber contornar a situação.

– Quebra ele, Zani! – Gritou Luca no meio da confusão entusiasmado.

No ambiente só havia as voluntárias e as professoras, todas paralisadas, nunca imaginavam que veriam uma cena como aquela.

– E esse é o seu único aviso, seu moleque! – Arthur voltou-se novamente para o moleque aos gritos.

– Arthur! – Chamou a voz de Yasmin, que não foi ouvida no meio da bagunça.

– Pare, pelo amor de Deus – já gritava também a professora enquanto Arthur continuava colocando terror no menino.

– Arthur! – Chamou mais uma vez a voz de Yasmin, mais alto, mas ainda sem ser ouvida.

Alex entrou no ambiente correndo e assustado, olhando de um lado para outro para tentar entender o que acontecia.

– O que está acontecendo? – Perguntou parado a porta.

– Arthur! – Insistia Yasmin abafada pela gritaria, algumas crianças começavam a chorar.

– E se você gosta dos seus dentes eu ach...

– ARTHUR! – Urrou Yasmin finalmente sendo ouvida, fazendo Arthur parar de falar imediatamente.

O ambiente se calou, todos ficaram em silêncio, exceto pelo choro de algumas crianças.

– Já chega – pediu Yasmin em tom sereno.

Os dois se entreolharam sobre o olhar de todos. Arthur lançou um olhar desafiador, ela estreitou os olhos, não cedendo ao olhar penetrante de Arthur. Ficaram em silêncio sobre o acompanhamento sonoro do choro das crianças, fitaram-se bons e longos segundos. De algum jeito que Arthur não podia explicar, de alguma forma impossível de entender, Yasmin tinha um certo controle sobre ele. Então Arthur respirou fundo, fez um aceno positivo com a cabeça e pôs-se a caminhar devagar.

Todos ainda o observavam, ele foi até um canto, apanhou seu livro do chão, depois foi até um outro e apanhou os dois pedaços do boneco do Homem-Aranha. Então finalmente voltou para seu lugar de origem, abriu seu livro, e continuou a ler como se nada tivesse acontecido.

Um burburinho começou a surgir e foi aumentando gradativamente. As voluntárias e professoras cochichavam entre si. A professora que tentou impedir Arthur, conversava agora com Alex. Arthur não estava nem aí, não reparava em nada disso que acontecia a sua volta. Alguns minutos depois, Tiago voltou a abordá-lo, desta vez com Luca a seu lado.

– Você pode consertar de novo? – Perguntou Tiago.

– Desculpe, Tiago, mas dessa vez não – lamentou Arthur. – Aquele otário quebrou o gancho de dentro, acho que não tem mais conserto – informou Arthur.

Tiago fez cara de choro e começou a fungar. Estava visivelmente segurando as lágrimas e enxugava os olhos com os ombros.

– Mas eu vou levar o brinquedo para dentro essa noite e vou tentar arrumar, ok? – Tentou tranquilizar o garoto.

– O.k. – concordou choroso, se afastando com os amigos. Luca envolveu Tiago pelos ombros em um gesto de consolo, quase não alcançando-o.

Não se passou muito tempo depois, e Alex voltou à brinquedoteca acompanhado de doutor Roberto, que não estava de jaleco naquela ocasião, e sim com uma camisa clara listrada e um jeans velho, nem parecia um médico. Ele, àquela altura, já devia ter sido informado de tudo que acontecera.

– Arthur – chamou ele à porta.

Zani olhou com uma cara desaforada.

– Venha comigo.

– Eu estou lendo – disse ele em afrontamento.

– Arthur! Agora.

Com um suspiro, Zani se levantou e foi ao encontro do doutor Roberto, o acompanhando em silêncio até a sua sala. Zani sentou-se em sua habitual cadeira, doutor Carvalho não. O médico andava de um lado para o outro, até que parou na janela, olhando para fora, de costas para Arthur. Depois de alguns minutos, Arthur voltou a se atrever.

– Estou de castigo ou algo do tipo? – Debochou.

Doutor Roberto não deu importância à malcriação de Arthur, em vez disso, fez uma pergunta aparentemente totalmente desconexa ao acorrido na brinquedoteca.

– Eu sei que eu não sou objeto de nenhum respeito ou moral perante os seus valores, Arthur, mas eu vou te fazer uma pergunta e peço que você, por gentileza, me responda a verdade – anunciou antes fazendo uma pausa misteriosa antes de sua pergunta. – Por que você raspou o cabelo?

Arthur não entendeu o motivo da pergunta, olhou desconfiado para Roberto, mas achou que lhe devia uma resposta sincera.

– Foi a soma de vários motivos na verdade – anunciou ele misteriosamente antes de sua conclusão. Fez uma pausa – Primeiro porque Yasmin raspou o cabelo e eu estando perto dela com os meus achei que faria ela ficar incomodada. Segundo porque Sara fez perguntas sobre o meu tratamento e se eu tenho que manter essa mentira, raspar o cabelo era necessário e, por último, porque Luca pediu para cortar.

Doutor Roberto pareceu surpreso com a resposta. Até onde Arthur podia perceber, ele pareceu gostar da resposta, pois sua reação foi erguer as sobrancelhas e balançar levemente sua cabeça em um gesto positivo.

– Agora vou pedir pela última vez hoje, Arthur, a mesma sinceridade que me deu nessa resposta de agora. Por que você fez o que você fez na brinquedoteca?

– Porque não é justo! – Respondeu Arthur de imediato alterando-se um pouco. Doutor Roberto fez um gesto de calma com as mãos, e Arthur continuou mais contido. – Aquele imbecil tomou o brinquedo duas vezes do Tiago, era o brinquedo favorito dele, o garoto já tinha quebrado, eu havia acabado de consertar, ele foi lá quebrar de novo, ninguém fez nada! Ninguém fez nada! Então eu fui lá e fiz! – resmungou Arthur atropelando as palavras e alterando-se mais uma vez na medida que ia contando os fatos.

Doutor Roberto ficou em silêncio, absorvendo as informações e finalmente se sentou. Respirou fundo, esfregou a testa com a mão. Arthur observava ainda zangado, esperando o que vinha a seguir.

– Era aquele menino meio loiro, meio ruivo, com cabelo espetado e dentucinho?

– Era – respondeu Arthur desconfiado.

– Aquele moleque é uma peste – comentou doutor Roberto. Zani ouvia sem entender.

– Arthur, o que eu faço com você? – Perguntou acompanhando um suspiro. – O que passa pela sua cabeça? Crianças brigam por brinquedos, vão sempre brigar! – Aumentou o volume doutor Carvalho, em tom de inconformismo. – Você não corrige essas coisas dizendo para a criança que vai arrancar a sua língua e enfiá-la pela orelha – continuou Roberto ainda inconformado.

– Resolveu o problema – rebateu Arthur com indiferença.

– Não, não resolveu! – Exclamou começando a mostrar sua irritação. – Você acabou de me arranjar vários outros problemas. A coordenadora que queria levar as crianças embora, não queria mais voltar outras vezes, queria prestar queixa contra você. Imagina o problema que isso ia ser para você que já tem uma audiência marcada por atropelar uma pessoa! Eu tive que convencê-la a não fazer isso. Fiz isso pelo seu pai. Mais uma vez pelo seu pai. Quando você cair na real e entender que não pode sair fazendo o que você bem entende, que isso gera consequências, principalmente para as pessoas que gostam de você? – Brigou doutor Roberto.

– Lá vamos nós de novo – debochou Arthur.

– As pessoas que viram você hoje ficaram com medo, Arthur, não só as crianças, mas os adultos. O jeito como elas te descreveram, descreveram os fatos, as suas expressões. Elas acharam que você ia matar aquela criança.

– Deveria ter matado mesmo – disse da boca pra fora.

Doutor Roberto ficou em silêncio. Suspirou mais uma vez, depois de mais uma pausa continuou.

– Então suponhamos que você a matasse. Você vai lá, estrangula a criança, na frente de outras dezenas de crianças e pessoas, não ia demorar muito para você ir parar em uma prisão ou pelo menos um reformatório, com um bando de outros delinquentes, onde vocês iam brigar, se machucar e coisas ainda piores. Essa é a sua majestosa solução para uma criança de dez anos que pegou o brinquedo de uma criança menor? Sentenciá-la a morte? – Despejou doutor Roberto sobre Arthur.

– Você deveria me agradecer! – Disparou Arthur irritado. – Eu estava defendendo uma das nossas crianças – Zani aumentara o tom de foz, forçando doutor Roberto a fazer um novo gesto para que contivesse sua empolgação.

Ao ouvir as palavras "nossas crianças", doutor Roberto ficou bastante surpreso. Voltou a ficar em silêncio. Os dois se encaravam, passavam um milhão de pensamentos sobre a cabeça de Roberto. Depois da longa pausa, ele continuou.

– Eu vou ser sincero com você, Arthur. Acho que é minha única alternativa. Eu gosto de saber que se preocupa com as crianças. Você perguntou sobre a cirurgia de Sara, você cortou o cabelo pensando no bem estar de Yasmin, você conserta brinquedos e você até se refere as crianças como "nossas crianças". Eu gosto disso. Contudo, a sua reação hoje foi muito além de inaceitável.

Mas desta vez, e esta única e exclusiva vez. – doutor Roberto fez questão de frisar a última parte. – Eu não vou tomar providência nenhuma. – Arthur olhou desconfiado. – Primeiro porque eu não sei o que eu poderia fazer, eu teria que pensar a respeito. Segundo porque eu tenho medo de inibir esse tipo de sentimento que adquiriu pelas crianças, isso seria um retrocesso. Acho que só me resta torcer para que você encontre uma maneira mais correta de demonstrar essa afeição que tem pelas crianças.

– Eu não tenho afeição por criança nenhuma – rebateu de imediato, não querendo dar o braço a torcer.

– Mas, se algo parecido vier a acontecer, Arthur – continuou Roberto ignorando o comentário de Zani – Minha resposta vai ser "chutá-lo" para fora deste hospital. Eu já fiz demais pelo seu pai. Eu não posso dirigir um hospital desta forma – concluiu doutor Roberto.

– Terminou? – Perguntou Arthur desaforado.

Doutor Roberto acenou que sim com a cabeça. Arthur levantou-se em um rompante e foi em direção à porta. Ao alcançar a maçaneta e abri-la, o médico chamou mais uma vez.

– Ah, mais uma coisa – chamou, fazendo Arthur parar diante da porta aberta. – Embora eu nunca fosse pedir para fazer o que você acabou de fazer, embora não aprove os seus métodos, embora o que tenha sido tenha sido inaceitável, embora o que você fez não deva jamais ser repetido – fez uma pausa misteriosa. – Obrigado por defender uma de "nossas crianças" – enfatizou o final doutor Roberto.

– Chame sempre que quiser assustar alguém – falou Arthur fechando a porta à suas costas.

Quando Arthur desceu, as crianças ainda estavam na brinquedoteca. Ele entrou no ambiente transformando o barulho em um pequeno burburinho. Arthur não ligou para a atenção que lhe foi dada, e caminhou livremente. O garoto valentão ficou mais uma vez pálido ao vê-lo. Arthur fez um V com o dedo indicador e o dedo do meio, levou aos olhos, e depois os apontou para o garoto, como quem diz "estou de olho em você". O garoto se abraçou à professora.

Zani juntou os pedaços do Homem-Aranha e seu livro, que tinha deixado separado em um canto, e saiu por onde entrou. Solitário, seguiu em direção à Casa Claridade. A casa estava deserta, ele foi para a biblioteca, que era um lugar que ele gostava, tinha um aspecto mais rústico, que ninguém parecia gostar.

Ao entrar na biblioteca, para sua surpresa, deparou-se com Alberto, que procurava alguma coisa na estante.

– Olá, Arthur – cumprimentou ele ao perceber o garoto. – Acho que além de mim, você é a única pessoa que visita esse lugar – comentou ele descontraído.

– Olá – cumprimentou Arthur sucinto. – O que o senhor faz aqui em um domingo?

– Eu gosto daqui.

– Sim, mas é domingo – disse Arthur como se não fizesse sentido.

Alberto riu simplesmente enquanto continuava buscando alguma coisa na prateleira. Arthur encostou na parede e ficou observando o professor. Para não dar espaço ao silêncio, após a breve pausa, Alberto emendou.

– Então... fiquei sabendo que você aterrorizou uma criança e que ela não vai conseguir dormir direito durante pelo menos um mês.

– As pessoas desse hospital gostam de fazer uma fofoca – comentou Arthur irritado. – Aquele moleque teve o que merecia.

Alberto riu. Ouvi algo sobre "vou arrancar a sua língua e enfiar pelas orelhas". Riu Alberto mais uma vez, Arthur não entendeu a reação do professor.

– Você não vai me criticar, nem me passar um sermão ou coisa do tipo? – Perguntou desconfiado.

– Ah, não me entenda mal, Arthur. Eu acho que o que você fez foi realmente abominável. Eu absolutamente não concordo com o que ele fez. Mas acho que não cabe a mim dizer alguma coisa ou tentar corrigi-lo, certo? – Justificou-se Alberto.

– Certo – concordou Arthur ainda meio desconfiado.

– A minha função aqui é compartilhar conhecimento com vocês, certo?

– Certo – concordou mais uma vez.

– Então nós temos a minha função clara aqui, senhor Arthur – disse finalmente se virando com um livro que retirara da prateleira. – E o que está feito está feito. Depois que está feito, nós aprendemos algo sobre o que foi feito, se formos sábios suficientes. E rimos também, principalmente dos erros que cometemos, se formos ainda mais sábios – contou Alberto gesticulando com o livro na mão.

– Estou me esforçando aqui, professor. Mas eu não estou entendendo se está querendo me dizer alguma coisa – falou ele com um olhar agressivo.

Sempre risonho, Alberto deu mais uma breve risada antes de responder.

– O que eu estou querendo dizer é: você vai olhar para trás e rir das besteiras que você fez, ou vai repeti-las tantas vezes até chegar ao ponto de lamentá-las? – jogou uma charada concluindo com um sorriso. Arthur continuava olhando fixamente para ele, ancorado na porta com os braços cruzados. – Essa foi a primeira vez que me chamou de professor – disse ele tomando o caminho em direção a porta e dando uma pequena e fraca livrada na cabeça de Arthur ao passar por ele. – Eu gostei – complementou saindo da biblioteca.

Arthur passou o resto da tarde trancafiado na biblioteca, terminou de ler mais um livro, mas não quis pegar outro imediatamente. Ficou ali sozinho com os seus sentimentos e pensamentos. Bianca voltava a visitar a sua cabeça hora ou outra, assim como as malcriações que ele tinha feito naquele dia.

Gutti Mendonça

Quando o sol começou a se pôr, Arthur decidiu sair de seu confinamento. Não sabia ao certo aonde ir. Passou pelo saguão de entrada, Yasmin conversava com Sara e outras meninas. Yasmin viu Arthur passar e sair da casa.

Zani seguiu sem rumo, em direção à orla da floresta de pinheiros, distraído.

– Arthur – ouviu a voz de Yasmin chamar.

Ele se virou para ver Yasmin vindo em sua direção. Aguardou até que Yasmin o alcançasse e então continuou sua caminhada sem rumo.

– Aonde você está indo? – Perguntou Yasmin serena.

– Andar – respondeu incerto.

Yasmin não falou nada, apenas o acompanhou, percebeu que estava escurecendo e que estavam indo em direção à floresta de pinheiros, mas não fez nenhum comentário. Quando ultrapassaram a orla da floresta, Arthur fez o seu primeiro comentário.

– Eu já vi alguns esquilos por aqui – disse ele distraído, se aprofundando na floresta.

– Eu adoro esquilos, acho tão bonitinhos – comentou também Yasmin.

Os dois caminhavam calados, a única coisa que podiam ouvir eram o barulho de seus passos e do vento chacoalhando as árvores. O sol estava bem à frente deles, e eles eram divididos em raios de luzes que vazavam por entre os galhos e folhas da floresta produzindo um bonito efeito visual.

– As crianças não pararam de falar de você hoje – Yasmin tentou começar uma conversa.

– É mesmo? – Arthur tentou mostrar interesse.

– Sim. Acho que as frases mais repetidas foram "porrada nessas costelas gordas" e "enfiar tua língua pelas orelhas" – contou Yasmin fazendo Arthur soltar uma breve gargalhada. Ela tentou não rir, mas cedeu também.

Ficaram em silêncio mais um tempo, então Yasmin continuou com cautela.

– Por que você ficou tão bravo? – Perguntou com a voz o mais serena possível, tentando não provocar nenhuma reação raivosa no imprevisível Arthur.

– Eu estou sempre bravo.

– Você está bravo agora?

– Eu estou sempre bravo – repetiu.

– Por que você está bravo agora? – Perguntou com voz triste.

– Porque viver é uma tortura constante. Viver é se deparar dia após dia com eventos completamente imprevistos.

– Eu pensei que essa era a graça.

– Era para ser, se tudo não fosse tão injusto, se tudo não estivesse tão distante do seu poder de fazer ou mudar alguma coisa – respondeu Arthur, parando no lugar e começando a se irritar.

Yasmin o observou aflita. Arthur suspirou e se sentou apoiando as costas no tronco de uma árvore.

– Quer dizer, por que aquela garota tinha que morrer? Ela era tão na dela, tão nova. O que ela fez para alguém? Isso é justo? – Perguntou à Yasmin.

A garota olhava Zani com uma expressão de dor, e se sentou ao lado do garoto.

– Nem sempre compreendemos as decisões de Deus – comentou Yasmin.

– Ou ele tem um péssimo senso de justiça – ironizou Arthur.

Arthur tinha um dom de provocar diversas lacunas de silêncio em suas conversas, foi o que aconteceu mais uma vez. Yasmin ficava a cada dia mais intrigada com Arthur e queria entender o seu jeito de ser, mas não sabia como poderia fazer com que ele se abrisse. Tentou mais uma vez estabelecer o diálogo.

– Você me assustou hoje – disse Yasmin.

– Não parecia estar assustada para quem falou comigo do jeito que falou.

– Sim, mas eu estava com medo, estava tremendo. Pode ser prepotência minha, mas àquela hora, alguma coisa me disse que só eu ia conseguir fazer com que você parasse, e eu queria mais do que qualquer coisa que você parasse – comentou ela com sinceridade.

– Ah, podem me dizer o que quiserem, eu acho que aquele moleque mereceu o que ele teve. Acho que ele nunca mais vai esquecer o que aconteceu hoje e vai pensar duas vezes antes de mexer com alguém – Arthur mostrou sinceridade também.

– Eu não tenho certeza se não esquecer esse episódio de hoje vai ser uma coisa boa ou ruim.

– Pode não ser bom para ele, mas para outras pessoas com certeza vai ser – disse Arthur com frieza.

– Você acha então que violência resolve tudo, é? – Perguntou Yasmin.

Arthur ficou reflexivo de repente. Yasmin percebeu que ele estava pensando em algo. Depois da pausa ele continuou.

– Minha mãe morreu quando eu ainda era novo. Essa foi a coisa mais injusta que eu já presenciei, não só para mim, mas para ela mesma. Ela era uma mulher generosa, boa, atenciosa, eu sei que a maioria dos filhos fala isso de suas mães, mas ela era uma mulher que todos gostavam, ela era incrível. Ficou doente, depois piorou e morreu. – contou Arthur, sob grande atenção de Yasmin, que sentia-se como se finalmente alcançasse alguma coisa – Eu sempre tinha sido muito mais ligado à minha mãe do que ao meu pai. Quando ela morreu, ficou um vazio infinito dentro de mim, foi quando nasceu essa minha percepção de como o mundo é injusto. Eu, ainda moleque, comecei a ver as coisas como realmente eram, comecei a questionar tudo. Eu enxerguei as desigualdades, as politicagens, as hipocrisias e então eu vi que eu habitava um planeta podre e sem cura. Eu tinha me revoltado com tudo, todo o lugar que eu olhava eu via injustiça, eu não sabia ainda, mas eu tinha me tornado uma bomba-relógio prestes a explodir. E eu explodi. No colégio sempre tinha um valentão duas séries acima da minha que adorava pegar no meu pé, e eu estava sempre sozinho. Um dia cansei, eu vi um chegando perto de mim, e eu estava próximo de uma lata de lixo. Peguei a tampa que era de um metal maciço e virei com força acertando em cheio a cabeça dele, que cambaleou e caiu – contava Arthur com o olhar vidrado, como quem resgata as imagens de sua memória. – Eu larguei a tampa, ajoelhei em cima dele e dei um, dois, três, quatro, dez, vinte... não sei quantos socos em sua cara. Dois amigos dele vieram me agarrar, eu era menor que eles, eu sabia que apanharia, mas consegui segurar a tampa de novo e acertei a cabeça de um com força. Ele me soltou, depois acertei o outro, que se protegia com os braços, e eu continuei golpeando, uma, duas, três, quatro, cinco... até eu conseguir acertar a cabeça dele. – Yasmin escutava horrorizada – Então eu ajoelhei de novo sobre um deles e comecei a dar mais e mais socos, minhas mãos estavam cheias de sangue, eu nunca tinha batido em ninguém. E eu continuei batendo até que os inspetores chegassem e me agarrassem, foram necessários dois deles. Eu tentei me desvencilhar, sujei a camiseta deles de sangue, e, se você quer saber... – Arthur fez uma pausa –, eu me senti ótimo, como havia muito tempo eu não me sentia. Senti como se, pela primeira vez, alguém estivesse tendo o que merecia – concluiu Arthur com uma voz fria e assustadora.

Yasmin ficou petrificada e com uma expressão de agonia em seu rosto

– Eu sei. Eu sou um monstro – falou Arthur rindo ao ver a expressão de Yasmin. – Esse sou eu. Eu sou uma pessoa ruim. E se eu não posso fazer o bem aos que merecem, pelo menos eu faço o mal aos que merecem – finalizou ele.

– Ah não, não, não. – Yasmin chacoalhou a cabeça – Não, Arthur. Não – repetia ela com a voz fraca, atordoada, com os olhos marejados. – Não, Arthur. Por favor, não – dizia ela engolindo em seco. Parecia estar tentando se recompor para falar alguma coisa.

– Você está bem? – Perguntou Zani estranhando. Yasmin levou uma mão ao peito, fechou os olhos, respirou fundo e acenou que sim com a cabeça.

– Eu não acho que você é uma pessoa má, Arthur, eu acho é que você carrega consigo um monte de pensamentos tortos e errados. É claro que você pode fazer o bem para pessoas que assim merecerem. Você tem que se livrar dessas coisas.

– É fácil você falar – disse ele indiferente.

– Eu também perdi a minha mãe – rebateu de imediato. – E diferente de você, eu não tive tanta sorte a ponto de conhecê-la, a ponto de ter a lembrança dela, não a conheci para dizer como você o quanto ela era uma pessoa incrível. Minha mãe morreu em um acidente de carro: um caminhão passou no sinal vermelho. Isso é mais uma injustiça da vida. Mas ficar amargurando isso seria uma injustiça minha comigo mesma – falou derrubando algumas lágrimas. – É verdade que a vida nos traz muitas surpresas desagradáveis, mas ela traz muitas coisas boas também, toda vez que uma criança nasce, ou toda vez que a primavera chega, ou toda vez que um vento bate no seu rosto e você se sente vivo! – Argumentou Yasmin.

– Toda vez que uma criança nasce? E essa criança vai vir ao mundo para que? Par...

– Para rir, para dar alegrias, para amar e ser amada – interrompeu Yasmin.

– Para ser amada? Amada como? Amada como a Sara? Que o pai matou a mãe na frente dela e depois se matou? Ser amada assim? – Ergueu a voz Arthur.

Yasmin ficou calada por um instante e respirou fundo mais uma vez, enxugou as lágrimas e continuou.

– Você tem razão, Arthur, a vida não é justa. Realmente não é. Mas sua atitude está errada, toda vez que você se depara com uma injustiça, você deveria ficar inconformado, não revoltado. Você deveria querer mudar o que estiver ao seu alcance, não

revidar, bater de volta. Não é assim que vai fazer do injusto, justo
– aconselhou Yasmin.

Arthur suspirou, incomodado.

– E você não é uma má pessoa. Sabe, há algumas pessoas
que acreditam que não merecem ser amadas. Então elas tentam
achar espaços vazios, onde não tem amor, não tem nada. Tentam
achar algum espaço que possam ocupar, na vida de alguém, ou até
mesmo na própria.

– O que você quer dizer?

– Eu quero dizer, Arthur, que a primeira pessoa que você
deve parar de descontar essa sua raiva é em você mesmo. Comece
fazendo algo bom para você mesmo, sinta-se melhor consigo e
logo vai se sentir melhor com os outros – disse sorrindo.

Arthur olhou-a desconfiado.

– Posso te dar um abraço? – Perguntou Yasmin olhando-o
com ternura, após uma pausa.

– Por quê?! – Perguntou espantado e surpreso.

– Porque você precisa.

– Não! – Recusou ele.

Yasmin o abraçou mesmo assim. Arthur não retribuiu o
abraço, mas também não o repeliu. Yasmin o abraçou pelos ombros
por alguns longos segundos, até que o soltou. Arthur não disse nada.

– Já está escuro. Eu vou voltar – anunciou.

Ela se levantou e começou a estapear sua roupa para se livrar
das folhas e terra que uniram-se a ela quando se sentou no chão.

– Você pode ser bom, Arthur – disse em tom de despedida.

Arthur viu Yasmin se afastar, realmente já estava escuro, via
apenas o vulto da garota se tornar cada vez mais distante. Quando
ela sumiu, ele ainda ficou mais um tempo ali. Ouvia alguns esquilos
transitarem, mas não teve muita sorte em vê-los. Pelas suas contas,
já estava no horário do banho. Decidiu que era melhor voltar.

Os dois voltaram a se encontrar no jantar, mas não tocaram
no assunto de antes. Pela primeira vez, tiveram uma conversa des-

contraída, e o tímido Felipe, Olívia e Sara participaram também. Arthur criticava a banda Seis Vidas, antiga banda Mega Watsz, enquanto Sara, Yasmin e Olívia a defendiam, Felipe fazia comentários neutros e singulares. Depois de um tempo, a conversa se perdeu e foi parar em gêneros musicais.

Após o horário livre da noite, já acomodados em seus respectivos dormitórios, as crianças começaram a cobrar a continuação da história de Arthur, foi quando Luca surpreendeu.

– Não! Hoje não! – Impediu ele.

– Por que não, Luca? – Perguntou Zani intrigado.

– Tiago está no hospital, ele queria ouvir a continuação. Hoje não pode – proibiu o garoto com firmeza.

Zani somente então notou a ausência de Tiago, e preocupou-se. As crianças concordaram em esperar mais um pouco.

Como de costume, Arthur não conseguia dormir, os acontecimentos do dia passavam pela sua cabeça. O que parecia uma simples frase de Yasmin, ficava ecoando em sua cabeça: "Você pode ser bom, Arthur". Seus pensamentos vagavam sem muito padrão. Pensava em Bianca, no brinquedo de Tiago, em Erick, na audiência, na conversa com Yasmin. Arthur estava realmente cansado, mas não conseguia dormir.

Uma ideia surgiu de repente em sua cabeça, e ele sentou-se em sua cama. Puxou sua mala debaixo de sua cama, abriu. Olhou para ver se seu notebook e seus games portáteis estavam ali. Estavam. Também checou sua carteira para ver quanto dinheiro ainda tinha. Tomou uma decisão, então expressou um sorriso maroto e voltou a tentar dormir. Até que conseguiu.

Como todos os dias, Arthur acordou quando começava a haver movimento no quarto. Maria já estava lá, cuidando dos menores. Arthur começou a se mexer também. Tomou seu banho e desceu para o café. A essa altura já tinha demarcado seu assento cativo e a cúpula que o rodeava. Ele foi o primeiro a descer, mas logo se juntaram ao seu redor Olívia, Felipe, Sara e finalmente Yasmin. Coincidência ou não, eles eram os mais velhos.

Próximo ao fim da refeição, doutor Roberto apareceu, acompanhado de um garoto tímido, que olhava para baixo, devia ter uns dez ou onze anos no máximo. Cabelos pretos, pele bastante branca e muitas sardas no rosto.

– Bom dia, pessoal – cumprimentou doutor Carvalho. – Quero apresentar o novo colega de vocês. Este é o Marcos.

Capítulo 10

Você não está sozinho

Arthur se sentiu estranho com a presença de Marcos. Não que ele carregasse algum sentimento ruim sobre o garoto, mas era estranho pensar que a "vaga" de Bianca fosse substituída com tanta agilidade assim, era quase como se já esperassem que Bianca fosse morrer. Doutor Carvalho se certificou de que ele estivesse em bons cuidados, agora Cecília e Maria o auxiliavam, enquanto Arthur continuava com aquela sensação incomoda.

Chegou o momento do confinamento, em que Arthur teria que ficar trancafiado com doutor Roberto em sua sala, enquanto todos os outros imaginavam que ele estaria em algum lugar do hospital sendo tratado. Ele ainda não tinha elaborado uma estratégia para dizer para o doutor que ele não iria naquele dia. Não sabia, na verdade, nem se ele iria comunicá-lo ou se simplesmente sairia sem dar satisfação, não decidira ainda. E fugir durante o dia seria um afrontamento muito grande, talvez as consequências fossem extremas.

Mas a solução veio do próprio médico, sem que ele soubesse. Antes de sair do refeitório, Roberto chamou Arthur para uma conversa particular. Desconfiado, Arthur saiu do refeitório atrás do doutor para conversarem a sós.

– Arthur, hoje eu não vou poder ficar no escritório, tenho muitas coisas para resolver, preciso dar uma saída do hospital urgente. – anunciou ele fazendo Arthur sorrir em segredo. – Posso confiar em você para ficar lá sozinho? – Perguntou Roberto sem esperança.

– Pode – concordou tentando mostrar indiferença.

– Meu computador tem senha, você não vai conseguir acessar a internet. E mandei desativar o meu ramal por hoje, você não vai conseguir ligar para ninguém! – Alertou ele em tom ríspido.

– Tudo bem – falou Arthur ainda indiferente.

– Tudo bem? – Perguntou sem esconder a desconfiança.

– É, que seja, preso no quarto, preso no seu escritório... que diferença faz? – Atacou para parecer mais convincente.

Doutor Roberto lançou um olhar analítico, desconfiado, sem ter muita certeza se acreditava ou não.

– Eu estava pensando em trancar a porta – falou com honestidade. – Mas talvez eu atrase um pouco mais além do horário do almoço e desconfiariam também, além do mais, você talvez quisesse ir ao banheiro. Acho que não precisamos de medidas tão extremas, não é mesmo?

– Tranque, não tranque... tanto faz, eu vou só ficar lendo mesmo – disse com apatia.

– E não mexa em nada! – Falou mais uma vez com tom de severidade.

Gutti Mendonça

– Tá... Que interesse eu teria nas suas coisas, de qualquer forma? – Falou dando as costas teatralizando como se doutor Roberto já o tivesse perturbado bastante. Mas, na verdade, estava comemorando por dentro.

– Eu espero você então, no mesmo horário antes de eu sair – avisou o doutor antes que Arthur voltasse para dentro do refeitório.

Arthur deu de ombros como se não se importasse. Já estava praticamente no horário, ao voltar para o refeitório, ninguém comia mais, apenas jogavam conversa fora ou, no caso dos garotos menores, acirravam uma discussão, ao que pareceu para Arthur, muito séria, sobre a ordem de força dos super-heróis.

– O que ele queria? – Perguntou Yasmin quando Arthur voltou para seu lugar, servindo-se de um último copo de suco.

– Nada, ele só gosta de encher o saco. – respondeu Arthur fazendo nascer uma expressão zangada em Yasmin, mas ela não insistiu.

Como combinado, Zani apareceu no mesmo horário de sempre. Assim que chegou, doutor Roberto olhou para o relógio pendurado na parede e se levantou.

– Eu tenho que ir – anunciou checando os bolsos – Não faça nada que não faria se eu estivesse aqui.

Zani não deu ouvidos, não respondeu ou mostrou qualquer reação. Pegou o seu livro, e fingiu começar a ler. Assim que Roberto deixou a sala, Arthur foi para a janela, dali ele não conseguia ver o carro do doutor, mas conseguia ver a entrada de carros para o hospital, por onde seu carro passaria. Então aguardou.

Quando finalmente o carro passou pela entrada, quase vinte minutos depois, Arthur se levantou e saiu da sala. Passou pela recepção com naturalidade, ninguém disse uma palavra. Talvez fosse normal os pacientes mais velhos transitarem entre a Casa Claridade e o hospital durante o dia. Seguiu para a Casa Claridade, no saguão não havia ninguém, mas podia escutar barulhos na cozinha. Ao chegar no quarto, deparou-se com dois voluntários que o arrumavam. Alex e uma moça que Arthur conhecia só de vista. Alex limpava o quarto enquanto a garota trocava a roupa de cama.

Tentando mostrar naturalidade, Arthur seguiu para sua cama, de onde puxou sua mala debaixo dela, que já estava preparada. Os dois voluntários o observavam. Zani entendeu que eles deviam estar se questionando o que ele fazia ali, mas não ousaram perguntar. Então ele agiu como se fosse uma coisa absolutamente trivial.

Ao abrir sua mala, Arthur viu tudo que precisava. Não tinha uma mochila menor para colocar as coisas, e sair com o notebook na mão não era o mais aconselhável. Pegou uma blusa de frio e embrulhou o notebook, pegou seus videogames e jogos portáteis e os colocou no bolso de forma discreta. A carteira com o todo o dinheiro que tinha já estava em seu bolso. Não estava muito frio, então não fazia sentido o agasalho, saiu com ele em forma de trouxa pelos braços, cobrindo o notebook, e torceu para que não falassem nada.

Com certeza eles ficaram desconfiados, mas Zani não ligou muito, só não queria ser abordado. Passou pela porta do quarto, desceu as escadas, saiu pela porta de entrada... Seguiu pelo gramado, na direção oposta do hospital, torcendo para ninguém aparecer do lado de fora até que alcançasse a estrada e estivesse longe o suficiente dali. Assim aconteceu. Pulou a baixa cerca de madeira e estava um passo mais próximo do objetivo que recentemente traçara.

Pensando em otimizar o tempo, Arthur passava mentalmente pelos lugares onde deveria ir. Estava mais preocupado com o primeiro lugar que deveria visitar. Zani não conhecia a cidade e não sabia onde poderia vender seus apetrechos tecnológicos, teria de transitar por ela.

O que previa acabou acontecendo, já no centro da cidade, teve que ficar andando de um lado para o outro. Antes, acabou parando em um loja onde comprou uma mochila, assim ficou mais fácil de carregar tudo que levava.

Depois de uma boa caminhada e algumas perguntas para pessoas aleatórias na rua, conseguiu achar uma loja de videogames usados, que comprou seus jogos eletrônicos, e depois uma outra loja que comprou seu notebook. Tudo seu era de última geração, então ainda conseguiu fazer uma boa grana, mais do que esperava, na verdade. Acreditou que conseguiu o valor que pretendia por se tratar de uma cidade do interior. Muito provavelmente em Zankas teria conseguido quase a metade.

Satisfeito, partiu então em busca dos itens que estava à procura. O primeiro item foi fácil, entrou em uma loja de telefonia e comunicação e encontrou sem dificuldade. O segundo item também não foi difícil, não demorou mais do que cinco minutos na loja de brinquedos. O terceiro item não era difícil de encontrar, mas sim de escolher e acabou demorando em uma das lojas de roupa.

Já o quarto e último item que procurava estava complicado. Aflito com o horário, Zani andava apressado pela cidade, não poderia demorar muito mais tempo ou doutor Roberto voltaria primeiro e notaria a sua ausência. Quando estava quase desistindo, finalmente encontrou uma loja, a última que lhe haviam indicado, já fora do centro, do outro lado da cidade. O preço era salgado, mas mesmo assim não se intimidou. Comprou duas.

Com sua mochila nova cheia, retomou a longa caminhada. Precisava apertar o passo, mas, ao passar em frente a uma tabacaria, não resistiu. Comprou alguns maços de cigarro e um isqueiro. Quis saborear o momento, parou a caminhada para acender o cigarro e dar uma longa e lenta tragada. Sentiu-se relaxado e aliviado. Só então voltou a caminhar.

Vendo que não ia dar tempo, Arthur pegou um táxi até metade da estrada. O taxista não entendeu porque Arthur parou em um trecho da estrada onde não havia nada. Zani aproveitou para fumar mais um cigarro enquanto não chegava ao hospital. Na já conhecida última curva, em que se dobrava e via o prédio surgir por trás dos pinheiros, Arthur jogou fora a bituca de seu cigarro.

A DIFERENÇA QUE FIZ

Fez o mesmo procedimento, muito antes da entrada, Zani pulou a cerca de madeira que contornava o território do hospital, e caminhou em direção à Casa Claridade.

Checou mais uma vez o relógio, o táxi tinha lhe dado grande vantagem, chegara meia hora antes do horário do almoço. Algumas crianças já brincavam pelo saguão. Ele não deu atenção a ninguém, foi direto para o quarto e colocou sua nova mochila embaixo da cama. Desceu para sondar o ambiente, resolveu ir para a biblioteca.

Ao passar pela porta da pequena capela, que estava aberta, viu Yasmin de joelhos no primeiro banco. Parou para observá-la. Encostou no batente da porta. Não sabia quanto tempo ela devia estar ali, mas ela continuou ajoelhada por muito tempo. Arthur observou a imagem de Jesus ao centro, com a mão estendida, e alguns santos em cada canto, a única que conhecia era Maria. A capela tinha um pequeno corredor ao centro, e seis fileiras de bancos. Continuou ali, esperando a oração de Yasmin terminar.

Depois de alguns minutos, ele a observou finalmente levantar a cabeça e fazer o sinal da cruz. Ela se levantou e, ao virar-se, finalmente notou Arthur.

– Oi – disse quase em um susto.

– Você deve ter muitos pecados para confessar – disse Arthur sério, mas claramente brincando. Yasmin sorriu.

– Talvez – entrou na brincadeira. – Há quanto tempo está aí?

– Não sei. Alguns minutos.

– Estava me vigiando?

– Só observando.

– Veio rezar também? – Perguntou Yasmin, com tamanha inocência que fez Arthur rir com sinceridade.

– Não – respondeu ainda sorrindo da ingenuidade de Yasmin. – Só estava passando.

– Venha, vamos fazer uma oração – convidou Yasmin. Arthur riu mais uma vez, ainda encostado no batente da porta.

– Não, obrigado.

216

– Você é ateu? – Quis entender Yasmin.

– Não, não é isso.

– Então o quê? – Perguntou Yasmin parecendo confusa.

– Nada – retrucou Zani parecendo irritado.

Yasmin não quis insistir. Arthur era um incógnita muitas vezes, assim como uma bomba que podia explodir a qualquer momento, então resolveu não pisar em campo minado. Yasmin foi em direção à porta e, ao passar por Arthur, fez um novo convite.

– Vamos almoçar?

Dessa vez Zani a seguiu sem questionar. Quando chegou ao refeitório, lembrou-se de que não havia pego o livro na biblioteca que queria mostrar para Alberto. *Depois eu pego,* pensou. Sara estava debruçada sobre a mesa, Olívia olhava para ela aflita. Apenas elas duas compunham a mesa de refeições até o momento.

– O que foi, Sara? – Perguntou Yasmin ao se juntar a elas e percebendo a expressão da garota.

– Minha cabeça. Ela está doendo muito. Parece que vai explodir – falou com expressão de sofrimento. Arthur sentiu uma pontada ao ouvir as palavras da garota.

– Já procurou alguém? – Perguntou Arthur de imediato preocupado, esquecendo-se de disfarçar sua habitual indiferença.

– Sim, estava com o doutor Paulo até agora. Daqui a pouco diminui, é sempre assim, mas dessa vez tá doendo demais – explicou Sara.

Arthur fechou a cara, não sabia nem exatamente com o que estava irritado, mas o fato é que se irritou. Pegou um copo em cima da mesa com violência e se serviu de suco, que sempre estava à mesa antes dos pratos serem servidos. Nem mesmo ele se entendia.

Aos poucos o resto das crianças chegaram, e a mesa foi se ocupando como de costume. O tema da vez foram alguns programas de televisão adolescentes e infantis, e Arthur não tinha o menor domínio sobre o assunto, ficou apenas como ouvinte.

Seguiram depois para o horário livre. Quando Arthur saiu para encontrar a sombra de uma árvore para começar a leitura de mais um livro, viu Luca sozinho e cabisbaixo, brincando não muito animado com um carrinho de brinquedo. Constatou que Tiago continuava sob observação.

Caminhava pelo gramado em direção a sua árvore favorita quando ouviu Yasmin chamar.

– Arthur – disse fazendo-o se virar – Ah... nada – desistiu quando reparou no livro na mão do garoto.

– O que você queria?

– Nada. Eu não vi que você ia ler.

– Talvez eu não vá – disse incentivando-a a falar. – O que você queria? – Insistiu.

– Nada demais, queria companhia para andar por aí. Mas tudo bem se você quiser ler – falou em tom meigo.

Zani ficou parado olhando-a, ela aguardava sua reação. Arthur pensava que uma caminhada não seria nada mau, e que na verdade até gostava da companhia de Yasmin. Pensava se talvez não estaria sendo um pouco mole demais talvez, cedendo a pedidos como esse. Mas depois da hesitação e da longa pausa, Arthur disse simplesmente:

– O.k.

– O.k.? – Yasmin perguntou se certificando com um ensaio de um sorriso no rosto.

– O.k. – confirmou Arthur.

Yasmin andou em direção a Arthur com passos apressados, e ao chegar ao se lado continuou:

– Por onde quer ir? – Perguntou ela alegre.

– Não podemos ir para fora do hospital, nem muito longe, daqui a pouco temos aula e se não aparecermos vão notar a nossa falta. Quer andar pela floresta? – Sugeriu Arthur, vendo a orla da floresta a alguns metros de distância.

– Pode ser – concordou Yasmin em um tom que dedurava que qualquer percurso ela toparia.

Caminharam em silêncio alguns metros, dessa vez foi Arthur que começou a conversa.

– Você acha que a Sara vai se curar? – Perguntou sem rodeios quando já estavam sob as árvores da floresta.

– Eu não sei. Espero que sim – disse cabisbaixa. – Ela parece mal esses últimos dias – falou aflita. Arthur respirou fundo. – O que você acha?

– Eu não sei. Eu tento não criar nenhuma expectativa, porque se o pior acontecer... vai ser foda. Mas espero que ela fique boa – contou Arthur mostrando um lado sincero e preocupado pela primeira vez.

– Deve ser tão horrível para essas crianças ter que conviver diariamente com essas coisas. Eu pensei que elas se acostumariam, mas parando para pensar agora, eu sou uma delas, nós somos uma delas e, depois da morte da Bianca, eu sei que eu não vou me acostumar nunca com esse tipo de situação. Eu amo aquelas crianças, mas eu não vejo a hora de sair daqui – desabafou Yasmin.

– E voltar para onde? – Falou em tom irônico, que Yasmin não percebeu de imediato.

– Para minha casa, para minhas amigas, para minha vida, par... – Yasmin parou de falar quando percebeu a intenção do comentário de Arthur, que queria dizer que a vida deles não deveria ser muito melhor que a que eles tinham ali. Então tentou consertar. – Não é nada demais, mas é minha casa.

Enquanto Yasmin caminhava olhando para os próprios pés, Zani a analisava com o olhar mais uma vez, cada vez mais desconfiado da origem de Yasmin.

– Você disse que sua mãe morreu cedo, você mora com o seu pai? – Questionou interessado.

– Sim.

– Seu pai não vem te visitar? – Perguntou ainda mais desconfiado.

– Zankas é longe, é caro para vir para cá. Ele trabalha muito.

– Com o que o seu pai trabalha?

– Em uma fábrica – respondeu de supetão, parecendo a Arthur que ela disse a primeira coisa que veio à cabeça.

– Fábrica do quê? – Continuou o interrogatório.

– Sapatos – respondeu da mesma forma.

– O que ele faz?

– Nossa. Quantas perguntas, por que o súbito interesse no meu pai?

– Só estou puxando conversa – falou intrigado.

– E quanto ao seu pai? – Perguntou Yasmin colocando um sorriso no rosto e deixando de encarar os próprios pés para olhar para Arthur.

– Nada que valha a pena falar – disse enfezando-se.

Yasmin ficou em silêncio, não quis irritá-lo e voltou a encarar seus passos. Arthur a olhava com o canto do olho, sem que ela percebesse. Ela era uma verdadeira incógnita. Ela era esperta, inteligente, solícita, carismática, simpática e sociável. Zani pensava como Yasmin não fazia nem um pouco o perfil dos internos daquele lugar. Algumas crianças eram realmente espertas e mais sociáveis, mas a maioria era fechada e tímida, parecia não confiar em ninguém e estar receosa o tempo todo. Na verdade, até Arthur fazia mais o perfil de um interno do que Yasmin. E outra coisa que não podia negar é que, mesmo careca, ela continuava extremamente atraente.

– Posso fazer uma pergunta? – Indagou Arthur após uma longa pausa e alguns passos depois.

– Você já fez tantas, mais uma acho que não vai ser problema – riu Yasmin com simpatia.

– Você parece ser a única pessoa que não se intimida comigo. Eu te roubei, já fui grosseiro com você e com outras pessoas, já te contei que atropelei uma pessoa com um carro que roubei. Você sabe que eu não sou uma boa pessoa. Por que age comigo como se eu não fosse? – perguntou ele verdadeiramente curioso.

Yasmin parou de caminhar, fazendo que Arthur parasse também. Olhou para Arthur com uma expressão séria e levantou as sobrancelhas.

– É por isso que você é assim? Você acha que é uma pessoa ruim? – perguntou com uma expressão de desprezo pelo comentário de Zani e continuou argumentando. – Você me levou para sair, você se preocupa com as crianças, você defendeu os meninos daquele outro garoto. Você não é uma pessoa ruim, por que você age como se fosse? – Devolveu a pergunta.

– Não é assim que funciona. – Falou Arthur colocando-se a caminhar novamente, fazendo Yasmin andar em seus calcanhares.

– Então é isso? Você é desse jeito porque quer intimidar as pessoas, quer que elas tenham medo de você? – Falava Yasmin à suas costas, seguindo-o.

– Nada a ver – falou com uma pitada de irritação.

– Então qual o motivo da pergunta que acabou de me fazer? Por que quer saber quando alguém não se intimida com você? – Insistia Yasmin.

– Você não respondeu a minha pergunta – rebateu Arthur andando sem olhar para trás.

– Por que eu deveria me intimidar com você, Arthur? Porque você é um adolescente irresponsável, que infelizmente não teve pais para lhe impor limites, que se rebelou na adolescência e saiu por aí roubando pessoas e carros? – Discutiu Yasmin mostrando-se para Arthur pela primeira vez mais irritada.

– Ah, sim. Esqueci. Esse é exatamente o tipo de pessoa que se fala: "Ei! Quer ser meu amigo?" – Ironizou Arthur.

– Se você sabe que isso não é ideal para fazer amizades, por que quer continuar agindo assim?

A DIFERENÇA QUE FIZ

Arthur parou e virou em um rompante, ficando frente a frente com Yasmin e dando um pequeno susto na garota.

– Porque eu não quero fazer amigos – falou com uma expressão raivosa. – Eu não quero pessoas próximas de mim. Eu não quero gostar de ninguém – disse com olhar cheio de ódio.

Aos poucos, a expressão de Yasmin, que também era de irritação foi murchando até se transformar por completo em uma expressão de dó e compaixão.

– Por quê? – Perguntou quase em um sussurro com a voz serena.

Zani pôs-se a andar mais uma vez. Yasmin voltou a segui-lo, dessa vez em silêncio. Ela apertou o passo para ficarem lado a lado e então caminharam por mais alguns minutos, sem conversar. Yasmin olhava mais uma vez para seus pés, distraída, quando ele exclamou chamando sua atenção para frente.

– Olha!

– Nossa – disse Yasmin ligeiramente surpresa olhando para frente.

– Deve estar abandonada – constatou Zani examinando a cabana de madeira a frente deles.

– Com certeza – concordou Yasmin observando a má condição das portas e janelas e a poeira acumulada nos vidros.

Arthur seguiu em direção à cabana.

– Aonde você vai? – Perguntou em tom de repreensão.

– Vou entrar – disse alcançando a porta, que estava aberta.

Arthur entrou sem cerimônia. Yasmin olhou para os lados, só para se certificar, então correu para entrar também. Era uma cabana pequena. Possuía apenas uma cama sem colchão, uma mesa simples de madeira, e duas cadeiras. No chão e nas paredes, podia-se ver o desenho de onde ficavam os antigos móveis. Tudo estava muito empoeirado. O único cômodo separado era o banheiro.

Gutti Mendonça

– Devia ser de algum lenhador – constatou Yasmin percebendo quatro machados pendurados na parede, em cima de uma lareira.

– Devia ser – concordou Arthur – Bom, nada demais por aqui – continuou ele desanimado.

– Pelo menos é um lugar legal – comentou Yasmin.

– Você acha? – Perguntou achando a veracidade do comentário improvável.

– Eu acho – Afirmou categórica.

– Sério? – Perguntou ainda sem acreditar.

– Sim. Está sujo. Mas limpo, com alguns móveis e a lareira acesa, deve ser um lugar bem aconchegante. Tem o seu charme – falou olhando ao redor, fazendo Arthur inconscientemente olhar também.

– Enfim... Melhor voltarmos ou não vamos chegar a tempo para a aula.

Yasmin concordou então os dois tomaram o caminho de volta. Os dois pareciam sempre evitar assuntos que os fizessem discutir. Nem Arthur nem Yasmin pareciam gostar de discutir um com o outro. Voltaram conversando sobre Alberto e suas aulas. Os dois já pareciam ter alguma sintonia e conseguiam manter uma conversa sem dificuldade. Arthur cedeu e confessou que gostava das aulas dele, era um dos raros momentos que tinha que não apenas se divertia, mas curtia de fato.

O dia passou rápido para Arthur, e quando ele percebeu, já estava terminando o jantar. Estava cada vez menos maçante passar os dias ali, embora ainda encontrasse durante o dia vários momentos de tédio.

Quando chegou a hora de todos irem para os dormitórios, Arthur foi até sua mochila, aproveitou enquanto seus colegas de quarto se ajeitavam e tirou dela tudo que não precisava. Saiu do quarto antes que os voluntários viessem para checar e ajudar os mais novos.

A DIFERENÇA QUE FIZ

– Aonde você vai, Zani?! – Ainda perguntou Luca animado.

– Já volto, Luca. Em cinco minutos, eu volto – disse deixando o quarto sem olhar para trás.

Desceu as escadas apressado e saiu em passos rápidos para não cruzar com nenhum dos voluntários e conseguiu. Foi pelo gramado indo em direção ao hospital. Chegou na entrada e a recepcionista levantou para falar alguma coisa.

– Oi! – Cumprimentou Arthur com naturalidade – Vim ver o doutor, ele me chamou – falou Arthur andando sem diminuir o ritmo.

– Qual doutor? – Perguntou a recepcionista rapidamente vendo Arthur passar.

– Ah, não precisa avisar. Ele tá me esperando – disse ele, malandro, passando pela recepção e não dando tempo para uma reação da recepcionista, que Arthur já havia percebido antes como nova e inexperiente a julgar pelas recepcionistas a que estava habituado no hospital de seu pai.

Não quis esperar o elevador, foi pela escada mesmo, pulando dois degraus de uma vez. Chegou no corredor dos quartos e procurou aquele onde havia encontrado Tiago pela última vez. Abriu a porta de uma vez só. Ele estava lá. Pensou que o encontraria acordado, mas ele estava dormindo com a televisão ligada no canal de desenhos, com o controle remoto na mão frouxa, pronto para cair no chão a qualquer momento.

Zani olhou a cena por alguns instantes. Suspirou e então começou a se mexer. Tirou o controle da TV das mãos de Tiago, desligou a televisão e o colocou sobre o criado-mudo. Pegou a mochila das costas e então tirou uma das coisas que tinha comprado, colocou também em cima do criado-mudo e certificou-se para ver se estava ligada. Olhou o manual para ver se tudo estava como devia, para funcionar quando estivesse de volta na Casa Claridade. Não queria testar ali para não acordar Tiago, pelo menos não na-

224

quele momento. Olhou para o aparelho e pensou, *agora você não está mais sozinho.*

Arthur colocou a mochila de volta nas costas e saiu do quarto com a mesma pressa que entrou. Com agilidade e velocidade, desceu os degraus. Passou mais uma vez pela recepção e cumprimentou a recepcionista.

– Até! – Disse brevemente.

– Até! – Falou a garota por reflexo.

Assim que entrou na Casa Claridade, deu de frente com Alex, que ia em direção à porta.

– Onde você estava? Já estávamos indo procurar você – falou ele.

– Só fui buscar um negócio que esqueci no hospital – falou Arthur sem paciência. Odiava ser repreendido.

– Você não pode ficar andando por aí de noite! – Repreendeu Alex enquanto Arthur continuava seu trajeto sem dar importância às palavras de censura.

– E eu digo que eu posso – falou desaforado chegando à escada.

– Mas não é você quem faz as regras! E você não pode! – Falou Alex com severidade.

– Tente me impedir – falou Zani provocativo, com tom de desprezo enquanto subia.

– Talvez eu tente mesmo! – Disparou Alex irritado.

– Estou ansioso – falou Zani com indiferença em um tom mais alto, já no andar de cima.

Chegou no quarto e escutou os burburinhos de conversa. Viu o vulto de Luca se sentar na cama em um rompante quando ele entrou.

– Zani? – Perguntou o garoto.

– Eu – respondeu Arthur buscando a sua cama.

– Aonde você foi? – Perguntou com a mesma curiosidade de antes.

– Fui até lá embaixo, mas já voltei. Querem continuar a história? – Convidou Arthur mudando o assunto.

– Queremos! – Disse a voz de Nicolas, animado de repente.

– Não! O Tiago ainda não voltou – falou Luca tristonho.

– E se eu te disser que ele vai ouvir a história? – Contou Arthur misterioso.

– Vai? Mas como? – Perguntou a criança intrigada.

– Com isso daqui – disse ele tirando alguma coisa da mochila que ninguém conseguia ver direito no escuro, embora a cama dele fosse próxima da janela e entrasse muita luz do luar pela janela.

– O que é isso?! – Perguntou Luca misturando espanto e admiração

Arthur não respondeu, girou um botão e fez uma pequena luz verde acender no aparelho que acabara de revelar. Sabia que o olhar de todos estavam sobre ele embora não conseguisse enxergar o rosto de nenhum deles.

– Alô, alô. Tiago? – Falou Zani.

Todos ficaram em silêncio, observando Arthur. Mas não ouve resposta.

– Alô, Tiago! Está me ouvindo? É o Zani, consegue me ouvir? Acorde aí!

Mais uma vez todos permaneceram em silêncio esperando uma resposta que não veio.

– Tiago! Tá me ouvindo? Eu não consigo ouvir você, para você falar comigo você tem que segurar um botão do lado do aparelho enquanto fala – orientou Arthur.

– *OI, OI! EI! ALÔ! TÁ OUVINDO AGORA?* – Ouviu-se a voz de Tiago berrando pelo aparelho.

Arthur pode ouvir a exclamação das crianças no quarto! Luca foi o mais animado, já saltou de sua cama e foi em direção à cama de Arthur, onde pulou em cima.

– Estou ouvindo sim, Tiago, não precisa gritar. Posso te ouvir bem – ensinou Arthur.

– *Que maneiro esse troço!* – Falou Tiago do outro lado.

– Deixe eu ver! Deixe eu ver! – Pediu Luca já estendendo os braços – Deixe eu ver! – Pediu de novo.

Zani entregou o *walkie-talkie* para Luca.

– Aperte aqui e segure para falar – mostrou Arthur.

– Tiago! Aqui é o Luca! Tá me ouvindo? Alou, alou, alou, alou, alou, alou, alou, alou...

– Se você ficar falando, ele não consegue responder. – interrompeu Arthur.

– *Oi, Luca! É muito maneiro esse negócio! Alou, Alou, alou, alou, alou, alou...* – Começou a falar Tiago imitando o amigo fazendo os dois começarem a gargalhar.

– Agora passe pra cá, Luca – pediu Arthur.

– Não! Espere mais um pouco, por favor!

– Eu preciso contar a história – explicou Arthur. – E eu preciso que chame o pessoal dos outro quartos que querem ouvir a história – continuou ele para convencê-lo a devolver o aparelho.

– Tá legal – concordou saindo correndo para o corredor.

– Tiago, eu vou continuar a história. E eu deixei esse *walkie--talkie* com você para você poder ouvir. Uma coisa muito importante é que você esconda bem ele, não deixe os outros verem ou eles vão pegar e você não vai poder ouvir as histórias, ok? – Falou no *walkie-talkie*.

– *Eba! Ninguém vai pegar! Vou andar sempre com ele!* – Falou determinado na resposta

As crianças começaram a chegar e iam se acomodando como podiam. Algumas perguntavam se era verdade que ele iria contar uma história. Sara veio se sentar ao chão, bem ao lado da cama de Arthur. Yasmin chegou de mãos dadas com Laura, que ainda não gostava muito dele. Yasmin pareceu ter que convencê-la a ir. Sentou-se longe, na cama de Felipe, com Laura no colo.

Se não estava enganado, todo mundo parecia ali. Sentiu-se um pouco acanhado, era para ser apenas para alguns, mas não se amedrontou. Zani já tinha vivido e se metido em encrencas muito mais assustadoras que aquela.

Como algumas crianças estavam ali pela primeira vez, Arthur decidiu contar a história pelo começo, e os meninos que já tinham ouvido o início não se importaram, na verdade até ficaram se gabando e fazendo alguns comentários para mostrar que já conheciam a história – inclusive Tiago, pelo *walkie-talkie*.

Quando Arthur achou que já estava tarde demais, resolveu encerrar por hora. Conseguiu avançar até uma parte inédita da história que inventara e por isso quase todas as crianças reclamaram. Mas obedeceram, voltaram para os quartos. Pela primeira vez desde que estava ali, deu boa noite para algumas crianças com as quais nunca havia falado antes. O novo garoto, Marcos, parecia ainda bastante perdido e deslocado, mas até onde Arthur pôde perceber, também gostara da história.

Yasmin saiu com Laura, Sara foi a última a sair do quarto, restando apenas os seus verdadeiros residentes. Zani revirou mais uma vez a sua mala, mochila e seus pertences embaixo da cama e saiu apressado para alcançar Sara ainda no corredor.

– Eu vou beber água – anunciou ao sair do quarto para os colegas.

Mas Zani não foi beber água, nas verdade tinha saído com a mochila e foi em direção ao quarto das meninas.

– Sara – chamou em um cochicho quando ela estava prestes a dobrar a porta do quarto. Ela se virou e foi de encontro a ele.

– O que foi? – Perguntou desconfiada.

– Pode chamar a Yasmin e ir me encontrar com ela lá embaixo no saguão? Quero mostrar pra vocês uma coisa. – contou ele.

– Que coisa? – Perguntou intrigada.

– Já vai saber – fez mistério. – Chame Yasmin e desçam apenas vocês duas – falou indo direto para a escada e não dando opção.

Arthur desceu e sentou-se no sofá de frente para a lareira. Aguardou as duas descerem, sabia que elas viriam e estavam apenas bolando um jeito de despistar o resto do pessoal.

Não demorou muito, logo Arthur ouviu os passos na escada e viu a imagem de Sara e Yasmin aparecerem aos poucos na escada. Zani pegou sua mochila e ficou de pé para recebê-las. Estava até alegre, mas como sempre, não queria demonstrar.

Parado, de frente para as garotas, Arthur esperou elas se aproximarem. Yasmin chegou com uma nítida expressão de curiosidade no rosto. Sem dizer uma palavra, parou diante de Zani e cruzou os braços. Seu olhar e suas sobrancelhas franzidas já perguntavam por que ela estava ali, então ela não precisou dizer mais nada.

– Eu fui na cidade hoje – contou Arthur começando a se explicar.

– Sério?! – Admirou-se Sara sem conter a empolgação.

– Sim. Eu fui buscar um negócio – continuou.

– Que negócio? – Perguntava Sara intrigada, enquanto Yasmin continuava a observar com atenção.

– Isso aqui – falou Arthur colocando a mochila no chão e agachando para revirar seu interior.

Quando Arthur revelou o que tinha dentro da mochila, Yasmin e Sara arregalaram os olhos, mas por motivos diferentes. Sara parecia excitada, já Yasmin, assustada.

– O que é isso?! – Perguntou Yasmin alarmada.

– São perucas – disse Arthur sendo sucinto. Exibindo uma peruca em cada mão.

– Eu sei que são perucas! Mas... Como... De onde você arranjou isso? – Perguntava Yasmin sem saber ao certo seu sentimento.

– Eu andei a cidade quase inteira, foi super difícil de encontrar. Eu até achei algumas, mas eram meio fajutas. Essas são de cabelos de verdade, têm garantia, ninguém nunca vai perceber que é uma peruca – contava Arthur, mas sem empolgação. Tentando mostrar-se indiferente.

– É para gente? – Perguntou Sara feliz.

– É sim – respondeu simplesmente.

– Qual é a minha? – Perguntou ela animada.

– Essa aqui – estendeu a ela uma peruca de cabelos morenos.

– Legal! – Adiantou-se ela para apanhá-la. – Eu sou loira, mas sempre quis pintar mesmo.

– Você é loira? Sério? – Perguntou Arthur como quem perguntasse a si mesmo e encarou Sara com um olhar observador.

– Por que você comprou isso? – Perguntou Yasmin ainda desconfiada.

– Para usarem na cidade. Não usem aqui, vai dar problema – orientou Arthur. – Eu não tinha dinheiro para comprar para todo mundo.

– Onde você conseguiu dinheiro para comprar essas? – Perguntou ela apanhando sua peruca de cabelos castanho-claros da mão de Arthur. – Parecem caras – comentou analisando-a.

– Ah, e são! – Exclamou Arthur pela primeira vez deixando sua indiferença de lado.

Yasmin lançou a Arthur um olhar zangado.

– Eu não roubei – falou Arthur lendo os pensamentos da garota, Sara nem prestava atenção, entretida demais colocando a peruca em sua cabeça.

– Então onde você arranjou dinheiro, Arthur? Isso aqui não foi barato – falou em tom severo.

– Se você não gostou, devolve! Tá legal? – Exaltou-se Zani mostrando o seu conhecido lado.

– Não seja grosseiro – repreendeu a garota.

– Não seja chata! Droga, porque garotas são tão pé no saco? – Falou sem se importar se estava sendo rude ou não.

Sara percebeu o tom e voltou a atenção para a conversa, ela estava com a peruca torta, mas como não tinha nenhum espelho, não conseguia perceber. Yasmin suspirou, se qualquer garoto lhe tratasse daquela maneira, era suficiente para ela virar as costas e ir embora, mas conhecendo o pouco que já conhecia de Arthur, decidiu ser tolerante. Mudou o tom para um tom baixo e sereno.

– Eu só queria saber como conseguiu comprar – falou mansa.

– E por que é que você tem que saber de tudo? – Rebateu ainda irritado. Olhando para o seu tom de voz e para a expressão dócil de Yasmin e o olhar assustado de Sara, Zani sentiu uma pontada de remorso e resolveu responder, mas sem mudar seu tom de voz. – Eu vendi umas coisas minhas que tinha trazido para cá na cidade, tá legal?! Foi assim que eu comprei o *walkie-talkie* para o Tiago também!

Yasmin sorriu. Por um momento se sentiu tocada por ele ter vendido seus pertences para comprar coisas que não fossem para ele. Achou fofo. Mas logo em seguida, pensou o que ele teria vendido para conseguir tanto dinheiro? Os internos dali não costumavam ter nada de valor com eles. Mas achou melhor não pressioná-lo, talvez isso fosse assunto para algum outro momento.

– Obrigada, Arthur – agradeceu Yasmin com uma voz meiga, capaz de amolecer até mesmo Arthur.

Zani murmurou alguma coisa, fez algum som que não se podia entender.

– É! Obrigada – disse Sara no embalo.

– Eu trouxe isso aqui também, Sara – disse ele voltando para sua mochila.

A garota animou-se e deu dois passinhos para frente para tentar ver o que ele tiraria dali de dentro.

– Toma – falou Arthur sem muito tato, dando para ela uma trouxa de roupas.

– O que é? – Falou por reflexo.

– São algumas roupas decentes para você ir na cidade. Você só tem trapos velhos. Suas roupas são horríveis – disse sem delicadeza.

– Arthur! – Repreendeu Yasmin.

– Que foi agora?! É verdade! – Falou sem se importar. Sara também parecia nem ligar, colocou a trouxa nas costas do sofá e agora olhava com atenção e com os olhos brilhando suas novas roupas.

– Você é impossível – censurou mais uma vez.

– Não é muita coisa – falou Arthur com indiferença vendo ela revirar as roupas. – Comprei duas blusas, uma calça e uma jaquetinha de couro. Eu não comprei nenhum sapato porque não sabia o seu número. Agora vai experimentar e vestir essas roupas logo senão vai ficar tarde para a gente ir – disse Arthur em tom de resmungo.

– Ir? Ir para onde? – Questionou Yasmin.

– Para a cidade – disse como se fosse óbvio – E você também, tira esse pijama logo.

– Você diz ir agora?

– A gente vai para a cidade?! – Animou-se Sara elevando a voz, fazendo Arthur e Yasmin fazerem ao mesmo tempo um chiado cobrando silêncio.

– Vamos – respondeu Arthur.

– Não! – Exclamou Yasmin. – Está tarde!

– Ah, por favor, por favor, por favor! – Pediu Sara a Yasmin.

– Ei! – Exclamou Arthur ao ver a cena. – Você não precisa pedir nada a ela. Eu disse que nós vamos, então nós vamos! – Desafiou.

– Arthur! Olha que horas são! - Suplicou.

– Da última vez que a gente foi era mais ou menos esse horário – argumentou.

– Da última vez? – repetiu Sara – Ei! Você falou que a próxima vez que você fosse para a cidade você ia me levar junto! – Resmungou Sara.

– Pois é! Mas eu vou te levar agora.

Sara olhou para Yasmin, buscando algum consentimento. Yasmin respirou fundo sem saber o que dizer.

– Você vai com a gente, Yasmin? – Perguntou Sara cabisbaixa.

– Sara, eu não vou. E eu não acho que seja uma boa ideia. Está tarde, vocês vão ter que voltar logo. Sem falar que é proibido fugir do hospital e...

– É! Mas você já fugiu! – Interrompeu Sara.

– Eu sei, linda, eu sei o quanto você quer sair daqui e se distrair um pouco, foi por isso que eu saí também. Mas quando eu fui eram outras circunstâncias eu não acho legal você ir hoje. Sem falar que é perigoso. Por que não vamos outro dia e aí eu vou com vocês?

– Não tem outro dia! É hoje ou não é! – Disse Arthur.

– Por que você está fazendo isso? O quê? Você acha que isso é algum tipo de desafio? Estamos todos aqui em tratamento. Você não pode ir saindo por aí desse jeito, e se você passa mal? E se ela passa mal, o que você vai fazer? Quer sair no meio da noite assim? De forma tão irresponsável. Eu e você sairmos já foi errado, agora você quer levar uma criança de 13 anos por aí sendo que você não consegue ser responsável nem por você mesmo? Eu sei que você teve a melhor das intenções trazendo essas coisas para nós, mas não é desse jeito que a gente faz o bem para aquelas pessoas que a gente se importa! – Vociferou Yasmin quase engolindo as sílabas.

– Quem falou que eu me importo? – Defendeu-se usando o mesmo escudo de sempre.

– Então é por isso que você é tão egoísta – disparou mais uma vez encarando Arthur nos olhos sem piscar nenhuma vez.

– Tudo bem, Arthur, a gente pode ir outro dia! – Sara assustada tentou esfriar a discussão. – Eu já estou com sono mesmo.

Zani e Yasmin continuavam se encarando, trocando faíscas com o olhar. Arthur sentia um calor de raiva por dentro. Ele sabia que ela tinha razão e, quantas outras tantas vezes, não se deparou na mesma situação, em que sabia que estava errado e mesmo assim explodia e discutia com quem quer que fosse. Mas agora continha em seu peito uma chama que queria explodir, mas de alguma forma

A DIFERENÇA QUE FIZ

estava presa. Ele não conseguia xingar, ou gritar, ou menosprezar ou ser indiferente. E isso o enfurecia ainda mais.

Yasmin não se amedrontava pela expressão ameaçadora de Arthur e foi ainda mais atrevida.

– Cara feia pra mim é fome – comentou fazendo Arthur contorcer o rosto de raiva, mas não disse uma palavra.

– Acho melhor a gente ir dormir – comentou Sara ainda tentando acalmar os ânimos.

– Eu já vou, querida, vá subindo que eu já vou – disse Yasmin em controle absoluto de seu temperamento, respondendo Sara em um tom calmo e baixo.

– Tá bom. Eu já vou. – Sara saiu correndo, mas quando chegou no primeiro degrau da escada voltou. – Zani, posso levar essas coisas?

Arthur não respondeu imediatamente. Ainda ficou tentando controlar aquela raiva indomada no peito, e depois de alguns instantes respondeu em poucas palavras.

– Leve e esconda – disse em tom ríspido.

Sara pegou seus novos pertences, a peruca ainda torta na cabeça e subiu correndo. Yasmin e Arthur ficaram sozinhos no andar de baixo, deixaram de se encarar e olharam cada um para um canto. Yasmin cruzou os braços, encostou-se nas costas do sofá e agora olhava para a porta de entrada, enquanto Arthur apoiava as duas mãos nas mesmas costas do sofá, mas olhava para frente, encarando a lareira. Ficaram em silêncio alguns minutos. Eles não gostavam de brigar, portanto os dois pensavam na mesma coisa. Se simplesmente subiam para dormir, ou se tentavam falar mais alguma coisa antes . O problema era: o que falar sem discutir?

– Eu sei que você quer agradar as crianças – arriscou-se Yasmin depois de alguns minutos de silêncio. – Sei que isso não é uma coisa que está habitu...

– Por favor, não me faça te odiar. Não me venha com sermões – falou Arthur, mas dessa vez em tom calmo.

Voltaram a ficar em silêncio, mais alguns minutos se passaram. Não entendiam muito bem o que se passava ali. Ambos queriam se entender, mas mal conseguiam conversar. Yasmin começou a se distrair com a peruca, que ainda estava em suas mãos, então resolveu vesti-la, o que chamou a atenção de Arthur, que voltou a olhá-la depois de muito tempo.

Yasmin ajeitava a peruca de um corte curto, mas moderno. Não era como os longos cabelos que ela tinha antes, nem tão belos. Mas já davam um ar mais alegre. Ela caminhou alguns passos para frente, buscando o reflexo da janela para arrumar e se observar. Arthur também a olhava por cima dos ombros. Quando ela se virou, seu olhar trombou com o de Arthur. E ela então sorriu.

– Eu gostei – disse ela com um sorriso no rosto.

Zani murmurou mais alguma coisa que não dava para entender.

– Você gostou? – Questionou.

Arthur não respondeu, virou-se para frente e continuou a olhar a lareira. Yasmin deu mais alguns passos para voltar ao seu lugar de origem e estar próxima de Arthur. Colocou suas mãos sobre o ombro dele e o fez virar em um rompante.

– Desculpe se você queria ter saído hoje. Eu fico muito preocupada às vezes – justificou-se.

Por que ela está me pedindo desculpas? Pensou Arthur. Ele queria dizer: Você não tem que me pedir desculpas ou você está certa. Mas ele era incapaz de dizer essas palavras, então ficou quieto mais uma vez.

– Vamos no final de semana – convidou Yasmin – Podemos ir? – Continuou ela.

– Eu falei que se não fôssemos hoje, não iríamos mais – falou intransigível.

Cara, por que eu sou desse jeito? Foi a primeira coisa que veio à sua cabeça assim que respondeu Yasmin, que tirou a mão de seus ombros ao ouvir a resposta. Yasmin havia dito que ele podia ser bom, mas vendo esse tipo de respostas tão automáticas voltava a duvidar daquela afirmação.

– Ah, que pena. Eu gostei de ir aquele dia com você. Foi divertido. Acho que não vou mais então, não tenho coragem de ir sozinha – comentou ela cabisbaixa.

– Você se divertiu? – Perguntou realmente interessado voltando os olhos para Yasmin.

– Sim! Claro – falou com um esboço de sorriso no rosto, retribuindo o olhar de Arthur.

– Por quê?

– Não sei. Porque sim. Gostei do que fizemos, do que conversamos, do que comemos – riu.

– Sério? – Insistiu Arthur parecendo não acreditar.

– Sério... Por quê? Você não gostou? – Perguntou ela parecendo preocupada.

– Gostei, gostei – apressou-se. – É só que... – Zani deixou a frase no ar sem saber como completá-la.

– Eu gostei – falou ela incisiva depois da lacuna deixada no ar, a fim de convencer Arthur, olhando-o com um olhar penetrante.

– Você é tão... – Arthur interrompeu mais uma frase no meio. Dessa vez de forma abrupta, não acreditou que quase falou a frase "Você é tão bonita" em voz alta.

– O quê? Eu sou tão o quê? – Perguntou Yasmin curiosa.

Zani se pegou mais uma vez olhando atentamente para Yasmin, admirando o seu rosto, seus olhos e a sua boca. Agora com aquela peruca, ela ganhara mais um charme. Era como um corte de cabelo novo.

– Nada – voltou ele para o diálogo. – A sua peruca. Eu ia falar que gostei sim. Ficou boa – despistou.

– Que bom – comentou ela sorrindo, mas ainda desconfiada.

– Nós podemos ir outro dia para o centro – falou Arthur fazendo Yasmin escancarar o sorriso.

– Obrigada, Arthur – disse ela abraçando-o pelos ombros, enquanto ele ainda estava de lado de frente para a lareira.

– O que você está fazendo?! – Reagiu se desvencilhando do abraço dando um passo para trás e empurrando-a com leveza.

Os dois ficaram de frente um para o outro.

– É só um abraço – falou Yasmin rindo, achando engraçado.

– Eu sei o que é. Eu só não quero nenhum.

– Não machuca, sabe? – Disse como quem tira sarro.

– Mas incomoda – resmungou.

– Incomoda? – Perguntou intrigada – É um abraço, Arthur – disse ela dando um passo a frente, Arthur deu um para trás. – É o que as pessoas fazem quando querem demostrar carinho, gratidão ou passar algum tipo de conforto – falou ela abrindo os braços lentamente e dando mais um passo à frente, Arthur dessa vez ficou parado. – E a sensação é muito boa – disse ela dando mais um passo à frente, devagar, e envolvendo Arthur em um abraço lentamente.

Zani deixou que ela o abraçasse, muito embaraçado, mas permitiu. Ela o abraçou, e encostou o rosto em seu peito. De imediato, ele não correspondeu, ficou alguns segundos esperando que Yasmin terminasse, mas ao perceber que ela não tinha pressa, movido por alguma energia que não entendia muito bem, ele a envolveu também. E ela tinha razão, era uma sensação boa.

Capítulo 11

A invasão

— Bom dia, Guilherme. Só consegui retornar a sua ligação agora. Desculpe.

— Não tem problema, Roberto, eu sei bem o quanto as coisas aí são corridas. Mas me diga, como Arthur está indo? – Perguntou Guilherme apreensivo.

— Olha... Não sei dizer, em alguns pontos ele parece ter evoluído bastante, mas ele continua ignorando completamente qualquer tipo de regra. Duas semanas atrás a Yasmin me contou que ele fugiu do hospital durante a manhã, foi justo no dia que tive que sair para resolver aqueles problemas que você já sabe e não pude ficar com ele – dedurou Roberto. – Por outro lado, ele fugiu para ir até o centro da cidade vender algumas de suas coisas e comprar alguns brinquedos e perucas para as crianças – analisou Roberto.

– O quê?! – Espantou-se Guilherme. – O Arthur? Vendeu as coisas dele para comprar coisas para os outros? – Continuou admirado.

– Pois é. Não sei ainda exatamente o que isso pode significar.

– Como ele reagiu quando você falou com ele sobre ele ter fugido?

– Na verdade ele não sabe que eu sei, se falasse com ele sobre isso ele saberia que Yasmin tem me falado sobre ele. Estou tentando resolver isso de outras maneiras, mas confesso que não sei como.

– Entendi. Acho que fez certo. Mas fiquei muito surpreso com essa atitude do Arthur. Isso não se parece nada com ele. Muito pelo contrário, ele tem muito apreço pelas coisas dele, não consigo imaginar ele se desfazendo delas – comentou Guilherme ainda chocado

– Mas Guilherme, tem uma coisa que eu preciso lhe falar... Ele tem se apegado bastante a algumas crianças, principalmente nessas duas últimas semanas, tenho medo de como ele pode reagir caso o pior venha acontecer com uma delas – contou Roberto preocupado.

– Jura que ele tem se apegado a algumas crianças? – Perguntou Guilherme ainda mais admirado, esboçando um pouco de felicidade. – Quais crianças? – Questionou animando-se ligeiramente.

– Tiago e o Luca estão sempre com ele, andam para cima e para baixo. Peguei ele até correndo no gramado um dia com eles – contou fazendo Guilherme rir. – Yasmin é de longe a melhor amiga dele. E também anda bastante com a Sara – informou Roberto fazendo Guilherme ficar sério de repente.

– Como está a situação da Sara? – Perguntou em tom pesado.

– Ela não sai mais da observação, está pior – falou triste. Um silêncio incomodo tomou alguns longos segundos da ligação.

– Mande tudo que tiver dela para eu dar uma olhada.

– Vou mandar sim.

— E de resto, como acha que Arthur está?

— Bom, não sei se ele que está aprendendo a lidar com tudo isso... Ou se é o pessoal que está aprendendo a lidar com ele. Mas as coisas estão mais amenas.

— Que bom ouvir isso. Me mantenha informado sobre essas coisas. Agora precisamos conversar sobre o jantar beneficente, ainda existem alguns detalhes que devemos discutir.

❧

— Qual o poema que você vai levar para o Alberto hoje? — Chegou Zani atirando-se no sofá — Cara, comi demais.

— Na aula você vai descobrir — disse Yasmin misteriosa com a voz fraca. — Estava bom mesmo o almoço hoje.

— Por que você está com essa cara? — Perguntou Arthur percebendo a expressão de Yasmin.

— Estou me sentindo meio mal — disse ela fechando os olhos e debruçando a cabeça sobre as costas do sofá.

— O que você está sentindo?

— Sei lá... Tô meio mole, cansada, fraca — disse com a voz arrastada.

— Isso se chama sono — falou Arthur sem dar importância.

— E eu ainda esqueci o meu caderno lá em cima — disse desanimada.

Arthur suspirou antes de se oferecer.

— Quer que eu pegue para você?

— Você pega pra mim?

— Pego. Onde está?

— Dentro da minha mala. É a preta com listras beges, está embaixo da minha cama, que é a segunda contando a partir da última janela. É o caderno da Betty Boop — explicou ela.

— O.k. — falou Arthur levantando-se prestativo.

Subindo apressado, chegou ao quarto onde Yasmin estava instalada e entrou nele pela primeira vez. Não era muito diferente do seu, exceto que tinha mais coisas de garotas e tinha um cheiro mais doce. Contou a segunda cama a partir da janela e encontrou a mala de Yasmin com facilidade.

Abriu-a, o caderno era a primeira coisa que se via. Arthur apanhou o caderno e fechou a mala. Mas hesitou por um momento. A curiosidade falou mais alto. Puxou a mala mais uma vez e a abriu.

Viu a etiqueta das roupas que estavam por cima, roupas de grifes ainda mais caras que as suas. Começou a revirar a mala, encontrou mais três perucas, tão sofisticadas quanto aquela que havia lhe dado. Mesma cor de cabelo, mas com cortes diferentes. Se perguntou de onde teria vindo aquilo, sabendo do alto preço que elas tinham. Além disso, não tinha nada de muito interessante. Começou a checar os bolsos internos da mala, e quando já estava desistindo de encontrar alguma coisa, encontrou um celular. Um celular igual ao seu antigo e sofisticado.

Não conseguia ver nada além da tela de bloqueio, não sabia a senha. Mas só a foto da tela já dizia muita coisa. Yasmin estava com outras três garotas, sorrindo e com o uniforme de um dos colégios mais caros e tradicionais de Zankas. Zani já não tinha mais dúvidas, teve a confirmação. Yasmin fingia estar doente tanto quanto ele. Voltou a fechar a mala e desceu com o caderno.

– Por que você demorou tanto? – Perguntou Yasmin assim que o viu retornar.

– Fui burro, estava procurando na mala errada – Yasmin esboçou um sorriso de desaprovação balançando a cabeça.

– Está melhor? – Perguntou Arthur acreditando fazer parte do teatro de Yasmin.

– Não, tô pior na verdade.

– Pensa que vai estar boa para hoje à noite? Se adiarmos mais uma vez, a Sara vai ficar muito desapontada – comentou Zani.

– Não, não. Até de noite eu estou bem... espero.

Tiago entrou correndo no saguão.

– Zani! – Gritou ele correndo em direção ao garoto com o boneco do Homem-Aranha na mão.

– Opa! Veja quem saiu da observação de novo.

– Só por enquanto, falou triste. De noite eu vou voltar. É que o doutor Paulo falou que era bom eu sair um pouco – explicou ele.

– E como você está se sentindo?

– Ah, eu estou bem, não sei por que eu tenho que ficar naquele quarto, é muito chato.

Foi a vez de Luca entrar correndo. Que também foi correndo em direção a Zani.

– Oi, Zani – cumprimentou com um sorriso.

– Oi, Luca. Esse seu cabelo já está ficando bem grandinho, não acha? – Perguntou para o garoto que estava com cabelos bastante aparentes na cabeça.

– Pois é. Você vai brincar com a gente de polícia e ladrão hoje de novo? – Disse mudando completamente de assunto sem dar importancia ao comentário de Arthur.

– Hoje não. Daqui a pouco eu vou pra aula.

– Ah, mas ainda dá tempo – chamou Tiago.

– Mas muito pouco tempo, a aula começa em dez minutos.

– Ah, mas vamos! Eu não pude brincar das outras vezes! – Insistiu Tiago fazendo Yasmin lançar um olhar a Arthur que ele compreendeu sem dificuldade.

Após hesitar alguns segundos, ele concordou.

Foram para fora, onde correram eles e outras crianças por alguns minutos. Até que uma das voluntárias foi chamá-los para entrarem nas respectivas aulas.

Com mais duas semanas passadas, Arthur tinha tomado um real gosto pela aula de Alberto e elas agora pareciam passar voando, era até normal que perdessem a hora do final da aula. Na verdade, ele não considerava aquilo uma aula, e sim um debate. Todo dia tinham conversas longas e profundas e muitas acabavam se ramificando. Yasmin também participava animada.

A DIFERENÇA QUE FIZ

Era uma sexta-feira. Arthur, Yasmin e Sara estavam planejando finalmente fugir para o centro da cidade e dar uma volta já fazia algum tempo. Mas por um motivo ou por outro, ainda não tinha dado certo.

A noite finalmente chegou, Arthur foi o primeiro a descer e esperar no saguão, conforme haviam combinado. Aguardava a Yasmin descer com Sara. Ele já esperava fazia tempo, mas sabia que elas tinham que esperar todo mundo dormir para poderem descer, ainda corria o risco de elas próprias acabarem adormecendo.

Zani começou a ouvir os passos no andar de cima, não demorou para que Sara e Yasmin aparecessem. Sara estava sorridente, deslumbrante, com as roupas novas que Zani havia lhe dado. A jaquetinha não poderia ter dado mais certo. Era quase que estranho não as ver carecas, pareciam outras pessoas, não só pela aparência, mas pela autoestima que pareciam recuperar. Ao vê-las sorrir, Arthur até sorriu também.

– Vamos? – Convidou Arthur.

– Vamos, mas... – Sara começou animada, mas parou subtamente.

– Mas o quê? – Quis saber Arthur sem entender.

– O que a gente vai fazer? Eu não tenho dinheiro. – falou tímida, fazendo Arthur soltar uma breve risada.

– Não se preocupe com isso – tranquilizou Arthur. – Então vamos? – Convidou mais uma vez, enfiando as mãos no bolso e se desenconstando do sofá.

– Vamos! – Animou-se mais uma vez.

A porta agora costumava ficar trancada, passaram mais uma vez pela janela e começaram a andar pelo gramado rumo à cerca, longe da entrada do hospital e rápido chegaram à pequena estrada. Sara caminhava entre Yasmin e Arthur. Foi ela quem falou primeiro.

– Algum dia você vai tirar isso da orelha? – Perguntou ela para Arthur.

– O quê? O meu alargador?

– Sim.

– Você acha feio? – Perguntou Arthur intrigado.

– Não... Acho até legal.

– E você? – Jogou para Yasmin.

– Depende, não consigo mais te imaginar sem. Mas não consigo imaginar o Alberto com um desses por exemplo – Arthur e Yasmin riram.

– Quem é Alberto? – Quis participar Sara.

– É o nosso professor – respondeu Yasmin ainda rindo um pouco.

– Ah, sei quem é. Ele parece legal. Vocês gostam de ter aula com ele?

– Gostamos – respondeu Arthur pelos dois. – Você não gosta das suas aulas?

– Não. Acho muito chata – reclamou Sara.

– Por que você acha isso?

– Porque é. Eu tenho aula com gente mais nova e mais velha que eu, vejo às vezes um monte de coisa que eu já sei, e quando é alguma coisa que eu nunca vi também não consigo prestar atenção, morro de dor de cabeça normalmente, imagina em uma aula daquelas – desabafou Sara em tom de irritação.

– Como estão suas dores de cabeça? – Perguntou Arthur preocupado.

– Cada vez piores, já estou começando a aceitar a ideia de que não vou durar muito tempo – falou com naturalidade alarmando Arthur e Yasmin. – Doutor Roberto disse que eu preciso fazer uma nova cirurgia e vai ser em breve – contou ela.

– Não fale assim, Sara! Você vai ficar boa – bronquiou Yasmin aflita.

– Tudo bem, acho que é melhor eu morrer mesmo – falou Sara com frieza.

– Como isso pode ser melhor, Sara? – Brigou Yasmin mais uma vez.

– Eu prefiro morrer do que me curar e ter que voltar para a casa da minha vó. Eu sei que vão brigar comigo, mas falando a verdade, eu fiquei até feliz quando soube que tinha câncer, acho que tive sorte, saber que teria que sair da casa da minha vó para me tratar.

Arthur sentiu um peso nas pernas, engoliu em seco, sentiu um gelo no estômago. Ele não conseguia imaginar como seria a vida daquela garota para ela preferir a morte. Queria saber o que falar em um momento como aquele, mas ele não era bom com as palavras. Sara naquele momento não parecia mais uma criança com treze anos, a vida parecia tê-la forçado a amadurecer, estava à frente de sua idade.

– Você não pode pensar assim, Sara. Enquanto estiver viva pode mudar, melhorar. Depois que morre, acaba tudo.

– Depois eu fiquei assustada com a ideia de poder morrer, mas agora eu já estou aceitando. Só quero que termine. Não aguento mais as dores, não aguento mais esse tratamento. Eu sei que vocês sabem do que eu estou falando, não digam que nunca preferiram morrer do que sentir aquele líquido praticamente rasgando suas veias por dentro na quimioterapia, porque se disserem, sei que estarão mentindo – disse ela categórica.

Zani e Yasmin silenciaram. Mil pensamentos percorriam a cabeça de cada um. Os dois se entreolharam aflitos enquanto Sara olhava para as estrelas distraída enquanto caminhavam.

– Sua cabeça está doendo agora? – Perguntou Arthur depois do momento de silêncio.

– Nunca mais parou de doer – respondeu ela sem dar importância.

– Sara – começou Yasmin com a voz serena –, sei que alguns parentes às vezes pegam pesado, sei que eles podem ser severos e intimidar a gente às vezes, mas família é família. Vão sempre estar do nosso lado quando realmente precisarmos, não pode ser tão...

– Ela me batia com uma tábua – interrompeu Sara. – Eu ficava o fim de semana inteiro trancada no quarto. Não tinha televisão, não tinha livros, não tinha nada. Nem o caderno da escola ela deixava eu levar para o meu quarto para estudar. Ela passava a comida por um buraco embaixo da porta e às vezes misturava a minha comida com ração de cachorro. Eu só saía para ir para escola e, mesmo assim, ela só me deixava ir porque quando comecei a faltar um assistente social foi em casa e ela deve ter ouvido algumas coisas que não gostou. Eu não tenho amigas, não tenho uniformes do colégio limpos, a minha vó não lava. Ela me odeia – falou Sara, fazendo Arthur ficar com a respiração ofegante. Yasmin tinha uma expressão de dor em seu rosto.

– E você nunca procurou ajuda? – Perguntou Yasmin.

– Uma vez contei para uma professora, foi quando minha avó me proibiu de ir para o colégio, eu tomei uma surra. Só voltei a ir para lá depois da visita do assistente social. Eu falei para ele, mas ele preferiu acreditar nela, disse que eu a culpava pelo que aconteceu com os meus pais. Também não acho que minha vida ia melhorar muito, ia acabar em um orfanato, e na minha idade, ninguém ia querer me adotar. Por isso que eu falo... Acho que eu tive sorte de ter câncer, é melhor morrer mesmo, aproveitar o tempo que resta e só. Deus sabe o que faz, pedi tanto pra ele me tirar daquela vida, acho que esse é o caminho.

– Não fale isso! – Brigou Yasmin mais uma vez.

Continuaram andando em silêncio. O clima ficou pesado, mas não para Sara, que parecia distraída. Arthur e Yasmin é que pareciam abalados.

Chegaram ao subúrbio, e Sara parecia animada. Agora dava para entender a vontade dela de sair do hospital, de ver pessoas, a rua, o movimento. Sabe-se lá quanto tempo ela havia sido tratada como prisioneira, quase sem ver a luz do dia.

– Se você pudesse escolher como seria a sua vida, como seria? – Perguntou Zani depois de algum tempo, quando se aproximavam da praça.

Sara ficou calada, parecia pensar na resposta, Yasmin também observava a garota, interessada no que ela iria dizer.

– Nada demais. Eu só ia querer uma família normal e que gostasse de mim – falou com simplicidade.

– Você ainda vai ter tudo isso – falou Yasmin em tom solidário, Sara riu.

Arthur pensava em como resolver aquele problema, mas era algo muito além de sua capacidade, muito além de dinheiro ou qualquer outra coisa. Alguns problemas pareciam não ter solução.

Chegaram finalmente à praça, Sara nem reclamou da longa caminhada. Arthur virou coadjuvante, Sara e Yasmin visitavam lojas de lembrancinhas, uma por uma, viam camisetas, canecas, enfeites. Arthur ouvia a opinião delas sobre qualquer um dos objetos. Passaram em uma tabacaria, onde tinham coisas exóticas e interessantes até mesmo para ele, que olhou ao redor com mais atenção.

Arthur se ofereceu para comprar sorvete e Sara mais uma vez animou-se. Agora, para cada coisa que Sara se animava, Zani imaginava quando que a menina havia feito ou voltaria a fazer aquilo. Quando teria sido a última vez que ela tomou um sorvete? Agora os três tomavam sorvete sentados em um dos bancos da praça, vendo o movimento se esvair. Eles chegaram tarde, quando as famílias já estavam começando a ir embora, mas, para o tamanho da cidade, ela era até que muito animada. O movimento iria até de madrugada.

– Algodão-doce! – Exclamou Sara ao ver um carrinho caminhar pela praça.

– Você quer? – Perguntou Arthur.

– Não sei – murchou Sara de repente. – Tem gosto do quê? – Perguntou receosa.

– Você nunca comeu algodão-doce?! – Exclamou Yasmin.

– Não – respondeu tímida.

– Eu não acredito – falou com indignação. – Pois você tem que comer!

– É bom?

– É uma delícia!

– Eu sempre quis experimentar, parece bom.

– Tome – disse Arthur lhe estendendo uma nota de dez palmos. – Compre o maior de todos.

– Sério?

– Sério! Vá! – disse ríspido balançando a nota para que a garota se apressasse em apanhar o dinheiro.

Sara obedeceu e foi até o carrinho. Arthur e Yasmin a observaram de longe.

– Você consegue acreditar? Nunca comeu um algodão-doce com treze anos de idade – falou Yasmin com dó.

– Impressionante – concordou Arthur.

– O que você acha que vai... Você acha que ela... – Gaguejava Yasmin sem saber selecionar as palavras.

– Se eu acho que ela vai morrer? – Perguntou Zani fazendo Yasmin engolir em seco. – Eu não sei. Mas espero que não.

– Não acredito que ela vá passar por mais uma cirurgia, tão cedo – contou Yasmin ganhando o olhar de Arthur.

Arthur voltou o olhar para Sara logo em seguida, alguns metros dali, que era atendida naquele momento. Ela olhava sorridente para seu algodão-doce que ficava pronto. Ele sentia uma agonia e até um desespero. Olhava para a menina, tentando medir o tamanho do sofrimento que ela já havia passado.

Yasmin e Zani assistiram a Sara se virar de volta com um sorriso no rosto, mas ela parou no lugar de repente. Seu sorriso murchou, ela olhou para baixo e fez uma expressão estranha. Ficou ali parada, Arthur e Yasmin olharam desconfiados. Ela continuou no lugar, parecia confusa.

– Sara? – Chamou Arthur em voz alta.

Mas ela continuou ali parada, de olhos fechados e uma expressão de dor. Soltou seu algodão-doce que caiu no chão e levou a mão à cabeça.

– Sara?! – Levantou-se Arthur em um rompante.

Sara estendeu os braços como se procurasse apoiar em alguma coisa ou alguém, assim que Arthur percebeu explodiu em uma corrida, estava a poucos metros de Sara, mas não conseguiu chegar a tempo para evitar que ela se estatelasse no chão. Yasmin soltou um gritinho que abafou com as mãos.

Arthur ajoelhou-se depressa enquanto as pessoas faziam um cerco para olhar.

– Sara! Sara! – Chamou Arthur aflito, apoiando a cabeça da garota nas mãos. – Um táxi! – Gritou Arthur para Yasmin, que estava perplexa. – Yasmin! – Gritou mais uma vez, tentando tirá-la do choque. – Um táxi! – Falou levantando Sara no colo.

Yasmin saiu correndo em direção à rua, Zani a seguiu. Yasmin parou um táxi que estava cheio, entrando na frente, o taxista buzinou.

– É uma emergência! – Disse Arthur que veio correndo logo atrás.

O taxista relutou, mas Zani foi logo abrindo a porta de trás do carro e entrando. A mulher que estava de passageira saiu assustada reclamando e xingando.

– Amigo, preciso ir para o hospital agora! – Bradou Arthur.

– A mulher vai sair sem pagar! – Reclamou o taxista.

– Cara, eu pago a merda da corrida dela, vai para o hospital agora antes que eu te tire desse carro – Vociferou Arthur. – Entra no carro Yasmin – falou à janela.

Yasmin deu a volta no carro e entrou no banco da frente, o taxista arrancou.

– O hospital mais perto fica na prin...

– Nós vamos no hospital que fica saindo da cidade pelo sul. – Zani interrompeu o taxista.

– Mas é o mais longe – argumentou.

– Então corra, cara – ordenou Arthur aflito.

Yasmin começou a chorar.

– A gente não devia ter trazido ela – disse culpada.

– Yasmin, isso não vai ajudar – brigou Arthur, fazendo-a chorar ainda mais.

Zani abanava Sara, torcendo para que isso adiantasse alguma coisa. Com medo, checou a respiração dela, para seu alívio, ela estava respirando. O taxista corria, não demorou muito para que alcançasse a estradinha. Quando estavam no meio do percurso, Sara soltou um murmúrio, que fez com que Yasmin olhasse depressa para o banco de trás e que Arthur virasse o pescoço rapidamente – até o taxista olhou pelo retrovisor.

– Sara?! Sara?! – Chamou Arthur sacudindo de leve a garota.

Lentamente, Sara abriu os olhos. Arthur respirou fundo, aliviado.

– Oi?! – Disse Sara com cara de interrogação. – Por que você está chorando? – Perguntou endireitando-se no banco ao ver o rosto de Yasmin. – Aonde a gente tá indo? – Perguntou olhando ao redor.

– Você desmaiou – explicou Yasmin, enxugando as lágrimas.

– Ah, sim... Vocês trouxeram meu algodão-doce? – perguntou sem dar importância ao que havia acontecido.

– Amigo, não precisa deixar a gente bem na entrada, pode parar um pouco antes, por favor – pediu Arthur já em um tom de voz muito menos arisco ao taxista, que também diminui a velocidade.

– Desculpe – desculpou-se Sara. – Não queria estragar a noite.

– Não, não, linda. Até parece, não tem que pedir desculpas de nada. Não estragou nada. Estávamos preocupados com você – acalmou Yasmin com uma expressão aliviada.

Sara pareceu bastante chateada. Arthur também queria dizer que ela não tinha culpa de nada, mas ele não era muito bom em confortar as pessoas, preferiu ficar calado. Mas Sara fez questão de perguntar.

– Está bravo, Zani?

A DIFERENÇA QUE FIZ

– Não, não estou não – falou sucintamente, ganhando o olhar repreensivo de Yasmin.

O taxista chegou e Arthur acertou o valor da corrida. Já estava ficando quase sem dinheiro de novo. Desceram, o taxista fez a volta e foi embora por onde veio. Pularam a cerca.

– Você vai pôr o seu pijama agora e vai direto para o hospital – falou Arthur em tom de ordem.

– Não. Eu não quero dormir naquele quarto.

– Eu não quero saber o que você quer, você acabou de desmaiar. Você vai para o hospital e ponto final – disse Arthur sem o mínimo de delicadeza.

– Se eu falei que eu não vou, eu não vou – desafiou Sara.

– Sara, querida – intercedeu em tom ameno. – Você desmaiou, é bom que passe a noite no hospital.

– Mas eu não quero ir! – Suplicou.

– Se não vai por bem, vai por mal, vou só pôr o meu pijama para não suspeitarem que estive fora e vou direto para o hospital contar que você desmaiou – falou Arthur enfesado enquanto caminhavam pelo gramado em direção à Casa Claridade.

– Por que você é assim?! – Reclamou Sara incomodada.

– Você tem cinco minutos para vestir o seu pijama. Se quando vierem te buscar estiver com essa roupa, vai ser um problema – disse irredutível.

Entraram pela janela, Sara, quieta, foi na frente, batendo os pés na escada. Arthur e Yasmin ficaram no saguão. Yasmin respirou fundo, eles se encararam.

– Sei que está preocupado com ela, assim como eu. Mas você não é pai dela, não precisa falar com ela do jeito que você falou.

Arthur ficou quieto.

– Vai mesmo chamar alguém? – Perguntou Yasmin.

– Claro que vou! – Respondeu admirando-se com a pergunta.

– Eu sei, eu sei. Ela desmaiou. Mas já é de madrugada, será que não dá para esperar até amanhã? – Intercedeu Yasmin.

Gutti Mendonça

Por um momento, Zani hesitou, mas foi firme.

– Não. Melhor não arriscar.

– Eu fiquei tão assustada agora! – Disse ela começando a chorar de novo. – Ela falando aquelas coisas todas de que preferia morrer, de repente ela cai daquele jeito. Eu achei que... – Yasmin foi interrompida pelo próprio choro.

Zani olhou para ela também com o coração apertado. Era muito difícil lidar com aqueles sentimentos. Queria dar um abraço em Yasmin, não só por ela, mas por ele também. Para aliviar a tensão que ele também passara, afinal ele também ficara com medo, ele também pensou no pior. Mas em vez disso disse apenas:

– Que bom que ficou tudo bem. Vou subir e me trocar para chamar alguém do hospital.

Arthur subiu, seguido de perto por Yasmin, cada um virou para um lado no andar de cima. Assim que ele se trocou, foi para o hospital, conforme o prometido. Pensou em uma história para contar. Falaria que levantou para ir ao banheiro e encontrou com Sara no corredor, que desmaiou. A história era ruim, portanto esperava que não precisasse contá-la.

Chegou na recepção e disse para contactar um médico, pois uma das garotas havia desmaiado. O plantonista do dia, doutor Gilberto, veio em menos de um minuto a passos apressados acompanhado por uma voluntária. Seguiram para a Casa Claridade. Arthur esperou no saguão, enquanto eles subiam.

Depois de alguns minutos, ela desceu acompanhando-os, já careca e de pijamas, ao passar por Zani, lançou a ele um olhar de tristeza. Arthur se sentiu culpado. Ele ainda a acompanhou com o olhar pela janela vendo seguir o caminho para o hospital, depois subiu.

Deitou em sua cama e olhou ao redor. O quarto estava quase vazio. Muitas crianças estavam indo para observação. Além de Sara, Tiago já estava lá. Marcos, Felipe, Nicolas e provavelmente algumas meninas.

A DIFERENÇA QUE FIZ

Estava com um peso na consciência, imaginando Sara e as outras crianças sozinhas. Virou-se para um lado... para o outro. Não
conseguia dormir. Olhou mais uma vez para o quarto vazio. E resolveu levantar. Em mais um de seus impulsos, teve uma ideia maluca.

– Luca, acorda. Ei! Luca! – Chacoalhou o colega.

– Oi! – Levantou ele em um pulo.

– Quer ouvir uma história?

– Agora? – Surpreendeu-se o menino.

– Sim. Você quer?

– Quero! – Já animou-se.

– Mas eu vou contar lá no hospital, tô indo lá agora, quer ir
comigo?

– No hospital? Mas pode?

– Pode! Vamos?

– Tá legal! – Falou, descobrindo-se para pôr-se de pé.

– Mas você vai ter que me ajudar a acordar todo mundo para
irmos.

– Todo mundo vai? – Perguntou assustado ao mesmo tempo
que admirado.

– Sim, você me ajuda?

– Pessoal! Pessoal! – Começou a gritar para chamar o pessoal.

Juntos, eles chamaram todos os meninos, e ninguém se recusou a ir, embora todos estivessem achando estranho Arthur afirmar
que isso que estavam fazendo era permitido. Quando foram convo-
car as meninas, Yasmin tentou impedi-lo, mas apenas no primeiro
minuto. Depois apenas começou a chamar Arthur de maluco e dizer que ia dar problema. Agrupados, todos com os pijamas azuis-
-turquesa cedidos pela instituição, pularam a janela da casa.

As crianças estavam aproveitando, se divertindo e correndo
pelo gramado. Arthur liderava o grupo ao lado de Yasmin. Um
evento como esse, totalmente atípico, todos achavam o máximo.

Chegaram à entrada. A recepcionista tomou um susto tão
grande que ficou de pé.

254

– Ei! – Falou ela sem entender.

– Olá! – Falou Arthur transbordando ironia.

– Aonde vocês vão?

– Fazer uma visita – respondeu em mesmo tom. Yasmin não aprovou, mas não conseguiu segurar o riso.

Continuaram andando, sem cerimônias.

– Ei! Esperem! Não podem entrar – chamou ela sem reação, atrás do balcão.

Ao ver todos passando sem dar importância nenhuma, ela pegou o telefone. Arthur e os demais não ficaram para ver para quem ela estava ligando, subiram as escadas até os quartos, e começaram a chamar os internos. Sara, ao ver aquela bagunça, também não entendeu, apenas se juntou ao bando sem fazer perguntas. Juntaram todos e finalmente pararam no quarto de Tiago, que estava com alguns tubos espetados. Ele entendeu menos ainda.

– O que é isso? – Perguntou ele sentando-se na cama assustado assim que viu todo o pessoal entrando.

– É uma invasão – respondeu Arthur com o esboço de um sorriso no rosto.

Capítulo 12

Cirurgia de Sara

Aquele bando de crianças se amontoou no quarto de Tiago. Os primeiros conseguiram algum espaço no pé da cama.

— O que você veio fazer aqui? – Perguntou Tiago sem entender.

— Ele veio terminar de contar a história! – Contou Luca, que era sempre o mais animado.

— Legal! – Reagiu Tiago ainda um pouco incrédulo, sem saber se era verdade ou não.

— Isso aí, vamos terminar de contar aquela história.

Yasmin ria de nervoso.

— Ai meu Deus, isso não vai dar certo – comentava ela mais para si do que para alguém.

Quando todos terminaram de se acomodar, Zani pediu silêncio

para pôr fim ao burburinho e continuar a sua história. Lembrou-se exatamente de onde tinha terminado e então começou prendendo a atenção de todos. Principalmente de Yasmin, que pensava como ele se dava tão bem com crianças e não fazia a menor ideia disso.

Doutor Roberto chegou correndo de pijamas e roupão ao corredor acompanhado da recepcionista. Ouviu as palavras de Zani que saíam pelo corredor, carregadas de interpretação e vivacidade e chegou até a pensar que era outra pessoa. Quando se aproximou da porta, diminuiu os passos até que parou, fez um sinal com a mão para que a recepcionista parasse também, e, em seguida, gesticulou para que ela mantivesse silêncio.

Ainda distante o suficiente para não ser visto, doutor Roberto parou para ouvir. Escutou por alguns segundos, não conseguia entender com clareza as palavras, mas quando ouviu as primeiras risadas das crianças suspirou e sentiu-se amolecer um pouco.

– O.k. Eu cuido a partir daqui – sussurrou para a recepcionista sugerindo que ela voltasse para a recepção.

Doutor Carvalho se aproximou da porta lentamente, com muita cautela para não ser visto. Apoiou as costas na parede e permaneceu ali, também como um ouvinte da história de Arthur. E surpreendeu-se por perceber que a história era de certa forma envolvente, até mesmo para ele.

Cada risada ou gemido de exclamação das crianças ao ouvirem a história, amolecia ainda mais doutor Carvalho. *Não tem problema eles ficarem acordados de madrugados uma vez só*, justificava-se Roberto para si mesmo. Sabia que tinha que manter a disciplina, mas ele, principalmente ele, médico e diretor, ouvia tão raramente aquelas risadas, ou via um sorriso.

A história o envolveu, quando voltou a olhar para o relógio assustou-se em perceber que já havia se passado mais de meia hora que estava ali. Não podia continuar sendo tão negligente. Pensou em entrar em um rompante, fingindo que acabara de chegar, mas achou que dessa vez podia ser menos severo. Talvez ganhasse alguns pontos com Arthur agindo assim, na verdade Arthur era que tinha que ganhar alguns pontos com ele, mas quem sabe assim a relação dos dois começasse a melhorar finalmente. Às vezes ceder é ser o mais forte.

Com um passo lento e doutor Roberto revelou-se pela porta.

– Boa noite, crianças – disse ele serenamente, com as mãos nos bolsos de seu roupão, com os cabelos bastante bagunçados, de pantufa e olhando por cima de seus óculos. Yasmin riu ao ver a cena.

Todos ficaram em silêncio, apreensivos com o que viria a seguir.

– Então vocês estavam ouvindo uma história? – Continuou doutor Roberto, parado à porta, já que ninguém disse nada – Boa?

– Sim! Muito boa! – Falou Tiago erguendo os braços, como se comemorasse. Roberto riu.

– Gostam da história do Arthur? – Perguntou ele, ganhando o olhar de desconfiança de Zani.

Certas crianças responderam que sim, se acanhando menos depois da resposta de Tiago. Algumas continuaram caladas e outras acenaram que sim com a cabeça.

– Eu imagino que sim! – Concordou doutor Roberto finalmente dando um passo à frente e se juntando a eless. – Estão todos aqui quando deveriam estar na cama – falou com um tom leve de repreensão, sob o olhar ainda desconfiado de Arthur.

– Eu acho que poderíamos fazer isso uma vez por semana, não acha? – Lançou de repente Yasmin.

– Uma vez por semana?! – Exclamou doutor Roberto arregalando os olhos e ganhando o olhar de Arthur.

Todas as crianças começaram então a pedir em coro para que ele deixasse. Luca, o mais empolgado, começou a gritar e pular girando em círculos:

– Toda semana! Toda semana! – Gritava o pequeno garoto.

– Ei, ei, ei, silêncio! – Repreendeu doutor Roberto gesticulando com as mãos.

Estabeleceu-se um silêncio no quarto, todos esperavam as palavras de Roberto, ele virou-se para Arthur e os dois se encararam por alguns longos segundos, tentando um fazer a leitura do outro.

– O que me diz, Arthur? – Perguntou ele ao garoto.

No rosto de Zani surgiu não mais que uma tentativa de sorriso, enquanto ele inclinou levemente a cabeça para baixo e levantou uma das sobrancelhas, lançando um olhar ao doutor Roberto que ele entendeu perfeitamente como "qual é a pegadinha?".

– Claro que não poderá ser tão tarde, deverá ser mais cedo e não poderá se prolongar muito. Podemos estabelecer um horário. E quem estiver em observação, sob monitoramento de aparelhos, deverá permanecer em seu quarto, infelizmente – disse em tom severo e então continuou em tom ameno. – Então, o que acha, Arthur?

Zani não acreditou muito naquilo, continuou com o pé atrás, olhou para Yasmin, em quem confiava mais. Ela sorriu e acenou que sim com a cabeça, então Arthur obedeceu.

– Pode ser – respondeu receoso, iniciando a comemoração das crianças.

– Muito bem, muito bem! Agora vamos para cama! – Falou doutor Roberto em voz alta para ser ouvido no meio de mais um burburinho que começou.

Todos começaram o caminho de volta para a Casa Claridade, exceto aqueles que deveriam permanecer no hospital. As crianças pareciam felizes, menos Sara, que quando observada por Arthur, estava com uma expressão cabisbaixa. Ela foi direto para o quarto e Zani nem pôde falar com ela.

Já na Casa Claridade, ninguém fez cerimônia para dormir, estavam todos cansados. Cecília havia sido acordada, estava agora sozinha auxiliando os pequenos, tanto os meninos como as meninas. Arthur e Yasmin pararam e se encararam no corredor antes de irem cada um para um lado. Yasmin sorriu para ele, que não esboçou reação.

– Eu te disse que você podia ser bom – disse ela sorridente.

– Eu não fiz nada – devolveu incomodado. Yasmin riu balançando a cabeça.

– Não existe nada de ruim em ser bom, Arthur – falou em seu habitual tom de serenidade.

Yasmin deu um passo à frente e deu um abraço apertado em Zani, que retribuiu só no final, ainda encabulado. Yasmin se afastou e foi para o seu quarto, Arthur continuou ali parado, observando-a ir. Assim que chegou até a porta do quarto, ela se virou, e ambos trocaram mais um olhar. Dessa vez foi Arthur que esboçou um singelo sorriso e se virou também.

A manhã seguinte seguiu a rotina. Arthur raspou a cabeça mais uma vez, o fazia em intervalos pequenos, quase que diariamente, para não deixar nada aparente. Depois de se arrumar e tomar café, foi até a sala do doutor Roberto, que abriu a porta para sair assim que ele acabara de parar em frente à porta para entrar.

– Ah, você já chegou... – comentou sem jeito.

Doutor Roberto parecia atrapalhado, pensando no que ia fazer a seguir, ameaçou entrar de novo, depois parou, ameaçou entrar de novo e, em seguida, fechou a porta e coçou a cabeça.

– Vai sair? – Perguntou Zani, sucinto.

– Sim... Eu... Acho que você pode ficar na Casa Claridade hoje.

– O.k. – concordou sem resistência.

– Então vamos, eu desço com você.

Ambos foram para o elevador. Doutor Carvalho parecia bastante incomodado com alguma coisa. Mas Arthur não quis perguntar. Na verdade não foi preciso, ele mesmo contou enquanto estavam esperando o elevador.

– Sara fará uma nova cirurgia hoje à tarde. A equipe está cuidando dos preparativos – contou ele ganhando a atenção de Arthur.

– Já?! Mas tão rápido? Ela está mal, não está? – Perguntava afoito.

Doutor Roberto aproveitou que o elevador chegou para fugir da pergunta e entrou no elevador em um rompante.

– Eu ainda posso vê-la? A cirurgia é perigosa? – Perguntava sem se preocupar em esconder sua preocupação.

– Não pode. É uma cirurgia delicada – falava doutor Roberto sem dar detalhes, parecendo preocupado também e, por esse motivo, apavorando Arthur.

– Quem vai fazer a cirurgia?! – Perguntou Arthur em alto tom.

A pergunta de Arthur não precisou ser respondida. Assim que o elevador chegou ao térreo, a porta se abriu fazendo com que ele desse de cara com o seu pai, com um terno branco e impecavelmente elegante, como sempre.

Guilherme e Arthur se entreolharam. Um clima tenso se instalou. Arthur ficou sem saber o que dizer, bem como doutor Carvalho, que apenas observava pai e filho se entreolhando. Tanta coisa passava pela cabeça de Arthur, que não conseguia nem saber o que pensava, eram tantos sentimentos misturados, que não sabia qual prevalecia. Mas de uma coisa tinha certeza, sentiu-se aliviado, Sara não podia estar em melhores mãos.

Quando a porta do elevador começou a se fechar, foi quando se lembraram de que deveriam se mexer. Doutor Carvalho impediu que a porta se fechasse estendendo a mão. Sem tirar os olhos do pai, Arthur saiu lentamente do elevador. Guilherme também não disse uma só palavra, quando resolveu dar um passo à frente, tirou os olhos do filho e entrou no elevador, ignorando-o completamente.

– Bom dia, Roberto – cumprimentou ele o amigo que continuou do lado de dentro do elevador.

Arthur ainda olhava perplexo.

– Arthur, volte para a Casa Claridade. Depois conversamos. – Falou doutor Roberto liberando a porta do elevador.

Zani ainda ficou alguns segundos do lado de fora do elevador, esperando voltar a si. Depois começou a caminhar para a Casa Claridade a passos lentos, mas antes de passar pela recep-

Gutti Mendonça

cionista, Arthur parou. Começou a reprocessar o que acabara de acontecer, e começou a ser tomado pelo seu velho e rebelde espírito, deu meia-volta e começou a acelerar seu passo gradativamente. Nem sequer esperou o elevador e começou a subir dois lances de escada por vez. Chegou ao corredor da sala do doutor Roberto e foi direto até a porta, que abriu com violência sem bater.

Roberto e seu pai o olharam com atenção, e foi quando Arthur percebeu que ele, na verdade, não tinha mais nada para dizer. Ficou ali parado, com a respiração ofegante. Esperou também que Roberto ou seu pai dissessem alguma coisa, mas pelo contrário, ficaram apenas o observando, aguardando o que ele faria em seguida.

Sua raiva foi passando à medida que ele se dava conta de que não tinha mais nada para acusar ou culpar o pai. Roberto e Guilherme não o apressaram, sua respiração foi se tornando cada vez menos ofegante e sua expressão de ódio aos poucos se transformava em uma expressão de um jovem desolado. Então as únicas palavras que ele conseguiu dizer, quase sem força, espontâneas e impensadas, foram:

– Por favor, salve-a!

Guilherme e Roberto se entreolharam, Roberto tinha um olhar triste e de piedade. Após a pausa, Guilherme fez um pedido.

– Roberto, pode nos deixar a sós por um momento, por favor?

Doutor Roberto saiu de sua própria sala enquanto Guilherme tomava o seu assento. Quando os dois já estavam sozinhos, Guilherme convidou seu filho para sentar. Arthur não obedeceu imediatamente, mas sentou-se à frente de seu pai. Sem saber o que vinha a seguir.

– Arthur – disse Guilherme fazendo uma pausa, parecendo procurar as palavras certas – Eu sei que você me culpa até hoje pela morte de sua mãe, sei que você acha que eu podia ter feito algo que eu não podia. Na mesa de operação, mesmo conhecendo bem o caso de sua mãe, mesmo sabendo da dificuldade do caso dela, eu achava que poderia de algum jeito curá-la... – Dizia com muito sofrimento. Arthur prestava atenção, não sabia se seu pai estava tentando se justificar ou estava apenas fazendo uma introdução para o que realmente queria dizer. Ele continuou com a voz abatida. – Mas naquele momento eu vi que não podia, na mesa de operação eu soube que sua mãe escaparia de mim em breve, não importando o resultado daquela cirurgia. Pense como isso foi difícil para mim. Pense em como é ter a vida de sua esposa em suas mãos e saber que existe uma limitação – falou ele com muito pesar.

Arthur engoliu em seco. Não sabia aonde seu pai queria chegar, mas já não gostou de seu tom. Respirou fundo e preparou seu estado de espírito. Seu pai continuou.

– Eu sei o quanto você sofreu, Arthur, porque eu passei pela mesma coisa. Sei que isso afetou muito a sua vida, inclusive afeta até os dias de hoje. Eu soube o quanto você se apegou a algumas crianças, especialmente a Sara...

– Eu não me apeguei a ninguém! – Interrompeu ele incomodado.

– Bom... Entendo – Guilherme não quis contrariar. – Mas ela parece ter se apegado a você, e com base nisso tudo que eu acabei de lhe falar, eu acho importante ser sincero e transparente com você em relação à Sara – falou com um olhar penetrante lançado à Arthur, que fez com que se arrepiasse.

Os dois se entreolharam, Arthur sentiu um gelo no estômago e sem perceber prendeu a respiração.

– O caso dela é delicado – continuou falando pausadamente sem desviar o olhar de seu filho. – Essa cirurgia servirá apenas para ganharmos algum tempo – falou Guilherme fazendo Arthur sentir-se como se levasse uma punhalada no peito.

Zani ficou tonto por uma fração de segundo, quando lembrou de voltar a respirar, respirou fundo e forte como se sugasse o ar todo de uma vez, e levantou-se em um espasmo levando as duas mãos à cabeça. Girou em torno de si mesmo, então voltou a encarar seu pai mais uma vez. Guilherme observou o rosto de seu filho carregar-se de ódio, havia muita raiva em seu olhar. Mas doutor Zanichelli compreendeu que não era com ele, era com tudo, era com a vida.

– Ganhar tempo para que?! – Gritou Arthur. Guilherme não disse nada, nem se mexeu, fez apenas umas expressão triste e suspirou. – Você sabe a merda de vida que essa garota teve? Você sabe o que a cretina da avó fazia com ela? Você sabia que ela viu o pai matar a mãe dela em sua frente e apontou a arma também para ela, mas ele preferiu dar um tiro na própria cabeça?! Você sabia que ela disse que teve sorte em ter câncer?! Sorte!

Guilherme ficou em silêncio, vendo e ouvindo Arthur com atenção.

– Você sabia?! – Gritou ele mais uma vez.

– Não, Arthur. Eu não sabia – respondeu ele com paciência.

– Então se ela não vai ter tempo de mudar nada, ter nada do que quis, por que não deixam ela morrer de uma vez?! – Esbravejou Zani furioso. – É melhor para todo mundo! – Disse saindo da sala e dando de frente com doutor Roberto que estava encostado na parede oposta.

Arthur saiu enraivecido. Não sabia ao certo aonde estava indo. Queria bater em alguém, queria bater em alguma coisa. Por que tudo sempre tinha que ser tão injusto? Arthur passou pela recepção, saiu do hospital. Olhou para a Casa Claridade, mas não queria ir para lá. Acabou tomando outra direção, a orla da floresta.

No meio das árvores, caminhava com a cabeça carregada de pensamentos e o peito pequeno para tantos sentimentos. Suas preocupações nunca se esvaiam, apenas se acumulavam. Arthur sentia como se estivesse com uma carga muito maior do que podia aguentar. Continuava caminhando pensando em Sara e no que o destino reservava para ela. Ver o seu pai também trazia todos os problemas que tentava deixar em Zankas. Como Erick estaria? Será que já estava melhor? E seu julgamento se aproximava.

Atordoado, acabou reencontrando a cabana de madeira que outro dia estivera com Yasmin. Resolveu entrar e, para sua surpresa, encontrou a garota nela.

– Oi! – Cumprimentou Yasmin surpreendida, que estava sentada no chão, em cima de um tapetinho que Arthur reconheceu ter sido trazido da Casa Claridade.

– Oi – disse seco, não de propósito, mas por estar ainda aéreo com tanta coisa em sua cabeça.

– O que está fazendo aqui? – Perguntou curiosa.

– Só queria dar uma volta... E você? O que está fazendo aqui?

– Eu venho para cá de vez em quando. Passar um tempo sozinha. Gosto daqui – contou ela.

– Mas você não deveria estar em tratamento?

– Hoje não, só vou fazer alguns exames mais tarde. – explicou.

– Sei. – disse ele não muito convencido, pensando que ela também não participava dos treinamentos assim como ele, mas como ela deveria estar ali possivelmente de forma voluntária, tinha a liberdade de ficar onde quisesse pelo hospital.

– O que foi? Você não parece muito bem – falou ela lançando a Arthur um olhar de preocupação, analítica.

– Sara vai passar por uma cirurgia daqui a pouco – não escondeu Arthur.

– O que? Sério? – Admirou-se Yasmin levantando-se.

– Pois é, já estão preparando tudo.

Arthur jogou as costas contra a parede oposta de onde Yasmin acabara de levantar e deslizou até sentar-se no chão, visivelmente abatido. Yasmin observou, triste, e voltou a se sentar, mas ao contrário de Arthur, com delicadeza.

Os dois ficaram calados. Ouviam o barulho das folhas e galhos que balançavam do lado de fora. Os dois, calados, compartilhavam o mesmo sentimento. Yasmin não sabia o que Arthur acabara de ouvir, que Sara tinha um "cronômetro sobre a cabeça".

266

Arthur pensou em contar, mas desistiu ao pensar que isso não ajudaria em nada, a não ser para trazer mais sofrimento. Zani preferiu carregar essa informação apenas com ele.

– Algumas coisas nunca vão fazer sentido – pensou Arthur em voz alta.

– É. Algumas coisas realmente não fazem sentido algum – concordou Yasmin igualmente melancólica. – Você acha que ela vai ficar bem? – Indagou Yasmin.

Zani, que até então encarava o chão, compartilhou o olhar com Yasmin. Sua chance de dizer a verdade estava ali. Mas mais uma vez questionou-se se valia a pena, ou talvez não tivesse coragem de dizer o que sabia a ela. Acabou demorando para responder.

– Vai sim. Ela é forte – Arthur deu o que achou ser a melhor resposta.

– Parece que o Luca em breve vai deixar o hospital, receber alta – falou Yasmin sorrindo.

– É, parece que sim – disse ele ainda desanimado.

– E o Tiago? Você acha que ele vai ficar bem também?

– Sim – falou sucintamente.

– Espero que essa seja a última cirurgia de Sara – comentou Yasmin em um sussurro que parecia mais para si do que para Zani.

Os dois voltaram a ficar em silêncio, a maneira de se entristecer de ambos era diferente. Yasmin estava cabisbaixa, deprimida, desiludida. Já Arthur queria vingar-se do mundo, dar o troco, tentava buscar o culpado para se acertar com ele. O fato de não conseguir encontrar um responsável o deixava com ódio e raiva, que continha em segredo em seu peito. O mesmo ódio e raiva que alimentava a anos, com os desapontamentos e tristezas da vida que fazia questão de levar.

Yasmin tremeu assustada ao ouvir o soco que Arthur deu na parede de madeira, enraivecido. Por um momento, esquecera que ela também estava ali. Ela lhe lançou um olhar de piedade, mas Arthur nem percebeu. Ainda sentado, deu mais um murro com a parte inferior do punho na mesma parede que apoiava as costas, e mais um, e mais outro...

– Arthur! – Chamou Yasmin ganhando o olhar do garoto. – Vai se machucar – continuou ela ao ver que ele parou para lhe dar atenção.

Zani se levantou, suspirando. Foi até a janela e apoiou com as mãos no batente. Ficou ali olhando para o infinito. Yasmin achou que ele precisava do seu consolo, levantou-se. Chegou por trás e o envolveu com os braços pelo ombro. Arthur não olhou para trás, mas sentiu-se agradado pelo o cheiro do perfume que ela trazia.

– É difícil. Eu sei. A gente fica sempre pensando se vai ficar tudo bem, se vai dar tudo certo ou tudo errado. E quando vemos alguém ir embora, ficamos pensando se o mesmo vai acontecer com a gente... – Falou Yasmin irritando ligeiramente Arthur, que identificou na fala da garota palavras motivacionais, típicas do que ele teoricamente teria que fazer em seu experimento. Arthur desvencilhou-se da garota saindo da janela.

– Não estou mais a fim de falar nisso – cortou.

– Por que você é tão difícil? – Perguntou com uma voz serena e uma expressão de sofrimento.

Arthur não respondeu. Ficou parado no meio da cabana, sem saber para onde ir, de costas para Yasmin, que se aproximou mais uma vez. Ela o segurou gentilmente pelo antebraço e fez um movimento para que ele virasse. Os dois ficaram frente a frente e trocaram olhares. Havia muita dor e sofrimento nos olhos de Yasmin e Arthur não entendia como ela, tão devastada, ainda tentava animar e encorajar os outros. Seus olhos, por carregarem tantos sentimentos, eram cheios de vida além de também serem muito bonitos. Aliás, seu rosto inteiro era muito bonito, ela era verdadeiramente linda. Mas não era isso que Arthur gostava mais em Yasmin. Era o fato de não ser capaz de intimidá-la, de ela ter aquele jeito de ser, de parecer ser tão o oposto de Arthur, uma pessoa tão... boa. Ela era tão paciente e solícita. Arthur, habitualmente, não gostava de ninguém, mas começava a entender que este padrão não se aplicava a Yasmin.

Yasmin se aproximou e abraçou Arthur. Às vezes um abraço fala mais, diz tudo sem falar nada. Pela primeira vez que se lembrava, Zani compartilhou um abraço com vontade e força. Sentiu um alívio, sentiu uma descarga. Apertou Yasmin tão forte que sentiu as batidas do coração da garota e teve certeza de que, naquele momento, sentiam a mesma coisa. Teve a certeza de que seus corações compartilhavam não só o mesmo ritmo, mas o mesmo sofrimento. Então, Yasmin chorou pelos dois.

Foi um choro contido, escondido. Mas Arthur sentiu sua camisa umedecer, justo onde Yasmin apoiava a cabeça em seu peito.

– Quer dar uma volta? – Convidou Arthur, foi como achou que podia sair daquela situação embaraçosa.

Yasmin enxugou as lágrimas disfarçadamente antes de sair dos braços de Arthur, e virou para o lado para que não reparasse em seus olhos.

– Dar uma volta onde? – Questionou ela.

– Não sei, pelo bosque. Dar uma distraída. – sugeriu.

– O.k. – concordou Yasmin caminhando para a porta.

Os dois saíram da cabana e caminharam lado a lado. Arthur pensava em alguma coisa para falar, que os fizesse pensar em outra coisa, mas foi Yasmin que trouxe um novo tema.

– Quando sair daqui, o que você quer fazer? Acha que sua vida vai mudar muito?

Pego de surpresa, Zani demorou para elaborar sua resposta.

– Na verdade... Eu ainda não pensei no que vou fazer quando sair daqui. Eu não sei o que vai acontecer comigo quando eu sair daqui – respondeu ele fazendo Yasmin se lembrar sobre o atropelamento e fazer uma cara de arrependimento.

– O que você acha que vai acontecer? – Perguntou preocupada.

– Eu não sei. Sinceramente não faço ideia. Pode não acontecer nada, posso ser obrigado a fazer trabalhos sociais, posso ir para um reformatório, posso ser preso. Qualquer coisa é possível.

– Tá, mas se não acontecer nada, se você não for condenado, o que você vai fazer? O que você queria fazer? – Otimista, Yasmin insistiu enquanto caminhavam sob a sombra das árvores.

Pela primeira vez desde que chegara ali, Arthur pensou a respeito. O que deveria fazer quando deixasse o hospital? Pegaria realmente algum tipo de detenção ou prestaria serviço social? Quantas portas se fechariam para ele depois de tudo que ele fizera e provocara? Poderia voltar para a casa de seu pai? Poderia concluir os estudos? Até onde iriam os prejuízos que ele causara a ele mesmo? Arthur nunca havia medido a consequência de seus atos, sempre achou que estaria imune, até descobrir que não estava...

Yasmin suspirou ao se deparar com o silêncio de Arthur. Ao perceber a reação da garota, ele se deu conta de que devia ter ficado muito tempo calado em seus pensamentos.

– Eu não sei o que queria fazer, eu nunca pensei sobre isso. Eu acho que nunca planejei nada na minha vida. Todas as coisas que eu quis estavam sempre para trás, nunca para frente – contou Arthur com sinceridade, fazendo Yasmin olhá-lo com um olhar de piedade que ele já estava quase se acostumando a receber. – E você? – Perguntou rápido ao perceber o olhar de Yasmin para evitar que ela entrasse no mérito de sua resposta.

– Primeiro quero voltar pra casa, para o meu quarto, para a minha cama. Depois quero ver minhas amigas, ir nos meus lugares favoritos. Quero só que as coisas voltem ao normal – anunciou a garota misturando tristeza e nostalgia. Fez uma longa pausa e continuou. – Quero ver você também – disse ganhando um súbito olhar de Arthur.

– Quer me ver? – Certificou-se.

– Sim. Quero te ver – afirmou categórica. – Quero te ver longe daqui, quero ver você bem. Quero ver que as coisas deram certo para você, que superou tudo isso e seus problemas também. Isso vai me fazer bem – contou ela com um sorriso.

Sem saber o que responder e desacostumado a sorrir, Arthur retribuiu com um sorriso sem jeito. Yasmin voltou a olhar para frente, e caminhava com um singelo sorriso no rosto. Arthur, discretamente, observava a garota com o canto dos olhos e passava a admirá-la mais a cada dia, a cada conversa, a cada troca de olhares. Passava a admirar sua personalidade, seu otimismo, sua paciência, sua bondade, perseverança e não apenas sua beleza, a qual admirou desde o primeiro instante em que a viu.

Os dois continuaram o dia todo juntos, os dois compartilhavam a aflição de saber sobre a cirurgia de Sara. Depois de caminharem pela manhã, almoçaram, depois seguiram juntos para aula de Alberto e durante o horário livre passaram um tempo com Tiago e Luca, que se divertiam nitidamente na presença dos dois. No resto do horário livre, Yasmin sumiu, e deixou Arthur sozinho com os dois. Ele chegou até a procurá-la brevemente, mas não a encontrou e ficou se perguntando onde ela poderia ter ido. À noite a tensão já estava no limite com Arthur sem ter notícias. Já perto do horário de dormir, doutor Roberto apareceu no saguão de entrada, buscou o olhar de Arthur, que se levantou e ficou parado no lugar, afoito esperando qualquer sinal positivo. Arthur sentiu um gelo no estômago. Doutor Carvalho se aproximou e Yasmin apareceu logo em seguida.

– Boa noite, crianças – cumprimentou doutor Roberto ao se aproximar das poltronas e da lareira onde Arthur e algumas crianças estavam. – Arthur, posso falar com você um minuto?

Zani lançou um olhar a Yasmin, que o observava atenta. Ele engoliu em seco e se levantou sem dizer uma palavra. Seguiu doutor Roberto, que se afastou das crianças. Ao se distanciarem o suficiente, Zani esperou as primeiras palavras do doutor Carvalho.

– Seu pai quer vê-lo antes de partir – anunciou.

– Mas e a Sara? Ela está bem? – Perguntou imediatamente sem dar importância ao que doutor Roberto acabara de falar.

– Ela está bem, ela está bem. Por enquanto não temos com o que se preocupar. Ela já saiu da cirurgia há algumas horas, foi um sucesso. Resultado melhor do que o esperado, mas ainda temos que acompanhar os próximos dias – revelou doutor Carvalho fazendo Arthur respirar aliviado.

Zani, de longe, lançou um olhar a Yasmin e assentiu com a cabeça em um gesto. Ela sorriu contente.

– Posso vê-la? – Questionou Arthur.

– Primeiro vá ver o seu pai – orientou Roberto tomando o caminho da porta.

Arthur o seguiu e em silêncio caminharam até o hospital. Ao chegar ao elevador do hospital, rompeu o silêncio.

– Eu vou vê-la primeiro – disse imponente.

– Ela está dormindo! – Argumentou Roberto.

– Eu só quero vê-la! – Rebateu Arthur agressivo.

Doutor Roberto suspirou, hesitou por um momento.

– Tudo bem, não vá acordá-la – disse ele apertando dois botões no elevador – Seu pai está te esperando em minha sala.

Arthur seguiu pelo corredor assim que desceu no andar dos quartos. Já conhecia o quarto onde Sara geralmente ficava, e foi direto para ele. Abriu a porta e viu a garota deitada, fragilizada e espetada com agulhas e aparelhos. Ele não quis acender a luz, mas se aproximou para tentar vê-la melhor. Chegou perto da garota, colocou as mãos nos bolsos da jaqueta e ficou observando-a por um momento.

– Eu sabia que você seria o primeiro a vir – falou Sara em um sussurro, com a voz ainda grogue e arrastada. Pegando Arthur de surpresa, que no escuro, só agora percebia os olhos de Sara abertos quando viu a silhueta escura piscar.

– Eu tinha que ver como você estava – concordou Arthur.

– Você demorou – falava com dificuldade.

– Você está falando engraçado – riu Arthur. – O efeito dos sedativos ainda não passou – tentou descontrair.

– Cale a boca – falou rindo também com dificuldade.

Ficaram em silêncio. Arthur a observava com atenção. Tinha um nó na garganta, não conseguia parar de pensar no que seu pai dissera, que a cirurgia era apenas para ganhar tempo. Arthur sentia-se péssimo, como se um caminhão tivesse passado por cima dele.

– Arthur – chamou ela com a voz fraca após a pausa.

– Estou aqui – disse dando mais um passo à frente.

– Eu menti para você – revelou.

– Mentiu? – Perguntou paciente.

– Quando eu falei que achava melhor que eu morresse logo, que era isso que eu queria. Era mentira. Eu não quero morrer – falou como se apunhalasse Zani, ele engoliu em seco, sentiu uma dor física forte do lado esquerdo do peito. Não sabia o que falar, sentiu-se arrepiado, gelado. Sentiu o ar faltar. – Não é isso que eu quero – continuou Sara.

Zani viu a mão de Sara estendida na cama, achou que a coisa certa seria segurá-la. Tirou as mãos do bolso e segurou com força a mão de Sara, sentiu que ela quis corresponder, mas estava muito fraca para apertar a sua mão.

– O que você quer fazer quando sair daqui, Sara? – Perguntou Arthur repetindo a pergunta de Yasmin, ainda segurando a mão da garota.

– Eu queria um namorado – falou ela sem hesitar, como se já tivesse pensado várias vezes a respeito.

– Um namorado? – Perguntou ele dando uma breve risada.

– Sim – tentava ser prática nas respostas, já que não conseguia falar direito.

– Você é nova ainda para pensar em namorar.

– Eu quero alguém que goste de mim. Eu não posso ter outra família, não tenho amigos... Só vou conseguir isso com um namorado – explicou com dificuldade.

– Eu gosto de você – argumentou Arthur.

– Gosta?

– Gosto.

– Achei que você não gostasse de ninguém – brincou.

– Não gosto. Mas você não é ninguém – disse fazendo brotar um sorriso no rosto da garota.

– Acho que o namorado pode esperar então. Eu vou ficar boa, não vou?

Arthur travou por dentro mais uma vez, mas tentou ser o mais natural possível para a garota.

– Você vai.

– Eu também acho. – falou sorrindo, com o mais próximo de vivacidade que ela conseguiu entonar desde que estavam conversando.

– Que bom que sabe. Você não estava tão otimista antes, algum motivo especial?

– Esse médico, eu gostei dele – falava tentando ser breve.

– É mesmo? – Perguntou surpreso. – Por quê?

– Ele era legal, ele conversou comigo. Ele me tratou como se eu não fosse um problema, como se eu não estivesse... quebrada. Ele era diferente dos outros médicos, alegre, simpático. Agia como se soubesse exatamente do que eu precisava... Talvez ele saiba afinal.

É... *Talvez ele saiba*. Repetiu Arthur mentalmente e sorriu, sabia do que a garota estava falando e, por um momento, sentiu-se orgulhoso do pai. Mas logo esse sentimento foi substituído por culpa, por todas as coisas que sempre falava para o pai sobre sua mãe.

– Ele é bom, não é?

– Ele é. Você o conhece?

– Sim, eu o conheço. Ele que me mandou para cá.

Arthur ficou calado. Sara ainda segurava sua mão. Após o intervalo, Sara continuou.

– Você acha que eu vou conseguir essas coisas que eu quero?

– O namorado?

– Eu sei que não posso ter uma família nova. Mas eu queria estudar, queria ser arquiteta, queria um namorado e um grupo de amigos. Você acha que eu consigo?

– Claro, Sara. Claro que consegue – respondeu Arthur, sofrendo em silêncio.

– Aqui estão vocês – disse a voz de Yasmin aparecendo em uma fresta da porta.

– Yasmin! – Conseguiu até exclamar Sara ao ver a garota abrindo a porta silenciosamente e fechando-a em seguida.

– Eu trouxe algo para você! – Falou animada revelando algo que estava escondendo atrás das costas.

– Um algodão-doce! – Exclamou ainda mais animada.

– Ah, por isso que você sumiu a tarde inteira – concluiu Arthur e Yasmin riu como quem fosse flagrada.

Capítulo 13

Meu hospital

Depois de deixar o quarto de Sara, Arthur seguiu para a sala de doutor Roberto, que Zani já conhecia tão bem, para finalmente encontrar seu pai. Caminhou cabisbaixo, sem ânimo. O dia tinha sido de certa forma pesado, e depois da conversa com Sara, sentia-se ainda mais carregado. Não estava pronto para mais uma, provavelmente, tensa conversa com o seu pai. Em frente à porta, parou por um segundo para respirar fundo, e entrou.

  Guilherme, que lia alguns documentos, levantou os olhos sem erguer a cabeça para observar Arthur. Fitou seus papéis por mais alguns breves segundos antes de soltá-los sobre a mesa. Guilherme entrelaçou os dedos e apoiou as mãos sobre o

A DIFERENÇA QUE FIZ

colo. Arthur se sentou de frente para ele. Foi Guilherme que iniciou a conversa.

– Como está? – Perguntou seco.

– Já estive melhor – respondeu em tom desaforado, após uma pausa.

Guilherme pressentiu que não conseguiria ter uma boa conversa com Arthur, então resolveu ir direto ao ponto.

– Seu julgamento está marcado para uma terça, dois dias depois do seu aniversário – avisou fazendo um intervalo, que Arthur não aproveitou, então Guilherme continuou – Roberto vai acompanhá-lo até a rodoviária, eu te busco quando chegar em Zankas. Não consigo imaginar o resultado do julgamento, a família do garoto está bem revoltada. Eles não vão aliviar em nada, muito pelo contrário.

Contou Guilherme observando Arthur, que ouvia calado. Arthur estava distante, quase não prestava atenção nas palavras de seu pai. Chegou a um ponto que já nem se importava tanto com o que aconteceria com ele. Estava tão insatisfeito com a vida e com tudo que nem tinha mais vontade de fazer mais nada.

– Você continua proibido de entrar em casa! – Rompeu Guilherme de repente, com uma pontada de raiva, após interpretar errado a falta de ânimo de seu filho, como se fosse seu antigo descaso e indiferença de afrontamento. Acreditava que seu filho não evoluiu em nada. – Ainda não decidi o que vou fazer com você depois do julgamento. Você vai se tornar maior de idade em breve e eu não serei mais responsável por você – falou tentando conter sua irritação, mas ainda irritado.

Arthur continuou calado, desmotivado, sem vontade, avoado, desinteressado. Olhava para seu pai, mas seu olhar era distante. Estava desolado. Um longo silêncio preencheu o ambiente. Guilherme tentava ler o seu filho, compreendê-lo. Zani não tinha vontade de falar nada.

– Acabou? – Disse quando pensou em dizer alguma coisa. Guilherme estreitou o olhar e lançou um olhar fulminante a seu filho.

278

Gutti Mendonça

– Você quer saber uma coisa? – Falou pausadamente com um sorriso triste no rosto. – É de certa forma assustador ver tanto de você mesmo no seu próprio filho. Você vê o jeito de caminhar, a rebeldia, a esperteza. Tudo isso é assustador, mas também é bom. Deixa de ser bom, deixa de ser divertido e se torna aterrorizante, quando você não consegue mais se reconhecer em nada, em seu próprio filho. Nem mesmo uma sombra, nem mesmo um lampejo que seja. Você perde toda a esperança. Agora eu acabei. – encerrou com os dentes cerrados.

Arthur levantou-se lentamente, absorvendo mais aquelas amargas palavras e foi a caminho da porta sem muita pressa. Sentindo-se ainda mais pesado pelas pancadas do pequeno discurso de seu pai, continuava sem a menor vontade de responder. Ao chegar até a porta, Arthur teve um estalo, virou-se e resolveu fazer uma última pergunta.

– E a Yasmin? – Foi direto.

– O que tem ela? – Perguntou Guilherme desconfiado ainda mal-humorado pelo comportamento de seu filho.

– O caso dela é grave? – Perguntou se fazendo de desentendido para ver se ganhava mais uma pista.

Guilherme ainda mediu as palavras antes de responder.

– O caso dela é complicado. É um caso raro de leucemia. O tratamento ainda é difícil – respondeu sem esconder o jogo.

Arthur olhou desconfiado, teve certeza de que seu pai queria que ele acreditasse naquela mentira. Para ele, estava mais do que óbvio que Yasmin estava bem, só queria algumas palavras que confirmassem a sua certeza.

– Sei que adora fazer justamente o contrário do que lhe pedem, mas, por favor... Não seja indelicado de ficar perguntando sobre o caso de Yasmin para Roberto toda hora – complementou Guilherme.

– O quê? – Perguntou Arthur parado em frente à porta, sem entender o que Guilherme acabara de falar.

– Não vá ficar perguntando! – Guilherme foi enfático. – Assim como foi difícil para mim acompanhar o caso de sua mãe, não deve ser nada fácil para ele acompanhar o caso de sua filha – disse ele deixando Arthur desnorteado. Tentava assimilar aquela informação, ficou em choque por um momento, com a cabeça girando ainda mais do que já estava.

Pela reação de Arthur, Guilherme percebeu que talvez aquela fosse uma informação nova para seu filho. Arthur começou a raciocinar, a ficha começou a cair. Tudo começou a fazer sentido.

– Ele não gosta de falar sobre? – Perguntou fingindo naturalidade para ver se arrancava mais alguma coisa.

– Claro que não. Imagine como é difícil. Yasmin não poderia estar em melhores mãos, Roberto é uma sumidade neste tipo de doença, se tornou um dos maiores pesquisador da área por ser uma grande referência, foi para o exterior em uma das maiores instituições de pesquisa. Enquanto isso, sua filha sofria da mesma doença aqui. Ele se sente muito culpado, acha que poderia ter identificado com facilidade se estivesse aqui, ela teria um tratamento muito mais assertivo – falou Guilherme chateado, atordoando Arthur cada vez mais. – Quando Yasmin foi diagnosticada, ele voltou imediatamente para cá. Ele me avisou para providenciar o tratamento de Yasmin. Acabamos conversando bastante, eu precisava de um diretor para cá, sozinho não estava dando con...

– Você precisava de um diretor para cá? – Interrompeu Arthur não percebendo mais uma vez sobre o que o pai estava falando.

– Sim – disse fazendo uma pausa. – Esse hospital também é meu, Arthur. Não me surpreende que não saiba nada sobre o trabalho de seu pai, na época da inauguração foi até notícia. Também não me surpreende que não se informe em relação a estas coisas, mas me surpreende que você é inteligente e imaginei que pelo tempo que já está aqui e depois que visse que a instituição tem o mesmo nome de sua mãe teria uma fácil sacada – contava Guilherme deixando Arthur cada vez mais perplexo.

Gutti Mendonça

– Mas... como? – Não compreendia Arthur, era informação demais para ele.

– Este era o maior sonho de sua mãe. Uma instituição para crianças doentes e carentes. Também era uma ideia que simpatizava muito, quis concretizar o sonho de sua mãe.

– Você mantém esse hospital inteiro?

– Basicamente. A instituição é mantida pelo Quatro Trevos, recentemente ela vem ganhando notoriedade, fomos inclusive convidados para um jantar beneficente, um dos maiores encontros para angariar parceiros para doações. Muitos empresários e celebridades a fim de fazer caridade vão nestes encontros. É a primeira vez que recebemos o convite e o governo também está prestes a nos dar um incentivo, Claridade já é um dos grupos que nos apoia. A ideia é crescer e ajudar mais gente.

Arthur estava estático. Não imaginou que seu pai estaria envolvido... ou melhor, que fosse dono do hospital.

– Eu nunca lhe contei porque eu queria lhe mostrar um dia, quando ele fosse um modelo, uma referência e já tivesse vários incentivos. Um dia que eu pudesse lhe mostrar e dizer: "Este era o sonho de sua mãe", não queria que conhecesse assim – complementou. – Enfim, Roberto também comprou a causa, seria muito difícil com os recursos que temos hoje contratar um médico e diretor do calibre dele. Ele aceitou vir por um salário quase que simbólico. Nossa visão da vida, valores e das coisas que realmente importam mudam completamente quando nos deparamos em situações como esta. Ele tem me ajudado demais, uma vez que não posso sair quase nunca do Quatro Trevos.

– Então Yasmin está mesmo doente? – Perguntou em voz alta mais para si do que para seu pai.

Guilherme não entendeu a pergunta e não disse nada, apenas fez uma cara de interrogação.

– Ela está doente – repetiu Arthur baixinho para si mesmo.

A diferença que fiz

Zani esqueceu de se despedir, abriu a porta e saiu abalado, como se não tivesse chão sob os seus pés. Guilherme não entendeu a reação, mas não quis impedi-lo. Arthur andava no automático, sem prestar atenção no caminho. Não percebeu, mas começou a correr de leve.

Agora tudo fazia sentido. Por que Yasmin não gostava que ele falasse mal de Roberto, por que algumas vezes ela sumia nos mesmos momentos que Roberto, por que ela tinha roupas e itens de luxo, por que ela estudava em um dos colégios mais tradicionais de Zankas, por que ela tinha bons estudos. Por que ela parecia poder ter experiências de vida do mesmo nível social que ele tinha. Mas ela estava mesmo doente.

Arthur seguia transtornado, sua cabeça girava. Como assim o caso de Yasmin era complicado? Ao sair pelo gramado, viu mais uma vez o letreiro luminoso "Instituto Médico Santa Lúcia", sentiu um aperto no peito, lembrou do rosto de sua mãe, sorrindo. Sempre que se lembrava dela, era assim que ela estava, sorrindo. Continuou sua caminhada para a Casa Claridade, foi quando percebeu que estava correndo. Tudo parecia estar desmoronando, desde que roubou aquele carro e atropelou aquele garoto, achou que as coisas não poderiam ficar piores. Mas desde que chegara naquele hospital viu que tudo podia ruir ainda mais, queria desaparecer.

Aproximou-se da porta de entrada quase tropeçando nos próprios pés. Entrou de uma vez. E Yasmin era a única no saguão, ela se levantou assustada ao vê-lo.

– Até que enfim! – Falou ela atordoada. – Estava esperando você voltar. Como ela está? – Perguntou quase engolindo metade das sílabas.

Arthur parou de correr, olhou para Yasmin com outros olhos, de uma maneira que nunca havia olhado ninguém. Andou lentamente da porta até os sofás, onde Yasmin estava. Chegou perto da garota. Não conseguia dizer nada. Olhava-a aflito, não queria aceitar que ela estava doente. Pensou em Sara passando por todas aque-

282

las cirurgias, pensou em Tiago sempre em observação e imaginava Yasmin passando por tudo aquilo também. Yasmin começou a se assustar com a expressão de sofrimento no rosto de Arthur.

– O que foi Arthur?! Fale de uma vez! – Perguntou aflita. Mas Arthur não conseguia dizer uma só palavra, continuava olhando para ela e para cada detalhe de seu rosto. – Arthur, você está me assustando, o que foi que aconteceu?

Zani estampava uma expressão de sofrimento no rosto. Tinha tanta certeza de que Yasmin estava ali como ele, quase que a passeio, que ao receber a verdade, não estava preparado. Mas não conseguia entender sua reação. Não imaginou que ficaria tão abalado, não imaginou que se importava tanto. Então finalmente entendeu. Entendeu o que era aquilo. Entendeu o que sentia por Yasmin.

– Ah não... não, não, não – desesperou-se Yasmin – A Sara... ela... não... Arthur! Fale logo! – Perguntou levando a mão à boca. Arthur negou com a cabeça, foi o máximo que conseguiu se comunicar. – Ela está bem? – Arthur assentiu com a cabeça enquanto as palavras ainda não conseguiam ajudá-lo.

Ao receber essa notícia, Yasmin quis sorrir, mas ainda estava envolvida pela expressão no rosto de Arthur, que não conseguia parar de fitá-la, como se fosse a última vez que a estivesse vendo.

– O que foi Arthur, por que você está desse jeito? – Perguntou ela ainda angustiada.

Olhando bem, Yasmin realmente parecia abatida, talvez até mais magra desde quando chegara. Talvez não tinha visto porque não queria ver. Arthur sentiu um aperto no peito, físico, pesado, incômodo. Seu sofrimento aumentava, sentia um nó na garganta.

– Arthur... – Disse Yasmin já em tom de súplica.

Arthur deu um passo à frente e ficou bem próximo de Yasmin. Arthur segurou gentilmente o rosto de Yasmin com ambas as mãos, Yasmin corou, estavam muito próximos.

– O que você está fazendo, Arthur? – Perguntou indefesa e envergonhada, apoiando as mãos sobre o peito de Arthur, por precaução.

O olhar de Arthur invadia o de Yasmin. E, olhando-a assim, tão de perto, achou nele próprio algo bom, um sentimento leve e agradável, sufocado. Mas que, de repente, ganhou todo espaço que poderia ganhar. Fez carinho no rosto de Yasmin, que estava congelada, sem entender o que acontecia. Arthur fechou os olhos, não teve medo, achou que era o certo. Sentiu-se tomado de desejo e a beijou.

Yasmin, por puro reflexo, ainda tentou lhe empurrar no primeiro instante. Mas assim que sentiu-se beijada, compartilhou o mesmo sentimento. Foi tomada por uma leveza e felicidade que andava lhe faltando a tanto tempo. Retribuiu o beijo. Beijaram-se por alguns minutos, que passaram sem ser percebidos. Voltaram a se olhar.

– O que foi isso? – Perguntou Yasmin ainda confusa, dando um passo para trás, como se voltasse a realidade. – Por que você fez isso? – Arthur voltou a estampar o mesmo olhar aflito, carregado de piedade – Por que você está me olhando desse jeito? – Irritou-se Yasmin ao ver aquele olhar mais uma vez e sem entender nada.

– Eu... É que... – Arthur tentava procurar as palavras – Eu só... – Ainda tropeçava nas palavras enquanto Yasmin o olhava com atenção, paciente, esperando por alguma resposta que justificasse tudo aquilo. Zani respirou fundo, tentou organizar os pensamentos e continuou finalmente. – Sara está bem, eu fui vê-la. Ela parece bem debilitada depois da cirurgia, mas vai ficar bem logo. E eu voltei pra cá pensando em você, se caso tivesse que passar por algo assim, e... – Arthur parou de repente a desculpa que estava inventando.

– E o quê, Arthur? – Perguntou ela dessa vez também com um olhar de aflição e sofrimento.

– E foi quando eu vi que eu me importo com você mais do que eu imaginava – falou sendo sincero pelo menos nisso.

Yasmin não deixou o olhar de sofrimento de lado, mas sorriu e demonstrou pelo menos um ar de alívio. Ela voltou a se aproximar de Arthur e o abraçou.

Gutti Mendonça

Arthur se sentiu tão frágil, sentiu sua perna fraquejar. Sentia--se tão cheio de segredos, tão cheio de problemas, fardos e ao mesmo tempo tão sozinho para lidar com tudo aquilo. Ele que sempre fora tão autoconfiante, sentia-se tão despreparado, tão sem rumo, sem saber o que fazer. Só ele soube o que significava aquele abraço para ele, só ele sabia o que aquele momento significou para ele.

Não queria sair daquele abraço. Yasmin parecia se sentir da mesma forma, ficaram abraçados por vários minutos, sem cansar. Arthur já guardara na memória o perfume de Yasmin. Quando finalmente se desgrudaram, ele deu mais um breve e sutil beijo na garota. Os dois trocaram um olhar de carinho e cumplicidade.

– Tá... mas o que significa isso para gente, Arthur? – Quis saber Yasmin.

Arthur voltou a envolvê-la em um novo abraço antes de lhe dar a resposta.

– Eu não sei – fez uma pausa enquanto pensava em uma resposta melhor. – Eu não sei, mas eu gosto. Espero que a gente descubra juntos – disse e se afastou para ver o rosto e a reação de Yasmin a sua resposta.

A garota lançou um olhar analítico a ele e então sorriu e assentiu com a cabeça. Sentaram-se no sofá e não conversaram muito, curtiram aquele momento de descoberta e carinho. Arthur sentiu--se seguro. Como se o mundo desabasse lá fora, cheio de notícias ruins, atritos, desgraças e problemas, mas ali estivesse tudo bem.

Arthur percebeu depois de algum tempo que Yasmin adormecera, estava cansado também. Aos poucos tudo que acontecera, todas as informações que recebeu, voltaram a ocupar a sua cabeça, mas não por muito tempo. Arthur também estava exausto e adormeceu minutos depois.

Zani só foi acordar com Yasmin o chacoalhando de leve.

– Arthur! A gente dormiu! Deve ser muito tarde – cochichou quando viu Arthur abrir os olhos, se endireitou no sofá e esfregou os olhos.

A DIFERENÇA QUE FIZ

– É melhor a gente ir dormir – sugeriu ele sonolento.

Os dois levantaram com preguiça. Arthur envolveu Yasmin pelos ombros e juntos tomaram o caminho das escadas. Ao chegarem no andar de cima, antes de ir cada um para o seu lado, ficaram frente a frente para se despedirem.

– Eu sempre soube que você era assim – falou Yasmin.

– Assim como?

– Bom e carinhoso – explicou.

– Eu não sou assim – desdenhou.

– Sim, é sim – rebateu Yasmin de imediato. – Você só tem algumas camadas de resistência – completou rindo.

– Se você diz – cedeu Arthur não querendo contrariar, mas certo de que ela estava errada.

– Boa noite – desejou Yasmin com um sorriso no rosto.

– Boa noite – devolveu Arthur adiantando-se para se despedir com um breve beijo.

Yasmin tomou o rumo do corredor, no meio do caminho olhou para trás para despedir-se de Arthur, que ainda a observava. Ela, desta vez, se despediu com um gesto de mão e um sorriso de felicidade. Depois que ela entrou em seu quarto, foi a vez de Zani ir para o seu.

Nem se arrumou e nem entrou debaixo das cobertas, pensou em deitar-se só por um momento antes de se preparar para dormir. Foi invadido pelos pensamento que ele sabia que o recepcionaria na cama. Yasmin, seu pai, doutor Roberto, Sara, Luca, Tiago, Erick, seu julgamento, seu novo romance, a cirurgia de Sara, o hospital de seu pai, a sentença de Sara, o estado de saúde de Yasmin... Eram coisas demais em sua cabeça. Um pensamento invadia o outro e sua cabeça chegava a latejar. Mas estava cansado, exausto. Uma exaustão mental e não física. O peso e a quantidade das informações e acontecimentos do dia o sobrecarregaram e fizeram com que ele acabasse adormecendo do jeito que estava.

De manhã, Arthur foi acordado por Tiago, que para sua surpresa não estava no hospital.

– Oi – falou Arthur ao ver o rosto do garoto bem em cima dele, o inspecionando.

– Oi! – Devolveu animado.

Arthur sentou-se na cama, e percebeu que tinha pego no sono antes de se aprontar para dormir.

– Por que você dormiu assim? – Perguntou Tiago intrigado.

– Eu não ia dormir assim.

– Mas por que você dormiu assim? – Perguntou olhando para a jaqueta de Arthur.

– Porque eu peguei no sono.

– O que a gente vai fazer hoje? – Quis saber Tiago em tom de convite.

– Nada de extraordinário – respondeu enquanto se levantava para se arrumar para o café.

– O que é extraordinário?

– Quando você não souber o que uma palavra significa você tenta dividir ela no meio, às vezes o significado dela é o que significariam duas palavras juntas. Extraordinário são duas palavras juntas, extra e ordinário – explicava Arthur paciente olhando para o garoto que absorvia cada palavra com muita curiosidade. – Você sabe o que significa extra?

– Sei.

– O que significa? – Cobrou Arthur.

– Uma coisa a mais? Tipo bolacha quando fala que vem recheio extra, aí vem mais recheio – respondeu sem ter muita certeza.

– Isso... – Concordou Arthur um pouco contrariado. – E ordinário? Você sabe o que significa?

– Sei! – Falou com empolgação. – É tipo idiota! Babaca! – Falou levantando a mão, Tiago tinha a mania de fazer isso quando falava com empolgação.

– Não é nada disso – contrariou Arthur.

A DIFERENÇA QUE FIZ

– É sim! – Teimou o garoto – Minha vizinha sempre falava para o meu pai: "Seu ordinário! Idiota!" – Justificou Tiago, fazendo-o suspirar com dó.

– Ordinário é algo comum, normal, frequente... – explicou Arthur, Tiago o olhava intrigado – Portanto se eu juntar as duas palavras, extra e ordinário. Qual o significado?

Arthur viu que Tiago pensava bastante pela expressão em seu rosto, decidiu não apressá-lo.

– É uma coisa que não é normal, é extra normal! – Tentou. Arthur riu.

– Não, é o contrário. Extra não tem o sentido só de "mais", tem o sentindo de "além", "por fora". Portanto, extraordinário significa fora do normal, uma coisa rara, incomum – Tiago murmurou em sinal de que havia entendido.

– Legal – falou baixinho.

Quando Maria entrou no quarto para acordar os que ainda estavam dormindo, Arthur disse que encontraria Tiago no café e que iria se arrumar. E assim fez.

Ao chegar ao refeitório, Arthur reparou imediatamente em Yasmin. Os dois trocaram olhares e sorrisos que só eles entendiam. Ele sentou-se ao lado dela e em diversos momentos os dois ficaram de mãos dadas debaixo da mesa. Embora a falta de Sara fosse bastante sentida, Arthur teve um café da manhã agradável. Sabia que, por enquanto, Sara estava bem e era nesse pensamento que ele queria se apegar.

Chegou a hora de mais uma vez se trancar na sala de doutor Roberto e ficar lá por horas. No caminho para o seu confinamento, Arthur já pensava no médico e em tudo que ele vinha passando. Bateu na porta assim que chegou e entrou assim que foi convidado, sentou-se na sua tradicional cadeira.

Doutor Roberto, como sempre, não parecia dar muita atenção para Arthur. Mas especialmente naquele dia, Zani não parava de reparar nele. Sentia-se de certa forma culpado. Se talvez ele não estivesse ali, Roberto poderia passar algum tempo com sua filha. Agora fazia todo o sentido por que doutor Roberto sempre saía tanto da sala. Além, é claro, de acompanhar o estado de seus pacientes, ele com certeza ia ver Yasmin.

Arthur não sentia mais raiva do doutor, olhava para ele com pena. Se não arranjasse tantos problemas, talvez doutor Roberto pudesse ficar mais tempo livre para passar um tempo com ela. Ele repentinamente mudara seu conceito sobre doutor Carvalho... Carvalho. Se esse era o sobrenome de Roberto, era também o de Yasmin. Yasmin Carvalho. Bonito nome.

Arthur não parava de observá-lo por cima do livro que fingia ler. Parecia ter uma expressão cansada, preocupada. Arthur não queria prendê-lo ali. Não queria que ele estivesse ali apenas por sua causa, aquilo era tanto desperdício de tempo. Se bem que... se Arthur já reparara bem, dentro de mais quinze minutos ele sairia e só voltaria dali a uns quarenta minutos, mas mesmo assim.

Zani quis dizer algo, mas travou. Era muito difícil dizer aquilo. *Não vou falar*, desistiu ele. Ele queria dizer, mas eram palavras que, para ele, pareciam quase impossíveis de serem pronunciadas. *Vou falar, qual o problema? Vou falar de uma vez*. Mentalizava ele. Nos próximos dez minutos, ficou em um conflito mental, brigando consigo mesmo. Até que finalmente desistiu.

Olhou uma última vez para doutor Roberto, que observava atentamente um exame esfregando a testa com a ponta dos dedos.

– Posso te ajudar em alguma coisa? – As palavras simplesmente saltaram de sua boca.

– Como? – Perguntou Roberto não tendo certeza se tinha escutado direito.

– Ajuda – falou sucinto, odiando ter que repetir aquela palavra.

– Ajuda? Sua ajuda? Você quer ajudar? – Perguntou Roberto verdadeiramente espantado.

– É. É! – Retrucou irritado – Se não quer, beleza – resmungou.

– Por que você, de repente, quer ajudar? – Perguntou interessado.

– Eu estou cansado de ler todos os dias, não tem nada de diferente para fazer?

Roberto olhou desconfiado para Arthur, tentando perceber alguma pegadinha. Ficou em silêncio por um momento antes de continuar.

– Agora não me vem nada em mente, mas vou pensar em algo para você fazer amanhã, caso ainda esteja com vontade de ajudar – disse ainda parecendo desconfiado.

Foi a vez de Zani fazer uma pausa.

– O.k. Se quiser sair agora para fazer alguma coisa, pode ir. Eu não vou fazer nada de errado – informou Arthur a contragosto.

– Ah entendi – riu Roberto ironicamente. – Você quer ficar sozinho para aprontar uma das suas – balançou a cabeça.

– Não é nada disso! – Retrucou Arthur raivoso.

– O que é então? – Perguntou Roberto provocativo.

– Ah, nada. Esquece. – Emburrou-se e voltou a pegar seu livro abrindo-o em qualquer página.

Roberto voltou sua atenção para suas coisas, enquanto Arthur queimava de raiva e não aguentou ficar quieto. Sem tirar os olhos do livro, atacou.

– É só que eu sei que a Yasmin é a sua filha e eu acho uma perda de tempo você ficar aqui comigo sendo que ela pode estar morrendo. Mas se você prefere ficar aí, o problema é seu... – Disse Arthur sem a menor delicadeza e sensibilidade.

Doutor Roberto largou o que estava fazendo no mesmo momento e mediu Arthur com o olhar. Já calejado pelo assunto e com experiência de sobra àquela altura da vida, não se deixou abater pela provocação de Arthur.

– Ela te contou? – Questionou.

– Não. Eu descobri. Mas não sei por que o motivo do segredo – disse com indiferença, ainda olhando para um ponto fixo na página do livro.

Gutti Mendonça

– Não queremos que os pacientes pensem que ela tem um tratamento privilegiado por ser a minha filha – justificou Roberto – E gostaria que continuasse dessa forma – pediu.

– Que seja – concordou com a mesma indiferença.

Roberto ficou pensativo por um momento. Queria entender por que Arthur era tão cheio de altos e baixos. Como às vezes acreditava que ele mudaria, mas outras tinha certeza que ele não tinha salvação.

– Você quer realmente ajudar, Arthur? – Questionou.

Zani abaixou finalmente o livro e olhou para Doutor Carvalho.

– Eu posso ajudar – falou sem dar importância.

– Você quer ajudar?! – Disse enfático.

Os dois se encararam, um silêncio preencheu a sala por um momento.

– Quero – respondeu Arthur seco.

Se olharam por mais um momento. Roberto acenou positivamente com a cabeça.

– O.k. Eu acredito em você – falou voltando para seus afazeres.

– E aí? Você acredita e...? – Cobrou algo a mais, após ver a reação de Roberto.

– Calma, Arthur. Primeiro eu acredito, primeiro eu acredito... – Complementou sem deixar os olhos de sua papelada.

Os dois não voltaram a conversar muito mais aquele dia. Como de costume, doutor Roberto deixou a sala e voltou em horários parecidos com os de sempre. Arthur deixou a sala próximo ao horário do almoço.

Ao voltar para a Casa Claridade, ele se deparou com um pequeno alvoroço no saguão de entrada. Se aproximou do centro para ver o que acontecia. Reconheceu um dos médicos do hospital, de jaleco amarelo, perto de Olívia, que parecia ser o centro das atenções. Maria, Cecília e alguns voluntários também estavam lá.

– O que está acontecendo, Tiago? – Perguntou Arthur para o garoto ao se aproximar dele.

Ele olhou para cima para ver Zani, já que não havia percebido sua chegada. Voltou a olhar para frente antes de responder, quando agora Maria abraçava Olívia.

– Olívia está indo embora daqui a pouco – informou com naturalidade.

– Indo embora? – Estranhou Arthur.

– Sim, é que ela está mais alta – informou ele prestativo.

– Está mais alta? – Não entendeu.

– É o que eles falam quando você ficou bem.

– Ela recebeu alta – disse Arthur, rindo. – Alta médica. – explicou.

– Opa! Ainda bem que cheguei a tempo – apareceu Doutor Roberto à porta ganhando alguns olhares e indo se juntar ao grupo.

Arthur não quis ficar para ver o final daquilo. Saiu quieto, sem desviar a atenção de ninguém. Subiu para deitar um pouco antes do almoço que já sairia em breve. Nunca conseguia pôr o seu sono em dia.

Depois de alguns minutos sozinho encarando o teto sem conseguir pregar os olhos, Arthur ouviu o ranger da porta abrir e flagrou Tiago que vinha entrando. Acompanhou o garoto com os olhos que veio sem pressa se sentar na cama ao lado.

– O que você está fazendo? – Perguntou o menino.

– Estou deitado.

– Além de estar deitado, o que você está fazendo? – Perguntou não satisfeito.

– Estou pensando.

– Pensando no quê?

Arthur não respondeu imediatamente, refletiu por um momento.

– Na vida – disse vago. – E você? O que está fazendo? – Perguntou para não ser abordado por mais uma pergunta.

– Nada. Tava pensando também – falou com simplicidade, distraído, balançando os pés que não alcançavam o chão.

– E no que você estava pensando?

– Na Olívia.

– O que tem ela?

– Ela é legal. Todo mundo gosta dela.

– E daí? Era só isso que você tava pensando?

– Sim. Tava pensando se todo mundo vai se despedir também de mim quando eu for embora – falou Tiago com a mesma simplicidade. Arthur sentiu um corte no peito.

– Claro que vai! – Animou Arthur.

Tiago deu de ombros.

– Eu não sei não – falou ele incerto ainda brincando com os pés suspensos no ar.

Arthur sentou na cama e fitava o garoto, que observava os pés com atenção. Continuaram em silêncio por alguns minutos. Zani tentava imaginar qual era a história de Tiago.

– Cadê o Luca? Por que você não está com ele?

– Ele estava lá embaixo. Ele queria ficar lá.

– E por que você quis subir? – Estranhou que os dois não estivessem juntos.

– Queria ver o que você estava fazendo, mas você não está fazendo nada de legal – Arthur riu.

– O que você quer ser quando crescer? – Perguntou Arthur interessado na perspectiva de vida de Tiago.

– Mecânico – respondeu distante, dando a resposta como se ela já estivesse gravada na mente há muito tempo, sem que fosse preciso pensar para responder.

– Mecânico? – Surpreendeu-se Arthur.

– Sim! – Devolveu parecendo animar-se um pouco.

– Mas mecânico? – Relutou Arthur.

– Sim! Por quê? – Questionou Tiago percebendo o tom de resistência na voz de Arthur.

– Você pode ser algo mais do que mecânico, você é inteligente – argumentou Arthur em tom de incentivo.

– Meu avô era inteligente e era mecânico – retrucou Tiago chateado.

– Não quis dizer isso – tentou corrigir. – Quis dizer que você pode estudar, pode ter uma profissão mais legal.

– Eu gosto de mecânico – falou zangado, como Zani nunca havia visto.

Arthur não quis insistir e nem mexer em um calo que já percebeu que existia.

– Você morava com o seu avô?

– Sim.

– E os seus pais? – perguntou até com medo da resposta.

– Não conheci a minha mãe. Meu pai brigava muito com o meu avô sempre que ia em casa.

– Sempre que ia em casa? Ele não morava com você? – Interrogou Arthur.

– Não – respondeu em tom indiferente.

– E o seu avô? Onde está?

– Ele morreu ano passado.

– Você foi para um orfanato?

– Sim.

Arthur olhava Tiago com dó, ele parecia estar com a cabeça completamente distante. Entretia-se com o movimento de seus pés e parecia quase não prestar atenção na conversa. Depois de observá-lo por alguns instantes, voltou à conversa.

– Você gosta de lá?

– Não. Gosto mais daqui.

– Você gosta mais daqui do que do orfanato? Por quê? – perguntou intrigado.

– Aqui tem o Luca, o doutor Roberto, você, a Cecília, a Maria... As pessoas são mais legais – falou sorrindo pela primeira vez.

– E as pessoas no orfanato? Como são?

– Elas gritam e brigam muito. Tem uma tia que é legal, mas a maioria não tem muita paciência.

– Por que você diz isso?

– Ah, por várias coisas. Mas as crianças também não são como as daqui.

– Não são? Elas são como?

– Elas discutem e batem. Aqui a gente só brinca – explicou. Arthur estava com um peso na alma de ouvir aquelas coisas.

– Você quer ser adotado?

– Não! – Respondeu para a surpresa de Arthur. – Só se adotarem o Luca também. A gente fez um acordo – falou sorrindo e batendo com o indicador no canto da testa querendo demonstrar em um gesto que eram muito espertos.

Zani riu no mesmo momento em que Maria entrou no quarto para chamá-los para o almoço. Atenderam ao chamado. Olívia tinha acabado de partir, Arthur não havia se despedido, mas achou melhor assim. Não tinha jeito para essas coisas. Mais uma vez, sentou-se ao lado de Yasmin no almoço. Os momentos ao lado dela eram momentos de refúgio, momentos em que ele até sentia-se capaz de ser feliz.

À tarde foram para aula com Alberto, onde o clima era descontraído e amigável. No final da aula, acabavam sempre tomando parte do horário livre para jogar conversa fora com Alberto, que parecia um homem muito vivido, sempre contribuindo com histórias interessantes.

No horário livre fugiram para a cabana, no meio dos pinheiros, onde poderiam ficar juntos sem se preocupar com mais nada. Trocaram diversos beijos e abraços, era tudo bom, era tudo novidade.

– Se me dissessem que terminaríamos desse jeito no primeiro dia que vi você, eu jamais acreditaria – contou Yasmin risonha, entre os braços de Arthur que estava sentado com as costas apoiada na parede, sob a janela. Ela o usava de encosto.

– Eu sempre soube – falou Arthur gabando-se.

– Sempre soube, é? – Olhou para ele descrente.

– Sim. Desde o momento que eu te vi chegar, eu soube – falou fazendo Yasmin gargalhar.

– Coitado – comentou ainda rindo e contagiando Arthur com sua risada.

Yasmin murchou seu sorriso aos poucos, olhava fixamente para Arthur e de repente ficou séria e com um olhar penetrante.

– Mas, sério... o que fez você agir daquele jeito ontem? Eu ainda não entendi. Pensei nisso quase a noite inteira – confessou Yasmin.

Arthur não fugiu do olhar e quis responder olhando nos olhos de Yasmin.

– Eu simplesmente percebi que você era mais importante para mim do que eu pensava.

Yasmin sorriu.

– Mas o que fez você perceber isso? – Perguntou quase aflita, ainda não satisfeita com a resposta.

– Eu estava falando com alguém sobre você e toda vez que seu nome surgia na conversa eu percebia uma coisa diferente, percebia que me importava com você, que me preocupava – revelou ele um pouco encabulado.

– Com quem você estava falando? – perguntou com os olhos repletos de curiosidade.

– Com meu pai – disse sucinto.

– Seu pai?! – Exclamou admirada.

– Sim, ele veio me visitar.

– Sério? Que legal, não sabia que ainda tinha contato com o seu pai. Ele veio ver como você estava?

Arthur imaginou que, por ser filha de Roberto, Yasmin provavelmente saberia quem ele era e quem era o seu pai. Estava testando. Preferia que ela não soubesse tudo sobre ele, não se orgulhava de seu passado, principalmente dos últimos acontecimentos antes que ele chegasse ali no hospital.

– Não tenho muito, ele veio a convite do seu pai – falou de propósito para ver a reação de Yasmin.

– O quê?! O meu o quê?! – Mexeu-se Yasmin em um rompante, desencostando de Arthur para olhá-lo melhor.

– O seu pai, o doutor Roberto. Eu sei que ele é seu pai. – Yasmin ficou quieta, não consentiu nem desmentiu. – Tudo bem, eu já sei – minimizou Arthur.

– Como você descobriu? – Perguntou intrigada.

– Eu já tinha algumas suspeitas fazia um tempo. Não sei por que o mistério.

– Não queremos que as crianças pensem que eu sou privilegiada por causa disso – deu a mesma resposta de seu pai, parecendo ter ensaiado.

– Foi o que ele me disse.

– Você já falou disso com o meu pai?

– Sim, hoje de manhã.

– E o que foi que ele falou?

– Nada demais. Seu pai e eu não conversamos muito.

Yasmin não perguntou mais nada, mas ficou desconfiada. Voltou a se apoiar em Arthur, que a envolveu com os braços.

– Meu pai disse que vai ter um jantar beneficente, eu queria muito ir – contou ela depois de algum tempo, iniciando um novo assunto.

– Queria? – Perguntou para desenvolver o assunto.

– Sim! Sabe quem vai estar lá?

– Quem? – Perguntou Arthur tentando parecer interessado, mas na verdade não estava muito.

– Os Seis Vidas! – Revelou empolgada.

– A banda? – Quis certificar-se.

– Sim, não é demais? – Perguntou ainda animada.

– Pra mim tanto faz.

– Você não gosta deles? Acho eles demais.

E Arthur riu.

– Seu pai não te levaria?

– Acho pouco provável – respondeu desanimada. – É em Zankas.

– Você já pediu?

– Não... Ele não vai deixar – falou cabisbaixa.

– Peça!

– Mas ele não vai deixar – devolveu no mesmo tom.

– Mas peça! – Insistiu.

Arthur tinha certeza que o pai não recusaria um pedido dela, sabendo de tudo que a filha estava passando.

– Vou pensar.

– Nada de pensar, peça! – Falou ele categórico.

– Tá bom, tá bom... Vou pedir. Mas tenho certeza que ele não vai deixar. Você acha que ele deixa?

– Tenho certeza – falou fazendo Yasmin esboçar um sorriso de esperança.

– Não sei... É daqui a duas semanas já.

– E isso não é bastante tempo?

– Não sei, meu pai vai querer arrumar alguma desculpa.

– Eles não vão também? Qual o problema de te levarem junto? – Perguntou como se fosse fácil.

– Eles quem?

– O seu pai e o me... – Arthur atrapalhou-se e mudou depressa o que ia falar – e o pessoal aqui do hospital?

– Não. Acho que só vai o meu pai e o mantenedor aqui do hospital – disse pensativa nem prestando atenção no tropeço de Arthur.

– Eles podiam te levar junto.

– Não sei se é assim tão fácil, só querer levar e pronto.

– Tenho certeza que se eles quiserem, conseguem te levar.

– Vou pedir para te levarem também! – Animou-se de repente.

Capítulo 14

Jantar beneficente

Mais de uma semana se passou, era um fim de tarde de sexta-feira, o jantar beneficente era no dia seguinte e Arthur ainda não sabia se poderia ir. Como ele previu, Roberto não hesitou em deixar que Yasmin fosse, uma vez que ele próprio iria, nada custaria atender a um desejo de sua filha. Roberto estava apresentando alguma resistência quanto à ida de Arthur, Yasmin insistia todos os dias para que ele fosse. Roberto não havia comentado nada com Zani ainda, mas não imaginava que sua filha atualizava Zani sempre após as conversas que tinha com seu pai em relação a isso.

Arthur e Yasmin tinham acabado de sair da aula de Alberto, depois de perder mais da metade do horário livre papeando com o professor. Após a aula, sempre iam dar uma volta para ficarem um tempo a sós, curtindo a companhia um do outro. Mas tiveram uma alegre surpresa ao chegarem no saguão de entrada. Sara estava largada em um dos sofás, lendo uma revista adolescente, ainda de pijamas quando o sol já começava a caminhar para atrás do horizonte.

– Sara! – Exclamou Yasmin ao vê-la, fazendo a garota abaixar a revista.

– Oi! – Falou animada.

– Voltou para cá então? – Perguntou Yasmin sorridente.

– Sim, voltei agora à tarde. Me liberaram da aula de hoje, dormi a tarde toda, acordei agora – explicou a garota parecendo trazer com ela um semblante alegre.

– O que você está lendo? – Questionou Arthur.

– Nada demais. É um teste para ver qual seria o tipo de namorado ideal para mim. – Yasmin soltou uma breve risada. – É bobo, eu sei. Mas queria ler qualquer coisa para aproveitar que eu não estou com dor de cabeça – justificou-se e fez Arthur sorrir internamente com aquela informação.

– Não sentiu mais dores de cabeça? – Perguntou Arthur interessado.

– Depois da cirurgia senti bastante até, mas nos últimos dois dias, não.

– Qual o seu tipo de namorado ideal? – Indagou Yasmin voltando ao assunto da revista.

– Romântico incorrigível – contou Sara envergonhando-se. Yasmin riu, Arthur apenas balançou a cabeça negativamente.

Yasmin sentou-se no sofá oposto a Sara e começou a conversar, Arthur seguiu Yasmin e sentou-se ao lado dela. Tinha vontade de abraçá-la, mas haviam combinado de ser discretos e não revelar para ninguém o que estava acontecendo entre eles. Ele mais observava a conversa do que participava. Era uma conversa de garotas.

Alguns minutos depois, Alex apareceu, buscando Arthur.

– Doutor Roberto quer vê-lo na sala dele – informou sem introduções.

Zani trocou um olhar com Yasmin, antes de se levantar e também não dar nenhuma satisfação para Alex.

Arthur, no caminho, pensava no que doutor Roberto, dessa vez, iria querer com ele. Pensou que o mais provável fosse que falasse do jantar beneficente, mas poderia ser alguma coisa relacionada a seu pai, ou a seu julgamento e sentia-se um pouco aflito por esse motivo.

Doutor Roberto mandou ele entrar assim que bateu à porta. O médico estava sentado, aguardando por ele.

– Sente-se – pediu ele ao ver que Arthur parara em frente à porta. Arthur obedeceu.

Roberto levantou e foi até a janela, fazendo um suspense.

– Arthur – começou fazendo uma pausa, ainda de costas para o garoto e olhando a paisagem pela janela – falei com o seu pai agora há pouco – virou-se finalmente.

– E? – Perguntou Arthur não gostando da pausa.

– Você gostaria de passar um fim de semana em Zankas?

– Qual é a pegadinha? – Arthur entendeu que estavam falando sobre o jantar beneficente, mas se fez de desentendido.

– Amanhã vai acontecer um evento beneficente, o maior evento beneficente do país, nosso hospital foi convidado. Muitas pessoas famosas vão a este evento e Yasmin quer ir – revelou Roberto. Arthur continuou em silêncio e deixou que ele continuasse. – Ela quer que você vá junto – falou Roberto lançando um olhar severo ao garoto. – Arthur, me diga. Está acontecendo alguma coisa entre você e Yasmin?

– Alguma coisa o quê? – Encenou.

– Não se faça de bobo, Arthur – falou com rispidez.

– Ela é a única pessoa da minha idade, por isso passamos bastante tempo juntos. Só isso – Arthur deu uma boa resposta.

Roberto continuou analisando-o por alguns segundos e pareceu acreditar.

– Enfim. Você quer ir nesse jantar? – Perguntou de uma vez.

– Sim – respondeu sem hesitar.

– Você já sabia desse jantar? – Perguntou Roberto desconfiado.

– Sabia. Yasmin comentou, eu não falei nada porque nunca imaginei que você ou meu pai deixariam – revelou tentando minimizar a suspeita de Roberto.

– Você está certo. Não deixaríamos mesmo, acontece que, por algum motivo, Yasmin insistiu – contou Roberto ainda com um olhar desconfiado. – Não pense que esquecemos tudo que você já fez e todos os problemas que já arrumou. Não merece nenhum tipo de recompensa – alfinetou Roberto.

Arthur fazia um exercício mental para não responder atravessado e estragar a oportunidade que tinha ali de ir com Yasmin para novos ares.

– Pois é – comentou Arthur apenas.

– Eu falei com o seu pai. Vamos sair daqui logo depois do almoço. Chegaremos em Zankas por volta das quatro horas da tarde. O evento começa às seis horas da tarde e vai até meia-noite – informou Roberto.

– O.k. – concordou Arthur.

– Então é isso – falou depois de alguns instantes de silêncio. – Não comente isso com mais ninguém. Usaremos o discurso que vocês estão indo para a cidade para fazer alguns exames – orientou.

– O.k. – concordou mais uma vez.

– Isso é tudo – disse doutor Carvalho em tom de despedida, fazendo Arthur se levantar.

Arthur vinha pelo caminho de volta satisfeito. O sol tinha acabado de tocar a ponta das árvores, distante, no horizonte. Olhando contra o sol, Arthur reconheceu a silhueta de Tiago próxima a uma árvore. Foi indo em direção a ele.

– O que você está fazendo? – Perguntou ao se aproximar vendo Tiago mexendo em uma corda.

– Vou montar um balanço – contou fazendo Arthur olhar o cenário em volta, com as cordas, um pneu largado no chão e o galho da árvore quase que reto sobre suas cabeças.

– Você sabe como vai montar esse balanço? – Perguntou ainda analisando o cenário.

– Sei – falava ele alisando a corda concentrado.

Arthur levou as mãos à cintura e começou a observar. Tiago terminou de desenrolar a corda, Arthur percebeu que só tinha uma corda e que, se a cortassem ao meio, o comprimento não seria suficiente para duas alças no balanço. Mas continuou observando sem dizer nada.

Tiago largou a corda e foi até o pneu. Quando foi levantá-lo do chão, gemeu de dor e o soltou. Arthur achou estranho, tudo bem que uma criança da idade de Tiago não possuía muita força, mas para erguer um pneu do chão não deveria haver tanto sofrimento. Tiago tentou mais uma vez, com uma expressão de muito esforço e dor, então ergueu o pneu de forma que pudesse rolá-lo para perto da corda.

Zani viu que Tiago começou a entrelaçar a corda nas bordas do pneu, e que aquela não era a melhor ideia.

– Você vai amarrar a corda no pneu? – Certificou-se Arthur achando que finalmente era o momento de se intrometer.

– Sim – respondeu ainda concentrado sem olhar para Arthur.

– Acho que essa não é uma boa ideia – falou finalmente ganhando a atenção de Tiago. Então continuou. – É melhor você fazer um furo no pneu, você passa a corda pelo furo e depois dá um nó por dentro, para que a corda não saia. – Sugeriu fazendo Tiago olhar o material que tinha. – Além do mais, só isso de corda não vai ser suficiente.

– Luca foi arranjar mais corda – avisou.

– Onde vocês conseguiram essa corda e esse pneu? – perguntou ele intrigado.

– Doutor Paulo deu o pneu antigo do carro dele. Ele que tinha me falado sobre balanço de pneu em árvore e falei que um dia ia fazer um. Ele está com pneus novos e lembrou de me trazer um. As cordas eu consegui com Alex. Doutor Paulo falou que ia me ajudar depois a montar o balanço, mas queria mostrar pra ele que eu consigo montar – explicou Tiago.

– Entendi. Você quer ajuda? – Perguntou solícito. Viu que ele não conseguiria sozinho, mas tentava fazer parecer que sua ajuda seria uma opção de Tiago.

– Pode ser, mas só porque eu vou precisar da sua altura – disse Tiago. Arthur riu.

– O que acha de fazermos do jeito que eu falei, furar o pneu e passar a corda?

– Pode ser. Como a gente vai furar? – Perguntou prático.

– Vou buscar uma faca lá dentro – disse Arthur deixando o garoto ali.

Yasmin ainda papeava com Sara. Quando Arthur entrou no saguão, as duas gargalhavam de alguma coisa.

– Arthur! – Chamou Yasmin ao vê-lo passar direto.

– Já volto – disse indo direto para a cozinha.

Arthur encontrou com Cecília na cozinha, que junto com um pessoal, já preparava o jantar.

– O que está fazendo aqui? – Surpreendeu-se Cecília ao vê-lo entrar na cozinha sem o menor ressentimento.

– Eu preciso de uma faca – disse sucinto.

– Uma faca? Pra que você quer uma faca? – Admirou-se.

– Pra me matar – disse grosseiro, ainda sem perder o velho hábito.

– Fora daqui, moleque! – Disse irritada, acenando para ele ir embora com uma colher de pau na mão.

– Eu estou montando um balanço com o Tiago – falou fazendo Cecília parar de repente.

– Balanço? – Perguntou desconfiada.

– É. Um balanço com um pneu velho. Preciso furar o pneu para passar a corda – falou Arthur fazendo Cecília estreitar os olhos e olhá-lo profundamente.

– Onde?

– Lá fora – contou fazendo com que ela o olhasse por mais um momento.

Cecília foi apressada para o fundo da cozinha, olhou pela janela. Olhou para um lado, olhou para o outro.

– Ele está na frente da casa, não nos fundos – avisou Arthur percebendo o que ela estava fazendo.

Cecília voltou e passou por ele lançando-lhe o mesmo olhar desconfiado, e saiu da cozinha. Arthur suspirou e aguardou que ela voltasse, alguns segundos depois. Antes que voltasse a falar com Arthur, apontou-lhe o dedo indicador.

– Eu vou lhe emprestar essa faca, depois que usar você, traga ela direto para mim, tá entendendo?

– Sim – falou com uma expressão de tédio.

Ela foi até uma gaveta e lhe entregou uma faca de ponta. Arthur virou as costas.

– De nada – falou ela em tom de cobrança.

– Que seja – continuou Arthur sem se virar.

– Onde você vai com essa faca? – Perguntou Sara ao vê-lo passar mais uma vez pelo ambiente.

– Tiago e eu estamos montando um balanço na árvore – contou enquanto continuava o seu trajeto.

– Que legal! – Exclamou Yasmin.

Arthur voltava para auxiliar Tiago; ao chegar perto, viu que o garoto estava encolhido e tremendo.

– O que foi, Tiago? – Perguntou estranhando a situação.

– O que foi o quê? – Falou Tiago voltando ao normal, que, por estar de costas, não tinha percebido a chegada de Arthur.

– Está com frio? – Perguntou estranhando. Estava uma temperatura até que agradável.

– Não – minimizou –, deixa eu furar o pneu?! – Mudou de assunto rápido.

Arthur relevou e foi sentar-se no tronco, apoiando as costas.

– Não! Faca não é brinquedo de criança – falou com rispidez – Traga o pneu para mim, deixa eu furar – pediu Arthur com a faca na mão; o pneu estava a poucos metros largado no chão.

Tiago foi até o pneu, para levantá-lo como da última vez. Mais uma vez fez um gemido de dor e largou o objeto. Contorceu-se, fechou os olhos e respirava ofegante. Arthur cravou a faca no chão e se levantou para se aproximar de Tiago.

– O que foi, Tiago? – Perguntou preocupado.

– Nada! – Falou irritado com a expressão de sofrimento no rosto, fechando os olhos para suportar a dor.

– Como nada? – Falou Zani apoiando a mão nos ombros de Tiago e abaixando-se para ficar da mesma altura.

Arthur viu várias gotinhas de suor espalhadas pelo rosto inteiro do garoto. Levou a mão à testa de Tiago.

– Caramba! Você está queimando em febre! – Admirou-se Arthur. – Vamos para o hospital!

– Não! Não quero ir! – Emburrou Tiago, cruzando os braços, dando um pulo no lugar e fazendo bico.

– Você tem que ir, Tiago, pra ficar melhor – argumentou.

– Não quero! Quero terminar o balanço! – Falou emburrado.

– É para o seu bem – falou Arthur também sem paciência para aquela birra infantil.

– Quero montar o balanço! Não quero ir para o hospital – repetiu Tiago.

Arthur viu Luca chegando correndo do hospital, erguendo uma corda nas mãos. Enquanto uma voluntária, da porta do hospital, olhava para onde ele corria, e entrou ao ver que vinha em direção aos dois.

– Consegui! – Gritava ele se aproximando.

– Nós vamos terminar o balanço, depois você vai para o hospital. Sem choro – falou Arthur autoritário antes de Luca chegar, enquanto Tiago continuava fazendo bico.

– Olhe! – Falou Luca para Arthur quando finalmente chegou com a corda.

Arthur começou a trabalhar no balanço; os garotos o observavam e faziam o que ele mandava. Minutos depois, Yasmin e Sara vieram se juntar a eles, quando já começava a ficar escuro. Todos assistiam a Arthur trabalhar, ele estava com pressa, queria terminar logo para levar Tiago até o hospital, não parava de olhar preocupado para o garoto com o canto do olho.

– Você já fez isso antes? – Perguntou Sara ao reparar que Arthur parecia saber o que estava fazendo.

– Já – respondeu sucinto, concentrado.

– Quantos balanços você já fez? – Continuou ela.

– Poucos, mas é como andar de bicicleta. Uma vez que aprende, não esquece mais – disse ele quando o pneu já estava cortado ao meio e tinha acabado de fixar a segunda corda.

– Quem te ensinou? – Yasmin também se interessou.

– Meu pai – falou ainda breve, levantando-se do chão. – Vou subir na árvore, vocês me jogam a corda.

Assim o fez, subiu na árvore, também com facilidade. E chegou até o galho onde amarraria o balanço. Yasmin jogou a corda e mandou Zani ter cuidado. Ele mediu a altura do balanço e amarrou a primeira corda, com dois nós firmes. O mesmo fez com a segunda corda. Então desceu do galho com um pulo, não se importando com os quase três metros de altura, arrancando um breve gemido de susto de Yasmin e uma pequena bronca logo depois.

Ele se sentou, para ver se o balanço não caía, forçou seu peso contra o chão umas três vezes e deu uma breve balançada, então, quando já estava escuro, anunciou:

– É, está pronto.

Luca comemorou, Tiago de forma mais modesta, não estava contente de ter que ir para o hospital.

– Agora vamos, Tiago – lembrou Arthur.

– Mas eu queria jantar com vocês! – falou Tiago em tom de súplica.

– O que foi? – Perguntou Yasmin sem entender – Aonde você vai com o Tiago?

– Ele está ardendo em febre, vou levá-lo para o hospital.

Yasmin olhou bruscamente para Tiago, para reparar melhor, aproximou-se e também o tocou.

– Meu Deus, Tiago, você está muito quente – falou espantada.

– Mas eu queria jantar com vocês – insistiu Tiago cabisbaixo.

– Deixa ele! – Defendeu Sara. – Vocês não sabem o quanto é insuportável ficar confinado naquele hospital. Quando tiverem que ficar, vocês vão ver. Deixa ele pelo menos jantar com a gente.

– Por favor – pediu Luca também tristonho.

Yasmin e Arthur se olhavam, apreensivos, sentiam-se responsáveis.

– Vocês não são os pais dele – falou Sara percebendo o olhar dos dois.

– Tudo bem, mas só o jantar – falou Yasmin recebendo o olhar contrariado de Arthur.

Luca deu um pulinho de alegria.

– Agora vamos balançar! – Falou ele empolgado.

Mas não tiveram tempo, Maria apareceu à porta da Casa Claridade para chamá-los para o jantar. Arthur e Yasmin não deixaram que eles ficassem mais tempo. Sentaram-se à mesa próximos. Mas antes mesmo do jantar ser servido, Tiago já havia sido abordado por uma das voluntárias, que voltou com um dos doutores minutos depois e acabou saindo antes de comer. Saiu resmungando e contendo o choro. Yasmin ficou com o coração partido.

O resto do dia foi triste. Yasmin e Zani, antes de dormir, sempre fugiam para o saguão depois que os voluntários terminavam de acomodar os pequenos. Conversavam melancólicos sobre os acontecimentos do dia, o ponto de exceção foi ele contar que poderia ir ao jantar beneficente com ela no dia seguinte.

Arthur sentia-se magicamente livre, feliz e aliviado ao lado de Yasmin. Ela era tão serena e inspirava tanta tranquilidade que Arthur acreditava até ser uma pessoa calma ao lado dela. Tinha medo de qual seria a reação da garota quando descobrisse toda a verdade, se bem que o consolo era que o pior já havia contado. Tinha até roubado Yasmin e ela, mesmo assim, o aceitava tão bem. Talvez ela estivesse muito carente, por isso. Ou talvez ela era realmente uma pessoa capaz de ver o melhor em cada um, até mesmo em Arthur, que ele próprio não conseguia ver nada.

Já tarde, foram se deitar. O dia seguinte seria cheio. Arthur adormeceu, mas como de costume, dormia mal. Acordou no meio da noite, e antes que pudesse voltar a dormir, escutou o choro de uma criança. Tentou descobrir quem era, mas não obteve muito sucesso.

Sentou-se na cama, olhou na direção de onde vinha o choro. Tentou se lembrar quem deitava ali, mas também não conseguiu.

– Tudo bem? – Perguntou ele baixinho.

O choro se calou de repente, como se a criança tivesse se assustado. Arthur aguardou uma resposta, mas em vez disso voltou a ouvir o choro, só que mais contido e mais baixo.

Arthur se levantou. Foi até a cama e ao chegar perto reconheceu Marcos.

– O que foi? Não está se sentindo bem? – Perguntou Arthur sentando na cama do menino sem convite.

Marcos não respondeu nada.

– Vem comigo, vamos descer – convidou Arthur pondo-se de pé. – Vamos, eu pego uma água. Você fica de boa um pouco – insistiu.

Marcos continuou imóvel.

– Quer que eu chame alguém? – Perguntou Arthur.

– Não – finalmente falou Marcos. – Eu vou descer com você – disse ele pondo-se de pé.

Arthur desceu com o menino aos seus calcanhares. Chegando no andar de baixo, Arthur acendeu a luz e sentou-se no sofá. Marcos continuou de pé.

– Sente – falou Arthur sem cerimônia.

Marcos obedeceu. Tímido.

– Você está se sentindo mal? – Perguntou Arthur sonolento.

– Não – respondeu ainda tímido.

– Por que você está chorando?

– Eu quero ir embora daqui – disse ainda fungando.

– Você vai – falou ligeiramente impaciente. Arthur tinha se prontificado pensando que ele estava sentindo alguma coisa. Não estava com vontade de escutar drama infantil.

– Você tem que ter paciência – complementou com peso na consciência, com uma frase que lhe serviria também.

– Eu não gosto daqui – revelou o garoto.

– Ninguém gosta.

– Eu não quero morrer aqui. – disse Marcos deixando Arthur sem resposta por um momento.

– Você não tem que pensar nessas coisas – falou Arthur após uma longa pausa. – Você tem que pensar que está sendo tratado, e por ótimos médicos.

– Você não tem medo de morrer?

– Eu não penso nisso. Você não devia pensar também.

– Você deve ser o único – falou Marcos de imediato.

– Por que você diz isso? – Estranhou.

– Todo mundo pensa.

– Por que você acha isso?

– Porque todo mundo com quem falei pensa – falou com simplicidade.

– Você já falou disso com muita gente? – Perguntou pensativo.

– Umas três ou quatro pessoas.

Arthur começou a meditar de repente. Tinha tantos problemas para pensar quando punha a cabeça no travesseiro que não parou para se colocar na cabeça dos outros. Tinha problemas, problemas graves, mas pensar quando chegaria sua hora não era uma preocupação que tinha ainda. Então era isso, era isso que amarguravam aquelas crianças antes de dormir. Depois de refletir por um momento, deixando um silêncio triste no ambiente, Arthur retomou a conversa.

– A vida é muito injusta às vezes, eu sei disso como ninguém. Mas você tem que pensar que agora não está em um momento de injustiça, por mais difícil que possa parecer, você está no seu momento de sorte. Está no melhor lugar onde poderia estar. Logo mais, você ficará bem – falou Arthur se levantando. – Eu achei que você estava se sentindo mal, por isso te trouxe aqui, caso precisasse chamar alguém. Você devia estar na cama, melhor subirmos – disse fazendo o garoto se levantar também.

– Quer uma água? – Perguntou Arthur antes de subirem as escadas. Marcos recusou com a cabeça.

Os dois voltaram para o quarto, antes de se acomodarem em suas respectivas camas, Marcos agradeceu.

– Obrigado – falou Marcos timidamente.

– Pelo quê? – Perguntou sem entender.

– Por ver como estou – falou ainda mais tímido.

Arthur não disse nada, fez um gesto com a mão apenas, minimizando os agradecimentos do garoto. Deitaram-se. Marcos não chorou mais. Mas Arthur demorou a pegar no sono. Ganhara mais uma coisa para acumular aos seus frequentes pensamentos. O temor que as crianças sentiam, pensando quando chegaria o dia delas.

No dia seguinte, Zani acordou com os cutucões de Luca. O cabelo do garoto que voltava a crescer, estava em pé, pois ainda não tinha volume suficiente para pesar e cair. Seus cabelos eram escuros como os de Zani.

– Levante logo – falou Luca vendo que Arthur abrira os olhos.

– Deixa eu dormir – resmungou Arthur colocando o travesseiro em cima da cabeça.

– Levante, levante, levante – falou subindo em cima do garoto.

Ele se virou rendido. Resolveu levantar, alguns voluntários já estavam no quarto.

– Saia, Luca, deixe eu me arrumar – pediu sonolento. Luca obedeceu indo pular na cama de outro. – Ei! Você não pode entrar aqui, esse é o quarto dos meninos! – Arthur ouviu Luca gritar e virou-se para ver Sara parada à porta.

Sob o olhar de Arthur, Sara se aproximou sem dar atenção aos resmungos de Luca.

– Bom dia, Sara – falou Arthur cumprimentando a garota que sentou no pé de sua cama.

– Bom dia – disse ela sorrindo e com um ar misterioso.

– O que você está tramando? – Perguntou Arthur percebendo alguma coisa incomum, além do simples fato de ela ir até o dormitório dos garotos procurá-lo, mas sabia que não era nada de ruim pelo sorriso que ela estampava em seu rosto.

– Eu quero te dar um negócio – revelou ela, confirmando a suspeita de que estava escondendo alguma coisa nas costas.

– O que é? – Perguntou verdadeiramente curioso.

– Mas eu só vou te dar se você me prometer que não vai rir! – Falou ela parecendo envergonhada, deixando Arthur ainda mais curioso.

– O.k. Eu prometo – disse com um sorriso maroto no rosto.

– Estou falando sério! – Cobrou Sara.

Gutti Mendonça

– O.k., o.k.! – Confirmou Arthur.

Sara trouxe a mão para frente, mas escondeu mais uma vez o que trazia contra o peito, para dar tempo de lançar mais um olhar de cobrança a Arthur. Ele percebeu que parecia uma fotografia.

– Não vou rir! – Falou com veemência, estendendo a mão.

Sara, apreensiva, estendeu a foto e Arthur a apanhou. Olhou para a foto. Sara exibia um sorriso de orelha a orelha, feliz, com seu longo cabelo liso e brilhante. Devia estar uns dois anos mais nova, não estava tão magra. Havia brilho em seus olhos.

– Por que eu iria rir? Você está linda nessa foto – elogiou Arthur sem querer, ficando sem graça. Não tinha o hábito de elogiar as pessoas.

– Mesmo? – Perguntou Sara aflita.

– Sim! – Falou ainda sem tirar os olhos da foto. – Está demais.

– Acho que é a única foto que eu tenho que estou sorrindo de verdade. Estava fazendo onze anos, minha mãe tinha me trazido um bolo de aniversário. Ela nunca lembrava, mas daquela vez ela lembrou. Me levou um bolo de mousse de chocolate, que era o meu favorito. Logo depois aconteceu o que já te contei e passei a morar com a minha vó – explicou Sara.

– Por que está me dando isso? – Perguntou sem entender.

– Essa é a minha foto que mais gosto. Antes de fazer a cirurgia, tinha decidido que ia dar pra alguém, para caso acontecesse alguma coisa comigo, sabe? – Falou melancólica.

– Mas não aconteceu nada, você pode ficar com ela agora – falou ele estendendo a foto de volta.

– Não. Eu acho que foi uma boa ideia. Quero que fique com ela, quero que, se você sair daqui, se lembre de mim. Quero que alguém que goste de mim tenha essa foto. E antes que diga que não gosta de mim, eu sei que gosta – adiantou-se Sara.

Ele hesitou por um momento, mas finalmente sentiu-se à vontade para confirmar. Além de não conseguir esquecer das palavras "ganhar tempo", pensou que era importante para ela aquela confirmação.

– Eu gosto de você, Sara – confirmou ele e, para seu grande espanto, não fora tão difícil.

Sara saltou de repente para dar um abraço em Arthur, que retribuiu de forma contida.

– O.k., agora vamos nos arrumar e tomar café – ele tentou cortar aquele momento meloso, do qual não era muito fã.

Sara levantou-se risonha e voltou por onde veio. Arthur contemplou a foto mais uma vez, ficou impressionado com o sorriso de Sara. Imaginou se teria tempo de um dia vê-la sorrir daquela maneira ao vivo. Pegou sua carteira na mala e guardou a foto imediatamente, para garantir que estivesse segura. Então seguiu para a rotina do dia.

Arthur e Yasmin seguiram o *script*, disseram a quem perguntasse que iriam para Zankas fazer alguns exames. Todos pareceram acreditar sem nenhum problema, apenas Sara ficou um pouco desconfiada, depois de perceber que tinha algum clima entre os dois no ar.

Momentos antes de partir, Arthur decidiu passar no hospital para checar Tiago. Ao chegar no tradicional quarto onde ele ficava, ele se surpreendeu ao ver que não estava lá. Voltou para o corredor e viu doutor Paulo saindo de outro quarto.

– Onde está Tiago? – Perguntou ele sem introduções.

– Está aqui – respondeu sorrindo.

– Ah, tá – disse indo até o novo quarto e cruzando com Doutor Paulo, que ia embora.

Arthur entrou e viu Tiago, debilitado e visivelmente abatido.

– Ei! – Disse Arthur em tom de cumprimento. – Por que mudou de quarto?

– Eu queria ficar em um quarto que tivesse vista para o balanço. – Arthur foi para a janela e viu o balanço do lado de fora, embora concluísse que, do ângulo onde Tiago ficava, não conseguia ver nada.

– Entendi. E como você está? – Perguntou.

– Estou bem! Não sei por que não deixam eu sair daqui! – Resmungou Tiago. Arthur soltou uma breve risada.

Arthur puxou a poltrona do quarto para mais perto da cama e se sentou.

– Logo menos você sai daqui – confortou Arthur.

– Eu não gosto daqui! – Resmungou Tiago batendo as duas mãos na cama em um gesto malcriado.

– E o que vai fazer quando sair daqui? – Perguntou sem dar importância à malcriação de Tiago.

– Vou brincar – falou com simplicidade.

– Só brincar?

– É. Só brincar, por bastante tempo. Depois vou abrir uma oficina.

– Uma oficina? – Perguntou para que Tiago falasse mais.

– Sim, para eu consertar os carros.

– Você já sabe como consertar os carros?

– Ainda não. Meu avô ia me ensinar, mas ele morreu. Mas eu aprendo ainda.

– Não quer estudar?

– Quero.

– O que você quer estudar?

– Todas as coisas.

– Todas as coisas? Isso é muita coisa.

– É que eu quero ser bem inteligente – falou, fazendo Arthur rir.

– Você gosta de estudar?

– Não muito, prefiro brincar – arrancou mais uma risada de Arthur.

– Qual sua matéria favorita?

– Educação Física – respondeu sem dúvida.

– E depois de Educação Física?

– História – respondia com naturalidade as perguntas.

– O que você gosta em História?

– Gosto de ouvir histórias – contou, fazendo Arthur rir mais uma vez.

– Eu acho que minha matéria favorita é História também – contou Arthur distante. – E Biologia talvez.

– Biolo... o quê? – Perguntou Tiago sem entender.

– Biologia – falou pausadamente.

– O que é isso? – Interessou-se.

– Biologia é tudo que estuda os seres vivos.

– Tipo estudar a vida? – Palpitou.

– Estudar tudo o que vive.

– Como assim?

– Tudo que tem vida.

– Tipo a gente e os animais? Você estuda cachorros também?

– Cachorro também, todos os seres vivos. Animais, plantas, humanos, insetos, bactérias. Um monte de coisas. Tudo que se reproduz e produz energia, comendo ou respirando – explicou Arthur.

– Água é um ser vivo? – Perguntou Tiago de repente.

– A água não, por quê? – Arthur ficou curioso.

– A água se mexe e respira.

– Respira? – Estranhou Arthur.

– Sim, sempre tem umas bolhinhas de ar subindo. – explicou fazendo Arthur rir novamente

– Não, aquilo não é respiração. Água não é um ser vivo.

– Tem alguma matéria que estuda a água também?

– Sim. Chama-se Química – informou Arthur.

Tiago ficou pensativo, com o olhar pensativo. Arthur deu tempo ao garoto, mas quando o silêncio se prolongou demais, ele interrompeu.

– O que você está pensando?

– Tem tanta coisa para aprender. – falou com certo deslumbramento.

– Tem mesmo.

– Você é tão inteligente – disse admirado.

– Não, isso que te falei são apenas coisas básicas. Você vai ver mais pra frente.

O silêncio tomou conta do quarto vagarosamente, enquanto cada um perdia-se em seus pensamentos. Quando Tiago olhou pela janela, Arthur lembrou do balanço.

– Assim que você estiver bem de novo, nós vamos no balanço – disse Arthur como quem quisesse ler os pensamentos do garoto.

– Você disse que já tinha montado balanços com o seu pai – lembrou Tiago.

– Sim.

– Você sabe construir casas na árvore também? – Perguntou com ar de esperança.

– Por quê? Você queria uma casa na árvore?

– Sim. Sempre quis! – Voltou a se animar. – Você já teve uma casa na árvore?

– Já tive – falou lembrando que ainda tinha a sua, à qual nunca dera muito valor, em sua casa de campo que não visitava havia anos.

– Que sorte! – Exclamou Tiago mostrando inveja. – Como ela é?

– Vamos ver... – disse Arthur fazendo uma pausa, tentando resgatar a imagem da casa em sua memória. – Era simples. O tronco da árvore passava bem pelo meio do único cômodo da casa. Era até que espaçosa, mas era simples. Tinha uma varanda que cercava a casa inteira, uma escada para subir de um lado e uma corda para descer.

– O que tinha dentro? – Perguntou interessado.

– Nada. Tinha algumas almofadas e colchões para ficar com alguns amigos. Tinha uma mesinha que usávamos em alguns jogos. E uns baús de brinquedos.

– Baús?! – Exclamou arregalando os olhos. – Você tinha baús de brinquedos cheinhos?! – Admirou-se.

A diferença que fiz

– Eu tive – disse lembrando-se que talvez os mesmos brinquedos ainda estivessem lá, empilhados e empoeirados.

– Você foi rico? – Perguntou Tiago indiscreto e inocente, como uma verdadeira criança.

– Eu fui – riu Arthur levando na brincadeira e levantando-se – Eu tenho que ir, Tiago, depois eu passo para ver você – anunciou.

– Tá bom – concordou não muito animado.

Quando Arthur chegou à porta, ele chamou.

– Zani.

– Oi – atendeu parando onde estava.

– Eu queria que você fosse o meu irmão – anunciou sorrindo.

– É? Por quê? – Perguntou enquanto retribuía o sorriso timidamente.

– Ia ser legal. A gente ia fazer um monte de coisa, e eu ia aprender um montão! – Falou fazendo um gesto com os braços que expressasse o tamanho que mencionou.

– É, ia ser legal – concordou.

– Eu vou falar com o Luca pra ver se a gente pode te colocar no nosso acordo – informou.

– Qual acordo?

– De que um só pode ser adotado se os outros forem adotados também! – Falou com veemência, em um tom que dizia "eu já te falei isso".

– Ah, sim. Claro! – lembrou-se Arthur.

– Você quer ser adotado com a gente?

– Claro! – Disse sem saber o que responder.

– Legal – sorriu Tiago exalando um ar de felicidade.

– Tchau, Tiago. Fique bem! – Desejou Arthur antes de sair da sala.

– Não se preocupe comigo, eu vou ficar bem. Eu estou bem – falou Tiago com serenidade ficando triste de repente por ficar sozinho.

Arthur percebeu a melancolia do menino, ficou com o coração apertado, mas teve que sair mesmo assim, com um peso na consciência. Doutor Roberto já devia estar pronto para partir. Andou apressado.

Assim que chegou à porta da Casa Claridade, avistou o médico com as mãos na cintura, olhando para o lado de dentro.

– Tudo pronto? – Perguntou Arthur quando se aproximou, ganhando o olhar do doutor.

– Só estou esperando a Yasmin sair.

Arthur entrou em busca de Yasmin, viu que ela não estava no saguão de entrada e subiu. Também não a encontrou em nenhum dos quartos, então deduziu rapidamente onde poderia encontrá-la. Desceu e foi para a pequena capela.

Yasmin estava de joelhos, fazendo suas orações. Ele ancorou-se no batente da porta, cruzou os braços e aguardou por Yasmin, que não notou a presença do garoto às suas costas. Arthur não teve pressa, não fez nenhum barulho enquanto a observava. Yasmin levou o tempo dela e sorriu ao ver Arthur quando finalmente levantou-se e se virou.

– Por que você reza tanto? – Perguntou ao receber o olhar de Yasmin, que caminhava até ele.

– Tenho muitas coisas para agradecer e pedir – falou com simplicidade parando diante dele em frente à porta.

– Está sendo ouvida pelo menos? – Perguntou com um ar sarcástico e provocativo.

– Sempre. Até quando não falo nada – falou sorridente sem dar importância ao tom de Arthur, que suspirou com um sorriso de canto de boca no rosto, não satisfeito.

– Está pronta? – Mudou ele de assunto.

– Sim, minhas coisas estão no carro. Já guardou as suas? – perguntou enquanto começaram a caminhar em direção à saída da casa.

– Vou assim. Não vou levar nada, não tenho nada pra levar – falou com simplicidade fazendo Yasmin parar no lugar fazendo Zani parar também para olhá-la.

– Como nada? Como você vai pro jantar? Você tem que ter pelo menos uma roupa social! – Exclamou com os olhos arregalados.

– Eu consigo uma no lugar onde eu vou ficar, não se preocupe. – falou continuando a andar fazendo que Yasmin o seguisse.

Chegaram do lado de fora no exato momento em que Roberto examinava o relógio.

– Prontos? – Perguntou doutor Carvalho ao ver os dois chegarem.

Os dois assentiram com a cabeça e o seguiram em silêncio até o automóvel.

– Vá na frente, Arthur – orientou doutor Roberto quando chegaram ao carro.

Todos se acomodaram e enfim partiram. Os primeiros momentos da viagem foram marcados pelos comentários e preocupações de Yasmin, dizendo que não daria tempo de se arrumar direito, pois chegariam e logo já teriam que sair para o jantar. Depois começaram a conversar sobre outros assuntos, Arthur participava apenas como ouvinte. Yasmin perguntava qual seria o formato do evento, seu pai explicava que haveria apresentações de várias entidades, explicando seus projetos sociais e fazendo seus pedidos. O hospital era uma delas que se apresentaria, a fim de angariar colaborados e doações.

Sempre cansado, pelas poucas horas de sono que tinha por noite, Arthur pegou no sono antes mesmo que saíssem de Pinheiros do Sul. Acordou no meio da viagem quando pararam para comer alguma coisa, não quisera descer do carro mesmo com

Gutti Mendonça

a insistência de Yasmin, e voltou a adormecer. Despertou novamente quando já reconhecia a periferia de Zankas. Olhou pelo retrovisor Yasmin que também dormia, doutor Roberto tinha uma expressão cansada.

Quando o médico virou na avenida principal que cruzava a rua de Arthur, ele se endireitou no banco e esfregou o rosto, preparando-se para logo descer. Yasmin acordou quando ouviu a porta abrir e também endireitou-se depressa no banco de trás.

– É aqui que você vai ficar? – Perguntou Yasmin examinando o glamoroso prédio onde estavam parados em frente.

Arthur olhou para doutor Roberto, receoso.

– Ele vai para o jantar com o outro médico que vai ao evento, o mantenedor do hospital. Ele deve providenciar a vestimenta de Arthur também – justificou doutor Roberto, como se já tivesse pensado em uma desculpa caso ela fosse necessária.

– Entendi – falou Yasmin desconfiada. – Nos vemos mais tarde então – disse ela sorrindo para Arthur.

– Até – despediu-se sucintamente, fechando a porta do carro e indo para a portaria do prédio.

Arthur imaginou que o porteiro interfonaria para seu apartamento, mas ele ainda o deixou passar sem interferência. No caminho para o elevador, ele viu em sua carteira se ainda guardava a chave da porta dos fundos, encontrou. Encontrou também a foto de Sara. Subiu pelo elevador de serviços olhando a foto da garota. Abriu a porta de casa.

Duas das empregadas estavam na cozinha, olharam para Arthur e depois se entreolharam assustadas. Não disseram nada. Zani também não as cumprimentou, fingiu que elas eram invisíveis e foi entrando ainda vislumbrando a foto em suas mãos. Caminhou pelos espaçosos cômodos e pelos largos corredores. Parou de repente em frente a uma porta. Era a do escritório de seu pai. Ficou pensativo, sabia que seu pai estava lá. Balançou a cabeça negativamente para si mesmo e deu um passo à frente, mas parou

321

A DIFERENÇA QUE FIZ

mais uma vez. Ergueu novamente a foto que estava em suas mãos olhando para o sorriso de Sara, então virou em um rompante e entrou abruptamente na sala de seu pai, sem bater e sem cerimônias. Os dois se entreolharam por um segundo.

– Vejo que você chegou – falou Guilherme com serenidade, mas já notando a raiva nos olhos de seu filho.

– Quanto tempo? – Disparou Arthur ignorando o comentário de seu pai.

Guilherme já tinha bastante experiência e habilidade em interpretar o filho, mas desta vez, apenas com tão poucas palavras, não conseguiu compreender. Tentou por alguns segundos decifrar o que Arthur queria dizer, mas foi obrigado a perguntar:

– Tempo?

– É! Quanto tempo?! – Perguntou Arthur impaciente – Você disse que a cirurgia da Sara era pra ganhar tempo! Quanto tempo? Quanto tempo a gente ganhou? – Perguntou misturando nervosismo e preocupação.

Finalmente entendendo, Guilherme tirou seus óculos de leitura e colocou sobre a mesa. Esfregou a testa com a ponta dos dedos e suspirou preocupado. Zani ainda estava parado à porta, esperando uma resposta.

– Eu não sei, Arthur. É difícil prever essas coisas – falou cabisbaixo.

– Pare de mentir! – Atacou Zani. – Quanto tempo?! – Bradou ele.

– Baixe a sua voz, rapaz! – Levantou-se Guilherme bruscamente aumentando o tom de voz e apontando o dedo para Zani. – Não pense que vai voltar aqui para ficar berrando.

– Quanto tempo? – Voltou a perguntar, com a voz baixa, pausadamente, mas em tom provocativo e desaforado.

Os dois se entreolharam, soltando faíscas pelos olhos. Guilherme sabia que era inútil discutir com Arthur e confrontar daquela maneira sua rebeldia e sua maneira arisca de ser. Respirou fundo e se sentou.

– Não sei, Arthur – disse mais calmo – Três meses... seis... oito com sorte. Cada caso é um caso.

Arthur engoliu em seco, sentiu um arrepio. Queria tanto saber aquela informação, mas descobrira agora que não estava preparado para recebê-la. Seu pai percebeu que ele ficou atormentado.

– Eu sei que é difícil – disse em tom de consolo.

– O que você sabe?! – Bradou Arthur mais uma vez erguendo o tom novamente.

– Eu sei que é difícil, Arthur. Eu sei como é difícil querer ajudar e não poder. Eu sei como é difícil querer fazer mais e não ter o que se fazer – disse sentido, com a voz tranquila, apesar dos berros de seu filho.

Arthur ficou parado. Olhava para baixo, olhando discretamente a foto de Sara em sua mão. Não erguia a foto para que seu pai não percebesse que estava com uma foto na mão. Pensamentos malucos invadiam a sua cabeça.

– Arthur, temos que sair logo menos para o jantar, você deve se aprontar. Eu também já vou. Temos que sair dent...

– Você quer fazer mais? – Interrompeu Arthur – Quer ajudar? – Continuou ele antes que seu pai respondesse.

– É claro que sim. Faria qualquer coisa que estivesse ao meu alcance – respondeu Guilherme sem entender muito bem aquela conversa, não sabia se estava prestes a receber mais uma crítica e um ataque.

– Qualquer coisa? – Enfatizou Zani.

– A meu alcance... Sim, qualquer coisa – confirmou desconfiado.

– Adote-a – falou de repente.

– O quê? – Espantou-se Guilherme, arregalando os olhos e indo para trás na poltrona.

– Adote-a! – reafirmou Zani.

– Está falando sério? – Perguntou seu pai com uma expressão confusa.

– Sim. É isso que ela quer, uma família. Dê uma família a ela enquanto pode.

– Opa, opa, opa! – Respirou Guilherme retomando o fôlego e pedindo calma com um gesto de mãos. – Não é assim que funciona, Arthur. Você sabe. Além do mais, ela tem parentes. A guarda dela está com os parentes. Seria impossível adotá-la.

– Ela só tem a avó, que nem quer ficar com ela – retrucou ele.

– Pois é, mas ela teria que abrir mão da guarda. Até que ela fizesse isso e eu entrasse com o processo de adoção, demoraria muito. Até que tudo estivesse pronto, ela já estaria... – Guilherme parou a frase no meio. Mas Arthur entendeu a mensagem, ficou abatido, murchou no mesmo instante.

Sem vontade de dizer mais nada, Arthur se virou, derrotado, para sair do escritório de seu pai. Percebendo a cena, comovido por ver seu filho sair daquela maneira e por mostrar se importar e ter carinho por uma pessoa como havia muito tempo não via, disse algo impensado por impulso.

– Arthur – chamou doutor Zanichelli fazendo-o parar no lugar, mas sem ânimo de ao menos se virar. – Eu prometo que vou estudar o que pode ser feito.

Zani virou a cabeça por cima do ombro para responder.

– Que seja. Como você mesmo ia dizendo, ela vai morrer antes que qualquer coisa possa ser feita – falou deixando o ambiente.

Seguiu para o seu quarto. Estava limpo e arrumado. Parou para perceber que seu quarto era maior do que onde dormia com os internos do quarto, tinha mais que o dobro de tamanho. Foi direto para um mural de fotos, pegou um ímã e pendurou a foto de Sara junto a algumas outras. Sentia raiva! Deu um soco na parede com força, mas nem chegou a sentir dor.

Resolveu se arrumar de uma vez. Abriu seu armário de roupas sociais, cheios de ternos finos e de marcas sofisticadas. Muitos dos quais nunca tinha usado, ganhos de seu pai para ir a eventos importantes e que sempre dava um jeito de não ir. Escolheu um terno preto, uma camisa branca, um sapato, uma gravata vermelha.

Entrou no banho, com seu chuveiro largo e potente, diferente do da Casa Claridade. Depois da ducha, experimentou as roupas que separou, todas ainda estavam com a etiqueta. Serviu como uma luva. Pensou que até ficava bem com aquelas roupas, melhor talvez que os jeans rasgados e as jaquetas de couro. Tirou o seu alargador, achou que não combinava. Voltou a olhar para o seu quarto. Tão grande, tão desnecessário... Precisava de um cigarro!

Achou um maço em uma gaveta, junto achou maconha, mas precisava mesmo era só de um cigarro. Sentiu um alívio logo na primeira tragada. Sentou no beiral da enorme janela do seu quarto, que dava para uma bela vista panorâmica da cidade.

Depois que seu cigarro já havia acabado há algum tempo, Guilherme entrou no quarto, após uma breve batida na porta. Seu figurino também estava impecável. No estilo mais clássico, com um terno preto e uma camisa branca.

– Tudo pronto? Vamos? – Convidou Guilherme.

Arthur levantou sem dizer nada e seguiu seu pai. Foram em silêncio, sem trocar nenhuma palavra do quarto de Arthur até chegar ao evento. Guilherme, durante a viagem de carro, até pensava em alguma coisa que pudesse dizer, mas sabia como Arthur era complicado e tinha medo que a conversa pudesse seguir outros rumos. Arthur, por sua vez, ficava perdido em seus pensamentos e repassando mentalmente cenas que na verdade queria esquecer.

O jantar seria realizado no Castelo Sete Torres, uma mansão antiga e famosa em Zankas, que havia se tornado um espaço para eventos. Grandes festas e eventos aconteciam ali. Era muito perto do hospital de seu pai, apenas a um quarteirão dali.

Havia celebridades, portanto também havia imprensa. Zani já vira em outras oportunidades algumas figuras famosas, entre artistas, empresários e políticos.

Guilherme deixou o carro com um manobrista, Zani seguia o seu pai. Entrou no salão onde seria realizado o jantar. Era enorme e elegante. Várias mesas estavam distribuídas, com placas com nomes de pessoas, grupos ou empresas. Havia bonitos lustres de cristal e o chão de pedra polida refletia a imagem de Zani, que andava olhando para o chão.

Ele percebeu que havia chegado a sua mesa quando seu pai cumprimentou outros dois senhores já grisalhos e pôde ver na placa da mesa o nome do instituto que recebera o nome de sua mãe. Apoderou-se de uma cadeira e se sentou sem cumprimentar as pessoas. Guilherme também não lhe apresentou para ninguém, já emendou uma conversa. Yasmin ainda não tinha chegado.

Ficou ali parado, observando as pessoas. Não gostava daquele tipo de evento, tinha certeza que muita gente estava ali apenas para se fazer de bom samaritano. Embora houvesse pessoas que realmente ajudavam outras, com seus projetos sociais. Para passar o tempo, Arthur tentava decifrar qual dos dois tipos aqueles convidados faziam parte.

Não ficou muito tempo nessa brincadeira. Poucos minutos depois, Yasmin chegou deslumbrante, usando um vestido dourado, decotado, com pequenas lantejoulas brilhantes. Estava com um penteado elaborado. Arthur se perguntou como ela teria feito aquilo em uma peruca, ou se talvez já tinha comprado daquele jeito. Era uma franja e um coque todo cheio de detalhes. Ambos sorriram ao se verem. Doutor Roberto olhou desconfiado enquanto Yasmin ia se sentar ao lado dele.

– Vai demorar para começar? – Perguntou Yasmin para o pai, ansiosa.

– Acredito que ainda vai demorar um pouco sim – confirmou doutor Roberto consultando o relógio.

– Tudo bem? – Perguntou Yasmin em tom mais baixo virando-se para Arthur.

– Tudo bem – falou não muito convincente.

– O que foi? Por que você está desse jeito? Você não queria vir ao jantar? – Perguntou preocupada.

– Queria, queria – se apressou lembrando dos esforços da garota para conseguir trazê-lo ali – É só que... não sei... Eu não gosto do tipo de algumas pessoas daqui.

– Sempre revoltado, não é? – Comentou Yasmin com um singelo sorriso de desaprovação.

– Você conhece o jardim? – Perguntou Arthur querendo mudar de assunto.

– Aqui do Castelo Sete Torres? – Perguntou Yasmin.

– Sim.

– Não. As poucas vezes que eu vim aqui, eu nunca fui ao jardim – falou fazendo uma careta de quem tenta resgatar uma lembrança de uma antiga memória.

– Vamos, o jardim está aberto – convidou Arthur se levantando.

– O.k. – Yasmin se levantou e começou a seguir Zani.

– Ei! – Chamou doutor Roberto fazendo com que parassem no lugar e olhassem para trás. – Aonde vocês vão?

– Nós vamos dar uma volta no jardim. – explicou Yasmin sorridente.

– Não! – Repreendeu doutor Carvalho. – Vocês vão ficar aqui – disse com severidade.

– Deixe eles irem, Roberto. Não é nada demais – intercedeu Guilherme.

– Pai! – Disse Yasmin constrangida e em tom de apelo.

– Tá, tá... – cedeu fazendo um gesto brusco com os braços e com as mãos em sinal que poderiam ir. Mas contrariado.

Roberto e Guilherme viram os dois se afastar.

– Não pode ser tão liberal assim, Guilherme – repreendeu Roberto.

– Acha que estou sendo muito liberal? – Disse surpreso.

– Sim – respondeu Roberto aborrecido.

– Talvez eu tenha sido muito liberal no passado realmente. Mas isso não é motivo para ser irracional agora, impedindo que ele vá no jardim ao lado de uma garota. Não é isso que fará eu reparar os erros do passado – respondeu Guilherme em tom amigo.

– Certo. Só estava comentando.

– Além do mais, sei bem o que ele quer. Sair um pouco de perto de toda essa gente esnobe e mesquinha – falou Guilherme carregando um pouco de desdém.

– Nossa, pude perfeitamente ver Arthur falando agora.

– Pois é, queria entendê-lo tão bem para algumas coisas, como entendo para outras – comentou ele.

– Não se esqueça que você faz parte dessa gente esnobe e mesquinha – ponderou Roberto.

– Se isso é verdade... – Guilherme sorriu e fez uma pausa. – Se eu realmente me tornei um deles, então esse é um dos motivos pelo qual Arthur não gosta de mim.

– Você realmente acredita nisso? – Perguntou Roberto intrigado.

– Eu não sei... Eu já fui rebelde como o Arthur, talvez tanto quanto ou até mais arteiro. – Roberto riu em sinal de desdém. Guilherme não deu importância e continuou. – A diferença entre nós é que eu nunca fui tão inconsequente. Sempre soube a hora em que estava indo longe demais – revelou reflexivo. – Gostaria que meu pai estivesse vivo para me dar algum conselho a respeito de como agia em relação a mim.

– Eu não consigo imaginar você com o mesmo espírito que Arthur – disse Roberto desacreditado.

– Pois eu fui. Rebelde, arteiro, briguento, arruaceiro... Eu dei muito trabalho para o meu pai também, mas o Arthur... O Arthur está longe de qualquer parâmetro de comparação. Brigas, rachas, roubo, maconha, irresponsabilidade, atrevimento... Ele é o pacote completo. Eu odiava quando meu pai me obrigava a ir nesse tipo de evento que estamos. Ainda hoje eu não gosto, se quer saber. Todo esse pessoal pomposo, a maioria deles achando que são melhores que os outros. Dizem fazer caridade, mas na verdade estão aqui para alimentar o próprio ego, anunciando que estão fazendo o bem para acreditar nesta mentira e se sentir melhor diante de todas as coisas ruins que fazem todos os dias – discursava Guilherme olhando ao redor. – É por essas e outras, Roberto, por ver que o Arthur não gosta de se misturar com essa gente, por ver que ele se indigna com as injustiças, que eu ainda tenho as minhas esperanças em relação a ele. Acho que um dia, assim como eu, ele vai ver que não adianta ter apenas ódio das injustiças e sim lutar contra elas – Guilherme suspirou.

Concluiu quando viraram ao mesmo tempo para encarar seus filhos alcançando uma porta ao fundo. Arthur e Yasmin passaram por uma larga e alta porta e saíram em uma enorme sacada, com um imponente pé direito de dez metros de altura. Estavam a uns três metros acima do jardim, que estava diante da sacada onde estavam agora. Havia duas escadas curvas, uma de cada lado da sacada, que davam para o jardim. Era um jardim enorme, muito cuidado e bonito, com caminhos de pedra e de cascalho, muros de arbustos baixos e altos, fontes, chafarizes e os mais diversos canteiros de flores, todos muito coloridos. E de noite parecia ainda mais bonito, com uma iluminação decorativa.

– Uau. Eu já tinha visto algumas fotos, mas nada se compara a ver pessoalmente – admirou-se Yasmin.

– Bonito, não é? – Comentou Arthur enquanto debruçavam-se sobre o mural para ter uma vista melhor.

Yasmin deixou escapar uma sincera risada e depois a tentou controlá-la depressa. Zani olhou para ela sem entender.

– O quê? – Perguntou sorrindo também, sem ter certeza do que?

– Desculpa. É que eu nunca imaginei você admirando esse tipo de coisa – sorriu Yasmin desconcertada e se aproximou de

Arthur entrelaçando o seu braço ao dele. Zani sorriu também, de forma mais contida.

– E quem é que não gosta de coisas belas?

Os dois se calaram por alguns segundos e admiraram o jardim juntos.

– Vamos. – Arthur a puxou pela mão. – Vamos caminhar pelo jardim – levou-a em direção a uma das escadas.

Os dois desceram em silêncio e começaram a andar pelo jardim por um dos caminhos de cascalhos. Enquanto caminhavam, Yasmin começou uma nova conversa.

– Quem será que morou aqui? Eu lembro de ter lido algo a respeito. Aqui é tudo tão bonito, será que eles eram felizes? – Dizia Yasmin enquanto andavam de mãos dadas, como se pensasse em voz alta.

– Quem morava aqui era um nobre chamado dom Henrique. – Informou Arthur. – Ele viveu aqui sozinho por mais de trinta anos.

– Sério? – Comentou Yasmin verdadeiramente melancólica. – Coitado. Que vida triste, como deve ser terrível passar uma vida inteira com tudo isso, sem ter ninguém para compartilhar, sem amar ninguém.

– Ele amou – contou Arthur. – Ele amou uma mulher, na verdade ela também o amava. Mas naquela época os casamentos eram arranjados e eles nunca puderam ficar juntos. Ela se casou com outro nobre, moravam perto, ela morava na mansão que hoje é um museu, sabe? – Zani mostrava ser uma pessoa culta.

– Sei. Não é longe daqui.

– Pois é. E foi assim que nasceu esse jardim – acrescentou Zani.

– Como assim? – Não entendeu Yasmin.

– Um dia, quando eles tiveram a oportunidade de se encontrar mais uma vez, em um desses encontros da nobreza, ele disse que ia fazer um jardim para ela, que ele não podia demonstrar o amor dele de outra forma, mas que todos os dias que ela passasse pelo jardim, o cuidado que ele teria com o espaço, o carinho com que ele tratasse esse jardim, era todo por ela. Que essa seria a forma de ele demonstrar o que sentia por ela, já que não havia outra maneira. E ele fez esse jardim inteiro, sozinho, durante mais de vinte anos.

– Que história triste – arrepiou-se Yasmin.

– E esse... – falou Arthur, fez uma pausa e dobrou uma esquina do jardim conduzindo Yasmin antes de terminar de falar. – É o lago das lágrimas.

– Lago das lágrimas? – Perguntou ela curiosa.

– O verdadeiro significado do jardim foi secreto durante toda a sua vida, mas ao final dela, ele estava muito doente e tornou pública toda essa história que eu te contei agora. O verdadeiro marido da mulher quis matá-lo, mas não havia muito sentido nisso, dom Henrique estava prestes a morrer. A última coisa que fez na vida, foi esse pequeno lago, ao centro do jardim, que batizou de lago das lágrimas, dizendo que o lago representa todas as lágrimas que ele derramou por não poder estar com ela – terminou a história enquanto os dois admiravam o lago abraçados.

– Que lindo – comentou Yasmin emocionada.

– O jardim nunca morreu, muitas pessoas cuidaram. Lógico que muita coisa deve ter mudado, a começar pela iluminação que não existia na época. Mas dizem que pelo menos setenta por cento do jardim condiz com a formação original. Feita e cuidada por um só homem – concluiu Arthur.

– Você não está inventando essa história, não é? – Yasmin deixou de encarar o lago para encarar os olhos de Arthur. – Por que se estiver, eu preciso lhe dar os parabéns – os dois riram alegres.

– Não estou não. Você vai se deparar com essa história se pesquisar um pouco – confirmou Arthur.

Os dois ficaram frente a frente. Trocavam olhares ternos. Arthur arrumou o cabelo de Yasmin atrás da orelha e fez carinho em seu rosto com a costa de seus dedos. Beijaram-se lentamente e sem pressa e emendaram um abraço em seguida e depois voltaram a caminhar, por mais um dos caminhos do jardim.

– Agora acho o jardim ainda mais bonito – comentou Yasmin sorrindo, provocando uma breve risada em Arthur.

– Engraçado e assustador pensar o que uma pessoa pode fazer por amor, não é? – divagou Arthur em voz alta.

– Engraçado... assustador... e encantador também – complementou Yasmin.

– Pode ser – concordou Arthur.

– Você já amou alguém? – Perguntou a garota de repente, fazendo os dois pararem no lugar e voltarem a ficar frente a frente.

Arthur demorou para responder. Os dois se olhavam profundamente.

– Eu não sei – respondeu Zani com sinceridade. – E você?

– Ah eu certamente sim, Arthur – disse sem hesitar. – Eu certamente sim – falou misteriosa.

– Interessante essas coisas, não é? – Arthur fugiu do assunto, segurando a mão de Yasmin e voltando a andar.

– Que coisas?

– De amor. Tem uma lenda que diz que os deuses criaram os humanos, mas estavam entediados. Eles quiseram criar algo que desse sentido a eles, mas que principalmente acabasse com o tédio que eles sentiam. Eles então inventaram o amor, como se fosse uma grande piada. Com ele as pessoas faziam loucuras, brigavam, tomavam iniciativa para fazer coisas que antes jamais fariam. O amor mudou a maneira como o mundo funcionava. Mas com o amor, também veio a dor e o sofrimento. A fim de amenizar a agonia de sua criação, os deuses inventaram o choro e o riso, só dessa forma poderiam lidar com o amor – contou Arthur.

– Onde você aprende essas coisas? – Perguntou a garota admirada.

– Eu não sei, por aí – respondeu sem dar importância.

– Quem é você, Arthur? – Voltou a fazer mais uma pergunta parando no lugar e girando o garoto gentilmente pelo braço para que ficasse de frente para ela.

– Como assim quem sou eu? – Estranhou a pergunta.

– Eu tento decifrar você, mas não consigo. Por que um garoto tão bom faz coisas tão horríveis? Por que um garoto que vê beleza em coisas tão bonitas tenta se passar tanto por uma pessoa má? Você obviamente já esteve aqui antes, mais de uma vez, esse é um lugar da elite, como foi parar em um hospital para crianças carentes? Onde você conseguiu esse terno que nitidamente é novo e custou caro, muito caro. É exatamente o seu tamanho. Esse terno é seu, não é algum terno emprestado ou alugado. Como você sabe todas essas coisas? Onde você apreendeu? De onde você arranjou dinheiro para comprar aquelas coisas para mim e para a Sara? Você realmente roubou um carro e atropelou uma pessoa? O que você fala que é verdade ou mentira? Eu não consigo saber. Eu gosto muito de você, mas eu não consigo saber... Quem é você? – Despejou Yasmin sobre Arthur correndo com as palavras.

Zani respirou fundo.

– Você quer saber se é verdade ou não se eu atropelei alguém? Você quer ver? – Disse desanimado.

– Como assim? – Perguntou pega de surpresa. De tudo que falou, não esperava que essa fosse a resposta dele.

– Ele está internado aqui perto. Se pularmos o portão podemos chegar lá em menos de cinco minutos. Você quer ir? – Convidou.

Yasmin ficou calada. Estava obviamente processando as informações e pensando a respeito. Pensou em voz alta:

– Sério? Mas e o jantar?

– Voltaremos logo. Perderemos só algumas introduções chatas.

A garota voltou a refletir. Depois de alguns segundos concordou.

– O.k., vamos – disse movida pela curiosidade e pela dúvida.

– Tudo bem então – falou Arthur depois de alguns instantes em que continuaram parados trocando olhares. – Vamos.

Tomando a direção dos fundos da mansão e do jardim, Arthur seguiu com Yasmin aos seus calcanhares. Chegaram até a grade que cercava a mansão, não era uma grade muito alta.

– Vem. Eu te ajudo a subir primeiro – orientou Arthur se posicionando.

Yasmin obedeceu e recebeu a ajuda, antes de terminar de pular ela voltou assustada.

– Tem seguranças do lado pra lá. Eles vão ver a gente pulando. – alertou Yasmin.

– Não tinha pensado nisso – refletiu Arthur. – Bom, não importa. Eles estão longe?

– Até que estão – informou a garota.

– Então pule quando eles não estiverem olhando.

– Mas depois como a gente vai fazer para voltar? Acho melhor a gente não ir. Eu acredito em você.

– Na volta a gente entra pela entrada certa. Vamos! Agora sou eu que quero ir – insistiu Arthur.

– Ah, eu tô com medo. Também tenho medo de rasgar o meu vestido – relutou Yasmin.

– Não precisa ter medo – insistiu novamente.

Yasmin respirou fundo, mas concordou com a cabeça e voltou a aceitar a ajuda de Zani para subir. Ficou um tempo na grade até esperar o momento certo.

– Venha! Ele está falando com um cara que está dentro do carro – chamou ela já do outro lado.

Zani subiu sem dificuldade e pulou também. Yasmin riu como uma criança travessa, contagiando Arthur que também riu.

– Vamos, é logo ali – começaram a caminhar.

– Mas como vamos fazer pra entrar, falaremos que somos visitantes mesmo?

Gutti Mendonça

– Deixa comigo.

Caminharam até o hospital, que realmente não era longe, e chegaram logo. Já dentro, na recepção, Arthur orientou:

– Espere aqui – disse ele indo até o balcão.

Apreensiva, Yasmin observava de longe enquanto ele conversava com uma garota. Ficou quase dois minutos papeando, já estava quase indo até ele para saber o que estava acontecendo. A balconista levantou e entrou em uma sala atrás do balcão, Arthur aproveitou para olhar para trás e fazer um novo gesto pedindo que Yasmin o aguardasse. Instantes depois a garota voltou e entregou alguma coisa que Yasmin só foi perceber o que era quando Arthur começou a caminhar de volta em direção a ela.

– Toma – entregou um jaleco azul a Yasmin e ficou com outro. – Não vista agora. Venha.

Yasmin começou a segui-lo. Passaram pela recepção com a companhia da balconista que, depois de três passos, voltou para o seu lugar. Achava estranho ele ter conseguido aquele jaleco e ainda mais estranho ele andar tão despreocupado pelo hospital. Entraram em um corredor sem saída.

– Pronto, vista agora. Rápido. Abotoe todos os botões. Eu ia pegar o jaleco branco, mas eu estou com essa calça preta e sapato preto, não ia dar muito certo. O jaleco azul é para assistentes e voluntários. Ainda passa – contou Arthur.

– Você trabalha aqui? – Perguntava Yasmin enquanto terminava de abotoar o seu jaleco. – Como você conseguiu isso tão fácil e como anda tão livremente por aqui?

– Não tenho tempo de explicar agora – disse também terminando de se arrumar e voltando rapidamente a caminhar.

O hospital estava agitado. Gente andava de um lado para o outro. Muitas pessoas diferentes. Jalecos brancos, jalecos azuis, faxineiras, camareiras, seguranças de terno, pacientes. Dificilmente alguém pararia para prestar atenção neles. Até que finalmente Zani parou em frente a uma porta.

A DIFERENÇA QUE FIZ

– Ah, só para te avisar, ele me conhece como Luca. E não me desminta – orientou ele antes de abrir a porta sem bater.

Arthur entrou na sala, com Yasmin logo em seguida. Erick que mexia em um notebook, percebeu a presença das visitas e colocou o notebook de lado, endireitando-se na cama com alguma dificuldade.

– Olá – disse ele.

– Oi, Erick. Como vai? – Cumprimentou Arthur. – Essa é Yasmin, ela está no primeiro dia como voluntária. Estamos visitando alguns quartos – informou Arthur fazendo Yasmin olhá-lo de forma brusca.

– Oi – disse ela tímida.

– Oi, Yasmin.

Ficou um silêncio desagradável no quarto que pareceu muito mais tempo do que realmente foi, até que Zani voltasse a falar.

– Vejo que está melhor, passei para ver como você estava.

– Eu melhorei. Era o que eu esperava depois de tanto tempo aqui – falou de forma fria e seca, diferente da primeira vez em que Arthur o visitara. – Embora eu já pudesse estar repousando em casa, meus pais querem que eu fique aqui, pois estou melhor cuidado. Comecei a minha fisioterapia, espero voltar a treinar logo. Aliás, meus pais saíram faz cinco minutos, você deve ter cruzado com eles no corredor – continuou em tom seco e com um olhar penetrante em Arthur.

– Fico feliz que esteja melhor – disse ele sem ter muito o que falar.

– Fica mesmo? – Perguntou de forma irônica, fazendo uma expressão de deboche, fazendo Arthur permanecer calado e lhe lançar um olhar desconfiado. Yasmin engoliu em seco. – É Luca o seu nome, não é? – continuou Erick.

– Isso – confirmou Zani.

– Quase não te reconheci com esse novo corte de cabelo, ou melhor, sem cabelo. Aliás, por falar em te reconhecer, sabe de uma

336

coisa curiosa? – Perguntava Erick de forma debochada, não agradando Arthur e deixando Yasmin apreensiva, que não sabia o que estava acontecendo, mas não gostava do tom da conversa entre os dois e do clima de tensão no ar.

– O quê? – Perguntou já esperando que algo bom não estava por vir.

– Aquele dia que conversamos sobre o meu atropelamento, sobre o moleque que me atropelou – falou a última sentença carregado de raiva – eu fiquei curioso... Assim que você saiu, fui procurá-lo no Facebook – contou ele abrindo um largo sorriso irônico. – Imagine a minha surpresa!

O silêncio perturbador voltou a preencher o quarto antes que Zani pudesse falar alguma coisa.

– Eu posso imaginar – falou sucinto, Yasmin observava, tentando entender o que se passava.

– Eu fiquei pensando, será que um dia ele viria me visitar? Será que ele teria essa cara de pau? O que será que ele iria querer com uma visita? Talvez ver se eu não vou ficar com alguma sequela, pois isso pode ser um agravante no julgamento dele. – filosofou em voz alta cada vez mais carregado de ironia – Na verdade essa foi a conclusão que cheguei... Ele só queria ver se eu ia ficar todo fodido, porque quanto mais fodido eu ficar, mais fodido ele fica também – terminou com uma expressão carregada de ódio.

Yasmin começou a entender o que se passava, mas ficou paralisada, sem saber como reagir àquela situação. Zani respirou fundo e ficou calado, olhou para o chão, pensava no que poderia dizer. Erick continuou.

– Mas uma coisa eu não consigo entender, por que ele voltaria? E por que traria uma garota com ele? – Disse olhando para Yasmin, que com aquele comentário confirmara suas suspeitas.

– Bem... – Disse ela tímida.

– O que você quer? – Retrucou ele arisco.

– Nada, só queríamos ver você – respondeu ainda acanhada.

– Por que queriam me ver? – Disse explosivo em alto tom, assustando Yasmin que deu um passo para trás – Eu não te conheço, eu não quero ver vocês. Vocês já podem ir embora! – bradou ele irritado, aos gritos.

Arthur não se moveu, continuou encarando o chão. Yasmin olhava angustiada para Arthur, esperando para saber o que deveria fazer.

– Anda! Vão! Eu não quero vocês aqui! Saiam logo! – Gritava ele.

– Arthur! Vamos – chamou Yasmin segurando Arthur pelo braço. – Arthur, daqui a pouco alguém vai vir aqui, vamos logo – chamou Yasmin enquanto Erick continuava a enxotá-los. Mas Arthur não ouvia mais nada, parecia petrificado, olhando em um ponto fixo no chão.

Após alguns segundos, Zani voltou a falar.

– Eu sinto muito – falou ele fazendo com que Erick e Yasmin se calassem. Após uma pausa, ele repetiu. – Eu sinto muito. – falou com a voz baixa, sem ter coragem de encarar Erick nos olhos.

– Você não sente muito – afirmou Erick em tom de desprezo. – Você só tem medo, medo de as coisas ficarem feias para você. Você só é um merda de um playboyzinho. Não venha me dizer que você sente muito! – Erick já estava berrando mais uma vez. – E eu vou te avisar, se eu não puder jogar nunca mais, eu te mato! Tá ouvindo? Eu te mato!

Yasmin estava aterrorizada com a situação, Arthur continuava a olhar para o chão, imóvel. Ela segurou Arthur pelo braço e o puxou.

– Vamos, Arthur, pelo amor de Deus – chamou ela parecendo fazer com que ele recobrasse os sentidos. Ele a olhou com um olhar triste, ela o guiou pela porta, enquanto Erick ainda os xingava, e saíram do quarto.

– Você está bem, Arthur? – Perguntou preocupada.

– Estou, estou – falou ele com um gesto de mão, minimizando o acontecimento. – Vamos embora.

Arthur tomou o caminho de volta e começou a guiar Yasmin, mas ela parou de repente.

– Espere! – Disse ela segurando a mão de Zani para que ele parasse. – Espere aqui, eu já volto – disse ela deixando Arthur no meio do corredor e voltando para o quarto.

– O que você quer? – Bradou Erick ao vê-la – Eu não falei para vocês saírem daqui? Vocês não são bem vindos aqui! Saia já daq... – Erick parou imediatamente assim que Yasmin tirou a peruca. Olhou para ela intrigado e surpreso.

– Meu nome é Yasmin que se foda – apresentou-se e fez uma pausa para ver se ele a deixaria falar ou se a interromperia. Não interrompendo, ela continuou. – Eu tenho câncer. Estou internada em uma instituição em Pinheiros do Sul, onde o Arthur também está. Fica a mais de quatro horas daqui – dizia ela com a atenção de Erick presa a ela. – Até muito pouco tempo atrás eu não conhecia o Arthur. Logo quando nos conhecemos, ele me roubou.

– É porque ele é um bandido, isso que ele é – aproveitou Erick para exalar seu ódio. Yasmin não deu atenção e continuou.

– Hoje eu sei por que. Ele veio aqui, ele veio te ver. Ele é uma pessoa muito fechada, muito difícil de se interpretar, eu não conheço os motivos de ele estar preocupado com você. Mas ele está. Viemos para Zankas em um jantar beneficente que está acontecendo a um quarteirão daqui. É a primeira vez que ele tem a chance de sair da clínica desde que ele foi internado e ele fugiu para vir aqui – contou Yasmin.

– E eu deveria ficar impressionado ou com pena ou sentir alguma compaixão por isso que você está me falando? – Retrucou Erick. – A única coisa que eu quero que aconteça a ele, é a mesma coisa que ele fez a mim.

Yasmin riu.

– Eu contei alguma piada? Voltou aqui para debochar de mim?

– Não, não. Você falou que deseja para ele o mesmo que ele fez para você. Não quero diminuir ou menosprezar a sua dor, mas para ele, já aconteceram coisas muito piores – disse triste.

– Ótimo! Espero que o pior ainda esteja por vir – falou cheio de raiva.

Yasmin olhou pra ele com um olhar triste e balançou a cabeça.

– Ele nunca te desejou mal. Nem antes nem depois. Pelo contrário, tenho certeza que ele só espera que você fique bom logo. Eu acabei de falar que eu o conheço pouco, mas uma coisa eu já sei o suficiente para poder falar. Diferente de você, ele não fica feliz com o sofrimento dos outros, e pode ser um motivo egoísta, querer que você melhore para ele se sentir melhor, mas mesmo assim, continua sendo um sentimento melhor do que o seu – disse Yasmin defendendo Arthur, deixando mais uma vez Erick enfurecido.

– Eu não pedi que viesse aqui para me dar lições de moral! Saia daqui! – Bradou ele. – Ele me atropelou! Eu não desejo nada de bom para ele!

Yasmin colocou de volta a sua peruca e saiu mais uma vez do quarto, encontrou Arthur exatamente onde ela tinha o deixado. Então os dois tomaram o caminho de volta.

– Por que ele te chamou de playboy? – Perguntou Yasmin curiosa.

– Para você ver como ele me conhece bem – esquivou-se Arthur sem convencer Yasmin muito bem.

– E como você conhece tão bem esse hospital? Por que a menina da recepção te ajudou?

– Eu já tinha visitado ele uma vez, eu lembrava do caminho. Eu conhecia a garota da recepção, ela me deve alguns favores – respondeu ele sempre liso. Yasmin continuou desconfiada.

Mais uma vez pararam em um corredor deserto e tiraram os aventais. Arthur os deixou com a mesma garota quando passaram pela recepção. Caminharam de volta para o evento. Arthur estava

Gutti Mendonça

calado e pensativo, repassando os últimos acontecimentos na cabeça. O caminho agora era maior. Para sair, pularam dos fundos e conseguiram despistar os seguranças, mas, para voltar, seria muito mais difícil, tinham que dar a volta e entrar pela frente.

Quase tiveram problema para entrar quando disseram seus nomes e eles já estavam assinalados por terem passado ali, mas depois de dizerem que saíram e mostrarem seus documentos, entraram mais uma vez.

Alguém já estava falando, se apresentando. Algo relacionado a deficientes visuais. Encontram a mesa voltaram a se sentar depois de Yasmin receber o olhar aliviado do pai ao mesmo tempo que ele lançava um olhar repreensivo a Arthur. Mas ele não queria ficar, segundos depois de sentar-se, ele cochichou no ouvido dela que ele voltaria em breve. Voltou para o jardim.

Desta vez não desceu para caminhar, o admirava de cima, debruçado sobre o parapeito que dava a visão panorâmica. Pegou um cigarro de dentro do bolso do terno, mas percebeu que estava sem isqueiro. Guardou-o e começou a reclamar mentalmente.

– Bonita vista, não é? – Disse uma voz surgindo as costas de Arthur.

Arthur virou-se para ver de quem era. Reconheceu o negro careca, de algum lugar. Sabia que ele era algum famoso, mas não conseguiu assimilar instantaneamente. Não fez nenhum alarde. Apenas concordou com o comentário enquanto ele vinha também se debruçar sobre o parapeito.

– Realmente.

– Cara, esses eventos são chatos. Não são? – Comentou a figura estranha.

– Nem me fale. Não resisti cinco minutos.

– Você veio doar ou pedir doação?

– Nem um nem outro. Estou em uma instituição que está pedindo doações, uma das internas queria vir ao jantar por causa dos famosos, ela é fã daqueles caras da banda Seis Vidas, alguns deles iam estar aqui, ela queria ver se os encontrava. Vim fazer companhia para ela – contou Arthur fazendo o desconhecido arregalar os olhos.

– Entendi. Mas você não é fã também?

– Não. Eu gosto de uma música ou outra, mas não é uma das minhas bandas prediletas – contou fazendo o rapaz rir.

– E essa garota está por aí?

– Ela está lá dentro.

– E essa instituição de vocês, o que faz?

– É uma instituição para crianças carentes com câncer – revelou fazendo o estranho arregalar os olhos mais uma vez, mas desta vez de uma forma mais assustada do que admirada.

– Instituto Santa Lúcia, não é?

– Isso – respondeu Arthur tirando os olhos do jardim a sua frente e olhando para o lado. – Você conhece?

– Sim, sim. É para quem pretendia direcionar a maioria das minhas doações este ano. Meu pai morreu de câncer.

– Sinto muito – falou sendo político.

– Tudo bem. É uma doença desgraçada. Espero contribuir de alguma maneira. Mas me diga, você é o que de lá? Um voluntário?

– Mais ou menos – disse sem querer entrar em detalhes.

– E o que você acha do lugar? Acha que vale a pena fazer doações para lá?

– Sim. Com certeza – disse com firmeza.

– Por quê? Justifique a sua resposta. Eu prefiro ouvir o depoimento de alguém de lá do que aquelas apresentações chatas.

– São crianças que precisam de ajuda. E é uma equipe muito comprometida. As crianças são realmente muito carentes. Uma delas me contou uma vez que, após ser internada, sua mãe e seu irmãozinho foram visitá-la. Eles eram tão pobres e carentes que depois que seu pequeno irmão viu que no hospital havia brinquedos e comida farta, ele perguntou para sua mãe: "Mamãe, posso ter câncer também?" – Contou Arthur fazendo o rapaz engolir em seco.

342

– Isso é de cortar o coração – comentou.

– Eles têm uma estrutura para cuidar de aproximadamente vinte crianças, e o tratamento é de primeira, igual aos dos melhores hospitais do país, mas eles querem poder ajudar mais do que vinte crianças.

– Bom, acho que eu já fiz a minha escolha – contou exibindo um largo sorriso branco. – Meu nome é Apolo, a propósito – disse estendendo a mão.

– O meu é Arthur – os dois apertaram as mãos.

– Você não é um dos internos, é? – Arriscou-se Apolo.

– Sou sim, mas eu não estou doente – revelou pela primeira vez a alguém.

– Então por que está internado?

– É uma espécie de experimento. Trabalho voluntário. Eu teoricamente tenho que conhecer os internos e animá-los com o treinamento.

– Entendi, diferente. E você acha que está dando certo? – Perguntou Apolo verdadeiramente intrigado.

Arthur fez uma longa pausa, e refletiu sobre aquela pergunta.

– Eu espero que sim – respondeu sendo sincero e surpreendendo-se com sua resposta. Até esboçou um sorriso.

– Deve ser difícil – comentou Apolo.

– E é. Conhecer pessoas e vê-las sofrendo, ver a angústia delas. É um sentimento de injustiça e revolta – desabafou Arthur, sentindo-se à vontade de conversar com um estranho.

– Eu sei como é. Eu me sentia assim quando o meu pai morreu. Tanta gente ruim, e Deus foi tirar logo o meu pai, que fez bem para tanta gente, que era uma pessoa tão boa – recordou saudoso, com um sorriso bobo no rosto.

– Exatamente! – Exclamou Arthur admirado por reconhecer exatamente o mesmo sentimento.

– Mas um dia, um grande amigo meu e do meu pai disse uma verdade. Eu perguntei para ele por que parece que Deus só leva os bons, e ele me respondeu, porque dos maus, ninguém sente falta – sorriu Apolo.

– Ah, aí está você! – Disse uma terceira voz.

Os dois olharam para ver quem chegava. Os cabelos pretos, os olhos verdes, o rosto de revista. Aquele rosto Arthur reconheceu, vivia na TV e nos jornais.

– Junte-se a nós, Giovane.

– Giovane? – Arthur repetiu com uma expressão intrigada. – Espera. Apolo... Giovane... – repetiu os nomes em voz baixa, quase que mentalmente. – Vocês não são os caras do Seis Vidas? – perguntou Arthur.

– Sim, nós somos – respondeu Apolo acompanhando uma risada.

– Você é aquele cara que fez toda aquela loucura em um show, se declarou para uma menina etc. – Recordou Arthur.

– Culpado – riu Giovane. – E você é...? – Perguntou estendendo a mão.

– Arthur – cumprimentou ele.

– Arthur, você não tem por um acaso um Jack Daniel's escondido aí, tem? – Riram os três.

– Bem que eu gostaria – falou Arthur.

– Cara, aquele troço está muito chato – desabafou Giovane.

– Nem me fale – concordou Apolo.

– E quem é seu amigo, Apolo? O que vocês estavam fazendo?

– Ele também está fugindo do tédio. Encontrei ele aqui, estávamos conversando.

– Sobre o quê? Inteirem-me – Pediu curioso.

– Arthur faz trabalho voluntário no Santa Lúcia. Ele estava me contando algumas coisas de lá.

– Bacana. Eu conversei com o fundador há poucos dias, um tal de Guilherme, gente boa. Eu gostei do projeto deles. Eu vou doar para eles também – comentou por cima, fazendo Arthur se sentir um pouco orgulhoso e esperançoso.

Gutti Mendonça

– Giovane, saca só. O Arthur falou que uma das pacientes de lá, veio aqui porque é fã da banda, e queria encontrar conosco – revelou Apolo.

– Sério? – Perguntou Giovane, virando-se para Arthur.

– Sim. Ela está lá dentro. Ela ficaria extremamente feliz se vocês fossem vê-la.

– Claro, por que não? – Concordou Giovane. – Ela está com câncer?

– Sim – respondeu triste.

– Mas que pergunta idiota. Por que ela iria estar internada em um instituto para crianças com câncer se ela não estivesse com câncer? – Atravessou Apolo.

– Ah, não me atormenta, Apolo – rebateu e mudou logo de assunto. – O que mais poderíamos fazer por ela?

– Não sei – respondeu Arthur tentando pensar em alguma coisa.

Giovane colocou as mãos no bolso e ficou pensativo, deu alguns passos à frente e encarava o jardim, com os olhos semicerrados.

– Apolo, me dê a sua gravata – disse ele estendendo a mão.

– Minha gravata? – Perguntou sem entender.

– Anda, dê logo.

Apolo obedeceu contrariado e entregou a gravata. Giovane também tirou a sua. Amarrou as duas gravatas e fez um bonito laço. Quando terminou estendeu no ar e perguntou:

– Você acha que ela vai gostar?

– Tenho certeza que sim.

– Só falta autografar – analisou Giovane.

– Eu tenho uma caneta boa – ofereceu-se Apolo dando um passo à frente. – Aqui.

Os dois autografaram o laço, feito com duas gravatas vermelhas e então Arthur os guiou até a mesa. Agora estava silêncio no salão, não havia ninguém de pé, todos prestavam atenção em quem se apresentava e o trio atraiu olhares. Ainda de longe,

Arthur apontou para Yasmin e Apolo e Giovane se anteciparam, um de cada lado abaixaram-se ao lado dela, que soltou um gemido de espanto ao ver quem eram. Giovane riu.

– Nós te trouxemos um presente – falou Giovane erguendo o laço de gravatas, com duas assinaturas.

Yasmin ainda estava sem palavras. Arthur chegou e ocupou o seu lugar, enquanto assistia a cena.

– Gostou? – Perguntou Apolo, fazendo-a responder com um aceno de cabeça.

Guilherme e Roberto não tiveram como não reparar na cena. Guilherme sorria, Roberto uma hora buscou o olhar de Arthur e agradeceu dizendo "obrigado", apenas com os lábios, mas sem som. Arthur consentiu com um balanço de cabeça.

Os dois ficaram ao lado de Yasmin durante um bom tempo. Conversando aos cochichos quando ela finalmente conseguiu recuperar a fala. Quando finalmente a apresentação terminou, Yasmin aproveitou o alvoroço entre um intervalo e outro para levantar, abraçar os dois e tirar fotos. Os dois contaram que eles eram os únicos da banda que estavam presentes. A próxima apresentação era do Instituto Santa Lúcia, Roberto e Guilherme se levantaram para falar, cedendo os dois lugares que Apolo e Giovane ocuparam durante toda a apresentação.

A conversa se prolongou, mas prestaram atenção em alguns trechos da apresentação de quinze minutos que eles haviam dado. Ao final, Guilherme e Roberto voltaram para a mesa. Giovane cumprimentou Guilherme, mostrando que o conhecia. Os dois trocaram algumas palavras, então Apolo e Giovane voltaram para sua mesa. Yasmin se jogou nos braços de Arthur e lhe agradeceu repetidas e repetidas vezes, mesmo com Arthur minimizando seus atos.

Após o fim das apresentações, finalmente chegou a hora do jantar. A comida estava realmente deliciosa. Foram entradas, diversas opções de pratos, *drinks*, sobremesas e o jantar finalmente chegou ao fim, de maneira até que rápida.

Yasmin e Arthur se despediram, ela agradeceu mais uma vez por ele ter conseguido trazer dois de seus ídolos para a sua mesa, como se já não tivesse sido suficiente todos os outros tantos agradecimentos que ela já havia feito desde que os dois se levantaram da mesa.

O carro do doutor Guilherme chegou primeiro, Arthur o acompanhou e seguiu para casa. No caminho pensava que ia encontrar o seu quarto, o seu canto, suas coisas. Talvez, pela primeira vez, Arthur tenha dado valor para tudo aquilo. Zani se sentia leve, no fundo, talvez até feliz, se sentiu também confortável com a presença de seu pai, embora ainda não soubesse como conversar com ele. Quando Guilherme olhou para sua esquerda, distraído, parado em um dos faróis fechados, e cruzou com os olhos do filho, Arthur não soube definir o que ele próprio sentia, era uma mistura de sentimentos, apenas um deles era certo: estava cansado. Cansado da vida que ele fora forçado a abandonar, da rebeldia, das brigas, das discussões, da solidão.

O farol abriu, Guilherme olhou para frente, mas Zani continuou a olhar para ele. Sentiu-se culpado, não sabia pelo que, mas sabia que era culpa. Sabia que já tinha feito tantas coisas erradas, que agora já não conseguia mais distinguir pelo que sentia muito. Percebendo o olhar fixo do filho, Guilherme se virou para ele, alternando a visão entre o filho e a direção.

– O que foi? – Questionou intrigado.

Arthur não respondeu de imediato. Pensou em uma resposta. Pensou em pedir desculpas, mas não conseguiria. Pensou em dizer obrigado, mas era igualmente difícil. Apenas olhou para o lado e respondeu:

– Nada.

Chegaram ao prédio. Estavam ambos cansados. Só se falaram no elevador.

– Amanhã depois do almoço, doutor Roberto vai passar aqui para te apanhar – informou Guilherme.

– O.k. – falou tentando não ser tão apático e seco como de costume.

– Eu não gostaria que saísse por aí de manhã, Arthur. Por favor, não quero ter dor de cabeça – pediu em tom de apelo tentando ser o mais ameno possível.

– Tudo bem – falou em mesmo tom, contendo a irritação pela repreensão gratuita.

Chegaram ao apartamento. Arthur foi direto para o seu quarto. Até sorriu ao se sentir em casa. Deu uma volta por ele, e subiu até a sua cama, onde se jogou ainda de terno, e adormeceu.

Acordou cedo, com a luz batendo em seu rosto, esquecera de fechar as janelas. Resolveu levantar. Passeando pelo apartamento, notou seu pai arrumando-se para sair.

– Aonde você vai? – Perguntou Arthur o surpreendendo. Guilherme se virou para vê-lo.

– Eu ia comprar pão aqui na padaria, você não quer ir? – Indagou de repente.

– Eu? – Hesitou por um momento. – Tá... Deixa só eu por outra roupa.

Ainda com o cabelo e o rosto amassado, mas mais confortável com um short e camiseta, Arthur foi até a padaria. Passou em frente a uma banca, e parou de repente ao ver uma revista: *Como construir sua casa na árvore*. Arthur leu a capa interessado, folheou a revista e viu alguns tópicos como: "Escolha a árvore certa". Resolveu levar a revista, pensando obviamente na conversa que tivera com o pequeno Tiago.

Voltou para casa com os pães e entreteu-se por toda a manhã lendo a revista. Leu sobre medidas, árvores, sobre como escolher a madeira certa e coisas do gênero. Quando viu, já estava no horário do almoço e quase na hora de voltar.

Gutti Mendonça

Instantes depois de terminar o almoço, Roberto ligou para Guilherme dizendo que já estava próximo. Zani preparou-se para voltar, tinha vindo sem nada, mas agora levava uma pequena mochila, na qual uma das coisas contidas nela era sua nova revista.

Os primeiros minutos de viagem foram marcados pela excitação de Yasmin, relembrando os melhores momentos da noite anterior, como já era de se esperar. Yasmin e Arthur renderam-se ao sono em meados da viagem. Desta vez, Roberto não fez paradas e os dois foram acordar só quando chegaram ao hospital.

Os dois ainda desciam do carro quando Cecília descia as escadas correndo com os olhos inchados. Arthur arrepiou-se, sentiu um mal presságio. Roberto foi até Cecília. Ela contou alguma coisa para Roberto, Arthur observava aflito. O médico ao escutar levou uma das mãos ao rosto e balançou a cabeça de forma muito sutil. Cecília voltou a chorar.

Zani olhou para Yasmin, que também observava a cena nervosa, junto ao carro. Ele não aguentou a angústia, partiu em passos apressados em direção aos dois. Yasmin resolveu segui-lo ao vê-lo andar disparado, correndo para poder alcançá-lo.

– O que aconteceu? – Perguntou Arthur assim que se aproximou.

Roberto respirou fundo. Cecília continha o choro.

– O que aconteceu!? – Bradou ele aflito.

– Tiago faleceu agora há pouco – disse Roberto de uma vez.

Yasmin gemeu horrorizada cobrindo a boca com as duas mãos.

Capítulo 15

A noite na cabana

Um calafrio subiu pelas costas de Arthur até sua nuca. Sentiu um gelo na barriga, mas o calafrio sumiu rápido, dando espaço ao um calor imediato que fez sua expressão se transformar imediatamente. Seus olhos cerraram, seus punhos fecharam, sua respiração acelerou. Lançou a Roberto um olhar furioso, intimidador, incontrolável. Abaixou a cabeça e levantou o olhar para mantê-lo fixo no médico, que deu dois passos para trás e quase tropeçou. Foi completamente envolto pela aura negra que Arthur erradiou ao seu redor. O rosto de Zani se contorceu, exalava ódio, sua expressão tornou-se assustadora. Doutor Roberto amedrontou-se pela repentina mudança de Arthur.

Em um impulso, com velocidade e violência, Arthur deu um largo passo à frente e agarrou doutor Roberto pela camisa com as duas mãos. Assustando todos ao redor.

– O que você disse? – Perguntou Arthur em um tom de dar medo.

– Calma, Arthur. Todos nós nã...

– NÃO VENHA ME PEDIR CALMA! – Interrompeu Arthur, berrando e chacoalhando doutor Roberto preso em seus punhos firmes.

– Nos sentimos tão mal quanto voc...

– CALE A BOCA! – Chacoalhou ele mais uma vez, ainda mais forte, tirando os óculos de Roberto do lugar.

– Pare, Arthur! – Pediu Yasmin em tom de apelo, assustada e com a voz chorosa.

– POR QUE VOCÊS FIZERAM ISSO? – Continuou Arthur aos berros, completamente descontrolado. Sem dar atenção a súplica de Yasmin ou a qualquer outra coisa. Continuou gritando atraindo atenção de cada vez mais gente que começava a aparecer à porta.

Quando percebeu a cena que havia armado e todos os olhos que pousavam sobre ele, Arthur largou Roberto em um gesto brusco e saiu apressado. Correu esbarrando em Yasmin e derrubando-a no chão. Chegou ao quarto onde ficou por muito tempo sozinho, sem ser incomodado. Com a cabeça girando, indignado, com mil pensamentos.

Depois de muito tempo em seu confinamento, viu a porta do quarto se abrir devagar, era Luca e Yasmin, Luca um pouco escondido atrás da parede e com a cabeça de fora espiando o quarto.

– Você ainda está bravo? – Quis certificar-se o garotinho.

– Não estou bravo com você – continuou com serenidade.

– Mas você está bravo? – Perguntou em tom de cautela.

– Não – respondeu após uma breve pausa.

Luca saiu de seu esconderijo, olhou para Yasmin, que fez um carinho em sua cabeça e um gesto positivo com a mão, como se dissesse que estava tudo bem, então Luca foi até Zani, sob o olhar atento de Yasmin, que cruzou os braços e se encostou na parede ao lado da porta.

– O Tiago morreu, não é? – Falou choroso.

– Infelizmente, Luca – confirmou Arthur. Luca contorceu o rosto em uma expressão de choro.

– Eu não queria que ele morresse – falou fanho por causa do choro.

– Ninguém queria. Todos gostávamos muito dele. Sabe, Luca, infelizmente, nem tudo que vai acontecer na vida é justo. Algumas coisas ruins vão acontecer para pessoas boas – tentou confortar Luca, que começou a chorar de novo.

– Por quê? – Questionou Luca encarando o chão.

– Para que essas pessoas se tornem ainda melhores.

– Mas o Tiago morreu, como ele pode ser uma pessoa melhor agora? – Perguntou Luca visivelmente confuso.

– Tiago está em um lugar melhor agora. Onde as pessoas boas vão depois que morrem.

– Eu sei. Já me contaram isso. Mas eu queria ele aqui comigo – choramingou mais uma vez – tomara que eu vá pra esse lugar logo também – disse Luca fazendo Yasmin fazer uma expressão de dó e compaixão, pelo comentário inocente. Zani respirou fundo.

Yasmin continuava observando e ouvindo de longe, ainda parada próxima à porta. Sara, que chegou depois, também acompanhava a conversa sem se manifestar.

– Todos nós vamos na hora certa, não tenha pressa. Eu também não queria que ele fosse tão cedo.

– Por isso que você ficou bravo?

– Sim.

– Eu fiquei com medo – revelou Luca.

– Não era a minha intenção. Eu não queria te assustar. Só estava triste – tentou remendar Arthur.

– Ah tá. Você fica daquele jeito quando está triste? Eu quando fico triste choro – falou Luca fazendo Arthur até soltar uma risada breve.

– A maioria das pessoas é assim – comentou Arthur.

Luca nem prestou muita atenção. Olhava para o infinito, com um olhar fixo e distante, visivelmente melancólico e abatido. Não continuou o diálogo também. Arthur sentiu uma pontada no coração, esfregou a mão no rosto e suspirou. Fez um pequeno cafuné em Luca, que estava tão aéreo que demorou alguns segundos para perceber. Lançou um leve sorriso a Arthur e voltou a se abater.

– Sara – chamou Yasmin. – Você não quer levar o Luca lá para baixo com as outras crianças? – Sugeriu a garota.

– O.k. – concordou a garota. – Vamos, Luca, vamos descer – disse guiando o garoto colocando gentilmente a mão em suas costas.

Sara passou por Yasmin com Luca e saíram do quarto. Ficou um silêncio incomodo no quarto, Yasmin demorou para sair de onde estava e ir até Arthur. Ocupou um lugar próximo ao garoto e seguiram mais alguns instantes em silêncio.

– Arthur, – Yasmin respirou fundo antes de continuar – você tem que se controlar. Você não pode fazer esse tipo de coisa.

Zani não disse nada, continuou em silêncio, apenas ouvindo. Yasmin falava olhando para Arthur, que desviava o olhar, virando para o lado.

– Sabe, você não demonstrou ser forte com aquilo tudo. Muito pelo contrário. Mostrou justamente o quanto você é frágil e sem controle. Você acha que você era o único triste e indignado? Não existe forma mais egoísta de pensar. – Disse em tom de bronca. Arthur continuou calado. – Olhe pra mim – pediu Yasmin ao observar ele distante.

Arthur obedeceu. Yasmin tentou fazer uma leitura dos pensamentos de Arthur, mas era tão nebuloso quanto sempre. Encararam-

-se. A rígida expressão de Yasmin, de quem repreendia Arthur murchou dando espaço a uma expressão de compaixão e hombridade.

– Você pode chorar, sabia? Não é vergonha para ninguém – disse em tom compreensivo.

– Eu não sinto vontade de chorar – falou Arthur pela primeira vez.

– Você não ficou triste? – Perguntou em tom paciente.

– Feliz eu não fiquei, né? – Falou grosseiro, percebeu sua grosseria e tentou mudar o tom logo em seguida para amenizar a conversa. – Eu fiquei inconformado. Mas logo me enchi de raiva, tanto ódio que não tinha espaço para sentir mais nada.

– Raiva do quê? – Perguntou Yasmin quase que aflita.

– Porque é injusto! – Exaltou-se Arthur.

– Você sabe que a vida é assim, Arthur – dizia com serenidade. – Eu acabei de ver você falar isso para o Luca, que a vida nem sempre é justa e que coisas ruins acontecem com pessoas boas. Não adianta nada tentar revidar, não existe em quem ou em que você possa revidar. Você tem que entender e aceitar isso. – Yasmin tentou orientar Arthur, falando sempre com a voz baixa e muita cautela, conhecendo-o, sabia que ele poderia estourar a qualquer momento.

– Eu já entendi isso, mas não me peça para aceitar. Eu nunca vou aceitar isso – retrucou.

Yasmin respirou fundo e buscou a mão de Arthur para segurá-la.

– Estou preocupada com você, Arthur – revelou ela com sinceridade.

– Não se preocupe comigo. Eu estou bem. Vou ficar bem. – minimizou Arthur.

A garota lançou a Zani um olhar penetrante, com uma expressão carregada de sentimentos, mas o mais sobressalente deles sendo o de compaixão.

– Você é feliz? – Perguntou mudando drasticamente o rumo da conversa.

– Oi? – Não entendeu direito a pergunta.

– Você é feliz? – Repetiu com simplicidade.

– Sim – mentiu para não prolongar o assunto.

– Bom... Eu não conseguiria ser feliz desse jeito, sentindo sempre tanta raiva, tanto ódio. Mas espero que esteja falando a verdade, Arthur. Espero que consiga ser feliz mesmo, no mais completo sentido da palavra – disse tranquila, fez carinho na mão de Arthur. Após uma pausa, continuou. – Não existe felicidade sem tristeza, Arthur. Infelizmente. É como se fosse o preço que a gente paga. Somos felizes várias vezes na vida, por vários motivos diferentes. E no final de cada felicidade que temos, vem a tristeza, justamente porque chegou ao fim, porque perdemos algo que vai nos fazer falta. O fim do ciclo é a tristeza, não o ódio, não a raiva, não o rancor... Se o seu ciclo de felicidade está terminando dessa maneira, tem algo errado, Arthur – concluiu Yasmin com a atenção presa de Arthur, por mais que ele tentasse parecer indiferente.

Yasmin se inclinou sobre Arthur para lhe dar um breve beijo, fez carinho em seu rosto, lhe lançou um olhar terno e lhe dedicou um sorriso. A garota se levantou e caminhou em direção à porta, Arthur não disse nada. Antes que ela saísse, disse mais algumas palavras em um tom um pouco mais severo.

– Outra coisa que você deveria aprender, é que quando se joga uma pessoa no chão, você deve desculpas a ela. Principalmente se ela for uma garota e se estiver namorando com ela – falou antes de sumir no corredor.

Arthur, gaguejando, ficou falando sozinho no quarto.

– Mas... O qu... Quando foi qu.. Como assim namorando?! – Disse ele confuso ainda largado na cama.

☙

– Ainda não acredito que ele fez isso. Ah, Roberto, me desculpe. De verdade. Não imaginei que isso iria acontecer. Arthur parecia ter evoluído tanto – lamentou-se doutor Guilherme.

– Ele realmente evoluiu. Não penso o contrário. Mas agora ficou mais que evidente que ele não consegue lidar com o falecimento de pessoas próximas a ele – comentou doutor Roberto prendendo o celular na orelha com o ombro direito enquanto via alguma coisa no computador em sua sala.

– Eu sinceramente não sei o que fazer – suspirou Guilherme do outro lado da linha. – Você acha então que o melhor a se fazer é tirá-lo daí?

– Eu realmente não sei. Arthur certamente não aceitaria fazer nenhum tratamento para curar algum trauma, ele não colaboraria jamais. Eu consigo ver também uma nítida evolução do garoto, mas temo o que pode acontecer se ele vivenciar a perda de mais um paciente do hospital, principalmente se esta pessoa for a Sara, acho que as consequências seriam catastróficas. Acho que ele enlouqueceria – raciocinou Roberto com o amigo.

Guilherme ficou calado por um momento. Tudo que se ouvia era a sua respiração.

– Guilherme? – Chamou Roberto depois de uma longa pausa.

– Estou aqui.

– Alguma ideia do que fazer?

– Não sei. Talvez deixemos ele aí por mais um tempo, quando o quadro de Sara se agravar tiramos ele. O que acha?

– Sinceramente não acredito que seja uma boa ideia. Levá-lo embora quando Sara estiver debilitada acho que também mexeria com o garoto – opinou Roberto.

– É verdade. Você tem razão – Guilherme fez uma pausa – Bom, acho que o melhor a se fazer é observá-lo pelos próximos dias. Vamos ver como Arthur amadurece a ideia da morte do pequeno menino.

– Certo. Acho que isso seria o mais sensato por enquanto. – concordou Roberto.

– Pobre Tiago – lastimou Guilherme.

❧

O corpo de Tiago foi levado para sua cidade, onde foram feitas todas as honras, e fora sepultado próximo aos seus parentes. Arthur conseguiu acompanhar doutor Roberto depois de muita insistência. A cidade era ainda um pouco mais longe que Zankas. Doutor Carvalho aproveitou o percurso para tentar conversar com Arthur, mas ele não interagiu muito e o diálogo acabou sendo mais um sermão e uma lição de moral. Roberto dizia que Zani estava por um fio de ter de sair do hospital e que não iria aturar mais nenhum tipo de comportamento daquele tipo, seja ele pelo motivo que fosse. Arthur abstraia as palavras do doutor, olhava pela janela tentando se distrair com a paisagem.

Zani revoltou-se ainda mais de ver que doutor Roberto e ele eram as únicas pessoas a comparecerem no velório. Arthur indignava-se ao saber que uma criança como Tiago, tão esperta e animada era uma pessoa tão sozinha.

Arthur ficou mais distante nos dias seguintes. Tentou ficar afastado e longe das crianças o maior tempo possível. Não se sentia mais tão à vontade quanto antes. Na verdade, Zani não queria se apegar mais a ninguém, pelo contrário, queria tentar se desapegar. A única pessoa com quem ainda passava algum tempo, era Yasmin que, preocupada, sempre o procurava, encontrando-o nos lugares mais improváveis.

Luca também andava muito cabisbaixo, por mais que tivesse outros colegas, Tiago era seu verdadeiro companheiro para todas as horas. Luca perdera metade do brilho e encanto que costumava levar consigo a qualquer lugar. A criança ainda sentia-se ainda

Gutti Mendonça

mais desolada com as constantes esquivadas de Arthur, que agora passava o menor tempo possível com ele.

Em um dos dias, buscando o máximo de isolamento, Zani procurou um lugar que não fosse encontrado nem por Yasmin, nem por ninguém. Foi quando descobriu alguma espécie de depósito em outro canto da orla da floresta, bem mais afastada do pedaço por onde costumava entrar. Havia cimento, areia, tábuas, ferramentas, carrinho de mão, cordas, borrachas, pregos, e bugigangas que Arthur nem sabia o que poderia ser.

Olhando ao redor, Arthur buscava o canto menos sujo para se acomodar quando teve um estalo. Parou no lugar e começou a olhar novamente para todo o ambiente com outros olhos. Tábuas, cordas, martelo, prego, carrinho, serrote... Parecia ter tudo que ele precisava. Começou a xeretar tudo, revirar as coisas. Desocupou o carrinho de mão com as tralhas que havia dentro e as jogou no chão mesmo. Começou então a selecionar o que queria, pregos, martelo, serrote, madeira, fita métrica, lápis, cola de madeira. Revirou o lugar e quando o carrinho estava mais do que cheio o carregou para fora, em direção ao dormitórios.

Era uma caminhada muito mais longa quando se estava carregando um carrinho cheio de coisas por um terreno todo irregular. Zani teve que parar umas três vezes no percurso para juntar coisas que caíram do carrinho. Arthur finalmente chegou e deixou o carrinho próximo à entrada da Casa Claridade. Subiu correndo para o seu quarto e revirou suas coisas em busca da revista que sabia que estava em algum lugar ali. Achou!

Folheava a revista de como construir uma casa na árvore no caminho de volta para fora. Cecília já estava de olho no carrinho, ao lado de várias crianças curiosas. Arthur jogou a revista em cima do carrinho ao mesmo tempo que Cecília já se entrometia.

– Mas eu posso saber o que significa isso? – Questionou ela.

Zani não deu ouvidos e a ignorou, pegou o carrinho e saiu pelo gramado observando as árvores a distância e nem viu o olhar furioso que Cecília lhe lançou. Enquanto tentava encontrar uma boa árvore, ouviu a voz de Yasmin lhe alcançar.

– O que você está fazendo? – Perguntou ela.

– Eu vou construir uma casa na árvore – respondeu ele direto.

– Uma casa na árvore? – Indagou sem entender.

– Sim. Uma casa na árvore – repetiu calmamente.

– Como assim uma casa na árvore? Você sabe construir uma casa na árvore? Onde você vai construir uma casa na árvore? – Questionava Yasmin ligeiramente aflita.

– Não sei onde, estou escolhendo uma árvore, quer me ajudar a escolher? – Convidou Arthur parecendo estranhamente motivado.

Yasmin não quis questionar mais, percebendo a súbita motivação de Arthur, que não via a dias, resolveu não contrariar. Respirou fundo em silêncio e continuou atrás dele, o seguindo. Olhou para os lados... para trás...

– Que tal aquela? – Sugeriu ela.

Arthur parou no lugar e olhou para trás, para onde ela apontava. Lá estava uma árvore alta, com um tronco largo e galhos bem espalhados. Era uma árvore bem atrás da Casa Claridade. Arthur sorriu.

– Mas é claro! Por que não tinha pensado nela antes? – Comentou para si mesmo e deu meia-volta.

Mais uma vez Yasmin começou a segui-lo, e ele finalmente chegou ao seu destino. Começou a despejar as coisas do carrinho no pé da árvore e então partiu com o carrinho vazio.

– Ei, onde você vai agora? – Questinou Yasmin mais uma vez.

– Vou buscar mais madeira – falou ele e Yasmin não contrariou, mas dessa vez também não o seguiu.

Arthur fez mais uma, duas viagens... na terceira viagem, doutor Roberto o aguardava ao lado de Cecília.

Começaram uma nova discussão, Yasmin assistia a tudo. Enquanto Roberto argumentava, Arthur continuava a despejar o carrinho como se nada estivesse acontecendo. Roberto parecia incerto. Não era para Arthur ouvir Yasmin sussurrando, mas ele acabou ouvindo: "Deixe, pai, vai fazer bem para ele".

Enquanto Cecília, Yasmin e Roberto cochichavam a respeito sobre o que deveriam fazer a respeito da iniciativa dele querer construir uma casa na árvore, Arthur saiu com carrinho para fazer uma nova viagem. Não se importava o mínimo sobre o que decidiriam, pois ele sabia que iria construir aquela casa na árvore a qualquer custo.

Quando voltou mais uma vez com o carrinho carregado de madeira, Yasmin estava sozinha, sentada no chão com as costas apoiada na parede dos fundos da Casa Claridade.

– Então... consegui o alvará? – Perguntou debochado fazendo Yasmin dar risada.

– Conseguiu – respondeu ela enquanto ele encostava o carrinho próximo à pilha de entulho que ele já havia amontoado.

– Bom – fez uma pausa. – Minha advogada deve ser muito boa – brincou arrancando mais um sorriso de Yasmin.

– Deve ser – disse ela e se levantou. – E então, sabe por onde começar? – Questionou ela enquanto se aproximava de Arthur.

– Eu não faço ideia – riram enquanto ficavam mais próximos e se abraçavam.

Ficaram aproveitando aquele abraço sem pressa nenhuma. Um sentindo a respiração do outro.

– Bom... Então, o que nós devemos fazer agora? – Perguntou Yasmin.

– Nós? – Surpreendeu-se Arthur.

– Sim, nós – disse lançando a Arthur um olhar de repreensão. – Não achou que eu ia deixar você construir tudo sozinho, não é? Ou melhor... já que você botou na cabeça essa ideia maluca de construir essa casa na árvore não achou que eu simplesmente ia abrir mão do tempo que vai gastar nessa coisa sem eu ficar do seu lado, né? – Arthur sorriu.

A DIFERENÇA QUE FIZ

– O.k. – concordou. – Então acho que o primeiro passo é fazermos um desenho da árvore e do que queremos construir nela – sugeriu.

– Excelente. Vou buscar papel e caneta – disse Yasmin, enquanto Arthur contemplava a árvore.

Yasmin não demorou para voltar, e juntos começaram a desenhar a árvore de vários ângulos. Mas, no final, só Yasmin estava desenhando, Arthur tinha se comprovado um péssimo desenhista. Depois de ter o desenho de vários ângulos diferentes, os dois resolveram entrar para tentar desenhar algum projeto. Sara e Luca ficaram de espreita.

A dupla passou o resto do dia projetando e tendo ideias, e eliminando as coisas mais mirabolantes que sabiam que não conseguiriam fazer. Até mesmo depois do banho e do jantar, voltaram a se reunir para finalizar a ideia do projeto. Até que ficou pronto.

Antes de todos acordarem no dia seguinte, Arthur já estava de pé, depois de tirar diversas medidas da árvore e anotar no caderno, começou a separar os pedaços de madeira ao pé da árvore. Percebeu que as crianças começaram a acordar quando viu alguns olhares curiosos pela janela. Não demorou até que Yasmin aparecesse.

– Arthur, sei que você está animado, mas venha tomar café.

A garota tinha um estranho poder sobre Arthur, que fazia com que ele misteriosamente a obedecesse por diversas vezes sem a menor resistência. Ele foi tomar café e, logo em seguida, foi para o confinamento com doutor Roberto. Desta vez não levou livro nenhum, mas a revista de construção de casa na árvore e o caderno com os desenhos de seu projeto. Começou anotar a quantidade de tábuas que precisaria e a medida de cada uma delas.

Estava contando os minutos para poder sair daquela sala e correr para o seu projeto e quando finalmente chegou a hora, saiu apressado. Foi direto para os fundos e começou a fazer riscos e cortes nas madeiras.

Gutti Mendonça

E esta acabou sendo a distração de Arthur nos dias seguintes. Sempre consultando a revista, que dava dicas desde como escolher a árvore até a fazer elaborados cálculos de sustentação. Arthur, muito aplicado, lia e executava tudo que aprendia.

Quando a casa começou a ganhar uma mínima forma, pelo fim da primeira semana, Arthur resolveu desmontar tudo. Questionado por Yasmin, Arthur justificou-se apenas dizendo. *Agora eu peguei o jeito, vou começar do zero.*

Realmente, agora Arthur havia pegado prática e em apenas dois dias já havia ultrapassado um pouco o que havia feito em uma semana inteira e, desta vez, o chão da base parecia muito mais firme e seguro.

As crianças acompanhavam pela janela, curiosas, sempre que podiam. E Luca, quando conseguia, escapava para acompanhar de perto, mas só até alguém vir buscá-lo para dentro. Ele sempre ia contrariado. A única companhia de Arthur era Yasmin, e, mesmo assim, ele não a deixava fazer nada de pesado.

Arthur achou suspeito quando um dia apareceu misteriosamente um serrote, um martelo e alguns pregos, novinhos em folha. Tinha certeza de que Yasmin estava por detrás daquilo, mas resolveu não dizer nada.

E assim, semana após semana, a casa começou a tomar forma, o chão, a escada, o cercado, e finalmente as paredes. Zani estava ficando realmente orgulhoso de seu trabalho. Sua mão estava áspera e tinha até alguns cortes, de tanto trabalho manual. Principalmente quando começou a lixar algumas partes.

O telhado foi a parte mais difícil de se fazer, primeiro porque Arthur não tinha apoio direito para se posicionar, segundo porque sozinho era difícil colocar as tábuas, terceiro porque no projeto ele errou em não calcular a abertura de alguns galhos que não conseguiria remover. Deu muito trabalho, mas ele continuou perseverante. Até que, finalmente, concluiu que a casa estava pronta.

Ficou simples, pequena. Mas possuía um valor inestimável. Tinha uma varanda ao redor da casa, e uma espaço relativamente grande descoberto na parte de trás. Caberiam no máximo cinco pessoas dentro da casa sem se apertar muito, seis ou sete se fossem crianças. Arthur e Yasmin olhavam orgulhosos para a casa, mas não eram os únicos.

– Eu devo admitir que não acreditei que chegaria até o fim – disse a voz de Roberto que apareceu de repente atrás dos garotos. – Confesso que só deixei você seguir adiante com essa história porque pensei que duraria poucos dias, seria mais fácil deixar você desistir do que convencê-lo a parar. Mas me provou que eu estava errado e tenho que dar o braço a torcer, ficou uma bela casa – disse ele complementando e andando até alcançar os garotos.

Arthur não mostrou reação nenhuma ao ouvir os elogios de Roberto. Apenas ficou calado. Observaram a casa mais alguns minutos. Até que Arthur pegou um estilete que estava usando e tomou a frente.

– Ainda falta uma coisa – revelou ele subindo as escadas.

Parou em frente à porta da casa, pegou uma pilha de madeira que não havia sido utilizada e que ainda não fora removida dali, empilhou em frente à porta e subiu nela para ficar mais alto. Cravou o estilete em cima da porta e começou a escrever alguma coisa, entalhando a madeira. Pai e filha observaram, mas do ângulo que estavam, não conseguiam ler. Zani levou alguns minutos, pois não era fácil escrever na madeira com aquele estilete fino, ele tinha que passar a lâmina várias vezes sobre o mesmo lugar para tornar legível alguma coisa. Quando terminou, desceu e foi em direção a entrada dos fundos da Casa Claridade.

– Você pode dizer às suas crianças que a casa foi inaugurada – falou Arthur ao passar por Roberto em seu tom amargo, em resposta às declarações que ele acabara de fazer. E entrou.

Yasmin e Roberto, ambos curiosos, foram contornar a casa para ler o que havia sido recém-escrito. E puderam ler com clareza: "Lar do Tiago".

Como Arthur havia requisitado, Roberto havia liberado as crianças para brincarem na casa da árvore, com supervisão, é claro. As crianças acharam superdivertido, e o Lar do Tiago se tornou mais uma distração para elas.

Mais alguns dias correram, até que Zani achou estranho Yasmin faltar à aula de Alberto. Assim que a aula terminou, Arthur tentou procurar saber o motivo. Cruzou com Sara no corredor, saindo da sala.

– Ei, Sara – chamou fazendo a garota parar no lugar e olhar para trás.

– Eu.

– Sabe da Yasmin?

– Parece que ela ficou no hospital, entrou em observação – revelou Sara.

Arthur sentiu um gelo no estômago. Aquelas palavras foram como um banho de água fria, a respiração de Zani até falhou por um momento.

– Você sabe o quarto? – Perguntou aflito.

– Não.

Sem dizer mais nada, Arthur seguiu correndo para o hospital. Passou pela recepção apressado, chegou no andar dos quartos e começou a abrir a porta dos quartos apressado, nem se preocupou em fechar as portas que abria. Se deparou com vários quartos vazios até que ficou de frente para doutor Roberto quando abriu uma das portas. Olhou para o lado e lá estava Yasmin, espetada em agulhas.

Yasmin e Roberto olharam para Arthur, que havia entrado no quarto em um rompante. Zani estava com a respiração ofegante e cara de quam havia visto um fantasma.

– Você está bem? – perguntou o médico preocupado.

– Estou, mas parece que vou ter que fic...

– Por quê? – Atropelou Arthur aflito, virando-se para o doutor, antes mesmo que Yasmin terminasse a frase. – Por que ela vai ter que ficar? O que aconteceu? – Virou-se novamente para Yasmin. – O que você está sentindo?

Yasmin sorriu, mostrando-se feliz pela evidente e enorme preocupação de Arthur.

– Ela tomou um novo medicamento. Ela deve ficar aqui em observação essa noite – explicou Roberto.

– Só essa noite, né?

– Por enquanto, sim. Mas agora ela precisa descansar – falou com serenidade.

– Amanhã ela já vai estar melhor?

– Todos nós esperamos que sim. Mas agora vamos deixar ela descansar – recomendou Roberto.

Zani olhou para Yasmin, preocupado e desconfiado. Ela sorriu. Arthur ainda estava ofegante e aflito, mas sentiu-se mais aliviado com as palavras de Roberto.

– Vamos, Arthur. Ela precisa ficar em repouso agora.

– Posso ficar só um po...

– Agora não, Arthur – foi a vez de doutor Roberto interromper – Mais tarde você volta – disse encaminhando-se para a porta e guiando Arthur envolvendo-o pelos ombros.

Zani ainda olhou para trás para ver um último sorriso de Yasmin, fez um gesto contido com a mão de despedida e então saiu acompanhado do doutor Roberto.

– Agora volte para a Casa Claridade, você deveria estar lá.

Contrariado, Arthur obedeceu e desceu as escadas.

Sabendo que Roberto iria subir, depois do primeiro lance de escadas, Arthur ficou parado alguns instantes, só para dar tempo de o médico seguir e ele poder voltar ao quarto de Yasmin. Após esperar esse momento, Zani voltou a subir as escadas e se deparou com uma cena que arrepiou até seu último fio de cabelo.

Doutor Carvalho estava encostado na parede, contendo o choro com as mãos na boca. Roberto assustou-se ao ver Arthur voltar e tentou conter o choro, enxugando os olhos com as mangas do jaleco.

– Já falei para voltar para a Casa Claridade – disse se recompondo, falando com severidade.

Arthur não deu a mínima, pelo contrário, ele que estava boquiaberto e apavorado ao ver aquela cena, mudou o rosto para uma expressão firme e séria.

– O que está acontecendo?

– Eu disse para você voltar para o alojamen...

– Diga logo! – Exaltou a voz.

– Silêncio! – Exigiu preocupado baixando a voz para um sussurro. – Não quero que a Yasmin nos escute.

– Então me diga logo o que está acontecendo.

Roberto abaixou a cabeça, respirou fundo. Tentou pensar em alguma mentira rápida, mas não conseguiu, simplesmente deixou a verdade escapar em um tom de melancolia.

Yasmin não está respondendo ao tratamento.

Arthur cambaleou para trás.

– O que isso significa? – Perguntou quase sem voz.

– Significa que isso não é uma notícia boa. Vou intensificar o tratamento, aumentar a dosagem dos remédios. A evolução da doença está sendo lenta, isso é bom, mas esperava uma regressão. As possibilidades de tratamento não se esgotaram, mas eu, como pai, me sinto desgostoso ao me deparar com essas coisas e com minha filha tão fragilizada – Explicou Roberto.

Arthur ficou calado. Tentando absorver aquelas palavras, foi tomado por um sentimento de medo. Não sabia o que fazer, não sabia o que podia fazer. Sentiu-se perdido e incapaz. Foi em direção ao quarto de Yasmin mais uma vez, mas Roberto o segurou pelo braço.

– Não, Arthur. Ela já esta sob efeito da nova dosagem, ela está fraca agora. Ela realmente precisa repousar, deixa-a sozinha por enquanto. Por favor – Arthur hesitou, mas cedeu.

Voltou para a Casa Claridade, ainda não havia suportado a ideia da morte de Tiago, o tempo curto de Sara e agora essa notícia sobre o tratamento de Yasmin. Sentia uma dor no peito, a cabeça girando. Não sentia os pés no chão, parecia sem rumo. Passou pelo saguão tão perturbado que nem ouviu Sara chamá--lo. Foi para o quarto, não estava muito consciente. Arthur não jantou naquele dia.

Quando Yasmin abriu os olhos no dia seguinte, a primeira coisa que observou foi Arthur dormindo todo torto na poltrona do quarto.

– Bom dia, dorminhoco – falou Yasmin tentando acordá-lo. Arthur, porém, nem ao menos se mexeu. Yasmin riu sozinha. – Bom dia, preguiçoso! – Gritou ela de forma exagerada.

Arthur endireitou-se na cadeira assustado. Situou-se e então esfregou o rosto com as mãos.

– Bom dia. Como está se sentindo? – Perguntou interessado.

– Bem. Muito bem na verdade. Mereço um beijo de bom--dia? – Perguntou Yasmin sorridente, em tom de pedido.

Arthur se levantou sonolento e foi até a cama para lhe dar um beijo breve.

– Hoje você já sai desse quarto?

– Não sei. Depende do meu pai, mas espero que sim. Há quanto tempo você está aí? – Perguntou a garota curiosa.

– Desde a madrugada. Não conseguia dormir, queria te ver. – revelou Arthur com sinceridade fazendo Yasmin exibir um lindo e largo sorriso.

– Preocupado comigo? – Perguntou ainda sorridente.

– Você vai ficar bem, não preciso me preocupar. – Disse fugindo da resposta. Yasmin riu mais uma vez.

– E você? Está bem também? Não deveria estar no seu tratamento?

– Não sei. Não sei que horas são – disse buscando com o olhar o relógio da parede.

– Você deveria ir, não quero atrapalhar o seu tratamento.

– Ainda está na hora do café, daqui a pouco eu vou.

Gutti Mendonça

– Mas você precisa comer também – falou preocupada.

– Ei. Eu estou bem. Não se preocupe – tranquilizou Arthur, fazendo-a sorrir mais uma vez, desta vez de maneira mais doce e singela.

Yasmin esticou as mãos para fazer carinho no rosto de Arthur. Os dois se entreolharam por bastante tempo, dizendo coisas que só podem ser ditas no silêncio. A mente de Arthur começou a ir longe, quando ele disparou de repente.

– Qual o seu maior sonho? – Perguntou com a voz intrigada.

– Meu maior sonho? – Fez uma pausa. – Tenho tantos sonhos, não sei eleger um.

– Me diga um – pediu Arthur.

– Bom... – Yasmin estreitou os olhos indicando que esforçava-se para pensar em alguma coisa – Não é bem um sonho. É mais um desejo... Mas agora eu daria qualquer coisa para poder voltar a patinar – revelou ela.

– Eu sabia desde o começo que era você quem patinava e participava dessas competições que você falou – disse Arthur com um sorriso de satisfação no rosto. Yasmin riu ao ser flagrada.

– Era eu mesmo. Queria muito voltar a patinar – falou saudosa.

– Você era boa? – Perguntou curioso.

– Um dia você vai me ver patinando e vai tirar suas próprias conclusões – disse misteriosa.

A porta do quarto se abriu, fazendo Arthur e Yasmin se virarem. Uma voluntária entrou com uma bandeja, anunciando que era hora do café da manhã. Embora Arthur quisesse fazer companhia, Yasmin insistiu para que ele também se alimentasse. Contrariado, obedeceu.

Zani ficou com uma ideia fixa durante todo o café, a ideia era boa, só não tinha a menor ideia de como poderia colocá-la em prática. Ele provavelmente teria que envolver doutor Roberto, mas dado os últimos acontecimentos, dificilmente ele colaboraria.

Arthur cogitou mil possibilidades, mas, no final, concluiu que não teria como fazer aquilo sem o consentimento do pai de Yasmin. E determinado, levou a ideia até Roberto quando chegou a hora de seu confinamento.

Depois de uma longa conversa com o médico, Zani desapareceu pelo resto do dia. Yasmin saiu da observação e procurou por ele, mas não o encontrou. Ninguém parecia saber onde ele estava, nem na aula de Alberto ele apareceu. Yasmin já estava ficando preocupada quando Zani finalmente surgiu para o jantar e sentou-se ao lado dela na mesa.

– Onde você estava? – Sussurrou Yasmin para Arthur.

– Não posso falar – respondeu misterioso.

– Como assim não pode falar? Pode ir falando – retrucou zangada fazendo Arthur rir, deixando-a ainda mais irritada. Ela deu um cutucão nele com o cotovelo. – Fala!

– Você vai descobrir hoje à noite – falou em mesmo tom de mistério.

– Hoje à noite? O que tem hoje à noite? – Perguntou sem entender nada.

– Nós vamos sair.

– Sair!? Sair para onde?

– É surpresa.

Yasmin olhou desconfiada. Tentou parecer brava, mas quando Arthur virou-se para receber aquele olhar, ela amoleceu e sorriu.

– Eu quero uma pista – pediu ela sorridente. Arthur riu e balançou a cabeça. – Sério. Eu quero uma pista.

– Aguente um pouco. Logo menos você já vai descobrir, falta pouco. Quando as crianças dormirem, nos encontramos lá em baixo.

– Arthur – falou ela de repente mudando o tom para um ar de preocupação. – Eu não quero ficar saindo escondido toda hora.

– Relaxe – disse com tranquilidade.

– O que vocês estão conversando encolhidos aí? – Perguntou Sara, obrigando-os a disfarçar e mudar de assunto.

Yasmin estava superansiosa. Qualquer coisa que a tirasse daquela rotina triste, já a deixava com outro ar. Ela estava tão ansiosa que até chegou no saguão antes de Arthur, que ficou surpreso ao encontrá-la ali tão cedo e ainda por cima de pé.

– Está curiosa mesmo, hein? – Comentou Arthur ainda descendo as escadas.

– Estou! – Disse ela animada. – Aonde nós vamos?

– Mas você quer sossegar? Já vai descobrir – repreendeu se aproximando dela.

A garota se aproximou e o abraçou, Arthur retribuiu o abraço e ficaram ali curtindo aquele instante.

– Obrigada – agradeceu Yasmin depois de um tempo, ainda envolvida nos braços de Arthur.

– Pelo quê? – Falou afastando-a gentilmente para poder ver seus olhos. Ele afastou com o dedo os cabelos de Yasmin, que usava a peruca que ele havia lhe dado.

– Por preparar uma surpresa pra mim – disse com os olhos brilhando

– Mas você nem sabe o que é ainda, nem sabe se você vai gostar – minimizou ele.

– O agradecimento é por querer me agradar, por se dedicar a mim, por se importar comigo.

– Você não tem que me agradecer – falou sem graça.

– As pessoas agradecem, Arthur. Você devia aprender isso – aproveitou para cutucar. Zani suspirou aborrecido.

– Vamos esperar o táxi lá na frente do hospital, já está quase na hora que marquei – fugiu pela tangente, e começou a caminhar guiando Yasmin pelas mãos.

– Táxi? – Estranhou.

– Sim. Seu pai impôs essa condição – explicou ele enquanto caminhavam para fora.

– Meu pai!? – Alarmou-se virando a cabeça bruscamente para Arthur. – Meu pai sabe aonde estamos indo?

– Sim. Eu meio que precisei da ajuda dele.

– Como assim?! – Perguntou ainda mais curiosa.

– Calma, você já vai ver.

– Ah, que droga! Você tá faz um tempão falando que eu já vou ver! – Enfezou-se cruzando os braços fazendo Arthur soltar uma breve gargalhada enquanto caminhavam devagar pelo gramado. – Pare de rir – brigou zangada fazendo-o rir ainda mais.

– Olhe o táxi! – Interrompeu o momento quando viu as luzes de um carro encostar na frente do hospital. – Vamos! – Arthur correu na frente.

Os dois entraram no carro. Arthur já tinha combinado o destino com o táxi, o que frustrou mais uma vez as expectativas de Yasmin de descobrir aonde Arthur estava a levando. Yasmin tentou arrancar algumas informações de Arthur no caminho, e até do taxista, mas Arthur não deixou e os dois começaram a discutir de forma amistosa no banco de trás, como um verdadeiro casal.

Yasmin estava tão entretida que nem percebeu quando o táxi parou em frente ao Ginásio Municipal.

– Chegamos – anunciou Arthur.

A garota parou de falar imediatamente e olhou pela janela, estavam em frente ao ginásio.

– O que tem o ginásio? O que tem aí? Tem alguma coisa escondida? É no ginásio que nós vamos? – Arthur riu mais uma vez.

Os dois se despediram do taxista e desceram do veículo.

– Não vamos no ginásio. Vamos naquela caixa d'água aqui perto que fomos da última vez. Tem uma coisa lá em cima que quero te mostrar – contou Arthur.

– O.k.! – Falou animada.

– Quer tentar ir pelo ginásio? Vamos ver se conseguimos alguma porta aberta, pra você pelo menos ver a pista de patinação? – Sugeriu Arthur.

Gutti Mendonça

– Não vai ter nenhuma porta aberta – falou ela desacreditada – Vamos logo ver a minha surpresa – falou Yasmin impaciente.

– Então vamos – disse ele e Yasmin bateu duas palminhas de alegria. Começaram a caminhar pela lateral do ginásio em direção à caixa d'água.

– Olha, tem uma porta aqui – falou Arthur mostrando uma porta na lateral do ginásio e indo em direção a ela.

– Arthur, não vai estar aberta. Vamos logo para a cai...

Zani abriu a porta.

– Olha, tava aberta.

– Tá bom, a gente vê na volta – falou Yasmin, mas Arthur já foi entrando sem dar ouvidos.

– Yasmin! – Chamou ele lá de dentro.

Yasmin, contrariada, o seguiu. Entraram em um corredor, estava tudo muito escuro. Dobraram o corredor e se depararam de frente com a pista de patinação, que mal dava para enxergar. Perceberam que haviam entrado por baixo da arquibancada.

– Arthur, eu tô com medo – falou Yasmin com o medo transparecendo nitidamente pela sua voz.

De repente, ouviram-se alguns estalos e as luzes da pista começaram a acender. Yasmin assustou e agarrou forte no braço de Arthur, dando um gritinho. A pista começou a se iluminar. Era uma pista grande, assim como as arquibancadas. O porte do ginásio não condizia com o tamanho da cidade. Era muito maior.

Os olhos de Yasmin se iluminaram ao ver a pista. Ela abriu a boca admirada sem perceber e soltou o braço de Arthur lentamente para dar alguns passos à frente ficando mais próxima da pista.

– Surpresa! – Gritou uma voz de longe.

Yasmin assustou-se mais uma vez, e olhou para onde vinha a voz. Viu seu pai distante, em uma cabine. Provavelmente ele acendera as luzes. Ela sorriu. Seus olhos encheram-se de lágrimas, que ela secou com a manga de sua blusa. Olhou para trás para ver

Arthur. Ele estava no seu mesmo estilo de sempre, com expressão séria, as mãos dentro da sua jaqueta de couro.

– Suba lá com o seu pai – orientou Arthur. – Pegue os seus patins e sua roupa. Hoje o ginásio é seu – contou com um breve sorriso no rosto.

Yasmin correu de volta para trás os passos que havia dado para frente e abraçou Arthur sem amenizar o impacto, fazendo-o cambalear para trás. Yasmin o apertou forte.

– Eu não sei como posso te agradecer – falou visivelmente emocionada.

– Bom, você pode ir patinar – disse sem muito jeito para essas situações.

Yasmin foi de encontro ao seu pai. Arthur esperou na grade, debruçou-se e ficou aguardando Yasmin aparecer. Doutor Roberto chegou alguns minutos depois para se juntar a Arthur como espectador.

– Onde ela está? – Perguntou Arthur assim que Roberto debruçou-se na grade ao seu lado.

– Foi colocar o uniforme e os patins. Está se aprontado – respondeu.

Os dois ficaram em silêncio por bastante tempo. Até que Roberto decidiu aventurar-se.

– Arthur, eu tenho uma pergunta para fazer em relação a você e minha filha. Eu vejo que tem alguma coisa entre vocês. Então eu vou perguntar e gostaria que fosse sincero comigo – anunciou Roberto.

Arthur se virou para encarar Roberto. Lançou um olhar penetrante e respondeu sem medo.

– Acho que depois de tudo que passamos juntos, doutor, eu acho que eu lhe devo uma resposta sincera. Embora devo dizer que não deveríamos fazer perguntas das quais não queremos ouvir a resposta. Principalmente daquelas que, no fundo, já sabemos a resposta – rebateu Arthur com coragem.

Roberto não desviou o olhar, pelo contrário. Encararam-se por mais um momento então continuaram a conversa.

– Você tem razão. Eu já sei a resposta. E eu preciso ser honesto com você também. Eu sou muito grato pelo bem que você tem feito a minha filha, mas você não é a pessoa certa para ela, você não é o tipo de pessoa para ela.

– Com todo o respeito, senhor – começou já carregado de ironia – Se eu que, como o senhor mesmo falou, faço bem para a sua filha não sou a pessoa certa para ela, quem poderia ser? – Roberto não gostou do tom, e franziu o rosto com raiva.

– Isso não é a hora para discutir isso – falou Roberto em tom severo ao ver Yasmin surgir no canto oposto, saindo do vestiário.

Yasmin estava com um uniforme vermelho com detalhes brancos, que continha os dizeres "Clube Pinheiros do Sul". O uniforme era um tradicional maiô de patinação, uma meia-calça e uma saia plissada. Os patins brancos combinavam com os detalhes brancos da roupa.

Com um primeiro impulso, ela deslizou do canto para o centro da pista e parou. Olhou para os dois e sorriu.

– Estou bonita? – Perguntou ela.

– Está maravilhosa – anunciou Roberto sem hesitar.

– Deixa eu ver se você é boa mesmo. Vou começar a contar quantas vezes você vai cair – provocou Arthur.

Yasmin sentiu-se desafiada. Lançou a Arthur um olhar zangado e começou a patinar de costas. Virou-se em uma manobra que já fez Arthur arregalar os olhos e depois começou a patinar em alta velocidade, ganhava cada vez mais rapidez, envergou o corpo se colocando em uma posição que atingisse uma velocidade ainda maior; quando estava completando a segunda volta, girou os patins e derrapou de lado, jogando uma onda de neve em cima de Arthur.

– Ei! – Reclamou Arthur que foi obrigado a dar dois passos para trás.

A DIFERENÇA QUE FIZ

– Vai morrer de tédio se veio aqui para contar quantas vezes eu vou cair – falou Yasmin devolvendo a provocação. Arthur riu bem-humorado.

Yasmin voltou a patinar, dessa vez não com velocidade, mas com delicadeza e sutileza. Parecia flutuar. Fazia manobras, piruetas e rodopios, sem tirar o sorriso do rosto. Arthur percebeu que algumas vezes ela até patinava de olhos fechados. Sua peruca caiu depois de alguns rodopios, mas ela não se importou, continuou como se nada tivesse mudado, continuou com a mesma suavidade de antes.

Arthur e Roberto assistiam encantados. Roberto até se emocionou, mas Arthur não percebeu, pois estava com os olhos presos em Yasmin.

– Arthur... Bom... Eu tenho que resolver algumas coisas. Eu já vou indo – anunciou. Arthur percebeu que ele estava emotivo, mas não quis comentar nada. Sabia que não tinha nada para fazer, apenas não queria que Yasmin o visse daquele jeito.

– O.k. – concordou.

– Não demorem mais muito tempo.

– O.k.

– Você ainda está com o celular que eu te emprestei?

– Sim.

– Bom, qualquer coisa me ligue. Voltem de táxi, não voltem a pé! – Repreendeu.

– Certo.

– Vou indo então – disse fungando e partiu sorrateiro.

Yasmin só fora perceber que seu pai não estava mais ali alguns minutos depois, e parou de forma abrupta na pista.

– Cadê o meu pai?

– Ele já voltou, disse que tinha que fazer umas coisas. – falou deixando Yasmin um pouco murcha.

Yasmin foi devagar até a grade onde Arthur se apoiava. Fez carinho em seu rosto e o beijou.

Gutti Mendonça

– Obrigada. Eu estou muito feliz. De verdade.

– Que bom que gostou.

– Eu adorei. – disse abraçando-o.

– Pode aproveitar o tempo que quiser, eu espero você.

– Eu acho que já patinei bastante, matei a saudade. A não ser que queira patinar comigo.

– Esqueça. Nunca vai acontecer – rechaçou a ideia. Yasmin soltou uma risada gostosa e o abraçou mais uma vez.

– Não tive só coisas ruins vindo para cá fazer o tratamento. – pensou Yasmin em voz alta.

– O que tem de bom nesse lugar? – Duvidou Arthur.

– Você. Eu estou tão feliz por ter te conhecido.

– Você está feliz de conhecer o garoto que, na primeira oportunidade que teve, roubou você? – Ironizou Arthur. Yasmin suspirou impaciente.

– Tudo bem, eu já te perdoei por isso. Eu sei que se arrependeu, do contrário não ficaria lembrando disso a cada cinco minutos – argumentou Yasmin.

– Acredite no que você quiser – falou Arthur fazendo-se de durão.

– Por quê? Você não se arrepende? – Cobrou Yasmin.

– Sim – respondeu depois de uns instantes de hesitação.

– Então, pronto – falou em tom de ponto final.

– Não quer patinar mais um pouco? – Perguntou Arthur voltando a um tom doce e sereno que somente Yasmin tinha o privilégio de ouvir.

– Não sei, só se não tiver mesmo uma surpresa me esperando no topo da caixa d'água – brincou Yasmin. Arthur riu.

– Não tem. Aquilo era só uma desculpa para você não suspeitar de nada quando paramos em frente ao ginásio.

– Aliás, como vocês conseguiram isso. Como fez o meu pai participar disso?

– Na verdade, não foi difícil, eu realmente pensei que seria muito complicado convencer seu pai, mas na verdade ele gostou da ideia. O que se, pararmos para pensar, faz todo o sentido. Que pai gostaria de ver o filho trancado em tempo integral em um lugar como aquele? Ele queria te agradar também. Não que ele tenha aceitado a ideia imediatamente, até porque ele não gosta muito de mim... Bem, ele tem um bom relacionamento com as pessoas do ginásio pelo visto. Ele falou sobre você, sobre seu tratamento e conseguiu autorização e as chaves daqui. Eu teria simplesmente arrombado – concluiu Arthur fazendo Yasmin rir e balançar a cabeça em sinal de desaprovação.

– Bom, se não tem mais surpresas pra mim, acho que eu vou andar mais um pouquinho.

– Eu não disse que não tem mais surpresas para você. Eu disse que não tem nada na caixa d'água – Yasmin escancarou a boca.

– O que mais você fez?! – Animou-se como uma criança fazendo Arthur sorrir.

– Vá se trocar, que eu te levo lá.

– O.k.! – Concordou Yasmin imediatamente parando no meio do caminho para apanhar a peruca que tinha deixado cair no meio da pista.

Tiveram um pouco de dificuldade para encontrar um táxi, mas encontraram. Tomaram o caminho de volta para o hospital. Já no gramado, Arthur desviou do rumo à Casa Claridade.

– Aonde estamos indo? – Perguntou Yasmin percebendo que não iam para os dormitórios. – Você não está pensando em entrar nessa floresta esta hora da noite, não é? – Perguntou medrosa.

– Relaxe – tranquilizou Arthur.

Medrosa, Yasmin correu uns três passos para alcançar Arthur e segurou sua mão. Entraram na floresta.

– Está muito escuro, a gente vai se perder. Como você consegue saber pra aonde você está indo?

– Já estamos chegando.

– Estamos andando há mais de cinco minutos. Eu já não sei nem mais voltar – falou apavorada. Arthur não deu importância, continuou a guiá-la.

– Chegamos – anunciou Arthur.

Os dois estavam de frente para a cabana que já haviam visitado.

– O que tem lá dentro? – Perguntou curiosa.

– Vamos ver – convidou Arthur indo em direção à cabana.

Arthur pegou um isqueiro em seu bolso e o acendeu. Passaram pela porta. Arthur acendeu três velas em cima de uma mesa, que estava coberta com uma toalha branca. O ambiente se iluminou um pouco. Arthur apanhou um guardanapo, foi até a lareira, que já havia deixado preparada, acendeu o guardanapo e jogou nela, que se acendeu terminando de iluminar o lugar.

Yasmin pode ver a mesa melhor, com um castiçal, pratos, talheres, taças e uma garrafa de vinho. Percebeu também que tudo estava muito limpo. Havia dois colchões em frente à lareira que não estavam ali antes, alguns sacos de *marshmallows* em cima dos colchões.

– A Sara e o Luca me ajudaram – confessou Arthur enquanto Yasmin inspecionava todos os cantos da cabana.

– Mentirosos. Eu perguntei para eles se eles tinham te visto hoje.

Arthur riu.

– Está com fome? – Perguntou puxando uma cadeira para que Yasmin se sentasse. – Posso servir o seu prato? – Perguntou Arthur com um sorriso.

Capítulo 16

Visita indigesta

– E o que nós temos para comer? – Perguntou Yasmin, entrando na brincadeira e abrindo um sorriso.

– Bom, nós não tínhamos geladeira, nem fogão, nem nada para poder cozinhar. Aliás, mesmo que tivéssemos, eu não sei cozinhar. Por isso... – Arthur fez uma pausa e foi até o único armário da cabana. – Eu comprei algumas pizzas. Mas que a esta hora, já devem estar frias – avisou ele desapontado tirando duas caixas de pizza do armário.

– Pizza está ótimo – falou Yasmin sorrindo.

– Mas para beber temos um ótimo vinho – anunciou alegre.

– Vinho... Somos menores de idade, não sei como conseguiu convencer meu pai a deixar fazermos isso – comentou admirada.

A DIFERENÇA QUE FIZ

– Ah, não. Dessa parte ele não sabe. Ele pensa que saímos do ginásio e fomos direto para Casa Claridade.

– Eu devia ter suspeitado – Yasmin riu.

– Mas sente-se – disse empurrando a cadeira de Yasmin, forçando para que ela dobrasse os joelhos, e serviu a pizza na mesa.

– Adoro calabresa – falou Yasmin abrindo uma das pizzas.

– Que bom que acertei. Não sabia o que pedir, fui nas tradicionais – disse servindo o prato de Yasmin.

– Acho que não precisamos de formalidade – falou Yasmin pegando o pedaço de pizza com a mão.

– É... Acho que não – concordou pegando o seu pedaço na mão e se sentando também, de frente para Yasmin.

– Obrigado por tudo isso – agradeceu ela com brilho nos olhos.

– Pare de me agradecer – pediu ele sem jeito.

– É sério. Você torna os meus dias aqui tão mais fáceis. Tem sido tudo muito difícil pra mim.

Arthur ficou quieto sem saber o que dizer. Disse a primeira coisa estúpida que veio à cabeça e ainda de boca cheia.

– Tá boa a pizza, né?

– Tá boa, sim. Você disse que o Luca e a Sara ajudaram, eles perguntaram alguma coisa, o que eles disseram?

– Nada. Sara ficou empolgada, ela suspeitava que tinha alguma coisa entre a gente, depois de hoje ela teve certeza. Já o Luca ficou empolgado com a cabana, perguntava o tempo todo se ela podia ser o esconderijo de um herói – Yasmin soltou uma gargalhada.

– Que herói?

– Não sei. Foi o que eu perguntei para ele. Que herói que vive em uma cabana? Ele falou que não sabia, porque, se soubesse, não seria um esconderijo.

– Eles dois são umas figuras – comentou Yasmin rindo.

– Agora é só ele – replicou Arthur deixando um clima ruim no ar.

Gutti Mendonça

– Desculpe, escapou. Não pensei antes de falar – justificou-se chateada.

– Tudo bem – falou Arthur dando mais uma mordida em sua fatia de pizza, mas ficou nítido que ele se abateu por recordar a morte de Tiago.

O silêncio se prolongou, os dois terminaram as suas fatias, Arthur pegou mais um pedaço. Yasmin não se mexeu.

– Não vai comer mais?

– Não. Nós jantamos, Arthur! – Falou admirada com o apetite dele.

– Eu sei, mas essa pizza está muito boa!

Yasmin assistiu a Arthur terminar mais um pedaço, não conversaram enquanto isso. Ela ficou pensativa, assim como Arthur. Estavam no mesmo lugar, mas seus pensamentos em lugares completamente distintos. A súbita pergunta de Yasmin os trouxe de volta para o mesmo lugar.

– Você consegue perceber a diferença entre o Arthur do dia que eu cheguei aqui para o Arthur de hoje? – Perguntou pegando-o de surpresa.

– Sou exatamente a mesma pessoa – esquivou-se.

– Talvez você tenha razão. Talvez seja realmente a mesma pessoa. Aliás, eu até acredito. Que você seja exatamente assim. Mas não consegue perceber diferença nenhuma nas suas atitudes desde quando chegou aqui? Se você é essa pessoa por trás de toda aquela revolta e agressividade, por que então age assim? – Perguntou verdadeiramente intrigada.

– É impressão sua – esquivou-se mais uma vez.

– Você pode se abrir comigo, Arthur. Se não falar comigo, com quem irá conversar sobre isso? – Tentou ganhar a confiança dele.

– Eu não quero falar disso com ninguém – fechou-se.

– Mas eu quero, Arthur. Eu quero te entender. Porque eu gosto muito de você, de uma maneira que nem eu entendo como. Poderia falar comigo sobre isso? Veja quantas coisas você fez por mim, não só hoje, mas já há muito tempo – Yasmin tentava dobrar Arthur com a serenidade em sua voz, atravessou a mão na mesa para pegar nas mãos de Arthur e continuou – Poderia fazer mais isso por mim, por favor? Poderia me dizer por que age diferente da pessoa que você realmente é?

Arthur ficou em silêncio. Reflexivo. Yasmin o observava apreensiva, esperando sua reação. A pausa foi longa até que Arthur se pronunciasse.

– Eu queria saber a resposta para essa pergunta. Acho que tudo seria mais fácil – falou em tom de desabafo. Yasmin continuou observando-o, deixou que fizesse sua pausa. Ele então continuou. – É muito mais fácil ter raiva, ter uma válvula de escape, ter por onde ou em quem descontar. Forte mesmo são as pessoas que conseguem guardar todo o sofrimento, todas as injustiças, que sofreram ou presenciaram para si mesmo e segurar firme. Aguentar tudo isso e manter o controle. Desde que eu perdi minha mãe, eu não quis gostar de mais ninguém, não quis ser amigo de ninguém, me apegar a ninguém. Eu passei por um sofrimento tão grande, que acho que pensei que a solução para nunca mais passar por isso de novo era nunca mais perder alguém que gostasse, e o único jeito disso acontecer era não me apegar a mais ninguém. – Pensou Arthur em voz alta.

– E você acha que essa tática tem dado certo?

– Acho que acabei me tornando desse jeito sem perceber. Percebo, hoje, talvez analisando as coisas que faço e como me relaciono. Não é bem uma tática, é mais uma troca.

– Uma troca? – Perguntou Yasmin confusa.

– Em vez de me acabar de sofrimento toda vez que perco alguém, tenho um pouco de infelicidade diariamente – analisou ele.

Yasmin riu e balançou a cabeça.

– O que foi? – Perguntou Arthur ligeiramente invocado.

– É pior do que eu pensava, mas também é mais simples do que eu pensava – disse a garota dando seu veredicto.

Arthur fez uma cara de interrogação.

– Você realmente não sabe viver. Você tenta fazer uma espécie de fórmula para balancear a vida, quando a verdadeira graça dela está nos altos e baixos. – falou Yasmin como se fosse óbvio e com um entusiasmo embutido na voz. – A graça da vida está em um dia você estar completamente entediada e, minutos depois, seus amigos aparecem na sua casa, e sei lá... te levarem para sair na chuva, você conversa, fala besteiras, ri até sua barriga doer e acaba tendo um dos melhores dias da sua vida! A graça da vida está em você ter uma baita briga com sua melhor amiga, chorar, se culpar, culpar a ela, xingar em silêncio e depois fazer as pazes, deixando a amizade ainda mais forte. A graça da vida está em você enjoar de comer a mesma comida da sua vó toda a semana, mas poder voltar a comer a mesma comida seis meses depois que ela sai do hospital. Essa é a graça, Arthur! É você xingar todos os dias sua aula de Física, mas querer voltar correndo para aula para ouvir as piadas sem graça do seu professor depois de ser internada em uma clínica de tratamento para pessoas com câncer. A vida é cheia de altos e baixos, os maus momentos servem para darmos valor aos bons, ou para nos fazer crescer, evoluir. A vida é pra frente! Cheia de surpresas. Boas ou más. Se caiu nesse jogo da vida, vai colecionar bons e maus momentos, evitar os bons não vai te fazer fugir dos maus – discursou Yasmin.

– Talvez esteja certa – falou Arthur sem querer discordar para não prolongar o assunto, mas não necessariamente acreditando no que ela acabara de dizer.

– Você é uma pessoa incrível. Eu queria que mais pessoas conhecessem o Arthur que eu conheço – falou Yasmin, fazendo Arthur, desconcertado, forçar um sorriso. – Prometa pra mim que vai tentar ser sempre esse Arthur que eu conheço – pediu Yasmin.

– Vinho? *Marshmallow*? – Quis mudar o enfoque.

– Eu não posso beber – disse em tom desanimado.

– Uma taça só não vai fazer mal a ninguém – insistiu.

Yasmin hesitou.

– Uma taça – concordou.

– Uma taça! – Animou-se.

Arthur pegou o saca-rolhas e abriu a garrafa, encheu as duas taças. Levantou-se e ergueu seu copo no alto.

– A nós! – Sugeriu um brinde de pé.

Yasmin apanhou sua taça e se levantou também. Brindaram. Cada um deu um gole em sua taça e ficaram trocando olhares. Yasmin estava feliz, com um brilho nos olhos, e incapaz de conter seu sorriso.

– Vamos ficar em frente à lareira, comer alguns *marshmallows* – convidou Arthur segurando-a pela mão e a guiando.

A cabana era pequena, poucos passos depois já estavam diante dos colchões. Arranjaram um canto para colocar as taças no chão e Arthur foi o primeiro a se jogar e acomodar-se. Yasmin o seguiu, mas de forma menos espalhafatosa. Ela não parava de olhar para Arthur, que se sentia incomodado com isso e sempre tentava puxar algum assunto quando percebia.

– Esses *marshmallows* são uma delícia! Eu nem acreditei quando os encontrei para comprar.

– Onde você encontrou?

– No centro da cidade.

– Você saiu para comprar coisas? Numa boa?

– Sim. Falei para o seu pai que precisava ver algumas coisas para a surpresa do ginásio e tal. Ele me liberou. Mas não foi numa boa, precisei insistir bastante. E só insisti porque vi que ele ia acabar cedendo.

– Eu ainda não acredito que você fez tudo isso – disse olhando para os lados, observando a cabana.

– Eu já disse que eu tive ajuda. A parte que Luca mais gostou foi a de roubar os colchões sem que ninguém percebesse – contou ele, fazendo Yasmin rir.

– Como vocês fizeram?

– Pedi para Sara e ele distraírem os voluntários, despistassem ou me avisassem quando eu poderia passar sem ninguém me ver carregando o colchão. Luca se sentiu um agente secreto. – Yasmin riu mais uma vez.

Yasmin voltou a sorrir de felicidade e ficou olhando para Arthur, que não sabia mais o que dizer para interromper esses recorrentes momentos.

– Por que você fica me olhando toda hora desse jeito? – Falou incomodado.

– Desculpe... Eu... Não sei... Acho que eu estou simplesmente encantada pela pessoa que você tem sido para mim – falou com honestidade.

– Já disse que não fiz nada demais.

– Você fez. Você pode ficar repetindo que não, mas você fez. Eu na verdade até gosto de estar aqui, só por sua causa.

– Eu também – retribuiu Arthur, sem ser muito bom para retribuir palavras. Pegou sua taça e virou tudo de uma vez. – Vou pegar mais vinho.

Arthur voltou trazendo a garrafa.

– Você já ficou bêbada alguma vez na vida? – Perguntou Arthur.

– Eu tenho dezessete anos de idade, eu não posso beber. É claro que eu nunca fiquei bêbada – explicou-se Yasmin. Arthur começou a gargalhar. Riu tanto que até perdeu o fôlego. Yasmin nunca tinha o visto rir assim. – O que foi?

– Filhinha de papai! Eu não acredito que você nunca ficou bêbada! E você acabou de vir com esse discurso de eu não saber curtir a vida. Parece que você nunca viveu a vida! – Zombou.

– Eu não preciso ficar bêbada para curtir a vida! – rebateu zangada. Arthur voltou a gargalhar. Yasmin começou a dar tapas no ombro de Arthur. – Pare! – Dizia ela, mas ele não parou.

– Você não sabe se divertir! – Falou Arthur voltando a gargalhar.

Yasmin ficou em silêncio enquanto Arthur continuava a rir. Ela ficou distante em pensamento, mas ele nem percebeu. Depois de alguns instantes, Yasmin lançou de repente.

– Você tem razão! Hoje eu vou ficar bêbada – concluiu pegando a sua taça e virando-a de uma vez também. Fez uma careta no final e depois estendeu a taça para Arthur. – Quero mais.

Arthur ficou sério instantaneamente.

– Ei, Ei. Calma aí. Não é assim também – alertou ligeiramente assustado.

– Tá preocupado comigo? – Perguntou Yasmin em tom provocativo.

– Mas é claro que eu estou preocupado com você! – Falou com um ar ligeiro de indignação.

Yasmin parou, recolheu o braço que estendia a Arthur, a taça vazia, colocou-a de canto e sorriu mais uma vez o encarando. E então se aproximou para lhe dar um beijo. Arthur retribuiu o beijo. Abraço-a e usou gentilmente a força para deitá-la no colchão onde continuou a beijá-la por cima dela. Começaram a se abraçar, um calor começou a subir, a respiração de ambos começou a ficar ofegante. Fizeram uma pausa.

Trocaram olhares. Era impossível dizer qual coração batia mais rápido. Os dois ainda tentavam entender a faísca que brotara ali. Yasmin puxou Arthur, e os dois voltaram a se beijar, de forma ainda mais calorosa e entusiasmada. Os hormônios à flor da pele. Deslizavam a mão um pelo corpo do outro. Arthur só parou quando Yasmin começou a tirar sua jaqueta.

– Não, não. Espere – falou ele saindo de cima de Yasmin.

– O que foi? – Perguntou ela sem entender.

– Eu não quero me aproveitar de você. Eu não vou fazer isso com você bêbada – falou ele com honestidade.

– Então vamos fazer antes que eu fique – falou ela indo para cima de Arthur. Ele se segurou mais uma vez.

– Espera... Eu... – não soube o que dizer, apenas segurou Yasmin e ficou mudo, trocando olhares.

– Está tudo bem – tranquilizou Yasmin. – Eu quero fazer isso – disse com a voz serena.

– Mas... Você já fez isso alguma vez? – Perguntou assustado.

– Não. Você? – Perguntou tranquila.

– Sim... Quer dizer... Mas nunca com alguém que eu realmente gostasse – disse a verdade. Yasmin sorriu aceitando a resposta. – Eu não quero que seja de qualquer jeito para você.

– De qualquer jeito, Arthur? Eu fiz o que adoro hoje, olhe tudo que você preparou para mim. Além do mais, eu não sei se daqui um ano eu vou estar viva – falou assustando Arthur.

– Não! Não! Esse não é o motivo certo, e é claro que você vai estar. Eu não quero que esse seja o motivo – rebateu ele ainda assustado.

– Esse não é o motivo. Esse é o lugar certo, a pessoa certa. Hoje é um dia especial. Eu quero que seja assim, eu quero que seja hoje, eu quero que seja com você. Se eu sei disso tudo, eu não quero adiar nada disso, porque não sei se vou estar viva daqui alguns meses – explicou-se Yasmin.

Arthur olhou-a com uma expressão de sofrimento. Yasmin fez carinho em seu rosto, e voltou a beijá-lo. Em poucos segundos voltaram a estar em chamas e não só a jaqueta, como qualquer roupa se tornou desnecessária.

❧

O sol bateu no rosto de Yasmin, que se sentou assustada.

– Droga! – Exclamou ela. – Que horas são? – Disse acordando Arthur.

Arthur também se sentou assustado.

– Merda! Não faço ideia. Vamos nos arrumar rápido – disse ele se levantando.

A DIFERENÇA QUE FIZ

– Deus! Parece que passou um caminhão na minha cabeça – disse ela ainda sentada.

– Prazer, ressaca – falou Arthur enquanto caçava suas roupas e jogava para Yasmin as peças dela que ele encontrava.

Yasmin começou a se arrumar também. Arthur já estava pronto e aguardava Yasmin.

– Pelo menos uma vantagem de se ser careca. Ninguém vai reparar nos meus cabelos amassados – disse ela com a peruca que usou na noite anterior nas mãos.

– O sol ainda está perto do horizonte, acho que não é muito tarde. Com sorte, ainda ninguém tomou o café – analisou Arthur olhando pela janela.

– Bom, eu estou pronta também.

– Então vamos – falou Arthur indo em direção à porta apressado. Mas Yasmin o segurou pelas mãos quando ele passou por ela.

– Ei – disse ela fazendo uma pausa. – Queria que soubesse que eu não me arrependi de nada. E que ontem foi perfeito – falou ela dando um beijo de bom-dia em Arthur.

– Pois é. Depois da terceira vez, eu já tinha percebido que você não estava arrependida mesmo – falou ele brincalhão. Yasmin riu envergonhada e deu um tapa carinhoso em Arthur. – Mas, agora, vamos! – Apressou-se.

Os dois saíram correndo pelas árvores. Yasmin seguia Arthur, ela ainda não tinha decorado o caminho direito, mas Arthur parecia já estar em casa. Chegaram rápido à orla da floresta e ficaram mais tranquilos quando viram o orvalho na grama, indicando que ainda era bastante cedo. Chegaram no saguão e não havia ninguém, embora o barulho da cozinha indicasse que logo mais o café seria servido.

Foram cada um para o seu quarto. Ainda não havia ninguém acordado. Zani se deparou com o Luca dormindo em sua cama, Luca já estava cabeludo. Zani ficou com dó de acordá-lo. Sentou-se na cama do garoto.

Aguardando que logo viriam os voluntários para aprontar as crianças, Zani ficou ali pensativo. Colocou a mão no bolso e sentiu o peso de alguma coisa que não lembrava o que era. Puxou para fora. Era o celular que doutor Roberto havia lhe dado para se comunicar com ele no dia anterior. O celular estava sem bateria. Ficou ali a esmo quando se assustou com um sussurro à porta.

– Arthur! – Chamou a voz.

Zani se assustou ao ouvir o sussurro, mas mais ainda depois de ver a quem pertencia a voz. Doutor Roberto estava parado na entrada do quarto. Ele chamou Arthur com um gesto. Arthur foi até ele com um frio na barriga, pensado ter sido flagrado voltando com Yasmin àquele horário.

– Bom dia – cumprimentou Roberto indo para o corredor com Zani.

– Bom dia – devolveu desconfiado.

– Que bom que te encontrei acordado. E aí, tudo bem ontem? – Perguntou ele.

– Tudo bem. Inclusive, preciso lhe devolver isso. – estendeu o celular que estava em suas mãos.

– Ah, sim! – Disse ele apanhando o celular – Viu... Eu preciso de uma ajuda sua agora. Sei que você não é muito de fazer favores. Mas, nesse caso, acredito que vai querer me ajudar – anunciou ele.

– Que caso? – Perguntou sem entender aonde ele queria chegar.

– O pai de Luca está aqui – informou Roberto fazendo Zani arregalar os olhos. – Ele saiu da prisão recentemente. Luca não tem mãe, só o pai, mas ele não tem a guarda da criança. Acontece que o governo dá um incentivo financeiro de dois anos para famílias carentes que têm crianças que estão passando ou passaram por tratamento de câncer. Eu tenho certeza que esse cara só está atrás do Luca agora para recuperar a guarda dele e conseguir o dinheiro que receberia do governo. – Arthur prestava atenção intrigado. – Ele mal conhece o Luca, saiu da prisão há alguns meses, quando o menino nasceu ele já estava preso. Ele está fedendo a álcool e tem direito de visitá-lo e de ficar sozinho com a criança sem o acompanhamento de ninguém do hospital. Eu inventei que temos uma sala especial para visitas. Arranjei uma sala vazia, mandei colocar umas mesas e umas cadeiras. Ele não é muito esperto, é fácil de enganar aquele cara. Mas alguém já avisou para ele sobre o direito a uma visita desacompanhado. Minha ideia é falar que você está esperando uma visita também e deixá-lo na sala. Assim pode ver quais as intenções do sujeito, embora eu acredito que já saiba.

– Entendi – falou Arthur com raiva do pai de Luca.

– Posso contar com você?

– O.k. – concordou Arthur.

– Ótimo. Eu vou enrolar o sujeito falando que o Luca está em horário de refeição e, assim que você terminar de tomar café, corra lá na minha sala – orientou Roberto.

– O.k. – concordou mais uma vez ao mesmo tempo que viu os voluntários virando no corredor para acordar as crianças.

Arthur voltou a encontrar Yasmin no café da manhã. E comentou baixinho o que acabara de acontecer, não conseguiu dar muitos detalhes, pois Sara se aproximou e começou a fazer perguntas sobre a noite anterior. Os dois abafaram o caso. Arthur observava Luca, ele parecia outra criança, sem brilho. Comia um pão de queijo, quieto, sem falar com ninguém, desanimado. Sem prestar atenção em nada que acontecia a sua volta, de cabeça baixa. Arthur deixou a mesa antes de todos e se arrumou rápido, tomou um banho, raspou a cabeça mais uma vez, sempre para manter o disfarce. Então correu para a sala de Roberto.

Doutor Carvalho o acompanhou até a sala que havia preparado. Assim que entrou, viu um homem de quem não gostou.

– Minha nossa! – Disse o homem – Eu pensei que você era uma pequena criança! – Falou ele abrindo um sorriso amarelo.

– Esse não é o Luca – falou Roberto com rispidez.

– Ah, sim, claro! Eu estava brincando.

Arthur conseguia sentir o bafo de álcool daquela distância.

– Este é Arthur. Ele também receberá uma visita em instantes. Como eu orientei o senhor, todas as visitas são realizadas aqui – falou Roberto.

– Certo, certo – concordou ele com um sorriso amarelo.

Roberto se retirou e fechou a porta às costas de Arthur. Zani buscou uma outra mesa e se sentou. Olhando o homem com raiva, que nem percebeu. Ficaram alguns minutos ali em silêncio. O pai de Luca estava sentado todo largado na cadeira. Depois de certa demora, Roberto apareceu com Luca, que parecia assustado.

– Você tem vinte minutos – disse Roberto, deixando Luca. Lançou à Arthur um olhar de consentimento e logo depois deixou a sala.

– Ei, olha só o meu garoto! – Exclamou ficando de pé. – Ande, venha aqui. – Luca olhou para Arthur assustado e ficou parado no lugar. – Ande, garoto, sou seu pai! – Falou com um falso sorriso e falsa simpatia. – Luca olhou mais uma vez para Arthur, que fez um gesto com a cabeça para que ele fosse.

Luca foi devagar de encontro ao seu pai, que estendeu a mão para cumprimentá-lo. Luca cumprimentou-o acanhado.

– Viu só? Não foi difícil.

– Você é meu pai? – Perguntou Luca curioso.

– Sou! – Respondeu forçando uma animação.

– Mamãe falava que você tinha morrido.

– É porque sua mãe era uma vadia, você sabe o que é uma vadia? – Luca balançou a cabeça sinalizando que não. – É uma mulher que não presta – falou abaixando-se para ficar na mesma altura que Luca.

– Ei! – Repreendeu Arthur – Olhe o jeito que fala.

O pai de Luca lhe lançou um olhar torto.

– Você fica na sua, no seu canto da sala. Fedelho.

Arthur engoliu calado. Mas sentiu o calor e a raiva tomarem o seu corpo.

– Mamãe não era vadia! – Replicou Luca.

– Era sim. Por isso que ela morreu, cada um tem o que merece – falou o homem com um sorriso de satisfação, o primeiro que dera desde que chegara. – Mas tudo bem, não vamos falar de coisas desagradáveis. Eu vou te ensinar muitas coisas legais ainda. – gabou-se.

– Tipo o quê? – Perguntou curioso e inocente.

– Quando você for um homenzinho, vou te ensinar a beber, dirigir e a pegar mulher! – O homem deu uma gargalhada.

– Eu quero aprender a dirigir – animou-se um pouco Luca.

– Isso! Ótimo! – Comemorou ele ao ver que tinha acertado uma. – Você quer aprender a dirigir?

– Quero!

– Então você vai ter que vir comigo! – Orientou, e Arthur estava prestes a explodir.

– Ir para onde? – Perguntou Luca sem entender.

– Vai vir um pessoal aqui, um pessoal chato, vestido que nem gente chata. Eles vão fazer perguntas para você, vão perguntar se você quer morar com a sua família. Morar comigo. Você tem que dizer que sim – orientou ele.

– Minha família?

– Sim, Luca. Sua família. Eu sou a sua família – disse com seu sorriso amarelo.

– Eu não vou precisar mais voltar pro orfanato?

– Não! – Falou fingindo ter a mesma animação que seu filho.

– A gente pode levar o Arthur junto? – Perguntou Luca de repente.

– Arthur? Quem é Arthur? – Perguntou confuso.

– Ele! – Disse Luca apontando para Arthur.

– Tenho certeza que Arthur vai com alguém pra outro lugar.

– Não, mas ele tem que ir, a gente fez um acordo que só saímos juntos.

– O.k., o.k. Mas você tem que ir antes. Arthur vem depois – driblou ele. Luca lançou para Arthur um sorriso de orelha a orelha – Mas é importante você falar para esses caras que vão vir conversar com você que você quer ficar comigo. Senão o Arthur não pode vir também – disse ele com a maior cara de pau.

– Você não tem vergonha? – Disparou Arthur ficando de pé.

– Ei, já falei para você não se intrometer, pivete – disse o pai de Luca ficando de pé e apontando o dedo para Arthur.

– Luca, venha para cá – falou Zani zangado. Luca obedeceu e correu para trás de Arthur.

– Luca, fique aqui, eu sou seu pai – falou ele desafiando Arthur. Luca ao ouvir as palavras de seu pai, agarrou-se na perna de Arthur. – Se você não vier, vai ter que voltar para o orfanato.

– É mentira, Luca – falou Arthur em tom sereno. – Esse cara só quer te usar pra receber dinheiro do governo, por causa da doença que você teve.

– Pare de encher a cabeça do meu filho com essas merdas! – Gritou e fez Luca começar a chorar. Zani fez carinho na cabeça de Luca.

– Está tudo bem, Luca, estou com você. Venha, vamos sair daqui – disse ele indo em direção à porta.

– Aonde você pensa que vai? – Gritou mais uma vez descontrolado, correndo para frente da porta.

– Luca, fique ali no canto um pouquinho – pediu Zani para Luca se afastar dos dois. – Você obviamente não me conhece, então eu vou contar até três para você se arrepender e sair da minha frente.

O homem riu debochadamente.

– Um...

E foi tudo que Zani contou. Se tem uma coisa que Arthur aprendeu nestes anos de encrencas que ele se mete é: acerte primeiro. Arthur sabia que se desse a oportunidade, ele levaria uma surra. O pai de Luca era maior que ele, e outra, era um ex-presidiário. Não esperou a contagem chegar sequer ao número dois e deu seu soco mais potente, acertando em cheio o rosto do pai de Luca. Enquanto ele cambaleava, Arthur já estava pegando a cadeira. Quando o pai de Luca conseguiu olhar para frente, a cadeira já estava vindo em sua direção. Luca estava aos prantos. O homem caiu no chão encurralado entre a porta e o canto da parede. Arthur começou a chutá-lo, pensava rápido, sabia que, com a barulheira, os gritos e o choro de Luca, logo viriam pessoas para ver o que estava acontecendo. A tática era justamente não deixar que ele levantasse até alguém chegar. O que realmente não demorou para acontecer. Roberto entrou na sala acompanhado de dois outros médicos e uma enfermeira. Arthur parou.

– O que está acontecendo? – Perguntou Roberto alarmado.

– Seu moleque! – Bradou o pai de Luca finalmente conseguindo se levantar e partindo para cima de Arthur.

Os dois médicos precisaram segurá-lo. Mas ninguém segurou Arthur, que aproveitou para dar mais um soco no rosto do homem que já estava sangrando. Roberto se colocou no caminho e acalmou os ânimos de Arthur também. Mas, por precaução, ficou lhe segurando pelo braço.

– Esse moleque me agrediu.

– Ele ia bater no Luca – mentiu Arthur.

– Seu mentiroso! – Vociferou obrigando os médicos a fazerem força para segurá-lo.

– É desse jeito que está tentando recuperar a guarda do seu filho, senhor Cláudio? Agredindo-o na sua primeira visita? – Comentou doutor Roberto.

– Ele está mentindo! – Berrou desesperado. – Ele partiu para cima de mim!

– Controle o seus nervos. Em quem você acha que vão acreditar? Em uma criança carente com câncer ou em um ex-presidiário bêbado? O serviço social vai ficar sabendo disso – disse Roberto também em tom provocativo.

Cláudio urrou, sem tentar falar nada dessa vez. Babando e cuspindo feito um animal. Debatendo-se para escapar.

– Dane-se! – Berrou mais uma vez – Você, essas duas crianças e todo mundo nesse hospital! Tomara que morram de uma vez! – Vociferou.

– Essa será uma citação para o serviço social – disse Roberto soltando de propósito o braço de Arthur, que partiu mais uma vez para cima do pai de Luca e lhe deu mais um soco.

Roberto então o segurou mais uma vez.

– Tirem ele daqui – pediu Roberto. Os médicos com muito esforço o tiraram.

A enfermeira foi auxiliar Luca, que ainda estava chorando. Roberto coçou a cabeça.

– Eu devia ter previsto isso – suspirou comentando para ele mesmo. – Vamos até a minha sala – chamou Roberto.

Zani contou toda a verdade para doutor Roberto, ganhou mais um sermão de brinde, mas sentia-se mais amigo do médico agora. Doutor Roberto também não fez tanta questão de repreendê-lo, no fundo sabia que, desta vez, as ações de Arthur tinham facilitado um problema. Embora essa não tenha sido a solução que ele planejara.

O tempo correu, Arthur e Yasmin pareciam estar em uma sintonia perfeita. Cada vez mais apaixonados um pelo outro. Mas nem tudo era perfeito, ele frustrou-se ao saber que Sara e Yasmin tinham voltado para observação. E por mais que estivesse extremamente satisfeito em saber que Luca estava recuperado e livre de preocupações, ficou triste em saber que cedo ou tarde ele voltaria para o orfanato.

Em um fim de semana, Zani acordou, cumpriu a rotina e quando estava pronto para ir visitar Sara e Yasmin, teve uma surpresa enquanto caminhava pelo gramado. Reconheceu o Buick Riviera, carro antigo de 1970 de seu amigo. Viu o carro passando devagar em frente ao hospital, o carro entrou e estacionou no pátio na frente da entrada do hospital. Zani observava de longe e acelerou o passo para chegar lá depressa. Viu três amigos descerem do carro, reconheceu cada um deles. Tropeço era o mais fácil de se reconhecer. Calvo, gordo, com um cavanhaque e quase dois metros de altura. Todos de preto, no mesmo estilo de Arthur, mas mostravam ainda mais rebeldia. Alargadores enormes, tatuagens, *piercing* e coturno.

Arthur conseguiu se aproximar antes que os garotos entrassem no hospital.

– Ei! – Falou em voz alta enquanto vinha em passos apressados. – O que vocês estão fazendo aqui? – Questionou.

– Aqui está ele! – Falou um deles. – Isso foi mais fácil do que imaginávamos.

– É sério, Tropeço. O que vocês estão fazendo aqui? – Questionou Zani mais uma vez, em tom sério.

– O que foi, Zani? Até parece que não está feliz de ver a gente. Viemos te buscar! – Retrucou Tropeço.

– Como você me achou? – Perguntou intrigado.

– A gente tinha combinado que eu ia te buscar a última vez que nos falamos. Depois eu não consegui mais falar com você. Eu te liguei todos os dias. Você tinha falado a cidade e que estava num hospital. Sabia que a cidade não era muito grande, então, depois de muita pesquisa, viemos aqui nos aventurar. Mas não imaginava que ia te encontrar assim tão fácil. Vamos logo, cara, pegue as suas coisas e vamos dar o fora – chamou Tropeço entusiasmado.

– Não, não – rechaçou Arthur. – Eu vou ficar.

Os amigos se entreolharam, depois Tropeço riu.

– É sério. Eu vou ficar – afirmou Arthur mais uma vez.

– O quê? – Perguntou Tropeço incrédulo. – Pare com isso. Vamos vazar logo.

– E para onde eu vou, Tropeço? – Retrucou agressivo.

– Você pode ficar comigo uns tempos. Ei, por que está falando desse jeito? Não era isso que você queria? Você não ligou me acusando, dizendo que não te ajudava, que queria dar o fora daqui? Nós viemos te buscar! Não era isso que você queria?

– Era. Era isso. Mas não é mais. Vocês podem voltar – disse Arthur dando as costas e indo embora.

– Ah, qual é, Arthur? – Falou outro deles. – O que você vai ficar fazendo aqui? Você não pode estar falando sério!

Arthur se virou.

– E o que eu vou fazer com vocês, Aborto? Eu ainda não fui julgado, eu ainda tenho um julgamento para comparecer. Com certeza eu vou me dar mal, mas pior ainda se eu não aparecer. Eu fiquei aqui esse tempo todo e tenho pensado muito sobre a minha vida, acho que vocês deviam fazer o mesmo – falou Arthur em tom áspero.

– Aaaah! Entendi. Quer dizer que a gente não é mais bom para você – debochou Aborto. – Quer dizer que não servimos para você.

– Corta essa, Aborto. Vamos ser adultos aqui – rebateu.

– Vamos ser adultos? – Repetiu o terceiro deles – Puta merda, o que eles fizeram com você? Precisamos é tirar você urgentemente daqui antes que não tenha mais volta.

– Você espera que eu fique o resto da vida fugindo e sobrevivendo como, Lepra? Deixe-me ouvir a sua ideia.

– Uma coisa de cada vez – respondeu ele. – Primeiro a gente sai daqui, depois pensa no resto.

– Não. É disso que eu estou cansado. Cansei de fazer as coisas desse jeito. Agora eu estou pensando em como reparar as coisas que eu fiz, não quero arranjar mais problemas.

– E você acha que a solução é ficar aqui? Como isso pode ajudar você? – Perguntou Aborto.

– Para começar, não me arranjando mais problemas. Segundo que os médicos aqui podem depor ao meu favor no julgamento, isso pode amenizar as coisas. Estou fazendo uma espécie de trabalho voluntário.

– Trabalho voluntário? – Perguntou Lepra admirado. – Você trabalha sem ganhar nada? Você está me dizendo que ficar aqui fazendo trabalho voluntário é melhor do que dar no pé com a gente, é isso que eu estou entendendo? – Falou inconformado.

– Eu sei o quanto eu queria sair daqui, sei que é difícil chegar a essa conclusão, eu mesmo levei dias para pensar assim. Mas reflitam comigo. O que vou fazer saindo daqui? Meu pai cancelou meu celular, meus cartões, me expulsou de casa. E o que esperar da minha vida saindo daqui agora, com uma intimação na justiça para um julgamento? Eu atropelei uma pessoa. A realidade é que na verdade não podemos sair por aí fazendo qualquer coisa, até agora tivemos sorte... Aliás, sorte entre aspas, eu já me ferrei, e ferrei um cara junto comigo, o deixei no hospital. Até quando eu vou ficar fazendo isso? – Argumentou Zani sobre os olhares incrédulos dos amigos.

– É só a gente não tirar mais racha, cara – raciocinou Tropeço.

– Não, Tropeço. Não é só isso. É só eu não roubar mais o carro do meu pai e não tirar racha, e não roubar cigarro e bebida de lojas de conveniência, não arranjar briga na rua por esporte, não viver de drogas e festas, não fugir de um julgamento, nã...

– Cara! – interrompeu Lepra. – Você não pode ir nesse julgamento! Você vai ser condenado! – Argumentou ele elevando a voz.

– Pois que eu seja, que eu tenha o que eu mereço.

– O quê?! – Exclamou Tropeço. – Você ficou maluco?

Arthur respirou fundo, bufou, percebendo que ia ser difícil.

– Vocês sabem que hospital é esse? Vocês sabem o que fazem aqui?

– Eu não quero saber. Eu quero saber de sair da...

– Esse hospital é meu – interrompeu Arthur.

– Do que você está falando, Zani? – Perguntou Tropeço com cara de interrogação.

– Ele ficou louquinho – complementou Aborto.

– Esse hospital é meu – repetiu Arthur. – Minha mãe quis fundar esse hospital. Meu pai o fundou depois que ela morreu, por isso tem o nome dela. Significa que esse hospital vai ser meu um

Gutti Mendonça

dia, se eu não estragar as coisas. Eu não quero que esse hospital acabe. Tem gente aqui que precisa dele. Esse espaço é para crianças carentes, crianças que não têm condições de se tratar, que não têm dinheiro, que não têm muitas vezes nem família. Esse hospital não pode deixar de existir por minha culpa.

– Entendi, cara – comentou Tropeço solícito. – Muito bonita toda essa sua filosofia, mas relaxe, se você não ficar com o hospital, alguém vai ficar. Alguém vai pegar pra cuidar.

– Não. Eu não quero isso. Eu quero cuidar. Esse hospital era um sonho da minha mãe, ninguém melhor que o meu pai ou eu para cuidar. Principalmente depois de tudo que eu passei aqui – argumentou Arthur. – Eu cansei, galera, cansei daquela vida. Não estava indo pra lugar nenhum – disse em tom de desabafo. – Só arranjei mais problemas para pessoas que não tinham nada a ver com a minha vida. Vocês sabem o quanto eu odeio injustiças, o quanto eu me revolto com essas coisas. E eu fui deixar um cara internado, isso foi justo?

– Foi um acidente, cara. Todo mundo sabe. Sai dessa *vibe*. As coisas vão voltar a ser como eram – falou Lepra em tom de incentivo.

– Eu não quero que as coisas voltem a ser como eram – riu Arthur balançando a cabeça.

– Qual é, Zani! Você precisa vir com a gente! – Insistiu Aborto.

– O Zani está certo – tropeço cortou os colegas. Respirou fundo, fez uma pausa, foi se encostar em seu carro velho, cruzou os braços, olhou para o horizonte e continuou a falar. – O Zani está certo. Quando o lance do carro aconteceu, você assustou a gente para caramba. Ficamos muito na *bad*. Repensei muito a minha vida, quando eu fugi de casa, tudo que poderia ter feito diferente. Soube que estava errado, mas é muito mais difícil para a gente mudar de vida. Você é rico, tem o seu pai. Na verdade, nem sei como foi acabar sendo amigo da gente. Mas está certo, ninguém deve querer ter a vida que a gente tem.

– Fale por você – atravessou Lepra. – Eu gosto da vida que eu tenho.

– Gosta, é? Não mente, cara, morar naquele quarto sujo, pagando aluguel para aquele gordo careca chato. Trabalhando naquela bosta de posto de gasolina. Essa é a vida que você sonhou? – Discutiu Tropeço.

– Pelo menos eu sou livre. Posso fazer o que eu quiser. Ninguém manda em mim – replicou.

– Cale a boca, sua toupeira, imbecil, se você não quiser voltar a pé. É exatamente isso que o Zani acabou de falar. Nós não podemos fazer tudo que a gente quer. A gente faz, mas não podemos, e uma hora ou outra a gente vai acabar se ferrando, como o Zani! – Impôs-se Tropeço que era o dobro do Lepra.

– Vocês podem mudar também. Eu posso ajudar vocês. Mas preciso me ajudar primeiro – comentou Arthur.

– Tá na boa, Zani – falou Tropeço. – Você já fez demais por nós. Mas a gente tá destinado a essa merda de vida mesmo. Espero que pelo menos saia com a gente quando formos fazer alguma coisa mais leve.

– Para de falar que nem garotinha – cortou Zani. – Eu não estou falando que não são meus amigos nem nada do tipo. Só que eu não vou mais ser o inconsequente de sempre.

– O que é praticamente a mesma coisa – riu Tropeço.

– É sério que você não vem com a gente? – Aborto perguntou mais uma vez.

– Sério, cara. Eu tenho que ficar.

– Não tem nada mesmo que a gente possa fazer por você? – Perguntou Tropeço.

– Arthur? – Perguntou Sara admirada, que apareceu à porta do hospital a poucos metros dali ao lado de uma voluntária, que olhou intrigada e assustada para o bando que estava parada em frente ao hospital. Arthur olhou para Sara e voltou-se novamente para os amigos.

– Talvez tenha algo que vocês possam fazer – disse tendo uma ideia ao ver Sara ali parada. – Eu volto rapidinho com um endereço – disse e foi imediatamente em direção à Sara.

Capítulo 17

No quarto branco

Ouviu-se o som forte de alguém batendo na porta. Ninguém atendeu. As batidas foram ouvidas ainda mais fortes e pôde-se sentir que alguém estava com muita raiva.

– Já vai, já vai! – Gritou uma voz feminina e estridente do lado de dentro.

As batidas cessaram. Ouviu-se o barulho na fechadura e, depois de alguns instantes, a porta se abriu, revelando uma senhora idosa, com pele muito enrugada e os cabelos maltratados. Ela demonstrou uma expressão de assustada ao ver quem batia na porta.

– Você é a avó de uma menina chamada Sara, que está internada em uma clínica? – Perguntou o maior dos três rapazes, que estava ao centro.

A velha perdeu a expressão de assustada e fechou a cara, mostrando-se agora irritada.

– Sou! O que vocês querem? – Resmungou ela.

Os três se entreolharam, olharam para a rua, viram o movimento. Não estava passando ninguém. Estavam em uma rua parada, no subúrbio de uma cidade pequena e pobre. Então, de repente, entraram na casa de uma vez. O maior deles entrou agarrando a senhora.

– Ai, meu Deus! Socorro, me solte! – Tentou gritar a velha, suspensa no ar, mas não tinha fôlego para ser audível, ainda mais diante do susto que estava levando.

– Traga ela aqui, Tropeço! – Disse um deles desbravando a humilde e pequena residência.

Chegaram até a cozinha. O ambiente fedia. Metade do chão era de terra batida, a outra metade de cimento frio e cru. As paredes com o reboco descascado, vários tijolos aparentes. Os armários da cozinha caindo aos pedaços, uma das portas penduradas tortas. O fogão enferrujado e todo engordurado. Uma geladeira em iguais condições que deveria ter mais de vinte anos. Não havia torneira, apenas um cano que apontava para a pia.

Tropeço largou a senhora na cadeira, que tentou recuperar o fôlego. Quando o recuperou, tentou gritar de novo, mas a tentativa foi tão patética que os três amigos começaram a rir. A velha começou a respirar ofegante.

– Preste atenção, vovó – falou Tropeço em tom ameaçador. – Eu vou falar, e vou falar uma vez só. Então é melhor você me escutar bem.

– Olhe a minha casa, seus bandidos, eu não tenho dinheiro – falou em tom atrevido, até corajoso, para uma senhora de idade naquela situação. – Podem levar o que quiserem.

Tropeço agarrou o cabelo da velha e o puxou para trás com violência para que ela olhasse para cima e assim pudesse ver seu rosto.

Gutti Mendonça

– Não viemos aqui roubar nada não, sua velha sebosa. Não somos bandidos. Bandida é você – disse Tropeço raivoso. – Aborto, ouvi dizer que essa velha gosta de dar comida com terra para sua netinha. – falou ele apontando o único vaso de planta que tinha na cozinha.

Aborto entendeu e alcançou o vaso para Tropeço, que com força arrancou a planta da raiz e a jogou de lado. Então virou a terra em cima da mesa.

– Então você mistura a comida da sua neta na terra? – Perguntou sarcástico.

– Não, é mentira daquela diaba. Ela inven...

– Não a chame assim! – Berrou Tropeço fazendo ela se calar antes de terminar a frase, criando um terrorismo psicológico, olhando-a com jeito de uma pessoa completamente transtornada. – Toda vez que se referir a sua neta, você vai chamá-la de princesinha. Ou vai levar um tapa.

– Eu nunca misturei a comida dela com terra! É mentira – dizia desesperada.

Tropeço se aproximou dela lentamente, com um sorriso psicótico no rosto, a segurou pelos cabelos vagarosamente e forçou a cabeça até encostar na terra.

– Tem um gosto bom? – Disse com uma voz sádica. Puxou a cabeça de volta para cima e a soltou. Ela tentou se levantar, mas Aborto, atrás dela, fez força para que ela voltasse a se sentar.

– Então, me diga. Quer mais? – Perguntou intimidador. A velha começou a chorar.

– Eu vou tratar ela melhor, eu vou tratar ela melhor – apressou-se ela a dizer, choramingosa. Tropeço riu debochadamente.

– Você ouviu, Lepra? – Perguntou irônico. – Ela disse que vai cuidar dela melhor – concluiu forçando uma risada.

– O que vocês querem então? – Perguntou ela aflita, prestes a ter um enfarte.

– Eu vou te dizer o que você vai fazer – continuou Tropeço com sua voz aterrorizante, fazendo uma pausa tensa e colando seu

A DIFERENÇA QUE FIZ

rosto a meio palmo de distância do rosto enrugado da velha. – Assim que nós sairmos daqui, você vai procurar algum órgão do governo, da prefeitura, da secretaria do menor, onde quer que seja possível você manifestar o seu interesse de abrir mão da guarda da sua neta.

– Mas isso é um favor que você me faz – disse rabugenta.

– Então, não vamos ter mais problemas. Porque se daqui uma semana, se eu souber que você ainda não abriu mão da guarda dessa garota... Nós voltaremos aqui para terminar o que começamos. Não importa se falar para polícia, se colocar cinco viaturas na sua porta te guardando 24 horas. Qualquer brecha, você vai viver no pânico, qualquer hora que for na farmácia para comprar seus remedinhos de velha caduca, ou seus pãezinhos na padaria, pode ser a última vez que você vai sair de casa. Nós vamos te caçar. Nós vamos te achar. E antes de acabar com a sua vida, nós vamos torná-la um inferno. Você me entendeu? – Blefou ameaçador.

– Você pode ficar com aquela pirralha.

Tropeço deu um murro na mesa, antiga e mal-acabada, que fez com que abrisse uma rachadura.

– Se ofendê-la mais uma vez na minha frente, o próximo soco será no meio dessa sua cara franzida.

A velha parecia cada vez ter menos cor, cada vez mais perto de um enfarte.

– Já chega, vamos embora – pediu Aborto.

Os três lançaram à velha um último olhar. Antes de saírem, lançaram um último aviso.

– Uma semana – avisou Lepra. – Você tem uma semana ou, juro pelo que existe de mais sagrado, que voltamos para te buscar – e foram embora, deixando-a cair no chão. Saíram da casa com a mesma cautela que entraram, para ver se não havia ninguém observando. Começaram a andar depressa para o outro quarteirão, onde tinham deixado o carro e começaram a conversar.

– E aí? O que achou, Tropeço? Acha que conseguimos convencer a velha?

– Não sei, Lepra. Espero que sim, não quero ter que viajar não sei quantos quilômetros para ter que assustar essa velha de novo – falou ele irritado. – Zani podia ter pelo menos nos dado o dinheiro da gasolina.

– Você acha que pegamos pesado?

– Pesado é o que ela fazia com aquela menina.

❧

– Arthur, doutor Roberto quer vê-lo na sala dele agora – chamou Maria que interrompendo a aula de Alberto.

Arthur olhou para Alberto, que fez um gesto gentil com a cabeça e lhe deu um sorriso autorizando a sua partida. As aulas deixaram de ser aulas na verdade, passaram a ser muito mais um bate-papo, principalmente depois de uma semana que Yasmin não aparecia, internada constantemente na clínica. Alberto aos poucos ia desvendando Zani, que passava a confiar cada dia mais no professor.

Por esse motivo, Zani não ficou tão satisfeito de deixar a aula de Alberto, que tornou-se um dos seus momentos mais prazerosos do dia. Além de Alberto lhe manter atualizado sobre o que acontecia por aí a fora, principalmente os esportes. Zani seguiu para o hospital desanimado, pensando no caminho se tinha feito alguma coisa de errado daquela vez. Arthur bateu na porta assim que chegou.

– Entre – convidou Roberto.

Arthur entrou, ao mesmo tempo em que Roberto pegava o telefone de sua mesa. Discou um número e esperou chamar.

– Estou com ele aqui – falou entregando o telefone a Arthur. – Já volto.

Zani apanhou o telefone sem fio sem saber quem poderia ser, enquanto Roberto deixava a sala apressado para fazer alguma coisa.

– Alô – iniciou ele.

A DIFERENÇA QUE FIZ

– Arthur? – Perguntou a voz que Zani reconheceu como a de seu pai.

– Eu...

– Arthur, aconteceu algo muito estranho hoje. Eu recebi um telefonema que não entendi muito bem.

– O quê? – Perguntou indiferente.

– Como a instituição tem responsabilidade sociais e atende crianças de orfanatos, nosso setor de serviço social trabalha bastante, principalmente porque acontecem casos, como já aconteceu, de parentes enviarem as crianças para a instituição e nunca mais virem buscar, sumirem. O que dificulta e burocratiza até demais alocar essas crianças para orfanatos. Hoje porém, o caso foi curioso. O conselho tutelar da cidade da Sara me ligou, dizendo que a avó dela entrou com um processo para abrir mão da tutela. Isso nunca aconteceu, quando eles querem abandonar as crianças, eles simplesmente abandonam. – Arthur sorriu de felicidade do outro lado da linha.

– Isso é bom, não é!? Agora você pode entrar com o pedido de ado...

– Arthur! Esse não é o ponto. Ou melhor, esse é exatamente o ponto! – Interrompeu seu pai. – Por favor, me diga que você não tem nada a ver com essa história – falou quase em um tom descrente.

Zani ficou em silêncio, tempo suficiente para que Guilherme concluísse o óbvio. Zani ouviu o suspiro de seu pai do outro lado da linha.

– Você prometeu que iria estudar o que poderia ser feito. – falou em tom de súplica.

– Arthur, eu já falei o quão complicada é essa situação. Já lhe falei que o tempo que demoraria um processo de adoção provavelmente seria um tempo maior do que ela resisti...

– Eu não quero que ela esteja sozinha quando ela morrer! Droga! – Berrou Arthur interrompendo seu pai e chutando a cadeira que estava em seu campo de visão.

Os dois ficaram em silêncio ao telefone. Um silêncio longo e profundo.

– Arthur... – recomeçou Guilherme em um tom muito mais calmo e sereno. – O seu julgamento já está próximo, falaremos sobre esse assunto pessoalmente depois do seu julgamento. Enquanto isso, como eu prometi, vou pensar no que pode ser feito.

– O.k. – respondeu sucinto e mais calmo.

– Até logo, Arthur – despediu-se.

Arthur saiu da sala sem saber o que sentir, se feliz com a notícia que a velha havia manifestado o desejo de abrir mão da guarda de Sara, ou se triste, pela reação de seu pai. No caminho de volta, resolveu passar no quarto da garota, que também estava em observação. Chegou e entrou sem bater.

– Oi! – Falou a garota animada que assistia ao canal da Disney.

– Disney? Você não parece o tipo de garota que é fã desse tipo de coisa – comentou Arthur entrando no quarto e observando a televisão.

– Tá brincando? Eu adoro a Disney!

– Sério?

– Sério! Amo! – Falou enfática, fazendo Arthur em momentos como esse, lembrar que Sara ainda era uma criança.

– O.k. então – falou Arthur arregalando as sobrancelhas e se acomodando na poltrona do quarto, tentando acompanhar o que estava passando na televisão.

– Você não vai mesmo me dizer para que precisava do endereço da minha avó? – Perguntou ela sem desgrudar os olhos da televisão.

– Já disse que não – respondeu Arthur com uma entonação que deixava claro que ele já respondera àquela pergunta inúmeras vezes.

– Bom, se você for para lá, pode pegar uma coisa para mim? – Pediu a garota ainda vidrada.

– O quê? – Perguntou interessado.

A DIFERENÇA QUE FIZ

– É uma caixinha pequena que está na gaveta do meu quarto. Tem uma foto e um colar que a minha mãe me deu – descreveu ela.

– Gaveta? Qual gaveta?

– No meu quarto só tem uma gaveta. Você vai ver.

– E onde você guarda as suas coisas? – Perguntou descrente.

– Eu não tenho muitas coisas para guardar – falou sucinta.

Arthur ficou observando-a sem que ela percebesse, por vários minutos, enquanto ela assistia à televisão.

– Como você está se sentindo? – Perguntou preocupado.

– Bem. Muito bem na verdade.

– Mesmo?

– Mesmo! Faz tempo que eu não tenho dores de cabeça, tenho conseguido dormir bem.

– Que ótimo – falou Arthur verdadeiramente feliz, se levantando.

– Já vai?

– Vou passar no quarto da Yasmin ainda e tenho que voltar para a aula.

– Ah, verdade. Essa é a parte boa de se ficar aqui. Pode assistir à TV no horário de aula.

– Eu, na verdade, gosto das minhas aulas.

– Cada louco com a sua loucura.

Arthur riu.

– Bom, vou indo.

Arthur saiu pelo corredor, e dessa vez foi para o quarto de Yasmin. Também entrou sem bater, e deparou com Roberto, que estava sentado no pé da cama. Yasmin parecia abatida.

– Foi mal – falou Arthur.

– Você deveria estar na aula – repreendeu Roberto.

– Já estava voltando. Só tinha aproveitado para dar um "oi".

– Bom, eu estou de partida também. Preciso terminar umas coisas - anunciou Roberto pondo-se de pé. - Apenas um "oi" – concedeu o médico passando por Arthur e deixando os dois a sós.

412

Os dois se entreolharam e trocaram sorrisos.

– Como você está? – Perguntou Arthur roubando o lugar que Roberto desocupara no pé da cama.

Yasmin não respondeu de imediato, esboçou uma expressão aflita, e desviou o olhar para a janela. Arthur percebeu os olhos de Yasmin marejarem.

– Estou com medo – falou ela fragilizada.

– Ei, ei. Você vai ficar bem! – Repreendeu. – Você está me ouvindo? – Yasmin voltou a olhar para Arthur, enxugou os olhos com as mangas e forçou um sorriso e acenou positivamente com a cabeça. – Não tem por que estar com medo.

– Tem sim, Arthur – falou voltando a se fragilizar.

– Vai ficar tudo bem.

– Pare de repetir isso, Arthur – pediu desiludida, voltando a encher seus olhos de lágrimas. – Eu conheço meu pai, eu sei que ele está muito preocupado, eu também estou me sentindo muito fraca. Eu sei que eu não estou respondendo ao tratamento. Sei que meu pai está fazendo tudo que ele pode, buscando alternativas, mas... – Yasmin não conseguiu falar, fez uma pausa tensa e continuou. – Mas eu não tenho certeza de mais nada.

Zani congelou de dentro para fora.

– Não fale isso! – Exclamou pondo-se de pé.

– É verdade, Arthur. Estou me sentindo cada dia mais fraca – falou finalmente derrubando as lágrimas que tentava segurar.

Arthur adiantou-se depressa para abraçar Yasmin.

– Eu sei que não quer que eu repita isso, mas você vai ficar bem! Eu prometo.

– Pois eu não aceito a sua promessa, Arthur – falou fazendo carinho na cabeça dele enquanto se abraçavam. – Não prometa coisas que não pode cumprir. Não quero que carregue esse fardo contigo.

– Não vai ser um fardo! – Falou em um rompante, saindo dos braços de Yasmin para poder olhar em seus olhos. – Não vai ser um fardo, porque o que eu disse vai se cumprir! – Falou zangado e ao mesmo tempo aflito com aquele diálogo.

Yasmin riu, enquanto Zani a olhou assustado, pensando como ela poderia rir em uma situação como aquela. Yasmin levou sua mão ao rosto de Arthur e o acariciou com ternura. Olhava para ele com olhos apaixonados. Arthur pôde enxergar felicidade nos olhos de Yasmin que, por pior que fosse a situação, não tinha perdido o brilho de seu olhar.

– Eu te amo tanto – falou ela com a mais simples, pura e franca leveza que alguém poderia falar.

Arthur travou. Seu coração disparou, sentiu um gelo no estômago. Aquelas palavras eram muito fortes. Não sabia o que responder, não sabia o que dizer, não sabia o que fazer. Ficou apenas ali, parado. Tentava absorver o significado daquelas palavras, somado ao contexto da situação em que se encontravam. Ele tentou dizer alguma coisa, mas ele parecia simplesmente ter desaprendido a falar. Quando percebeu, estava também sem respirar, e encheu os pulmões de uma vez só. Yasmin riu ao ver Zani tão sem jeito.

– Você não precisa dizer nada, Arthur – falou ela parecendo ler a mente do garoto.

Arthur continuou calado, sem saber como reagir. Titubeou mais um pouco e finalmente se levantou.

– Você é muito importante para mim – anunciou ele de pé.

– Você não precisa dizer essas coisas, eu percebo pelo jeito que você me trata. E essa é a melhor forma de se expressar – confortou-o Yasmin com um sorriso.

– Ótimo – disse Arthur ainda meio atordoado. – Bom, acho que é melhor eu voltar para a aula.

– O.k. – concordou Yasmin sempre sorrindo. – Posso ganhar um beijo antes de você ir?

– Claro – disse Arthur se aproximando imediatamente.

Os dois trocaram olhares apaixonados antes de fecharem os olhos para se beijarem. Beijaram-se sem pressa. Curtindo cada segundo daquele beijo. Arthur fez um último carinho antes de se levantar para ir.

Pelo caminho de volta, sua cabeça chegava a doer de tantos pensamentos que o atormentavam. Já na Casa Claridade, pouco antes de chegar à sala de Alberto, Arthur passou pela porta da capela. E parou.

Olhou para dentro, viu o Cristo na cruz. Especialmente aquele dia, Cristo parecia estar com uma expressão ainda mais triste do que normalmente. Arthur ficou parado à porta por um longo momento. Então resolveu entrar. Estava desesperado. Achou que talvez fosse o momento de fazer as pazes. Foi até o primeiro banco. Ajoelhou-se. Fechou os olhos.

Do fundo de seu coração, pediu a Deus perdão pela falta de fé, pela descrença. Pediu que Deus lhe ajudasse a ter mais fé, paciência e tolerância. Teve uma conversa séria em sua oração e, por fim, acreditou ter feito as pazes. Pediu que Ele ajudasse todas aquelas crianças, mas que em especial ajudasse Yasmin e Sara, pois não saberia como poderia encarar mais uma perda importante em sua vida.

Consideráveis minutos depois, Arthur se levantou. Sentindo-se renovado de alguma maneira, aliviado, e chegou até a sorrir sozinho. Deixou a capela e tomou o rumo da sala de aula.

– Achei que não voltaria mais – falou Alberto sentado com os pés em cima de sua mesa, lendo um livro de capa amarela que Arthur já tinha lido.

– Não imaginei que fosse demorar tanto – revelou Arthur.

– Mas infelizmente já estamos sem tempo. O horário da aula termina em cinco minutos.

– Pois é... – falou em tom de lástima.

Alberto colocou-se de pé.

– Estou feliz com você, Arthur – declarou ele de repente.

– Feliz comigo? Por quê? – Perguntou sem entender.

– Por permitir que eu me tornasse seu amigo – falou ele com seu largo e habitual sorriso.

A diferença que fiz

– Quem disse que eu sou seu amigo? – Respondeu atravessado.

– Eu não sou? – Perguntou Alberto levantando as sobrancelhas.

Arthur hesitou, mas acabou deixando escapar uma breve risada.

– É sim.

Alberto sorriu satisfeito.

– Você é um ótimo garoto, tem muito o que melhorar ainda, mas é um ótimo garoto. Não vou te dar conselhos e nem sermões, porque sei que não gosta disso. Além do mais, acredito que esteja no caminho certo. Então meus conselhos seriam dispensáveis.

– Odeio blá-blá-blá mesmo. Bom que pense assim, talvez seja por isso que nos tornamos amigos.

Alberto gargalhou.

– Eu não tenho a menor dúvida. Mas você pode ir agora.

O jantar demorou para chegar. Estava ansioso para que chegasse logo, pois depois iria ficar com Yasmin, como tinha feito nos últimos dias e como fez nos próximos. Arthur ficava a cada dia mais preocupado por ela não deixar nunca a observação. Zani percebeu também, infelizmente, que Yasmin estava cada vez mais magra e fraca. Arthur passou a visitar a capela todos os dias.

O desespero de Arthur começou a chegar no ápice quando Yasmin começou a receber diversas visitas. Todas com ar de despedida. Tornou-se uma coisa incomum no instituto. Era extremamente raro um paciente receber uma visita. No dia que Yasmin recebeu a visita de cinco amigas do colégio, foi o pior dia de todos. Uma choradeira infinita.

Com tantas visitas, Arthur acabou perdendo espaço para passar tempo com ela. O único tempo que tinha eram as madrugadas, nas quais fugia para ficar com ela. A não ser as noites que Roberto passava ao lado de Yasmin, que passaram a ser cada vez mais constantes. Arthur sentia-se devastado, mas algo no fundo

416

de seu coração dizia que tudo ficaria bem, era esse sentimento que o impedia de ficar louco.

Luca, mesmo com o passar dos dias, não recuperou a alegria e o encanto que costumava acompanhá-lo por onde quer que fosse. Estava sempre isolado das outras crianças, em um canto. Às vezes brincando com um pequeno brinquedo, sem muito entusiasmo, às vezes apenas quieto com a cabeça baixa, com pensamentos indecifráveis.

Sara também passou a frequentemente ficar em observação. Arthur tentava não se apegar a mais nenhuma criança. Voltou a se isolar e não participar de grupos. Às vezes ia para a cabana onde Yasmin e ele tiveram um momento tão íntimo e tão romântico. Torturava-se com as lembranças, que nem eram tão antigas assim.

Tudo que Arthur desejava nos últimos dias era um momento a sós com Yasmin. Havia tantas coisas que precisava dizer a ela. Tinha tanta vontade de voltar para as tardes e noites em que passavam exclusivamente na companhia um do outro.

A chance de Arthur vê-la a sós demorou, mas finalmente chegou em um final de tarde do sábado. Nenhuma visita, nem Roberto no quarto. Apenas Arthur e Yasmin. Arthur sentiu um calafrio ao ver Yasmin ainda mais magra. Ela sorriu ao vê-lo. Mas ele não conseguiu sorrir de volta, ao vê-la daquele jeito, com os olhos cada vez mais fundos.

– Arthur, eu quero ver o pôr do sol – pediu ela com a voz fraca.

– Eu não posso te tirar daqui – falou, não conseguindo esconder o sofrimento em sua voz.

– Por favor, Arthur. Eu quero ver.

– Mas Yasmin, voc...

– Eu quero ver! – Interrompeu ela.

Arthur respirou fundo. Coçou a cabeça. Tentou pensar no que fazer.

– Não vão nos deixar passar pela recepção – falou preocupado.

– Arthur – repetiu fazendo uma pausa. – Eu quero ver – disse em um tom impossível de se recusar.

Ele ficou olhando para Yasmin, aflito. Não sabia o que fazer. Colocou as mãos na cintura, abaixou a cabeça. Pensava em alguma maneira.

– Já volto – disse ele sem saber o que poderia fazer.

Arthur saiu do quarto. Menos de cinco minutos depois ele voltou.

– Tem uma porta no térreo, a gente consegue sair por ela – falou ele ainda preocupado. Yasmin soltou um sorriso de felicidade.

– Então vamos. – Yasmin tentou se levantar com dificuldade, não conseguiu. Zani foi em seu auxílio.

Zani teve que envolvê-la pela cintura para ajudá-la a se levantar e caminhar. Muito lentamente e com dificuldade, eles conseguiram sair do prédio. Arthur tentava buscar um lugar no gramado distante, à sombra de uma árvore, e que não passasse ninguém para avistá-los. Demoraram tanto para chegar, que quando chegaram o sol já começava a tocar o horizonte. Acomodaram-se no chão, abraçados.

– Eu tenho que te confessar uma coisa, Yasmin, não sei se vai ficar brava comigo – revelou Arthur de repente.

– Então me diga – concedeu ela prestando muita atenção.

– Eu não estou doente – confessou fazendo uma pausa enquanto Yasmin fazia uma expressão de interrogação – Depois que fiz tudo o que fiz, meu pai me expulsou de casa. Ele me mandou para cá. Eu tive que fingir que estava doente para poder continuar aqui. Para poder me passar por um dos internos. Era o único jeito de ter um lugar para ficar – contou ele receoso.

– E por que eu ficaria brava por causa disso? – Não entendeu Yasmin.

– Porque eu não te disse a verdade.

– Tá brincando? Essa é a melhor notícia dos últimos dias! – Falou animada, surpreendendo Arthur. – É tão bom saber que você está bem! – Sorriu.

Arthur sorriu de volta, surpreendido. Admirado. Sentiu-se ligeiramente emocionado. Pensava como Yasmin era realmente uma pessoa diferente. Não guardou nenhum rancor, nenhuma mágoa. Pelo contrário, sentiu-se aliviada em saber que não estava doente. Zani se perguntava quantas pessoas no mundo deveriam existir como Yasmin, ela era realmente um achado, uma pessoa especial em vários aspectos. O sorriso de Arthur se tornou ainda mais largo.

– Você fica ainda mais lindo sorrindo desse jeito – falou apaixonada.

– Tem mais uma coisa que eu preciso lhe dizer – falou ele que, de repente, encheu-se de coragem.

– O quê? – Perguntou sempre curiosa.

Arthur vidrou seus olhos nos olhos de Yasmin e começou:

– Eu preciso lhe falar que eu não sabia que esse sentimento existia, não desse jeito, não dessa forma. Mas graças a você, eu posso sentir de novo. Eu preciso e, não só preciso, como eu quero e quero muito dizer: eu te amo! – Yasmin abriu um largo sorriso, fez carinho no rosto de Arthur, que continuou. – E eu te amo tanto que, não importa o que acontecer entre a gente no futuro, eu sei que eu vou amar você para sempre. Eu não sei medir o amor, não sei falar o tamanho. Mas eu sei que nunca vou sentir a mesma coisa que eu sinto por você, por mais ninguém na vida. Você é única pra mim, você é especial.

Yasmin o abraçou e o beijou. Eles curtiram o momento. Os olhares e a respiração ofegante se encarregaram de dizer o que restou a ser dito. Depois das trocas de beijo e carinho, ficaram em silêncio, prestando atenção no pôr do sol. Que estava deslumbrante, com o desenho de alguns raios de sol atravessando a borda das poucas nuvens que estavam espalhadas pelo céu. Até que Yasmin começou a chorar.

Arthur lhe abraçou e perguntou:

– O que foi?

– Eu fico me perguntando, quando será o meu último pôr do sol? Será que é esse o meu último? – Perguntou ela e voltou a chorar, soluçando.

– Pare de pensar essas coisas. Seu último pôr do sol está longe de acontecer – falou Zani que ficava zangado com esse tipo de pensamento.

Voltaram a ficar quietos, com exceção dos soluços e ruídos de Yasmin, que abraçada a Arthur, não conseguia parar de chorar. Zani não sabia o que dizer para consolá-la. Quando ela diminuiu a intensidade de suas lágrimas alguns minutos depois, voltou a conversar.

– Que diferença eu fiz no mundo, Arthur? – Perguntou cabisbaixa.

Zani ficou calado, não soube responder a pergunta, tão pouco conseguiu entender aonde ela queria chegar. Yasmin continuou.

– Se eu morresse agora, o que eu fiz de diferente? Em que eu ajudei? Como eu deixei a minha marca? Quem vai saber quem eu fui? Eu nem sequer tive a minha família – falou ela choramingando. – Eu não fiz diferença nenhuma – concluiu.

Arthur ficou em silêncio. Esse era mais um dos momentos em que ele odiava ser horrível com as palavras. Ele queria ter algo para falar, algo na manga, que pudesse falar e fazer com que ela voltasse a sorrir. Mas não conseguiu, tudo que ele pôde falar era repetir que a amava e então os dois voltaram a ficar abraçados até que o sol pudesse se esconder por completo.

– É melhor voltarmos. Já está escuro – sugeriu Arthur.

Yasmin concordou, então Zani a ajudou a se levantar e a fazer o caminho de volta. Sempre espiando pelos corredores, para não encontrar com ninguém pelo caminho, Arthur conseguiu levá-la de volta para o quarto, e a acomodou exatamente como a havia encontrado. Puxou a poltrona para perto da cama de Yasmin, debruçou os braços sobre a cama e a cabeça sobre os braços. Assim pôde ficar ainda mais próximo de Yasmin. Adormeceram sem perceber.

Tarde da noite, acordou com Roberto o chacoalhando devagar pelos ombros.

– Você pode ir para a cama agora, Arthur – falou em tom de sussurro para Arthur, que esfregou o rosto antes de responder.

– Eu quero ficar – sussurrou também.

– Não há necessidade. Vá ter uma noite boa de sono, eu fico aqui com ela – continuaram em tom baixo.

Arthur olhou para a garota e cedeu ao pedido de seu pai. Concordou com a cabeça e partiu, passou no quarto que Sara sempre ficava, e para sua agradável surpresa ela não estava lá. Não deveria estar em observação então. Voltou para a Casa Claridade um pouco mais animado.

Prestes a chegar, viu Alex sair apressado com Sara nos braços. Cecília também apareceu à porta. Arthur correu.

– O que aconteceu? – Perguntou atônito.

– Ela desmaiou – respondeu sem parar de correr.

– Quer que eu a leve? – Perguntou acompanhando a corrida.

– Saia! Saia! – Falou Alex apressado sem dar atenção para Arthur.

Zani acompanhou Alex até o hospital. Alguém já devia ter comunicado pelo rádio que ela estava a caminho. Pois um médico e uma maca já a aguardavam na entrada. Ela foi levada. Pediram para que Arthur não os seguisse, depois de discutir e, a contragosto, ele voltou para a Casa Claridade.

Arthur passou algumas horas largado no sofá, preocupado, aflito, ansioso. Querendo a todo custo alguma novidade. Alex entrou pelo saguão, tarde da noite. Zani colocou-se de pé em um rompante.

A DIFERENÇA QUE FIZ

– O doutor Roberto quer vê-lo – anunciou Alex. Arthur sentiu um gelo no estômago. – Ele não está na sala dele, está no quarto branco, aquele do último andar – explicou.

– Sara está bem?

– Está ótima – falou ele, aliviando Arthur.

Mesmo assim, ele seguiu preocupado. Sem perceber, estava praticamente correndo, de tão de pressa que andava. Subiu de elevador até o último andar, e andou pelo corredor em direção ao quarto que nunca havia nem visto nem entrado. Viu a porta aberta e entrou.

O quarto era todo branco, chão, tetos, paredes, sofás, almofadas. Havia alguns detalhes em cores vivas, como o tapete vermelho e a borda de alguns quadros na parede. Tudo tinha um design moderno e confortante. A parede ao fundo era inteira de vidro, onde Zani pôde ver doutor Roberto de costas, vislumbrando a paisagem. Era um cômodo grande, com uma iluminação confortável.

Surpreso por encontrar um espaço como aquele dentro do hospital, Arthur se aproximou devagar de Roberto e lentamente foi vendo a paisagem enquadrada pela janela, que mostrava o topo do bosque de pinheiros. Estava de noite, mas a forte iluminação do hospital permitia que eles tivessem um bom campo de visão. Ao ficar bem ao lado de Roberto, Arthur reconheceu, longe dali, o telhado da cabana que ele e Yasmin costumavam visitar. Doutor Carvalho começou a falar.

– Essa é a primeira vez que eu uso este quarto, Arthur – revelou Roberto, com uma voz triste e arrastada. – Você imagina para que ele sirva?

– Eu não faço ideia – falou com sinceridade.

– Esse ambiente, Arthur, que inspira tanta paz e serenidade propositalmente, é onde nós deveríamos trazer os pais, parentes e amigos dos nossos pacientes, quando temos que dar a notícia que não há mais nada a se fazer, que seu ente querido... – A voz

422

de Roberto falhou e fraquejou, mas ele completou a frase – infelizmente faleceu.

Arthur deixou a paisagem de lado e olhou assustado para Roberto, que desabou em um pranto. O corpo de Arthur amoleceu, ele apoiou-se na janela. Sentiu o ar faltar, depois não sentiu as pernas. Sua vista ficou escura. Olhou para o chão, não enxergava direito. Voltou a olhar para frente, e a última imagem que viu foi a de Roberto, repleto de lágrimas. Seu corpo não lhe respondia mais. Zani desabou de costas, desmaiado.

Capítulo 18

Eu sou o irmão

Zani abriu os olhos e sentiu as lâmpadas do teto ofuscarem a visão, estava atordoado. Demorou alguns segundos para entender onde estava, mas quando a memória o alcançou, e ele se lembrou do que acabara de acontecer, sentou-se abruptamente e com violência na cama. Os dois voluntários que estavam no quarto com ele se assustaram. Eles deviam tê-lo levado até ali e estavam preparando alguma coisa, que foi interrompida pelo despertar de Zani.

Arthur se levantou e saiu correndo para o corredor.

– Yasmin! – Gritou ele ofegante.

Os voluntários correram atrás dele. Zani não estava mais no último andar, correu para as escadas com toda a velocidade que podia, com um sentimento de pânico que acelerava ainda mais o seu coração. Subiu até o último andar pulando o maior número de degraus que conseguisse de uma vez.

– Yasmin! Yasmin! – Gritava ele histérico, indomável.

Os médicos, funcionários e voluntários começavam a aparecer. Arthur achou a entrada para o quarto branco, entrou sem cerimônias. Não havia mais ninguém lá.

– YASMIIIIN – berrou com um surto de dor.

Tentou pensar no que fazer rapidamente. Saiu correndo enquanto corriam atrás dele pedindo calma, esquivava-se dos que lhe apareciam à frente e tentavam lhe segurar. Desceu as escadas para o andar dos quartos. Entrou no quarto onde Yasmin costumava ficar, estava tudo arrumado, impecavelmente arrumado. Como se ninguém nunca estivesse lá. Buscou os outros quartos, a maioria vazia, alguns com algumas crianças que se assustavam com o rompante com que Arthur entrava nos quartos. Uma dessas crianças, inclusive, foi Sara, que arregalou os olhos.

Ela não estava lá. Yasmin não estava lá.

– Arthur! – Chamou a voz de Roberto que apareceu ao fim do corredor.

Sem saber como reagir, ou como pensar, Arthur saiu desenfreado mais uma vez. Cruzava com algumas pessoas, desviava das que podia, trombava com as demais. Não queria aceitar, não podia aceitar. Todos saíram aos corredores para ver o que estava acontecendo. Corria agora em direção à Casa Claridade. Entrou mais uma vez estabanado, afoito, descomedido. Seu coração batia a mil por hora. Yasmin não estava no saguão. Arthur correu para a escada e em direção aos quartos, enquanto seguia apressado, ele começava a absorver a notícia, a acreditar que fosse verdade.

Um calafrio mais gelado que a própria neve passou pelo corpo todo de Arthur enquanto ele suava, acelerado. Já não enxergava direito, tudo parecia estar girando. Entrou em um quarto, não viu Yasmin entre as meninas, foi para o outro quarto. Yasmin também não estava lá. Seguiu para o quarto dos meninos. Urrou, urrou tão alto e de forma tão raivosa que não parecia nem de um ser humano. Parecia uma besta, começou a babar, enquanto continuava a berrar, se contorcia, contraía os músculos do braço com os punhos fechados, colados. Dessa vez não havia mais palavras, apenas um sonoro som de dor misturado ao ódio.

Yasmin também não estava lá. A capela! Ela deve estar na capela! Desceu apressado, ouvia as crianças chorando, assustadas com o que viam. Já não conseguia correr, andava esbarrando pelas paredes. Tudo girava. Derrubou Felipe ao trombar com ele no caminho. Desceu as escadas, caiu ao chegar nos últimos quatro degraus, mas se levantou cambaleando. Voltou a urrar, nada mais fazia sentido. O que via, ouvia, pensava. Não podia explicar como ainda conseguia saber a direção da capela.

Só mais alguns passos para a capela, ela vai estar na capela! Mais três passos, mais dois... A porta.

Arthur dobrou na entrada da capela e entrou, com o último ar de esperança. Estava vazia. A capela estava vazia. Faltou ar a Arthur, por vários segundos. Levou a mão ao peito, sentiu uma dor. Sentiu várias coisas ao mesmo tempo. Sentiu tudo. Olhou para frente. Viu a imagem de Jesus, na cruz, de braços abertos.

Começou a subir pela espinha de Arthur um fogo, tão quente como se o queimasse por dentro, ele contorceu todo o rosto. Olhou os olhos da imagem de Jesus profundamente e se sentiu traído. Fechou os punhos com força e enrijeceu cada músculo de seu corpo. Voltou a urrar, com todo o fôlego que lhe restou. Então começou o descontrole.

Arthur ficou transtornado, possuído, chutou o banco a sua frente com as solas dos pés. Uma, duas, três, quatro, cinco vezes... e continuou. Até que o banco se partisse. Começou a arrancar o pedaço dos bancos com as próprias mãos. Arrancava as lascas de madeira e atirava para os lados. Pegou uma tábua de maior tamanho, e encarou a imagem de Jesus mais uma vez. Hesitou por uma fração de segundo, mas não teve dúvida.

Com a madeira nas mãos, deu passos largos e firmes em direção a imagem e desferiu o primeiro golpe, um pedaço do braço da imagem se soltou. Deu o segundo golpe com ainda mais força. Zani ouviu um gemido de dor e espanto vindo da porta da capela. Olhou em direção à porta, Alberto estava parado, amontoado junto a mais várias pessoas que assistiam a tudo atrás da porta. Todos estavam tão assustados que foram incapazes de tomar qualquer atitude.

Qualquer medida que tentasse inibir Arthur, ou reprimi-lo, seria ainda pior, como uma brisa que acende um grande incêndio. Então, Alberto tomou uma atitude, talvez a única atitude, que pudesse parar Arthur.

Alberto entrou na capela, fez um gesto com a mão para quem ficou do lado de fora que continuassem e disse baixinho:

– Não entrem, não se preocupem – disse Alberto.

Ele fechou a porta às suas costas, Arthur ainda observava ofegante. Alberto foi calmamente até um dos bancos agredidos, sentou-se em uma beira onde ainda era possível se sentar, então fez um gesto com as mãos como quem pedia a Arthur para que continuasse. Então, entrelaçou os dedos das mãos e ficou observando Arthur.

Zani seguiu a orientação, desferiu mais um golpe em Jesus, desta vez no rosto, desfigurando a metade esquerda. Zani olhou imediatamente para Alberto, que não esboçou absolutamente nenhuma reação. Arthur golpeou mais uma vez, desta vez com menos força e menos raiva. Olhou mais uma vez para esperar a reação de Alberto, que foi nula.

Largou o pedaço de pau e começou a chutar mais um dos bancos, ainda com raiva. Alberto observava tudo, imóvel, estático, enquanto Arthur destruía o que podia. Mas de repente, aquilo parou de fazer sentido. Tudo parou de fazer sentido. A vontade de destruir, de descontar, foi substituída por... nada. Absolutamente nada. Zani perdeu a vontade de tudo. Ficou parado no lugar alguns segundos, então sentou no chão, jogou o corpo para trás e se deitou, encarando o teto da capela, este que, intocável, continuava belo e decorado com uma imagem de Jesus que lhe sorria.

Arthur nunca tinha reparado que na madeira do teto da capela havia desenhos entalhados de anjos e de nuvens. Foi como se toda a ira e cólera de Arthur fossem incapazes de atingi-los lá de cima; então, mais uma vez, percebeu sua impotência.

Quando o silêncio imperou, Arthur pôde ouvir o burburinho das pessoas do lado de fora, que se questionavam querendo saber se estava tudo bem, mas, aos poucos, o pessoal do outro lado também se calou. Zani continuou calado olhando para os anjos no teto. Minutos se passaram, até que Alberto achou que fosse o momento de falar alguma coisa.

– Você tem o direito de chorar, você sabia? – Disse no bom e velho tom amigável, que era praticamente uma característica pessoal.

Apático, sem ânimo e sem forças, Arthur ficou em silêncio por mais algum tempo. Não sabia como responder àquele comentário. Não sabia se respondia de forma áspera ou amigável, não sabia o que sentia, não sabia nada.

– Não tenho vontade de chorar – falou Arthur simplesmente, ainda prostrado no chão.

– Não? – Continuou a conversa mantendo o mesmo tom – Você sente vontade do quê?

Foram precisos mais alguns segundos de meditação para responder novamente.

– De nada. Não tenho vontade de nada. Não tenho vontade de mais nada – disse ele com sinceridade, com um tom apático e com palavras pausadas. Sem vontade de ao menos se mexer. Do jeito que parou, ficou.

– Tem vontade de quebrar tudo? De descontar a raiva?

A DIFERENÇA QUE FIZ

Arthur continuou imóvel, demorou mais alguns segundos para responder.

– Não. Nada – respondeu quase em um sussurro. – Não sinto mais vontade de nada.

Alberto não perguntou mais nada, não sabia dizer quantos minutos eles ficaram ali em silêncio, mas sabia que a cabeça de Arthur deveria conter um milhão de pensamentos. Deixou que tivesse o seu tempo. Enquanto Arthur continuava largado ao chão, na mesma posição, Alberto olhava para os lados, vendo o estrago que Arthur provocara. Ele tinha destruído por completo três bancos, uma vidraça decorativa, danificado a imagem de Jesus Cristo e havia vários arranhões na parede, causadas pelos pedaços de pau que Arthur havia arremessado com violência. Pedaços de pau que, inclusive, estavam esparramados por toda a capela. Zani voltou a falar minutos depois que eles já haviam se calado.

– Nós vimos o pôr do sol ontem – contou Arthur de repente. Alberto não quis interromper e deixou Zani fazer uma longa pausa. – Nunca imaginei que seria o último – falou fazendo mais uma pausa. – Depois eu a ajudei a voltar para o quarto, ela mal conseguia andar. Mas eu pensei que ela ia melhorar, eu tinha tanta certeza que ela ia melhorar – era impossível perceber algum sentimento na voz de Arthur.

Alberto envergou-se e esticou o pescoço para ver Arthur deitado no chão, atrás de um banco que encobria a sua visão. Ele estava com os olhos vidrados no teto. Continuou.

– Depois que a gente já estava no quarto, ficamos conversando. Ela estava incomodada dizendo que achava que não fazia diferença nenhuma no mundo. Eu não sabia o que dizer para ela, não sabia como mostrar para ela que aquilo era mentira. Pelo menos na minha vida, ela fez uma grande diferença. Mas eu, ao contrário dela, que diferença eu fiz? Eu fiz alguma diferença na vida dela? Eu fiz a diferença para alguém? Alguma diferença boa pelo menos? Eu nunca vou fazer diferença nenhuma – concluiu ele seus pensamentos em voz alta.

430

Alberto entendeu que era o momento de agir. Respirou fundo e começou.

– Arthur, levante-se. Sente-se aqui – convidou Alberto para que Zani se sentasse ao seu lado, que não se moveu. – Ande, levante-se – insistiu.

Sem muito ânimo, Arthur se levantou lentamente, andou devagar até o banco de Alberto e se sentou. Não chegou nem a se acomodar direito, apenas jogou o peso do corpo para o banco de qualquer forma, apaticamente.

– Por que você tem tanta raiva, Arthur? – Perguntou Alberto em uma das raras vezes que se podia vê-lo sem um sorriso no rosto, com uma voz triste.

Arthur deu de ombros e ficaram em silêncio. Alberto não disse nada, esperou uma continuação, que veio após mais um longo período de silêncio.

– Não sei, eu não consigo mais ser de outro jeito – falou pausadamente, sem expressão nenhuma. – Quando eu perdi a minha mãe, eu era muito novo, não sei o que eu pensava direito, mas eu achei que se eu não gostasse de mais ninguém como eu gostei dela, eu não precisaria passar por aquilo de novo. Claro que na época eu não tinha isso tão claro, agia muito mais de forma inconsciente. Achei que as coisas seriam muito mais fáceis. Eu demorei para ver que esse não era o melhor caminho, mas...

Arthur pausou de repente. Alberto o aguardou, mas ele não deu continuidade.

– Mas...? – Cobrou Alberto.

– Algumas escolhas que você faz na vida são difíceis de voltar atrás. Eu criei raízes no lugar errado, mas agora elas já estão lá.

– Arthur, só existe uma coisa que pode permitir que você faça qualquer coisa, te permitir fazer a diferença ou não fazer a diferença. Ser bom, ser mau. Ser generoso ou egoísta. Ser companheiro ou solitário. Ser amigo ou traiçoeiro. Se você quiser ser famoso ou viver no anonimato, não importa o que você queira fazer ou quem você queira ser. Esta é a única coisa que vai sempre estar ao seu lado para lhe ajudar, que enquanto você viver, vai estar inquestionavelmente a seu serviço. Sem contestar, *Ele* sempre vai estar lá, sem questionar se está apto para o bem ou para o mal. Ele vai fazer o que quer que você queira. Exatamente o que manda. Ele não vai te julgar pelo que você já fez ou deixou de fazer. Se você quiser mudar, se você quiser continuar o mesmo, é ele que vai lhe dar as ferramentas.

Zani ainda estava em estado de choque, mas Alberto conseguiu prender a atenção dele com suas palavras.

– Estou falando do futuro. O futuro é capaz de fazer o que você estiver disposto a fazer. Se fazer uma diferença positiva na vida de algumas pessoas é o que você quer fazer, o futuro vai estar lá para que você atinja esse objetivo. Para o futuro, não importa se você tem só mais um dia pela frente ou um século, nunca é tarde demais.

Arthur ouvia em silêncio.

– São exatamente em momentos como esse, quando ficamos perto da morte, ou quando perdemos algo ou alguém que não volta mais, que paramos para refletir na nossa vida e o que estamos fazendo com ela. Eu sei que você conhece o Alex, o voluntário Alex, ele é meu filho. Eu não sei se você sabia disso. Eu não sei se você sabia também, mas ele foi um dos primeiros pacientes daqui. Quando ele ficou doente, foi um momento de muito desespero para nós. Quando eu descobri que ele estava doente, eu tive o meu momento justamente igual ao seu. Cheio de raiva e ódio. Queria descontar em alguém, em alguma coisa – dizia Alberto enfático, tentando transmitir a raiva que sentia na entonação de sua voz. – Era tão injusto, eu sei como você deve se sentir. Alex? Meu garoto? Tão bom e obediente, por que ele? Quebrei pratos, móveis, vasos, espelhos. Fiquei descontrolado. Eu não tinha dinheiro, não podia pagar um tratamento de ponta. Quando fomos encaminhados para cá, depois de conhecer as instalações, eu não pude acreditar na sorte que tivemos. Foi quando eu comecei a ter os mesmos pensamentos que Yasmin te relatou. Pensei que diferença poderia eu estar fazendo? Eu sempre gostei de dar aulas, me sentia realizado, mas havia abandonado essa ideia por conta dos baixos salários, tentei seguir carreira em um escritório de contabilidade e acabei me frustrando. Quando Alex ficou bem, parei para repensar o que seria a vida dali para frente, eu era e sou muito grato a este lugar, foi quando decidi contribuir aqui com o que podia, foi quando falei com seu pai. – Arthur, que até então tinha um olhar fixo para o chão, olhou de repente para Alberto. – Sim, eu sei quem é o seu pai. Mas não se preocupe, eu sou o único além de Roberto que sabe a verdade sobre você estar aqui. Nem mesmo Alex sabe. Como ia dizendo... Na época, eu falei com o seu pai e decidi ser voluntário, mas eu morava em outra cidade e seria muito complicado manter o meu emprego e ser voluntário. Seu pai me ofereceu hospedagem e um salário, para que eu me dedicasse em tempo integral aqui. Eu aceitei. Eu não pude perceber na mesma hora, mas com o tempo eu percebi que não adianta se injuriar, não adianta pestanejar. Algumas coisas na vida nós temos que simplesmente aceitar, por mais injustas que elas sejam, tudo que nós podemos fazer, é aproveitar. Usar o nosso tempo, para que enquanto elas durem, possamos criar a melhor lembrança possível para que quando elas deixarem de existir fisicamente, elas passem a existir, de uma forma mais bonita, de uma forma mais forte e de uma forma eterna. Que elas passem a viver em nossas memórias – dissertou Alberto.

– Eu nem me despedi – replicou Arthur melancólico.

– Você não precisa. Ela vai estar sempre com você – falou Alberto em tom encorajador.

– Eu ainda não estou acreditando – levantou-se Arthur em um rompante. – Isso não pode ter acontecido! – Elevou a voz mais uma vez.

Alberto se levantou, os dois ficaram frente a frente, se entreolharam por alguns instantes. Alberto conseguia ver o sofrimento de Arthur através de seus olhos. Alberto deu um

A DIFERENÇA QUE FIZ

passo à frente, sabia exatamente o que ele precisava. Então o abraçou. Alberto o abraçou por alguns segundos, depois Arthur se desvencilhou e saiu correndo mais uma vez sem rumo. Abriu a porta da capela apressado, algumas pessoas ainda estavam do lado de fora e olharam assustadas quando ele saiu.

Arthur seguiu para o saguão de entrada. Ao chegar ao saguão algumas crianças estavam lá. Luca estava chorando, quem tentava lhe consolar era Sara, que devia ter acabado de voltar do hospital. Arthur travou, gravou bem aquela cena, mal sabia ele que aquela imagem ficaria gravada para sempre em sua memória. Olhou para Sara e Arthur mais uma vez e de repente soube onde deveria ir. Saiu da Casa Claridade.

Quando estava no meio do gramado, olhou para trás para ver se estava sendo seguido. Maria, Cecília, Alberto e outros voluntários tinham ido até a porta observá-lo, mas não estavam lhe seguindo. Zani continuou sua trajetória. Ao chegar em frente à sala de Roberto, desejou que ele estivesse ali, abriu a porta sem bater. Roberto chorava em sua mesa, olhando pela janela. Virou-se quando ouviu a porta abrir. Tentou conter o choro ao ver Arthur, mas o máximo que conseguiu foi diminuir um pouco.

Zani não conseguia culpá-lo. Sabia que a culpa não era dele, não sabia o que dizer. Se tivesse uma única pessoa que estivesse sofrendo mais com aquela perda que o próprio Arthur, poderia ser somente Roberto. De repente, Arthur se lembrou de algo.

– Eu estava com ela ontem, antes de ela dormir – contou Zani, Roberto prestou atenção – ficamos conversando. Eu estava sentado na poltrona, debruçando os braços e a cabeça em um pedaço da cama. Ela estava preocupada se o senhor descobrisse que nós saímos do hospital para ver o pôr do sol e brigasse com ela. A última coisa que ela disse antes de dormir foi: "Eu amo meu pai, não quero que ele fique desapontado comigo. Eu sei que ele faz tudo por mim" – contou Arthur fazendo Roberto voltar a soluçar.

Roberto não disse nada, Zani ficou parado em frente à porta. Depois de alguns minutos, Zani se arriscou a falar mais alguma coisa. Pedir o que realmente fora fazer ali.

– Eu queria falar com o meu pai. Posso telefonar para ele? – Perguntou tentando ser delicado.

– Pode sim. Aliás, eu ainda não contei para ele sobre Yasmin – falou Roberto visivelmente atordoado. – Eu tenho que terminar de cuidar do velório – disse ele se levantando, fungando e enxugando os olhos mais uma vez.

Quando Arthur já estava sozinho, respirou fundo, tomou coragem e pegou o telefone.

– Guilherme – atendeu seu pai.

– Alô?

– Arthur!? – Surpreendeu-se.

– Eu preciso conversar com você – disse ele no mesmo tom apático do qual não conseguia se livrar.

– Aconteceu alguma coisa? – Perguntou preocupado.

– Yasmin morreu faz pouco tempo.

– Meu Deus! – Lamentou-se, pelo tom de sua voz, nitidamente pego de surpresa.

– Eu queria te ver. Preciso falar com você, pessoalmente – pediu Arthur.

Guilherme ficou calado, provavelmente absorvendo o impacto da notícia. Depois da pausa respondeu.

– Claro, claro. Não falei com Roberto ainda, mas acredito que o velório deva ser aqui em Zankas. Nos encontraremos amanhã. Vou providenciar que venha para cá.

Assim foi feito, conforme o prometido. Guilherme e Roberto conversaram depois e arranjaram os detalhes. Roberto partiu antes, seguindo o carro da funerária. Arthur foi depois em um carro providenciado por Guilherme, Luca foi junto. Zani queria levar Sara e Luca. Foi difícil conseguir trazer o meninos, sob argumentos de que eles eram muito novos e não deveriam participar de um velório. Arthur argumentou bastante, expressando também a vontade do pequeno garoto, mas Sara ele não conseguiu levar, pois ela deveria estar em observação. Sendo assim, Arthur e Luca partiram para o velório de Yasmin. Depois de chorar bastante, Luca ficou encolhido.

Não pararam em lugar nenhum, foram direto para o velório. Luca voltou a chorar, Arthur encontrou o pai. Havia muitas pessoas presentes, completamente diferente do que foi o velório do pequeno Tiago. Estavam em um cemitério com gramado, a grama era muito bem cuidada e de um verde vivo. Arthur reconheceu alguns rostos, daqueles que haviam visitado Yasmin quando ainda estava no hospital. Ele via diversas pessoas chorando, foi quando, em um momento, questionou o seu pai, que estava a seu lado.

– O que tem de errado comigo? – Perguntou ele ganhando o olhar de Guilherme.

Guilherme não entendeu, apenas olhou para Arthur e esperou que ele dissesse mais alguma coisa.

– Por que eu não tenho vontade de chorar? Estou com defeito ou algo do tipo?

– Cada um tem sua maneira de expressar os sentimentos – disse em tom de consolo.

Luca se agarrou à perna de Arthur quando começaram a descer o caixão. Arthur sentiu uma pontada no peito. Continuava com a sensação de que nada mais fazia sentido, uma sensação que parecia que não ia mais passar. Roberto fez um discurso bonito e emocionado para Yasmin, e mais lágrimas rolaram.

– O que você queria falar comigo, Arthur? – Perguntou Guilherme o puxando de canto, quando o enterro estava prestes a acabar. Luca ficara alguns metros dali.

– Quando eu saí de casa para ir para Pinheiros do Sul, o senhor disse que não me queria como filho. Se for isso mesmo que o senhor decidir, não me querer mais como filho, não importa.

– Arthur, quando eu... – Guilherme tentou se explicar, mas Arthur não deixou, continuou falando por cima, o forçando a parar.

– Eu não vou te pedir mais uma chance porque eu sei que eu não mereço. Eu sei tudo o que fiz. Mas outras pessoas merecem uma segunda chance, principalmente pela culpa de não ter dado certo a primeira vez não ser delas. Eu quero que você dê uma segunda chance ao Luca e a Sara, adote-os. Luca vai ser o filho que eu não fui, ele vai te dar o valor que eu não te dei. Ele vai te dar o orgulho que eu não te dei.

– Arthur, essa nunca foi a questã...

– Deixe eu terminar. O pai de Luca não tem a guarda dele, ele pode ser adotado. A avó de Sara entrou com o pedido de abrir mão da guarda. Eles dois podem ser adotados. Se você não pode me aceitar de volta, por favor, aceite-os! Eu não quero que Sara esteja sozinha quando chegar a hora dela. E Luca é um garoto brilhante! Ele é esperto, inteligente. Ele não é muito comportado, mas é carinhoso!

– Pare, pare, pare Arthur – interrompeu Guilherme. – Isso não é hora nem lugar para discutirmos isso – falou com rispidez.

– Mas pai, você tem que enten...

– Quem está falando agora sou eu. Não me interrompa. Você vai voltar para Pinheiros do Sul, arrumar as suas coisas, e depois vai voltar para a casa. E depois conversaremos sobre o assunto – Guilherme viu um pequeno sorriso se esboçar no rosto de Arthur – Mas eu não estou prometendo nada! Que isso fique muito bem claro. Você sabe o quanto essas coisas são complicadas, e tudo que isso envolve.

– Posso dizer apenas mais uma coisa, pai? – Perguntou com uma voz um pouco mais animada.

Guilherme hesitou, Arthur o chamara de "pai" em um tom de que seria incapaz recordar a última vez.

– Diga – falou receoso.

– Eu não quero que Sara passe os últimos dias dela no hospital como Yasmin passou.

Guilherme suspirou.

– Já disse que vou fazer o que estiver ao meu alcance.

– Ah, pai. Tem mais uma coisa que eu queria fazer – falou ele.

– O quê? – Perguntou Guilherme sem gostar do tom.

– Queria ir para um lugar hoje antes de voltar para Pinheiros do Sul, eu volto amanhã.

– Que lugar? – Perguntou desconfiado.

– Não posso dizer.

– Se não pode dizer, não pode ir – rebateu severo.

– Eu ia buscar uma coisa para a Sara – revelou.

– Que coisa? Onde?

– Isso eu não posso dizer – voltou a dizer.

– Se não pode dizer, não pode ir – falou mais uma vez.

– Por favor! – Disse em tom de súplica.

– Só me responda uma coisa, Arthur. Se eu lhe proibir, você vai do mesmo jeito? – Perguntou em tom de desapontamento.

Arthur hesitou na resposta. Ficou quieto por um tempo até que respondeu.

– Não. Dessa vez não. Se não deixar, eu não vou – disse com sinceridade

Guilherme estreitou o olhar, olhou no fundo dos olhos de Arthur. E acreditou. Acreditou que daquela vez, Arthur não estava mentido. Suspirou e resolveu dar um voto de confiança.

– Está bem. Posso saber como vai e como volta?

– Uns amigos vão me levar.

– Já não gostei dessa história. – Guilherme suspirou.

– Não se preocupe – sorriu Arthur pela primeira vez desde que recebera a notícia de Yasmin.

Quando Arthur disse que não voltaria com Luca, ele chorou, não queria largar Arthur. Zani levou um tempo para poder tranquilizá-lo. Contrariado, ele embarcou na viagem de volta sozinho.

Gutti Mendonça

Guilherme deu uma carona para Arthur até onde ele pediu, e ele foi se encontrar com seus amigos. Ainda teria que convencê-los a fazer uma longa viagem. Mas os convenceu.

Na manhã seguinte, muito cedo, quando o dia ainda deixava de ser noite, eles entraram no carro. Horas depois, chegaram ao destino.

– Aquela é a casa da velha – contou Tropeço, estacionando longe dali, mas perto o suficiente para poder apontá-la.

– Eu já volto – disse Arthur descendo do carro.

Arthur estava vestido com uma jaqueta preta de Aborto, sentia-se melhor de jaqueta quando ia intimidar alguém. A sua havia ficado no hospital. Arthur nem bateu na porta, tentou abri-la direto. Estava trancada. Olhou ao redor, era uma vizinhança quase deserta. Olhou mais uma vez para os lados para se certificar, deu uma solada na porta derrubando-a na primeira tentativa, a porta devia estar podre. Ouviu um gemido de susto. Foi andando pela casa. Encontrou uma velha na cozinha, com o cabelo ensebado.

– Eu já assinei os papéis, eu já assinei os papéis! – falou depressa ao ver Arthur.

Zani não respondeu. Fez uma pausa dramática, ficou encarando a velha com um olhar furioso e intimidador por um intervalo longo e demorado, deixando-a aterrorizada. Começou a caminhar em direção a ela, aproximando-se vagarosamente. Ela arregalou os olhos, tentou caminhar para trás, mas bateu as costas no balcão. Arthur fez uma expressão de ódio, contorcendo o rosto todo involuntariamente. Olhou-a por lentos segundos. Depois de dizer tudo que tinha para dizer com um simples olhar, deixou-a e começou a caminhar pela casa, ainda sem dizer uma só palavra. Entrou em um cômodo, depois em outro. Achou o que deveria ser o quarto de Sara.

Havia um colchão no chão sujo, um armário com a porta quebrada e um criado-mudo com as pernas tortas, onde havia uma gaveta. Zani abriu a gaveta, havia um furo no fundo dela e uma caixa que só não caiu pelo buraco porque não passava. Arthur segurou a caixa vermelha, de um couro desgastado. Abriu o armário para ver se encontrava mais alguma coisa que Sara pudesse querer. Um cheiro de mofo saiu e Arthur viu aquelas roupas gastas e sujas, ficou com ainda mais raiva.

Saiu do quarto, a velha ainda estava parada no mesmo lugar. Ele lançou um último olhar de ódio e continuou em direção à saída.

– Quem é você? – Disparou a velha em tom abusado.

Arthur parou em cima da porta que acabara de pôr ao chão e se virou. Fez uma pausa para responder e disse:

– Eu sou o irmão.

Capítulo 19

A alta de Zani

Conforme o combinado, Arthur voltou para a Casa Claridade no dia seguinte. Chegou pensando nas coisas que tinha para arrumar, mas havia combinado com seu pai que ficaria mais algum tempo. Não estipularam um prazo, mas sua partida estava próxima. Tão próxima quanto o seu aniversário e o seu julgamento.

Arthur tentava não pensar naquelas coisas. Com Luca cabisbaixo, Tiago e Yasmin não mais entre eles e Sara em observação na maioria dos dias, o clima mudou bastante. Arthur também não era mais obrigado a ficar trancado todas as manhãs com Roberto. E ele contava os minutos para chegar o horário da "aula"

A DIFERENÇA QUE FIZ

com Alberto. Ficavam apenas conversando, Alberto era uma pessoa que Arthur aprendeu a admirar.

Zani já estava estranhando não ter notícias de seu pai, estava a dois dias do seu aniversário e a uma semana de seu julgamento, quando foi surpreendido em um fim de tarde, no horário livre.

– Doutor Guilherme! – Exclamou Sara sorridente.

Arthur viu Guilherme entrar no saguão.

– Olá, Sara, tudo bem?

– Tudo bem! Você não veio para me fazer mais uma cirurgia, não é? – Perguntou ficando desanimada depressa quando pensou nessa possibilidade. Guilherme riu.

– Não, Sara. Felizmente não dessa vez – falou retribuindo o sorriso de Sara. – Arthur, aí está você, pode me acompanhar um minuto? – Mudou o tom.

Arthur se levantou sem dizer nada. Sara olhou curiosa. Ele saiu da casa e ficou no gramado com o seu pai em frente à Casa Claridade.

– Já arrumou as suas coisas? Você volta amanhã.

– O.k. – falou simplesmente.

– Tem mais uma coisa... – disse ele fazendo uma pausa misteriosa. – Eu entrei com o pedido de adoção de Luca. – Arthur não conseguiu conter o sorriso. – Sara é mais complicado, mas estou cuidando disso. – O sorriso de Arthur ficou ainda maior. – Luca já pode ter alta. Sara vai passar a ter o tratamento lá no Quatro Trevos.

– No Quatro Trevos? Como assim? – Perguntou Arthur sem entender.

– Se ela vai ficar em casa, vai ter que ter seu tratamento mais perto – avisou ele.

– Eles já voltam com a gente agora?

– Só se eles não quiserem. Você conversa com eles? Espero que consiga convencê-los porque eu já providenciei um quarto bem feminino para ela – noticiou Guilherme com um sorriso singelo no rosto.

442

Gutti Mendonça

Pela primeira vez, desde que perdera Yasmin, Arthur se sentiu verdadeiramente feliz.

– Não vou precisar convencê-la – falou alegre.

Os dois trocaram um olhar de pai e filho e ficaram em silêncio, ambos sem saber o que falar em seguida. Foi Guilherme quem quebrou o silêncio.

– Bom, espero que estejam prontos para irem amanhã. Já conversei com Roberto, ele já está sabendo.

– Certo.

– Bom... Eu tenho mais algumas coisas para resolver com ele. Preciso ir agora.

Arthur concordou com um gesto de cabeça.

Guilherme se virou, estava de social, elegante como sempre. Caminhava pelo gramado que Arthur já conhecia tão bem. Arthur observava seu pai se distanciar, ele tinha mania de andar com a mão direita dentro do bolso, a mão esquerda estava sempre a vagar no ar, Guilherme gostava de consultar o relógio frequentemente.

– Pai! – Chamou Arthur enquanto ele se distanciava.

Guilherme parou no lugar e se virou.

– Obrigado – agradeceu Arthur com a mais sincera gratidão.

Guilherme ergueu a mão esquerda acenando para Arthur, como quem gesticulasse que ouvira o recado e então seguiu o seu caminho. Arthur voltou para o saguão, com um sorriso de orelha a orelha.

– Impressão minha ou eu ouvi você gritar "pai" para o doutor Guilherme?

– Não é impressão não. Ele é meu pai. – falou ele ainda sorridente voltando a ocupar o seu lugar no sofá, próximo a Sara.

– Tá bom... – Desdenhou Sara descrente. Arthur não deu importância.

– Sara, o que você faria se eu dissesse que você vai sair daqui amanhã?

– Do que você está falando? – Falou surpresa.

A DIFERENÇA QUE FIZ

– Pois você vai – disse sorrindo.

– Como assim? – Continuou sem entender.

– Você vai ser a minha irmã – falou instalando cada vez mais dúvida em Sara.

– Sua irmã?

– Sim. Meu pai acabou de me dizer que entrou com o pedido de adoção.

Sara ficou em silêncio. Ainda não sabia se Arthur estava dizendo a verdade ou se estava zombando dela. Não via porque ele brincaria com uma coisa dessas, mas o que ele estava dizendo não fazia o menor sentido.

– Seu pai é mesmo o doutor Guilherme? – Quis se certificar.

– É. Você vai para nossa casa amanhã.

– Amanhã? E você? – Perguntava confusa.

– Eu vou também! E Luca também!

– O Luca?

– Sim! Você e o Luca!

Mais uma vez, Sara emudeceu. Arthur observava a reação de Sara.

– Mas o doutor Guilherme não me disse nada. Você está mentindo.

– Não estou mentindo, você já pode arrumar as suas coisas.

– Mas e a minha vó? E o tratamento?

– Sua vó está abrindo mão da sua guarda, meu pai está cuidando para que ele a ganhe. Você vai continuar seu tratamento em um hospital perto de casa.

– Onde você mora mesmo?

– Em Zankas.

– Eu sempre quis morar em Zankas! – Exclamou sorrindo, mas conteve o sorriso rapidamente. – Você está falando sério mesmo?

– Sim! Você vai para casa comigo. Vai ter um quarto só para você! Você vai para uma escola de qualidade, com uniformes lim-

Gutti Mendonça

pos, vai se alimentar bem, vai fazer amigos – dizia Arthur mais animado que ela.

– Mas isso tudo que você está falando não faz sentido.

– Por que não faz sentido?

– Por que o doutor Guilherme ia querer me adotar? Eu falei com ele umas cinco vezes na minha vida – questionou ainda incrédula.

– Você não quer ser minha irmã?

– Quero, mas...

– Mas o quê?

– Isso parece bom demais para ser verdade.

Arthur riu.

Luca apareceu choramingando pela escada. Arthur o acompanhou pelo olhar, até que ele descesse o último degrau.

– Luca – chamou Arthur.

O garoto olhou para ele e foi em sua direção, cabisbaixo.

– O que foi, Luca?

– O Felipe vai embora também.

– O Felipe vai embora para onde?

– Para casa, ele vai ter aula.

– Aula? – Não entendeu Arthur.

– Acho que ele quer dizer alta – complementou Sara.

– Isso – falou Luca e Arthur riu.

– Que legal. E você não está feliz por ele? – Perguntou Arthur

– Estou, mas todo mundo vai embora e só eu fico aqui – continuou tristonho.

– E se eu dissesse que você vai se tornar o meu irmão e que amanhã nós vamos para casa?

– Ia ser legal se fosse verdade.

– Mas é verdade – falou Arthur fazendo Luca olhar para ele abruptamente.

– É?

– Sim. Acabei de receber a notícia.

– Jura?! – Animou-se em uma fração de segundo.

– Juro. Mas você não pode contar para as outras crianças, elas iriam ficar tristes de saber que não vão poder ir com a gente.

Luca ficou calado de repente. Olhou para Sara e tentou cochichar para Arthur.

– Mas eu acho que a Sara já ouviu a gente – cochichou ele como se Sara fosse invisível, fazendo ambos caírem na gargalhada.

– A Sara vai com a gente também. Vamos nós três.

– Legal! – Disse ele pulando e dando um soco no ar – Como é lá para aonde a gente vai?

– É legal, eu tenho certeza que você vai gostar.

– A gente vai amanhã?

– Sim!

– Espero que isso tudo seja verdade mesmo, você não ia iludir o Luca dessa maneira, não é? – Atravessou Sara.

– Claro que não.

– O que é iludir? – Perguntou Luca, extasiado como há muito tempo não se via.

– Vejo que já receberam a notícia – falou Roberto que acabara de aparecer à porta.

– Acabei de contar para eles – contou Zani alegre.

– Então é mesmo verdade? – Perguntou Sara boquiaberta.

– Por que você não acredita em mim? – Zani perguntou contrariado.

– Eu ainda não estou acreditando – comentou aérea.

– Não quero estragar a festa de vocês, mas peço que não comentem isso com as demais crianças – pediu Roberto quase em um sussurro, preocupado com quem ouvia a conversa.

– É verdade isso, doutor Roberto? Vamos mesmo ser adotados? – Perguntou Sara ainda tentando acreditar.

– É verdade, sim, Sara. Estive com o pai adotivo de vocês cuidando de algumas burocracias nos últimos dias.

– O que é burocracia? – Perguntou Luca mostrando ainda estar presente na conversa.

– Então nós já vamos mesmo amanhã? – Sara cedeu ao seu primeiro sorriso de contentamento.

– O que é burocracia? – Repetiu Luca que não gostou de ser ignorado.

– Tudo indica que sim. O processo de adoção já está tramitando.

– O que é tramitando? – Perguntou Luca irritado.

– Não consigo acreditar – disse a menina sorridente.

– Por que ninguém me responde?! – Berrou Luca enfezado.

Durante o resto do dia, Sara, Luca e Zani compartilharam um segredo. Sara nunca desejou tanto que o dia terminasse. Não via a hora de conhecer sua nova casa, conhecer um lugar onde pudesse tentar descobrir o que é felicidade. Era tão nova e já havia perdido a esperança de ter uma segunda chance.

Luca, por outro lado, ainda não entendia profundamente o que aquilo representava. Vivera em um orfanato desde pequenino. Estava animado apenas com a novidade e com o fato de poder ser oficialmente irmão de Arthur.

Doutor Roberto aproveitou a alta de Felipe, para anunciar a alta de Luca, Sara e Arthur também. Arthur teve dificuldade de se despedir na manhã seguinte de seus colegas, foi muito mais difícil do que imaginara. Era complicado imaginar que nunca mais veria aquelas crianças, não porque iriam morrer, mas porque, mesmo as que se curassem, voltariam para vidas completamente desconexas da dele.

Arthur reconheceu a BMW do pai quando ela apareceu. Soube que era a hora de ir embora. Quando Sara e Luca caminhavam com doutor Roberto em direção ao carro de seu pai, depois de muita choradeira nas despedidas, Arthur largou sua mala no meio do gramado e voltou correndo.

– Arthur!? – Chamou Roberto sem entender.

– Eu já volto! – Berrou ele continuando seu caminho.

Entrou correndo na Casa Claridade, dobrou os corredores e seguiu correndo para a sala de aula. Abriu a porta, que já conhecia tão bem, sabendo que tinha que primeiro puxar para depois empurrar a maçaneta. Olhou para dentro e viu a sala vazia. Lamentou-se. Pensou quem seria a próxima pessoa a assistir às aulas de, sem a menor dúvida, seu professor predileto de todos os tempos. Quem teria a sorte de cruzar aquela pessoa incrível?

A luz da sala estava apagada, entrava pouca luz pela pequena janela. Arthur deu um passo adiante. Suspirou tristonho, não sabia onde poderia procurar Alberto. Viu o quadro-negro, limpo, sem nenhuma palavra. Teve uma ideia.

Arthur pegou um giz e deixou o seu recado no quadro. "Obrigado, professor, por me ensinar aquilo que os livros não podem ensinar. Sentirei saudade do senhor, mas não da sua amizade, pois ela andará sempre comigo." Zani bateu as mãos umas nas outras parar tirar o pó do giz.

– Adorei o recado – disse a voz de Alberto.

Zani se virou depressa e viu Alberto sentado em uma cadeira em um canto, no extremo fundo da sala. Arthur passou por ele e não havia reparado.

– Creio que começa uma nova caminhada para você agora. – continuou ele com o sorriso tradicional no rosto.

– Creio que sim.

Alberto se levantou. Deu alguns passos para se aproximar de Arthur, colocou as mãos no bolso e disse depois de uma longa pausa:

– Não se esqueça, Arthur. Futuro.

– Não vou – disse ele.

– Ótimo. Então está pronto – falou Alberto erguendo os braços e dando dois tapas nos ombros de Arthur. – Você é um bom garoto, rapaz. Você é um bom garoto. Não deixe que te digam o contrário, nem mesmo se quem disser seja você mesmo.

Arthur riu.

– Obrigado por tudo, senhor Alberto – disse estendendo a mão.

Alberto debochou da mão estendida, ignorando-a e adiantando-se para envolver Arthur em um abraço. Arthur retribuiu de forma contida.

– Agora vá. Não quero atrasar você.

– Certo.

Zani rumou para a porta. Parou quando a alcançou. Os dois trocaram mais um olhar. Difícil de saber o que diziam um para o outro ou o que pensavam naquele momento. Depois do intervalo, Arthur finalmente se virou para ir embora.

Correu o caminho de volta e apanhou sua mala. Apressado, alcançou o carro. Foi o último a se acomodar. Guilherme e Roberto agora conversavam a alguns passos de distância do carro, e Luca e Sara se acomodaram no banco de trás. Arthur entrou no banco da frente. Ficaram dentro do carro enquanto Guilherme e Roberto terminavam de conversar.

– Esse carro é muito legal! – Exclamou Luca.

– Você gosta? – Perguntou Arthur dando corda.

– Sim! Olhe! Parece uma espaçonave! – Arthur riu.

– Você gosta de espaçonaves?

– Gosto! Acho maneiro! – Falou ainda admirado com o painel do carro. – Você acha que ele vai gostar da gente? – Perguntou Luca apreensivo.

– Claro que vai! – Confortou Arthur.

– Como você sabe? – Continuou ainda preocupado

– Eu sei.

Guilherme entrou no carro. Luca não deu muito tempo para que ele se acomodasse ou sequer colocasse o cinto e já foi se introduzindo.

– Olá, eu sou o seu novo filho – apresentou-se Luca estendendo a mão para Guilherme por cima do ombro. Guilherme soltou uma risada gostosa.

– Olá, Luca! – Guilherme se virou para trás. – Eu já conheço você, mas muito prazer, eu sou o seu novo pai – apresentou-se entrando na brincadeira.

– Muito prazer – disse Luca com seriedade, os dois apertaram as mãos.

– E a senhorita é minha nova filha – falou Guilherme encarando Sara, que sentiu seu rosto rosar.

– Oi.

– Oi, Sara. Pronta para ir para casa? – Perguntou Guilherme sorridente. Ela disse que sim com um aceno de cabeça. – Então, vamos.

– Este é o seu outro novo filho – disse Luca apontando para Arthur. Guilherme se virou mais uma vez.

– Não. Este é o meu filho antigo – contou Guilherme sorridente, achando tudo que Luca dizia engraçado.

– Antigo? Você já tem esse filho faz tempo? – Perguntou com inocência. Todos riram, inclusive Sara.

– O que foi? – Perguntou bravo com a risada de todos.

– Eu já tenho esse filho faz tempo, sim.

Luca fez uma expressão confusa. Arthur e Guilherme riram.

– Faz tempo? – Perguntou sem entender mais nada.

– Sim, Luca. Este é o meu pai de verdade.

– Legal! – Animou-se ele.

– Bom, vamos então? – Perguntou Guilherme ligando os motores.

O carro fez a curva, pegou a estrada. Arthur observou o hospital ficando cada vez menor no retrovisor, nem ele mesmo sabia o que estava sentindo. Não sabia se era bom ou ruim, só sabia que era forte.

Luca não alcançava direito a janela, tinha que se esticar para poder olhar a paisagem. Sara continuava tímida. Só dizia alguma coisa quando alguém se direcionava a ela, ainda sim, só usava as palavras quando não conseguia responder com algum aceno de cabeça. Guilherme e Arthur checavam os dois no banco de trás frequentemente.

Sara ficou um pouco mais agitada quando chegaram a Zankas. Ela olhava interessada pela janela. Guilherme parou em frente a uma construção neoclássica, velha conhecida de Arthur.

– Sara, Luca – chamou Guilherme –, olhem para este prédio. Este é o Colégio Reitor Aluísio, é aqui que vocês vão estudar. Este é, considerado por muitos, um dos melhores colégios do país.

Sara arregalou os olhos, viu aquele suntuoso prédio de cinco andares, tomando o quarteirão inteiro. Os alunos saíam naquele momento, as meninas com os uniformes impecáveis e os cabelos lisos, brilhantes e sedosos. Os meninos já não estavam com o uniforme tão alinhados assim.

– Eu não posso ir para escola com essas meninas! – Falou ao mesmo tempo aflita e assustada.

– Por que não? – Perguntou Guilherme preocupado.

– Elas não vão gostar de mim! Eu não tenho nada a ver com elas! Também não tenho uniformes assim.

– Não se aflija. Vamos dar um jeito nisso tudo – tranquilizou Guilherme.

– O que é aflija? – Perguntou Luca entrando na conversa.

– "Não se aflija" é o mesmo que "não se preocupe" – respondeu Arthur.

– Então por que vocês não falam "não se preocupe"?

– Porque existem duas maneiras de falar a mesma coisa – respondeu Arthur paciente.

– Por que inventaram uma maneira de falar uma coisa que já existia como falar? – Voltou a perguntar Luca com o raciocínio voando.

– Essa é uma boa pergunta – respondeu Arthur rindo do comentário de seu novo irmãozinho.

– É sim. Mas qual é a resposta?

A DIFERENÇA QUE FIZ

Guilherme e Arthur riram. Guilherme voltou a dirigir, já estavam perto de casa.

Luca e Sara agora admiravam-se com a luxuosidade dos prédios e da vizinhança pela qual passavam. Até que Guilherme embicou o carro em frente a um portão de uma garagem.

– Esse é o prédio?! – Exclamou Luca, ficando de joelhos no banco do carro e grudando o nariz no vidro. – Uau! É o mais alto!

Sara também admirou-se, mas não disse nada. Entraram na garagem.

– Nossa! Olha esses carros! – Admirava-se Luca cada vez mais.

Guilherme estacionou o carro. Pegaram as bagagens, que não eram muitas, e foram para o elevador de serviço.

– Eu quero apertar! – Correu Luca na frente. – Qual é o andar? – perguntou enquanto os outros terminavam de entrar.

– É o último – respondeu Arthur.

– Mentira – disse Luca emburrando-se. – Só tá falando isso porque não alcanço. – Desta vez, todos riram, até Sara.

– Não é mentira, mas eu te ajudo – disse Arthur segurando Luca por baixo dos braços e o erguendo.

Luca apertou o último e isolado botão no topo do painel, deu uma risada de satisfação e a porta do elevador se fechou.

– Sara! Eu escolho a minha cama primeiro! – Falou alegre.

– Tudo bem – falou ela solícita.

– Sara, que já é uma moça, vai ter um quarto só para ela. – explicou Guilherme. – Vocês não vão dormir no mesmo quarto.

– Sara vai ter um quarto só para ela? – Perguntou Luca impressionado.

– Sim. Você pode ter um também se quiser, mas eu tinha imaginado que ia querer dormir no quarto com o Arthur.

– Isso! – Animou-se. – É! Não muda! Assim tá bom – falou pulando no elevador fazendo-o chacoalhar.

– Não pode pular dentro do elevador – repreendeu Guilherme enquanto Arthur dava risada.

O elevador parou, Guilherme digitou a senha em um pequeno painel numérico e a porta se abriu. Saíram do elevador direto para o apartamento.

Sara e Luca ficaram boquiabertos, ambos sem palavras. Só tinham visto um apartamento como aquele em filmes, ou talvez, nem em filmes. Ainda sem palavras, enquanto giravam no lugar repetidas vezes para fotografar o lugar na mente, Guilherme chamou.

– Sara, venha comigo para eu te mostrar o seu quarto – disse ele parado no outro canto da enorme sala. – Arthur, por que não mostra o quarto de vocês ao Luca?

Arthur obedeceu, chamou Luca com um gesto de mão e seguiram pelo corredor. Entraram no quarto, que estava exatamente do mesmo jeito que Arthur o deixou. Luca arregalou os olhos mais uma vez.

– Uau! Seu quarto tem dois andares! – Disse ele se referindo ao mezanino.

– Nosso quarto agora.

– Que demais! – Disse ele correndo pelo quarto, olhando todos os detalhes. Parou em frente à enorme janela. – Dá para ver a cidade quase inteira!

– É uma bela vista, não é? – Falou Arthur se aproximando em um ritmo muito menos acelerado que de Luca. – Você gostou?

– Adorei! Aqui é muito legal. Só que nós vamos ter que redecorar o quarto.

– Nós vamos, é? – Perguntou Arthur já contendo uma risada.

– Sim! Vamos colocar uns heróis! – Falou animado. – E a minha cama?

– Deve estar lá em cima – indicou Arthur fazendo Luca correr mais uma vez.

– Legal! A minha é a do foguete! – Falou Luca fazendo Arthur franzir a testa.

– Foguete?

– Sim!

Arthur subiu para conferir a cama. E, realmente, a base da cama era um foguete vermelho. Seu pai rearranjara a disposição das camas. Luca tirou o sapato e pulou em cima da cama. Arthur assistia sorrindo, sentou-se na beira da cama. Luca aterrissou sentado ao lado de Arthur.

– Então, você gostou daqui?

– Gostei! Parece ser divertido.

Arthur riu.

– Bom, eu vou dar uma olhada na sua irmã agora. – falou enfatizando a palavra irmã. – Você pode ir vasculhando o seu quarto, o.k.?

– O.k.! – Falou pondo-se de pé e voltando a pular na cama.

Arthur saiu, ainda não sabia qual cômodo tinha virado o quarto de Sara, mas antes de sair para procurar, apanhou alguma coisa de sua bagagem. Então tentou procurar um dos quartos de hóspede. Na segunda tentativa, encontrou Sara e Guilherme.

O quarto de Sara havia ficado muito bonito. Era todo branco e vermelho. Tinha uma penteadeira, armários grandes, largos e fundos. A cama estava com uma colcha bordada e cor-de-rosa. Tinha um grande espelho, próximo a uma janela quase tão grande quanto a do quarto de Arthur. As luminárias das paredes tinham o formato de flores, e havia um pequeno lustre de cristal, nada muito extravagante que fosse parecer exagerado. O piso bem claro de madeira tinha um tapete branco e vermelho vivo. Em um canto, longe da porta, um sofá branco de dois lugares e uma TV grande e larga, de última tecnologia. Tudo muito bem desenhado e acabado.

– Ficou muito legal esse quarto – comentou Arthur ao entrar.

– Sara também gostou – disse Guilherme. – Onde está o Luca?

– Ficou no quarto.

Gutti Mendonça

– Eu vou dar uma olhada para ver como ele está antes de sair, tenho que voltar para o hospital logo – disse Guilherme se levantando. – E você tem que ir comigo, Sara.

Sara e Arthur ficaram sozinhos. Sara não falou nada, não sabia como se comportar diante daquilo tudo.

– Eu tenho algo para você – anunciou Arthur se aproximando para se sentar no lugar que seu pai desocupara.

– Mais? – Disse ela em tom de brincadeira. Arthur riu.

– Eu queria lhe dar isso – disse ele revelando a caixinha vermelha que escondia nas costas. Sara soltou um gemido de espanto e ficou de boca aberta.

– Como você conseguiu isso? – Perguntou alarmada.

– Eu fui buscar para você.

Sara abriu a caixa, olhou o conteúdo. Ficou vidrada. Arthur a observava, viu seus olhos se encherem de lágrimas. E ela subitamente virou-se e agarrou Arthur em um abraço e desatou a chorar. Ficou agarrada ao seu novo irmão. Não conseguia parar de chorar, cada vez chorava mais. Soluçava. Arthur retribuiu o abraço. Ficaram ali algum tempo.

Guilherme voltou, mas ao ver a cena, deu meia-volta e se escondeu atrás da parede, esperando pelo melhor momento para aparecer.

– Sara, está tudo bem – falou Arthur se desvencilhando gentilmente do abraço da garota para poder olhar em seu rosto. – Não tem por que chorar mais – continuou ele, Sara chorou ainda mais. – Estamos com você agora.

Sara tentou conter o choro, esparramou as lágrimas com as mãos na tentativa de enxugá-las, engoliu os soluços e amenizou o choro. Guilherme achou que era a sua deixa para entrar.

– Sara – chamou ele à porta. – Vamos? Você vai continuar com o seu tratamento.

– Não tem jeito, né? – Suspirou Sara.

– Fique de olho no Luca – orientou Guilherme. Arthur concordou com a cabeça.

Arthur ficou mais um tempo com Luca, ele estava bastante agitado, mas cinco minutos depois de ligar no canal de desenhos, o garoto já estava no mais profundo sono. Zani entendeu que ele tinha tido um dia muito agitado e extremamente fora de qualquer padrão para os seus seis anos de idade. Fazia um pouco de frio, Arthur cobriu o garoto com uma manta. Deixou a TV ligada, mas colocou o volume quase mudo.

❧

Faltavam cinco minutos para seu aniversário. Os momentos em que ficava sozinho com seus pensamentos eram os piores, eles sempre corriam de encontro a Yasmin. O aperto no peito aumentava ao reprisar na memória diversos momentos que tinham vivido juntos.

Já próximo da meia-noite, Arthur também se preocupava com Sara, que deveria voltar com seu pai. Tinha medo que logo na primeira noite ela tivesse que ficar em observação no hospital. Mas ela não ficou. Minutos depois, Arthur ouviu o barulho de alguém chegando na sala, correu para lá.

Sorriu ao ver Sara, ela sorriu de volta.

– Feliz aniversário – disse a garota, que com certeza tinha ganho essa informação de seu pai.

– Obrigado – agradeceu Arthur.

– Feliz aniversário, Arthur – cumprimentou Guilherme também, de forma contida, deixando celular, carteira e chaves em cima de um console próximo à entrada.

– Obrigado – agradeceu novamente.

Sara foi dar um abraço de congratulação em Arthur.

– Arthur, estou indo para o meu escritório. Pode passar lá antes de ir para a cama? – Arthur concordou com a cabeça. – E a senhorita vai dormir que já está tarde.

– O.k. – concordou Sara timidamente.

Arthur ficou sozinho com Sara na sala.

– Como foi o primeiro dia? – Perguntou Arthur.

– Ainda pareço estar sonhando – respondeu parecendo mais à vontade para falar com Arthur.

– Isso é bom ou ruim?

– Eu só não gosto de ainda ter que fazer o tratamento. Quero passar por isso logo. Mas o resto é tudo fantástico. Sinto uma mistura de empolgação e medo de como vai ser o meu futuro.

Arthur engoliu em seco.

– E como você se sente? – Perguntou Arthur preocupado, forçado a se lembrar da situação de Sara pelo diálogo que estavam tendo.

– Em relação ao quê? Saúde ou por estar aqui?

– Aos dois.

– Em relação à saúde... Estou me sentindo muito bem. Por estar aqui, me sinto sortuda – falou ela sorrindo e fazendo Arthur sorrir também.

– Tá certo. Bom, eu vou ver o que o meu pai quer comigo – falou Arthur se desencostando da parede. – Você já sabe ir até o seu quarto?

– Sei sim.

– Então eu vou lá – disse Arthur tomando o seu caminho.

– Arthur – chamou Sara.

– Oi.

– Posso dormir no quarto de vocês só hoje? – Pediu parecendo solitária.

Arthur sorriu.

– Claro que sim, me espere lá com o Luca que eu já estou indo.

– Onde é? Eu ainda não fui lá.

– Terceira porta à direita, seguindo pelo corredor da direita – apontou Arthur.

– O.k. – sorriu a menina.

Arthur seguiu para encontrar seu pai, nunca sabia o que esperar quando ele dizia que queria conversar com ele. Mas dessa vez, dada a situação do momento, não estava tão pessimista. Bateu na porta do escritório, coisa que não estava acostumado a fazer.

– Entre – ordenou Guilherme.

Arthur entrou, não sabia se devia se sentar, ou se seria rápido. Seu pai respondeu por ele.

– Sente-se, Arthur – pediu em tom ameno apontando a cadeira.

Zani obedeceu. Guilherme estava com um envelope nas mãos, para o qual olhava fixo e atentamente. Zani se sentou e segurou o envelope apenas pela mão direita. Depois o passou para a mão esquerda e o batia lentamente, em um gesto que parecia mais inconsciente e de quem pensava no que deveria fazer.

Podia-se ouvir o tique-taque do relógio de parede com o silêncio que se instaurou. Guilherme parecia imerso em seus próprios pensamentos, até que resolveu falar.

– Nunca se perguntou porque escolhi um lugar como Pinheiros do Sul para construir o Instituto Santa Lúcia? – Arthur ficou em silêncio então Guilherme continuou – Ali onde hoje é o hospital antes era um bonito hotel fazenda. Havia várias cabanas ou chalés, como preferir chamar, todos de madeira. Bonitos, aconchegantes. Infelizmente ou felizmente, não sei, fomos um dos últimos a visitar o hotel fazenda antes que ele fechasse. Eu adorei aquele lugar, assim como a sua mãe, fomos muito felizes ali – contava Guilherme, parecendo mais saudoso e nostálgico do que preocupado em contar uma história para Arthur. Com um olhar distante e misterioso ele continuou. – Desde que o lugar fechou, há mais de quinze anos, ele estava largado e abandonado.

Gutti Mendonça

Achei que, em memória de sua mãe, deveria fazer que um sonho dela ocupasse um lugar que ela gostou tanto. Quando eu comprei o terreno, demoli todas as cabanas de madeira para dar lugar ao hospital, todas exceto uma. Exceto a que eu e a sua mãe ficamos. A mais afastada, passando um pouco a orla da floresta – contou ele.

Sabendo muito bem a que cabana ele se referia, Zani continuou calado e atento, prestando atenção na história que seu pai contava encarando aquele envelope fechado.

– Era um lugar bacana – continuou Guilherme fazendo uma pausa para um suspiro. – Sua mãe engravidou de você ali, sabia? Acho que talvez por isso eu não tenha conseguido demolir aquela cabana – revelou Guilherme fazendo Zani se arrepiar dos pés à cabeça, recordando cada momento que passara no mesmo chalé com Yasmin. Respirou fundo, deu uma última olhada no misterioso envelope e então o estendeu a Arthur.

– Antes de morrer, sua mãe escreveu esta carta e pediu para que eu lhe entregasse no dia que você completasse dezoito anos. O dia chegou.

Capítulo 20

O garoto
que não chora

Arthur jamais pensou que seria daquela forma que passaria o seu aniversário de dezoito anos, com dois novos irmãos adotivos, a dois dias de um julgamento e com uma carta de sua falecida mãe em mãos. Era um cenário impossível de se prever.

Já passava de duas e meia da manhã. Sara dormia em sua cama, Luca no sofá de seu quarto, em frente à TV que ainda exibia desenhos animados quase mudos. Zani estava sentado no batente da enorme janela de seu quarto. Alternava a sua visão para a cidade abaixo de seus olhos e para a carta ainda lacrada em suas mãos. Não conseguia criar coragem para abrir aquele envelope.

Reconhecia do lado de fora a letra de sua mãe, com os dizeres "Para Tutu", apelido que, quando criança, odiava, mas agora sentia tanta falta. Era um apelido de uso exclusivo de sua mãe.

Arthur simplesmente não teve coragem. Não conseguiria ler aquela carta... pelo menos não naquele dia. Com os olhos ainda vidrados no envelope, decidiu que era melhor guardar. Procurou uma caixa de madeira que sabia que tinha em alguma de suas gavetas. Achou. Era uma caixa pequena, havia algumas fotos de seus pais dentro, de turmas antigas da escola, de algumas viagens. Colocou a carta ali com o maior cuidado e guardou a caixa na gaveta.

Foi em direção a sua cama. Sara estava completamente esparramada na diagonal, não tinha espaço para ele. Olhou para o lado, viu a nova cama em forma de foguete. E deu uma risada irônica para si mesmo. Mais uma coisa que não imaginava para o seu aniversário. Vestiu um short e uma camiseta de algodão confortável e se deitou.

Na manhã seguinte, Arthur acordou com os cutucões de Luca. Ele tinha trazido um desenho para parabenizá-lo pelo aniversário. Luca tinha desenhado no mais tradicional estilo infantil: quatro bonecos de palito, sendo um ele próprio, Arthur, Guilherme e Sara, que se juntou a eles logo depois para parabenizá-lo também.

Quando acordou, Guilherme já havia saído para trabalhar. Viu um bilhete grudado na porta do seu quarto, como seu pai já havia deixado tantas vezes. Leu:

"Arthur, feliz aniversário. Volto para o almoço e para buscar Sara, qualquer coisa me ligue. Tem um celular novo com linha em cima do balcão do seu quarto." Arthur parou de ler para olhar para o lado, viu o aparelho e continuou a ler o bilhete. "À tarde o advogado que nos acompanhará no julgamento amanhã vai aí para conversar e orientar você. Não saia durante o período".

Arthur pediu para Sara ficar de olho em Luca enquanto ele tomava banho. Zani olhou-se no espelho e viu seu cabelo voltar a crescer, já que havia parado de raspá-lo frequentemente para

Gutti Mendonça

parecer com um dos internos. Entrou no banho e, como já era rotina, ficou sendo assombrado pelos seus pensamentos.

Não demorou muito na ducha, não quis pensar demais. Com Sara e Luca poderia se distrair um pouco. Depois de pronto e de ter despachado os dois para o banho também, eles foram tomar café, que estava servido na mesa. Pela primeira vez em anos, Arthur deu bom dia para as empregadas da casa.

Logo depois da refeição da manhã, Arthur mostrou devidamente todo o apartamento para Sara e Luca. A cada curva, eles ficavam mais admirados e impressionados. Passaram o resto da manhã no quarto de Arthur, Luca explorava os eletrônicos e videogames de Zani. Sara apenas ficava junto dos dois acompanhando as conversas.

Guilherme chegou pouco antes do meio-dia, deu parabéns para Arthur mais uma vez, de forma contida. O relacionamento entre ambos ainda estava longe de ser dos melhores. Almoçaram, sem muita conversa, a maioria esmagadora dos tópicos levantados era a curiosidade e consequentemente as perguntas de Luca.

Depois do almoço, Sara acompanhou Guilherme ao hospital, Luca e Arthur voltaram para o quarto. Quando o advogado chegou, Arthur deixou Luca sozinho e foi ter uma longa e chata conversa.

O advogado falava demais, algumas vezes Arthur só percebia que o advogado estava falando com ele quando lhe fazia uma pergunta pela segunda ou terceira vez. Zani sabia que deveria prestar atenção, mas ultimamente ele não conseguia manter o foco em nada. Arthur estava longe de superar a morte de Yasmin, que vagava constantemente pela sua cabeça, a imagem do rosto dela estava gravada permanentemente em sua memória.

Se Sara e Luca não estivessem com ele naquele momento, ele não saberia como poderia suportar e atravessar aquela fase. Depois do advogado pedir para Arthur repetir várias vezes todas as orientações que ele havia dado, ele finalmente deixou o apartamento. Zani voltou para o quarto com a cabeça girando.

A DIFERENÇA QUE FIZ

O tempo passou depressa quando ele queria que não passasse. Logo Guilherme já chegara com Sara. E assim também passou o dia seguinte, chegando depressa a noite. No dia seguinte de manhã, já estaria na audiência. Não sabia o que iria acontecer. Agora não havia mais nada que pudesse ser feito.

❧

Quando a porta se abriu, Guilherme, Arthur e o advogado foram os últimos a saírem da sala de audiência. Saíram lado a lado. Com um gesto, Guilherme se despediu do advogado. Guilherme e Arthur ficaram de frente um para o outro, calados, com uma expressão de derrota.

Guilherme respirou fundo. Esfregou o rosto com as mãos em um gesto nítido de preocupação. Arthur permaneceu quieto, observando a reação de seu pai. Zani também estava chateado com o resultado, mas Guilherme parecia mais abalado do que ele próprio. Por esse motivo, achou que ele deveria começar a conversa.

– Tudo bem – falou ele em tom de consolo.

– Quatro meses, Arthur! Quatro meses de reclusão é tempo demais! – Disse inconformado.

– Vai passar rápido.

– Rápido?! São quatro meses, Arthur!

– Não é como se eu fosse para a cadeia, é um reformatório.

– Repleto de marginais, do mesmo jeito! – Rebateu.

Arthur suspirou. Tinha sido condenado a quatro meses de reclusão em um reformatório e mais seis meses de trabalho social ainda a ser definido, multa e uma cara indenização. Não estava nem um pouco animado com a ideia, mas só de ter isso definido, aliviara um peso em suas costas. Já teria que se apresentar no dia seguinte.

Pensava no que iria dizer para Sara e Luca, haviam acabado de chegar, e ele agora teria que passar quatro meses fora. Ia dizer para eles que seria preso? Diria a verdade? Omitiria? O que pen-

464

sariam de Arthur? Pensariam que ele não é melhor que a avó de Sara ou o pai de Luca?

Guilherme e Zani tomaram o caminho de volta. Zani decidiu que não queria contar a verdade para as crianças agora. Um dia falaria em uma outra situação e em uma outra circunstância. Guilherme concordou. Pensavam agora em alguma desculpa e chegaram a um intercâmbio que Zani teoricamente faria.

A desculpa foi armada e comunicaram os dois assim que chegaram, ambos ficaram tristes com a notícia, mas Sara ficou ainda mais receosa. Ainda não se sentia à vontade na casa, ainda mais sem a presença de Arthur.

Depois do teatro armado, Arthur começou a se preparar mentalmente para se apresentar no dia seguinte. Voltou a pegar a caixa de madeira, e o envelope dentro dela. Olhava o envelope atentamente, tinha dó até mesmo de rasgar para pegar a carta de dentro. Naquela carta havia as últimas palavras de sua mãe para ele. Era a última mensagem que ele teria dela na vida. Prestes a ficar quatro meses em um reformatório com gente da pesada, achou que aquele era realmente o momento. Talvez conseguisse encontrar algumas palavras que lhe dessem força. Estava sozinho em seu quarto. Abriu com muito cuidado, para danificar o menos possível o envelope. Então, finalmente desdobrou a carta e começou a ler.

Oi, Arthur, é tão bom falar com você. Há muito tempo, estava escrevendo essa carta, ao pé da sua cama, enquanto você dormia profundamente. Você parece um anjo que caiu do céu. Você é o que eu já fiz de mais bonito.

Eu queria lhe dar um presente especial hoje, pois sei que é um dia muito feliz para você e seu pai. O dia que oficialmente você se torna um homem. Não é mais o garotinho que eu vejo exatamente agora, dormindo encolhido em sua cama.

Eu gostaria de estar aí com vocês. Para mim, você sempre será a minha criança, mas gostaria de poder ver o

A DIFERENÇA QUE FIZ

homem que você se tornou. Tenho certeza que estaria muito orgulhosa, assim como o seu pai deve estar agora. Você sempre foi o nosso maior orgulho.

Por falar no seu pai, desculpe ter feito você cuidar dele. Sei o quanto o seu apoio foi importante para ele e que você durante muito tempo foi sua única fonte de alegria. Também sei o quanto ele exige de si mesmo, e se ele, ainda hoje, se culpar de alguma coisa, lembre-o que desde o primeiro momento sabíamos que este seria um fim inevitável.

Desculpe pelos aniversários que eu não presenciei, pelos natais e pelos dias das mães. Eu posso não estar fisicamente com vocês, mas estou vendo tudo daqui de cima.

Eu não tenho nenhuma dica ou conselho especial. Você sempre foi um garoto acima da média, bom, solidário e inteligente. E não estou dizendo isso porque sou sua mãe! O único conselho que eu poderia te dar é para continuar sendo essa pessoa incrível da qual eu sofro tanto por ter tido que me despedir.

Algumas vezes, a vida vai nos forçar a despedidas pelas quais não estamos prontos ainda, mas, na verdade, nunca estaríamos, por mais tempo que ela demorasse. Por isso, não se deixe amargurar ou se corromper pelas injustiças e despedidas forçadas da vida. Seja o outro lado, seja o justo, continue sendo aquele quem as pessoas buscam, buscam amparo, buscam conforto. E viva a vida como se ela fosse um presente, porque ela realmente o é.

Não perca tempo com mágoa ou rancor, um dia, talvez até mesmo hoje, você já consiga entender e perceber que a vida passa depressa, depressa demais em alguns casos. Você vai poupar alguns momentos de dor se descobrir ainda jovem que qualquer coisa pode te fazer sofrer e que, tudo que precisa saber é pelo que, ou quem, realmente vale a pena ter esse tipo de sentimento.

Defenda o que ama, o que gosta e quem ama, quem gosta. Lute sempre por quem precisa de você, por quem lutaria por você. Não espere nada em troca além de gratidão. E seja grato! Seja sempre grato! Não existe agressão e decepção maior do que ingratidão. É de todas, a forma mais baixa e desleal de se atingir alguém.

Lembre-se que a vida só é gentil a quem faz bom uso dela. Portanto estude e trabalhe! Não existe nada fácil. Se quer outra definição para vida, aqui vai. A vida é um curto período de tempo que nos concedem para conquistar o maior número de objetivos. Portanto, vá conquistá-los.

Desculpe estar sendo tão repetitiva sobre o tema vida, mas é que isto, já não tenho mais. E é justamente quando lhe tiram, que paramos para pensar, qual teria sido o melhor uso. Então a conclusão é simples. Fique perto de quem ama, de quem gosta, de quem lhe faz se sentir bem. Tudo o que eu mais queria, era tempo... Ah, como é valioso o tempo. Nunca desperdice um minuto.

Cada minuto a mais que eu tivesse, ele seria teu. Pois você Arthur, não é quem eu amo mais na vida. Pois vida eu já não tenho mais e mesmo assim ainda te amo, e te amo cada vez mais.

Feliz aniversário,

Mamãe

Arthur não expressou nenhuma reação, ficou vazio. Completamente perdido. Foi como se visse sua mãe, sentada ao pé de sua cama, falando com ela. Aquela carta foi como uma marretada violenta em sua cabeça. Seu ouvido zunia, a cabeça girava. Zani perdeu completamente o rumo. Guardou a carta de volta no envelope e dentro da caixa.

Saiu para a sala, andando como se estivesse no automático, mal percebeu que estava caminhando. Guilherme estava na sala, e olhou para Arthur assustado. Zani parecia ter visto um fantasma.

Somente na quarta vez que Guilherme chamou o seu nome e se levantou, foi que Arthur percebeu que estava falando com ele.

– Arthur! Tudo bem? – Perguntou Guilherme preocupado.

– Tudo bem – disse apático.

– Por que você está desse jeito? – Continuou ainda não aliviado.

Arthur não respondeu imediatamente. Parecia estar voltando a si aos poucos. Depois do longo intervalo, pediu com uma naturalidade que nem parou para pensar.

– Eu quero ver a mamãe.

– O quê? – Não entendeu direito Guilherme.

– Eu quero ver a mamãe, no cemitério. Eu quero ver ela antes de ir para o reformatório. Você me leva? – Pediu ele com a voz baixa, olhando para o chão, ainda assustando Guilherme com a forma como vinha agindo.

– Posso levar – respondeu incerto – Mas e as crianças?

– Elas podem ir – falou Arthur ainda aéreo.

Guilherme hesitou.

– Está bem, mas... você quer ir agora?

– Quero.

Guilherme analisou Arthur. Concluiu que ele devia ter lido a carta. Ficou curioso para saber o que estava escrito. Nunca havia lido, conforme havia prometido para sua falecida esposa. Depois do tempo que levou para pensar e assimilar as informações, ele concordou.

– Certo. Vou falar com as crianças e já saímos.

Assim fizeram. No carro, já em direção ao cemitério, Arthur olhava pela janela, distante em pensamento, enquanto Guilherme respondia às perguntas de Luca sobre cemitérios, e Sara ouvia atentamente. O cemitério era um pouco afastado da cidade, era um daqueles com um gramado longo e extenso, que tinha mapa das ruas e dos túmulos para as pessoas não se perderem uma vez que estivessem lá dentro.

Já dentro do cemitério, Guilherme ainda andou poucos minutos de carro. Parou em frente a um caminho de cascalhos. Havia algumas árvores à borda de ambos os lados do caminho que ia para longe dali. Quando se passava as fileiras de árvores, podiam-se ver várias lápides enfileiradas a uma distância razoável uma das outras.

– A partir daqui, temos que ir a pé – falou Guilherme desligando o carro.

– Sim. Você vai também? – Perguntou Arthur abrindo a porta.

– Vá você primeiro, vou quando você voltar. Vou ficar com as crianças.

– Certo – concordou ele descendo do carro.

– Você lembra onde fica? – Perguntou Guilherme antes que Arthur se afastasse. Ele fez um sinal com o polegar indicando que sim.

Guilherme ficou observando Arthur se afastar com a cabeça baixa. De repente, começou a ficar preocupado, não sabia o que Arthur tinha lido naquela carta, talvez ele estivesse com raiva, talvez ele tivesse um daqueles surtos que costumava ter. Ou talvez simplesmente não estivesse se sentindo tão bem. Quando Zani já estava bastante afastado, concluiu que seria melhor segui-lo. Pediu às crianças que não deixassem o carro por nada, em tom sério e saiu apressado dizendo que voltaria logo.

Com passos apressados, mas tentando tirar o peso dos pés para não fazer barulho no cascalho, Guilherme seguia também para a lápide de sua falecida esposa. Ao chegar, viu Arthur de costas, estava parado em frente à lápide.

Arthur olhava a foto em branco e preto de sua mãe, que sorria. O retrato estava pendurado à pedra de mármore branco que indicava o pedaço de terra onde estava o corpo de sua mãe. Já Guilherme, sem ser notado, observava Arthur atentamente, preocupado. Ligeiramente escondido atrás de uma árvore próxima.

A DIFERENÇA QUE FIZ

Zani então se sentiu como fazia muito tempo não se sentia. Sentiu-se fraco, indefeso e triste. Muito triste. Agora não era somente sua mãe, eram os rostos de Tiago e Yasmin que também lhe apertavam o peito. Sentiu um arrepio e cada fio de cabelo de seu corpo ouriçar, como se alguém soprasse à sua nuca.

Sentiu-se tão sensível que podia jurar que percebeu a presença de sua alma, como se a reencontrasse perdida, escondida, tanto tempo dentro de seu corpo, como se ela quisesse falar, como se quisesse se lamentar. Arthur ouvia o som do vento, que chacoalhava os galhos das árvores. Caiu de joelhos. Guilherme ficou ainda mais aflito, mas ainda não quis tomar atitude nenhuma, nem se revelar, e permaneceu escondido atrás do tronco de uma árvore.

Arthur apanhou cuidadosamente o retrato de sua mãe, fez inconscientemente um carinho em seu rosto. Fechou os olhos, mas ainda assim, podia vê-la. Ainda mais nitidamente, em movimento, sorrindo, lhe fazendo carinho, lhe contando histórias ao pé da cama, andando no parque de mãos dadas, medindo a sua temperatura quando estava doente, lhe esperando no portão da escola, lhe dando broncas, lhe ensinando. Via também ela de cama, ela cada vez mais magra, mas ela sempre sorrindo.

Via também Yasmin, lembrava-se de seus beijos e abraços. Dos carinhos em sua cabeça e do toque suave em seu rosto. Lembrava-se das trocas de olhares, dos momentos intensos, da noite na cabana. Também de Tiago, sempre perguntando, sempre agitado. De seus olhos vivos e atentos para tudo que dizia. Ouvia dessa vez tão claramente em sua alma e seu coração, que foram eles que começaram a falar, praticamente como se Arthur não tivesse controle.

– Desculpe, mãe. Eu não sou quem você pensou que eu fosse. Eu não sou quem pensou quem eu me tornaria. Eu sou uma pessoa ruim. – dizia em voz alta, fazendo seu pai apurar os ouvidos para não perder nenhuma palavra – Eu sou exatamente o contrário de tudo que pensou sobre mim, de tudo aquilo que idealizou em mim. Na verdade eu sou muito pior, estou sempre causando problemas, um atrás do outro. E não é porque eu não sabia o que estava fazendo, sempre soube no que eu estava me metendo – continuava de joelhos e de olhos fechados. – Eu arranjo brigas de propósito, eu faço coisas das quais eu não me orgulho, ninguém se orgulharia, eu já roubei, já ofendi, já humilhei, já agredi... Essa é a verdadeira pessoa que eu me tornei. Não sou uma pessoa boa – Arthur sentiu um nó na garganta, mas continuou. – Já fiz tanto mal a tanta gente. Eu não sei dizer o porquê. Eu quis. Quis fazer o mal. Talvez foi a forma que eu encontrei de me vingar do mundo por ter me tirado você. Mas acho que essa é uma batalha que eu não consigo vencer. O mundo continua me tirando pessoas que eu amo tanto. Não sei mais o que fazer – a primeira lágrima escorreu dos olhos ainda fechados de Arthur, e ele continuou, com o desabafo preso por anos em seu peito, com aquela primeira lágrima, guardada há anos, carregada de tanto sofrimento e rancor. – O mundo continua implacável, acho que descobri tarde demais que não se dá para lutar contra ele... Eu sempre vou perder.

Arthur fez uma longa pausa e abriu os olhos, olhou para o céu, que estava nublado. O choro se intensificou, ele já era obrigado a fungar de vez em quando. Mas ele continuou:

– Eu conheci uma garota, mãe – disse ele fazendo mais uma pausa, enxugando as lágrimas. – Ela era fantástica. Chamava-se Yasmin. Havia algo nela que eu nunca vi em outra pessoa. Ela era especial de uma forma. Eu não sei como ela fez, mas ela de algum jeito reviveu alguma coisa em mim – Guilherme prestava muita atenção, ainda anônimo. – Ela me fez gostar de ser bom de novo, parecia agradável viver de novo. Ela me mostrou que eu conseguia gostar de alguém novamente, que eu podia ter esse tipo de sentimento que eu não achava mais que conseguiria ter. Mas ela estava doente – Arthur cedeu ao pranto, desatou o choro.

O choro em ritmo forte durou alguns instantes, com Guilherme observando tudo aflito. Arthur chorava tanto que perdia o ar, colocava tudo para fora. Sua cabeça doía, de tão forte que era o seu pranto. Guilherme se perguntava se era hora de intervir. Hesitou por um momento e Arthur acabou recobrando o fôlego para poder falar mais.

– Por que ela tinha que ir, mãe? Não é justo. Eu que deveria ter morrido. Ela era uma pessoa muito melhor que eu, deviam ter me levado no lugar dela. E o Tiago... – Arthur voltou a soluçar – Ele tinha só seis anos, porque uma criança de seis anos tem que morrer assim? Eu ainda nem superei isso tudo e eu já tenho que me preparar para Sara... Por quê?... Por que, mãe? Por que não me levam logo de uma vez? Eu não quero fazer parte disso tudo – desatou a chorar mais uma vez, não conseguindo enxugar o rosto. – Eu tenho tanto medo de perder o papai, mãe – voltou a falar em meio a soluços. – Por favor, embora eu já tenha praticamente o perdido pelas minhas atitudes, por favor, não levem ele embora. Ele é o que eu tenho de mais valor agora e eu nem consigo falar isso para ele. Eu sou uma pessoa tão ruim que eu nem consigo falar isso para o meu próprio pai. Eu nem consigo pedir desculpas para ele por tudo o que eu já fiz ele passar, por todas as coisas que eu já disse a ele. Por todas as injustiças. Por que eu não consigo dizer "eu sinto muito", mãe? Por que eu não consigo dizer isso para a pessoa mais importante que eu tenho? Por quê? O que há de errado comigo?! O que está quebrado em mim? Qual o meu problema? Eu sinto tanto orgulho dele, ele é exatamente o tipo de pessoa que eu gostaria de ser, então por que eu não consigo parar de fazer mal a ele, por que, mãe? Por quê? Eu não consigo imaginar a minha vida sem ele, seria o meu fim...

– Eu não vou a lugar nenhum, Arthur – interrompeu Guilherme, também com os olhos marejados. Arthur se virou depressa e se levantou.

Os dois se olharam, ambos sem saber o que fazer em seguida. Arthur ainda chorava, Guilherme tentou enxugar disfarçadamente seus olhos úmidos e saiu de trás da árvore indo em direção ao seu filho, ficou parado em frente a ele. Não sabia o que dizer.

Respirou fundo. Depois de alguns instantes que pareceram horas, Arthur decidiu criar coragem para falar.

– Estou feliz que finalmente tenha ouvido isso – falou Arthur cabisbaixo.

– Eu não, Arthur. Você não é uma má pessoa. Nós dois sabemos disso, eu sei que você sabe também. E eu não acho que deveria ter morrido. Por favor, não repita isso. Qualquer momento serve para pararmos de fazer aquilo que já sabemos que está errado.

Arthur se recompôs. Enxugou o rosto, fungou uma ou duas vezes. E continuaram ali. Arthur encarando o chão. Guilherme viu seu filho tão fragilizado, tão abatido e abalado. Lembrou-se que ele ainda era um garoto. Lembrou-se que ele ainda tinha uma vida inteira pela frente, muito a aprender, a caminhar e, de repente, soube exatamente o que seu filho precisava. Deu mais três passos à frente e o abraçou. Arthur desmanchou-se em lágrimas mais uma vez. Zani apertou forte o seu pai. Já não se lembrava mais do último abraço que tiveram.

Guilherme ficou pouco tempo a sós no túmulo de sua esposa. Voltaram para o carro juntos, Guilherme envolvendo o filho pelos ombros. Sara e Luca não entenderam o rosto inchado de Arthur. Luca fez seus questionários, mas não conseguiu descobrir nada de novo. A partir daquele dia, o relacionamento entre Arthur e Guilherme foi restaurado.

Olá, Erick,

Sei que sou a última pessoa de quem você deseja ou espera receber uma carta. Eu escrevi essa carta um dia antes da audiência. Eu ainda não sei qual vai ser o resultado dela, mas se você está recebendo ela agora, significa que eu acatei e já cumpri todas as penalidades impostas a mim. Não quis entregá-la antes, pois não queria que pensasse que ela fosse alguma maneira de tentar te sensibilizar antes do julgamento. Esta não é a minha intenção.

Minha intenção é pedir desculpas. Somente isso. Porque, mais do que uma pena, mais do que uma indenização, o que eu lhe devo mais são desculpas. Eu tive tempo, tempo demais, para refletir sobre tudo que aconteceu. Gostaria de voltar no tempo e ter refletido antes, mas infelizmente isso é impossível. Mesmo que fosse, acho que não chegaria à mesma conclusão que cheguei sem ter passado pelas experiências que passei.

Quando eu te atropelei, meu pai me expulsou de casa, não tinha sido a primeira vez que eu tinha aprontado coisas para ele. Eu passei a viver em um hospital, exclusivo para crianças carentes com câncer. Um dos pacientes era justamente aquela garota que foi lhe visitar comigo. Hoje ela está morta.

Eu, durante esse tempo todo, estive muito perto da morte, vi mais de uma pessoa, por quem adquiri muito afeto, morrer. Ainda hoje, acompanho a agonia de quem luta dia após dia para ter, justamente isso, um dia a mais. Eu descobri que quando se sente mais vivo, é quando se está perto da morte, e que ela não precisa ser necessariamente a sua.

Hoje eu penso que quase causei uma morte. Quase acabei com uma vida. Vida, que tem um valor tão inestimável, o qual nunca paramos para mensurar. Sei que lhe prejudiquei muito, sei que talvez não me perdoe, que me odeie para sempre. O que seria compreensível. Mas incompreensível seria, se eu, depois de tudo, não lhe pedisse perdão. Espero poder fazer isso um dia pessoalmente.

Arthur Zanichelli

Capítulo 21

A diferença que fiz

Dez anos haviam se passado, e lá estava Arthur pelo décimo ano consecutivo visitando aquele mesmo túmulo, que sempre visitava depois do de sua mãe. Sendo sempre inundado de tristeza e boas recordações. Arthur estava todo de social. Terno e gravata preta, camisa branca. Não usava mais aqueles cabelos rebeldes e bagunçados. Os furos em sua orelha dos alargadores haviam se fechado. Seu cabelo não estava mais arrepiado como costumava usar antigamente. Usava um penteado tradicional, mas nada muito certinho, mas longe dos cabelos rebeldes e bagunçados de antigamente.

A DIFERENÇA QUE FIZ

Estava com a duas mãos no bolso, com olhar fixo na foto da garota tão jovem e bonita. Dez anos depois e ainda não conseguia se conformar. Lastimava-se em silêncio quando ouviu a voz de Luca chamar.

– Zani! – Chamou o garoto enorme.

– Já vou! – Respondeu Arthur falando por cima do próprio ombro.

– A gente vai se atrasar.

– Já estou indo, me dê mais alguns minutinhos – falou voltando a encarar a foto.

Luca bufou. Bagunçou os cabelos pretos, escuros como o de Arthur, estes sim, eram rebeldes como os que Arthur cultivava quando tinha mais ou menos a mesma idade. Seu olhos azuis contrastavam com os cabelos escuros, tinha a pele clara. Havia se tornado um bonito rapaz. Luca se afastou, deixando Arthur mais uma vez sozinho.

– Você viu como ele está diferente? – Arthur começou a falar com o retrato preso à lápide. – Eu queria que você estivesse conosco esses anos, compartilhasse momentos com a gente, tivesse nos visto crescer e que tivesse crescido com a gente também – continuava em um tom de amizade, como se conversasse lado a lado – A vida mudou tanto – riu Arthur sozinho. – Mas acho que a principal mudança é que eu passei a olhar para frente. Eu descobri uma coisa. Quando perdemos o interesse de olhar para trás, significa que estamos no caminho certo. Hoje faço tantas projeções pro futuro, tantos planos, tantas perspectivas de melhora. – Arthur sorriu olhando para o céu azul, com sol forte. – É claro que eu vou sempre olhar para trás com saudade. Saudade das pessoas que já não estão mais comigo, pelo menos não fisicamente. Estou com vinte e oito anos agora. Já estou atendendo tantas pessoas. Você sabe como foram cansativos e puxados os anos de estudo. Eu prometi para mim que nunca perderia nenhum paciente. Claro que infelizmente eu não consegui cumprir essa promessa – Arthur

Gutti Mendonça

fez uma pausa e respirou fundo, sentido. – Quando eu perdi o meu primeiro, quase enlouqueci, como o velho Arthur que você conheceu. Mas felizmente depois você aprende a lidar com isso. O Santa Lúcia está cada vez maior. Hoje nós temos diversos tipos de incentivo e várias fontes de doação. Na verdade, não conseguimos mais gastar todo o dinheiro que recebemos. O dinheiro entra em um ritmo mais rápido do que crescemos e acabamos revertendo essa margem de sobra para outras instituições ou para as famílias carentes no pós-tratamento. Ano passado atingimos um número de vinte mil crianças atendidas e uma impressionante marca de noventa por cento de recuperação dos pacientes, viramos uma referência de excelência. Claro que ao longo desses anos a evolução da ciência e da medicina contribuíram para aumentarmos essa porcentagem. Acho que você não reconheceria mais nada lá. Já passamos por mais de doze reformas de expansão.

Arthur falava em tom orgulhoso, não se importando de parecer louco falando sozinho. Sorriu sozinho e olhou a redor antes de continuar.

– Sabe, é um trabalho gratificante ser médico. Ver que está fazendo o bem, ver uma pessoa confiar em você. Não tem sensação melhor do que curar alguém. É muito difícil quando você faz tudo o que pode e não consegue... Mas todas as outras vezes acabam compensando as tristezas que você tem – pausou mais uma vez reflexivo – Dizem que todo médico, assim como todo advogado vence na vida um único caso impossível, como todo jornalista tem um único grande furo de reportagem, o médico presencia um único milagre. Eu acho que já presenciei o meu... embora eu ainda não fosse médico na época. Sara foi um caso inexplicável. Ninguém pode explicar como o tumor dela desapareceu em três meses. Eu gosto de pensar que foi por ela ter vindo morar com a gente. Eu gosto de pensar que foi por ela ter mudado de vida. Mas não importa, foi realmente um milagre. Você precisa ver que garota linda ela se tornou. Ela dá tanto trabalho para mim e para o papai. Os cabelos dela são loiros e naturalmente ondulados, ela tem os mesmos olhos verdes e vivos que você conheceu, uma bochecha rosada, lábios rosados. Lembra quando ela dizia que queria um namorado, pois bem... Ela já namorou alguns... Agora está solteira, dizendo que quer curtir a vida, você ficaria surpresa ao ver quantos garotos ficam no pé dela. Ela está com vinte e três anos agora, se formou ano passado em jornalismo, acabou de mudar de emprego, está superfeliz trabalhando na redação do Trindade. Luca ainda está no colegial, eu não sei se já te contei isso, mas sabe quem estudou no mesmo colégio que ele? O Marcos, lembra, o garotinho assustado que chegou na Casa Claridade depois que estávamos lá, parece que ele foi adotado por uma família bacana e foi parar em Zankas também... mundo pequeno. Luca é meio preguiçoso para estudar, mas ele é muito esperto e inteligente, tira notas excelentes no colégio, mas o papai sempre é chamado lá por coisas que ele apronta. Semana passada ele foi suspenso por soltar fogos de artifício da janela do banheiro do colégio. Papai ainda não descobriu onde ele arranjou os fogos de artifício. Luca quase foi expulso, só não foi por causa do bom relacionamento do papai com a diretoria do colégio. Mesmo assim, papai lida com tudo isso com o pé nas costas, afinal, eu o treinei da pior forma possível. Mas os dois se dão muito bem, Luca respeita muito a mim e ao papai. Mas acho que fazer arte está na natureza dele – riu Arthur. – E por falar em arte! Você não vai acreditar nessa! – Empolgouse Arthur. – Você não vai acreditar em quem se tornou um ídolo *teen*! O Felipe! Lembra? Calado e tímido? Eu nunca mais tinha escutado falar dele, eis que esses dias entra uma adolescente no meu consultório com uma revista, e advinha quem estava na capa? Isso mesmo... eu não acreditei. Depois eu dediquei mais vinte minutos de pesquisa na internet e lá estava ele, centenas de clipes musicais e milhões de visualizações. Ele tem uma banda agora, difícil de acreditar, não é? – Sorriu balançando a cabeça como se estivesse ligeiramente inconformado. – Seu pai e Alberto vão almoçar em casa hoje. Doutor Roberto continua como diretor do instituto, embora agora ele tenha infinitamente mais trabalho. Alberto também se sente realizado, virou diretor do programa de ensino do hospital, que agora atende não só os pacientes, como outras crianças da região. Basta se matricular. A vida é boa. Só faltou você, Yasmin.

Arthur ficou calado, observando a foto de Yasmin, que era a mesma que Roberto lhe concedera, anos atrás quando ele requisitou uma. A foto tinha um lugar especial no quarto de Arthur. Ele ficou triste de repente.

– Anos atrás, horas antes de você ir embora, você me deixou uma pergunta que eu carreguei comigo a vida toda. Eu queria ter respondido na hora, mas infelizmente ainda não tinha a resposta. Você me perguntou... "Que diferença eu fiz?" Gostaria de voltar e lhe responder que fez toda. Foi você que me devolveu o sentimento de amar, me devolveu prazer em ser bom... Talvez bondade seja só mais um ato de egoísmo, para você se sentir bem consigo mesmo. No fundo, talvez, a bondade não seja pelo outro, seja apenas para você viver em paz consigo mesmo. O motivo não importa, o que importa é que você me devolveu não só esse prazer, mas me deu esta vontade. De fazer o bem, de ajudar, de combater aquilo que acho injusto, e não apenas reclamar inconformado. Essa foi a diferença que você fez, Yasmin, você salvou a minha vida, que hoje salva outras tantas. Eu espero que você consiga ver, de onde quer que você esteja, a diferença que você fez. E se alguém voltar a te perguntar, você diga isso, lhe conte tudo isso e diga: "Essa foi a diferença que fiz". Diga que você fez alguém feliz, e que isso é provocar duas vezes a felicidade.

– Arthur! – Chamou uma voz feminina.

– Já estou indo, Sara – falou mais uma vez por cima do ombro.

– Você sabe que horas são, Arthur?! O pessoal já deve estar em casa! Vamos perder o começo da partida. Já estamos aqui faz duas horas e meia.

– Tá bom, tá bom! – Zani olhou para a foto de Yasmin uma última vez e se despediu mentalmente. Virou-se e foi encontrar Sara.

A DIFERENÇA QUE FIZ

Sara abraçou o irmão quando ele a alcançou. Ficou na ponta dos pés para dar um beijo na bochecha do irmão que era quase dois palmos mais alto.

– Eu amo você, odeio te ver desse jeito – disparou Sara. Arthur riu, envolvendo a irmã pelo pescoço.

– Eu estou ótimo, só estou um pouco nostálgico, só isso – disse com um sorriso.

– Luca está jogado no banco de trás com os pés em cima do banco novinho. Fale para ele tirar os pés.

– Você que quis vir com o seu carro – repreendeu Arthur.

– Achei que desse jeito você iria demorar menos.

Voltaram para o carro abraçados, conversando e rindo pelo caminho. Luca tirou os pés do banco na primeira vez que Arthur pediu. E voltaram para casa em harmonia. Sara dirigia tranquilamente. Luca pedia para ela acelerar, ela não dava ouvidos ao irmão mais novo.

Quando chegaram em casa, lá estavam os convidados. Três amigas de Sara, dois de Luca, Roberto e Alberto faziam companhia para Guilherme, estavam todos na sala, os homens degustavam um copo de uísque. Roberto e Arthur trocaram um caloroso abraso e sorrisos.

– Já começou a partida? – Perguntou Arthur enquanto o ambiente ficou bagunçado enquanto todos se cumprimentavam.

– Não, está prestes a começar. Só estão falando aquelas baboseiras – respondeu Alberto.

– Como foi de viagem, Alberto? – Perguntou Arthur procurando uma poltrona para se sentar.

– Tranquila – sorriu.

– Alberto! – Atravessou Luca a conversa indo dar um abraço em Alberto.

– Fale, moleque! Cada vez maior.

O clima era de confraternização. O grande projetor que Guilherme havia colocado na sala para aquela específica ocasião

480

estava ligado, ganhando a atenção de todos enquanto conversavam e beliscavam os aperitivos e bebidas dispostos à mesa no centro. Luca e os amigos estavam sentados no chão. As meninas ficaram em um sofá ao canto. Havia várias conversas paralelas, mas em certo momento Arthur não participava de nenhuma. E parou para olhar ao seu redor.

Zani estava feliz, tão feliz que sorria sozinho. Seu pai conversava com dois de seus melhores amigos, mexendo o gelo no copo de uísque com o dedo. Em curtos intervalos de tempo, ele disparava uma nova e breve gargalhada, acompanhada por seus amigos. Sara, simplesmente deslumbrante, parecia ter fugido da capa de uma revista. Ela conversava com duas amigas, duas já conhecidas de Arthur, uma do trabalho e outra da faculdade. Luca falava algumas besteiras com seus amigos e davam aquelas gostosas risadas de perder o fôlego.

Todos ficaram eufóricos e focaram definitivamente sua atenção no telão quando Guilherme gritou:

– Olha lá, olha lá! Ele tá entrando!

Arthur voltou seus olhos para a tela. Pôde ver Erick entrar com a tradicional camisa polo com o símbolo de patrocínio do Hospital Quatro Trevos nas costas. O narrador dava a ficha de Erick, vinte e seis anos, e listou os inúmeros títulos importantes que ele havia conquistado até ali. Terminou dizendo que vencendo a final naquele dia, ele adicionaria o único título importante que lhe faltava, o do campeonato de Wimbledon.

E assim se estendeu uma final disputadíssima. Todos sofrendo em conjunto. Erick perdeu o primeiro *set*, perdeu também o segundo. Todos aflitos com o resultado. A reação de Erick começou no terceiro *set*, quando venceu por uma vitória apertada. Arthur era o que mais gritava e vibrava com os pontos. Erick conseguiu empatar a partida, que foi decidida no *tiebreaker*. Erick e seu adversário estavam exaustos. Arthur não conseguia mais sentar, andava de um lado para o outro. Não era apenas ali no apartamento de Arthur que as pessoas estavam aflitas. O país inteiro acompanhava a partida, era a primeira vez que alguém do país conseguia chegar a uma final de Wimbledon. Erick, nos últimos dias, estava constantemente na televisão.

O *match point* já havia trocado de mãos três vezes. Estava agora novamente nas mãos de Erick. Quando ele conseguiu devolver um belo *backhand* em cima da linha na paralela, o apartamento explodiu em comemorações. Todos pularam extasiados e começaram a abraçar uns aos outros.

Erick caiu de joelhos na quadra e começou a chorar. Havia derrotado o melhor tenista da atualidade e continuava em plenos vinte seis anos em sua ascensão como tenista. Demorou para se levantar, para dar continuação às tradições dos campeonatos de tênis, cumprimentando o adversário e o juiz.

Passaram-se alguns minutos. Acompanharam a premiação, viram Erick receber o troféu de campeão, assistiram até o último minuto de transmissão, todos os detalhes e comentários. Depois deixaram a tela de lado e voltaram a conversar, estavam animados, comentavam os lances da partida. Luca, mais alegre, imitava alguns movimentos. O telefone de Arthur tocou.

– É o Erick! – Anunciou ele sorridente antes de atender. – É campeão, caramba! – Gritou ao atender. – Poxa, você me deixou aqui com o coração na mão! Não faça mais isso, cara! – Berrou ele não deixando espaço para Erick falar, que riu do outro lado.

– Eu não podia perder! – Falou ele animado.

– Não podia mesmo! Tá todo mundo aqui em casa, se perdesse ia levar uma surra de todo mundo. – Erick voltou a rir.

– Mande um abraço para todos.

– Vou mandar, vou mandar! O Luca agora está superempolgado, ele disse que quer voltar a ter as aulas com você logo – contou Arthur sem tirar o sorriso do rosto, sobre os olhares de todo mundo na sala.

– Mande ele voltar logo! – Berrou Luca para Erick ouvir.

– Diga a ele que eu volto em três dias. Vou ter uma sequência agitada de entrevistas, mas avise que vamos jogar sim!

– Pode deixar! Cara, eu não acredito! Estou muito feliz! Não acredito que você ganhou!

– Eu não ganhei, Arthur... Nós ganhamos! Obrigado por fazer a diferença.

– Eu não fiz diferença nenhuma – rechaçou Arthur, não convencido.

– Fez sim, Arthur. Você fez a diferença – rebateu de imediato. – E você quer saber por quê? – Lançou ele no ar.

Ambos ficaram em silêncio um momento no telefone.

– Por quê? – Perguntou Arthur desconfiado.

– Porque, Arthur, a última pessoa em quem eu pensei ontem à noite, antes de conseguir pregar o olho, foi você. Eu fiquei pensando o quanto você queria que eu fosse longe, o quanto você acreditou em mim quando nem mesmo eu acreditei. O quanto você engoliu todas as minhas grosserias e enfrentou toda a minha resistência em relação à sua proximidade. Insistente, constante. Foi você que foi atrás de treinador, inscrições de campeonato, patrocínio. Não importa se fez tudo isso por um sentimento de culpa, se fez por peso na consciência e sensação de dívida. Não me importa o motivo, importa que você fez. Se tinha uma dívida, ela já foi paga há muitos anos.

– O que é isso, Erick... – Tentou interromper Arthur sem graça.

– Deixe eu terminar – falou Erick e continuou. – Fui eu quem começou a se sentir em dívida com você.

– Você não me dev...

– Devo sim – interrompeu mais um vez. – Porque a vontade de não querer desapontar alguém é muito mais forte do que a simples vontade de querer vencer. E eu não queria desapontar você, Arthur. Queria que olhasse para mim e pensasse que valeu a pena ter salvo esse cara. Você é incrível. Eu acompanho já faz tempo a diferença que você faz na vida de seus pacientes. Você sabe a principal diferença que você faz?

– Qual? – Questionou Arthur ligeiramente encabulado, ligeiramente curioso.

– Você não dá a essas crianças apenas tratamento, você não é apenas um médico atrás da cura. Você é aquele que, além da cura, quer dar ao paciente a vontade de viver, quer dar *mais* vontade de viver. E foi o que aconteceu comigo, você não quis apenas que eu voltasse a jogar, você quis que eu vencesse, você me fez ter *mais* vontade de vencer! Eu quis que você me visse vencer. Meu adversário e eu entramos com a mesma vontade de vencer, mas você... você foi o detalhe que me fez ir mais longe. Assim como acontece com seus pacientes... você faz termos *mais* vontade! Você faz a diferença!